Sandra Worth

DIE HERRIN DER ROSEN

Historischer Roman

Aus dem amerikanischen Englisch von
Sabine Schilasky

BASTEI
LÜBBE
TASCHENBUCH

BASTEI LÜBBE TASCHENBUCH
Band 16 730

1. Auflage: November 2012

Vollständige Taschenbuchausgabe

Deutsche Erstausgabe

Titel der englischen Originalausgabe: »Lady of the Roses«
Originalverlag: US Berkley

Titelillustration: © Susan Fox/Trevillion Images
Umschlaggestaltung: Manuela Städele
Satz: Urban SatzKonzept, Düsseldorf
Gesetzt aus der Garamond
Druck und Verarbeitung: GGP Media GmbH, Pößneck
Printed in Germany
ISBN 978-3-404-16730-2

Dieses Buch ist für Karla

Danksagung

Ich möchte meiner Agentin Irene Kraas für ihr Vertrauen in mich danken und meiner Verlegerin Jackie Cantor für all die Zeit und Arbeit, die sie diesem Buch widmete. Außerdem danke ich der bekannten Grafologin Florence Graving, deren Fachkenntnis mir bei der Gestaltung vieler meiner historischen Figuren half.

DIE HÄUSER

York, Lancaster und Neville, 1399 bis 1476

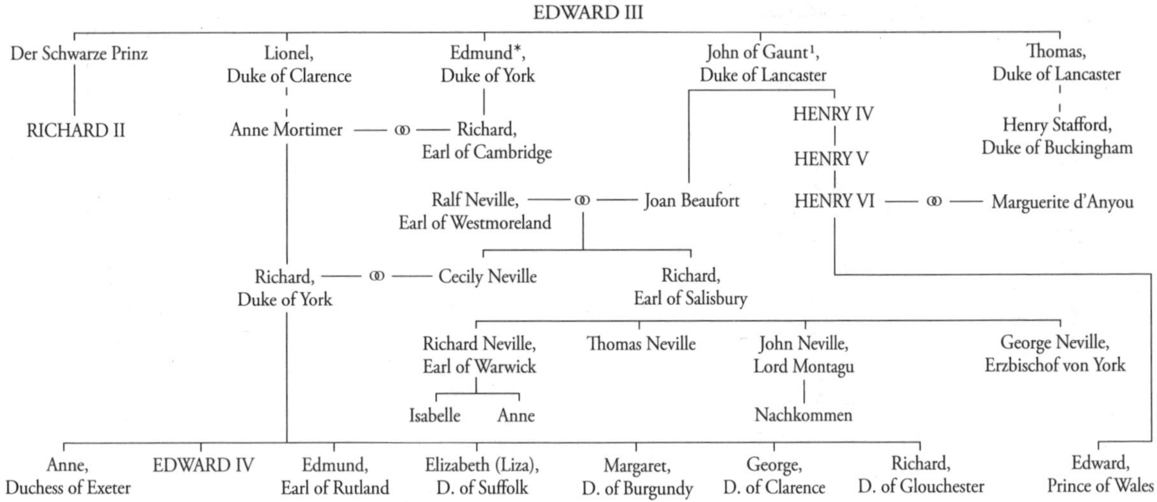

[1]Aus Gründen der Übersichtlichkeit sind John und Edmund in umgekehrter Geburtsreihenfolge dargestellt.
Unterbrochene Linien stehen für eine fehlende Generation.

Stammbaum von David Major

DAS HAUS *Neville*

- Ralph Neville, Earl of Westmoreland **um 1364* ⚭ Joan Beaufort, Countess of Westmoreland **1379*
  - Richard Neville, Earl of Salisbury **1400* ⚭ Alice Montagu, Countess of Salisbury **1405*
    - Richard Neville, Earl of Warwick **1428* ⚭ Anne Beauchamp, Countess of Warwick
      - 1. Isabelle **um 1452* ⚭ George, Duke of Clarence **1450*
      - 2. Anne **um 1454* ⚭ Richard, Duke of Gloucester, KÖNIG RICHARD III **um 1452*
    - Thomas Neville, **1429*
    - John Neville, Lord Montagu **1431* ⚭ Isobel Ingoldesthorpe **um 1440*
      - 1. Anne
      - 2. Isabelle
      - 3. Elizabeth
      - 4. John *(bei der Geburt verstorben)*
      - 5. Margaret
      - 6. George **1465*
      - 7. Lucy[2]
    - George Neville, Erzbischof von York **1433*

[2] Lucy und ihr zweiter Ehemann Anthony Brown: Vorfahren von Franklin Delano Roosevelt und Sir Winston Churchill.

DAS HAUS *Lancaster*

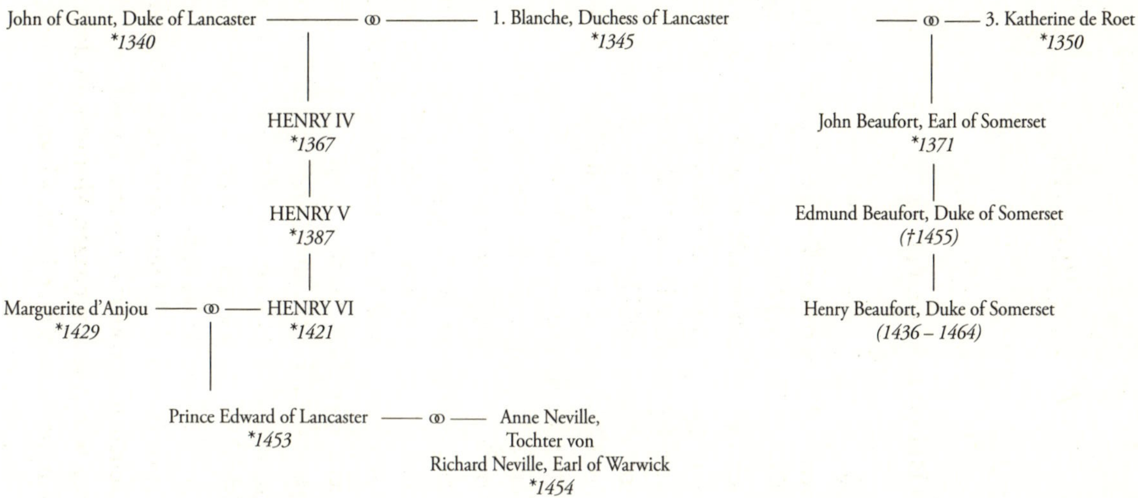

Prolog

Seaton Delaval, April 1471

»Mylady.«

Die vertraute Stimme erschreckte mich, zumal ihr auffallend sanfter Tonfall schlechte Neuigkeiten verhieß. Bangen Herzens blickte ich auf und hielt den Atem an. Tom Gower, der Knappe meines Gemahls, stand auf der Schwelle der kleinen Kammer, und seine Miene vermochte die Kälte nicht einzudämmen, die sich in mir ausbreitete. Der Umhang, an dem ich stickte, glitt mir aus den Händen, als ich mich mühsam erhob. Ich musste mich an der Stuhllehne abstützen, weil mir die Beine zitterten. Dann trat er vor, und ich erkannte, dass er einen Brief bei sich hatte. Vor lauter Erleichterung wollte ich einen Freudenschrei ausstoßen. Gelobt sei Gott, er ist nicht gekommen, um mir schreckliche Nachricht aus der Schlacht zu bringen, sondern um mir einen Brief meines geliebten Gemahls zu überreichen!, dachte ich. Mein Lächeln, als ich auf ihn zuging, war so strahlend, dass es sich anfühlte, als wollte es mir die Wangen spalten.

»Tom, mein lieber Tom, ich bitte dich, erhebe dich! Für einen Moment dachte ich … Ach, wen kümmert, was ich dachte!« Immer noch lächelnd, nahm ich den Brief entgegen und drückte ihn an mein Herz. Nun jedoch bemerkte ich, dass mein Lächeln unerwidert blieb und Toms Gesicht so blass und ernst war wie in jenem eisigen Moment, in dem ich erstmals seine Stimme vernommen hatte. »Tom, wie steht es im Krieg für die Lancastrianer?«

Er zögerte, ehe er antwortete: »Ich weiß es nicht, Mylady. Nachdem ich Mylord half, die Rüstung anzulegen, bat er mich zu gehen und Euch diese Nachricht und ... diesen Ring zu bringen. Da hatte die Schlacht noch nicht begonnen.« Er griff in sein Wams. Mir fiel auf, dass seine Finger steif wirkten, als könnte er sie nur mit einiger Mühe bewegen, und seinem Blick nach zu urteilen, verheimlichte er mir etwas.

Ich nahm das Samtbeutelchen, das er mir reichte, und zog den Ring heraus. Dabei war mir, als schwebte ich außerhalb meiner selbst und betrachtete die Szenerie gleichsam von oben. Im schwindenden Tageslicht blinkte der Stein auf die gleiche Art wie Johns dunkelblaue Augen.

Plötzlich wurde die Welt um mich herum sehr still, und im Geiste sah ich ein fünfzehnjähriges Mädchen an einem Fenster sitzen. Das Herz schwer vor Einsamkeit, schaute es dem Sonnenuntergang zu. An jenem Tag ging es einen Handel mit dem Schicksal ein und wurde erhört. Ihm wurde gewährt, was es erbat.

Jenes Mädchen war ich. Im Gegenzug für eine Gabe leistete ich ein Versprechen, und die Zeit war gekommen, es einzulösen. So dunkel die Schatten nun auch sein mochten, hatte ich nie vergessen, dass ich die glücklichste aller Frauen bin. Zwar hatte ich mein Maß an Kummer und Not erlebt, doch war ich überdies mit einer Liebe gesegnet worden, wie sie nur wenigen zuteilwird, einer Liebe, deren Glanz mein Leben überstrahlte wie die Sonne die Erde. Die Wärme dieser Liebe trocknet alle Tränen, denn sie überwindet alles, sogar die Zeit, sogar den Tod. Ich bereue nichts.

Ich fand meine Fassung wieder, hob den Kopf und sah Gower an. »Du hattest einen weiten Weg, Tom«, sagte ich und war dankbar, dass meine Stimme nicht zitterte. »Bitte die Köchin, dir das beste Mahl zu bereiten, das wir anbieten können, und ruh dich aus!« Leider brannten doch Tränen in meinen Augen, und meine Lippen bebten. Rasch wandte ich mich ab. Ich hörte Gowers Schritte den Korridor entlanghallen, als er ging.

England unter dem Haus Lancaster

1456–1461

I

Juni 1456

Inmitten der Blitze, des Donners und des Platzregens eines Sommergewitters tauchte in der Ferne eine Burg auf. Meine Gebete waren erhört worden. »Dort!«, rief ich, außerstande, meine Freude zu verbergen. »Dort können wir Zuflucht suchen, nicht wahr, Sœur Madeleine?«

Die Nonne, deren Umhang der Wind um ihre kleine, plumpe Gestalt peitschte, drehte sich in ihrem Sattel, beachtete den jungen Landsknecht Guy gar nicht und wandte sich stattdessen an den Knappen, der uns auf unserer Reise begleitete. »Master Giles, ist Euch dieser merkwürdige Ort bekannt?«, fragte sie. Bei ihrem starken Anjou-Akzent musste ich stets genau hinhören, um zu unterscheiden, ob sie Englisch sprach oder Französisch. Was die Burg betraf, hatte sie recht, stand das Gemäuer doch auf einer weiten, sattgrünen Ebene, nicht auf einem Hügel, und wirkte eher wie ein vornehmer, einladender Landsitz und nicht wie eine Festung. Mit den sechseckigen roten Ziegelsteintürmen sowie den großen Fenstern bot der hohe, schmale Bau fürwahr einen recht seltsamen Anblick.

»Ich glaube, die Burg gehört Lord Ralph Cromwell, Schwester«, antwortete Master Giles. Die Hufe seines Pferdes sanken bei jedem Schritt tief im Schlamm ein. »Ich hörte, dass er eine Burg aus rotem Stein in Lincolnshire baute. Tattershall Castle.«

»Und mit wem ist dieser Lord verbunden, mit der Roten Rose oder der Weißen?«

Master Giles bedachte Sœur Madeleine mit einem kurzen, spöttischen Lachen. »Das kann niemand mit Sicherheit sagen, Schwester. Es heißt, Lord Cromwell wechselt die Farbe mit dem Wind. In den Dreißigern war er Lordkanzler unter König Henry, überwarf sich allerdings vor wenigen Jahren mit den Lancastrianern und vermählte seine Nichte mit einem Yorkisten-Lord. Nach der St-Albans-Schlacht hieß es, er hätte ein Zerwürfnis mit den Yorkisten und gäbe sich neuerdings als loyaler Lancastrianer der Königin.«

Sœur Madeleine war entsetzt. »Solch ein Mann ist ein Verräter! In Frankreich wüssten wir, was wir mit ihm machen.«

Zwischen dem durchnässten Wollhut und dem Kragen sah ich genug von Master Giles' Gesicht, um zu erkennen, was er dachte: Wir sind in England, und das ist auch gut so. Daran hat nicht einmal die französische Königin etwas ändern können, die unseren König Henry geheiratet hat.

»Dann sollten wir lieber nicht anhalten«, sagte Sœur Madeleine plötzlich und riss ein wenig zu fest am Zügel. Ihr Pferd rutschte beinahe auf dem matschigen Grund aus und schnaubte entrüstet. »*Mon Dieu*, er könnte wieder zu York gewechselt sein, und ich will die Gastfreundschaft eines Verräters nicht!«

Master Giles und Guy sahen mich an, da sie offenbar einzig mir zutrauten, die Nonne umzustimmen. Es war mehr als ungewiss, dass wir jenseits der Burg einen Weiler fanden, in dem man uns Unterkunft bieten konnte, und wir nicht genötigt wären, die Nacht unter einem Baum zu lagern. Nass und bibbernd im kalten Regen, hatte auch mich die Aussicht auf eine warme Mahlzeit und trockene Kleidung erfreut. Nun war beides fraglich. So gern ich Sœur Madeleine hatte, konnte sie bisweilen recht unpraktisch sein. Daher war es ein Glück, dass sie in den Wochen, die wir uns kannten, eine nachgerade mütterliche Zuneigung zu mir gefasst hatte, die ich während unserer Reise von der Abtei Marrick in Yorkshire nach London bereits zu unser aller Vorteil hatte nutzen können. Ich schöpfte einmal Atem, bevor ich sprach.

»Sœur Madeleine, unser Herr Jesus sagt, Sünder, die den wahren Weg finden, werden erlöst. Falls also der Yorkisten-Lord wieder zur rechten Lancaster-Seite zurückgefunden hat, wird der Herr ihm vergeben. Sollten wir es dann nicht auch versuchen?«

Sœur Madeleine hob das Gesicht gen Himmel, als wollte sie abwägen, was stärker war – das Unwetter oder die Kraft göttlicher Vergebung. »*Alors, mon enfant*, du bist sehr weis' für fünfzehn Jahr', muss ich sagen. Es kann keinen anderen Grund geben, weshalb Gott uns in solch abscheulichem Wetter zu dieser Burg führte. Er muss wollen, dass wir die Nacht hier verbringen, *chère* Isabelle.« Gleichsam zur Bekräftigung sprach sie meinen Namen französisch aus.

Master Giles verlor keine Zeit, gab seinem Pferd die Sporen und jagte es im Galopp auf die Burg zu. Gewiss wollte er auf diese Weise ausschließen, dass Sœur Madeleine sich eines anderen besann. Ich galoppierte auf meinem Zelter hinter ihm her, so gut es mir auf der rutschigen Straße möglich war. Auch der Landsknecht Guy, dessen Pferd meine Truhe zog, folgte, wurde aber durch den kleinen Karren hinter sich verlangsamt. Immer wieder rutschte sein Pferd in tiefe Pfützen, und er erreichte das Burgtor als Letzter.

Als ich neben Master Giles war, rief es vom Wachturm hinunter: »Wer da?«

»Das Mündel der Königin, Lady Isobel Ingoldesthorpe, und ihre Begleiterin, Schwester Madeleine aus der Abtei Marrick.

Wir erbitten Unterkunft für die Nacht«, antwortete Master Giles nach oben, wobei ihm Regen ins Gesicht prasselte.

Knarrend öffnete sich das Fallgatter. Ich lenkte meinen Zelter zum schützenden Burgtor und stieg dort mit Master Giles' Hilfe ab. Als der Wächter aus seinem Torhaus kam, lächelte ich ihm dankbar zu.

»Ihr habt Glück, werte Leute«, sagte er. »Hier bei Mylord Cromwell findet Ihr sichere Zuflucht, ob Lancastrianer oder Yorkisten.«

»Ihr habt Yorkisten hier?«, rief Sœur Madeleine.

Donnerkrachen übertönte die Antwort des Mannes auf diese heikle Frage, und ich nutzte die Gelegenheit, alle abzulenken, indem ich vortäuschte, ohnmächtig zu werden. Sœur Madeleine und der Burgwächter eilten mir zu Hilfe.

»Tief atmen, meine Liebe!«, sagte Sœur Madeleine, und ich befolgte ihren Rat.

»Gut, dass Ihr hier seid«, meinte der Wächter. »Die junge Dame braucht Ruhe, und das Unwetter wird schlimmer.«

Als hätte der Himmel beschlossen, uns zu helfen, nahmen sogleich das Donnergrollen und der Regen zu. Dennoch wollte Sœur Madeleine nicht vom Thema lassen.

»Ist Euer Lord Cromwell derselbe, der König Henry und unserer edlen Königin Marguerite d'Anjou als Kanzler diente?«, fragte sie, wenn auch etwas weniger streng als zuvor. Ich hielt den Atem an.

»Derselbe. Und wohin führt Euch die Reise?«, erkundigte der Wächter sich freundlich. Unterdes übergab er die Pferde zwei jungen durchnässten Stallburschen.

»Zum Hof, Sir«, sagte Sœur Madeleine hochnäsig. »Ich bin Sœur Madeleine vom Benediktinerorden der Abtei Notre-Dame de Wisques, und mein Schützling ist Lady Isobel Ingoldesthorpe, Mündel von Königin Marguerite d'Anjou. Ihr

Vater war der treue Lancastrianer-Ritter Sir Edmund Ingoldesthorpe von Newmarket, Cambridgeshire, und ihre Mutter die getreue Lancastrianer-Lady Joan Tiptoft aus Cambridgeshire. Beide sind verstorben, möge Gott ihren Seelen gnädig sein.« Sie bekreuzigte sich, schürzte die Lippen und reckte stolz das Kinn.

Ich lächelte dem Wächter zu, um die frostige Antwort Sœur Madeleines zu mildern, und senkte den Blick, auf dass mir niemand sonst ansah, was in meinem Kopf vorging. Anders als die Nonne eben gesagt hatte, war mein Vater kein waschechter Lancastrianer gewesen. Um nicht für Lancaster kämpfen zu müssen, hatte er zahlreiche königliche Rufe missachtet, sein Handeln erklärt und teure Straferlasse bezahlt. »Ein korrupter Haufen« war seine Bezeichnung für die französische Königin und ihre Günstlinge gewesen, die das Land während der häufigen Erkrankungen König Henrys regierten. Solche Reden kamen jedoch einem Hochverrat gleich, weshalb er achtgab, seine Yorkisten-Sympathien für sich zu behalten. Ich schob die Erinnerung beiseite, zog die Kapuze ab und schüttelte mein Haar. Dabei bemerkte ich, dass der Wächter mich ansah und sein Blick auf meinem Gesicht verharrte. Was Sœur Madeleine ebenfalls nicht entging.

»Ihr seid dreist, Sir«, schalt sie ihn. »Hoffentlich hat Euer Lord bessere Manieren als Ihr.«

Der Mann errötete. »Durchaus, Schwester, seid es versichert. Er ist ein wahrhafter Ritter und geübt im Umgang mit feinen Damen. Bitte, folgt mir!«

Lord Cromwell, ein liebenswürdiger Mann, dessen Haar die Farbe von Raureif hatte, kam uns begrüßen, sobald wir in der großen Halle angekündigt wurden. Dort befand er sich gerade im Gespräch mit dem Kämmerer. Diener eilten geschäftig umher und bereiteten ein großes Festmahl vor. Manche deckten die langen Tische mit weißem Leinen, arrangierten Obstschalen und Salzteller, Zinnschüsseln, Stahlmesser, Silberlöffel und Tassen. Andere stellten eiserne Leuchter auf, ersetzten heruntergebrannte Kerzen und steckten Fackeln in die Wandhalterungen. Wieder andere fegten Schmutz, Knochenreste, Hundeexkremente und welke Binsen fort. Holzfässer mit duftenden Rosenblättern, Ysop und süßem Fenchel waren aus dem Keller herbeigerollt worden und warteten darauf, dass ihr Inhalt auf dem sauberen Boden verteilt wurde. Lord Cromwell scheute offenbar keine Kosten.

»Ehrwürdige Schwester, meine teure junge Dame, ich heiße Euch beide herzlich willkommen!«, sagte er strahlend, küsste mir die Hand und verneigte sich vor Sœur Madeleine. »Euer Besuch kommt zu einem günstigen Zeitpunkt. Nicht bloß wegen des unbarmherzigen Wetters, oh nein! Wie es der Zufall will, findet heute Abend ein Bankett statt – ein sehr besonderes Bankett, wie ich behaupten darf. Meine Nichte, Lady Maude Neville, wird in Kürze mit ihrem Gemahl und einer Entourage junger Freunde eintreffen, die verzückt sein werden, Eure Bekanntschaft zu machen, teure Lady Isobel. Zweifellos werdet Ihr mit ihnen eine Menge zu bereden haben – Ihr wisst schon, über jene Angelegenheiten, die hübsche junge Damen am meisten beschäftigen: *junge Herren.*« Er zwinkerte mir zu, woraufhin ich lächelte und Sœur Madeleine die Stirn runzelte. »Es gibt Musik, Tanz, einen Troubadour, der uns unterhält, und Feuerschlucker. Also solltet Ihr Euch ausruhen und erfrischen, auf dass Ihr das abendliche Vergnügen gebührend genießen könnt.«

Wir wurden zu unserem Gemach geführt, einem angenehmen Zimmer oben im zweiten Stockwerk, von dem aus man in den Innenhof blickte. Meine Truhe war bereits nach oben gebracht worden. Trotz des Regens draußen wirkten die Räumlichkeiten so munter wie ihr Besitzer. Auf einer Seite bildete die rote Steinwand einen leuchtenden Hintergrund für die goldenen Bettvorhänge und Überdecken, die Wand auf einer anderen Seite wurde fast vollständig von einem farbenfrohen Gobelin eingenommen; durch ein großes Fenster fiel Tageslicht auf den Wandbehang. Zwei Bedienstete brachten einen Krug Wein, eine Platte mit Käse, zwei große Kelche und eine silberne Waschschüssel, die sie auf eine hohe Kommode stellten. Ein weiterer entzündete die Kerzen an einem Kandelaber; und ein anderer nahm unsere nassen, schlammbespritzten Umhänge und hängte sie zum Trocknen in die Schrankkammer, bevor er ging. Als er die Tür hinter sich schloss, überkam mich eine kribbelige Vorfreude, und ich lief zu meiner Truhe, um mein schönstes, bislang ungetragenes Kleid auszupacken.

»*Isabelle!*«, ermahnte Sœur Madeleine mich streng.

Was dieser Tonfall bedeutete, wusste ich leider. Langsam drehte ich mich zu ihr um.

»Wir werden nicht an dem Bankett teilnehmen. Es ist mithin unnötig, dass du dich umkleidest.«

»Darf ich fragen, warum, Sœur Madeleine?«, erkundigte ich mich kleinlaut.

»Hast du den Namen seiner Nichte nicht gehört? Sie ist eine Neville.«

»Nicht alle Mitglieder der Neville-Familie unterstützen den Duke of York. Viele sind Lancastrianer.«

»*Peut-être*, aber lassen wir es nicht darauf ankommen, Isabelle. Wir werden auf unserem Zimmer speisen und früh zu Bett gehen. Für die morgige Reise sollten wir ausgeruht sein. Und jetzt hilf mir aus meinem Kleid, bevor ich erfriere!«

Ihre resolute Miene gewährte keinerlei Spielraum für Hoffnung, und ich wusste, dass Bitten nutzlos wäre. Also schluckte ich meine Enttäuschung herunter und schloss die Truhe wieder. »Ja, Sœur Madeleine.«

Die Nonne löste den Stoffgürtel, der ihr Kleid in der Mitte zusammenhielt, nahm den Rosenkranz ab und drückte ihn an die Lippen, ehe sie ihn auf die Kommode legte. Ich öffnete die Brosche unten an ihrem Schleier, befreite Sœur Madeleine von ihrem weißen Schultertuch, dem Kopftuch, der Nonnenhaube und dem weichen weißen Baumwollkleid darunter. Nachdem ich alles zusammen- und beiseitegelegt hatte, half ich ihr aus dem weiten weißen Habit, wie ihn die Benediktinerinnen trugen. Diesen hängte ich an einen Haken im Kleiderschrank. Anschließend stützte ich sie beim Erklimmen des hohen Bettes und brachte ihr einen Kelch mit Wein, den sie hastig leerte. Ich reichte ihr auch den Käse, doch sie lehnte ihn wortlos ab. In ihrem schlichten Baumwollhemd, das dünne graue Haar offen und die Decke bis zu den Schultern hochgezogen, wirkte sie nicht mehr plump und kräftig, sondern vielmehr alt und gebrechlich. Mitgefühl überkam mich. Ich füllte ihr Wein nach und tupfte ihr die Stirn mit einem Handtuch, dessen eine Ecke ich in das parfümierte Waschwasser getunkt hatte. Danach strich ich behutsam das schüttere Haar, das rosige Kopfhaut sehen ließ, mit meiner Wildschweinbürste glatt. »Ist es so besser, Sœur Madeleine?«, fragte ich.

Sie seufzte wonnig. *»Oui, mon enfant«*, sagte sie leise und schloss die Augen.

Ich begab mich ans Fenster. Nach und nach trafen die Gäste ein, deren Lachen bis hinauf in meine Kemenate drang und mir ins Herz schnitt. Die letzten achtzehn Monate hatte ich in einem Kloster gelebt, und ich sehnte mich nach der Gesellschaft junger Menschen, nach Lachen, Musik und Tanz, kurz: nach allem, was mir seit meines Vaters Tod fehlte.

»Isabelle, sing mir etwas vor!«, forderte Sœur Madeleine auf einmal.

Ich ging zur Truhe und holte meine kleine hölzerne Leier heraus. Im Kloster hatte sie mir gute Dienste geleistet, war sie doch nicht laut, sodass ich selbst bei Nacht meine Einsamkeit in den süßen Klängen hatte ertränken können. Ich trug die Leier zur Fensterbank und öffnete das Fenster. Kühle, feuchte Luft wehte über meine Wange. Das Gewitter hatte sich verzogen, der Wind die Wolken fortgetrieben, und nun kündigte sich ein lieblicher Juniabend an. Im Osten war ein blassrosa Schleier zu erkennen, und im Westen färbte ein Pfirsichton die letzten Wolken sowie das Dorf, in dem bereits erste Lichter funkelten. Seit dem Tod meines Vaters stellte ich fest, dass die Schönheit der Natur nicht etwa tröstlich auf mich wirkte, sondern eine unerklärliche Traurigkeit tief in mir weckte.

Ich vermisste meine Mutter und meinen Vater, und Geschwister hatte ich keine. Nun war ich unterwegs zum Hof, wo ich vermählt werden sollte. Doch so sehr sich mein Herz nach jener Liebe sehnte, wie sie Troubadoure besangen und Poeten in ihren schönen Versen beschrieben – dieselbe Art Liebe, wie meine Mutter und mein Vater sie füreinander gehegt hatten –, ahnte ich, dass sie mir wohl kaum beschieden sein dürfte. Ländereien und Vermögen entschieden über Ehen, nicht Liebe, und die wenigsten jungen Damen, die einem Ehemann Land bieten konnten, durften deshalb auf eine Liebesheirat hoffen. Sogar königliche Hoheiten heirateten, um Verbündete oder Handelsabkommen zu gewinnen, und meine Zukunft lag in den Händen der Lancastrianer-Königin Marguerite d'Anjou, die mit fünfzehn Jahren einen wahnsinnigen König hatte heiraten müssen. Welches Mitgefühl konnte ich von ihr erwarten? Ihr Interesse galt einzig meiner Vormundschaft und Heirat, denn die Vormundschaft bescherte ihr ein angenehmes jährliches Einkommen, und meine Heirat würde ihr einen hübschen Gewinn einbringen.

Ich begriff nicht, warum die Welt so bitter war, aber das Schicksal suchte sich fraglos seine Lieblinge aus, und ein klein wenig hoffte ich – närrischerweise –, ich könnte zu den wenigen von ihm Begünstigten zählen. Bis dahin sehnte ich mich nach kleinen Freuden wie dem Bankett an diesem Abend, wo ich lachen, unter Männern meines Alters sein und die Leichtigkeit des Lebens spüren könnte.

Ein scharfer Verlustschmerz regte sich in mir, als ich den Kopf neigte und die ersten Töne des neuesten Klageliedes zupfte. Mit dem Lied sang ich all meinen Kummer hinaus, und die Melodie nahm mich derart gefangen, dass ich glaubte, meine eigenen Tränen in der Musik zu hören.

Wärmt mich nie der Sonne Strahl? Bleibt mir der Himmel grau?
Wird mein Herz nie Tanzen lernen? Stirbt es trüb und lau?
Bleibt die Liebe mir versagt, die schmerzlich ich ersehne?
Verloren bist du mir, auf immer, meine Schöne …

Ich blickte zum Himmel auf, den der Sonnenuntergang in ein Farbenspiel verwandelte. Während ich sang, nahmen die Wolken einen kräftigen Goldton an, der sich rosig vertiefte. Ein einsamer Vogel stieg hoch in die Lüfte, frei, überall hinzufliegen, wo es ihm beliebte. Abermals wandelten sich die Farben, und nun erfasste ein rotes Leuchten die Erde und tauchte alles in eine zarte Schönheit. Ich weiß nicht, was über mich kam, aber plötzlich empfand ich ein unbeschreibliches Sehnen, das ich weder definieren noch verstehen konnte. Indes fühlte ich, dass diese Leere und Einsamkeit einzig durch jenes Phänomen durchbrochen werden konnte, das die Poeten Liebe nannten. Ich beendete das Lied, senkte den Kopf und schloss die Augen. Stumme Worte kamen aus meinem Herzen, wandten sich flehend an das Schicksal und gaben ein Versprechen.

»Isabelle.«

Ich blinzelte. Es brauchte einen Moment, bevor ich wieder ganz bei Sinnen war. »Ja, Sœur Madeleine?«

»Wir können zu dem Bankett gehen, wenn du es wünschst.«

Staunen und Unglauben machten mich sprachlos. Meine Gedanken überschlugen sich wirr, und als ich schließlich die Bedeutung ihrer Worte erfasste, lachte ich vor Freude. Ich lachte zum Himmel, zu den Wolken, zu den Bediensteten, die unten im Hof den Gästen die Pferde abnahmen. Ich warf die Arme in die Höhe und lachte, wirbelte vom Fenstersitz weg und tanzte durchs Zimmer. Dann legte ich die Hände vor meinem Mund zusammen und sprach ein stummes Dankgebet, halb lachend, halb weinend, ehe ich mich aufs Neue im Tanz drehte. Als ich zu Sœur Madeleine blickte, entdeckte ich ein zartes Lächeln auf ihren Zügen.

Ich eilte zu ihr, ergriff ihre Hand und küsste die faltige Haut. »Ich danke Euch, liebste Sœur Madeleine.«

Sie wurde rot. *»C'est rien«*, murmelte sie. »Es ist nichts. Aber wenn wir gehen, würde ich empfehlen, dass wir uns beeilen, *ma petite.*«

Sogleich lief ich zu meiner Truhe und suchte nach meinem neuen Kleid aus edler lavendelblauer Seide und silbernem Sarsenett, das mit kleinen silbernen Blättern bestickt war. Noch nie hatte ich Gelegenheit gehabt, es zu tragen. Es hatte eine hohe Taille, einen tiefen Halsausschnitt mit Feh-Besatz, und auf dem Rücken bildeten breite Falten eine Schleppe. Beim Auspacken schimmerte es wie Mondenschein.

»Du musst sehr vorsichtig sein, Isabelle«, sagte Sœur Madeleine, als sie mir in das herrliche Kleid half und mein langes Haar lose auffächerte.

»Warum?«, fragte ich, halb trunken vor Freude.

»Du bist zu wunderschön, mit deinem Schwanenhals und den großen Augen, und ich fürchte, es sind Yorkisten bei dem Bankett. Frauenschänder und Mörder allesamt.«

»Wirklich alle?«, neckte ich sie in meinem Freudenrausch. Ich fragte mich, ob Sœur Madeleine zu viel Wein getrunken hatte. Es war das erste Mal, dass sie mir Komplimente machte, und warum sollte sie? Meine Augen waren braun, nicht blau, mein Haar nicht golden, sondern dunkel wie Kastanien. Hätte ich doch nur einen Spiegel! Aber in der Abtei waren Spiegel verboten gewesen, denn wie uns die Nonnen wiederholt erinnert hatten, waren die einzigen Augen, auf die es ankam, die Gottes. »Ich sah einmal einige Yorkisten«, plapperte ich vergnügt, »und sie schauten mir nicht wie Frauenschänder oder Mörder aus.«

Sœur Madeleine stieß einen entsetzten Schrei aus, und einen Moment lang fürchtete ich, einen schrecklichen Fehler begangen zu haben, der mich das Bankett kostete, doch dann sagte sie nur: »*Mon Dieu*, was wird aus dieser Welt?«

»Ich fand sie sogar recht passabel«, kicherte ich. Natürlich war ich angetrunken, sonst hätte ich mich niemals zu solch einem Geständnis hinreißen lassen.

Sie sah mich entgeistert an. »Ich sollte dich der Königin melden!«

Schmunzelnd neigte ich mich vor und küsste sie auf die Stirn. Eigentlich beugte ich mich schon von allein in Gegenwart von Damen, denn obgleich ich einen Kopf kleiner war als der Großteil der Männer, überragte ich die meisten Frauen. »Aber das tut Ihr nicht, nicht wahr?« Ich lachte. Was mich so kühn machte, wusste ich selbst nicht.

»*Mon enfant*, du bist unmöglich. Ich weiß nicht, wieso ich mich von dir um den kleinen Finger wickeln lasse. Es liegt wohl daran, dass ich dich liebe wie eine eigene Tochter. Vielleicht sind es deine dunklen Haare und die Augen, die mich erinnern an ...«, sie verstummte und musste sich offenbar fassen, »an Anjou.« Nun nahm ihr Gesicht einen verträumten Ausdruck an.

Auch ich hing meinen Träumen nach, nur brachte mich das Bild, das ich mir ausmalte, zum Kichern.

»Was amüsiert dich?«

»Nichts«, log ich und bemühte mich, ernst zu werden. Ein Erlebnis hatte ich bislang keinem anvertraut, und ganz gewiss würde ich es nicht Sœur Madeleine verraten, egal, wie freudetrunken ich sein mochte. Im vorherigen Frühling war ich in den Norden Yorkshires gereist, um Freundinnen zu besuchen. Nach einem Ausflug mit Picknick auf einer von Wildblumen übersäten Wiese kehrten wir nach Wemsleydale zurück. Singend und lachend fuhren wir auf einem großen Wagen durch den Sonnenschein, während die Blütenblätter der Birnbäume auf uns herabrieselten. An der Biegung des Flusses Ure, noch ein gutes Stück vom Herrenhaus entfernt, teilte sich der Wald, und plötzlich stiegen zwei junge Männer aus dem Fluss. Starr vor Schreck standen sie für einen Augenblick splitternackt da, ehe sie sich besannen und rasch bedeckten. Allerdings hielt einer von ihnen die Hände vor sein Gesicht statt vor seine männlichen Körperstellen. Meine Freundinnen und ich schütteten uns aus vor Lachen und wollten unbedingt mehr sehen. Unterdes fluchten unsere beiden Leibwächter, und der Kutscher peitschte auf die Pferde ein, um möglichst schnell vorbeizukommen. Jener Anblick, das erste Mal, dass wir einen nackten Mann sahen, belustigte uns wochenlang.

In all den Monaten seither hatte ich nie den einen Mann vergessen, der sein Gesicht bedeckt hatte, und manchmal sah ich ihn sogar im Traum, wenn auch nur flüchtig.

»Hör mich an, *mon enfant*«, sagte Sœur Madeleine auf einmal sehr ernst und legte die Hände auf meine Schultern. Ich bekam Angst. »Du bist jung, romantisch, aber du musst vernünftig sein. Für die Liebe ist wenig Platz im Leben. Ein junges Mädchen, das eine Lancastrianerin ist, muss einen Lancastrianer heiraten. Hat sie kein Vermögen, muss sie einen reichen Gemahl wählen, und sei er noch so alt, hässlich und zahnlos; und besitzt sie etwas Land wie du, muss sie einen Mann mit mehr Land wählen. Zu lieben bedeutet, sich empfänglich für Schmerz zu machen, und in dieser Welt voller Wirren und Mühen gibt es bereits genug Schwierigkeiten, ohne dass die Liebe es uns noch schwerer macht. Es ist das Beste, alle Yorkisten als Frauenschänder und Mörder anzusehen. Hast du mich verstanden, Isabelle? Ja?«

Mir kam der Gedanke, dass alte Menschen immerfort unnötige Warnungen aussprachen, und schon fühlte ich mich erleichtert. Ihre Worte konnte ich mit der gleichen Leichtigkeit abtun wie das nunmehr ferne Donnergrollen. »Ja, Sœur Madeleine, ich habe verstanden«, sagte ich, um sie zu beruhigen. Meine Stimmung blieb ungetrübt.

2

Der Tanz, 1456

Beim ersten Ruf des Horns zum Abendessen überquerte ich mit Sœur Madeleine den Burghof. Ein einsamer Stern funkelte am violetten Himmel. Mit klopfendem Herzen stieg ich die Treppe hinauf zur großen Halle. Mit uns schwärmten die anderen Gäste herbei. Das Raunen der Stimmen wurde lauter, je höher wir gelangten, bis uns ein gewaltiger Lärm verriet, dass wir den Gang zur Halle erreicht hatten. Männer und Frauen drängten sich durch den Eingang, manche plauderten angeregt, manche warteten stumm, dass man ihnen einen Platz zuwies. Mehrere schauten im Vorbeigehen zu mir, und ich freute mich über mein schönes Kleid, die Verneigungen und die bewundernden Blicke, die mir folgten.

Obwohl ich die Vorbereitungen bereits gesehen hatte, konnte ich nicht umhin, über die Pracht der Festhalle zu staunen. Schwerer Rosenduft stieg von den Blättern am Boden auf, und der Saal funkelte von den vielen Fackeln und Kerzen auf Tischen und in Fensternischen. Hinter dem Podest, auf dem Lord Cromwell sitzen würde, knisterte ein Feuer in dem riesigen Kamin mit dem Wappen des Lords. Silber, Zinn und Glasscheiben spiegelten die Flammen, sodass selbst die Fahnen und Gobelins an den vertäfelten Wänden in Lichterglanz getaucht waren.

Einige Ritter und Damen hatten schon ihre Plätze an den Tischen unter den Fenstern eingenommen, zu denen uns der

Haushofmeister führte. Ich entdeckte auch Master Giles und Guy, die man zu den anderen Herolden, Knappen, Sekretären und Schreibern an einen niedrigeren Tisch gesetzt hatte, der für das gemeine Volk reserviert war. Dort standen weder Salz noch Früchte, und anstelle von Zinn und Horn hatten sie Holzschalen und hölzerne Becher vor sich. Master Giles und Guy erhoben und verneigten sich, als wir vorbeigingen, und die Bewunderung in ihren Blicken machte mich noch leichtfüßiger. An unserem Tisch angekommen, stellte ich mit Freuden fest, dass wir neben dem Podest sitzen würden. Nach einer kurzen Begrüßung und einem Nicken von Sœur Madeleine ließ ich mich als Erste neben einen stämmigen, alten Ritter mit rötlichem Gesicht nieder, der aufstand und sich höflich verbeugte. Sœur Madeleine wählte das Ende der Bank und nickte dem Mann übertrieben ernst zu, weshalb ich ihm ein Lächeln schenkte, das ich bald bereuen sollte.

Weitere Ritter und Damen, Geistliche und andere Leute von Rang gesellten sich zu uns, und mit jedem neuen Gast rückte der Ritter dichter an mich heran, sodass ich wiederum immer näher zur Nonne rutschen musste, bis kein Platz mehr zum Ausweichen war, wenn ich nicht entweder die Schwester von der Bank schubsen oder sie auf die Zudringlichkeit des Ritters aufmerksam machen wollte. Letzteres hätte wiederum eine Szene nach sich gezogen. Also litt ich stumm und versuchte, weder auf seinen Schenkel und die Schulter zu achten, die gegen mich drückten, noch auf die dreisten Blicke zu meinem Ausschnitt.

Ein plötzlicher Fanfarenstoß ließ sämtliche Gespräche verstummen. Wie alle anderen erhob ich mich hastig und trug so zu dem allgemeinen Stoffrascheln in der Halle bei.

Mit einem strahlenden Lächeln auf dem rosigen Gesicht und gefolgt von einer Entourage aus Lords und Ladys, betrat

Lord Cromwell die Halle. An seinem Arm war eine hübsche, hellhaarige junge Dame, von der ich annahm, dass sie seine Nichte, Lady Maude, sein musste. Früher hatte ich meinen Vater hin und wieder zu Banketten begleitet. In den vergangenen Monaten indes hatte ich mich so sehr an das strenge, karge Klosterleben gewöhnt, dass ich nun fasziniert den farbenfrohen Auftritt bestaunte, den kostbaren Samt, das Gold und die Juwelen. Dann bemerkte ich den Hund am Ende der Prozession. Er zockelte mit solch einer Hochnäsigkeit und sichtlichen Langeweile hinter der Gruppe her, dass ich beinahe laut gelacht hätte. Ich sah zu seinem Herrn und hatte das Gefühl, ihn wiederzuerkennen. Doch woher kannte ich diesen Ritter? Und wenn ich ihm schon einmal begegnet war, wie hatte ich dann dieses Gesicht vergessen können?

Abgesehen von dem Hund hinter ihm, ging er allein am Ende der Gruppe. Er war schmal von Statur, aber größer als die anderen und breitschultrig. Sein braunes Haar schimmerte im Kerzenschein, und sein Blick wanderte die Halle ab, als suchte er nach jemandem. Ich ahnte, dass es eine junge Dame sein musste, und der Gedanke versetzte mir seltsamerweise einen Stich. Für einen so großen Mann bewegte er sich auffallend elegant und strahlte ritterliche Vornehmheit aus, angefangen bei der hübschen geraden Nase und dem kantigen Kinn bis hin zu den hohen Stiefeln anstelle der spitzen Schuhe der Höflinge. Seine modische Kleidung aus grünem, goldbesticktem Samt täuschte jedoch nicht darüber hinweg, dass er eindeutig mehr Zeit mit Reiten als auf Festen verbrachte. Dafür sprach allein schon sein sonnengebräuntes Gesicht. Eine Stimme in mir regte sich: Ah, ja. Wer immer diejenige sein mag, nach der er Ausschau hält, sie darf sich sehr glücklich schätzen.

In dem Moment drehte er den Kopf und begegnete meinem Blick. Die Andeutung eines Lächelns umspielte seine Lippen, und auf seinen Wangen zeigten sich kleine Grübchen. Mir stockte der Atem. Ich wusste, dass sein Lächeln nicht mir galt, und dennoch wurde ich rot und senkte den Blick.

Lord Cromwell nahm seinen Platz in der Mitte des breiten Podests ein und hieß seine Gäste offiziell willkommen. Während er sprach, glaubte ich zu spüren, dass mich der grüne Ritter ansah, bemühte mich aber, nicht hinüber zur Empore zu schauen, wo er saß. Ich lenkte mich ab, indem ich die Schönheiten in der Halle zählte; es waren mindestens vier, und ihre Haare leuchteten wie gesponnenes Gold. Verstohlen blickte ich zu meinem eigenen Haar hinab. Obwohl es dick und glänzend war und mir fast bis zu den Hüften reichte, fühlte es sich auf meinem Rücken gerade wie eine Römerstraße an und wirkte im Kerzenlicht rabenschwarz. Ein Gefühl von Unzulänglichkeit überkam mich. Wäre ich geneigt gewesen, Neid zu empfinden, hätte ich es gewiss in diesem Augenblick. Doch ich bewunderte die blonden Schönheiten um mich herum und fand mich damit ab, dass ich mit ihrem Liebreiz nicht aufwarten konnte. Nein, der Ritter konnte mich nicht bemerkt haben; ich bildete es mir bloß ein, wünschte mir, es wäre so. *Wünschte ...*

Mir fielen die Worte ein, die mein Vater oft gesagt hatte: »Sei zufrieden und bedenke, dass es stets jene gibt, die mehr haben als du, und stets solche, die weniger haben.«

Also beschloss ich, mich glücklich zu schätzen. Ich hatte gebeten, auf das Fest zu dürfen, und nun würde ich es genießen, so gut ich konnte.

Nach dem Dankgebet schenkten die Diener Rosenwasser in die Handschälchen. Ich tunkte meine Finger in meines und hielt sie einem Diener hin, der sie mit einem Leinentuch trocknete. Nachdem sich alle die Hände gesäubert hatten, wurden die Schalen fortgeräumt, und der Brotmeister verteilte Brot,

Butter und Schweineschmalz, während der Kellermeister und sein Gehilfe Wein und Bier ausschenkten. Die Nonne leerte ihren Becher eilig und ließ ihn nachfüllen.

»Pah!«, sagte der Ritter neben mir, worauf ich erschrak. Er stellte seinen Weinkelch ab, spuckte auf den Boden und wischte sich mit dem Handrücken über den Mund. »Der Wein ist sauer und schmeckt nach Pech! Kann unser Lord sich keinen besseren leisten?«

»Wo hattet Ihr besseren?«, erwiderte jemand weiter unten am Tisch. »Verratet es uns, dann gehen wir dorthin!« Diese Bemerkung erntete einiges Gelächter.

»Ihr irrt Euch, Monsieur. Der Wein ist exzellent, sehr gut sogar«, verkündete Sœur Madeleine, die ihren Kelch wieder an die Lippen setzte und einen kräftigen Schluck nahm. »Da er aus Bordeaux kommt, kann es daran keinen Zweifel geben.«

Ich nippte an meinem Wein. Er schmeckte nach Pech, doch in der Abtei war der Wein schlimmer: so ölig, fad und trübe von Ablagerungen, dass ich beim Trinken jedes Mal die Augen geschlossen und ihn durch meine Zähne gefiltert hatte. Die Schwester hatte recht. Verglichen mit dem Klosterwein, war dieser hier sehr gut.

Der Ritter tat ihren Widerspruch mit einem »Hmpf« ab, das keinen Zweifel daran ließ, wie er in der Sache dachte, und wandte sich der frischen Heringspastete zu, die mit Ingwer, Pfeffer und Zimt gewürzt war und ihm eben auf den Teller gelegt wurde. Als er den Arm vor mir ausstreckte, um seine Pastete ins Salz zu stippen, schlug mir sein Knoblauchatem entgegen, und mir verging der Appetit.

»Was denn, esst Ihr nicht?«, fragte er mit vollem Mund, riss sich ein Stück Brot ab und bestrich es dick mit Schweineschmalz. »Eine junge Dame wie Ihr sollte den Appetit auf das Leben noch nicht verloren haben.« Er zwinkerte mir zu und drückte den Schenkel gegen mein Bein, woraufhin ich tief errötete.

»*Oui, mon enfant*«, pflichtete die Nonne ihm bei. »Du bist viel zu hager. *Mange, ma petite!*« Dann tippte sie mir aufs Knie und sagte: »Du erregst einiges Interesse bei den Leuten. Ermuntere sie nicht, Isabelle!«

Ich sah in die Richtung, in die sie wies. Einige junge Männer, die um einen Tisch herum saßen, beäugten mich tatsächlich, und kaum blickte ich zu ihnen, hob ein Bursche mit Lockenschopf den Kelch und prostete mir zu. Da er keinerlei Ähnlichkeit mit dem Edelmann auf dem Podest hatte, schaute ich wieder nach unten. »Nein, Sœur Madeleine.« Meine Stimme hatte eine leicht melancholische Note.

Brav ignorierte ich die jungen Herren und knabberte an meinem Brot, während der rotgesichtige Ritter neben mir laut rülpste und sich mit einem dreckigen Fingernagel zwischen den Zähnen schabte. Mir kam der Gedanke, dass er wahrscheinlich verheiratet war, und ich schwor, niemals einem von der Königin bestimmten Gemahl zuzustimmen, sofern ich nicht ein wenig Zuneigung zu dem Betreffenden aufbringen konnte, ganz gleich, wie sehr sie mich bedrängte. Da würde ich ein Kloster vorziehen. Wehmütig linste ich zu dem Ritter oben an der Haupttafel. Wie prachtvoll er war! Er lachte über einen Scherz, den jemand gemacht hatte, und unsinnigerweise überkam mich abermals das schmerzliche Sehnen, das ich beim Betrachten des Sonnenuntergangs gefühlt hatte.

Da ich mich sonst an niemanden wenden konnte, entschied ich, das Beste aus dem Abend zu machen. »Wisst Ihr, wer die Leute an der hohen Tafel sind?«, fragte ich den grobschlächtigen alten Ritter und wappnete mich, mit der Antwort auch gleich freie Sicht auf zerkautes Essen zu bekommen.

»Und ob ich das weiß!«, antwortete er schmatzend. »Die

Dame neben Lord Cromwell ist seine Nichte, Lady Maude, und sie ist mit dem dunkelhaarigen Ritter rechts von ihr verheiratet. Sein Name ist Sir Thomas Neville. Und seht Ihr da drüben? Das ist sein jüngerer Bruder, Sir John Neville, der links neben Lord Cromwell.«

Bei dem Namen Neville blickte ich ängstlich zur Nonne hinüber. Zum Glück war es in der Halle recht belebt, und die Schwester war so sehr mit ihrem Kapaun und dem Wein beschäftigt, dass sie gar nichts hörte. Obgleich sie viel trank, war ihr Kelch immerfort gefüllt. Plötzlich fiel mir auf, dass ein Diener ganz in ihrer Nähe stand und ihr eifrig nachschenkte, als wäre sie adlig. Was mich keineswegs stutzig machte; vielmehr war ich froh, die Erklärungen des Ritters ohne ihre Maßregelungen aufnehmen zu dürfen, auch wenn sich meine Stimmung rapide verfinsterte.

Ich konnte zwar mit einem Onkel aufwarten, der zum Earl geadelt worden war, doch die Nevilles waren von Geburt adlig und hatten viele Lords, Earls und Duchesses in ihren Reihen. Ihr Aufstieg zur Macht hatte im zwölften Jahrhundert mittels Heirat begonnen, als Robert Fitzmaldred die Erbin von Henry de Neville aus Neuville im Calvados geheiratet hatte und ihre gemeinsamen Kinder den Namen der Mutter angenommen hatten.

Fehden in den Nachfolgegenerationen spalteten die Familie in zwei zutiefst verfeindete Zweige, von denen der eine die Weiße Rose von York, der andere die Rote Rose von Lancaster unterstützte. Die Erfolge der Yorkisten-Nevilles trugen ihnen überdies die Feindschaft eines anderen mächtigen Clans ein – der Percys. In Northumberland waren die Percys über lange Zeit Herrscher von eigenen Gnaden gewesen, weshalb sie den durch die Nevilles herbeigeführten Schwund an Macht und Wohlstand mit reichlich Unmut aufnahmen. In ihren Augen waren die Nevilles nichts als Emporkömmlinge. Bei all dem Groll, den sie auf sich zogen, blieb den Yorkisten-Nevilles das Schicksal hold, und sie konnten weiterhin per Heirat große Eroberungen machen. Richard Neville, der älteste von vier Söhnen des Earl of Salisbury, war im Alter von acht Jahren mit Nan Beauchamp vermählt worden, was ihm unlängst den Titel des Earl of Warwick eingetragen hatte, des obersten Earls im Lande.

»Ihr kennt Euch gut aus«, sagte ich zu dem Ritter, der mich ein kleines bisschen weniger abstieß. Seine ungehobelten Manieren und die wiederholten Seitenblicke zu meinem Busen störten mich nicht mehr ganz so sehr, da er sich als hilfreich erwies. »Könnt Ihr mir mehr erzählen?« Ich neigte mich näher zu ihm, auf dass seine Worte nicht im lauten Gelächter weiter seitlich am Tisch untergingen, wo andere den neuesten Klatsch austauschten.

»Der junge Mann neben Lady Maude ist ein recht verwegener Ritter, *pardieu!* Also, da gibt es eine Geschichte ...«

Ich blickte zu Sir John Neville. Er hatte den Stuhl nach hinten gekippt und unterhielt sich hinter Lord Cromwells Rücken mit Lady Maude. Ehe er mich bemerkte, sah ich wieder weg und stellte die Frage, die mir auf der Zunge brannte.

»Gehören diese Nevilles zum Yorkisten- oder zum Lancastrianer-Zweig?«, fragte ich möglichst beiläufig. Und für den Fall, dass meine Miene preisgab, was in meinem Kopf vor sich ging, senkte ich den Blick, gabelte ein Stück gerösteten Hasen von meinem Teller auf und benetzte es überaus gründlich mit der würzigen Senfsauce. Leider erschreckte mich der Ritter mit einem dröhnenden, bebenden Lachen, das ihn eine ganze Weile durchschüttelte, sodass ich doch neugierig zu ihm aufsah.

»Ihr seid eine ganz Ahnungslose, was?« Immer noch lachend,

wandte er sich an die anderen am Tisch. »Sie will wissen, ob diese Nevilles Yorkisten oder Lancastrianer sind!«

»Ich habe in einem Kloster gelebt, Sir«, erklärte ich mit vor Scham glühenden Wangen.

»Dann habt Ihr eine Menge aufzuholen. Welch Glück für den Mann, der Euch lehren darf!«, polterte er.

Die Damen lächelten, und einige der Männer schnaubten vor Lachen. Einer, der sich als Lord Cromwells Seneschall entpuppte, hatte Mitleid mit mir und sagte: »Sie sind *die* Yorkisten, Mylady.«

Ich wandte mich wieder dem grobschlächtigen Ritter zu, und er fuhr fort, wo er aufgehört hatte. »Fürwahr, jedes Mal, wenn König Henry in den Wahnsinn abgleitet – Verzeihung, *krank wird* –, zanken sich die Königin und Richard, der Herzog von York, darum, wer das Land als Beschützer des Reiches regieren soll. Mal gewinnt York die Oberhand, mal die Königin. Vor allem aber standen diese Nevilles felsenfest zu York, von Anbeginn der Streitigkeiten und durch dick und dünn. Ja, ich sehe, jetzt begreift Ihr. Sie sind die Söhne des Earl of Salisbury und Brüder des Earl of Warwick.«

Mir war, als hätte ich einen brutalen Schlag eingesteckt, und ich musste blass geworden sein, denn wie durch einen Nebel hörte ich ihn fragen: »Fühlt Ihr Euch nicht gut, Lady Isobel?«

Ich schüttelte den Kopf. »Nein, es ist nur … der Hase ist zäh«, stammelte ich, legte das Fleischstückchen ab und schluckte. »Bitte, fahrt fort!«

»Tja, dann habe ich eine Geschichte für Euch. Es gibt die Nevilles und die Percys, zwei Clans, die einander spinnefeind sind, aber das wisst Ihr schon, nicht? Schön. Nun, dort seht Ihr Lady Maude, die Erbin von Cromwells Ländereien und Häusern, zu denen mehrere ehemalige Percy-Anwesen gehören. Henry IV. konfiszierte sie Anfang 1400 wegen Landesverrats. Als Lady Maude vor zwei Jahren in ebendieser Burg mit Sir Thomas Neville vermählt wurde, erhielten die Nevilles folglich Zugriff auf mehrere Festungen, die einst im Besitz der Percys waren. Anscheinend nahm es Lord Egremont, ein hitzköpfiger Sohn des Earl of Northumberland und seinerseits ohne Landbesitz, obendrein ein solch ungeschlachter Bursche, dass keine Erbin ihn heiraten will, nicht gut auf, dass Percy-Länderein in Neville-Hände fielen, egal, ob sie vor über fünfzig Jahren konfisziert wurden oder nicht. Und so lauerte Egremont der Hochzeitsgesellschaft an der Stamford-Brücke auf. Man sagt, es wäre dem jüngeren Sohn, Sir John, zu verdanken – ein wackerer Kämpfer, wie man ihn sich geschickter nicht vorstellen kann –, dass die zahlenmäßig unterlegenen Nevilles bei dem Überfall die Percys schlagen konnten. Sir John ist der dritte Sohn und erst fünfundzwanzig Jahre alt. Dennoch gibt sein Vater, der Earl of Salisbury, viel auf seinen Rat. Ja, Mylady, ich würde jederzeit mit Sir John Neville kämpfen … das heißt, wenn Lord Cromwell es befiehlt. Ich stehe in seinen Diensten.«

»Aha.« Ein Gemüsegang mit Erbsen und Zwiebeln in Safran war serviert und meine Portion unangetastet wieder abgeräumt worden. Nun sah ich auf die Feigen hinab, die, hübsch mit Mandeln und Puderzucker verziert, auf meinem Dessertteller lagen. Ich nahm eine auf und versuchte zu schlucken. Was mit mir war, wusste ich selbst nicht. Hier saß ich bei dem Bankett, von dem ich gefürchtet hatte, es zu versäumen, und auf einmal wünschte ich mir sehnlichst, es wäre vorbei.

Aber die Nonne war offensichtlich noch nicht gewillt zu gehen. Sie drehte sich zu mir, versetzte mir einen Klaps und verkündete kindlich munter: »Die Feuerschlucker sind hier, Isabelle!« Sœur Madeleine zeigte auf zwei barbrüstige junge

Männer mit Perlenketten um den Hals, die unter Fanfarentönen von der Musikergalerie herabstiegen. Sie jonglierten das Feuer mit erstaunlicher Geschicklichkeit und beendeten die Vorführung damit, die Flammen zu schlucken. Triumphierend hielten sie die erloschenen Fackeln in die Höhe, verneigten sich unter tosendem Applaus und fingen die Silbermünzen ein, die auf sie niederregneten. Als Nächstes kam ein Troubadour mit seiner Ghiterna und sang ein recht zotiges Lied über eine untreue Fischhändlersfrau, gefolgt von einem Klagelied über Elaines unglückliche Liebe zu Sir Lancelot, in dem es von Seufzern, Tränen und Verlangen nur so wimmelte. Unterdes waren meine Gedanken ganz bei dem Lord mit dem betörenden Lächeln. Inzwischen war ich froh über die Gesellschaft des rotgesichtigen alten Ritters und konzentrierte meine Aufmerksamkeit auf ihn, damit ich nicht zu dem anderen hinaufsah, der so weit über mir war.

Schließlich verbeugte der Troubadour sich und sagte: »Hier endet meine Geschichte. Gott segne diese holde Gesellschaft – Amen!« Die Musiker auf der Galerie stimmten laute Akkorde an, und der Boden wurde für den Tanz frei geräumt. Die sinnlichen keltischen Rhythmen, die sie auf der Harfe, dem Rebek, den Flöten und Lauten spielten, besangen mit jeder Note die Liebe; doch ich hockte steif auf meiner Bank, entschlossen, mich nicht von der Musik mitreißen zu lassen. Lords und Ladys erhoben sich zum Tanz, und der grobe Ritter knallte die Hand auf den Tisch.

»Ho, meine teure Lady! Zeit für ein wenig Ausgelassenheit. Lasst uns ...«

Er verstummte mitten im Satz, und ich blickte in die Richtung, in die er sah, um geradewegs in die dunkelblauen Augen Sir John Nevilles zu schauen. Ich bekam keine Luft mehr.

»Lady Isobel, gewährt Ihr mir die Ehre dieses Tanzes?«,

fragte er mit tiefem, wohlklingendem Timbre und einem Hauch nördlichen Akzents.

Er kannte meinen Namen! Ich öffnete den Mund, um Atem zu schöpfen, und richtete mich stumm auf. Nachdem er sich vor Sœur Madeleine verneigt hatte, stand sie auf und ließ mich aus der Bank. Ihr gefiel die Aufforderung eindeutig nicht, aber ich beachtete ihr Stirnrunzeln nicht und reichte ihm meine Hand. Mit einer Berührung, die gleichermaßen leicht wie sicher war, führte er mich in die Mitte der Halle. Wir nahmen unsere Plätze zwischen den übrigen Tanzenden auf dem mit Rosenblättern bestreuten Boden ein und bewegten uns im Takt zu den exotischen Klängen, die etwas von den wilden Hochmooren heraufbeschworen. Die Tanzfolge bestand in einem kleinen Seitwärtsschritt, dreien nach vorn, zweien zurück und einem Hüpfer. Ich wusste gar nicht recht, was ich tat, denn Sir Johns Augen hielten meine in ihrem Bann, und ich konnte nicht wegsehen. Wir verkehrten die Tanzschritte, bewegten uns mit einem Schritt voneinander weg und kamen wieder zusammen. Dabei fühlte ich seinen Atem über mich hinwegwehen. Im Hintergrund verschwammen die Kerzen mitsamt den Wänden und den anderen Tänzern, bis es nur noch ihn und mich auf der Welt zu geben schien, eingehüllt von Musik und angetrieben vom Wind unter meinen Füßen, der mich vorwärts- und rückwärtstrug. Sir John kniete sich hin, und ich umkreiste ihn langsam wie im Traum, ohne einen Moment seine Hand loszulassen oder den Blick von seinen Augen zu wenden. Dann sprang er wieder auf und tanzte um mich herum. Die Zeit stand still. Hilflos verharrte ich, während er tanzte und mein sehnendes Herz entflammte.

Wir machten einen Doppelschritt nach vorn, einen zurück, hüpften und gingen einen kleinen Schritt zur Seite. Hand in Hand, von Angesicht zu Angesicht tanzten wir in vollkommener Harmonie, mal in die eine Richtung, mal in die andere. Zwei Hälften eines Kreises waren wir, die sich zusammen in alle Ewigkeit drehten und drehten ... Die Melodie füllte die Luft aus, ließ mir keine mehr zum Atmen, und ich wollte mir nicht einmal vorstellen, ihm nicht in die Augen zu sehen, nicht von ihm gehalten zu werden. Mein größter Wunsch war, dass es niemals endete, dieser Tanz immer weiterging und ich nie wieder in meine armselige Welt zurückkehren müsste.

Aber natürlich endete der Tanz. Mit einem klirrenden Zimbelton brach er ab. Wir verharrten mitten im Schritt. Nach wie vor blickten wir einander in die Augen und atmeten im gleichen Rhythmus, während die Töne bebend verklangen. Das Lied war vorbei, die Welt hörte auf, sich zu drehen. Sogleich lenkte ich all meine Kraft darauf, mich wieder zu fangen, doch mein Herz pochte so heftig, dass ich fürchtete, mein Busen würde meine Gefühle verraten. Ein befremdlicher Schwindel, hervorgerufen von Scham, Hitze und Erregung, schwächte mich, und ich hob eine Hand an meine Stirn.

»Mylady«, sagte er und stützte meinen Ellbogen, »mir scheint, wir sollten ein wenig frische Luft schnappen. Die Wärme hier drinnen ist erdrückend.«

Ich nickte lächelnd, aber leider fiel mir die Nonne ein. Sie würde nie erlauben, dass ich die Halle mit jemandem verließ, erst recht nicht einem Ritter und schon gar nicht einem Neville.

»Aber ...«, begann ich und wandte mich zu unserem Tisch um.

»Wir werden um Erlaubnis bitten, wie es sich ziemt«, sagte er unüberhörbar amüsiert.

Als wir bei Sœur Madeleine ankamen, begriff ich auch, warum. Sie saß nicht mehr auf der Bank, sondern auf einem stoffbespannten Stuhl in der Ecke, den Kopf zu einer Seite geknickt und laut schnarchend. Ein Weinkelch hing lose in ihrer Hand, die tief in die Falten ihres Habits eingesunken war. Die letzten Tropfen hatten eine Pfütze neben ihrem Knie gebildet, die nun mit jedem ihrer Atemzüge auf und ab schwappte.

Ich unterdrückte mein Lachen und blickte zu dem Ritter auf.

»Ich würde meinen, Sœur Madeleine ist nicht in der Verfassung, uns die Erlaubnis zu versagen, Mylady«, sagte er zwinkernd und zeigte beim Lächeln seine unwiderstehlichen Grübchen. Als er mir die Hand hinstreckte, ergriff ich sie höchst unelegant. Der Umstand, dass ich mich an den Diener erinnerte, der stets in ihrer Nähe geblieben war und sie absichtlich in Versuchung geführt hatte, zu viel zu trinken, störte mich nicht im Geringsten.

Draußen war die Luft frisch, die Nacht wundervoll und der kleine ummauerte Garten eine tropfenverzierte Blütenpracht. Aus den offenen Fenstern der großen Halle waberte Musik herbei, als wir einen Diener mit einem Orangentablett und eine Gruppe von Höflingen und Damen passierten, die lachend um einen kleinen, von Rosen umgebenen Springbrunnen standen.

»Mir wurde erzählt, Ihr seid Lancastrianerin«, sagte er.

»Mir erzählte man, Ihr seid Yorkist und dass alle Yorkisten Frauenschänder und Mörder sind«, entgegnete ich mit einem verstohlenen Seitenblick zu ihm, als wir durch den Garten schlenderten.

Er lachte so herzlich, dass sich auf seinen Wangen Falten und, zu meinem Entzücken, auch die Grübchen zeigten. Seine dunkelblauen Augen blitzten. »Glaubt nicht alles, was Ihr hört. Es gibt einige Ausnahmen.«

Ich blickte hinunter zu dem Hund, der ihm vergnügt folgte. »Und was ist er, Yorkist oder Lancastrianer?«

»Yorkist, allerdings vergisst er es bisweilen und leckt einem Lancastrianer die Hand«, antwortete er sehr ernst, wobei jedoch sein einer Mundwinkel zuckte.

Ich lächelte, überwältigt von Glück. »Ist er stets bei Euch?«

»Immerzu, ausgenommen in Gefahr, etwa in der Schlacht … oder beim Tanz. Dann beobachtet er alles vom Zelt aus – oder von unterm Tisch. Er besitzt mehr Verstand als ich, müsst Ihr wissen.« Sir John sah mir in die Augen, und selbst im Sternenlicht fühlte ich das Feuer, das mich beim gemeinsamen Tanz erfasst hatte.

Ich wandte rasch den Blick ab. »Northumbria ist sehr schön. Ich war einmal dort«, sagte ich mit gesenktem Haupt.

»Cambridgeshire ist noch hübscher. Ich würde gern häufiger dorthin reisen.«

Nun sah ich doch zu ihm auf. Seinem verhaltenen Lächeln nach wusste er, dass ich verstanden hatte, was er meinte. Wieder errötete ich, ja, meine Wangen glühten, und ich war dankbar, dass es recht dunkel war.

Wir spazierten weiter in den Garten. Bald erhellten nicht länger Fackeln den Weg, aber es gab auch keine neugierigen Augen mehr, die uns beobachteten, einzig die funkelnden Sterne über uns. Die Musik wurde leiser, bis nur noch das Zirpen der Grillen die nächtliche Stille ausfüllte. Ich war mir seiner Nähe sehr deutlich gewahr, und eine brennende Spannung durchströmte mich und ließ mich schmerzlich nach seiner Berührung verlangen.

»Ich hatte nie die Ehre, Euren Vater kennenzulernen, möge Gott seiner Seele gnädig sein«, sagte er, »aber ich kenne Euren Onkel. Der Earl of Worcester ist ein gottesfürchtiger, gelehrter Mann.«

»Ja, ist er. Er liebt das Studium und lehrte mich früh, welche Freuden Schriften bergen.«

»Was habt Ihr gelesen?«

»Ovid, Christine de Pisan, Euripides, Sokrates, Homer und Plato und ...«

»Meiner Seel'!«, rief er lachend. »Das ist eine rechte Sammlung, obgleich ich es bei der Nichte eines solchen Mannes nicht anders erwarten würde. Leider kam ich nicht in den Genuss, größere Werke zu lesen, es sei denn, Ihr zählt *De Rei Militari* mit dazu.«

Seine Erwähnung eines der bedeutendsten Werke zur Kriegsführung stimmte mich traurig, enthüllte sie mir doch etwas, das ich aus seinem Auftreten niemals folgern würde. Die Bürde der Gegenwart lastete schwer auf diesem Ritter, so unbekümmert er auch reden mochte. Und ich fühlte, dass sein sorgloses Äußeres das tiefsinnige, nachdenkliche Wesen eines Mannes maskierte, der viel grübelte. Prompt ging mir das Herz auf.

»Habt Ihr gewusst, dass wir verwandt sind, Lady Isobel? Euer Onkel, der Earl of Worcester, wurde einst mit meiner Schwester Cecily vermählt – Gott habe sie selig!«

Ungläubig sah ich ihn an. Nein, das hatte ich nicht gewusst.

»Natürlich ist es viele Jahre her, als er Lord Tiptoft war und noch nicht Earl of Worcester. Meine Schwester war seine erste Frau, und sie waren nur wenige Monate verheiratet, bevor sie starb.«

Ich murmelte mein Beileid, immer noch verblüfft ob dieser Neuigkeit. »Das wurde mir nie erzählt«, sagte ich. »Ich entsinne mich lediglich meiner Tante Elizabeth. Sie starb, als ich noch klein war.«

Er lächelte betrübt. »Elizabeth Greyndour war seine zweite Gemahlin. Ihr wart noch ein Säugling, als er und meine Schwester vermählt wurden, und ich würde sagen, dass verwandtschaftliche Beziehungen zu Yorkisten nichts sind, womit man sich dieser Tage brüstet.«

Hierauf antwortete ich nicht, weil ich es nicht leugnen konnte und ohnedies noch mit der Eröffnung haderte, dass unsere Familien durch Heirat verbunden waren – nicht zu vergessen die Hoffnung, die diese Tatsache in meinem Busen weckte.

»Euer Onkel ist als Abgesandter in Irland, wie ich hörte. Wie geht es ihm?«, erkundigte er sich.

»Oh, gut«, sagte ich deutlich munterer, denn mein Herz hatte sich mit der Neuigkeit arrangiert, und Freude regte sich in mir. »Er schrieb, dass er eine Pilgerreise nach Jerusalem plane, wenn er aus Irland zurück ist, und vielleicht einige Zeit in Padua verbringen wolle, um die Schrift, Latein und Griechisch zu studieren.«

»Ja, richtig, das erzählte er mir auch, bevor er im letzten Jahr aufbrach. Ich glaube, er wollte Ovid aus dem Lateinischen übersetzen.« Plötzlich fragte er: »Wie alt seid Ihr?«

Als ich zögerte, grinste er. »Falls Ihr wegen Rufus besorgt seid, kann ich Euch versichern, dass er es keinem verraten wird.«

Ich konnte nicht anders, ich musste lachen. »Fünfzehn«, antwortete ich, sobald ich mich wieder gefangen hatte.

»Stimmt es, dass Ihr ein Mündel von Marguerite d'Anjou seid?«

Die Wirkung dieser Frage auf mich hatte ich unmöglich vorhersehen können. Mit einem Schlag rief sie mir in Erinnerung, dass Nevilles bei Hofe nicht wohlgelitten waren, woraufhin mein hübscher Fantasiekokon zerriss und ich jäh in die Wirklichkeit zurückgeworfen wurde. Vielleicht klärte auch die frische Luft mein Denken und erschütterte jene Gefühle in mir, die einer zügellosen Maid in einer Taverne besser angestanden hätten; oder es waren die Worte meines Vaters, die mir einfielen: »Strebe nicht zu hoch hinaus; verlange nicht zu viel! Der größte Kummer ist der, den wir uns selbst bereiten.«

Wie auch immer, wurde ich mir inne, wie unbesonnen und närrisch ich gewesen war. Die Heirat, die einst unsere Familien verbunden hatte, war Geschichte, ein Band, das längst gekappt worden war. Die Zeiten hatten sich geändert, der Hass sich gefestigt, und die Kluft, die uns trennte, war so unüberbrückbar wie die stürmische See. Dieser Ritter gehörte einer der mächtigsten Familien des Christentums an und war mit der Königin verfeindet, der ich gehörte. Wie konnte ich sicher sein, dass er nicht zur Belustigung mit mir spielte und mich als Instrument benutzte, um die von ihm verachtete Königin zu beschämen? Und selbst wenn dem nicht so war, was zählten schon seine angenehmen Eigenschaften? Für mich war und blieb er so unerreichbar wie die Sterne über uns. Ich hatte meine Stellung vergessen, zu hoch gegriffen und nach dem Unmöglichen verlangt. Die Götter antworteten mir, indem sie mir Feuer sandten. Ich musste fort, solange noch Hoffnung auf Genesung bestand. Meine Amme hatte recht gehabt: Ich war unvernünftig, närrisch und wild. Wann würde ich endlich klug werden?

»Mylord, es ist wahr, dass ich ein Mündel der Königin bin. Wir dürfen nicht hier sein, wie Ihr sehr wohl wisst. Deshalb bitte ich Euch, mich zu meiner Beschützerin zurückzubringen und zu vergessen, dass wir uns begegnet sind.« Die Worte waren wie Steine auf meiner Zunge.

Für einen Moment schaute Sir John seltsam befremdet drein und rührte sich nicht. Dann jedoch richtete er sich zu seiner vollen Größe auf und sagte in einem Tonfall, der mir das Herz durchbohrte: »Ihr habt recht, Mylady. Bitte verzeiht mir! Ich geleite Euch umgehend zurück.« Er bot mir steif seinen Ellbogen an, und ich legte meine Hand so sacht auf seinen Ärmel, als berührte ich heißes Eisen. Stumm gingen wir durch den Garten zurück in die große Halle, die wir niemals hätten verlassen dürfen.

In jener Nacht schlief ich nicht. Ich lag in der Dunkelheit und weinte in mein Kissen, während ich dem Schnarchen von Sœur Madeleine lauschte und die Glockenschläge zum Ende jeder Stunde zählte. Nie würde ich die köstliche, überwältigende Süße des Tanzes vergessen, aber die Zeit würde diesen Jammer heilen und das Leben weitergehen. Dessen war ich gewiss, weil es in den Büchern stand.

Der Morgen brach sonnig und schön heran, nur verursachte mir der fröhliche Gesang der Lerche Herzeleid und jagte mir Furcht ein. Letztere war unnötig, wie sich erweisen sollte, denn Sir John Neville frühstückte nicht mit uns in der großen Halle. Wie ich hörte, war er mit dem ersten Hahnenschrei fortgeritten. Ich hatte keinen Appetit und nagte lieblos an einem Brot, das zu essen Sœur Madeleine mich zwang. Wir standen im Innenhof und sahen zu, wie die Stallburschen unsere Pferde sattelten. Das Gebell der Hunde betrübte mich auf eine bis dahin ungekannte Weise. Als die Glocke zur Prim läutete, brachen wir auf. Hinter uns fiel das Burggatter zu. Der rote Ziegelsteinbau wurde kleiner und kleiner, je weiter wir ritten, und unsere Mitreisenden wurden weniger. Die Holzhäuser des Dorfes um die Burg wurden von vereinzelten Cottages abgelöst, von Feldern und Scheunen, bis schließlich offene Moorlandschaft vor uns lag. Beim Anblick der hohen Gräser und Blumen, die sich in der Sonne wiegten, und umgeben von einer Stille, die nach dem bunten Treiben in der Burg nachgerade grotesk anmutete, überkam mich das schaurige Gefühl, ich würde in eine unendliche Ödnis reiten. Die Hufe meines Zelters klopften auf der Straße, *klippedi-klapp, klippe-*

di-klapp, und ihr Pochen wurde zu einem Dröhnen in meinen Ohren. Unwillkürlich ließ ich das Pferd langsamer gehen, fiel hinter den anderen zurück und blickte nach hinten, vorbei an der Sommerheide nach Tattershall Castle.

»Gestern Abend konntest du gar nicht aufhören, zu tanzen und zu lachen, und nun bist du still wie ein Mäuschen, wenn die Katz' naht«, sagte Sœur Madeleine, die sich in ihrem Sattel zu mir umdrehte. »Was ist dir, *ma chérie?*«

Ich konnte nicht antworten. Überhaupt glaubte ich, nie wieder sprechen zu wollen. Tränen beschwerten mir das Herz und machten meine Augen blind. Mein Zelter schloss mit dem Pferd der Nonne auf, und ich senkte den Kopf, damit sie mein Gesicht nicht sah.

Sœur Madeleine streckte einen Arm aus und drückte meine Hand. »Du bist jung, meine Kleine«, sagte sie leise. »Eines Tages kommt ein anderer und lässt dich vergessen.«

Da blickte ich doch zu ihr, und mir war, als sähe ich sie zum ersten Mal richtig.

3

August 1456

Im strömenden Regen rannte ich einen Hügel aus Geröll und Dornensträuchern hinunter, unfähig anzuhalten. Ich wusste nicht, wohin ich lief, nur dass ich der Kreatur entkommen musste, die mich verfolgte. In blankem Entsetzen warf ich einen Blick hinter mich. Mein Herz pochte wild, und mein Puls war ein tosendes Rauschen in meinen Ohren. Aber in der Dunkelheit konnte ich nichts erkennen. Wo ist Zuflucht, wo Schutz? Falls mich dieses Ding einholte, drohte mir ein unaussprechliches Los! Allein der Gedanke verlieh meinen Füßen Flügel, doch leider wurde der Untergrund matschig und unsicher. Aus dem Nichts ragten knorrige Wurzeln auf, erwachten zu schauerlichem Leben, griffen seufzend nach mir und wollten meine Flucht durch die Finsternis bremsen. Ich schluckte meine Schreie herunter und lief weiter; dabei stolperte ich mehrmals und wäre fast gefallen. Überall um mich zerrissen laute, schluchzende Rufe und jämmerliches Stöhnen die Luft und steigerten meine Panik in unermessliche Höhen. Ich hielt mir die Ohren zu, um sie nicht zu hören. Plötzlich konnte ich nicht weiter, weil mir etwas den Weg versperrte. Seltsamerweise fühlte ich jedoch Trost, keine Angst. Eine Blume schimmerte vor meinen Augen, eine weiße Rose, wie ich benommen erkannte. Zugleich stellte ich fest, dass der Lärm verstummt war, und nahm die Hände herunter. Irgendwie floss mir die Rose in die Hände. Ich bewunderte die irisierende

Schönheit, die beinahe sphärisch wirkte. Dann blickte ich auf und sah Sir John Nevilles Lächeln. Wärme umfing mich, und mein Mund öffnete sich vor Freude und Staunen, doch vor lauter Überraschung ließ ich die Blume fallen. Sir John bückte sich nach ihr, aber als er sich wieder aufrichtete, war er ein Fremder, dessen Züge überschattet waren, sodass ich sie nicht ausmachen konnte. Der Fremde reichte mir die Blüte, allerdings war die Rose nun rot, nicht weiß. Ich wollte sie nicht, doch sie sprang mir in die Hände, und ich sah Blut von ihren Blütenblättern tropften. Es war Blut, das die weiße Rose rot färbte! Ich ließ sie erneut fallen, wich zurück und schrie vor Entsetzen …

Ich wachte aufrecht im Bett sitzend auf, schweißgebadet und mit rasendem Herzklopfen.

»Mein armes Kind, du hattest einen bösen Traum, aber das Fieber ist endlich gesunken. Bald geht es dir wieder gut.« Sœur Madeleine nahm die Hand von meiner klammen Stirn, drehte sich auf der Bettkante um, tunkte ein Tuch in eine Wasserschale, die ein junges Mädchen hielt, und wischte mir das Gesicht ab. Ich zuckte vor Schreck ob der Kälte zusammen. Wenigstens klärte sich meine vom Schlaf verschwommene Sicht. Ich schaute mich um. Viel gab es nicht zu sehen, nur die Steinmauer einer Burgkammer, ein Fenster und eine Truhe. »Wie lange war ich krank? Wo sind wir?«, fragte ich.

»Wir sind bei Hofe, in Westminster. Du bist vom Pferd gestürzt und warst zwei Tage ohnmächtig.«

»Ich erinnere mich nicht, hier angekommen zu sein.«

»Weil du bereits krank und im Fieber warst. Ich hatte große Angst um dich, Kind.«

Angestrengt versuchte ich, mich an die Reise zu erinnern, aber in meinem Kopf war nur ein dumpfes Pochen. Dann, auf einmal, fluteten mich die Erinnerungen. »Ja, jetzt weiß ich es wieder«, murmelte ich leise, denn mit der Erinnerung kam der Schmerz, Sir John Neville auf Tattershall verlassen zu haben. Ich legte den Kopf auf die Kissen zurück und bekam nur am Rande mit, dass Sœur Madeleine sprach.

»Isabelle, dies ist Margery. Sie wird sich in meiner Abwesenheit um dich kümmern, Kind. Ich reise zur Abtei Kenilworth und werde mehrere Tage fort sein, aber bei meiner Rückkehr sehe ich sofort nach dir.« Sie tätschelte meine Hand, und das junge Mädchen machte einen Knicks. Ich nickte beiden zu, viel zu erschöpft, um zu reden, und schloss die Augen.

Der Ritt von Lincolnshire nach Westminster war außergewöhnlich strapaziös gewesen, wohl wegen der übermäßigen Hitze. Unter dem bleiernen Himmel, der Land und Leuten gleichermaßen aufs Gemüt drückte, waren wir an Mönchen vorbeigekommen, an Landstreichern, deren Zehen durch die Lumpen an ihren Füßen lugten, an Tagelöhnern, Kaufleuten mit ihren Waren, Frauen, die sich unter dem Gewicht von Milchkrügen auf ihren Köpfen krümmten, und Bauern auf dem Weg zum Markt, die mit Heu, Lauch und Äpfeln beladene Karren hinter sich herzogen. Viele von ihnen sahen so erschöpft und niedergeschlagen aus, wie ich mich fühlte. Da ich die Aussicht nicht ertrug, in das Haus einzukehren, das einst mein Vater mit Liebe erfüllt hatte, machten wir nicht in Burrough Green halt, obwohl Cambridgeshire auf unserem Weg nach London lag. Stattdessen verbrachten wir die Nacht in einer Abtei außerhalb der Stadt, wo ich mir ein Strohlager mit der Nonne teilte. Ihr tönendes Schnarchen, mein scheußlicher Husten sowie die Flöhe und Wanzen in der klumpigen Strohmatratze hielten mich wach, und ich zählte, wie alle Nächte seit Tattershall, die Glockenschläge durch die Nacht, nur um meine Gedanken von Sir John Neville abzulenken.

Während der letzten zwei Tage unserer Reise hatte ich nichts als Brotkrumen und Wein zu mir genommen. Ich erkannte bald, dass ich von einem Fieber befallen war, doch da das einzige Heilmittel dagegen war, eine Spinne in einer Rosine zu schlucken, erwähnte ich nichts aus lauter Furcht, die Nonne könnte mich auf ebendiese Weise kurieren wollen. Und so wurde ich beständig schwächer. Dann zog sich die Welt gleichsam in Stille und Dunst zurück. Sœur Madeleine sprach mit Master Giles und Guy; Kaufleute, denen wir begegneten, grüßten uns, Bettler am Straßenrand hielten uns ihre Schalen hin und baten um Almosen, aber nichts von alldem erreichte mich. Als die zinnengekrönten Stadtmauern Londons in der Ferne zu sehen waren, krampften meine Beine so schmerzlich, dass ich mich nur mit größter Mühe auf meinem Zelter halten konnte. Mir schwirrte der Kopf, und obwohl mein Magen leer war, mussten wir noch vor Bishopsgate zweimal pausieren, damit ich mich übergeben konnte.

Die Ankunft in der Stadt half wenig. Bei dem Gewimmel und Gestank von London rebellierte mein Magen aufs Neue. Wir ritten an Metzgereien vorbei, wo Fliegenschwärme über Fleisch herfielen, das zum Trocknen aushing, schmale Gassen entlang, in denen die stickige Luft aus den oberen Stockwerken der Handwerkshäuser Sonne und Himmel verdüsterte. In diesen schmutzigen, drängeligen Straßen wühlten Schweine in Unrathaufen, deren Ausdünstungen weitaus schlimmer waren als die Misthaufen auf dem Lande.

Und die ganze Zeit, während ich ritt und mich bemühte, aufrecht im Sattel zu bleiben, blieb die Welt um mich herum unheimlich still. Händler und Käufer stritten, Karrenräder wirbelten Staub auf, Schmiede hämmerten in ihren Werkstätten, dass Funken und glühende Eisenspäne flogen, aber alles geschah seltsam lautlos. Endlich kamen wir in Westminster an, wo das Gewimmel auf dem Schlosshof so stumm war, als handelte es sich um ein Gemälde. Grimmig dreinblickende Gefolgsmänner schritten zielstrebig über den Hof, die Hände fest am Schwertheft; Boten galoppierten herbei, brachten Nachricht aus den fernsten Winkeln des Königreichs und eilten im Galopp mit Aufträgen von der Krone wieder fort. Alles ging in einem geräuschlosen Nebel vor sich.

Ich wandte mich zur Nonne und sah, dass sie mit der Wache am Eingang des Burghofs redete. Der Wachmann nickte und wies zu einem der Türme nahe am Fluss. In meinem Kopf drehte sich die Szene, wurde finster, und das Letzte, woran ich mich erinnerte, als mir der Boden entgegenrauschte, waren die erschrockenen Blicke der beiden.

Ein leiser Seufzer entfuhr mir.

»Kann ich etwas für Euch tun, Mylady?«, fragte das Mädchen.

Ich schüttelte den Kopf, murmelte ein Dankeschön und schloss die Augen. Anscheinend war ich eingeschlafen, denn als ich sie wieder öffnete, war es dunkel. Ich setzte mich auf. Im Licht der einzelnen Kerze auf dem Nachtschrank erkannte ich das Mädchen, das schlummernd an der Wand saß. Sowie ich mich bewegte, schrak Margery hoch.

»M'lady, Ihr seid wach!« Sie kam zu mir, kniete sich neben das Bett und wrang das Tuch aus der Waschschüssel aus, mit dem sie mir das Gesicht abwischte. »Ihr seht schon viel wohler aus, M'lady. Darf ich Euch etwas zu essen holen, etwas Brot oder Brühe?«

Ich lehnte dankend ab, denn mein Magen war noch durcheinander.

»Es kam ein Geschenk für Euch, während Ihr schlieft«, sagte sie und ging zur Truhe in der Zimmerecke, wo sie etwas aufhob und mir brachte. »Es waren noch andere um Euch besorgt und schickten Euch diese.«

Mit einem Aufschrei wich ich zurück, denn der Anblick entsetzte mich. Eine rote Rose!

Das Mädchen war verwundert. »Es ist doch nur eine Rose, M'lady. Sie lag draußen vor der Tür, zusammen mit dem hier.« Sie zog einen Brief aus ihrem Mieder und gab ihn mir. Er war unversiegelt. Als ich das Blatt auffaltete, fand ich einen Vers, sorgfältig in schwarzer Tinte geschrieben. Ich neigte den Kopf, las, und mit jeder Zeile wuchs Hoffnung in meinem Busen.

Nehmt diese Rose, o Rose,
die der Liebe Blume ist.
Doch größer als die Schönheit der Rose
noch jene Liebe misst,
die mich gebannt mit ihrer Macht
seit Tattershall Castle bei lauer Nacht.

Freude explodierte in meiner Brust, und ich fühlte das Strahlen meines Lächelns. Hastig suchte ich nach einem Namen, einer Signatur, aber da war keine. »Hast du gesehen, wer sie brachte?«, rief ich.

»Ich sah ihn nur von hinten, als er wieder ging. Er ist jung und von angenehmer Statur.« Das Mädchen lächelte mich an, und ich erwiderte das Lächeln, während mir das Herz überging. Sir John Neville …

Die Rose war exquisit, eine vollkommene Blüte. Der Traum war ein gutes Omen, kein schlechtes, dachte ich bei mir. Ich neigte die Nasenspitze in die weichen Blütenblätter, sank zurück auf das Kissen und atmete den lieblichen Duft der Blume ein, und plötzlich war mir nicht mehr übel. Eingehüllt von dem Duft, summte ich die Tanzmelodie vor mich hin. Wie ein Wiegenlied lullte sie mich in den Schlummer.

Befeuert von dem Wissen, dass der Besucher Sir John gewesen sein musste, verwandte ich meine gesamten Kräfte darauf, wieder gesund zu werden. Sœur Madeleine war erfreut, mich bei ihrer Rückkehr erholt vorzufinden, und ich war entzückt, sie wiederzusehen, hatte ich sie in den gemeinsamen Wochen doch lieb gewonnen.

»Sœur Madeleine, ich möchte nicht, dass Ihr wieder in den Norden geht«, flehte ich sie an, als sie mich ankleidete. An diesem Tag sollte ich erstmals meine Kammer verlassen. »Könnt Ihr nicht die Königin bitten, Euch bei mir bleiben zu lassen?«

»Meine Liebe, ich werde in der Abtei gebraucht. Zweifellos weist die Königin dir eine Zofe zu, wenn du deine Audienz hast.«

»Wann wird die sein?« Ein Anflug von Panik überkam mich bei dem Gedanken an eine Audienz bei der Furcht einflößenden Marguerite d'Anjou.

»Sobald die Königin Zeit findet, sich solch unbedeutenden Angelegenheiten zu widmen. Derzeit ist sie ganz mit dem Regieren befasst, weil der König abermals erkrankt ist, also kann es eine Weile dauern. Du musst geduldig sein.«

»Der König ist krank?«, fragte ich.

»Ja, er braucht Ruhe. Die Staatsangelegenheiten haben sich als eine zu große Bürde erwiesen.« Sie kniete sich hin und zupfte am Saum meines Gewands, und ich hatte den Eindruck, dass sie ungern über dieses Thema sprach.

Da ich sie nicht mit weiteren Fragen in Verlegenheit bringen wollte, sagte ich: »Dann werde ich für seine Genesung beten, Sœur Madeleine.«

Sie nickte.

Krank war der Ausdruck, den Sœur Madeleine benutzte, doch in den nächsten Tagen, während ich durch die Gärten von Westminster Palace schlenderte, in den Hallen aß und immer wieder sehnsüchtig meine Rose betrachtete, grübelte ich über das offene Geheimnis nach, der König sei wahnsinnig. Er sei in den königlichen Gemächern eingesperrt. Denn niemand sollte sehen, wie er den ganzen Tag schweigend dasaß, unfähig, ein Wort zu äußern oder einen Gedanken zu verstehen, und den Boden anstarrte. Aber in einer Burg werden noch die finstersten Nischen erhellt, und Geheimnisse sind unmöglich zu wahren.

Als man ihm das Kind der Königin, Prinz Edward, erstmals zeigte, damit er ihm seinen väterlichen Segen gab, soll Henry den Jungen angesehen und den Blick gesenkt haben, ohne etwas zu sagen. Man raunte, Edward sei vom inzwischen verstorbenen Edmund Beaufort gezeugt worden, dem Duke of Somerset. Letzteren hatte man bis zu seinem Tod in der St-Albans-Schlacht im Mai 1455 immerfort an der Seite der Königin gesehen. In jener Schlacht, ein Jahr vor meiner ersten Begegnung mit Sir John Neville, hatten die Yorkisten, angeführt von Richard Plantagenet, dem Duke of York, und die Männer der Königin unter Edmund Beaufort gekämpft. Die Nevilles hatten sich auf Yorks Seite geschlagen, und Somerset war durch ein Neville-Schwert gestorben.

Das Horn rief zum Dinner. Ich befestigte Sir John Nevilles Rose mit meiner Brosche am Mieder und verließ die Gartenbank, von der aus ich den Sonnenuntergang bewundert und in Gedanken die Ekstase jenes Abends in Tattershall nachempfunden hatte. Die Blüte war welk geworden, seit Sir John sie mir zum Krankenzimmer gebracht hatte, aber für mich war sie nach wie vor die schönste Rose im Garten.

Widerwillig machte ich mich auf den Weg zur großen Halle. Sœur Madeleine war im Auftrag ihrer Abtei auf einer Reise, und mir behagte es nicht, allein in der großen Halle zu speisen. In der Abtei Marrick hatte ich wenige Freunde gefunden, denn die Mädchen dort hatten mich kritisch beäugt, hinter meinen Rücken getuschelt und sich gegenseitig angestupst, wann immer ich vorbeigegangen war. Eines von ihnen, das sich mit mir angefreundet hatte, Alice, hatte mir den Grund verraten.

»Sie finden, dass du wunderschön bist, und wollen dich dafür bestrafen«, sagte sie.

»Aber warum?«, fragte ich erstaunt.

»Ich nehme an, weil sie denken, dass deine Schönheit dir ein Recht gibt, geliebt zu werden und glücklich zu sein.«

»Aber *warum?* Mein Haar ist dunkel, meine Augen sind braun, und meine Lippen sind viel zu schwülstig.«

Alice lachte. »Du weißt es nicht, oder?«

Ich schüttelte den Kopf.

»Das mag ich am liebsten an dir«, erwiderte sie.

Alice war im Jahr darauf mit gerade fünfzehn an der Pest gestorben. Wie jedes Mal, wenn ich an sie dachte, fühlte ich auch jetzt einen drückenden Schmerz und betete für ihre Seele.

Ich überquerte den kreisrunden Rasen und strebte auf den Wohnturm zu. An Einsamkeit war ich gewöhnt, und mein Empfang hier bei Hof ähnelte meinen Erlebnissen in der Abtei. Unwillkürlich seufzte ich leise. Gewiss wird es hier länger brauchen, eine Freundin zu finden, überlegte ich, falls sich an solch einem Ort überhaupt eine Freundschaft knüpfen lässt.

Aber das Schicksal zeigte sich gnädig. Zwar setzte man mir einen alten Mann zur Linken, der bei jedem meiner Worte eine Hand an sein Ohr hob und knurrte: »Häh, was?«, bis ich meine Konversationsversuche aufgab, doch stellte sich meine Tischnachbarin zur Rechten als entzückende junge Dame heraus. Sie war eindeutig von adligem Geschlecht und mit fünfundzwanzig noch unverheiratet. Liebenswürdig sprach sie mich an, erzählte mir von sich und erkundigte sich nach mir auf eine erfrischend ungekünstelte Art. Ihr Name war Ursula Malory, und sie hatte rotes Haar. Wie Alice, ging es mir durch den Kopf. Ihre Augen waren blau, sie war von mittlerer Größe und besaß ein strahlendes Lächeln sowie hübsche Züge. Man hätte sie fraglos als schön bezeichnet, wären ihre Sommersprossen und das leichte Schielen nicht gewesen.

»Ihr seid schmal wie eine Zypresse, M'lady, und dennoch nicht hager. Ganz im Gegenteil seid Ihr gut bestückt – ja, sehr gut sogar!« Ursula Malory schmunzelte und blickte zu meinem Busen. Ich errötete und zupfte mein Mieder höher. »Alles ist so, wie Gott uns schaffen wollte, nehme ich an, obgleich ich wünschte, Er hätte einige Dinge an mir anders verteilt – mir oben etwas mehr gegeben und unten weniger. Dann sähe ich nicht wie eine Henne aus.«

Ich wollte widersprechen, aber sie winkte ab. »Sch-sch, ist schon gut. Als ich jünger war, habe ich mehrfach versucht, streng Maß zu halten, doch mein Körper wollte einfach nicht schrumpfen. Also beschloss ich, meine Statur hinzunehmen und das Essen zu genießen. Wie Ihr, Mylady.« Mit diesen Worten löffelte sie eine Hand voll am Spieß geröstetes Wildschwein und Kohl auf eine Scheibe Brot, tunkte sie wie ich in die kleine Holzschale mit süßer Sauce, die wir uns teilten, und aß genüsslich Bissen um Bissen, genau wie ich. Denn ausgenommen auf Tattershall Castle hatte ich stets einen gesunden Appetit gehabt.

Ich verbannte die Erinnerung aus meinen Gedanken und richtete meine ganze Aufmerksamkeit auf Ursula Malory. Mollig und munter wie sie war, besaß sie eine liebenswerte Ausstrahlung, bei der man weniger an eine Henne dachte als an einen bunten Vogel mit aufgeplustertem Gefieder. Ich mochte sie mit jedem Wort, das wir wechselten, lieber. Bezaubert von ihrer Warmherzigkeit und ihrem Wesen, das nicht minder sonnig war als ihr Haar, schenkte ich ihr ein strahlendes Lächeln. Sie erzählte mir, dass ihr Vater, Sir Thomas Malory, in den Kriegen in Frankreich gegen Johanna von Orléans gekämpft hatte und in den frühen Fünfzigern ein Parlamentsmitglied gewesen war.

»Mein Vater war ebenfalls Parlamentsmitglied. Und auch er kämpfte zu jener Zeit in Frankreich«, sagte ich zwischen zwei Löffeln Porreesuppe. »Ich frage mich, ob die beiden sich kannten.«

»Gewiss kannten sie sich. Wir müssen sie fragen, wenn wir sie das nächste Mal sehen.«

»Mein Vater ist tot«, sagte ich leise. »Seit einem Jahr.«

Ursula legte die Hand auf meine. »Das tut mir leid.« Nach einer kurzen Pause fragte sie: »Warum seid Ihr am Hof, Mylady?«

Ohne Frage lenkte sie das Gespräch in eine andere Richtung, um mich von meiner Trauer abzulenken, und dafür war ich ihr sehr dankbar. »Ich bin ein Mündel der Königin und wurde aus dem Kloster hergebracht, um vermählt zu werden. Wie ist es mit Euch, Ursula?«

»Ein Mündel der Königin?«, rief sie aus. »Ach, du liebe Güte, dann sollte ich auf meine Manieren achten!«

Ich lachte.

»Ich bin hier, weil ich eine Stellung suche«, erklärte sie. »Obgleich mein Vater ein Ritter ist, verfügt er über keinerlei Besitz. Ich habe also keine Mitgift anzubieten und muss meinen Lebensunterhalt bestreiten.«

Sofort war ich sehr aufgeregt. »Dann braucht Ihr nicht weiter zu suchen, Ursula! Ich brauche eine Zofe!«

Ein Leuchten ging über ihr Gesicht. »Aber nichts kann so einfach sein … ausgenommen die Erzählungen meines Vaters.«

»Nun, heute Abend lacht das Glück wirklich auf Euch herab«, antwortete ich. Ein Diener räumte unsere Teller fort, und ein anderer brachte uns das Dessert, Zimt-Apfel-Speise mit Mandeln und Rosinen. Es war so köstlich, dass ich um eine zweite Portion bat. »Also ist Euer Vater ein Poet? Worüber schreibt er gewöhnlich?«

»Meist über die Liebe und Ritterkämpfe, bei denen es um eine schöne Maid wie Euch geht.«

Ich war zu erstaunt, um zu widersprechen. Wir kicherten den ganzen Abend, und am nächsten Morgen, als Sœur Madeleine zurückkehrte, machte ich sie sogleich mit Ursula bekannt.

Sie gab uns ihre Zustimmung und das Versprechen, sich dafür einzusetzen, dass ich bald eine Audienz bei der Königin bekam und Ursula in meine Dienste treten konnte. Und sie hatte Erfolg: Meine Audienz sollte nicht einmal eine Woche später sein, viel früher als erwartet. Was mich mit Angst erfüllte.

»Aber, Sœur Madeleine, was soll ich zur Königin sagen? Was soll ich tun?«, fragte ich voller Furcht, als sie und Ursula mir in mein vornehmstes Kleid halfen, die edle lavendelblaue Robe mit Silberstickerei und Feh-Besatz, die ich trug, als ich Sir John Neville begegnet war.

»Sei ganz du selbst, *ma chérie*. Sei du selbst, und Ihre Majestät wird dahinschmelzen.«

Die Worte der Nonne konnten mich nicht beruhigen, wusste ich doch schon, dass Marguerite d'Anjou schwerlich mittels Charme zu gewinnen war. »Kommt Ihr mit mir?«

»Bedaure, nein. Ich habe zu vieles andere, um das ich mich kümmern muss, aber Ursula kann dich begleiten«, sagte sie.

Ich lächelte Ursula Malory unsicher zu, die mir Gänseblümchen ins offene Haar flocht. Sœur Madeleine war angetan, denn diese Blumen befanden sich auch auf dem Wappen der Königin. »Ihr Haar ist so dicht, da können noch mehr hinein, Ursula«, riet sie uns, bevor sie ging.

Die große Glocke des Abtei-Turms schlug zur dritten Stunde, und mein Magen krampfte sich zusammen. Es war Zeit, in das Weiße Gelass zu meiner Audienz mit der Königin zu gehen.

Ursula trat einen Schritt zurück und betrachtete ihr Werk. »Ich glaube nicht, dass ich jemals eine Schönere als Euch gesehen habe. Eure Augen sind wie Juwelen, umkränzt von dichten Wimpern. Eure Haut ist wie Alabaster, und Euer Haar umfließt Euch gleich schwerer Seide, so dunkel und schimmernd wie die Federn des schwarzen Schwans. Ihr seid liebreizend, M'lady«, sagte sie ohne einen Hauch von Neid und half mir mit meinem Wollumhang.

Ursulas freundliches Wesen berührte mich zutiefst, und ich umarmte sie herzlich. Nachdem ich die Kapuze aufgesetzt hatte, um die Blumen im Haar vor dem Wind zu schützen, überquerten wir den Burghof und nahmen den Pfad am Fluss entlang zur Herrschaftsburg. Mich freute, dass ich auf dem Weg zahlreiche Blicke auf mich zog, denn ich hatte die Bestätigung bitter nötig.

Die ersten Andeutungen des Herbstes lagen in der Luft, und ein kräftiger Wind wehte, der Wellen auf dem dunklen Fluss aufpeitschte. Doch es regnete nicht. Nach der erbarmungslosen Hitze des Sommers war das kühle Wetter eine Wohltat, und folglich herrschte auf der Themse ein veritables Gedränge von vergoldeten Kähnen. Es war ein munteres Treiben vergnüglicher wie geschäftlicher Fasson. Schwäne glitten vorüber, Möwen kreischten und tauchten nach Fischen, Boote legten an den Stegen an und luden und entluden Menschen und Waren.

Wir erreichten die Burg und stiegen die ausgetretenen Stufen hinauf zum Audienzsaal, wo ein Wachmann Ursula im Vorzimmer aufhielt. »Zutritt nur für Geladene.«

Ich wollte protestieren, doch Ursula nahm mir bereits die Kapuze ab und flüsterte mir zu: »Kinn nach oben, Busen nach vorn, und alles wird gut!« Dann wich sie zurück, und kichernd betrat ich das Weiße Gelass.

Ich erkannte sofort, warum die Wache Ursula den Zutritt verwehrt hatte. Der kleine Alkoven quoll förmlich über vor Leuten, die hofften, einen Blick auf die Königin zu erhaschen. Ich nannte dem Schreiber, der an einem hohen Pult nahe der Tür stand, meinen Namen. Die erste Bank dahinter war von einer Gruppe Ordensschwestern besetzt, die Gebete in ihre Rosenkränze murmelten. Zweifelsohne flehten sie Gott an, ihnen zu den Wohltaten zu verhelfen, die sie erbitten wollten. Unweit von ihnen standen ein müde aussehender Ritter und seine Dame, die sich mit gedämpften Stimmen über die Abgaben für ihr Rittergut unterhielten. Am Fenster mit den bleigefassten Scheiben sprach eine Gruppe schwarz gewandeter Geistlicher über das Wetter. Ein Bote aus Anjou saß in einer Ecke, leicht zu erkennen an dem Lorraine-Kreuz. Da der Platz neben ihm frei war, setzte ich mich dorthin.

Die Bank befand sich gegenüber dem Eingang zum Audienzsaal, aus dem kurze Zeit später ein wunderschöner junger Lord mit seinen Höflingen kam. Auf seinem goldenen Haar trug er eine juwelenbestickte Samtkappe. Seine Züge waren aufs Trefflichste proportioniert, nur erschien er mir zu weibisch und folglich wenig anziehend. Ehrfürchtige Stille senkte sich über den Raum, die einzig vom Stoffrascheln gebrochen wurde, als alle aufstanden und sich verneigten.

»Wer war das, Sir?«, flüsterte ich dem Boten aus Anjou zu.

»Der Earl of Wiltshire, *ma dame*«, antwortete er. Und als ahnte er, dass ich neu bei Hofe war und nähere Erklärungen brauchte, fügte er hinzu: »James Butler, Earl of Wiltshire und Earl of Ormond.«

Ich bedankte mich mit einem Lächeln. Von jenem Earl hatte ich in einem Gasthaus gehört, in dem wir auf der Reise nach Westminster genächtigt hatten. Wiltshire war einer der Namen, die im Gespräch über den möglichen Vater des jüngsten Sohnes der Königin fielen. Die Tür zum Audienzzimmer stand offen, was ich nutzte, um hineinzuschauen. Jung, wunderschön und glitzernd vor Juwelen saß Marguerite d'Anjou auf ihrem Thronstuhl, ins Gespräch vertieft mit einem opulent gewandeten, gut aussehenden blonden Lord in einem Pelzumhang, der neben ihr auf dem Podest stand. Selbst aus der Ferne konnte ich an seiner entspannten Haltung und der Art, wie sie zu ihm aufschaute, erkennen, dass beide eine enge Beziehung verband.

»Und wer ist der Lord bei der Königin, Sir?«

»Der, *ma dame*, ist Henry Beaufort, der Duke of Somerset«, sagte er voller Ehrfurcht.

Ich nickte. Dieser Name bedurfte keiner Erklärungen, denn sogar ich wusste, dass der dreiundzwanzigjährige Somerset, der den Titel seines verstorbenen Vaters Edmund geerbt hatte, der mächtigste Lord im Königreich war. Er war sozusagen in allem König, außer im Titel. Sein Vater, Edmund of Somerset, hatte Marguerites Heirat mit König Henry arrangiert. Zum Dank hatte Marguerite Edmund in ihr Herz – und, wie man allenthalben raunte, in ihr Bett gelassen.

Die Königin achtete offensichtlich auch den Sohn sehr hoch, war er doch stets an ihrer Seite. Nie unternahm sie etwas gegen seinen Willen, anders als bei ihrem Gemahl, König Henry. Dem Burgklatsch nach hatte König Henry einmal, nach einem seiner Wahnsinnsschübe, den aufgespießten Rumpf eines Verräters gesehen und nachgefragt. Auf die Auskunft hin, dass es sich um ein menschliches Körperteil handelte, war der König entsetzt gewesen, dass Menschen gevierteilt wurden, und hatte verlangt, dass der Hingerichtete abgenommen und ihm ein christliches Begräbnis gewährt wurde. Natürlich wurde diese Form der Hinrichtung weiterhin praktiziert. König Henry erfuhr nie, dass seine Wünsche missachtet wurden, denn bald darauf verfiel er abermals dem Wahn. Alle belachten ihn unverhohlen; hingegen wagte niemand, offen über Somerset zu lachen.

»Ich wette, der Sohn der Königin entspringt Somersets Lenden«, hatte ich jemanden hinter einer Taverne spotten gehört, dessen Zunge zweifellos vom Trunk gelöst gewesen war. »Aber ob Edmund oder Henry, Vater oder Sohn, tut wohl nichts mehr zur Sache, was?«

Ich musste nicht lange warten, bis mich die Königin empfing. Mein Name wurde gleich nach dem Boten aus Anjou aufgerufen, der eine Nachricht vom Vater der Königin brachte, dem beliebten René d'Anjou, auch bekannt als »der gute König«.

Mit wackligen Knien und pochendem Herzen schritt ich den langen Mittelgang hinauf, der zum Podest der Königin führte, allzu gewiss, dass sie mich ansah, und bemüht, weder die säuerlichen Mienen der Kleriker zu beiden Seiten zu beachten noch die der Höflinge, die in Grüppchen beieinanderstanden und mich mit ihren Blicken entkleideten; dabei tuschelten sie hinter vorgehaltenen Händen. Dann fiel mir Ursulas Rat wieder ein, und ich musste lächeln. Das Kinn gereckt, atmete ich tief ein und zog meine Schultern nach hinten. Der Gang zum Thronsessel kam mir nicht mehr so beängstigend vor, und ich erreichte bald mein Ziel. Dort sank ich zu Boden, neigte den Kopf in die silbrigen Falten meiner Robe und machte einen Knicks vor der Königin.

»Du darfst dich erheben«, sagte Marguerite d'Anjou mit einem süßen, kehligen Akzent.

Aus der Nähe war die Königin zierlich, doch nicht minder beeindruckend als aus der Ferne. Von Edelsteinen überhäuft, blitzte sie gefährlich, und ihre Augen, die mich fixierten, waren so grün wie Anjou-Birnen und schienen mich zu warnen. Ihr dunkelblondes Haar, zu beiden Seiten in Perlennetze geflochten, krönte ein goldgefasster Rubinkranz. Ihr Gesicht war ein klein wenig zu kurz und zu breit, das Kinn etwas zu kantig für eine Frau. Dennoch hätte sie als schön gelten können, wäre ihre Haut nicht von Pockenmalen gezeichnet gewesen, die sie erhalten hatte, als die junge Prinzessin fünfzehnjährig – so alt wie ich heute – nach England übergesetzt war. Als ich vor ihr stand, sah ich, dass ihr harter Blick etwas weicher wurde, und ich wagte, noch offener zu lächeln. Dann allerdings lenkte Somersets Lachen meine Aufmerksamkeit auf ihn.

»Dieses Kind wird einen Werbekrieg auslösen, meine Königin.«

Marguerite d'Anjou schmunzelte. »Fürwahr, 'enri, und sie wird der Schatzkammer eine hübsche Bereicherung bringen, dessen bin ich gewiss.«

Beide schätzten mich ab, als wären sie Metzger, die eine Kuh kaufen wollten, um sie fürs Dinner zu schlachten. Mein Lächeln erstarb, und ich senkte den Blick, um meine Wut zu verbergen. Für mich stand in diesem Moment fest, dass ich Somerset nicht mochte.

Marguerite d'Anjou hatte vielleicht ihr missliches Verhalten erkannt, denn sie lehnte sich vor und sagte: »Kind, hast du französisches Blut?«

Mich überraschte die Frage. »Nicht, dass ich wüsste, meine Herrin.«

»Du siehst französisch aus, meine Liebe, nicht wahr, Monsieur Brézé?«

Ich sah zu dem Lord, den sie angesprochen hatte: der große französische Kriegsheld Pierre de Brézé, der Seneschall der Normandie, von dem Sœur Madeleine mir eines Abends beim Essen voller Stolz berichtet hatte. Er stand zu meiner Rechten, nahe dem Podest, und war eindrucksvoll in Pelze, Juwelen und Samt gehüllt, ganz entsprechend der französischen Mode. Ich verneigte mich vor ihm und warf ihm ein charmantes Lächeln zu.

»Ihr könntet durchaus aus dem geliebten Anjou Ihrer Gnaden sein, ist es doch berühmt dafür, die größten Schönheiten der Welt hervorzubringen«, sagte er mit einer eleganten Verbeugung.

Ich neigte den Kopf. Brézé wurde nachgesagt, dass er die Königin liebte, und sein bewundernder Blick zu ihr bestätigte es mir.

»Grand merci, Monsieur Brézé«, erwiderte die Königin süßlich. Dann wandte sie sich ernst an mich. »Hör nicht auf ihn! Ich vernahm Gutes über dich von Sœur Madeleine, das genügt mir.« Die Königin musterte mich mit strengem Blick. »Lady Isobel Ingoldesthorpe, du wünschst, vermählt zu werden und nicht in ein Kloster einzutreten, stimmt das?«

»Ja, meine Königin, nur ... nur ...«, stammelte ich errötend.

Sie wartete ungerührt.

Als meine Zunge mir wieder gehorchte, sagte ich: »Nur möchte ich einen Gemahl meiner Wahl.«

Ihre Brauen schossen nach oben. Sie blickte zu Somerset und wieder zu mir. »Das Gesetz ist auf deiner Seite, denn eine Heirat bedarf deiner Zustimmung.« Nach einer kurzen Pause fragte sie: »Wolltest du mich noch um anderes bitten?«

»Meine Königin, ich würde gern Ursula Malory, die Tochter Eures treuen Dieners Sir Thomas Malory, zu meiner Zofe nehmen.«

Sie lehnte sich auf dem Sessel zurück, und Somerset flüsterte ihr etwas auf Französisch zu. Sie antwortete ihm, bevor sie sich wieder mir zuwandte. »Sœur Madeleine sprach bereits von deinem Wunsch. Es scheint, dass Malorys Loyalität nicht so gefestigt ist, wie du offenbar glaubst. Dennoch darfst du seine Tochter in deine Dienste nehmen, unter einer Bedingung.« Sie winkte mich näher und neigte sich zu mir. »Dass du mir berichtest, sollte dir irgendetwas Ungewöhnliches über ihren Vater zu Ohren kommen. Wir leben in schwierigen Zeiten.«

Das also war der Hof: ein Nest von Spionen, die hinter der Maske der Freundschaft gegeneinander intrigierten. »Sehr wohl, meine Herrin«, murmelte ich.

Marguerite d'Anjou bedeutete mir wortlos, dass meine Audienz vorbei war.

Ich machte einen tiefen Knicks und flüchtete zwischen den anzüglich blickenden Höflingen und den sauertöpfischen Klerikern hindurch nach draußen. Eine Wache öffnete mir die Tür, und sogleich war mir, als hätte man mir eine schwere Last von den Schultern genommen. Leichtfüßig eilte ich durch das Vorzimmer und konnte es gar nicht erwarten, Ursula die gute Nachricht zu bringen. Ich glaubte, jemanden hinter mir meinen Namen rufen zu hören, ignorierte es aber und lief weiter die schmale, gewundene Treppe hinunter. Gerade war ich im sonnenbeschienenen Garten angelangt, als ich abermals meinen Namen hörte. Diesmal drehte ich mich um.

Der junge Mann kam mir vage bekannt vor, nur konnte ich nicht sagen, wo ich ihm schon einmal begegnet war. Atemlos lief er auf mich zu.

»William Norris, Esquire, zu Euren Diensten, Mylady. Es freut mich über alle Maßen, dass Ihr von Eurer Krankheit genesen seid, Lady Isobel«, sagte er, verbeugte sich und schwang dabei elegant den Hut. »Wie ich sehe, entsinnt Ihr Euch meiner nicht. Wir begegneten uns auf Tattershall Castle, konnten uns aber bedauerlicherweise nicht einander bekannt machen, war mir doch das Glück versagt, Euch um einen Tanz zu bitten.« Er sah mich erwartungsvoll an.

Ich überlegte fieberhaft, ob ich diesen Mann mit den braunen Augen und dem lockigen braunen Haar, der mich so voller Hoffnung anschaute, an jenem Abend gesehen hatte.

»Vielleicht hilft dies«, sagte er und zog eine scharlachrote Rose unter seinem Cape hervor. »Mylady, es ist die Gleiche wie die, die ich Euch zu Eurem Gemach brachte, als Ihr krank im Bett lagt.«

Eine Möwe kreischte über dem Fluss, ein Kahnschiffer rammte laut fluchend gegen einen Steg, und die Erinnerung überrollte mich wie eine grausame Flutwelle. Dies war der junge Mann, der mir in der großen Halle von Tattershall Castle zugeprostet hatte. Doch war ich geblendet gewesen von Sir John Neville, als hätte ich zu lange in die Sonne gesehen.

4

SEPTEMBER 1456

Es war das Ende des Sommers.

In meiner winzigen Kammer legte ich die Handschrift von Chaucer beiseite, in der ich gelesen hatte, und stellte mich auf mein Bett, um durch das hohe Fenster zu blicken. Während ich das Kruzifix meiner Mutter befingerte, das ich an einer Kette um den Hals trug, beobachtete ich, wie der Regen die Schlossanlagen tränkte. Mein sechzehnter Geburtstag lag hinter mir. Größere Feierlichkeiten hatte es nicht gegeben. Die Königin hatte mir einen Silberteller mit kandierten Rosenblüten und Ingwerkuchen gesandt, umwickelt mit Silberband, und einige Damen, die vom Hofsänger begleitet worden waren, hatten mir in der großen Halle ein Ständchen gebracht. Danach verschwanden sie lachend. Die Geste war freundlich, ohne Frage, nur kannte ich die Damen nicht. Mit Wehmut dachte ich an meine Geburtstage früher, an meine Mutter, die mir eine Krone aus Rosenknospen aufgesetzt, mich liebevoll umarmt und im Kreis herumgewirbelt hatte, und an meinen Vater, der mich voller Zärtlichkeit angesehen und dazu gesungen hatte: »Ein Sträußlein, ein Sträußlein, für mein schönes kleines Fräulein …«

Ich zog den Umhang fester um die Schultern. Mit dem September hatte ein rauer Wind Einzug gehalten, der durch die Schlosshallen blies, in den Mauerritzen pfiff und Gobelins aufblähte. Aber es war nicht bloß das Wetter, das mich niedergeschlagen machte.

Obwohl ich viel gebetet und in den Wochen seit meiner Ankunft wenig mit anderen gesprochen hatte, erfuhr ich eine Menge über Staatsangelegenheiten. Und gewisse Probleme, die in der Abtei bedeutungslos erschienen waren, gewannen im Licht meiner Gefühle für Sir John Neville ein gänzlich neues Gewicht. Die Königin hasste Richard, den Duke of York, und wollte ihn um jeden Preis vernichten. Ihr Konflikt gründete auf Yorks Thronanspruch per Geburtsrecht, durch den sich die Königin bedroht sah; unterdes warf York der Königin und ihren Günstlingen Misswirtschaft vor. York konnte nichts gegen seine Geburt tun, und Marguerite war nicht gewillt, ihre Günstlinge aufzugeben. Alles schien so hoffnungslos ...

Unter mir auf dem Rasen eilten Boten mit wichtigen Nachrichten hin und her. Ihre ernsten Mienen bedrückten mich noch mehr. Ich dachte an König Henry, den die Königin nach Coventry geschickt hatte, wo er fernab vom Druck des Hofes gesund gepflegt werden sollte. Als er noch im Vollbesitz seiner geistigen Kräfte gewesen war, hatte Henry VI. als Friedensstifter zwischen der Königin und dem Duke of York fungiert. Seine Abwesenheit hatte indes jedes Mal zur Folge, dass es zwischen beiden zu erbitterten Duellen kam. Mithilfe des jungen Henry of Somerset und davor seines Vaters Edmund hatte die Königin zwei Mordintrigen gegen York gesponnen, die jedoch beide fehlgeschlagen waren. Ihr bislang größter Erfolg war die Verbannung Yorks nach Irland im Jahr 1450. Doch selbst der war weniger groß, als sie sich erhofft hatte: York konnte sein Exil in einen Triumph wandeln, indem er alte Streitigkeiten am irischen Hof beilegte und für Recht und Ordnung sorgte. Seine Herrschaft, die beste, die Irland je erlebt hatte, bewirkte, dass sich die Iren für die Sache Yorks erwärmten, also rief die Königin ihn zurück – und versuchte, ihn auf der Rückreise ermorden zu lassen.

In meinen Wochen bei Hofe lernte ich, welche Gefahren hier lauerten und von welch skrupellosen, brutalen Männern die Königin umgeben war. Liebeleien und Affären gab es zuhauf, und die Damen, die keine Konkurrenz wollten, warfen mir böse Blicke zu, wenn sie hochnäsig in ihren bunten Damastroben vorbeirauschten. Die Herren hingegen widmeten mir dreiste und unerwünschte Aufmerksamkeit. Folglich wagte ich nicht, mich mit anderen anzufreunden, könnten sie sich doch als falsch oder, schlimmer noch, gefährlich erweisen. Kaum verhohlener Hass und Eifersucht herrschten allerorten, und ich sah manch einen für ein achtlos gesprochenes Wort im Tower landen. Aus Furcht, mir könnte es ebenso ergehen, blieb ich meistens für mich. Nie war ich einsamer gewesen als in jenen frühen Tagen bei Hofe, eine ungewisse Zukunft vor mir und das Herz erfüllt von Gedanken an den einen, den ich nicht haben konnte. Meine einzige Gesellschaft waren Ursula und, bei seltenen Gelegenheiten, Sœur Madeleine.

Eines Tages Mitte September dann erschien der König wieder. Zwar nahm er nicht an den Ratsversammlungen teil, wurde aber häufiger bei den Mahlzeiten gesehen. Dort saß er scheu wie eine Jungfer auf seinem Thron. Bei diesen Auftritten blickte er anfangs mit glanzlosen Augen zu seiner Königin, dann wandte er sich ab und starrte auf den Boden. Wie ich hörte, hatte die Königin ihn zurückgeholt, bevor er vollständig genesen war, um den Duke of York loszuwerden, der im Begriff war, die Herrschaft zu übernehmen.

Nach und nach bemerkte ich eine Veränderung an König Henry. Seine Züge wurden freundlicher und lebendiger, und er lächelte jeden an, der auf ihn zukam. Mehr und mehr wurde er zu dem Mann, der er früher gewesen war, und vor allem eine große Güte fiel an ihm auf. Auch wenn er noch in der Dunkelheit seines Geistes gefangen und willensschwach sein mochte, war sein mitfühlendes Wesen unverkennbar. Und die Königin, die sonst so streng und stolz war, veränderte sich in seiner Gegenwart; sie zeigte eine fürsorgliche, mütterliche Seite, und bald leuchteten die Augen des Königs bei ihrem Anblick vor Zuneigung. Eines Abends erwähnte ich diese Beobachtungen in unserer Kammer gegenüber Ursula, mit der mich mittlerweile eine tiefe Freundschaft verband.

»Ja, und wie er ihr vertraut!«, flüsterte Ursula, wobei sie sich in dem leeren Zimmer umsah. »So sehr, dass er ihr mit Freuden erlaubt, ihn auszuplündern.«

»Schh!«, machte ich ängstlich. »Was du sagst, ist Hochverrat, Ursula!«

»Dann habe ich soeben mein Leben in Eure Hände gegeben.«

Am Hof herrschte reichlich Unruhe, und allenthalben lauerten Fallen, woran ich ein weiteres Mal erinnert wurde, als die Königin einmal nach dem Abendessen nach mir schickte. Ein kugelrunder Geistlicher ging gerade, als ich kam, begleitet von zwei Mönchen mit großen Kapuzen, die ihm gesenkten Hauptes folgten. Zuerst hatte ich ihn gar nicht gesehen, weil er sich lautlos im Schatten des Korridors bewegt hatte. Deshalb wich ich mit einem Aufschrei zurück, als er plötzlich aus der Dunkelheit trat und mich grüßte.

»Ah, mein Kind, vergebt mir, dass ich Euch erschreckte. Die Königin ist nun frei, und Ihr dürft eintreten.« Er wies zu den königlichen Gemächern. Die prüfende Art, mit der er mich betrachtete, war mir unangenehm – was seine Fischaugen eher nicht zu mildern vermochten, als er *»Benedicite«* murmelte. Ich machte einen Knicks, bedankte mich und eilte hastig weiter, denn etwas an dem Mann war mir unheimlich.

Die Königin schritt in ihrem Gemach auf und ab und diktierte einem Schreiber, der an einem hohen Pult nahe dem

Fenster hockte. Mit einer Handbewegung bedeutete sie mir, ich solle mich setzen und warten.

»... und unterlasst Eure Drohungen gegenüber dem Verwalter unserer Lordschaft von Hertingfordbury, wie Ihr auch unsere anderen Pächter in Frieden zu lassen habt, oder Ihr erfahrt das Ausmaß unseres Verdrusses, Edmund Pyrcan, Squire ...«, fuhr sie fort und gestikulierte dabei auf französische Art. Sie blieb stehen, stieß einen Seufzer aus und nahm einen Stapel Papiere auf. Die blätterte sie durch und zog einen Bogen heraus. »Ah, hier ist sie, die Nachricht von der Äbtissin in Stratford le Bow. Richtet dieses Schreiben an unsere Stallmeister, die Zeugmeister, die Lieferanten und alle sonstigen Stallbediensteten, mit meinem Namenszug, wie gewöhnlich. Es ist ihnen befohlen, nichts mehr anzunehmen, was von der Abtei kommt, dort nicht zu logieren oder auch bloß durch die Stadt zu reisen, denn wir gewährten der Äbtissin unseren Schutz, und wenn sie gegen unseren Befehl verstößt, wird sie sehen, was sie davon hat.« Die Königin legte den Brief ab und nahm einen neuen auf. »Hier ist eine erfreulichere Angelegenheit – *l'amour*«, sagte sie mit einem Anflug von Wehmut. »Herzensangelegenheiten interessieren mich, und ich genieße es, Ehen zu stiften.« Mit diesen Worten wandte sie sich mir zu. »Es ist mir eine der liebsten Pflichten ...«

»An unseren geschätzten John de Vere, Earl of Oxford«, diktierte sie. »Wie Ihr wohl wisst, steht Elizabeth Clere in unseren Diensten, und sie gestand uns ihre Zuneigung und Achtung für einen gewissen jungen Mann in Euren Diensten, Thomas Denys mit Namen. Daher schreiben wir Euch mit der Bitte, alles Euch Mögliche zu unternehmen, den jungen Mann von dieser wünschenswerten Verbindung zu überzeugen. Ihr dürft ihn wissen lassen, dass wir zu beiden sehr großzügig sein werden, sollte er der Vermählung zustimmen. Wir bitten

Euch, in dieser Sache Euer Bestes zu geben, wie wir es für Euch künftig zu tun gedenken. Möge die heilige Dreifaltigkeit Euch schützen – und so weiter.« Sie winkte zum Schreiber und drehte sich wieder zu mir um. »Lady Ingoldesthorpe, komm her und setz dich eine Weile zu mir, bis meine anderen Damen eintreffen!«

Ich verneigte mich und nahm auf dem niedrigen Kissen Platz, das sie mir zuwies, so nahe am Feuer, wie ich konnte. Früher am Morgen hatte sich der Wind über London intensiviert, und nun heulte der Sturm um das Schloss. Die Seidenvorhänge an den Wänden bewegten sich in der Zugluft, die durch die Mauerritzen drang, und ich fröstelte. Auch die Königin musste die Kälte spüren, denn sie ging und wärmte sich die Hände am Feuer. Dort stand sie einige Zeit, das Gesicht dem Fenster zugewandt. Dann seufzte sie leise und setzte sich. »Wie ich die Sonne von Anjou vermisse! England ist immer so trüb, nichts als Regen und elende Kälte.«

»Vielleicht kommt der Frühling zeitig«, sagte ich.

»Du wirst feststellen, dass London im Frühjahr so unerquicklich ist wie im Winter. Das liegt zweifelsohne an seinen Bürgern, einem undankbaren Haufen. *Mordi*, Schimpfen und Klagen ist alles, was wir hören! Sie sind nie zufrieden, egal, was wir für sie erreichen. Ich werde dafür sorgen müssen, dass wir im Frühling nicht hier sind.«

In diesem Moment knarrte die Tür, und ein Stoffrascheln lenkte meine Aufmerksamkeit zum Eingang. Eine junge Frau von überragender Schönheit stand dort. Sie hielt sich majestätischer als die Königin selbst, und ihr Liebreiz erhellte den Raum wie eine brennende Fackel. Ihr Teint war von ebenmäßigem Elfenbein, und das schimmernde Haar, das ihr über den Rücken fiel, glänzte wie ein silbriger Heiligenschein. Gäbe es etwas an ihrer Erscheinung zu bemängeln, wären dies höchstens die grünen Augen, die ein wenig klein geraten waren und einen verschlagenen Ausdruck besaßen. Die junge Dame, die vielleicht zwei oder drei Jahre älter war als ich, kam zur Königin und flüsterte ihr etwas zu. Ich konnte einige französische Wörter sowie den Namen Edward aufschnappen und entnahm dem, dass die Königin in Sorge um ihren kleinen Prinzen war. Der Dreijährige hatte eine Erkältung, und sie hatte das Mädchen geschickt, um nach ihm zu sehen.

Die Königin nickte. *»Bien … bien.«* Dann drehte sie sich zu mir. »Lady Isobel Ingoldesthorpe, kennst du schon Elizabeth Woodville? Sie ist gleichfalls neu bei Hofe. Ihre Mutter, die Duchess of Bedford, ist Französin, aus Luxemburg.«

Ich murmelte die üblichen Höflichkeiten und lächelte Elizabeth zu. Sie erwiderte mit einem fahrigen Nicken und sah weg, kaum dass die Königin sich wieder mir zuwandte. Was für eine Ungezogenheit! Selbst die Mädchen im Kloster hatten ihre Abneigung gegenüber anderen hinter ausgesuchter Zuvorkommenheit verborgen.

»*Alors*, Isabelle, bist du glücklich bei uns am Hofe?«, fragte Königin Marguerite.

»Ja, meine Königin. Jeder hier ist äußerst freundlich zu mir.«

Sie lachte. »Oh ja, du hast einiges Interesse geweckt, wie wir es erwarteten.«

»Mylady?«

»*Eh bien*, du hattest schon drei Verehrer, die um deine Hand baten, einen für jeden Monat, den du hier bist. Einzig Elizabeth kann mit dir mithalten, aber sie ist nicht mein Mündel, mithin nützt es mir nichts.« Sie warf Elizabeth ein warmherziges Lächeln zu, das diese mit einem blendend strahlenden beantwortete.

Sprachlos sah ich die Königin an.

Sie tätschelte meine Hand. »*Vraiment*, hast du es nicht gewusst? Ich dachte, jeder wüsste von allem, was bei Hofe geschieht, noch bevor es passiert. Doch dieses Mal wohl nicht. Wie dem auch sei, die Verehrer sind unbedeutend. Du wurdest nicht informiert, weil sie einen zu niedrigen Preis boten.« Sie neigte sich näher zu mir und senkte die Stimme. »Du wirst der Krone eine große Summe einbringen, meine Liebe. Darauf solltest du stolz sein.«

Hierauf wusste ich keine Antwort, deshalb flüsterte ich nur einen Dank.

»Es muss in deinen Ohren recht banal klingen, da du doch eben erst aus dem Kloster kommst, dieses Gerede über Geld. Aber du solltest es als deine Pflichterfüllung gegenüber dem König betrachten. Bei Gott, ich war selbst sehr glücklich, ihm einen Friedensvertrag zu bringen. Ich war fünfzehn, musst du wissen, als ich ganz allein die hiesigen Ufer erreichte.«

Kein Vertrag, sondern ein Waffenstillstand, korrigierte ich im Geiste und schalt mich sofort für meinen illoyalen Gedanken. »Ja, meine Königin«, murmelte ich. Fünfzehn war zu jung, um mit jemandem vermählt zu werden, den man noch nie gesehen hatte, fernab von der Familie, den Freunden und allem, was einem vertraut und lieb war.

Sie sah mich an. »Bist du sicher, dass du kein französisches Blut in deinen Adern hast wie Elizabeth?«

Ich schüttelte den Kopf.

»*D'accord*, ich nehme an, man muss nicht französisch sein, um schön zu sein ... oder einsam.«

Kaum begriff ich das Ausmaß ihrer Einsamkeit, flog ihr mein Herz zu. Ihr Unglück dauerte mich. Sie war eine Außenseiterin, die niemals dazugehören würde, eine verheiratete Frau ohne Ehemann, ohne Liebe und ohne Hoffnung auf Glück, sah man von ihrem Kind ab.

Mein Mitgefühl musste mir anzusehen sein, denn sie drückte meine Hand. »Du hast etwas an dir, das *très charmante* ist. Ich denke, wir werden gute Freundinnen, Isabelle, nicht wahr, Elizabeth?«

Bei diesen Worten richtete Elizabeth ihre leuchtend grünen Augen zum ersten Mal direkt auf mich, und ihr Blick war eindeutig warnend. Spätestens jetzt erkannte ich, dass sie mich als Störenfried betrachtete und mit allen Mitteln verteidigen würde, was sie für ihr Territorium hielt.

»Ich habe eine Entscheidung getroffen!«, verkündete Königin Marguerite plötzlich. »Du sollst meine Hofdame sein, Isabelle, so wie Elizabeth.«

»Uns bleibt noch eine Stunde bis zum Abendessen«, sagte Ursula freundlich und legte einen Arm um meine Schultern. »Wollen wir eine weise Frau aufsuchen? Vielleicht kann sie Euch mit guten Nachrichten aufheitern.«

Ich blickte vom Bett aus zu ihr, wo ich gesessen, auf meiner Leier gespielt und meinen Gedanken an Sir John Neville nachgehangen hatte, und schüttelte traurig den Kopf. »Ich glaube nicht an Prophezeiungen, Ursula. Und sagt sie mir Gutes voraus, hoffe ich bloß zu sehr und fürchte, dass es sich als falsch erweist. Sieht sie Schlechtes für mich, wird mir bang vor der Zukunft. Es ist besser, sich von weisen Frauen fernzuhalten.«

»Möchtet Ihr lieber an den Fluss gehen und den Sonnenuntergang anschauen?«

Ursula hatte wohl recht. Frische Luft könnte meine Melancholie vertreiben. So oder so sollte ich meinen Dienst als Hofdame der Königin beginnen, wenn sie aus Kent zurückkehrte, wo sie einem Prozess gegen eine Rebellengruppe beiwohnte.

Bald schon würde mir folglich wenig Zeit bleiben, die ich nach Belieben nutzen durfte.

Wir gingen den Weg hinunter zum Flussufer. Die Schlossgärten waren still, und wir begegneten nur wenigen Menschen. Der Regen hatte aufgehört, und der Septemberwind wehte durch die Gärten, ließ die Herbstblätter rascheln, die noch an den Bäumen hingen, und wirbelte den süßlich feuchten Abendgeruch auf. Wir bogen um eine Ecke und gingen durch einen gemauerten Torbogen, hinaus aus den Burgmauern. Nun hatten wir freien Blick auf den Sonnenuntergang. Die Themse war gepunktet von goldenen Kähnen; die Strömungswellen spiegelten das Gold und Rot des Himmels, dass es mich blendete.

»Gott hat Seine Meere und Flüsse gewiss als Spiegel geschaffen, auf dass sie Seinen Glanz einfangen«, flüsterte ich, als Ursula und ich Arm in Arm dastanden und das Wasser sanft an die steinernen Stufen schwappte.

Ursula nickte und drückte meine Hand.

Unsere Träumerei wurde von einer hochmütigen Stimme unterbrochen. »Mylady Isobel. Welch angenehme Überraschung!«

Ich drehte mich um und entdeckte Henry Beaufort, Duke of Somerset, der mich lüstern angaffte. Prompt verkrampfte ich mich innerlich. »Mylord Somerset«, sagte ich, ließ mir meine Abneigung nicht anmerken und machte einen Knicks. Ich hatte ihm nicht vergeben, wie er mich bei unserer ersten Begegnung abgeschätzt hatte, und seither hatte ich vieles über ihn gehört, das mir missfiel. Vor mir stand ein sittlich verkommener junger Mann, dem nichts in der Welt verwehrt war, wodurch ihm wenig Skrupel, mangelnde Integrität und ein kräftiger Appetit auf fleischliche Sünden anerzogen worden waren. Zweifellos hatte er schon viele Damen erobert, sah er doch gut aus und besaß den Charme des Mächtigen.

Somerset schickte seine Entourage mit einer Handbewegung fort. Dann bedeutete er mir, dass wir unseren Spaziergang gemeinsam fortsetzen würden. Ursula trat beiseite.

»Es freut mich, an einem schönen Abend wie diesem solch entzückende Gesellschaft zu haben. Wie gefällt es Euch bei Hofe, Mylady Isobel?«

»Es ist recht anders als in der Abtei, Mylord.«

Sein lautes Lachen klang beinahe wie ein Schnauben. »Wohl wahr, wohl wahr ... und eine zweideutige Antwort, wie sie eines Staatsmannes würdig wäre, Mylady. Doch was meint Ihr? Ist es gut oder schlecht, das ist die Frage.«

Ich bedachte ihn mit einem Lächeln. »Es ist, was immer Euch beliebt, Durchlaucht.«

»Aha! Noch eine staatsmännische Antwort, um mich zu verwirren. Ihr seid gewitzt.«

Eine Weile schlenderten wir schweigend weiter. Dann blieb er unvermittelt stehen und sah mich an. »Es wäre mir eine Ehre, wenn Ihr morgen Abend mit mir in meinen Privatgemächern speist.«

Ich fühlte, wie meine Wangen heiß wurden. An leichte Eroberungen gewöhnt, wagte er es, mir seine Einladung anzutragen, als wäre ich eine gemeine Dirne! »Ich müsste zuerst die Erlaubnis der Königin einholen. Wie Ihr Euch vielleicht erinnert, bin ich ihr Mündel.«

Nun war es an ihm zu erröten, doch er erholte sich rasch. »Dann möchtet Ihr Euch vielleicht auf ein Lied und einen Kelch Wein mit mir am Springbrunnen einfinden?«

»Mylord Somerset, Ihr wisst, dass es nicht möglich ist.«

»Alles ist möglich, falls Ihr es wollt.«

»Mylord, das mag auf Euch zutreffen, mächtig wie Ihr seid. Für mich indes ist der Wille der Königin oberstes Gesetz, nicht meiner«, erwiderte ich.

Stille trat ein. Dann ergriff er meine Hand. »Es ist harmlos, gemeinsam zu singen, und bedarf nicht der Erlaubnis der Königin. Lasst Euch erweichen!«

Ich blickte hinab auf die Hand, die meine hielt. Sie war breit mit kurzen Fingern, und ich fand sie auf grobe Weise reizlos. »Nur wenn die Königin es befiehlt, Durchlaucht.«

Etwas an meinem Tonfall musste meine Gefühle verraten haben, denn seine Augen verdunkelten sich. Nach einer kurzen Pause sagte er steif: »Ihr seid wahrlich unbedarft, was das Leben bei Hofe betrifft, sonst wüsstet Ihr, dass man mit mir keine Spiele treibt. Ich bekomme stets, was ich will ... am Ende.« Damit drehte er sich um und schritt verärgert zu seinem Gefolge, das am Ufer wartete.

Ich wollte ihm nachrufen, ich hätte schon gehört, dass er bei der Königin bekam, was er wollte, konnte mich jedoch rechtzeitig bremsen. Beunruhigt ob der Ungeheuerlichkeit, die ich um ein Haar begangen hätte, sah ich ihm nach. Dabei gingen mir die Worte meiner Amme durch den Kopf: »Sie ist ein wildes Ding und furchtlos; um ihrer selbst willen muss sie gezähmt werden.«

In Zukunft musste ich Somerset tunlichst meiden. Er war ein gefährlicher Mann. Die Macht und die Rage, die ich an ihm gespürt hatte, ergaben eine tödliche Mischung, und ich traute mir selbst nicht, in seiner Nähe verlässlich die untertänige Jungfer zu mimen.

Einige Tage nach dem Vorfall mit Somerset schwoll ein großes Flüstern und Raunen in den Gängen und Hallen von Westminster an, gleich den Ozeanwellen in einem Sturm. Doch weder Ursula noch ich konnten den wenigen Brocken, die wir hörten, einen Sinn abgewinnen. Erst als ich den Namen des

Duke of York und des Earl of Salisbury hörte, begriff ich, und mein Herz machte einen gewaltigen Hüpfer. Aufgeregt zerrte ich Ursula aus einer Gruppe von Damen in einer Nische, wo ein Seidenhändler seine Stoffballen vorführte, und mit mir in unsere Kammer. Ich hatte meine liebe Not, nicht zu rennen. Auf dem Weg warf mir Ursula immer wieder verwunderte Blicke zu, aber ich wagte nicht, ihr meine Entdeckung zu enthüllen, bevor wir hinter verschlossenen Türen waren.

»Der Duke of York und Sir John Nevilles Vater Richard, der Earl of Salisbury, kommen zur Ratsversammlung der Königin! Salisbury wird von seinem ältesten Sohn, dem jungen Richard, begleitet und ...«

»Der berühmte Earl of Salisbury?«, unterbrach Ursula mich mit großen Augen. »Der bestaussehende und tapferste aller lebenden Ritter?«

»Ja«, antwortete ich ungeduldig. »Und ...«

»Der Earl of Warwick hat die Niederlage der Lancastrianer in der St-Albans-Schlacht herbeigeführt! Es heißt, dass er Edmund, den Duke of Somerset, eigenhändig getötet hat! Habt Ihr gewusst, dass Somerset den Yorkisten Rache geschworen hat?«

Ich packte Ursula bei den Schultern. »Mit ihm kommt sein Bruder, Sir John Neville!«

Endlich gab Ursula ihre Schwärmerei von Warwick auf und starrte mich an. Ich hatte ihr vor einer Weile mein Geheimnis anvertraut. »Sir John Neville? Oh, meine liebste Isobel ... meine arme Isobel. Es kann nicht gut für Euch sein, ihn wiederzusehen.«

»Das mag stimmen oder nicht, doch ich muss ihn sehen. Ich muss wissen ...« Mitten im Satz brach ich ab und drehte mich weg. Was wissen? »Ich muss wissen, ob er mich vergessen hat, Ursula.«

»Und wenn er hat, was dann? Es kann Euch nichts als Kummer bereiten.«

»Aber jetzt empfinde ich nichts als Kummer! Vielleicht kann ich ihn überwinden, wenn ich *weiß*, dass ich ihm gleichgültig bin.«

Ursula sah mich mitfühlend an.

Weitere Informationen über die Nevilles – weit wichtigere, als ich mir vorstellen konnte – erhielt ich selbigen Tags aus einer unerwarteten Quelle.

»Mylady Isobel!«

In Gedanken ganz bei Sir Johns Besuch spazierte ich durch den Garten und erschrak, als nach mir gerufen wurde.

William Norris kam über den belebten Weg zu mir gelaufen. »Seid gegrüßt, schöne Dame.«

Ich lächelte, und wir schritten gemeinsam weiter und plauderten dabei angenehm. Seine Begleitung war mir recht, denn sein Gerede über das Wetter und das bevorstehende Turnier halfen mir, für eine kleine Weile nicht an Sir John zu denken. William war ein Junker Humphrey Staffords, des Duke of Buckingham, der sowohl mit dem Duke of York als auch dem Lancastrianer Earl of Northumberland verschwägert war. Buckinghams Treue zu Henry VI. war so unbestritten, dass er die königliche Leibgarde stellte, und er hatte sich den Spitznamen »Friedensstifter« verdient, weil er fortwährend bemüht war, die Königin mit dem Duke of York zu versöhnen. Allein deshalb empfand ich William wie auch dem guten Duke Humphrey gegenüber eine aufrichtige Dankbarkeit. Der junge Mann, der rein zufällig in meine Erinnerungen an Tattershall Castle verwickelt wurde, mithin in einem bedeutsamen Moment meines Lebens anwesend gewesen war, stellte nun die einzige Verknüpfung zu Sir John Neville dar und verkörperte überdies meine Hoffnung auf Frieden zwischen der Roten und der Weißen Rose. So seltsam es mir erschien, fühlte ich mich in Williams Gegenwart Sir John näher, aber ich war auch dankbar, dass William nie den Grund erfahren würde, weshalb ich seine Gesellschaft schätzte.

»... Sir John Neville?«

»Verzeiht, was sagtet Ihr?«, fragte ich, denn wieder einmal war ich zu tief in Gedanken gewesen.

»Hegt Ihr ein besonderes Interesse an Sir John Neville?«, wiederholte William und beobachtete mich aufmerksam.

»Was für eine wunderliche Frage!«, entgegnete ich, um einer Antwort zu entgehen.

»Ihr tanztet in Tattershall Castle mit ihm, und Ihr gingt mit ihm in den Garten. Ich muss wissen, ob Ihr sein Interesse erwidert.«

Ich fühlte, dass ich sehr rot wurde. »Eure Frage dünkt mich vermessen.«

»Dann wärt Ihr nicht betrübt, sollte ihm etwas zustoßen?« Immer noch sah er mich entschieden zu prüfend an.

Mit aller Kraft bemühte ich mich, Ruhe zu bewahren, und sagte so kühl, wie ich konnte: »Sir John Neville gehört der Weißen Rose an, ich der Roten. Natürlich ist mir nicht wichtig, was mit ihm geschieht.« Die Worte brannten wie Feuer auf meiner Zunge. Als wir weitergingen, warf ich William einen Seitenblick zu. »Was wisst Ihr? Ich denke, Ihr schuldet mir eine Erklärung für Eure Impertinenz.«

»Mich freut, dass Ihr keine Gefühle für ihn hegt, Mylady. Ich bin nur ein bescheidener Junker ohne jede Hoffnung, Euch jemals zu gewinnen, doch ich wünsche mir, dass Ihr glücklich seid.« Er atmete tief ein. »Die Königin hat nicht die Absicht, die Nevilles wohlbehalten in London eintreffen zu lassen. Ich fürchtete, es könnte Euch Kummer bereiten, und bin froh, dass dem nicht so ist.«

Mein Herz hämmerte wild. »Woher bezieht Ihr Euer Wissen?«

»Duke Humphrey ist in großer Sorge und würde ihnen eine Warnung schicken, doch er fürchtet, dass er nichts unternehmen kann.« Er sah verstohlen zu mir. »Die Königin hegte bereits einen Verdacht in diese Richtung und hat ihn und seine Gefolgsmänner unter Bewachung gestellt.«

»Euch eingeschlossen?«

»Mich eingeschlossen.«

»Dann liegt es in Gottes Hand, nicht wahr?« Mich erstaunte, dass meine Stimme nicht zitterte, obwohl mir die Ohren dröhnten von meinem Herzschlag und meine Gedanken in tausend Richtungen zugleich strebten.

5

Hinterhalt, 1456

Als ich mit gesenktem Kopf und völlig aufgelöst den Weg an der Hecke entlang zurück zu meiner Kammer lief, stieß ich gegen jemanden und murmelte eine rasche Entschuldigung.

»Ah, es ist die Schönheit aus Cambridgeshire«, sagte der Duke of Somerset zu seinem Gefährten, blieb stehen und betrachtete mich freundlich. Dem Anschein nach hatte er seine vorherige Feindseligkeit vergessen. »Eure Entschuldigung wird angenommen, Mylady, aber nur, wenn Ihr Buße tut, indem Ihr meine Gesellschaft für wenige Momente erduldet.«

»Sehr wohl, Durchlaucht.« Ich machte einen Knicks und senkte den Blick.

»Nun, wohin wollt Ihr in solcher Eile, Mylady? Doch nicht zu einem Tête-à-tête, hoffe ich?«

»Nein, Mylord. Nur zu meiner Kammer. Mir ist nicht wohl.«

»Das gefällt mir gar nicht, wenngleich mir sehr gefällt, dass Euch keine dringende Verpflichtung ruft.«

Ich sah ihn an, wollte ich doch nicht unhöflich erscheinen.

»In Cambridgeshire züchten sie sehr hübsche Rosen, meint Ihr nicht auch, Egremont?«, fragte er den Mann neben sich.

Mich überkam eine prompte Abneigung gegen Somersets Gefährten Thomas Percy, den Lord Egremont, dessen schmales Gesicht von einer langen Nase beherrscht wurde, die ihm das Aussehen einer Ratte verlieh. Noch dazu betrachtete er mich mit befremdlich trüben Augen und einem Lächeln, bei dem er zahlreiche Zahnlücken zeigte. Er war sicher zehn Jahre älter als Somerset, und wie dieser hatte er seinen Vater Henry, den Earl of Northumberland, in der St-Albans-Schlacht verloren. Zweifellos hatte der gemeinsame Verlust sie einander trotz des Altersunterschiedes nähergebracht.

»So ist es, fürwahr«, antwortete Egremont. Er beugte sich vor, um mir die Hand zu küssen, und ich fühlte sein fettiges, ungekämmtes Haar, das ihm über die Schultern hing und bei der Bewegung nach vorn fiel. Ich musste an mich halten, nicht zurückzuschrecken. »Wie wäre es mit einem privaten Abendessen in Eurer Kammer, wo ich mich zu Euch gesellen kann?«, fragte er Somerset in einem Ton, der nichts zu verschleiern trachtete.

»Es wird kein Abendessen geben, Egremont. Hier habt Ihr nicht irgendeine Dame vor Euch und gewiss keine, die Ihr Euch zu Willen machen dürft. Sie ist die Nichte John Tiptofts, des Earl of Worcester, und sie steht sowohl unter meinem Schutz als auch dem der Königin.« Er warf Egremont einen Blick zu, bei dem Besagter einen Schritt zurücktrat und beide Hände zu einer spöttischen Unterwerfungsgeste erhob. Wie schlau von Somerset, sich vor dem Freund als ehrbarer Ritter zu präsentieren, nachdem er mir erst den Abend zuvor das gleiche beleidigende Angebot gemacht hat!, dachte ich. Mein Rücken versteifte sich.

»Ihr dürft versichert sein, dass ich Eure Tugend achte, Mylady«, sagte Somerset und küsste meine Hand. Dabei hatte er ein amüsiertes Funkeln in den Augen, das einzig unserem Geheimnis gelten konnte.

Ich nahm mir einen Moment, um Atem zu schöpfen und mich zu fangen, während ich Somerset nachblickte. Wie ich sein arrogantes Stolzieren hasste!

Ursula erschien neben mir. »Seid auf der Hut, Mylady!«, flüsterte sie, während wir zum Schloss gingen. »Er begehrt Euch, aber die Königin will ihn für sich, und die Leute beginnen schon zu reden.«

Ich nickte. Ja, bei Hofe lauerten überall Fallen.

Wir schritten durch den Tempelgarten und stiegen die Treppe hinauf in den ersten Stock. Als wir uns dem Korridor zu unserer Kammer näherten, trennte sich Ursula von mir, um den Abort aufzusuchen. Allein in unserer Kammer, überlegte ich fieberhaft. Ich wusste, was ich zu tun hatte, nur nicht, wie ich es anstellen sollte. Meine Schläfen pochten. An die Tür gelehnt, versuchte ich, ruhig zu atmen und mich auf das zu konzentrieren, was Norris mir erzählt hatte. Da fiel mein Blick auf meine Truhe. Ich lief hin, klappte den Deckel auf und wühlte in meinen Sachen, bis ich Sœur Madeleines alten Habit gefunden hatte, den sie hiergelassen hatte, als Ursula ihre Dienste übernommen hatte. Bisher war ich nicht dazu gekommen, ihn der Nonne zurückzugeben, und nun war ich froh über meine Trödelei, denn so konnte ich mich verkleiden.

Leider ergaben die vielen Fragen, die mir durch den Kopf wirbelten, nur immer neue und keine Antworten. Ich musste Sir John warnen, doch wo war er, und wie gelangte ich dorthin? Konnte ich allein reiten? Durfte ich Ursula einweihen? Gewiss war ihr befohlen worden, mich auszuspionieren, wie ich umgekehrt sie aushorchen sollte. Und Feinde der Königin zu warnen war eindeutig Hochverrat. Wäre es da nicht gefährlich – und unfair –, Ursula miteinzubeziehen?

Doch könnte ich die Sache allein bewältigen? Jede Reise war heikel, selbst über kürzere Entfernung, deshalb ging man solch ein Unterfangen nicht leichtsinnig an. Auf den Straßen außerhalb der Stadt wimmelte es von Unholden, Grobianen und Räubern, die Reisende überfielen und ausplünderten. Ein einzelner war leichte Beute für sie, daher ritten die meisten Leute nur in Gruppen. Entsprechend waren zwei Frauen, die gemeinsam unterwegs waren, immer noch sicherer als eine allein. Und vertraute ich mich Ursula nicht an, wäre sie in Sorge, wenn ich einfach verschwand. Zudem würde meine Abwesenheit der Königin gemeldet, und welche Erklärung könnte ich später anbieten?

Ich sank auf mein Bett und starrte auf den Habit, den ich zusammengeknüllt im Schoß hielt, als könnte er mir die Antworten geben, die ich brauchte. Für einen Moment schloss ich die Augen. Nein, ich konnte dieses Wagnis nicht allein bestehen, und ein Scheitern wäre zu furchtbar. Ich musste Ursula ins Vertrauen ziehen.

Gewiss würde sie mir helfen! Wie ich erfahren hatte, war ihr eigener Vater, Sir Thomas Malory, kein glühender Lancastrianer ... wie mein Vater und offenbar auch Duke Humphrey. Der gute Duke wollte York warnen, doch ihm waren die Hände gebunden. Vielleicht kann ich helfen, seine Fesseln zu lösen, dachte ich.

Auf dem Korridor erklangen Ursulas Schritte. Dann ging die Tür knarrend auf, und sie kam herein. »Was ist Euch, meine liebe Lady? Was macht Ihr damit?«, fragte sie und sah den Habit in meinen Händen an. Langsam erhob ich mich.

Obwohl ich Ursula die Chance bot, sich aus meinem Plan, Sir John Neville zu retten, herauszuhalten, war sie sofort Feuer und Flamme. Mit ihrer Hilfe verkleidete ich mich als Nonne und machte mich im Morgengrauen auf zu Duke Humphreys Gemächern. Er war in seinem Privatzimmer, als ich sein Vorzimmer betrat und seinem Schreiber einen falschen Namen nannte.

Der Mann beäugte mich verächtlich. »Der Duke empfängt um diese Stunde nicht.«

»Ich bin nicht hier, um Almosen oder Zuwendungen zu erbitten. Mein Ansinnen ist privat und von großer Dringlichkeit, und ich muss den Duke umgehend allein sprechen.« Mit diesen Worten gab ich ihm die Goldmünze, die ich in meinem Ärmel verborgen hatte. Eine endlose Weile bestaunte er die Münze, ehe er sie in die Tasche steckte. Als er wieder zu mir sah, war seine Miene weniger verächtlich.

»Wartet hier, bitte. Ich gebe ihm Nachricht.«

Er verschwand im Privatgemach, und der Landsknecht an der Tür drehte sich zu mir, um mich genauer zu betrachten; er ahnte wohl, dass Ungewöhnliches vorging. Ich kehrte ihm den Rücken zu und senkte den Kopf, sodass er mein Gesicht nicht sah. Zum Glück kam der Schreiber kurz darauf zurück und führte mich in eine kleine Privatkapelle, die an das herzogliche Schlafgemach anschloss. Er hielt mir die Tür auf und schob den roten Samtvorhang zur Seite.

Die Kapelle war winzig und hatte ein langes schmales Fenster auf einer Seite, das zum Burghof sah, wo bereits reges Treiben herrschte. Hufe klapperten auf dem Pflaster, Karren rumpelten herein und wieder hinaus. Das Stimmengewirr drang bis hinauf in die Kapelle: lachende Kinder, scheltende Mütter, Männer, die einander zuriefen. Am Altar neigte ich mich vor und betete stumm um das Gelingen meines Plans, bis ich Schritte hinter mir hörte und mich umdrehte.

Duke Humphrey war ein großer grauhaariger Mann von der Statur eines Kämpfers und wachsamen, klaren grauen Augen. Er vergeudete keine Zeit mit höflichen Floskeln.

»Schwester – falls Ihr eine Schwester seid –, sagt mir, was bringt Euch auf solch ungewöhnliche Weise her, und macht schnell! Mich erwarten dringende Geschäfte.«

»Mylord Duke, ich bin keine Ordensschwester, wie Ihr richtig vermutet, und ich werde mich beeilen. Keine Angelegenheit pressiert mehr als Leben und Tod.«

»Dann sprecht.«

Nachdem ich ihm meinen wahren Namen genannt und erklärt hatte, wie wir durch die erste Ehe meines Onkels, des Earl of Worcester, mit der Nichte seiner Frau, Anne Neville, der Duchess of Buckingham, verbunden waren, trug ich meine Bitte vor. Nachdenklich und mit auf dem Rücken verschränkten Händen trat er ans Fenster und schwieg. Schließlich wandte er sich wieder zu mir um.

»Worum Ihr bittet, ist Verrat.«

»Worum ich bitte, ist Eure Hilfe, unnötiges Blutvergießen zu verhindern, das drastische Folgen für uns alle hätte, die Königin eingeschlossen.«

»Dennoch bleibt es Verrat.«

»Der König sähe es anders. Er hat hinreichend deutlich gemacht, dass er Hinterhalte, Morde und derlei üble Praktiken verurteilt, nicht wahr?«

Der Duke runzelte die Stirn. »Ihr sprecht recht überzeugend«, sagte er, und ich hatte Mühe, mich nicht unter seinem prüfenden Blick zu krümmen, während er überlegte. »Da ich dem König treu bin, werde ich helfen. Doch Informationen sind alles, was ich Euch anbieten kann, keine Eskorte. Wir werden beobachtet.«

»Ich weiß.«

»Ihr werdet Euch eilen müssen, denn es bleibt kaum noch Zeit. Ich hoffe, es ist noch nicht zu spät.«

Mit einer Karte gewappnet, ritten Ursula und ich, so schnell wir konnten, nach Barnet, bis kurz vor den Ort, an dem der

Hinterhalt geplant war. Erschöpft von der Reise, ließen wir unsere Pferde in Camden Town Rast machen und gingen zu einem alten Wirtshaus auf dem Dorfplatz, gleich hinter dem Kirchhof und nahe dem Rathaus und dem Pranger. Zwischen einem Holzhändler und einem Glaser sah ich einen Metzger, der ein Lamm schlachtete. Er schnitt dem Tier die Kehle auf, Blut spritzte aus der Wunde. Dem verdutzt dreinblickenden Schaf knickten die Vorderbeine ein, und es sank auf die Knie. Mir wurde übel, und ich drehte mich um. Gewiss waren auch schon Männer auf diese Weise gestorben.

Das Wirtshaus war dunkel, stickig und schmutzig, und trotz der offenen Läden roch es nach Ruß und Schweiß. Drei Gäste saßen an einem der schmierigen Tische und redeten. Wir schritten über den gestampften Lehmboden zu einem freien Tisch und setzten uns. Ein weiterer Mann kam herein und gesellte sich zu den anderen.

»Ho, Charlie!«, begrüßte ihn einer der Gäste. »Was macht die Rattenfängerzunft?«

Besagter Charlie grinste breit. »In meinen Taschen klimpert das Silber. Die Pest in London hat jedermann in Angst versetzt, also zahlen sie gut fürs Rattenfangen.«

»Dann kannst du uns wohl ein Pint kaufen, was?«

»Warum sollte ich? Wo das herkommt, gibt es erst mal keines mehr, und ich muss meinen eigenen Wanst vollkriegen.«

Das allgemeine Stöhnen und freundschaftliche Fluchen auf seine Weigerung hin verstummte abrupt, als eine hochgewachsene Dirne hereinkam, an deren Arm ein kleiner, krötengesichtiger Mann hing. Ihr Lachen hallte durch die Wirtschaft, als sie die knarrenden Treppe hinaufstiegen. Die drei Männer und die Frau am anderen Tisch glotzten ihnen nach und steckten die Köpfe zusammen.

»Diese Nellie macht gute Geschäfte mit dem Küster, zweimal die Woche, wenn ich richtig mitzähle!«, sagte einer der Männer.

»Hättest du mal so viel Leben in dir!«, sagte die Frau.

Ursula, die einen Nonnenhabit trug, den uns der gute Duke gegeben hatte, drehte sich um und bedachte die Leute mit einem strengen Blick. Ich hingegen musste mir ein Kichern verkneifen. Beschämt trank der Mann, der eben gesprochen hatte, sein Bier aus, legte einen Viertelpenny für die Schankwirtin auf den Tisch, tippte mit Blick zu uns an seinen Hut und ging. Die Frau senkte schweigend die Lider. Keiner sprach mehr, während wir unser Bier tranken und den Kohl aßen; allerdings grinsten sie einander an und sahen verstohlen zu uns herüber, als über uns die Bodendielen zu ächzen begannen. Fasziniert lauschte ich und fragte mich, was genau der Küster und seine Dirne treiben mochte, das den Boden derart erschütterte.

»Esst auf, Kind!«, sagte Ursula streng. Ich ertappte mich dabei, dass ich lächelte, und beugte rasch den Kopf, um nicht zu lachen. Als wir fertig waren, ging Ursula zum Abort hinten im Hof; ich wartete draußen bei einer Kletterrose, die sich über das Tavernenfenster hangelte und trotz des nahenden Winters noch voller Blätter hing. Da sie uns fort wähnten, redeten die Gäste drinnen wieder freier. Am Fenster war ihr Gespräch für mich deutlich zu hören.

»Wisst ihr schon das Neueste? Da braut sich mächtiger Ärger zusammen«, sagte der Rattenfänger. »Die Königin hat den Duke of York rausgeschmissen und alle seine Minister auch. Sie schickt ihn wieder nach Irland, und dann können sie und ihre Günstlinge weiter das Land ausbeuten. Gott stehe uns bei!«

»Woher hast du das?«, fragte die Frau.

»Von einem Hausierer, der gerade aus London angekommen ist. Ich hab ihm ein Pint gekauft, und da hat er's mir erzählt.«

»Nee, York ist nicht blöd, Gott segne ihn! Der geht nicht«, sagte der andere Mann. »Er weiß, was die Französin ausheckt. Das letzte Mal, das sie ihn nach Irland verbannt hat, wollte sie ihn schon auf dem Hinweg ermorden lassen – und auf dem Rückweg auch. Und in Irland hat er sich sehr gut gemacht, sodass jetzt alle Iren auf Yorks Seite sind. Nee, die wagt nicht, ihn wieder dahin zu schicken. Ich hab gehört, er ist unterwegs nach London, wo er ihr ins Gesicht sagen will, dass er sich weigert.«

»Ich würd ja gern wissen, wer der Vater vom Sohn von der Königin ist, von Prinz Edward«, meinte die Frau. »Der fromme Harry war's jedenfalls nicht, darauf verwette ich mein Hinterteil. Der Mann ist ein Mönch, und ein Heiliger noch dazu, Gott segne unseren König Henry.«

»*Jeder* weiß, dass es nicht der fromme Harry war, Weib! Wir sind nicht blöd. Du willst doch bloß wetten, damit du verlierst!« Der Rattenfänger lachte. »In Wahrheit heulst du uns an, dir auf dein Hinterteil zu springen, gib's zu!«

»Möge der Herr dir dein faltiges Genick brechen! Ich mag kein altes Fleisch«, erwiderte sie.

Der Rattenfänger lachte nur noch lauter. »Ich setze auf Somerset«, sagte er ernster. »Vater oder Sohn.«

»Keiner kann wissen, ob es Somerset oder Suffolk war«, erwiderte der andere. »Oder keiner von ihnen. Vielleicht war's auch Wiltshire. Kann sein, dass die Königin es selbst nicht mehr weiß. Sicher ist allemal, dass es König Harry nicht war. Als die ihm das Kind hinschoben, war er genauso verdattert wie alle anderen.« Er schnaubte hämisch. »›Muss vom heiligen Geist sein‹, das hat er gesagt.«

Die drei grölten vor Lachen.

»Immerhin zeigt es, dass er wahnsinnig ist, aber kein Narr«, kicherte die Frau.

Wieder lachten sie. Meine Angst war jedoch bei ihrem Gerede noch gewachsen.

Als wir weiter nach Barnet galoppierten, dachte ich über das nach, was ich im Wirtshaus gehört hatte, und fragte mich, was aus dem Königreich werden sollte – und aus meinen Hoffnungen und Träumen. Neben uns ragten Kirchtürme bis in die grauen Wolken auf, und ich betete stumm: Gott, Allmächtiger, erbarme dich Englands und Sir John Nevilles!

Endlich tauchte über den weichen Hügeln vor uns der klobige Turm von Barnets Hadley-Kirche auf. Wir hielten im Galopp auf die Kirche zu, und mein Herz klopfte im Takt der Hufschläge. Auf dem Kirchhof rutschten wir von unseren Sätteln, banden die Zelter an einen Holzpfahl und folgten dem Weg zwischen Grabsteinen hindurch zum Kirchenportal. Die Tür ächzte und quietschte, als wir hineingingen. Im fahlen Licht, das durch ein hohes Fenster hineinfiel, brauchten meine Augen einen Moment, ehe sie etwas erkennen konnten. Dann sah ich den Priester, der über ein paar Blumen auf dem Altar gebeugt war.

»Vater!«, rief ich und lief den Mittelgang hinauf. »Bitte verzeiht unser Eindringen, aber wir müssen dringend den Earl of Warwick und seine Mitreisenden finden. Könnt Ihr uns bitte den schnellsten Weg zu ihnen weisen?«

Der Priester richtete sich auf, und als er uns ansah, verschwitzt und mit fleckigem Habit, verfinsterte sich seine Miene. »Schwestern, Ihr seid eine Schande für Euer Kloster. Was soll diese …«

»Vater, wir bedauern unser unziemliches Auftreten sehr, aber es stehen Leben auf dem Spiel und noch vieles andere mehr. Bitte, sagt uns, wo sie sind!«

Leider ging es noch eine Weile in dieser Fasson hin und her, und wir mussten die Nachricht des Duke of Buckingham vorzeigen, um den Priester von der Dringlichkeit unserer Mission zu überzeugen. Schließlich jedoch führte er uns nach draußen.

»Sie sind eben erst angekommen und haben dort in der Stadt Unterkunft gefunden. Von hier aus seht Ihr beinahe schon das zweistöckige Haus, hinter der Pferdeweide, in dem sie die Nacht bleiben wollen.« Er zeigte hin und beschrieb uns den schnellsten Weg zu dem Gasthaus.

Wir stiegen wieder auf unsere Pferde und galoppierten weiter.

Die Dämmerung setzte ein, als wir in Barnet eintrafen. Auf dem Dorfplatz waren Fackeln entzündet worden, und Männer liefen mit ihren Pferden umher, so beschäftigt mit ihren Vorbereitungen, dass sie uns kaum beachteten. Ich fühlte nach dem Beutel, in dem Duke Humphreys Schreiben war. Es sollte sicherstellen, dass man uns vorließ, und ich war froh, es bei mir zu haben, als ich auf den Landsknecht zuging.

»Wir müssen mit Sir John Neville sprechen«, sagte ich atemlos. »Bitte, bringt uns sofort zu ihm!« Allein seinen Namen auszusprechen, ließ mein Herz schneller pochen.

»Ich führe Euch zu seinem Quartier, Schwestern.«

Er brachte uns zu einem schmalen, zweigeschossigen Gebäude voller Soldaten. Eine Wache versperrte uns den Eingang. »Sie sind hier, um Sir John Neville zu sprechen. Angeblich ist es dringend«, erklärte der Landsknecht.

»Sagt wer?«, fragte der Soldat, der uns misstrauisch beäugte.

Ich reichte ihm Buckinghams Brief. »Macht schnell, Leben sind in Gefahr!«, rief ich, als er das Blatt allzu langsam hin und her drehte. Dann kam mir der Gedanke, dass er möglicherweise nicht lesen konnte, doch nachdem er uns abermals misstrauisch angesehen hatte, gab er mir den Brief zurück und brüllte nach jemandem, er solle uns nach oben bringen. Ein rotblonder Bursche, ungefähr in meinem Alter, kam angelaufen.

»Folgt ihm, Schwestern!«, sagte der Wachmann. Der Junge nahm mit jedem Schritt zwei Stufen, und wir eilten ihm nach, Ursula voran.

Ich sah John, bevor er unser gewahr wurde, und mir stockte der Atem. Er stand an einem Tisch, der Wolfshund Rufus lag zu seinen Füßen. Sir John war über eine große Karte gebeugt, die er mit einer Gruppe von Männern studierte. Seine tiefe, autoritäre Stimme wehte mir entgegen, und ich erstarrte. Dann schaute er auf und erblickte uns. Verwirrt zog er die Brauen zusammen. Sein Hund sprang auf und bellte.

Drei Monate waren seit Tattershall Castle vergangen, von denen mir jeder wie ein Jahr erschienen war. Dennoch erinnerte ich mich an jede noch so kleine Einzelheit jenes Abends, und so würde es bis ans Ende meiner Tage sein. Umso schmerzlicher traf mich die Erkenntnis, dass Sir John mich offensichtlich vergessen hatte. Auch wenn ich verkleidet war, war es bitter für mich, dass er mich nicht wiedererkannte. Doch ich wappnete mich gegen seine Gleichgültigkeit, reckte das Kinn und folgte den anderen in die Kammer. Alle verstummten. Der Junge und Ursula wandten sich mir mit fragenden Blicken zu.

»Mylords«, sagte ich, »der Duke of Buckingham schickt uns, Euch vor einem Hinterhalt zu warnen, den Henry of Somerset und Lord Egremont für Euch vorbereitet haben. Sie lauern Euch mit zahlreichen Soldaten auf. Die Einzelheiten findet Ihr in dieser Nachricht, die der gute Duke Humphrey Euch sendet, wünscht er sich doch Aussöhnung und kein

Blutvergießen.« Die ganze Zeit streckte ich John das aufgerollte Pergament hin, und erst jetzt begriff ich, dass ich ihn allein angesprochen hatte und sein Blick einzig auf mir ruhte.

Er erkannte mich!

Seine ungläubige Miene wich einem Ausdruck von Ehrfurcht und Bewunderung, ehe er mir ein Lächeln schenkte und mich abermals mit seinen wundervollen Grübchen bezauberte. Meine Freude trieb mir ein nicht minder strahlendes Lächeln auf die Lippen und erfüllte mich mit herrlicher Wärme. Die Gesichter um uns herum, im Verein mit den Kerzen und den Wänden, verschwammen und zogen sich zurück, genau wie es bei jenem Tanz geschehen war, und es gab nur noch uns beide, tanzend zur melodischen Musik, deren Töne wie feurige Blumen aus dem Himmel auf uns niederregneten. Ich fühlte Johns Wunsch, ich möge näher kommen, und musste gegen den Drang kämpfen, dichter zu ihm zu treten.

Eine Männerstimme durchbrach die Magie, die mich in ihrem Bann gehalten hatte, und ich stellte fest, dass Sir John Neville keinerlei Anstalten machte, mir die Nachricht abzunehmen, die ich ihm hinhielt. »Na, dann lasst uns sehen, welchen Empfang sie für uns geplant haben!« Der Mann entriss mir das Pergament, brach das Siegel und rollte das Schreiben auseinander. Als ich zu ihm sah, war mir, als erwachte ich aus einem Traum. Der Mann war groß und stark, hatte breite Schultern und dichtes braunes Haar, und er war in schweren roten Samt gewandet, auf den mit edlen Gold- und Silberfäden das Wappen des verzweigten Stabs gestickt war. Diese imposante Erscheinung konnte nur Johns Bruder Richard Neville sein, der Earl of Warwick und berühmteste Ritter unserer Zeit. Er wurde bewundert und geliebt vom einfachen Volk und eindeutig von Ursula, denn sie starrte ihn fasziniert an.

Ich hingegen wandte mich wieder John zu, der regungslos dastand und mich grinsend ansah. Selbst sein Hund schien vergnügt dreinzuschauen und wedelte mit dem Schwanz. Kein Wunder, dass Sir John mich auf Tattershall Castle verzaubert hatte, dachte ich; er lächelt sogar noch inmitten von Gefahr.

Schließlich sagte Warwick: »Wir verdanken diesen guten Nonnen unser Leben. Hätten sie nicht das Wagnis auf sich genommen, uns diese Warnung zu bringen, wäre es ohne Frage um uns geschehen gewesen.« Er reichte den Brief einem älteren Mann in den Fünfzigern, der auf der anderen Seite des Tisches stand. Er musste Richard Neville, der Earl of Salisbury, sein, der Vater von Warwick und John und der Schwager eines weiteren Richards unter den Yorkisten: dem Duke of York. Die Jahre hatten seinem dichten Haar einen erstaunlichen Ton von reinstem Silber verliehen und Falten in sein Gesicht gegraben, ansonsten jedoch kaum Male hinterlassen. Salisburys leuchtend blaue Augen, die strengen Züge sowie die Gestalt, die von Macht und altersloser Kraft kündete, ließen für mich keinen Zweifel daran, woher John sein gutes Aussehen hatte. Sein Vater war der eindrucksvollste Mann, den ich je gesehen hatte.

»Fürwahr«, sagte Salisbury und gab das Schreiben weiter. »Mehr muss ich nicht lesen. Dick hat recht. Sie haben dreimal mehr Mannen als wir.«

»Diese Feiglinge Somerset und Egremont! Hinterhalt und Mord, etwas anderes kennen sie nicht. In ihrem ganzen elenden Leben haben sie kein einziges Mal fair gekämpft.« Warwicks verächtlicher Ton ließ seine Stimme noch ein wenig nasaler klingen.

»Sei es drum, mein Sohn, wir vereiteln ihren Plan, indem wir eine andere Route nach London nehmen«, sagte Salisbury. »Und jetzt wollen wir diese braven Schwestern nicht länger aufhalten. Sie sind gewiss müde und bereit für ein Essen und ein Nachtlager. Jemand sollte sie zum Speisesaal bringen.«

»Ja, Vater, das übernehme ich«, sagte John mit vielleicht ein wenig zu viel Enthusiasmus.

Sein Vater hob verwundert eine Braue, als er seinem Sohn nachblickte.

Wir wurden in einem kleinen Zimmer im Gasthof gegenüber dem Quartier untergebracht. John gab dem Wirt strikte Weisung, es uns so bequem wie möglich zu machen. Dann drehte er sich zu mir. »Schwester, dürfte ich Euch kurz allein sprechen?«

Ich achtete weder auf das entsetzte Gesicht des Wirtes noch auf Ursulas vielsagendes Schmunzeln, sondern nickte und überkreuzte die Hände vor meiner Brust, wie ich es so oft bei Sœur Madeleine gesehen hatte. So ging ich voraus zu dem kleinen Salon am Ende des Korridors.

Sobald wir außer Sichtweite waren, ergriff John meine Hand. Die Berührung fühlte sich brennend heiß an, und ich bekam schwache Knie, sodass ich mich an den aufgebockten Tisch lehnen musste, um nicht umzufallen. Sein Hund machte es sich auf der Schilfmatte behaglich, legte den Kopf auf die Vorderpfoten und beobachtete uns.

»Meine teuerste Lady Isobel, Ihr ahnt nicht, was es mir bedeutet, Euch zu sehen!«, sagte Sir John leise. Auf einmal war die Zärtlichkeit seiner Berührung kaum mehr auszuhalten, und ich musste mich zwingen, ihm zuzuhören. »Seit unserer ersten Begegnung beherrscht Ihr all meine Gedanken. Doch ich glaubte, ich wäre Euch gleichgültig, dass es keine Hoffnung für mich gäbe. Durch Euer Herkommen heute Abend habt Ihr alles verändert. Sagt mir, irre ich in meinem Glauben, Ihr könntet meine Zuneigung erwidern?«

»Mylord, ich kann nicht leugnen, was ich empfinde. Aber ich fürchte, Ihr irrt dennoch, denn es besteht keine Hoffnung für uns.«

»Warum nicht, Isobel? Wie kann es keine Hoffnung geben, wenn wir einander doch lieben?«

Einander lieben.

Meine Knie zitterten ebenso wie meine Hand in seiner, und Tränen brannten in meinen Augen. »Mein lieber Lord, seht Ihr es denn nicht? Wie könnt Ihr es nicht begreifen? Unsere Liebe ist verdammt! Ihr seid ein Neville, und ich bin das Mündel der Königin. Sie würde niemals erlauben, dass wir heiraten. Folglich ist es ohne Belang, dass ich Euch liebe, denn die Welt ist, wie sie ist, und wir können sie nicht nach unseren Wünschen wandeln.«

»Ihr irrt, Isobel!« Er legte beide Hände an meine Schultern. »Wir werden sie ändern. Ich lasse Euch nicht gehen, Königin hin oder her!«

Mein Puls wurde sehr unregelmäßig, und ich konnte kaum atmen. »Es ist nicht bloß die Königin«, brachte ich mühsam heraus. »Habt Ihr Euren Vater vergessen? Er muss gleichfalls zustimmen, und warum sollte er? Ich bin die Tochter eines lancastrianischen Ritters, nun fest in den Händen der Königin. Dies hier ist Wahnsinn!« Ich wollte mich ihm entwinden, doch er hielt mich nur fester.

»Ihr kennt meinen Vater nicht. Er wird uns unterstützen, denn er weiß, was Liebe ist, und wünscht sich, dass ich glücklich bin.«

»Oh, Mylord, ich will es zu gern glauben, doch ich kann nicht! Ich möchte nicht vergebens hoffen und am Ende nichts als Kummer erleben.«

»Isobel«, sagte John so ernst und entschlossen, wie er vorhin zu den anderen Männern gesprochen hatte, »fasst Euch ein Herz und glaubt, wie ich glaube. *Es wird geschehen.* Ihr werdet es sehen.«

Ich schloss die Augen und rang um Fassung. Leider stahl sich trotzdem eine Träne aus meinen Augen und kullerte mir über die Wange.

»Nun muss ich gehen«, hörte ich ihn sagen. »Gott schütze Euch, Isobel, meine Liebe! Ich sehe Euch in London.«

6

Oktober 1456

Zurück nach London wählten wir eine andere Route. Mein Kopf war so angefüllt mit Gedanken an John, dass ich die quakenden Gänse und blökenden Schafe gar nicht recht wahrnahm, die uns zum Halt zwangen, genauso wenig wie unsere Mitreisenden, Kaufleute und Bauern, die ihre Waren zum Markt brachten und wie wir im scheußlichen Regen unterwegs waren. Hin und wieder kamen wir an Rittern oder edlen Damen mit Gefolge vorbei, und obgleich die Gefahr gering war, dass man mich erkannte, senkte ich stets den Kopf, bis sie hinter uns waren. Mir war, als schwebte ich auf einer Wolke nach Westminster, so wenig bemerkte ich die Pfützen, Karrenfurchen oder sonstigen Beschwernisse auf der Reise, die mich Monate zuvor so arg strapaziert hatte. Bald schon ritten wir durch die stickigen Straßen Londons nach Westminster, wo wir rechtzeitig zum Abendessen eintrafen, sodass unsere Abwesenheit nicht auffallen würde. In unserer Kammer zogen wir die schmutzigen Habite aus, rollten sie zu einem Bündel und steckten sie ganz unten in meine Truhe.

»Ich sehe keine Notwendigkeit, dem guten Duke Humphrey Nachricht zu bringen«, sagte ich in Gedanken versunken und klappte den Truhendeckel zu. »Er wird früh genug von unserem Erfolg hören.« Irgendwie erschien mir die Stille unserer Kammer nach all der Aufregung und Gefahr unerträglich. Eigentlich sollte ich müde sein, doch davon spürte ich nichts; vielmehr fühlte ich mich richtiggehend aufgekratzt. Ich streifte die Lederschuhe ab, sang die Melodie, zu der ich auf Tattershall Castle getanzt hatte, und drehte mich mit weit ausgebreiteten Armen dazu. Ursula bedachte mich mit einem Blick, wie ich ihn noch nie bei ihr gesehen hatte.

»Ihr tanzt so wunderschön, meine teure Lady. Es erinnert mich an Wesen aus einem Zauberwald, an geschmeidige und elegante Nymphen.«

Ich wurde rot. »Du bist sehr freundlich, Ursula. Stets großzügig mit deinem Lob.«

»Es ist keine Schmeichelei, sondern die Wahrheit.«

In meinem Hemdchen setzte ich mich auf die Bettkante, den Kopf voller Gedanken an John, wie ich ihn verlassen hatte. »John müsste inzwischen im Erber angekommen sein.« Das Erber war die Salisbury-Residenz in Dowgate. »Ich frage mich, was er gerade tut.«

»Er denkt an Euch«, kicherte Ursula.

Ursulas unverblümte Art entlockte mir wieder einmal ein Lächeln. »Morgen wird er zur Ratsversammlung nach Westminster kommen, dann sehe ich ihn wieder«, sagte ich verträumt. Bei der Vorstellung wurde mir heiß, und ich musste erkennen, dass die Zeit meine Gefühle für John nur noch stärker entflammt hatte, anstatt mich von ihnen zu kurieren. »Ich verstehe es nicht, Ursula. Alles an mir schmerzt, wenn ich an ihn denke. Ich weiß, dass es das ist, was man ›Liebe‹ nennt, aber ich begreife nicht, wie oder warum ... Du?«

»Liebe hat schon weisere Köpfe als Euren verwirrt, teure Isobel. Es steht in den Schriften meines Vaters, und auch er beschreibt sie als Mysterium. Nun, wenigstens habt Ihr sie gekostet und wisst, wie sie sich anfühlt. Das ist ein Segen, nehme ich an, auch wenn ich es nicht erleben möchte.«

»Hast du nie geliebt, Ursula?«

»Nein, ich glaube nicht. Da gab es mal einen Jungen, den ich recht nett fand. Aber ich fühlte nie, was Ihr jetzt fühlt, dieses ... Sich-Verzehren, glücklich und unglücklich zugleich sein.«

»Sich verzehren, ja, wie Feuer alles verzehrt. Und als ich John dort in dem Zimmer sah – ach, Ursula! Es war, als flöge mein ganzes Sein zu ihm. Wenn ich ihn nicht sehen kann, leide ich ... Falls ich ihn heiraten darf, schwöre ich, dass mich nicht kümmert, ob wir arm oder reich sind, ob uns ein langes oder kurzes Leben beschieden ist. Ich würde nichts anderes erbitten wollen!«

»Ein unbedachter Schwur«, entgegnete Ursula, die sich rasch bekreuzigte, um den Teufel abzuwehren. »Ich bete, dass Ihr heiraten dürft und lange und glücklich lebt.« Sie schüttelte sich, als müsste sie den Gedanken fortjagen. »Aber es sind fürwahr große Wünsche, und in dieser Welt ist es den wenigsten vergönnt, mit dem Menschen vermählt zu werden, den sie lieben. Ihr wärt gesegnet, sollte sich Euer Herzenswunsch erfüllen.«

»Denkst du, es wird jemals anders? Dass sich die Welt je ändern könnte?«

»Ich würde meinen, ja, doch das ist kein Trost, denn es zählt das Jetzt. Und noch etwas zählt, nämlich was Ihr heute Abend tragt.« Sie stand auf und ging zu meinen vier Kleidern, die an Haken in der Ecke hingen. »Als ich Wasser holen war, hörte ich von Agatha, der Köchin, dass in der großen Halle zum Tanz aufgespielt wird. Die Königin ist aus Kent zurück, und die Burg feiert ihre Heimkehr. Also müsst Ihr Euch herausputzen.« Sie sah die Kleider durch. »Nicht die lavendelfarbene Robe, die ist zu elegant und majestätisch ... Nein, das grüne Kleid ist nicht festlich genug ... Ah! Das weinrote ...« Sie nahm das Kleid hervor und hielt es in die Höhe, damit ich es mir ansah. Es war mit winzigen Kristallen bestickt, hatte schmale Ärmel und einen mit Fuchsfell verzierten Ausschnitt. Auf dem Oberteil waren feine Silberstickereien, passend zum breiten Gürtel in der hohen Taille.

Ich befühlte den Pelzbesatz. »Aber Fuchs ist nicht in Mode, Ursula.«

»Wird er sein, meine Teure, sobald Ihr ihn tragt«, erwiderte sie munter. »Lavendel war auch nicht modisch, bis Ihr es zur Audienz bei der Königin trugt. Und wie viele zweifarbige Roben in Schwarz und Silber gab es, bevor die Damen Euch in einer ebensolchen erblickten? Sie ahmen stets nach, was Ihr anzieht, habt Ihr es noch nicht bemerkt? Die anderen Damen haben sogar aufgehört, ihr Haar zu locken, und hoffen, es würde gleichfalls zu einer solch schweren Seidenschleppe wie bei Euch. Nur wird es das nicht, denn keine besitzt so dichtes, schimmerndes Haar wie Ihr.«

»Ach, Ursula«, sagte ich und hauchte ihr einen Kuss auf die Wange, »du bist zu gut zu mir!«

»Ja, heute Abend tragt Ihr Weinrot und das Haar offen mit eingeflochtenen Kristallen und Perlen.« Sie blieb stehen und betrachtete mich. »Eines werde ich nie verstehen. Ihr dürft essen, so viel Ihr wollt, und bleibt doch so schmal.«

Ich sah an mir hinunter. Es stimmte, dass ich mein Essen mit Appetit genoss.

»Das ist ungerecht, meine Teure, absolut ungerecht«, seufzte Ursula.

Sie musste mich aufs Beste gekleidet und frisiert haben, denn ich zog mehr Blicke als sonst auf mich, als ich meinen Platz in der großen Halle zwischen zwei jungen Rittern einnahm. Sie buhlten während des gesamten Abendessens um meine Gunst, sodass es höchst unterhaltsam für mich war. Nach dem Essen führte ein Zigeuner einen Löwen an einer Kette in die Halle und ließ ihn durch brennende Reifen springen, was die Zuschauer mit zahlreichen *Ohs* und *Ahs* belohnten. Danach stiegen Musikanten auf die Galerie und füllten die Halle mit Musik. Edelsteine blitzten, als sich edle Herren und Damen zum Tanz erhoben.

Ich tanzte mit beiden Rittern, und ein dritter kam, der mich in einen Reigen entführte. Ihm folgten noch mehrere andere. Schließlich war ich erschöpft und musste weitere Bitten ablehnen, doch kaum saß ich auf meinem Platz, stand Somerset vor mir.

»Mylady?« Er verneigte sich.

Ich erhob mich steif und legte die Hand so leicht in seine, dass sie fast in der Luft schwebte.

»Ihr seht heute Abend besonders liebreizend aus«, sagte er, als er mich in die Mitte der Halle führte. »Mir scheint, Ihr gewinnt mit jedem Tag an Schönheit, als sähen wir einer Rose beim Erblühen zu.«

»Ihr täuscht Euch, Mylord«, entgegnete ich, während wir uns zur Musik bewegten. »Vielleicht habt Ihr zu viel von dem köstlichen Wein genossen, der heute Abend ausgeschenkt wird.«

»Oh, nein, denn nicht nur ich bin dieser Ansicht, sondern auch viele andere. Und ich schätze mich glücklich, mit Ihnen tanzen zu dürfen, scheint mir doch die Hälfte der Herren in dieser Halle einen Tanz mit Euch herbeizusehnen.«

»Es sind zu wenige Damen anwesend, Durchlaucht, sonst nichts.«

»Ihr seid zu bescheiden.« Er drehte mich unter seinem Arm hindurch, und ich tanzte leichtfüßig um ihn herum. Trotz seiner Größe und seiner kräftigen Statur war er ein eleganter Tänzer. »Genießt Ihr die Unterhaltung?«

»Sie ist recht angenehm«, erwiderte ich ausweichend und drehte mich in die andere Richtung.

»Das sollte sie auch. Dieses Fest ist auf meinen Befehl hin für Euch ausgerichtet worden.«

»Nicht für die Königin?«

Er musste die Dreistigkeit seiner Bemerkung erkannt haben, denn er antwortete nicht.

So unschuldig wie möglich fragte ich: »Ihr wart kürzlich nicht bei Hofe. Ich hoffe, Ihr wart nicht indisponiert?«

Hierauf bog sich sein einer Mundwinkel nach oben, und er lachte leise. »Nicht indisponiert, lediglich für einen Tag fort. Ich musste in einer dringenden Angelegenheit fort aus London.«

Ja, Hinterhalt und Mord, dachte ich. »Die Ihr hoffentlich zu Eurer Zufriedenheit regeln konntet?«

»Nicht so, wie ich es mir erhoffte. Ihr habt mich also vermisst? Wie überaus ermutigend!«

Beim Tanz blickte ich mich in der Halle um, daher entging mir nicht, dass die Königin uns beobachtete. »Mylord, die Königin sieht Euch an.«

Prompt versteifte er sich, und ich frohlockte im Stillen. Seine Furcht vor Königin Marguerite war mein einziger Schutz, denn ich war gewiss, dass dieser Unhold mich längst geschändet hätte, wäre ich nicht ihr Mündel und er nicht ihr Geliebter. »Lasst uns bitte diesen Tanz beenden, Durchlaucht! Mir ist auf einmal etwas schwindlig.«

Er brachte mich zu meinem Platz zurück. »Habt keine Angst, Mylady«, raunte er mir zu, während er sich verneigte. »Es wird andere Gelegenheiten geben.«

Spät am Abend kam ein Page zu unserer Tür und teilte mir mit, dass die Königin mich in ihrem Gemach erwartete. Es war bereits nach der Vesper, und Ursula und ich waren im Begriff, ins Bett zu gehen. Hastig kleidete ich mich wieder an.

»Was kann die Königin um diese späte Stunde von mir wünschen«, fragte ich reichlich bang.

»Vielleicht ist es nichts, nur eine Laune«, versuchte Ursula, mich zu beruhigen.

»Ich hoffe, sie ist nicht eifersüchtig wegen Somerset. In dem Fall würde ich ihr die Wahrheit sagen, dann wird sie ihn zurechtweisen, und ich habe künftig Ruhe vor ihm.« In Gedanken versunken, lief ich aus meiner Kammer nach links und nochmals links in einen engen Durchgang, der in den Hauptkorridor mündete. Hier war es still, verlassen und dunkel, brannte doch nur eine einzige Wandfackel. Ich beeilte mich, gelangte jedoch nie in den Hauptkorridor, denn plötzlich sprang Somerset aus dem Schatten. Vor Schreck wich ich mit einem stummen Aufschrei zurück. Mir gefiel der Ausdruck in seinem Gesicht nicht.

Dennoch bändigte ich meine Angst und reckte das Kinn. »Mylord Somerset, lasst mich bitte vorbei. Die Königin hat nach mir geschickt.«

Er rührte sich nicht. »Es war nicht die Königin, die nach Euch schickte, Isobel.« Er neigte den Kopf zu mir, sodass ich seinen Weinatem roch.

»Mylord!«, rief ich und stieß ihn weg.

»Isobel, Ihr werdet mit jedem Tag lieblicher. Das Leben bei Hofe ist Euch zuträglich. Warum die Keusche bei mir spielen, meine Süße? Ich schwöre, Euer Mund ist geschaffen für die Liebe.«

»Ich verstehe Euch nicht, Mylord.«

»Doch, ich denke, Ihr versteht sehr wohl.«

»Mylord«, sagte ich frostig, »Eure Aufmerksamkeit ist höchst unerwünscht. Ihr wollt gewiss nicht, dass ich der Königin von Euren Avancen erzähle, denn das brächte Euch in eine sehr schwierige Position. Und ... lasst meinen Arm los!«

Er nahm seine Hand fort. »Isobel, hören wir mit den Albernheiten auf. Seid ehrlich zu Euch selbst! Ihr seid voller Leidenschaft, speist mit Appetit, tanzt mit Überschwang, wartet, bis Ihr die größten Sinnenfreuden erlebt! Und lasst mich derjenige sein, der sie Euch lehrt, meine Schöne! Ich versichere Euch, dass Ihr dessen niemals überdrüssig werdet. Wir sind füreinander geschaffen, Isobel. Auch wenn Ihr die anständige Jungfer gebt, seid Ihr genauso furchtlos und wild wie ich, und Euer Verlangen nach mir steht dem meinen nach Euch in nichts nach.«

»Wenn Ihr Ehrlichkeit fordert, Mylord, lasst mich offen sprechen. Es mag viele Damen bei Hofe geben, die Euch begehren, doch ich zähle nicht zu ihnen.«

Für einen Moment schien er verwundert, dann verfinsterte sich seine Miene, und er stieß ein schroffes, boshaftes Lachen aus. »Das wird sich ändern, wenn Ihr erst mit einem Mann vermählt seid, der dreimal so alt ist wie Ihr, faulige Zähne hat und furzt, während er seinen Schwanz in Euch steckt.«

»Ihr bedient Euch einer fragwürdigen Sprache, Mylord.«

»Mag sein, doch Ihr stimmtet zu, dass wir offen reden. Nachdem Ihr Euren Gemahl gekostet habt, werdet Ihr mit Freuden in meine Arme sinken, vertraut mir.«

»Ich werde mich weigern, eine solche Ehe einzugehen. Die Königin gab mir ihr Wort, dass ich in dieser Frage mitentscheide, weil es mein Recht ist.«

Er lachte. »Ah, meine liebe, unwissende Kleine aus der Abtei, gebt acht! Wenn der Preis stimmt, findet man Wege, einer Jungfer jede Mitsprache zu versagen ... beispielsweise indem man ihr Gewalt antut und ihr mit der Schmach droht, einen Bastard zu gebären.«

»Ihr würdet nicht ... Ihr könnt unmöglich ...«

»Das und mehr, wenn es mir beliebt. Ihr seht, teure Lady Isobel, ich brauche Euer Einverständnis nicht. Ich kann Euch jetzt gleich nehmen, wenn ich will.«

Ich wich weiter zurück.

»Aber das werde ich nicht, es sei denn, ich werde dazu getrieben.« Seine Augen fixierten meinen Busen. »Ich möchte nicht, dass solch ein wunderschöner Körper durch Kinderkriegen verschandelt wird. Daher werde ich noch eine Weile Geduld beweisen, zumal ich mir wünsche, dass Ihr Euch nach mir verzehrt.«

»Der Tag wird nie kommen!«

»Merkt Euch meine Worte, Isobel. Was die Vermählung angeht, ist wahr, was ich sagte. Ein solcher Mann, wie ich ihn beschrieb, hat bereits ein Auge auf Euch geworfen. Im Moment bin ich alles, was zwischen Euch und der Ehe mit dem betagten Rüpel steht. Ich nämlich sagte der Königin, sein Angebot wäre zu niedrig, doch einige wenige Bemerkungen meinerseits, und sie wird der Partie zustimmen, seid es versichert. Ihr hättet keine andere Wahl, als ihn zu nehmen, meine liebreizende Lady Isobel.«

Ich starrte ihn an, unfähig zu atmen.

»Denkt darüber nach, Isobel«, murmelte er mir zu. »Er oder ich. Welchen wollt Ihr?«

»Keinen von beiden«, antwortete ich wütend. »Ich werde der Königin sagen, dass ich mich anders entschieden habe und in ein Kloster eintreten möchte.«

Er lächelte spöttisch. »Sie träumt von Reichtümern, wann immer sie Euch betrachtet. Glaubt Ihr, sie würde das erlauben, zum Schaden ihrer Privatschatulle?«

»Nicht einmal eine Königin kann sich gegen Gott stellen«, sagte ich mit mehr Gewissheit, als ich empfand.

Nun lachte er lauthals. »Ihr habt noch vieles über die Welt zu lernen, Isobel.« Damit verneigte er sich tief und ging.

Allein und fröstelnd stand ich in dem schattigen Gang und hörte nichts als das Echo seines Lachens.

Kirchenglocken zählten die Stunden der Nacht. Ich vernahm jeden einzelnen ihrer Schläge, jeden von Ursulas Atemzügen auf der Strohmatratze am Boden. Langsam brach graues, trübes Licht die schwere Dunkelheit. Ein Hahn krähte, Vögel begannen zu zwitschern, und die Burg erwachte.

Ursula öffnete die Augen und setzte sich verwundert auf. »Meine Teure, warum sitzt Ihr in Eurem Kleid auf dem Bett? Habt Ihr nicht geschlafen? Was ist bei der Königin geschehen?«

»Ich war nicht bei der Königin, Ursula.«

Ich erzählte ihr, was in der Nacht vorgefallen war, und sie ergriff meine Hand. »Ihr müsst Sir John Neville aufsuchen, sobald er hier ist. Geht in die große Halle und frühstückt. Ich halte derweil Wache im Hof und gebe Euch Bescheid, wenn er hier ist. Habt Ihr irgendein Erkennungszeichen, das ich ihm zustecken könnte?«

Ich nahm die Kette mit dem Rubinkreuz meiner Mutter ab und reichte sie ihr. »Nimm die! Ich trug sie, als ich ihn in Barnet sah.«

Mein Frühstück hatte ich eben zur Hälfte gegessen, als Ursula zu mir kam, knickste und mich mit leuchtenden Augen ansah. Sofort entschuldigte ich mich bei den anderen am Tisch und folgte ihr klopfenden Herzens hinaus in den Garten.

»Wo ist er?«, flüsterte ich. »Was hat er gesagt? Konntet Ihr ihm mein Erkennungszeichen geben?«

»Ja, konnte ich. Er bemerkte mich gleich, als er in den Hof eintritt, und bedeutete mir mit Blicken, zu ihm zu kommen. Der Stallbursche nahm sein Pferd, und er ging zum Springbrunnen, wo er vorgab, seinen Stiefel zu richten. Ich konnte ihm Euer Kreuz zustecken, als ich mich nach seinem Hund bückte. Natürlich begriff er gleich und lässt Euch ausrichten, dass er Euch um neun in St. Paul's trifft.«

»Hat man Euch gesehen?«

»Ich denke nicht. Es herrschte ein hektisches Kommen und Gehen, und wir waren beide sehr diskret.«

»Es ist keine Stunde mehr bis neun! Wir müssen uns beeilen, Ursula!«

Er stand zwischen dem Altar und einer Seitenkapelle, nahe einer Bank für Kerzenspenden. Sein Hund war neben ihm. In dem Moment, in dem ich das Kirchenschiff betrat, sah er zu mir. Ich lief zu ihm, und wir versteckten uns hinter einer Marmorsäule in der Kapelle, wo wir vor neugierigen Blicken geschützt waren. Dort nahm er mich in die Arme, und eine wohlige Süße erfüllte mich, als seine Lippen meinen begegneten.

»Meine Liebste, was gibt es so Dringendes, dass wir dieses Treffen wagen müssen?«, fragte er und hielt meine Hände fest in seinen.

Ich erzählte ihm von Somerset. Derweil beobachtete uns der Hund, dessen Ohren aufmerksam hin und her wanderten.

»Hol der Teufel diesen Schurken!«, murmelte John, der sich auf ein Seitengeländer stützte und überlegte. Seine Wut hatte etwas seltsam Tröstliches, denn im Grunde meines Herzens war ich überzeugt, wenn jemand alles richten konnte, dann wäre er es, egal, wie widrig die Umstände. Nach einer Weile sagte er: »Ich glaube nicht, dass Ihr gegenwärtig in größerer Gefahr seid. Somerset ist unbesonnen, jedoch nicht unbesonnen genug, das Eigentum der Königin zu beschädigen – und leider, Isobel, seid ihr es in ihren Augen. Er weiß sehr wohl, welch hohen Wert sie ihrem Besitz beimisst, was Euch schützt. Nein, wahrscheinlicher ist, dass er aus Rache auf jene Vermählung drängen wird. Also müssen wir Zeit schinden.«

Vermählung? Ich soll mit jemand anderem vermählt werden? Der Gedanke war so schrecklich, dass ich die Augen schloss.

John hob mein Kinn sanft an. »Isobel«, flüsterte er, und ich öffnete die Augen. Ein Lächeln umspielte seine Lippen. »Liebste, hört Euch nun meine Neuigkeiten an. Es sind gute, ja, vortreffliche Neuigkeiten! Ich habe mit meinem Vater gesprochen. Er stimmt unserer Verbindung zu und wird sich nach Kräften dafür einsetzen, dass wir heiraten können.«

Mir entfuhr ein freudiger Aufschrei. Ich bot ihm meinen Mund dar und klammerte mich schamlos an ihn.

Nach einem Kuss, bei dem ich dahinschmolz, löste er unsere Umarmung und blickte mich ernst an. »Aber es gibt etwas, das Ihr tun müsst, und es muss rasch geschehen. Schreibt Eurem Onkel, dem Earl of Worcester, bevor er Irland verlässt, und bittet um seine Hilfe bei der Königin! Sie achtet ihn hoch, ernannte ihn erst kürzlich zu ihrem päpstlichen Botschafter in Rom. Auf ihn wird sie hören. Mein Vater spricht mit ihr, bevor er in den Norden zurückkehrt. Zweifellos wird sie sein Ansinnen zunächst ablehnen, doch sie wird darüber nachdenken, und das beschleunigt am Ende alles.«

Unruhe vorn am Portal lenkte uns ab, dann wurde die riesige Tür knarrend geöffnet. Johns Hund sprang auf, als eine Gruppe Männer hereinkam und jemand etwas rief, das ich nicht verstand. Auch konnte ich den Mann nicht richtig sehen, weil er im Schatten stand und es hinter ihm sehr hell war. Als aber die Kirchentür zufiel und er auf uns zugeschritten kam, erschrak ich. Es war Somerset, der seine Männer mitgebracht hatte.

»Ich weiß, dass Ihr hier seid«, brüllte er. »Zeigt Euch, Neville!«

Hilflos blickte ich zu John. Überall am Hof waren Spione! John nahm mich bei den Armen und schob mich behutsam hinter sich. Dann trat er hinter der Säule hervor. »Ich bin hier, Somerset«, rief er. »Wie ich sehe, kommt Ihr wohlgeschützt. Fürchtet Ihr einen Hinterhalt in Gottes Haus, oder wolltet Ihr jemandem auflauern?«

Somerset wandte sich in unsere Richtung und stampfte mit festen Schritten auf John zu, dessen Hund zu knurren begann. Als Somerset mich hinter John entdeckte, lächelte er eisig. »Ts-ts, Ihr spielt mit den Kronjuwelen? Ein gefährliches Spiel, Neville.«

»Nicht gefährlicher als Eures. Doch meine Absichten sind ehrenwert, die Eurigen nicht. Ein Unterschied, der der Königin nicht entgehen dürfte.«

Somersets Grinsen erstarb. »Ihr seid ein noch größerer Narr, als ich dachte, wenn Ihr glaubt, dass Marguerite Euch jemals akzeptieren würde.«

»Wir werden sehen.«

Johns Gefasstheit erstaunte mich. Er hatte eine Haltung eingenommen, wie sie einem Prinzen anstünde, den Kopf hoch erhoben, ein Bein leicht ausgestellt und eine Hand am Heft seines Schwertes. Sein Anblick entsprach der Rechtschaffenheit und Vornehmheit seines Mottos – *Ehre, Treue, Liebe*. So stellte ich mir die Ritter vor, die tausend Jahre früher an König Artus' Hof gedient hatten. Und hätte ich es nicht längst gewusst, wüsste ich es spätestens in diesem Moment: dass ich John von ganzem Herzen liebte, bis in den Tod und weit über ihn hinaus, in alle Ewigkeit.

»Verflucht seid Ihr, Unhold!« Somerset zog sein Schwert. Ein Aufschrei ging durch die Kirche, und Leute drängten herbei.

»Wie könnt Ihr es wagen, das Haus Gottes zu entweihen!«, brüllte jemand. Mehr wütende Stimmen wurden laut, und bald waren Somerset und seine Mannen von einer Schar aufgebrachter Bürger umringt, von denen einer lauter als der andere schimpfte.

»Legt Euer Schwert nieder, ehe ich es Euch entreiße!«

»Hinaus mit Euch!«

Die Menge griff diese Worte auf und rief sie im Chor: »Hinaus mit Euch! Hinaus mit Euch!« Die wütenden Bürger schlossen sich zu einer gefährlichen Menge zusammen, und auch Somerset musste die Bedrohung erkannt haben, denn er wurde blass und nahm das Schwert herunter. Durch die Hände solcher erbosten Meuten war schon manch ein Lord gestorben, so auch Somersets Vater William de la Pole, Duke of Suffolk, dem ein Seemann mit einem rostigen Messer den Kopf abgeschnitten hatte, als Suffolk versucht hatte, mit einem Schiff aus England zu fliehen.

Ein Priester schob sich durch die Menge nach vorn und sagte zu Somerset: »Kehrt lieber ins Schloss zurück, Mylord. Ich bitte Euch, geht.«

Somerset warf John einen zornigen Blick zu. »Wir beenden dies später«, fauchte er, schob das Schwert in die Scheide und eilte vorsichtig durchs Kirchenschiff zum Portal, umgeben von seinen Männern.

Die alten Türen wurden aufgezogen, sodass helles Tageslicht hereinfiel. Im Eingang blieb Somerset für einen Augenblick stehen, ein großer schwarzer Umriss inmitten von Licht, dann war er fort.

Die Kirchentüren knallten mit einem lauten Donnerhall zu, bei dem ich das Gefühl hatte, ich würde erbeben. Erst jetzt bemerkte ich, dass ich die Luft angehalten hatte, und atmete langsam aus.

Nun richteten sich alle Augen, auch die des Priesters, auf uns.

»Ich danke Euch vielmals«, sagte John.

Der kleine, füllige Priester blickte zu ihm auf. »Wie ich sehe, seid Ihr von anderer Standfestigkeit als Euer Gegner. Wir können nur beten, dass solche wie er nicht unsere Welt beerben, denn dann besteht wenig Hoffnung für uns alle. Wie ist Euer Name, Mylord, damit wir für Euch beten können?«

»Ich bin Sir John Neville, Sohn des Earl of Salisbury und Bruder des Earl of Warwick.«

Lautstarker Jubel hallte durch die Gewölbe von St. Paul's. »Ein Warwick! Ein Warwick!«, riefen die Leute. »Gott schütze Warwick! Gott schütze das Haus York!«

Der Priester wartete, bis sich die Jubelrufe legten. »Ihr seid in unseren Gebeten, Mylord. Möge Gott den Earl of Warwick segnen, den größten aller Ritter, und seinen edlen Bruder, Sir John Neville.« Unter erneutem Jubel trat der Priester beiseite, und die Leute machten uns den Weg frei, ihre Mienen voller Ehrfurcht und Bewunderung.

Begleitet von ihrem Applaus und ihren Segenswünschen, gingen John und ich Arm in Arm den Mittelgang hinunter. Ich wagte nicht, John anzusehen, denn vor lauter Stolz quoll mir das Herz über, und Tränen benetzten meine Wangen.

Wir trennten uns auf den Stufen von St. Paul's. John gab mir mein Rubinkreuz zurück und galoppierte nach Westminster zu seiner Audienz bei der Königin, während Ursula und ich mit einer kleinen Eskorte von wackeren Bürgern in den Palast zurückkehrten.

»Ich habe entschieden, dass es Zeit ist, dich zu vermählen«, sagte die Königin, die gleich einer Löwin im Käfig vor mir auf und ab schritt. Somerset hielt sich im Hintergrund und beobachtete mich mit verlangendem Blick. »Wir verhandeln«, fuhr die Königin fort, »und könnten schon bald Nachricht für dich haben.«

»Darf ich fragen, wen ich heiraten soll, meine Königin?«

Sie blieb stehen und sah mich an. »Das erfährst du zur rechten Zeit.« Dann nickte sie, was bedeutete, dass ich gehen durfte. Ihre Züge wirkten umwölkt, als sie sich zu Somerset wandte, und ich begriff, dass dieses kleine Schauspiel für ihn bestimmt war.

Ursula erwartete mich im Vorzimmer der königlichen Gemächer, wo Marguerites Damen sich die Zeit vertrieben; manche plauderten, manche stickten, andere warteten lediglich auf ihre Befehle. Mit Ursulas Hilfe schleppte ich mich zu meiner Kammer.

»Bring mir Papier und Feder, Ursula! Und mach bitte schnell, denn es ist dringend!« Ich flüsterte, obwohl wir allein waren. Binnen weniger Monate hatte ich die Fallstricke des höfischen Lebens erkannt und gelernt, dass es klug war, Dinge für sich zu behalten oder sie bestenfalls geflüstert zu äußern, falls es denn unvermeidlich war.

Als Ursula die gewünschten Sachen brachte, stellte ich mich auf das Bett und legte alles auf dem hohen Fenstersims ab, um dort zu schreiben. Diesen Brief musste ich im Verborgenen verfassen, und nirgends sonst wäre ich unbeobachtet.

Mein liebster, teurer Onkel,

ich grüße Euch von Herzen und bete, dass Ihr wohlauf seid. Meine Nachricht an Euch gilt einer Angelegenheit von größter Dringlichkeit, steht doch mein Glück auf dem Spiel. Daher verzichte ich darauf, Euch meine nichtigen Neuigkeiten mitzuteilen, und komme unverzüglich zu meiner Bitte. Lieber Onkel, ich würde mich gern vermählen, fürchte indes, dass meine Wahl nicht die Zustimmung der Königin finden wird, es sei denn, Ihr wärt so gütig, für mich zu sprechen. Sir John Neville, der Sohn Eures früheren Schwagers, des Earl of Salis-

bury, möchte mich zur Gemahlin nehmen, und ich wünsche ihn mir von ganzem Herzen zum Gemahl. Wie ehrenwert diese Familie ist, dürfte Euch wohlbekannt sein; deshalb werde ich hierzu mehr nicht schreiben. Sir John und ich wissen um unsere schwierige Situation, und ich bin sicher, dass Euer weiser Rat an uns lauten würde, einander zu vergessen. Dennoch flehe ich Euch an: Denkt an die Liebe und wie unempfänglich sie uns alle für Weisheit macht! Ihr habt mir oft von der Schönheit der Liebe erzählt, und nun beschenkte mich das Leben mit ihr und bannte alle Weisheit aus meinem Tun und Denken. Ihr selbst vermähltet Euch nicht mehr nach dem Tod Eurer zweiten Gemahlin, und so glaube ich, dass Euer Herz mit uns zu fühlen vermag. All meine Freude und mein Glück in dieser Welt wohnen in Sir John Neville. Ich bitte Euch, denkt an die Liebe und befürwortet mein Ansinnen, bin ich doch gewiss, dass mein Leben davon abhängt!

Eure Euch liebende Nichte
Isobel

Ich sandte die Nachricht an meinen Onkel in Irland, wo er als Gesandter diente. Danach ging ich in die Kapelle und betete, dass der Brief sicher ankam, bevor mein Onkel abreiste.

Noch vor dem Essen hatte sich herumgesprochen, dass die Ratsversammlung mit der Königin zu keinem Ergebnis geführt hatte und die Nevilles wieder nach Norden aufgebrochen waren. Am nächsten Nachmittag erfuhr ich, warum mich die Königin in ihr Sonnenzimmer bestellt hatte, nämlich um mir mitzuteilen, dass sie eine Heirat für mich arrangiert hatte. Ich saß über einer Stickerei für einen Gobelin, die mir aufgetragen worden war, und war tief in Gedanken versunken. Folglich bemerkte ich erst nach einer ganzen Weile, dass Elizabeth Woodville neben mir Platz genommen hatte. Sie bedachte mich mit einem verschlagenen Lächeln, als ich zu ihr sah.

»Ist Euch nicht wohl?«, fragte sie mit hochgezogenen Brauen, wobei sie sehr gut zu wissen schien, dass mir unwohl war.

»Ich fühle mich ein wenig schwindlig. Es könnte an diesen sehr engen Stichen liegen, die das Auge ermüden.«

»Dann zerstreue ich Euch besser mit einer erheiternden Geschichte.«

Ich wartete stumm.

»Die Königin hatte heute einen Besucher. Er hielt für seinen Sohn um Eure Hand an.«

Ich fühlte, wie ich blass wurde, was Elizabeth erst recht amüsierte. »Es war ein herrlicher Spaß. Schaut Euch um, und Ihr werdet sehen, dass der ganze Hof darüber lacht.«

Unwillkürlich ließ ich meinen Blick umherschweifen und musste feststellen, dass tatsächlich alle Damen immer wieder zu mir sahen und ihre Mundwinkel zuckten, so wenig konnten sie ihr Lachen unterdrücken.

»Wollt Ihr nicht wissen, wer es war?«

Ich legte meine Stickarbeit ab. »Elizabeth, seid bitte so gut und sagt es mir.«

»Es war der Earl of Salisbury«, antwortete sie mit einem triumphierenden Grinsen, »der für seinen Sohn, Sir John Neville, um Eure Hand bat!«

In meinem Kopf drehte sich alles. Als ich die Augen schloss, hob um mich herum ein lebhaftes Tuscheln und Kichern an.

»Wollt Ihr auch hören, was die Königin ihm erwiderte? Sie lachte ihn aus ihrem Gelass. Jeder lachte, Somerset am lautesten von allen.«

Bei dieser letzten Bemerkung riss ich die Augen auf. »Teure Elizabeth, ich bitte Euch um Nachsicht. Mir ist auf einmal sehr unwohl, und ich möchte mich gern hinlegen.«

Mit dem letzten bisschen Würde, das ich aufbringen konnte, verließ ich die große Halle auf zitternden Beinen, gefolgt vom Spott und Gackern der Hofdamen.

Sobald Ursula, die draußen wartete, mich erblickte, steckte sie die Handschrift ihres Vaters weg, in der sie gelesen hatte, und kam zu mir gelaufen. Sie drängte sich dicht an mich, um mich zu stützen, ohne dass es jemandem auffiele.

Am nächsten Tag sah ich die Königin nicht, weil ich ausrichten ließ, mich krank zu fühlen. Abends jedoch schickte sie nach mir. Angsterfüllt begab ich mich ins königliche Sonnenzimmer und war unsagbar erleichtert, als ich feststellte, dass weder ihre Hofdamen noch Somerset bei ihr waren.

»Euer Gnaden«, sagte ich und machte einen tiefen Knicks, da ich gelernt hatte, dass Königin Marguerite solch übertriebene Respektsbekundungen sehr schätzte.

»Du darfst dich erheben.« Sie wies auf den Platz neben sich und betrachtete mich Furcht einflößend lange und prüfend mit ihren grünen Augen. Endlich sprach sie. »Das Interesse an dir erweist sich als beachtlich rege. Nun scheint dich auch noch der Earl of Salisbury als Braut für seinen Sohn, Sir John Neville, zu wollen.«

Sie verstummte und sah mich aufmerksam an. Ich wusste, dass sie irgendeine Regung meinerseits erwartete, nur wagte ich nicht, etwas zu erwidern, auch wenn ich fühlte, dass ich schrecklich rot wurde.

»Also weißt du es bereits?«

»Ja, meine Königin. Elizabeth Woodville erzählte es mir.«

»Hat sie dir auch berichtet, wie ich seine Bitte beschied?«

»Ja, hat sie.«

»Was sagst du?«

Dies war eine sehr heikle Frage. »Ich weiß nicht, was ich sagen soll, meine Herrin«, antwortete ich leise.

»Du könntest mir verraten, wie es dazu kommt, seid du und Sir John Neville euch doch niemals begegnet.«

»Wir begegneten uns auf Lord Cromwells Burg auf meiner Reise nach Westminster mit Sœur Madeleine, meine Königin. Sir John war dort mit seinem Bruder, Sir Thomas. Es gab ein Fest. Sir John bat mich um einen Tanz ...« Bei der Erinnerung schlug mein Herz schneller, und ich sah ihn vor mir, wie er mich anschaute und mir seine Hand reichte; ich sah mich, wie ich sie nahm und mit ihm in die Saalmitte schritt; ich fühlte meine Füße leichter werden, mich entschweben ...

Stumm senkte ich das Haupt.

Die Königin erhob sich so schnell, dass ihr Seidengewand laut raschelte. »Er ist ein Yorkist!«, sagte sie schneidend, und ich wurde jäh in die Wirklichkeit zurückgerissen.

Ich warf mich ihr zu Füßen. »Mylady, er mag ein Neville sein, aber er ist überdies ein ehrbarer Ritter und bekannt für seine Königstreue! Können wir unserem Herzen befehlen, nicht zu erstreben, wohin es uns führt? Ich habe es versucht, meine Königin. Aber Vernunft ist keine Waffe gegen die Liebe!«

Königin Marguerite sank schwer auf ihren Sessel. »Dasselbe sagte mein Vater einst ... in einem Liebesbrief an meine Mutter. Er war ein Poet, musst du wissen.« Sie blickte verträumt in die Ferne, und ich ahnte, dass ihre Gedanken übers Meer trieben, an einen Ort der Erinnerung, der einzig ihr vorbehalten war.

»›Eines Abends begab ich mich früh zur Ruh'‹«, zitierte ich aus einer von König Renés Schriften, »›müde und schwer von Gedanken über die Liebe. Dann – war es ein Trugbild, ein

Traum? – erschien die Liebe höchstselbst mir, nahm das Herz mir aus der Brust und schenkte es dem Begehren ...‹«

»Du hast die Erzählungen meines Vaters gelesen?«, fragte die Königin überrascht.

»So oft, dass sie mir auf immer im Gedächtnis bleiben, Mylady. Euer königlicher Vater schreibt wundervolle Verse, die von großer Weisheit in Herzensangelegenheiten zeugen.«

»Erhebe dich, mein Kind, und nimm Platz!« Die Königin reichte mir ihre Hand und half mir auf. »Ich glaube an die Liebe. Sie ist ein wundersames Ding, das nicht leichtfertig abgetan werden darf. Aus diesem Grunde widme ich dem Arrangement von Vermählungen viel Zeit. Es gefällt mir, Liebe belohnt zu sehen und andere glücklich zu machen.«

Als ich sie ansah, ahnte ich, dass meine Augen von Hoffnung geweitet waren. Doch ihre folgenden Worte zerschmetterten sie wie ein Schwert Glas.

»Aber diese darf niemals sein.«

Ich verbarg mein Gesicht und biss mir auf die Lippe, um die Tränen zurückzuhalten.

Tagelang blieb ich im Bett und tränkte mein Kopfkissen mit Tränen, die ich vor der Königin nicht weinen durfte. Wie konnte ich jemanden heiraten, den ich nicht achtete, nun, da ich die Liebe gekostet hatte?

Ursula brachte mir Brühe und wollte mich überreden, etwas zu mir zu nehmen, aber ich wandte das Gesicht ab.

»Aber, aber, meine Liebe, wenn Ihr schon nicht essen wollt, möchtet Ihr dann wenigstens Neuigkeiten?«

Sie klang fröhlich, also drehte ich meinen Kopf wieder zu ihr. »Am ersten Tag des Dezembers gibt es eine Ratsversammlung in Coventry«, sagte sie lächelnd.

Ich richtete mich seitlich auf. John wird dort sein!, dachte ich mit klopfendem Herzen.

»Und es gibt noch mehr. Die Königin hat Somerset in königlichen Angelegenheiten nach Wales entsandt. Er wird nicht zurückerwartet, bevor der Rat in Coventry zusammenkommt, also ehe der Duke of York eintrifft. Wir verlassen London morgen. Es sind nur wenige Wochen, bis Ihr Euren Liebsten wiederseht, und wer weiß, welche Neuigkeiten er hat – oder was die Zukunft bringen wird. Und jetzt, meine süße Lady, esst Eure Suppe.«

Mit beladenen Wagen, ächzenden Karren und wiehernden Pferden machte sich der Hofstaat früh am nächsten Morgen auf nach Coventry. Ich konnte meine Freude kaum bändigen, doch während mich der Minnesang mit Träumen von der Liebe erfüllte, entging mir die Stimmung der Leute nicht. Sie hassten Marguerite. Überall kamen sie am Wegesrand zusammen und beäugten uns mürrisch schweigend. Nicht die kleinsten Anstrengungen waren unternommen worden, um das Haar der Frauen oder die groben Tuniken der Bauern zu Ehren der Königin ein wenig zu schmücken. Ihre ernsten Gesichter verdüsterten sich stattdessen, als sie vorbeiritt, zu ihren Seiten Egremont und Lord Clifford, ein weiterer von Marguerites jungen Günstlingen, ein Mann mit einem breiten Nacken und harten Zügen. Auch er hatte seinen Vater bei St Albans verloren. Das Volk gab der fremdländischen Königin die Schuld am Verlust der französischen Ländereien, besonders Maine, das ertragreichste und wichtigste Dominion von allen. Sie hatte es ihrem Onkel, König Charles von Frankreich, versprochen und kurz nach ihrer Ankunft in England übertragen Zudem hatte sie auf ihren Gemahl Henry eingewirkt, dass dieser Anjou an Frankreich abtrat. Und im Gegenzug hatte sie England nichts als einen kurzen Waffenstillstand gebracht. Selbst das Gewand hatte Henry ihr stellen müssen, bevor sie dem Volk hatte präsentiert werden können, so arm war sie gewesen. Dieser Tage war sie stets edel gewandet, vielleicht sogar zu edel, und ihre Günstlinge bereicherten sich auf Kosten des Staatssäckels.

Ihr gab man auch die Schuld am Tod von König Henrys Onkel Humphrey of Gloucester, der den verstorbenen Dukes Somerset und Suffolk fatale Fehler in der Kriegsführung angelastet hatte. Das Volk hatte ihn geliebt, wie es nun den Duke of York liebte, doch er war von seinem erbitterten Feind Suffolk in Arrest genommen worden und binnen einer Woche gestorben. »Mord«, wurde allgemein geflüstert, »durch die Königin und ihre Günstlinge.« Keiner beschuldigte den König, denn auch ihn liebten sie. Er war ein Heiliger, streng gläubig, verabscheute jedwedes Blutvergießen und begnadigte jeden Verbrecher. Nur leider war er Wachs in den Händen seiner Französin.

Gleich nach unserer Ankunft in Coventry entließ die Königin mich und ihre übrigen Hofdamen und nahm den kleinen Prinzen Edward mit zu den Privatgemächern von König Henry. Die Burg war im elften Jahrhundert erbaut und im zwölften Jahrhundert umgebaut worden, doch in einem bedauernswerten Zustand. Sie war ein düsterer Ort, umgeben von einem breiten Graben, dessen Wasser sich vom lehmigen Boden rot färbte. Die Räumlichkeiten mit den erhabenen Deckengewölben, den Steinböden, in die Blumen und Lilienbanner eingelassen waren, den vergoldeten Bogenstreben der Dächer und dem bunten Fensterglas waren ehedem prachtvoll gewesen, doch die Zeit hatte alles Schöne getrübt. Nun heulte der Wind durch die Korridore, Feuchtigkeit haftete an den Steinmauern, und in vielen Zimmern standen Eimer, um das Regenwasser aufzufangen, das durch die Decken tropfte.

»Warum will die Königin hier wohnen?«, fragte Ursula, als wir unsere Truhe auspackten und unsere Kleider zum Lüften an einen Haken in der Ecke der tristen Kammer aufhängten.

Aus reiner Gewohnheit blickte ich mich um, ehe ich antwortete: »Coventry ist auf Lancasters Seite, London auf Yorks. Hier fühlt sie sich sicher.«

Ursula neigte den feuerroten Schopf näher zu mir. »Und dennoch hat sie die Steuern in Leicester in zwei Jahren verfünffacht. Wie können die Leute das gutheißen?«

Ich zuckte mit den Schultern. Wer verstand denn noch irgendetwas? Es war alles viel zu verworren. »Sie sehen, was sie sehen wollen.«

Die meiste Zeit verbrachte ich bei der Königin, jedoch nie, wenn sie mit dem König zusammen war. Morgens half ich ihr beim Ankleiden, arrangierte ihr Haar und kümmerte mich um ihre Schönheitspflege. Ich rieb ihr Schafsfett ins Gesicht, färbte die Wangen mit Rouge und malte die hellen Augenbrauen mit Ruß aus den Rillen eines verbrannten Pfirsichkerns nach. Den Tag über erledigte ich Gänge für sie, brachte ihre Nachrichten und Anweisungen in die abgelegensten Winkel der Burg oder sah persönliche Bittbriefe von weiblichen Bediensteten an sie durch. Ich nahm mich all der Sorgen an, bei denen ich helfen konnte, und legte die übrigen Briefe der Königin vor. Die Abende, die sie nicht mit König Henry verbrachte, leisteten wir Hofdamen ihr Gesellschaft. Wir sangen, spielten die Leier und lasen der Königin aus ihrer Sammlung illustrierter Handschriften vor. Und wir arbeiteten an dem Gobelin, den König Henry entworfen und bis Weihnachten fertiggestellt haben wollte.

Ich staunte über die Königin. Sie musste doch wissen, wie die Dinge zwischen Somerset und mir standen, und dennoch zeigte sie sich mir zugeneigt. Da es nicht ihrem Wesen entsprach, ihre Gefühle zu verbergen, war offensichtlich, dass sie meine Gesellschaft beinahe so sehr genoss wie die von Elizabeth Woodville. Vielleicht lag es an den Vermählungswünschen, die für uns beide vorgetragen wurden. Sie dürften der gefühlvollen Seite der Königin gefallen. Allerdings äußerte Elizabeth niemals Interesse an einem ihrer Verehrer, ob jung oder alt. Eine Offerte kam sogar von einem angesehenen Ritter des Earl of Warwick, und Warwick selbst hatte Elizabeth geschrieben, um ihr die Ehe mit seinem Ritter anzutragen. Es war eine exzellente Partie für eine Jungfer, die väterlicherseits so wenig Vermögen mitbrachte – von der einzigen Seite, die zählte.

»Wünscht Ihr nicht zu heiraten?«, fragte ich Elizabeth eines Tages, als wir am königlichen Gobelin stickten, denn meine Neugier war schlicht zu groß.

»Aber natürlich will ich«, sagte sie, wobei sie den Kopf mit dem blonden Haar arrogant in den Nacken warf. »Wie kommt Ihr auf die Idee, ich wünschte es nicht?«

»Ihr seid achtzehn, mithin längst im Vermählungsalter, und keine ist schöner als Ihr.«

Ihr Lachen klang weicher als gewöhnlich. Offenbar mochte sie es, wenn man ihr schmeichelte. »Nun, Ihr dürft gewiss sein, dass ich nicht in ein Kloster gehe und Euch das Feld überlasse.«

Nachdem ich mich von meiner verwunderten Sprachlosigkeit erholt hatte, erwiderte ich: »Aus dem Grunde fragte ich nicht. Ich wundere mich lediglich, dass Ihr so lange einer Vermählung ausweichen konntet, würde ich doch annehmen, dass für Eure Hand hoch geboten wurde.«

»Nicht hoch genug für meine Mutter, die Duchess of Bedford.«

Die Mädchen in der Ecke kicherten leise, wurden aber

sofort ernst, als Elizabeth ihnen einen strengen Blick zuwarf, und neigten die Köpfe brav über den Gobelin.

»Dann wart Ihr nie verliebt?«, fragte ich.

»Verliebt? Was hat das mit der Heirat zu tun? Nur Narren suchen Liebe, wo Macht und Vermögen entscheiden.«

Ich war verblüfft, was meine Miene preisgegeben haben musste, denn sie lachte. »Ich sehe, Ihr gehört zu jenen albernen Geschöpfen, die dem nicht zustimmen. Lasst mich Euch einen Rat erteilen: Wenn Ihr um der Liebe willen heiratet, werdet Ihr es bitter bereuen.«

»Aber warum, Elizabeth?«

»Nun, lebt Sir Parzival lange genug, wird er zu Sir Furz-mit-Schall, meine Teure. Ich dachte, selbst Narren wüssten das.«

7

Weihnachten 1456

Mein Gemach in Coventry Castle war klein wie eine Kerkerzelle, und aus meinem Fenster war nichts zu sehen als Dächer und Mauern. Trotzdem genoss ich Coventry mehr als erwartet. Das Wissen, dass ich John wiedersehen würde, belebte meine Gedanken wie meine Träume, und Somersets Abwesenheit munterte mich immens auf. Er war schon den ganzen November fort gewesen, und es fühlte sich an, als hätte sich die Sonne durch zähe Wolken gekämpft. In meiner solcher Art gehobenen Stimmung ertappte ich mich dabei, wie ich den Maskenträgern nach dem Abendessen eifrig applaudierte und fröhlich vor mich hin summte, während ich half, die Gemächer der Königin weihnachtlich grün zu schmücken. Der hässliche Bischof Dr. Morton, der mich auf dem Gang in Westminster so erschrak, war häufig zu Besuch beim Hofstaat in Coventry, und obgleich mich bei seinem Anblick immer wieder ein unangenehmes Gefühl überkam, konnte nicht einmal er meine Stimmung trüben.

»Nur noch zwei Tage, dann wird John mit dem Duke of York eintreffen!«, flüsterte ich Ursula zu. Das Läuten der Kirchenglocken über den Tag wie auch der Mönchsgesang zu den heiligen Stunden erinnerten mich, wie beglückend nahe der erste Dezember und mit ihm die Ratsversammlung rückten.

Am Abend vor Johns Ankunft, als ich der Königin wie gewohnt nach der Vesper eine gute Nacht wünschte, sagte sie:

»Geh gleich morgen früh zu Spielzeugmacher Simon in die Stadt und sag ihm, ich wünsche, dass er uns ein Heer von Spielzeugsoldaten für unseren Prinzen Edward fertigen soll, als Weihnachtsgeschenk.«

»Ja, meine Königin«, antwortete ich, froh, dass mein Treffen mit John nicht vereitelt wurde. Er hatte mir Nachricht geschickt, ihn im Lustgarten des Königs, nahe dem Taubenschlag, zu erwarten, und zwar gleich nach der Prim, wenn sich sonst niemand dort aufhalten würde.

In jener Nacht schlief ich nicht, so ungeduldig war ich, meinen Liebsten zu sehen – und so voller Hoffnung, dass sich alles zum Guten wenden könnte und wir einen Weg fänden zu heiraten. Endlich dämmerte der Morgen, angekündigt vom Vogelgezwitscher. Aufgeregt kleidete ich mich an. Selbst das triste Coventry Castle, das üppig mit Immergrün und Ilex geschmückt und von Singen und Lachen erfüllt war, entsprach meiner fröhlichen Stimmung besser denn je, als ich hinab zum Garten eilte und kicherte, weil sich die arme Ursula abmühte, auf dem frisch gefallenen Schnee mit mir Schritt zu halten.

»Euer Füße sind rascher als der Fleet!«, rief sie, und ich lachte. Bevor wir nach Coventry aufgebrochen waren, hatten wir nämlich in der Fleet Street, benannt nach dem Bach, an dem sie entlangführte, eingekauft, und dort hatte mir ein Blumenhändler mit einer feierlichen Verbeugung einen Ilexzweig überreicht. Im Grün verborgen war eine Nachricht von John gewesen, wo er mich am Morgen der Ratsversammlung erwarten würde.

Kirchenglocken läuteten die achte Stunde, als ich meine Röcke lüpfte und die ausgetretenen Steinstufen zum Garten hinabstieg, wobei ich vorsichtig war. John wartete bereits am Taubenschlag, sein Hund hinter ihm. Oben an der Treppe blieb Ursula zurück und hielt Wache, während ich den Gartenpfad hinablief und mich in Johns Arme warf.

»Meine Liebste, meine Teuerste«, murmelte er in mein Haar und umarmte mich fest. Rufus bellte einmal zur Begrüßung.

Ich blickte zu John auf und berührte zart die feinen Linien seines hübschen Antlitzes, um sie mir auf ewig einzuprägen. »Ich lebe für diese Momente«, flüsterte ich, dankbar, ihn wohlbehalten bei mir zu wissen, und sei es noch so kurz.

»Eines Tages werden wir zusammen sein, mein Engel, für immer.« Er ergriff meine Hände und lächelte mich zärtlich an.

»Für immer«, wiederholte ich. »Wie schön das klingt, Mylord!« Ich fragte mich, ob John wirklich glaubte, dass solch ein Traum wahr werden könnte. Glaubte ich es?

Unruhe an der Gartenmauer schreckte mich aus meinen Gedanken, und ich hörte Ursula warnend ausrufen: »Mylords!«

»Hinfort mit dir, Weib, wenn dir dein Wohlergehen lieb ist!«, wurde ihr harsch erwidert.

Rufus sprang auf und bellte los, und ich hielt vor Schreck den Atem an. Es war Somersets Stimme, die ich gehört hatte. Er stampfte donnernd die Stufen hinab, und wenig später erschien er zwischen den hohen Hecken, die den Weg säumten. Als er uns sah, färbte sich sein Gesicht tiefrot, und eine pochende Ader trat an seiner Stirn hervor. Er machte einen Schritt auf uns zu, die Hand am Schwertheft. Rufus knurrte.

»Was haben wir denn hier?«, fragte Somerset spöttisch, achtete nicht auf den Hund und wechselte einen Blick mit dem griesgrämigen Burschen, der neben ihm stand und sehr nach einem gesetzlosen Wegelagerer aussah. »Ich glaube, wir haben zwei Turteltauben bei dem Versuch ertappt, ein Nest zu bauen. Was hältst du davon, diesem Hahn die Feder zu rupfen, Cockayne?«

Mit einem schiefen Grinsen zog besagter Cockayne sein Schwert. John schob mich hinter sich. Gleichzeitig blitzte seine Klinge auf, obwohl ich nicht bemerkt hatte, dass er sein Schwert zog.

»Zwei gegen einen, wie ungalant von Euch«, sagte John zu Somerset. »Dennoch danke ich Euch für das Vergnügen, Euch beiden das hässliche Fell zu barbieren.« Um mich herum knallte scheppernd Eisen an Eisen, und der winterliche Boden erbebte unter den wuchtigen Schwertschwüngen der Kämpfenden.

Ich zog das kleine Messer, das ich seit jener Nacht, in der Somerset mich im dunklen Gang überrascht hatte, stets im Ärmel trug. Dann schlich ich rückwärts bis zur Mauer und an ihr entlang, bis ich hinter den beiden Unholden war. Rufus bellte aufgeregt, wagte jedoch ebenso wenig wie ich, in den Kampf einzugreifen, weil sich die Männer viel zu rasch bewegten. Während Somerset und sein Kumpan auf John einhieben, parierte er ihre Schläge gekonnt. Allerdings war der Kampf allein gegen zwei Männern kräftezehrend, was sich nach einer Weile bemerkbar machte. Seine Bewegungen wurden langsamer, sein Atem ging schwer. Ich bereitete mich innerlich darauf vor, nach vorn zu springen und mein Messer in den Arm des Grobians zu rammen, um John Zeit zu verschaffen, als ein lautes Brüllen ertönte.

»Halt!«

Ich blickte mich um. John und Somerset erstarrten. Der Duke of Buckingham und seine bewaffneten Gefolgsleute umringten uns, die Schwerter auf das kämpfende Trio gerichtet.

»Legt Eure Waffen ab!«, befahl der Duke. »Ihr wagt es, den Frieden des Königs in seinem eigenen Garten zu stören? Kennt Ihr keinen Anstand?«

Misstrauisch legte John als Erster das Schwert ab. Die anderen beiden taten es ihm gleich.

Nun sah der Duke zu mir, und es war offensichtlich, dass er wusste, was hier vor sich ging. Er blickte wieder zu John und Somerset. »Und Ihr beide, seid auf der Hut! Die Königin wird nicht dulden, dass sich einer von Euch an Ihrem Eigentum vergreift. Nun geht, Ihr habt eine Ratsversammlung abzuhalten.« Dann wandte er sich an Cockayne. »Und Ihr werdet dem Amtsrichter vorgeführt.«

Auf Duke Humphreys Nicken hin stellten sie sich in einer Reihe auf und gaben den Weg für John und Somerset frei, getrennt durch dessen Männer. Cockayne wurde gepackt und abgeführt. John zögerte, fuhr sich mit einer Hand durchs Haar und schien noch etwas sagen zu wollen. Dann jedoch hob er sein Schwert auf, sah zu mir und ging. Somerset richtete sein Wams und nahm seine Klinge. Auch er warf mir einen Blick zu, nur war seiner voller Verachtung und Zorn. Schließlich tippte der Duke of Buckingham sich zum Gruß an die Samtkappe und verließ den Garten mitsamt seiner Entourage auf einem anderen Weg.

Ich lief hinter John her. Ein Stück vor mir erblickte ich Somerset durch eine Lücke zwischen zwei Eiben gleich unterhalb der Treppe, die aus dem Garten führte.

»Wir sind noch nicht fertig, Neville!«, brüllte er. »Heute Abend, auf dem Dorfplatz, werden wir diese Angelegenheit ein für alle Mal austragen!«

John, der schon die Hälfte der verschneiten Stufen hinaufgestiegen war, drehte sich um und sah zu ihm hinab. »Keine Bange. Ich werde dort sein«, sagte er und verschwand, ohne mich zu entdecken.

Wie Ursula mir am selben Vormittag bei meiner Rückkehr aus dem Ort berichtete, hatte sie am Morgen aus lauter Angst um Hilfe gerufen. Und ihre Rufe waren von dem guten Duke Humphrey erhört worden, der gerade zur Ratsversammlung eingetroffen war. Als ich vom Spielzeugmacher zurückkam, sprach schon die ganze Burg vom morgendlichen Kampf zwischen John und Somerset im Garten. Und wie ich befürchtet hatte, hatte auch die Königin davon erfahren und befahl mich zu sich.

Ich eilte zu ihren Gemächern und hoffte, dass sie mich nicht zu lange aufhalten würde, musste ich doch noch Duke Humphrey von Somersets Plan berichten, den Kampf abends fortzusetzen.

Wutentbrannt schritt Marguerite d'Anjou vor mir auf und ab. »*Alors*, so dankst du mir meine Mühe? Es wird höchste Zeit, dass du vermählt wirst und wir von dieser Last befreit sind!« Beschämt senkte ich den Kopf. Sie blieb vor mir stehen, um mich erbost anzusehen, ehe sie wieder auf und ab schritt. »Hast du nichts zu deiner Entschuldigung vorzubringen?«

»Die Aufmerksamkeiten des Dukes sind mir nicht willkommen, meine Königin, wie ich seiner Durchlaucht bereits sagte.«

Sie wirbelte herum und sah mich an. »Dann ist er nicht gut genug für dich?«

Nun wurde mein Trotz wach, und ich blickte die Königin an. »Meine Königin, ich bin nicht gut genug für ihn, wie er sehr wohl weiß, würde er mich doch andernfalls niemals entehren wollen. Und selbst wenn es nicht so wäre, wollte ich Eure Güte niemals auf solch niederträchtige Weise vergelten wollen. Auch dies erklärte ich ihm.«

»Ach, ja?« Ihre Züge wurden ein klein wenig weicher, und sie kam näher. »Und was erwiderte er?«

»Er drohte mir, mich zu schänden.«

Hierauf verzog sich ihr liebreizendes Gesicht vor Zorn. »*Sang Dieu!* Er soll das volle Ausmaß meiner Empörung zu spüren bekommen!« Sie sank auf einen Stuhl, eine Hand an ihrer Schläfe. Tränen schimmerten in ihren Augen, und ihre Lippen bebten.

Also stimmten die Gerüchte. Sie liebte ihn. Hatte sie auch seinen Vater geliebt, der in St Albans starb? Falls ja, erwiesen sich Herzschmerz und Verlust als ihre steten Begleiter, seit sie in England war.

Ich kniete mich vor sie. »Meine teure Königin, Männer sind bei all ihrer Stärke schwache Kreaturen. Wir aber sind stark. Seht doch nur, was wir ertragen müssen!«

Sie nahm ihre Hand herunter und blickte zu mir herab. Wir waren zwei Frauen, vereint durch die Bürden unseres Geschlechts und den Schmerz der verbotenen Liebe. Auf einmal funkelten ihre Augen. »Er wird bezahlen!«, sagte sie.

Wieder senkte ich mein Haupt, damit sie mein zufriedenes Lächeln nicht sah.

Nach der Unterredung mit der Königin begab ich mich auf die Suche nach Duke Humphrey, um ihm von Somersets Vorhaben zu erzählen, abends im Dorf mit John zu kämpfen. Zu meinem Entsetzen fand ich seine Unterkunft verlassen vor. »Wo ist der Duke?«, fragte ich einen Diener, der den Kamin ausfegte.

Der Mann wandte sich zu mir um, sein Gesicht war schwarz von Ruß. »Er ist heute Morgen nach der Ratsversammlung fort.«

»Wohin ist er?«, rief ich verzweifelt.

»Weiß ich nicht, aber habt keine Sorge, Mylady, er wird heute Abend wiederkommen.«

»Das ist zu spät!« Meine Gedanken jagten in alle erdenklichen Richtungen. »Kann mir jemand sagen, wohin er geritten ist?«

»Mag sein, doch ich wüsste nicht, wer. Sie sind alle mit ihm geritten, Mylord Buckinghams Männer. Vielleicht weiß es einer der Stallburschen.«

Doch da in den Stallungen alle Arbeit vorerst getan war, waren die Burschen mit anderen Aufgaben irgendwo in der Burganlage befasst. Außer mir vor Sorge, kehrte ich zu Ursula zurück.

»Was kann ich unternehmen?«, fragte ich sie aufgelöst. »Somerset wird ihn töten, das konnte ich an seinen Augen ablesen.«

Ursula bugsierte mich zum Bett, damit ich mich setzte. »Wir schicken Nachricht an den Schultheiß. Er wird es verhindern.«

Ich griff nach meinem Umhang, doch Ursula hielt mich zurück.

»Nicht Ihr, Mylady. Ihr habt heute schon genug durchgemacht. Ich gehe.«

»Aber der Schultheiß wird Euch nie empfangen!«

»Er ist ein Freund meines Vaters, natürlich wird er«, entgegnete sie bestimmt. »Ihr solltet für Sir John beten. Er ist ein wackerer Ritter, der bislang noch kein Gefecht verlor, dennoch wird er Eure Gebete und Gottes Hilfe brauchen. Ich bringe Euch schnellstmöglich Nachricht.«

Da ich wahrlich erschöpft war, widersprach ich ihr nicht. Ich nahm Ursulas Hand und ließ mich wie ein Kind von ihr zur kleinen Burgkapelle führen. Dort ließ sie mich zurück und ging. Ich zündete eine Kerze für John an, fiel vor dem weihnachtlich geschmückten Holzaltar auf die Knie und blickte zur edlen Statue der Jungfrau Maria mit dem Kind in der Nische, die von Ilex und Kerzen umringt war. Stumm flehte ich den Himmel an, er möge John beschützen. Als mein Gebet endete, begann ich noch einmal von vorn, danach wieder. Ich achtete weder auf den verstreichenden Tag noch auf die anderen Leute, die ein und aus gingen und Gottes Hilfe in ihren Nöten erbaten.

Stunden später, es war schon dunkel, kehrte Ursula zurück. Angst und Hoffnung fochten in mir, als ich aufstand. Sie blickte sich um, ehe sie lächelte. Beinahe hätte ich vor Erleichterung aufgeschrien, als sie flüsterte: »Gott in seiner allmächtigen Güte hat Eure Gebete erhört, Isobel.«

Schwindlig, als hätte ich zu viel guten Wein getrunken, ergriff ich ihre Hand und lief mit ihr hinaus zu einer abgelegenen, schattigen Ecke im Burghof, in dem das lärmige Treiben des Tages verstummt war. Sobald wir eine Nische erreichten, in die kein Fackellicht drang, berichtete Ursula mir in allen Einzelheiten. Über uns scherzten die Wachen derbe miteinander, und ihr Lachen hallte bis zu uns herunter.

»Es war Gottes Wille, dass der Schultheiß und die Stadtväter für Somerset bereit waren, kaum dass sie von seinem Plan erfuhren, und Hunderte bewehrter Bürger empfingen ihn, als er mit seinen Männern dort ankam, um ihn fortzujagen«, erzählte sie leise. »Aber Somerset war so erbost, dass er drei ihrer Wachen tötete. Daraufhin wollten die aufgebrachten Bürger Blut sehen, und wäre der Duke of Buckingham nicht beizeiten gekommen, Somerset vor ihrem Zorn zu retten, die Menge hätte ihn totgeschlagen.«

»Der Duke of Buckingham?«, wiederholte ich staunend.

»Ja, er kam von Leicester zurück und mitten hinein in den Aufruhr.«

»Woher weißt du, dass es sich so zugetragen hat?«

»Ich hörte es von einem Stallburschen des Schultheißen, der eine Jungfer im Haushalt des Goldschmieds von Coventry besuchte. Der Goldschmied ist zufällig ein guter Freund des Schultheißen und hat alles miterlebt.«

Ich schloss die Augen. John war sicher! Im Geiste sah ich die aufgebrachte Menge, mit Lanzen bewehrt und brüllend, die Somerset aus der Stadt jagte. Eine sehr ähnliche Wut hatte ich in London gesehen, sehr ähnliche Beschimpfungen gehört.

In dieser Nacht schlief ich so gut wie seit Wochen nicht. Am nächsten Tag kam Nachricht von meinem Onkel. Ich gab dem Boten eine Münze, brach ungeduldig das Siegel und las:

Meine geliebte Nichte Isobel,

dein Brief traf wohlbehalten ein, und ich habe gründlich über deine Bitte nachgedacht, mich bei der Königin für dein Begehr auszusprechen. Sir John Neville, dem du deine Zuneigung schenkst, ist ohne Frage ein Mann von tadellosem Charakter. Wie du weißt, bin ich selbst ihm schon bei vielen Anlässen begegnet, als er noch ein junger Bursche war, und konnte nichts an ihm entdecken, das gegen ihn spräche. Indes würde ich meiner Pflicht dir und deiner seligen Mutter gegenüber nicht gerecht, würde ich versäumen, dir die Gründe aufzuzeigen, aus denen eine solche Verbindung wider deine Interessen wäre. Wie es der Zufall will, werde ich vor meiner Abreise nach Rom bei Hofe sein. Dort können wir einander sehen und diese überaus wichtige Angelegenheit persönlich bereden.

Gott behüte dich!

Dies am ersten Tage des Dezembers 1456 in Dublin Castle.

In Liebe, dein Onkel,

John Tiptoft, Earl of Worcester, Lord Lieutenant of Ireland, Königlicher Gesandter seiner Majestät, König Henry VI. von England, am Päpstlichen Hof seiner Heiligkeit Papst Calistus III. in Rom

Mit zitternden Händen faltete ich den Brief zusammen und schob ihn in meinen Ausschnitt. Dann lief ich zur Kapelle und bat um Gottes Hilfe, die rechten Worte zu finden, mit denen ich meinen Onkel für meinen Wunsch gewinnen konnte.

Er traf eine Woche später ein und schickte gleich nach mir. Kurz nach dem Frühstück kam ein Page und teilte mir mit, dass mein Onkel mich zu sehen wünschte. Ich folgte dem Jungen durch mehrere Korridore, vorbei an Wachen, Boten, Dienern, Geistlichen und allen erdenklichen adligen und einfachen Leuten, mehrere Treppen und ausgetretene Stufen hinunter und über den Innenhof hinauf zur Unterkunft meines Onkels im Ostturm. Seine Diener brachten die Truhen herbei und richteten ihm die geräumige Kammer ein.

Da mein Onkel noch nie jemand gewesen war, der Zeit vergeudete, war er schon dabei, zwei Schreibern gleichzeitig Briefe zu diktieren. Zwischendurch instruierte er die Diener, wo sie welche seiner Sachen hinräumen sollten. Als ich vom Wachmann an der Tür gemeldet wurde, blickte er auf. Sogleich wurden seine strengen Züge freundlicher. Ein Lächeln trat auf sein Gesicht, und er breitete die Arme aus. Ich warf mich hinein.

»Onkel, liebster Onkel, welche Freude, Euch zu sehen!« Ich umarmte ihn und sah mit Freudentränen in den Augen zu ihm auf.

Der Bruder meiner Mutter war die einzige Familie, die ich noch besaß, und er hatte von jeher einen festen Platz in meinem Herzen. Als Kind hatte er mich auf dem Schoß gehalten und mir vorgelesen, Blindekuh mit mir gespielt und sogar noch größere Geduld mit mir bewiesen als meine Amme. Ich liebte meinen Onkel Tiptoft mit einer Inbrunst, die weder Zeit noch Entfernung zu mindern vermocht hatten. Deshalb wohl empfand ich eine schmerzliche Traurigkeit ob der Veränderungen, die sich an ihm zeigten. Die Jahre hinterlassen ihre Spuren, dachte ich angesichts seiner silbergrauen Schläfen, der erschlafften Wangen und der steilen Falten zwischen seinen Brauen, die sein einziges bedauerliches Merkmal betonten: seine Augen. Zwar waren sie vom schönsten Blau, doch viel zu weit vorgewölbt. Abgesehen davon war er von sehr angenehmem Äußeren, und das Alter hatte ihn noch nicht gebeugt.

Mit einer Handbewegung entließ er seine Diener; die Tür fiel hinter ihnen mit einem dumpfen Knall zu. »Gutes Kind, hier, nimm Platz!« Er wies zu einem der Stühle, auf dem eben noch ein Schreiber gesessen hatte, und setzte sich mir gegenüber an den Schreibtisch. »Du siehst wohl aus«, sagte er, nachdem er mich eingehend betrachtet hatte. »Sehr sogar. Deine Mutter wäre stolz, dass du zu solch einer schönen jungen Dame erblüht bist.«

Ich senkte den Blick. Eine Krankheit hatte mir meine wunderschöne Mutter, Joan Tiptoft, genommen, als ich erst sechs Jahre alt gewesen war, und ihr Verlust würde mich bis ans Ende meiner Tage begleiten.

»Ja, sie wäre stolz – genau wie ich es bin, gutes Kind«, fügte er hinzu und sah mich eine Weile schweigend an. Dann klatschte er die Hände auf seine Knie. »Also, was ist dies für eine Sache mit Salisburys Sohn?«

Ich spürte, wie meine Mundwinkel zuckten, weil ich schmunzeln musste. Mein Onkel war kein Mann, der lange um den heißen Brei herumredete. Ich erklärte ihm alles, sparte keine Einzelheit aus, und er lauschte aufmerksam. »Ich liebe ihn, Onkel«, schloss ich.

»Wie unbesonnen von dir, meine Liebe ... sehr unbesonnen. Die Nevilles haben sich auf die Seite Yorks geschlagen, und Yorks Lage ist prekär, ist er doch mit der Königin verfeindet. Es wird gemunkelt, dass er im Tower landen könnte, nun, da König Henry genesen ist. Die Königin fordert seinen Kopf.«

»Die letzten drei Monate bei Hofe haben mir dies überaus deutlich gemacht, doch es ändert nichts. Ich liebe Sir John Neville, und wir möchten heiraten. Den Gedanken an ein Leben ohne ihn ertrage ich nicht.« Ich ergriff die Hand meines Onkels. »Als Ihr Eure zweite Gemahlin verlort, Elizabeth Greyndour, wart Ihr untröstlich und schwort, Euch niemals wieder zu vermählen. Ihr seid Eurem Schwur treu geblieben, weil Ihr wisst, was Liebe ist, teurer Onkel. Bewahrt mich vor einem Leben ohne sie!«

Eine Weile schwieg er nachdenklich, ehe er seufzte. »Nun gut, ich werde mich nach Kräften bemühen.« Die Freude, die in meinem Busen keimte, wurde von seinen nächsten Worten erstickt: »Doch erhoffe dir nicht zu viel.«

Als ich am späten Nachmittag in der großen Halle wartete und Horaz las, linste ich immer wieder verstohlen zu den Fenstern des großen Gelasses, wo mein Onkel von der Königin empfangen wurde, um die Zustände in Irland zu besprechen – und mein Schicksal. Bis zum Abendessen hatte ich noch nichts erfahren, denn mein Onkel war gleich im Anschluss zu einer Besprechung mit dem Erzbischof von Canterbury aufgebrochen. Obwohl die Königin mich einlud, mit ihr an der königlichen Tafel zu speisen, ließ sich an der ernsten, nachdenklichen Miene meines Onkels unmöglich ablesen, wie seine Unterredung verlaufen war. Und dass er während des Mahls mehrfach innehielt und mich ansah, vergrößerte die Last meiner Sorge nur noch.

Nach dem Essen lud die Königin alle Adligen und ihre Damen zu etwas Zerstreuung in ihr Sonnenzimmer. Die Kirchenglocken läuteten zum Komplet, bis ich endlich von meinem Onkel hörte, was sein Gespräch mit der Königin ergeben hatte.

Wir waren in seinem Gemach, wo er mich Platz zu nehmen bat. Selbst blieb er jedoch stehen und rieb sich das Kinn. »Wie es scheint, hattest du einigen Einfluss auf königliche Angelegenheiten in der kurzen Zeit, die du hier bist, Isobel. Dank dir hat der Duke of Somerset die Königin échauffiert, und das so sehr, dass sie ihn nach Wales schickte und James II. von Schottland schrieb, um ihm eine Vermählung Somersets mit Joan, der Schwester des Königs, anzutragen.«

Ich rang erschrocken nach Atem.

»Auf meine Bitte in deinem Namen hin – die ich übrigens mit einer Eloquenz vortrug, dass sie mich beinahe selbst zu Tränen rührte – erklärte sie sich bereit, deiner Vermählung mit Sir John Neville zuzustimmen.«

Nun bekam ich keine Luft mehr. Vor Schreck richtete ich mich halb auf, sank aber gleich wieder auf den Stuhl, weil meine Knie mich nicht halten wollten.

»Nein, juble noch nicht! Zunächst einmal möchte ich dir sagen, dass die Königin dich außerordentlich hoch schätzt. Da du die alleinige Erbin all meiner Ländereien und Titel bist, ist der Preis, den sie für eine Vermählung mit Salisburys Sohn fordert, exorbitant und steht in keinerlei Relation zu dem Einkommen, das dir aus deinem Besitz erwächst.«

Ich umklammerte die Armlehnen meines Stuhls. »Wie viel?«

»Zweitausend Pfund. Du wirst mir beipflichten, dass eine solche Summe für eine Königin üblich ist und von Salisbury unmöglich aufgebracht werden kann.«

Um mich drehte sich alles, sodass ich eine Hand an meine Schläfe legte, um den Schwindel, der mich erfasst hatte, zu vertreiben.

»In ihren eigenen Worten«, fuhr mein Onkel fort. »Sie ist entschlossen, bei dieser Sache Gewinn zu machen.«

Ein Mal sah ich Somerset noch, bevor er wieder abreiste. Es war am Abend vor dem Aufbruch meines Onkels nach Rom, und ich kehrte gerade vom Abort zurück, als er sich mir auf dem Hauptkorridor in den Weg stellte.

»Ihr weist mich also ab, ja?« Er packte meinen Arm. Sein Atem stank nach Wein, und selbst im dämmrigen Licht erkannte ich, dass seine Pupillen lüstern geweitet waren. »Niemand weist mich ab!«

Ich schrie um Hilfe und wollte mich ihm entwinden.

Aus der Dunkelheit erschien eine Wache. »Haltet ein!«, rief der Mann und zog sein Schwert.

Ohne den Griff zu lockern, wandte Somerset sich um und sah dem Mann ins Gesicht. Prompt nahm die Wache das Schwert herunter und wich unter gemurmelten Entschuldigungen zurück.

In dem Moment begriff ich, dass ich keine Hilfe erwarten durfte, mich folglich selbst retten musste. Ich nahm mein Messer aus dem Ärmel und schnitt Somerset in die Hand, als er auf die Wache achtete, nicht auf mich.

Fluchend ließ er meinen Arm los. Während er damit beschäftigt war, den Blutfluss zu stoppen, rannte ich den Korridor entlang zu meiner Kammer und wäre in meiner Hast mehrmals fast gestolpert. Drinnen schob ich den Riegel vor und sank zitternd in Ursulas Arme. Am nächsten Tag blieb ich in meiner Kammer, bis Ursula kam und mir sagte, dass Somerset fort war.

Mit seinem Verschwinden wurde es ruhiger auf der Burg. Ich verbrachte viele Stunden in der Kapelle, flehte die Jungfrau Maria um Hilfe an und flüsterte sogar bei der Näharbeit meine Gebete, statt wie die anderen um mich herum zu plaudern und lustig zu sein. Der große Gobelin für den Westminster-Palast war beinahe fertiggestellt und würde bald in der großen Halle dort hängen, wo er all jene an die Bedeutung Weihnachtens erinnern sollte, die Wert auf jene Botschaft legten. *Liebet eure Feinde,* war unter der Szene aufgestickt, in der Jesus das Kreuz nach Golgatha trug. Ja, Vergebung war bisweilen eine noble Regung und bei Hofe dringend vonnöten. Jedes Mal, wenn ich den Gobelin ansah, erschienen die wütenden Gesichter Somersets, Cliffords, Egremonts und anderer vor meinem geistigen Auge, die ihre Väter und Brüder in der Schlacht von St Albans verloren hatten, und nahmen den Platz der feindseligen Menge um Christus ein.

Ich verstand, was der König wollte. Der sanftmütige Henry hatte das Motiv weise gewählt. Doch würden die Menschen auf die Botschaft hören?

Obwohl ich Grund hätte, die Zustimmung der Königin zu meiner Vermählung zu feiern, war ich betrübt, weil ich mich nach John sehnte. Das Lachen und die Fröhlichkeit der Weihnacht wirkten seltsam leer, und inmitten des ausgelassenen Trubels fühlte ich mich einsamer denn je.

8

Januar 1457

Der Januar hielt mit Schneetreiben Einzug, und die Feiertagsgäste auf Coventry Castle reisten auf ihre Güter zurück. Ich widmete mich meiner Aufgabe, die Kinder zu unterrichten, Besorgungen für die Königin zu tätigen und die Webarbeiten zu beaufsichtigen, während ich auf Nachricht von John wartete. Leider geschah nichts, das mir Freude bereiten konnte. In dem Glauben, der Earl of Salisbury könnte oder würde niemals die geforderte Summe für mich aufbringen, wägte die Königin Angebote anderer Verehrer für mich ab, was mich in konstante Angst versetzte, am Ende doch mit jemand anderem vermählt zu werden. In den ersten Tagen des Jahres 1457 war ich von solcher Sorge und Unruhe erfüllt, dass ich häufig an Kopfschmerzen litt und kaum schlafen konnte. Nicht einmal heiße Schlaftrünke halfen mir.

Eines bitterkalten Morgens kam ich in unsere Kammer und fand Ursula weinend mit einem Brief in der Hand vor. »Was ist dir, meine Liebe?«, fragte ich, setzte mich neben sie auf die graue Bettdecke und strich ihr über das Haar.

Ursula sah mich mit geröteten, geschwollenen Augen an. »Mein Vater wurde in den Kerker geworfen!«

Entsetzt rang ich nach Atem. »Wessen beschuldigt man ihn?«

»Es ist eine Lüge! Man behauptet, er hätte eine Nonne geschändet!«

Sprachlos vor Schreck starrte ich sie an.

»Er hat es nicht getan! Das könnte er nie«, sagte Ursula weinend. »Es ist alles wegen Elizabeth Woodville, dessen bin ich gewiss.« Sie schluchzte zum Steinerweichen.

Ich nahm sie in die Arme und dachte an den Eklat die Woche zuvor im Gobelinzimmer. Elizabeth hatte über Tage eine junge, recht unförmige Dienerin verhöhnt, bis das Mädchen schließlich vor uns allen in Tränen ausgebrochen war. Darauf hatte Ursula gewagt, das Mädchen vor Elizabeth Woodvilles Augen zu trösten, und irgendwann war das geflüsterte Wort *»Hexe!«* gefallen, das niemandem entgangen war. Es stimmte, dass man Elizabeths Mutter Jacquetta, Duchess of Bedford, nachsagte, sie hätte sich mit Hexerei eingelassen, um das Glück zu sichern, das ihre Familie zu verfolgen schien. Aber niemand würde es jemals in Gegenwart Elizabeths laut aussprechen. Ich war froh gewesen, dass sie es bei einem feindseligen Blick zu Ursula beließ.

»Eine solche Bösartigkeit würde ich Elizabeth nicht zutrauen«, sagte ich nachdenklich. »Hat dein Vater Feinde?«

»Nein, sie war es, ohne Frage, Isobel! Sie ist schlecht, durch und durch verderbt. Die Königin ist ihr wohlgesonnen, weil sie beide französisches Blut haben, und sie nutzt diesen Einfluss immer wieder, wenn jemand ihren Groll auf sich zieht, wisst Ihr nicht mehr?«

Ja, denjenigen, die mit Elizabeth Woodville aneinandergerieten, stieß Übles zu. Der Vater eines Mädchens hatte seine Stellung als Sheriff verloren, die Familie eines anderen war überfallen und ausgeplündert worden, als der Vater nach London gereist war, und der Anwaltsvater eines weiteren Mädchens hatte jeden Fall vor dem Londoner Gericht verloren und war in Armut gefallen. Ursula schrieb all diese traurigen Entwicklungen Elizabeth Woodville zu; ich hingegen hielt sie lediglich für unglückliche Zufälle.

»Was mache ich nur?«, schluchzte Ursula. »Mein armer Vater!«

»Ursula, ich werde an John schreiben und ihn um Hilfe bitten«, sagte ich und tupfte ihr die Tränen mit einem Taschentuch ab. »Er kommt wieder frei. Dein Vater ist ein Warwickshire-Ritter, also wird sich der Earl of Warwick für seinen Fall einsetzen. Die Nevilles sind nicht ohne Einfluss, auch nicht gegen die Königin.«

Trotz meiner Versicherungen überkamen mich Zweifel, als ich an John schrieb. Die allgegenwärtigen Grausamkeiten und schrecklichen Vorurteile lasteten schwer auf meinem Gemüt, und nach vielen liebevollen Worten an John musste ich meine Feder ablegen, weil mich der Kummer überwältigte. Schließlich zwang ich mich, einen fröhlicheren Ton anzuschlagen, berichtete John vom Besuch meines Onkels und wie dessen Unterredung mit der Königin verlaufen war.

Wenige Tage vergingen, bis ein Bote Nachricht mit Johns Greif-Siegel brachte.

Geliebte Isobel,

Euer gütiger Onkel sandte meinem Vater einen umfassenden Bericht über seine Fürsprache für uns bei der Königin, bevor er nach Italien reiste. Folglich wissen wir, welche Summe sie für unsere Vermählung fordert. Was nicht bedeutet, dass unsere Lage hoffnungslos wäre. Wichtig ist, dass die Königin zugestimmt hat, Isobel, zugestimmt! Mein Vater wird nach Westminster kommen und mit ihr sprechen, sobald wir die Unruhen hier in Yorkshire beigelegt haben, die Egremont und seine Spießgesellen anfachen. Sie brechen in die Häuser unserer Pächter ein, zerschlagen Fenster, stehlen Besitz und töten Vieh. An der Grenze nach Schottland hat König James II. viele englische Farmen und Wohnhäuser geplündert und niederge-

brannt, und wir müssen die Region beruhigen, so gut wir können, ehe wir Northumberland verlassen. Ich gebe Euch Nachricht, wenn ich mehr weiß. Bis dahin sagt Mistress Malory, dass ich meinen Bruder Warwick über die missliche Lage ihres Vaters in Kenntnis setzte und er versprach, sich nach Kräften um eine baldige Freilassung von Sir Thomas Malory zu bemühen.

Seid zuversichtlich, dass alles gut werden wird, meine Liebste, und betet für uns! Mit Gottes Hilfe können wir richten, was Unrechtes geschah, zu einer Einigung mit der Königin finden und uns vermählen, Isobel, mein Engel.

Möge Gott Euch behüten!

Dies schrieb Euch eiligst auf Raby Castle zu nächtlicher Stunde bei Kerzenlicht,

Eurer auf immer,
John Neville

Ich hob den Brief an die Lippen und küsste Johns Namenszug, der ebenso klar und schnörkellos war wie er selbst. Nichts scheint John unmöglich zu sein, dachte ich, als ich seine Nachricht zusammenfaltete und in mein Mieder steckte. Sein Brief hellte meine Stimmung auf, bis am nächsten Morgen Elizabeth Woodville beim Frühstück in der großen Halle neben mir erschien. Ursula wurde merklich steifer, und ich drückte beschwichtigend ihre Hand. Was Elizabeth auch wollte, Ursula musste ihre Gefühle bei diesem »giftspeienden Weibsbild«, wie sie Elizabeth nannte, im Zaum halten. Ich bezweifelte nach wie vor, dass sie schuld an Malorys Verhaftung war. Jeder Edelstein hat seine kleinen Fehler, doch so gehässig sich Elizabeth auch bisweilen gebärden mochte, weigerte ich mich zu glauben, dass sie sich ohne triftigen Grund zu solch einer Boshaftigkeit herablassen würde.

»Ich habe Neuigkeiten«, verkündete Elizabeth hochnäsig.

»Gute Neuigkeiten, hoffe ich, Elizabeth?«, fragte ich freundlich.

»Hervorragende. Ich werde Sir John Grey vermählt, dem Erben des Lord Ferrers of Groby.«

Für einen Moment fehlten mir die Worte. Sie hatte Hohes angestrebt und es tatsächlich erreicht. Solche Dinge ereignen sich selten in einer Welt, in der die Geburt entschied, wie hoch man aufsteigen konnte, und ein kleiner Grundbesitzer gewöhnlich auch ein solcher blieb. Dennoch hatte Elizabeths Vater, ein einfacher Ritter ohne Ländereien oder Titel, adlig geheiratet, und nun würde Elizabeth einen Lord ehelichen. Welch erstaunliche Entwicklung!

Elizabeths Vater, Sir Richard Woodville, war Elizabeths Mutter, der frisch verheirateten – und kurz darauf verwitweten – fünfzehnjährigen Jacquetta, Duchess of Bedford, in Frankreich begegnet. Nach dem Tod ihres Gemahls hatte Richard sie nach England begleitet, und auf der Reise hatten sich die beiden verliebt. Aber Jacquetta, die Tochter von Pierre I. von Luxemburg, Graf von St. Pol, brauchte eine königliche Lizenz, um sich zu vermählen. Da beide wussten, dass ihnen diese verwehrt werden würde, heirateten sie heimlich und bekamen drei Kinder, ehe sie entdeckt wurden. Während Jacquettas königliche Verwandtschaft entsetzt war, zeigte sich Henrys junge französische Königin, Marguerite d'Anjou, verzückt ob dieser Liebesverbindung. Sie wirkte auf ihren Gemahl ein, ihnen zu vergeben, und nahm Elizabeth in ihre Obhut.

Endlich fand ich meine Stimme wieder. »Es freut mich für Euch, Elizabeth«, sagte ich. Ja, ich freute mich ehrlich, denn

Elizabeths Vermählung bedeutete, dass sie bald von hier fortgehen würde und wir ihre Streitsucht nicht mehr lange würden erdulden müssen. Unwillkürlich schweiften meine Gedanken zu Somerset ab, der seit über zwei Monaten nicht mehr am Hof war. Seine Abwesenheit machte das Leben bei Hofe schon erheblich angenehmer. Trotzdem bescherte mir Elizabeths Enthüllung einen seltsamen Schmerz. Der Himmel hatte sich erbarmt, ihre Gebete um Macht und Reichtum zu erhören, während mir meine Bitte um Liebe versagt blieb. »Es ist stets ein wunderbarer Segen, wenn uns Gott gnädig ist und uns unseren Herzenswunsch gewährt«, fügte ich wenig enthusiastisch hinzu.

Elizabeth lächelte zufrieden, was wohl eher der unverkennbar traurigen Note in meinen Worten galt als ihrem Glück. Hoch erhobenen Hauptes rauschte sie an mir vorbei, um sich einen Platz möglichst nah an der königlichen Tafel zuweisen zu lassen.

Der Hof kehrte von Coventry nach London zurück. Ich zündete viele Kerzen für Ursulas Vater an, doch nichts geschah, um eine Freilassung von Sir Thomas Malory zu erwirken.

»Solche Dinge brauchen Zeit«, seufzte ich, als ich Ursula aus Johns Brief vorlas.

Sie nickte unglücklich. »Das Warten fällt mir nur so schwer.«

Ich nahm ihre Hand. »Ja, Ursula, ich weiß.«

Dann traf eine Nachricht ein, die mein Herz erfreute. Zwar bewegte sich im Fall von Sir Thomas Malory immer noch nichts, aber John kam nach London!

Am elften Tag des Januar, einen Tag vor dem Fest des heiligen Benedikt, verließ ich leichten Fußes mit Ursula zusammen den Westminster-Palast und ging zum Fleet, wo ich John treffen sollte. Da uns die letzte Begegnung im Burggarten von Coventry frisch in Erinnerung war, hatte John entschieden, dass wir uns in einer Sattlerei sahen, wo wir ein gewisses Maß an Privatsphäre hätten.

Die Strand war ruhig, sogar am Savoy Palace und St. Clement's Danes, und wir begegneten nur wenigen Passanten. Kaum jedoch hatten wir die eleganten Kopfsteinpflasterstraßen hinter uns gelassen und bogen in die Fleet Street ein, wurde London lärmiger. Überall hämmerten Schmiede auf ihr Eisen ein, priesen Straßenhändler ihre Waren an und beklagten sich Esel lauthals über ihre schweren Lasten.

Es war ein sonniger, kalter Wintertag. Wir gingen recht schnell im frischen Wind, hatten die Wollumhänge fest um uns geschlungen und achteten darauf, den Schlaglöchern, Matschpfützen und Unrathaufen auszuweichen, von denen es reichlich auf den Wegen gab. Fliegende Händler boten ihre Waren feil. Die *»heißen Schafsfüße!«* ließ ich links liegen, kaufte aber ein Kleinod von einer hageren, blassen alten Frau, die so kränklich wirkte, als müsste sie jeden Augenblick zusammenbrechen. Sie rief uns ihre guten Wünsche nach, als wir in die Shoe Lane einbogen, in der sich die Sattlerei befand. Die schmale Gasse wurde von den Holzerkern in den Obergeschossen der Häuser beschattet. Darunter drängelten sich Sänftenträger, die reiche Prälaten und vornehme Damen trugen, sowie Reiter in feinster Kleidung. Nachdem wir noch einmal auf Johns Wegbeschreibung gesehen hatten, entdeckten wir das vergoldete Schild mit dem schwarzen Pferd und der Aufschrift *Ye Olde Saddler*, das zwischen einem Stiefelmacher und einer Schankwirtschaft im Wind schaukelte. Mein Herz flatterte ein wenig, als ich durch die offene Tür trat. Der schwere Geruch von neuem Leder schlug mir entgegen, während sich meine Augen zunächst an das fahle Licht gewöhnen mussten.

John stand seitlich zu mir in einer Ecke und bewunderte einen mit Goldfäden und einem großen Rubin bestickten Sattel. Als er sich zu mir umdrehte, strahlte er, dass es wie hellster Sonnenschein in dem düsteren Laden anmutete. Der alte Sattler, der hämmernd an einem Tisch gehockt hatte, stand auf, schloss die Eichentür hinter uns und klappte den Riegel herunter. Nachdem er sich höflich verneigt hatte, verschwand er in einem dunklen Gang am hinteren Ende des Ladens. Ursula folgte ihm, und ihre Schritte verklangen hinter einer zufallenden Tür.

Schnell wie der Blitz war ich in Johns Armen. Er küsste mich inniglich, was eine feurige Hitze in mir entfachte. Schwindlig und mit weichen Knien lehnte ich mich in seinen Armen zurück und blickte in die Richtung, in die der alte Mann und Ursula gegangen waren. »Sind wir hier sicher?«, hauchte ich.

John lachte. »So sicher, wie wir nur sein können. Somerset ist in Wales, Egremont und Clifford sorgen für Ärger in Yorkshire, und der Sattler ist ein Yorkist, wie die meisten hier in London. Meine Familie macht seit Jahren Geschäfte mit ihm, und ich habe ihn großzügig bezahlt. Er kommt erst wieder, wenn wir nach ihm rufen, mein Engel.« Er zog mich an sich und fing meinen Mund abermals zu einem sinnlichen Kuss ein. Die Innigkeit unserer Umarmung riss mich derart hin, dass ich seine Liebkosung mit gleicher Intensität erwiderte. Schließlich musste ich Luft holen.

»Es ist das dritte Mal, das Ihr mich Euren Engel nennt«, sagte ich und lachte leise, während ich noch um Fassung rang. »Ist Euch nicht aufgefallen, dass mein Haar dunkel wie Kastanien ist? Engel haben goldenes Haar, mein Liebster.«

»Ihr sprecht gleich zwei wichtige Dinge an, Isobel«, sagte er mit einem ernsten Blick. »Erstens darf ich zu meiner Verteidigung sagen, dass es nichts an Euch gibt, was mir nicht auffiele,

Euer kastanienbraunes Haar eingeschlossen, und zweitens, *mein* Engel hat kastanienbraunes Haar.«

»Ach, John, mein Liebster!«, flüsterte ich und neigte den Kopf an seine Schulter, »in Euren Armen zu sein, ist der Himmel auf Erden.« Himmel und Erde, Sonne und Sterne, Sommer und Frühling, alle wunderschönen Dinge sind mein, bin ich an diesem Ort, an dem die Freude wohnt, dachte ich.

Für einen langen Moment hielt er mich fest, seine Wange an meinem Haar; dann löste er unsere Umarmung, ergriff meine Hände und blickte mich an. »Isobel, während wir uns hier sehen, ist mein Vater bei der Königin, um mit ihr den Preis für unsere Vermählung auszuhandeln. Ich sende Euch Nachricht, sobald wir etwas erfahren.«

Bei allen Sorgen und Ängsten überkam mich doch eine unbändige Freude. »Ich werde für uns beten, mein Geliebter«, sagte ich.

Am nächsten Tag, als die Glocken von Westminster die Mittagsstunde verkündeten, brachte mir ein Page einen Brief in meine Kammer, wo ich unruhig auf und ab ging. Zitternd nahm ich ihn entgegen. Die Nachricht kam nicht von John, sondern von seinem Vater, Richard Neville, dem Earl of Salisbury, der mich ins Erber einlud, die Familienresidenz in Dowgate. Sein Kahn würde mich um drei Uhr erwarten. Hatten die Verhandlungen so rasch zu einem Ende gefunden? Falls ja, wurde ich einbestellt, damit man mir gute Neuigkeiten mitteilen konnte? Oder sehr schlechte? Und warum hatte John mir nicht selbst geschrieben?

Ich blickte an meinem Kleid hinab, das vom morgendlichen Tragen kraus war, und nahm den kleinen Spiegel neben meinem Bett auf, um mein Gesicht zu betrachten. Seufzend legte ich ihn wieder zurück. Angst und Schlaflosigkeit hatten ihre Spuren hinterlassen; ich sah furchtbar aus. Mir war, als hätte ich mein ganzes Leben auf diesen Tag gewartet, und nun, da er gekommen war, war ich nicht bereit für ihn.

Ich begab mich auf die Suche nach Ursula. Sie war weder bei den Wäscherinnen noch bei den Stallburschen, um meine Neuigkeiten zu hören. Ich kehrte in den Turm zurück, stieg die Stufen hinauf und ging durch den Torbogengang zur großen Halle, als ich ihren roten Schopf sah. Sie kam aus einer kleineren Kammer, in der ein Goldhändler seine Waren einer Gruppe von Damen vorführte. Ich lief zu ihr und gab mich betont ruhig, weil die anderen uns hören konnten. »Ursula, ich habe meine Silberbrosche verloren.«

Ein Blick in mein Gesicht verriet ihr, dass mir weit Wichtigeres auf dem Herzen lag, und sie spielte mit. »Ach, Mylady Isobel, sorgt Euch nicht, denn ich glaube, sie war zuletzt an Eurem grünen Kleid.«

Kaum waren wir in unserem Gemach, drehte ich mich zu ihr und fasste ihre Hände. »Ursula, der Earl of Salisbury bestellt mich in seine Londoner Residenz! Was soll ich anziehen? Oh, und mein Haar sieht fürchterlich aus! Ich hätte es am letzten Samstag waschen sollen, als wir noch ein wenig Sonnenschein hatten. Hilf mir bei meinem Gesicht, und beeile dich, bitte!«

Ursula schenkte mir einen Kelch Wein aus der Flasche in der Zimmerecke ein. »Hier, der beruhigt Euch und verleiht Euch wieder ein bisschen Farbe. Ihr seid ja weiß wie gebleichtes Leinen. Was Eure Kleidung angeht, verlangt ein solch wichtiger Anlass nach dem schönen lavendelblauen Gewand mit Silberstickerei, das Ihr bei Eurer ersten Begegnung mit Sir John trugt.« Sie eilte in die Ecke, holte besagtes Kleid hinter den anderen hervor und hängte es ganz vorn auf den Haken.

Eifrig wuselte sie durchs Zimmer, schaute in Truhen und Ecken nach allem, was sie brauchte, und murmelte dabei vor sich hin: »Wo ist die Perlenkette mit den Kristallen? Ich war sicher, dass ich sie in den Schmuckkasten gelegt hatte, aber vielleicht ist sie auch beim Haarschmuck ...« Sie sammelte eine Schachtel hier, eine Tinktur dort ein, eine Brosche, eine Klammer, Bänder und Tücher. Diese erste Ladung deponierte sie auf dem Bett und begab sich auf die Suche nach den übrigen Sachen, bis sie alles auf einem Haufen zusammenhatte. »Dieser Salbenflakon ist so winzig, dass ich ihn nicht sehe, wenn er gleich vor meiner Nase ist ... ah, da ist er ja!« Sie blickte lächelnd zu mir auf. »Keine Bange, teure Isobel. Wenn ich Euch fertig hergerichtet habe, wird niemand je wieder vergessen, wie Ihr am heutigen Tage ausgesehen habt.«

Der Wein wirkte einschläfernd auf mich, und meine Hände zitterten nicht mehr. Ursula ging einen Krug Wasser holen, den sie auf dem Nachtschrank abstellte. Nachdem sie mich vollständig entkleidet hatte, stand ich bibbernd da und ließ mir Gesicht, Hals und Arme mit einem heißen, in Kräuterwasser getunkten Schwamm abreiben. Anschließend trocknete Ursula mich ab, trug mir Rosenöl auf und warf mir eine Decke über die Schultern. Ich setzte mich auf einen Hocker, damit sie sich meinem Gesicht widmen konnte. Sie dunkelte meine Augenbrauen nach und betonte meine Augen mit Kohle; mit Granatapfelpaste verlieh sie meinen Wangen und den Lippen einen rosigen Ton. Dann flocht sie mein Haar auf und bürstete es mit einer Wildschweinbürste, bis es in einem schimmernden Fluss über meinen Rücken bis zu den Hüften fiel, glatt wie Seide.

Nun war ich bereit, angekleidet zu werden. Ich zog mein Hemdchen über und stieg vorsichtig in mein Kleid.

Ursula hakte die Kristallknöpfe des engen Mieders und der

Ärmel zu, richtete den Fellbesatz am Ausschnitt, sodass er meine Schultern zur Geltung brachte, und hängte mir die Ketten um. »Und die reizende Brosche Eurer Mutter kommt hierher«, sagte sie und steckte sie mir hoch an die Schulter neben den Feh-Kragen. Nachdem sie die üppigen Falten des Kleides arrangiert hatte, steckte sie mir den Goldreif ins Haar, von dem eine einzelne Perle in meine Stirn hing, und wob Kristalle in mein fließendes Haar, ehe sie einen dünnen Schleier darüberlegte.

Sie trat einen Schritt zurück und betrachtete ihr Werk. »Ihr glitzert wie eine Feenkönigin, oder, nein, mit Eurem schmalen Hals, den glänzenden dunklen Augen und dem dunklen Haar seid Ihr eher ein schwarzer Schwan. Hier, seht selbst.« Sie hielt den Spiegel in die Höhe, damit ich mich sehen konnte.

Beim Anblick meines Spiegelbildes musste ich lächeln. »Ich danke dir, liebe Ursula«, sagte ich, denn immerhin war sie es gewesen, die diese Wandlung herbeigeführt hatte, und umarmte sie.

Ursula wich zurück, als die Umarmung ein klein wenig zu lange dauerte. »Was ist das?«, fragte sie, weil ich den Kopf senkte. »Sehe ich da etwa eine Träne? Ihr ruiniert ja meine Arbeit!«, schalt sie sanft. »Was ist Euch, meine Liebe?«

»Ich fürchte mich so sehr, Ursula«, flüsterte ich. »Was ist ...« Ich verstummte, denn ich musste schlucken. Was ist, wenn dieser Tag sich nicht als mein Anfang erweist, sondern als mein Untergang?, ergänzte ich stumm. In der Stille, die nun eintrat, sah ich eine graue, neblige Welt vor mir und mich gefangen in einer lieblosen Ehe, in der sich endlose Tage ohne jeden Sinn aneinanderreihten. Ich würde genauso dahinwelken wie unzählige andere vor mir, zu einem Schatten meiner selbst werden, ohne Licht, ohne Farbe, ohne Glanz, bis der Tod mich erlöste.

Ursulas Stimme riss mich jäh aus meinen finsteren Gedanken. »Dann«, sagte sie, packte meine Schultern und sprach, als hätte sie in meinen Kopf gesehen, »werdet Ihr den Rat Eures Vaters befolgen. Wisst Ihr noch, was er Euch immer gesagt hat?«

»›Das Schicksalsrad dreht sich, und bringt es uns Kummer statt Freude, müssen wir uns unserem Schicksal mit Würde stellen. Denn die Hand Gottes wirkt in allem‹«, zitierte ich, wobei ich im Geiste sein Lächeln sah. Ich blinzelte das Bild fort und beschwor eine Erinnerung herauf, die mich sogleich heiterer stimmte. »Aber zunächst einmal will ich tun, was mir einst ein sehr weiser Mensch riet.« Ich schöpfte tief Atem und sah Ursula an. »Kinn nach oben, Busen nach vorn, und alles wird gut.«

Am Lastkahnhaus erwartete mich der elegante goldene Kahn des Earl of Salisbury, der mit bunten Bändern und kleinen Gobelins geschmückt war. Auf den glitzernden Wellen sah er prachtvoll aus, dennoch stockte mir das Herz, und ich blieb stehen. John war nicht da. Weder hatte er geschrieben, noch war er hergekommen.

Ich rang um Fassung, ließ Ursulas Hand los und fühlte nach dem Rubinkreuz meiner Mutter, das zwischen den Perlen an meinem Hals hing. Dann reckte ich das Kinn und zwang mich, würdevoll steif vorwärtszugehen. Eine kräftige Gestalt mit ergrautem Schnauzbart, der jedoch offenbar einmal rot gewesen war, und in einer Tunika mit dem Neville-Schragen schritt respektvoll auf mich zu, als ich durch den Torbogen auf den Pier kam.

»Sir John Conyers, zu Euren Diensten, Mylady«, begrüßte er mich und verneigte sich.

Der Name war mir schon bekannt. Sir Conyers war nicht bloß ein erfahrener Kämpfer, der in den französischen Kriegen unter dem Earl gedient hatte, sondern auch ein guter Freund der Nevilles und durch Heirat mit ihnen verwandt.

Ursula umarmte mich zum Abschied. »Nur Mut!«, flüsterte sie mir zu.

Ich drückte sie. Dann raffte ich meine Röcke und ließ mir von Sir Conyers in den Kahn helfen.

»Der Earl of Salisbury bat mich, Euch auszurichten, dass Sir John Neville in diesem Moment von Bisham zurückkehrt, sonst wäre er selbst gekommen, Euch zum Erber zu begleiten.«

Es verschlug mir die Sprache. Bei Gott, solch eine simple Erklärung für Johns Ausbleiben war mir gar nicht in den Sinn gekommen! »Ich danke Euch, Sir Conyers«, sagte ich und fasste frischen Mut, als ich mich auf eines der scharlachroten Kissen unter dem Gobelinbaldachin setzte.

Die Kahnschiffer ließen ihre langen Stöcke zu Wasser, und bald wurde Ursula auf dem Steg immer kleiner. In meinem Kopf herrschte ein Durcheinander von Hoffnung und Furcht, und mein Herz klopfte vor gespannter Erwartung. Gewiss fühlt sich manch ein Ritter ähnlich, wenn er in die Schlacht zieht und nicht weiß, ob er den morgigen Tag erleben wird, dachte ich.

Auf der Themse wimmelte es von schlichten Booten, vergoldeten Kähnen und Schiffen in allen erdenklichen Farben, die im Sonnenschein leuchteten. Sir Conyers winkte einem uns entgegenkommenden Schiff. »Sir Marmaduke Constable, ein anderer Neville-Gutsverwalter und guter Freund von mir«, erklärte er.

Ich nickte und reckte das Gesicht in die Sonne. Über uns huschten ein paar Wolken hinweg, und der Wind wehte sanft an mir vorbei. Wir passierten stattliche Residenzen, Badehäuser, Schankwirtschaften und so viele Kirchen, dass ihre Türme den Himmel über London einem Lanzenheer gleich aufzuspießen schienen. Auf dem Wasser fand ein ebenso reger Handel statt wie in den Straßen, nur dass hier anstelle des Karrengerumpels und des Dunggestanks eine beinahe wohlriechende Frische herrschte. Möwen schrien, und Schwanenflügel rauschten an uns vorbei. Fetzen von Gesang erreichten mein Ohr; sie kamen von Seeleuten, deren Schiffe mit Ladungen von Wolle nach Calais fuhren. Ihre großen Segel knallten und blähten sich im Wind. Auf einem der Schiffe stand ein Captain an Deck, der seine Kappe abnahm und sich zu mir verneigte. Mir wurde gleich ein wenig leichter ums Herz.

Aus dem Augenwinkel nahm ich ein silbriges Aufblitzen wahr, als Sir Conyers einem vorüberziehenden Bootsmann eine Münze zuwarf. Der verdutzte Mann ließ die Ruder sinken und fing das Geldstück. »Lasst Euer Boot reparieren!«, rief Sir Conyers ihm zu.

Der Mann stand auf und winkte eifrig. »Ich danke Euch, mein guter Lord! Dank Euch! Möge Gott Eure Güte …« Mehr hörte ich nicht, da er zu schnell weit weg von uns war.

Sir Conyers lächelte entschuldigend. »Sein kleines Holzboot ist in einem erbärmlichen Zustand, und ich fürchte, wenn er das nächste Mal damit losrudert, kommt er nicht ans Ufer zurück.«

Ich hoffte, dass mein Lächeln strahlend genug war, um ihm zu zeigen, wie sehr mich seine noble Geste rührte. Wie oft hatte ich schon solche Boote gesehen und nie über die zahnlosen Schiffer nachgedacht, die an den Rudern saßen? Ich blickte wieder nach vorn und stellte fest, dass wir uns der London Bridge näherten. Dort oben standen schäbige Hütten und Buden dicht an dicht, zwischen denen sich Käufer, Händler und Passanten drängelten. An der Brücke wurde mir fast übel vom entsetzlichen Verwesungsgestank, waren hier doch die Köpfe der Verräter nebeneinander auf lange Eisen gespießt. Erschrocken hielt ich mir ein Taschentuch vors Gesicht. Aus dem Augenwinkel sah ich, dass Sir John Conyers hingegen ungerührt zu den grotesken Gesichtern blickte, auf denen Raben hockten und pickten, als suchte er nach jemand Bekanntem. Ein kalter Schauer lief mir über den Rücken. Auf der Brücke waren ständig Köpfe aufgespießt, aber zum ersten Mal wurde ich ihrer richtig gewahr und begriff, dass sie einst Menschen gewesen waren, dass sie Familien hinterlassen hatten, die sie liebten und um sie trauerten. Ich zurrte den Umhang dichter um mich, blickte ebenfalls hinauf zu den scheußlichen Überresten und bekreuzigte mich. Als wir unter der Brücke hindurchglitten, flüsterte ich ein stilles Gebet für die Seelen der Hingerichteten.

Sir John Conyers sah mich an. »Euch ist kalt. Hier, Mylady, erlaubt mir, Euch mein Cape zu geben. Es ist aus feinster englischer Wolle, und wenn es auch keinen Fellbesatz hat, versichere ich Euch, dass es warm hält. Wir sind bald da ... Ah, dort ist es, das Erber! Sie können es schon sehen«, sagte Sir Conyers. »Seit den Zeiten Edwards III. die Londoner Residenz der Earls of Salisbury.«

Ich blickte in die Ferne. Ein heller, imposanter Bau aus weißem Stein ragte am Ufer der Themse in Dowgate auf. Über dem Dach flatterten Fahnen im Rot und Silber des Neville-Wappens. Bei aller Pracht wirkte die Residenz einladend. Ich ermahnte mich, den Kopf hochzuhalten, und holte tief Luft, als wir anlegten.

Sir John Conyers half mir vom Kahn. Unter freundlichen Grußworten hier und da eskortierte er mich vorbei an livrierten Dienern, Wachen, Stallburschen und Knappen und durch einen wunderschönen Torbogen in einen ummauerten Hof. Wir nahmen eine Treppe über dem Lagerraum für Ale und Wein zu den Privatgemächern des Earl of Salisbury. Dort verabschiedete sich Sir Conyers mit einer galanten Verneigung von mir.

Mein Herz setzte einen Schlag aus. Neben dem Stuhl seines Vaters stand John; die beiden waren in ein Gespräch vertieft. Ein Blick sagte mir, dass man Bedienstete und Gefolgsleute weggeschickt hatte. Der Kammerdiener kündigte mich an, und John blickte auf. Ich stand wie angewurzelt da, suchte in seiner Miene nach Hinweisen, welche Nachricht mich erwartete, doch vor lauter Furcht erkannte ich gar nicht gleich, dass er förmlich glühte vor Freude. Ein seltsamer, heißkalter Schauer durchfuhr mich. Himmlischer Vater, gute Neuigkeiten! Kann es wahr sein?

John kam auf mich zu, wobei er so merkwürdig langsam schritt, dass er fast zu schweben schien. Meinen Blick einzig auf ihn gerichtet, zuckte ich zusammen, als ich das Schaben eines Stuhls hörte und eine Männerstimme, die sagte:

»Kommt herein, liebe Lady Isobel! Wir erwarten Euch bereits.«

Das Herz pochte mir im Hals, und ich war sicher zu stolpern, als ich wagte, einige Schritte vorwärtszutreten. John nahm meine Hand und legte einen Arm um meine Schultern, während ich verwundert zu ihm aufschaute. Er führte mich zu seinem Vater, der sich erhoben hatte und nun vor einem Maßwerkfenster stand, das auf den funkelnden Fluss hinausging.

Der Earl betrachtete mich freundlich. »Mein Kind, ich weiß, Ihr wollt dringend die Neuigkeiten hören, deshalb wollen wir alles Weitere vorerst aussparen und unverzüglich zum Eigentlichen kommen. Die Königin hat Eurer Verlobung mit meinem Sohn John zugestimmt und den Preis auf eintausend Pfund gesenkt, die Hälfte der ursprünglich verlangten zweitausend. Ich erklärte mich bereit, sie in Raten über sechs Jahre zu zahlen. Eine solch hohe Summe verlangt gewisse Opfer, vor allem betrübliche Entbehrungen für Euch beide. Allerdings versichert John mir, er wolle lieber Euch als alles Gold im Himmel, und daher bin ich gewiss, dass Ihr einen Weg findet, mit dem Spärlichen auszukommen, das Euch bleibt. Natürlich werde ich helfen, so gut ich kann. Willkommen in unserer Familie, mein Kind!«

Willkommen in unserer Familie …

Hatten sich der Himmel und sämtliche Engel Gottes zusammengetan, um uns ein Wunder zu schenken? Schwindlig vor Begeisterung, drehte ich mich wieder zu John um. Unsere Blicke begegneten sich. Wir standen gemeinsam da, atmeten im Gleichtakt, und Feuerblumen regneten auf uns herab.

9

Februar 1457

Trotz der klirrenden Kälte fuhren Leute Schlittschuh oder rodelten auf der gefrorenen Themse. Kinder bewarfen sich in den Schlossanlagen mit Schneebällen. Doch ich nahm von alldem kaum Notiz, war ich doch eingehüllt in einen Kokon aus reinster Freude und süßen Träumen, während ich wartete, dass John aus dem Norden zurückkehrte. Ich blieb bei Hofe. Da Somerset noch in Wales war und Elizabeth Woodville kürzlich zu ihrem Familienanwesen in Grafton Regis gereist war, wo sie die Vermählung mit Sir John Grey vorbereitete, herrschte eine angenehmere Stimmung, die nicht einmal durch die Nachrichten getrübt werden konnte, die am dritten Februar eintrafen, dem Tag nach Lichtmess.

Zwar hatte die Königin ihre Einwilligung zu unserer Heirat gegeben, aber der König stellte seine eigenen Bedingungen, und ehe wir vermählt werden konnten, mussten die drei Richards – der Earl of Salisbury, der Duke of York und der Earl of Warwick – sie erfüllen. Die Verhandlungen sollten umgehend beginnen. Zu diesen Bedingungen gehörte eine Demonstration der Friedfertigkeit und des Wohlwollens seitens der obersten Yorkisten gegenüber den verfeindeten Lancastrianern. Die Yorkisten sollten eine Kantorei bauen, in der für die Gefallenen von St. Alban gebetet werden konnte, und der Duke of York sollte Entschädigungen an Somerset und dessen Mutter für den Verlust des Vaters zahlen. Johns Bruder Warwick war gefordert, die Familie von Lord Clifford finanziell zu entschädigen.

Boten kamen und gingen mit ihren Nachrichten, und gelegentlich erschienen auch der Earl of Salisbury oder der Duke of York zu kurzen Unterredungen bei Hofe, doch John wurde durch Grenzstreitigkeiten im Norden festgehalten und konnte sie nicht begleiten. Letztlich wurde eine Einigung gefunden. Um den Pakt zu besiegeln und das Ende der Feindseligkeiten zu feiern, sollte am fünfundzwanzigsten März, dem Tag von Mariä Verkündigung, ein »Fest der Liebe« begangen werden. Unsere Verlobung würde im Anschluss an die Zeremonie in St. Paul's gefeiert werden.

Ende Februar trafen die Yorkisten und Lancastrianer nach und nach mit ihrem Gefolge in der Stadt ein. Die Nevilles waren unter den Ersten und mein Wiedersehen mit John geradezu ekstatisch. Von dem Moment an, da ich ihm in die Arme flog, waren wir unzertrennlich.

Als Nächstes kamen der Duke of York und seine Duchess Cecily, auf die ich schon neugierig gewesen war, denn sie beide hatten das rare Glück, ebenfalls in Liebe verbunden zu sein, und angeblich konnten sie nicht voneinander lassen. Cecily war ihrem Lord überallhin gefolgt, sogar nach Frankreich und an den Rand des Schlachtfelds; weder ihre Schwangerschaft noch die Entbehrungen dieser Reisen hatten sie abgeschreckt.

Der feuchte Flussgeruch wehte durch die offenen Fenster ihrer Residenz Baynard's Castle hinein, und Möwen grüßten uns kreischend, als wir hinkamen, um dem Paar unsere Aufwartung zu machen. Die ganze Familie war im Sonnenzimmer versammelt, wo jeder seinen Beschäftigungen nachging. Der Duke stand an einem großen Tisch mit aufwendigen Schnitzarbeiten, wo er mit seinem Verwalter rechtliche Angelegenheiten besprach, während die Duchess die Diener beim Auspacken ihrer Sachen beaufsichtigte. Sie trug eine opulente Robe aus azurblauem Samt mit Hermelinbesatz und war wahrhaft wie eine Königin gewandet. Als Johns Vater mich vorstellte, machte ich einen tiefen Knicks und küsste ihnen die Hand. Trotz der grauen Schläfen wirkte York mit seinem sonnengebräunten Antlitz und dem nussbraunen Haar dunkler als seine blonde Gemahlin, jedoch weniger streng als sie, und sein Lächeln war warmherzig. Mein Blick verharrte bei Salisburys jüngster Schwester Cecily, die den gleichen Namen trug wie Johns Schwester und die erste Frau meines Onkels. Ihrer Schönheit wegen »die Rose von Raby« genannt, ihres Stolzes wegen »die stolze Cis«, war die Duchess of York ein liebreizendes Geschöpf und hatte trotz ihrer fast vierzig Jahre noch all ihre Zähne, sodass sie jünger erschien, als sie war. Noch mehr indes erstaunte mich, dass sie beinahe so groß war wie ihr Gemahl und nach unzähligen Geburten immer noch gertenschlank. Zehn der von ihr geborenen Kinder hatten überlebt; das jüngste von ihnen, der vierjährige Richard, war mit seinem Bruder George auf der Burg in Fotheringhay geblieben. Die beiden ältesten Söhne waren mit den Eltern nach London gekommen.

Der vierzehnjährige Edward, Earl of March und Yorks Erbe, saß zurückgelehnt auf der Fensterbank und blickte verstohlen zu einer Gruppe junger Damen am Ufer, während er vorgab, sein Schwert nach rostigen Stellen abzusuchen. Nun erhob er sich und verneigte sich höflich vor mir.

»Mylady Isobel, ich wusste nicht, dass Cambridgeshire so exquisite Schönheiten hervorbringt«, sagte er. Sein goldenes Haar, die hübschen Züge und seine hochgewachsene Gestalt verliehen ihm bereits das Aussehen eines Mannes. »Ich werde es bald aufsuchen müssen. Vielleicht finde ich dort ebensolch raren Liebreiz, mir mein Leben zu versüßen. Was meinst du,

Cousin John?« Er schlug seinem Vetter freundschaftlich auf die Schulter und lachte.

»Rosen hat es zuhauf«, antwortete John, »aber keine schönere als meine Lady Isobel.« Sein Blick glich einem liebevollen Streicheln.

Neben Edward erschien sein dreizehnjähriger Bruder, der flachsblonde Edmund, Earl of Rutland. Er lächelte mich schüchtern an und verneigte sich.

»Wir wünschen Euch alles Gute«, sagte der Duke of York, »und freuen uns auf Eure Vermählungsfeier, der wir beizuwohnen planen.«

»Unbedingt«, ergänzte die Duchess. Ihr hübscher Schmollmund bog sich zu einem Lächeln, als sie John ansah. »Du hast wohl gewählt, Neffe.« Sie wandte sich mir zu. »Wie geht es Eurem Onkel, dem Earl of Worcester?«

»Danke der Nachfrage, Durchlaucht. Mein Onkel bricht in diesem Moment von Rom aus zu einer Pilgerreise nach Jerusalem auf. Und anstatt nach England zurückzukehren, wenn sein Dienst beendet ist, erwägt er, in Padua zu bleiben und Griechisch zu studieren.«

York und Salisbury wechselten Blicke, doch konnte ich nicht sagen, was sie bedeuten sollten. Und ich erlaubte mir auch nicht, darüber nachzudenken. Ich dachte einzig an meine baldige Vermählung mit John. Nichts anderes zählte.

Die nächsten Tage hielt ein konstanter Strom Adliger Einzug in London, und jede der Familien wurde von so vielen Gutspächtern begleitet, dass der Bürgermeister fürchtete, es könnten Kämpfe zwischen den rivalisierenden Familien ausbrechen. Aber alles verlief ruhig und friedlich. Als Letzter traf Warwick ein, neuer Captain von Calais, und seine Ankunft erregte einiges Aufsehen. Mit tönenden Fanfaren kam er auf einem großen Schiff die Themse hinunter, die Segel gebläht und angekündigt von zwei Kähnen in Scharlachrot und Gold, auf denen sich zwanzig Minnesänger gegen allen anderen Lärm durchsetzten. Dreißig weitere Kähne folgten mit sechshundert Mannen seines Gefolges; alle waren gewandet in scharlachrote Wämser mit seinem Bären und dem verzweigten Stamm, vorn und hinten in leuchtendem Silber und Gold aufgestickt.

Auf den Brücken und entlang der Ufer drängten sich die Leute dicht an dicht, manche sogar im Wasser, und jubelten ihm zu. Warwick stand am vergoldeten Bug seines Segelschiffes; er war in roten Samt und goldenes Tuch gehüllt. Die Sonne beschien sein Profil vor dem blauen Himmel und dem funkelnden Wasser, als er auf uns zuglitt. Er war eine imposante Erscheinung, doch fürchtete ich, dass dieser Empfang noch mehr Zorn und Neid auf die Nevilles ziehen könnte.

Zwar reiste das Gros von Warwicks Gefolge mit ihm auf dem Seeweg an, doch einige kamen auch zu Pferd und brachten Karren mit großen Geschenketruhen durch das Tor der Residenz, was die allgemeine Aufregung noch steigerte. Wasservögel schrien, und Wellen schlugen an die gemauerte Uferpforte, als Warwick von seinem Schiff stieg und zum Rasen emporschritt, wo ich mit John, seinem Vater, dem Earl of Salisbury, seiner Mutter, Countess Alice Montagu, und Johns Bruder George, dem Bischof von Exeter, stand. Die einzigen fehlenden Familienmitglieder waren Johns Bruder Thomas, der im Norden für Ordnung sorgen sollte, solange sein Vater fort war, und dessen Frau, Lady Maude Stanhope, die sich entschieden hatte, bei ihm zu bleiben.

»Lady Isobel, erlaubt mir, Euch zu gratulieren«, sagte Warwick mit seiner nasalen Stimme und küsste mich auf den Mund, wie es der Sitte entsprach. Er stellte mir seine Gemahlin vor, Lady Nan Beauchamp, Countess of Warwick. Sie trug einen kegelförmigen Kopfschmuck mit einem langen Schleier, wie sie neuerdings beliebt waren, und ein sehr elegantes sandfarbenes, mit Edelsteinen besticktes Damastkleid, das der Gemahlin eines der reichsten Barone Englands würdig war. Die Countess war hübsch und zierlich, hatte blaugraue Augen und hellbraunes Haar, soweit ich es an den wenigen Strähnen erkennen konnte, die unter ihrem steifen Kopfputz hervorlugten. Countess Nan begrüßte mich warmherzig, und ihre beiden Töchter, die fünfjährige Bella und die dreijährige Anne, machten einen niedlichen Knicks. Beide waren blonde hübsche Kinder, und Anne eroberte sofort mein Herz, als sie mit ihren großen violetten Augen zu mir aufblickte, meine Hand nahm und sagte: »Schön, Euch zu sehen. Danke, dass Ihr gekommen seid. Es freut mich.«

Erstaunt sah ich Countess Nan an. »Hat sie eben gesagt, was ich glaube, das sie gesagt hat?«

Nan Beauchamp strahlte. »Gewiss hat sie gehört, dass wir unsere Gäste mit diesen Worten begrüßen. Ihr werdet noch feststellen, dass unsere kleine Anne sehr gut darin ist, andere nachzuahmen.«

Ich sah wieder zu dem Kind, das mich voller Stolz anlächelte, als hätte es alles verstanden, und beschloss, dass die kleine Anne und ich gute Freundinnen werden würden.

Warwick begrüßte seine Familie, ehe er sich abermals zu mir wandte. »Ah, Lady Isobel, wie es aussieht, ist Euer Hochzeitsgeschenk eingetroffen.« Seine Ringe blinkten im Sonnenschein, als er zu einem Stallburschen zeigte, der einen bezaubernd schönen weißen Zelter über den Rasen zu uns führte. Das Fell der Stute glänzte so hell, dass es zu funkeln schien, als sie auf uns zutöltete. Sie blieb vor mir stehen, schüttelte die silbrige Mähne, schnaubte und stampfte mit einem Huf, was anscheinend ihre Art war zu sagen: Hier bin ich!

Sprachlos blickte ich zu Warwick auf. Konnte dieser wunderschöne Zelter wirklich für mich sein? Warwick war berühmt für seine Großzügigkeit; den gemeinen Leuten gab er so viel Fleisch und Getränke, wie sie tragen konnten, genug, dass sie in den Schankhäusern scherzten, dort würden sein Ale und sein Fleisch angeboten. Dennoch war dies hier unglaublich! Solch ein Geschenk wäre einem König angemessen, der seine Königin erfreuen wollte.

»Ja, Lady Isobel«, sagte Warwick, der mein Staunen richtig deutete. Er nahm dem Stallburschen die juwelenverzierten Zügel ab und reichte sie mir. »Sie ist Euer. Möget Ihr auf dieser Stute ins Glück reiten.«

Ich nahm den Zelter von Warwick, traute mich jedoch nicht, etwas zu erwidern. Die Stute trug einen edlen, mit Goldfäden bestickten Sattel mit einem großen Rubin. Es war ebenjener Sattel, den John bei dem Sattler in der Fleet Street bewundert hatte. Vor lauter Glück kamen mir die Tränen. Überhaupt waren Tränen, ob vor Freude oder Kummer, meine ständigen Begleiter, seit ich John begegnet war. Ich machte einen tiefen Knicks, senkte den Kopf und rang um Fassung. Dann ergriff ich Johns Hand, blickte wieder zu seinem Bruder auf und sagte: »Eure überaus große Freigiebigkeit habe ich nicht verdient, Mylord.«

»Habt Ihr sehr wohl, Lady Isobel«, erwiderte Warwick. »Vielmehr vermag diese beachtliche Kreatur kaum aufzuwiegen, was wir Euch schuldig sind. Ohne Eure mutige Warnung in Barnet wäre das Haus York wohl in größte Trauer gestürzt worden. Allein Eure Intervention rettete uns. Doch nun zu angenehmeren Dingen.« Er nickte einem seiner Ritter zu, der gerade mit einem Kahn anlegte, und fragte: »Wo ist Mistress Malory?«

»Nun, sie wartet dort«, antwortete ich und wies zu der Menge am Hofeingang.

Ursulas leuchtend roter Schopf in der Mitte war gut zu erkennen, und unsicher trat sie vor, verwundert, dass der große Earl of Warwick nach ihr fragte.

»Kommt her, gute Mistress!«, rief Warwick. »Für Euch habe ich ein noch größeres Geschenk.«

Ich hörte, wie Ursula erschrocken Luft holte, und folgte ihrem Blick. Ein traurig aussehender älterer Ritter, bekleidet mit grauem Wams und Hose und mit langem, schütterem weißen Haar, stieg von dem Kahn, der eben angelegt hatte, und humpelte über den Steg.

Ursula rannte mit wehenden Röcken auf ihn zu. »Vater, Vater!«

Ich schluckte, denn beim Anblick ihrer Freude hatte ich einen Kloß im Hals.

Der Tag der Prozession anlässlich von Mariä Verkündigung, der fünfundzwanzigste März, begann mit strahlendem Sonnenschein. Lerchen sangen, Narzissen und Lilien kündeten vom beginnenden Frühling, und London vibrierte vor Vorfreude. Zu beiden Seiten der Straße bei der St.-Paul's-Kathedrale waren erhöhte Steh- und Sitzplätze für die Adligen aufgebaut und mit goldgeränderten Fahnen und Gobelins behängt worden – auf der einen Seite mit den Yorkisten-Wappen, auf der anderen mit denen der Lancastrianer.

Es hatte sich bereits eine große Menge eingefunden, als ich in der Neville-Loge ankam, um die Prozession anzusehen. Das gemeine Volk schwenkte weiße und rote Rosen aus Tuch, Holz oder Papier und drängelte sich in den engen Straßen und auf Dächern, Mauern und Balkonen um die besten Plätze. Alle wollten sehen, wie die erbitterten Feinde zur St.-Paul's-Kathedrale gingen und sich ewige Freundschaft schworen. Die Countessen von Salisbury und Warwick sowie die Kinder Anne und Bella stiegen die Stufen zu ihrem bändergeschmückten Podest hinauf, und ich folgte ihnen mit Ursula. Wir begrüßten die vielen Schwestern Johns und deren Familien, die schon dort waren. Die oberste Bank hatten sie allerdings für die Countessen freigelassen. Aufgeregt kreischend, kletterten Anne und Bella nach oben, um sich zwischen ihre Mutter, Countess Nan, und ihre Großmutter, Countess Alice, zu setzen. Ich nahm meinen Platz neben Johns Mutter ein, von wo aus ich eine herrliche Sicht auf die Straße unten hatte.

Wilder Jubel brach aus, als die Prozession, die von Musikanten angeführt wurde, in der Ferne erschien. »Mylord der Earl of Salisbury ist ganz vorn«, sagte Johns Mutter.

Wir reckten die Hälse, um seine große, in weinroten und saphirblauen Samt gehüllte Gestalt zu sehen. »Er geht Hand in Hand mit Somerset«, bemerkte ich.

Ursula beugte sich vor. »Ah, jetzt sehe ich Somerset«, sagte sie und spöttelte: »Weinrot steht ihm nicht besonders.«

»Keine Farbe steht ihm«, flüsterte ich. Wir kicherten, wurden aber rasch wieder ernst und sahen nach vorn. Dabei entging mir nicht, dass Johns Mutter ein Schmunzeln unterdrückte.

»Dort ist mein edler Earl of Warwick, gleich als Nächster! Er geht neben dem Duke of Exeter!«, rief Ursula verzückt aus, und ich sah sie verwundert an. »Was für eine majestätische Erscheinung mein Earl of Warwick doch ist, unser Captain von Calais!«, schwärmte sie. »Der mutigste, galanteste Ritter der Christenheit!«

Ich blickte kurz zur Countess Nan, die ein gutes Stück seitlich von uns saß, weil ich Sorge hatte, sie könnte Ursulas Lobeshymnen auf ihren Gemahl, unschuldig wie sie waren, nicht gutheißen. Doch Anne und Bella juchzten so ausgelassen angesichts ihres Vaters in der Prozession, dass ihre Mutter nichts gehört hatte. Überhaupt dürfte es bei dem allgemeinen Jubel und den »A Warwick! A Warwick«-Chören niemand außer mir mitbekommen haben.

Ich neigte mich näher zu Ursula. »Er kleidet sich stets sehr elegant, und dieses Gewand in Schwarz und Gold macht sich ganz hervorragend an ihm.«

»Wer wollte sich mit ihm vergleichen?«, seufzte Ursula, die den Hals noch weiter reckte, um ihn besser zu sehen. »Er überstrahlt den Duke of Exeter, wie die Sonne den Mond überstrahlt, nicht wahr?«

»Es wäre schwierig, wenn nicht, bei so viel Gold und Edelsteinen«, neckte ich sie. »Warwick funkelt wie die Sonne selbst.« Seit Warwick sich der Sache mit Ursulas Vater angenommen hatte, lobte sie ihn in den höchsten Tönen. Zuerst hatte ich es für überbordende Dankbarkeit gehalten, hegte jedoch allmählich den Verdacht, es könnte mehr sein. Ach, dachte ich, Bewunderung ist der Liebe so nahe!

»Und Mylord Warwick ist so breitschultrig, Exeter hingegen so dünn«, lobpries Ursula ihn weiter inmitten des lauten Jubels.

»Dünn und in fahles Grau gewandet, ohne den riesigen Saphir und das Diamantkreuz des Captain of Calais, das dem Auge schmeichelt«, warf ich ein. Doch geblendet von Warwick, bemerkte Ursula nicht, dass ich sie veralberte. Nun kam er an uns vorbei, lächelte der Menge zu und hob eine Hand zum Gruß. Exeter neben ihm beäugte den neuen Captain von Calais missmutig, war es doch vorher sein Kommando gewesen, bis es ihm weggenommen und an Warwick übergeben worden war.

Ein mächtiger Lärm ertönte und lenkte meine Aufmerksamkeit auf die Leute hinter Warwick und Exeter.

»Ah, jetzt kommt der König!«, sagte ich und stand auf wie alle anderen auf den hohen Bänken. König Henry ging allein. Er war in schlichten weißen Samt ohne Juwelenschmuck gewandet und trug einen einfachen Goldreif im Haar. Ich fand es passend, dass er keine Begleitung hatte, denn jeder liebte den gütigen, freundlichen König; er hatte keinen Feind auf dieser Welt.

Ein weiterer lauter Jubel brach aus, als der Duke of York ganz in Violett erschien, Hand in Hand mit Königin Marguerite. Sie hatte ein scharlachrotes Gewand mit Goldverzierungen und aufgestickten Diamanten gewählt. Hier rief die Menge: »York! York!«, und obwohl zahlreiche weiße Rosen in die Luft geworfen wurden, hatte sich offenbar niemand die Mühe gemacht, Gänseblümchen zu pflücken. Die Königin wirkte so verärgert, dass ich erschrak. Aber da ich entschlossen war, diesen Tag meiner Verlobung zu genießen, verbannte ich alle Sorgen aus meinem Kopf und suchte unter den nun folgenden Nevilles und Percys nach John.

»Dort ist John!«, rief ich begeistert, als ich ihn in Grün und Silber entdeckte, Hand in Hand mit dem mickrigen Egremont. Letzterer schaute so wütend drein, wie es bei diesem Anlass eigentlich nicht sein dürfte. Und mir kam ein beängstigender Gedanke: Zwar hatte der König die Zustimmung seiner Gemahlin zu meiner Heirat mit einem Yorkisten-Sohn als versöhnliches Zeichen gedeutet und die Gelegenheit genutzt, die verfeindeten Seiten zu einem Friedensschluss zu bewegen, doch an diesem Fest der Liebe war nichts Echtes. Es war bloß ein Schauspiel dem gutgläubigen König zu Ehren. Ich zog den Umhang fester um mich, weil ich auf einmal fröstelte, und blickte ängstlich zum König.

Er war der Einzige, der noch lächelte, als er in der Kathedrale verschwand. Unser milder, gutherziger König würde lieber vergeben als bestrafen, zog die Gnade der Gerechtigkeit vor und glaubte, er könnte seinem Land Frieden bringen. Was er nicht begriff, war, dass solch ein Bestreben gänzlich andere Folgen haben konnte, indem es gute Männer dazu trieb, sich statt auf das Gesetz auf ihre Stärke zu verlassen, um sich gegen Missetäter zu schützen. König Henry glaubte an diesen Tag; er war überzeugt, die Kluft zwischen Feinden ließe sich überbrücken, indem sie einander bei den Händen hielten.

Seine Königin folgte ihm mit versteinerter Miene und unnachgiebiger Haltung in die Kathedrale. Ich sah mich unter den anderen auf unserem Logenpodest um. Niemand lächelte. Sie saßen stumm da und blickten der Königin nach. Sie wissen es auch, dachte ich. König Henrys Liebesfest würde nichts ändern; alles würde bleiben, wie es war.

Abrupt wurde ich aus meiner Grübelei gerissen. John hatte die oberste Stufe der St.-Paul's-Kathedrale erreicht und schaute hinauf zu unseren Bänken. Sogleich war meine Verzweiflung vergessen. Ich sprang auf und winkte ihm zu. Das Lächeln, das er mir schenkte, wärmte mich selbst aus der Ferne. Dann ging er in die Kathedrale.

Was bedeutet schon irgendetwas, solange wir uns haben?, ging es mir durch den Kopf, und ich setzte mich wieder. Wir sollten verlobt werden, und dann konnte nichts mehr zwischen uns kommen, denn eine Verlobung war nicht minder heilig als die Heirat. Erst als die Countess of Salisbury meinen Arm umfasste, wurde ich gewahr, dass keine Nevilles und Percys mehr auf der Straße waren. Es wurde Zeit, dass ich ebenfalls in die Kathedrale ging, zu meiner Verlobung.

Im flackernden Kerzenlicht und mit Weihrauchwolken über uns legten John und ich unsere Treuegelöbnisse vor dem Erzbischof von Canterbury und dem Hochadel des Königreiches ab. Gleich nach dem Gottesdienst, als mir noch schwindelte vor Freude, begaben wir uns nach Westminster. König Henry hatte veranlasst, dass seine Feier des »Liebestages« in der großen Halle von Westminster abgehalten werden sollte, dem größten Festsaal Europas, der gewöhnlich solch gewichtigen Anlässen wie den Versammlungen des königlichen Rates vorbehalten war.

Vor Ehrfurcht erstarrte ich an Johns Arm, als er mich in den prachtvollen Saal führte. Der Boden war mit Rosenblättern, Kräutern und duftender Ambra bestreut, und die gigantische Halle war von blendender Schönheit. Zwischen den hohen Fenstern waren die Wände vollständig verhangen von farbenprächtigen Gobelins, die im Schein der vielen Fackeln und Kerzen auf den Banketttischen leuchteten. Silberne Kelche, Teller und Salznäpfe funkelten, exotische Orangen und Zitronen quollen aus hohen Schalen, die ebenso wie die Blumen aus dem fernen Spanien hergeschafft worden waren. Das berühmte Deckengewölbe mit den Stichbalken erstrahlte im hellen Licht, sodass es über den aufwendig verzierten Balken zu schweben schien. Die Engel, die in den unteren Winkeln hingen, blickten auf uns herab, als wollten sie jeden segnen, der die Halle betrat. Ich sah zu König Henrys großem Wandteppich, an dem ich seit meiner Ankunft bei Hofe mitgearbeitet hatte. Er hing hinter der königlichen Tafel und rief sein *Liebet Eure Feinde* in den Saal. Die Statuen der Vorgänger Henrys in den Wandnischen erinnerten auf der einen Seite die Yorkisten, auf der anderen die Lancastrianer streng daran, dass sie alle einer Familie entsprangen.

Als ich das Podest hinaufstieg, um neben der Königin Platz zu nehmen, begegnete mir der vernichtende Blick Somersets; er kam von der anderen Seite, sollte er doch neben König

Henry sitzen. Es wurde kein Wort über seine bevorstehende Vermählung mit König James' Schwester verloren, aber das war für mich nicht mehr wichtig. Lass die Vergangenheit ruhen!, dachte ich bei mir. In meinem Glück war ich milde gestimmt, warf ihm ein Lächeln zu und knickste, woraufhin er stehen blieb und sich elegant verneigte. Ich fühlte, wie sich John neben mir versteifte, und drückte seine Hand. Dann gingen wir weiter und stellten uns hinter unsere Stühle.

Fanfaren kündigten die Ankunft des Königs und der Königin an. Sie nickten nach links und nach rechts, als sie hinauf zu ihren Thronstühlen gingen. Henry strahlte, Marguerite jedoch konnte sich kaum ein Lächeln abringen.

Des Königs Frieden ist der Königin Krieg, musste ich unweigerlich denken.

Aber dies war der Abend meiner Verlobung, und in meinem Herzen war nur Platz für die Vorfreude auf die Feier, also verscheuchte ich alle dunklen Wolken, die mein Glück zu trüben drohten. Ich aß mit gutem Appetit und trank nach Herzenslust. Bald würden John und ich den Hof verlassen und unser neues gemeinsames Leben beginnen. Es waren nur noch einige Papiere zu unterzeichnen, was schon am nächsten Tag geschehen sollte.

Meine Hand zitterte, als ich den Vertrag in Anwesenheit der Königin in Westminster unterschrieb, den letzten vor unserer Abreise nach Raby Castle, dem Sitz der Neville-Earls of Salisbury. Wir wollten am folgenden Tag aufbrechen, denn im Norden erwarteten die Nevilles dringende Geschäfte, und John wollte mich nicht am Hof zurücklassen, wo ich der Gnade solcher Unholde wie Somerset ausgeliefert wäre. Da Ursula und ich in unserem glückseligen Überschwang niemandem von

Nutzen waren, überließ ich es den Salisbury-Dienern, unsere spärlichen Habseligkeiten zu packen.

Doch bevor wir Westminster verließen, musste ich noch einige Dinge erledigen, und das erste war, mich bei der Königin zu bedanken, die mein Glück möglich gemacht hatte.

»Meine Königin, ein Winkel meines Herzens wird auf immer Euch gehören, wie auch meine Gebete, solange ich lebe«, sagte ich. Tränen der Dankbarkeit glitzerten in meinen Augen, als ich vor ihr kniete. »Ihr wart einem Schutzengel gleich, der mich vor Schaden bewahrte und mir eines der größten Geschenke gab, das diese Erde bietet, das Geschenk der Liebe. Ich werde es niemals vergessen.«

Seufzend legte Marguerite ihre schmalen Hände zusammen. Wieder einmal blickte sie mit einem befremdlich gequälten Ausdruck in die Ferne, als würde sie von einem dauerhaften Kummer niedergedrückt. Mir kam ein morbider Gedanke: Hier stand eine jener armen Schattengestalten vor mir, von denen ich gefürchtet hatte, selbst zu einer zu werden, ein bedauernswertes Geschöpf, das sich in einer Welt ohne Farbe und Klang durch endlose Tage mühte. Fraglos hatte Marguerite einst geliebt – Somerset, den Vater, oder Somerset, den Sohn – oder vielleicht einen adligen Franzosen? Aber es war eine Liebe gewesen, die nicht hatte sein dürfen, weil Marguerite d'Anjou königlichen Geblüts war und einen König hatte heiraten müssen, auch wenn der geisteskrank und keusch war. Folglich richteten sich all ihre Liebe, ihre Hoffnungen und ihr Feuer auf das Kind, das sie gebar. Und im Gedenken an ihre verlorene Liebe machte sie anderen zum Geschenk, was sie selbst nie haben konnte. Daher rührte ihre Begeisterung für das Stiften von Ehen. Mein Herz verneigte sich voller Mitgefühl vor ihr.

Die Königin nahm meine Hand und zog mich nach oben.

»Süße Isabelle, dein Glück erfreut uns mehr, als du dir vorstellen kannst. Aber kommen wir zu deinem Hochzeitsgeschenk …«

Eine Hofdame brachte einen vergoldeten Korb herbei, in dem Marguerite ihren Schmuck aufbewahrte. Die Edelsteine klimperten leise, als die Königin darin herumsuchte. Schließlich holte sie einen goldenen Ring von der Form eines Schwans heraus, mit einem Saphir als Auge. Es war das Wappen ihres Sohnes Edward of Lancaster, das sie mir hinhielt. »Nimm dies als Zeichen unserer Zuneigung. Du warst uns eine liebreizende, vornehme Gesellschafterin hier bei Hofe, und wir werden dich vermissen. Solltest du je meine Hilfe brauchen, zögere nicht, um sie zu ersuchen! Geh mit Gott!«

Ich küsste ihr die Hand.

Bald jedoch war die Traurigkeit der einsamen Königin vergessen. Ich saß vor John auf seinem Palomino Saladin und schmiegte mich an seine Brust, als wir von Westminster aus zur Abtei der Heiligen Dreifaltigkeit in Aldgate ritten. Johns Umhang hüllte mich halb ein. Sœur Madeleine war zur Marrick-Abtei gereist, als der Hof im Oktober nach Coventry umgezogen war, und zum Fest der Liebe nach London zurückgekehrt. Wir kamen an den Gildehäusern der Schmiede, Harfner und Gobelinmacher am Fluss vorbei, durch die belebten Straßen des Bürgerviertels mit seinen großen Häusern, die halb aus Stein, halb aus Holz waren. In meiner freudigen Verzückung kamen mir Londons Straßen recht bezaubernd vor, und ich sagte ihnen mit einem Hauch von Wehmut Lebewohl. Während ich mich umblickte, fiel mein Blick auf Rufus, der stolz neben uns hertrottete, als gehörte ihm die Stadt, und ich stieß John an. »Er hält nach Percys Ausschau, was?«

»Du lachst? Ich sage dir, er riecht einen Percy auf eine Meile Entfernung«, antwortete John.

»Wird ihm das Laufen nie zu viel?«, erkundigte ich mich.

»Manchmal.«

»Und was machst du dann mit ihm?«

»Habe ich es dir noch nicht erzählt? Er hat jetzt sein eigenes Pferd.«

Ich musste lachen. Als ich wieder zu Atem gekommen war, sagte ich: »Du machst Scherze.«

»Nein, es ist mein Ernst.«

»Kann Rufus reiten?«

»Besser als du, Mylady.«

Hierauf knuffte ich ihn mit dem Ellbogen, und wir beide lachten, bis wir die Abtei der Heiligen Dreifaltigkeit erreichten.

Wir warteten im Empfangszimmer, als eine Novizin Sœur Madeleine holen ging. Der karg eingerichtete Raum war dunkel und modrig und wurde nur von wenigen knisternd flackernden Kerzen erhellt. Auf einem Tisch mit zwei klobigen Stühlen lag eine aufgeschlagene Bibel. Ein Stoffrascheln ließ uns beide zur Tür aufblicken, noch bevor die alte Nonne hereinkam.

»Sœur Madeleine«, flüsterte ich und machte einen Knicks. Ich empfand gleichzeitig Freude und Kummer – Freude, sie zu sehen, und Kummer, weil es das letzte Mal sein könnte, das wir uns begegneten, denn sie kränkelte.

»Nun hast du, was dein Herz begehrte, meine Liebe«, sagte sie freundlich und wandte sich lächelnd an John. »Und Ihr, mein junger Sir, was habt Ihr mir zu sagen?«

John kniete sich vor sie und küsste ihre Hand. »Danke, Sœur Madeleine. Ihr habt mein Herz auf immer mit Dankbarkeit für Euch erfüllt.« Ich sah ihn fragend an. »Sœur Madeleine schrieb einen Brief an die Königin«, erklärte er, »in dem sie meines Vaters Bitte unterstützte, dass wir vermählt werden dürfen. Der Segen der gütigen Schwester ist von großer

Bedeutung, schätzt Königin Marguerite Sœur Madeleines Rat doch sehr. Sie hat die Königin aufgezogen.«

Ich sah sie stumm an. Sœur Madeleine hatte eine größere Rolle in meinem Schicksal gespielt, als ich geahnt hätte. Ich verneigte mich tief vor ihr.

»*Alors*«, sagte sie und bekam einen Hustenanfall. Nachdem sie sich einen Moment abgewandt hatte, fuhr sie mit schwacher Stimme fort: »Es ist nicht weiter von Belang. Eigentlich erinnerte ich die Königin lediglich, dass ihr ergebener Diener Lord Tiptoft, dem sie sehr zugeneigt ist, dein Onkel ist. Und wenn er deine Bitte befürwortete, dürfte sie nicht vorschnell abgewiesen werden.« Sie ergriff unsere Hände und flüsterte ein Gebet, während wir beide vor ihr knieten. Dann segnete sie uns mit dem Kreuzzeichen. »Möge die Liebe, die große Versöhnerin, Lancaster und York in deiner Verbindung einen, *mon enfant … In nomine Patris et Filii et Spiritus Sancti.*« Sie lächelte, aber Tränen schwammen in ihren Augen, als sie mir übers Haar strich, und ich wusste, dass sie im Geiste jemand anderen sah. Ein verlorenes Kind – eines mit dunklem Haar …

Mir wurde das Herz schwer. Frauen gingen aus den unterschiedlichsten Gründen ins Kloster. Wenn ihnen das Leben zu viel nahm und zu wenig ließ, gab es immer das Haus Gottes, in dem sie ihr Ende erwarten konnten. Die Nonne bedeutete uns aufzustehen, und unwillkürlich schlang ich die Arme um sie; ich achtete gar nicht darauf, dass ich ihren Habit zerknautschte. Ich musste sie einfach an mich drücken, weil ich nunmehr gewiss war, dass ich sie nie wiedersehen würde.

»Ich schreibe Euch, *ma chère-aimée* Sœur Madeleine«, sagte ich mit belegter Stimme.

»Und ich werde für dich beten, Isabelle«, erwiderte sie, wobei ihre Lippen bebten. Sie drehte sich um und ging. Die Tür hatte sich bereits hinter ihr geschlossen, als ich noch dastand und ihr nachsah. Schließlich nahm ich Johns Hand, und wir gingen gemeinsam hinaus in den strahlenden Sonnenschein.

Die zahlreichen Mannen des Earl of Salisbury und des Earl of Warwick sicherten den Hügel, so weit das Auge reichte, und dennoch kam es mir vor, als wäre ich mit John allein auf der Welt, als wir hinter ihnen her gen Raby Castle in der Grafschaft Durham in Northumbria ritten. Immer wieder wechselten wir liebevolle Blicke.

In Middleham trennte Warwick sich von uns und nahm Sir Thomas Malory mit, der sich seinem Gefolge angeschlossen hatte. Die kleine Anne, die bei ihren Eltern stand, herzte mich, winkte mir zum Abschied und rief: »Vergesst nicht – Ihr kommt wieder!« Ich schmolz dahin.

Am dritten Tag erreichten wir Raby, das auf einem weichen, von weißen Narzissen gesprenkelten Hügel lag und von zartem Nebel umhüllt war. Ich sah die Burg zunächst nur einem Traumbild gleich zwischen Baumlücken auftauchen und wieder verschwinden. Die Türme und Zinnen schienen mich zu sich zu locken, und die überwältigende Schönheit verschlug mir den Atem.

»Raby Castle«, sagte John. »Wo ich geboren bin.«

»Und wo wir heiraten werden«, murmelte ich. »Die Burg beschenkt mich unsagbar reich, mein Liebster.«

Er hob meine Hand an die Lippen und küsste sie so sanft, dass ich schlucken musste. Meine weiße Zelterstute Rose trabte neben seinem goldenen Hengst dahin; so näherten wir uns gemeinsam den Wiesen im Nebel, hinter denen Raby und unser Schicksal warteten.

10

April 1457

Als wir näher kamen, änderte Raby Castle sein Aussehen und zeigte sein wahres Gesicht: das einer Festung mit hohen Türmen und undurchdringlichen Mauern, die jeden warnten, es ja nicht zu wagen, diese Burg anzugreifen. Vor beinahe hundert Jahren war sie von den mächtigen Nevilles an der Stelle erbaut worden, an der zuvor ein Wehrgut ihres Ahnherren König Canute gestanden hatte. Die große Trutzburg blickte mithin auf annähernd sechshundert Jahre Geschichte zurück. Sogar die geschnitzten Figuren an den Mauerzinnen schienen uns streng zu beäugen, als wir durch das Torhaus und über die Zugbrücke ritten.

Die Bediensteten und der Haushalt waren im Innenhof versammelt und hießen uns mit lautem Jubel willkommen. Viele von ihnen sanken auf die Knie, legten die Hände zusammen und dankten dem Allmächtigen für unsere sichere Ankunft. Sogar die Hunde bellten zur Begrüßung und rannten aufgeregt zu Rufus' Mähre. Manch einer staunte oder lachte, als der Wolfshund wendig von seinem Pferd hüpfte. Obwohl ich es schon einige Male gesehen hatte, konnte ich nicht umhin, ebenfalls in ein Lachen auszubrechen.

Der Earl nahm meine Hand, stellte mich seinem Haushalt vor und gab unsere Verlobung bekannt. Die Leute jubelten mir zu und führten teils Freudentänze auf. Sein Sohn Thomas umarmte mich und nannte mich »Schwester«, während seine

Gemahlin, Maude, mich unterhakte und mich von John wegführte. »Sie wird noch früh genug dein«, rief sie ihm munter zu. »Bis dahin musst du sie mit uns teilen.«

Abends beim Essen stellte ich fest, dass John seine Liebe zu Hunden offenbar von seinem Vater geerbt hatte, denn der Earl zeigte sich seinen Tieren sehr zugeneigt.

»Komm, Joselyn«, sagte er zu einem der Hunde, »hier hast du ein schönes Stück Kaninchen ... Na, na, Bridget, nicht gleich neidisch werden. Hier ist Hühnchen für dich.«

In den nächsten Tagen erfuhr ich noch Weiteres, das mich für die Nevilles einnahm. Beispielsweise verteilte Johns Vater täglich fünf Gold-Nobles in kleinen Münzen an seinem Burgtor.

»Ich bewundere Eure Freundlichkeit, Mylord«, sagte ich eines Abends zu ihm.

»Die Armen sind unsere Nachbarn«, entgegnete er. »Wenn viele Münder zu stopfen sind und das Geld knapp ist, werden Muscheln für einen Viertelpenny zu einem Festmahl. Mir erfreut es das Herz, diesen Menschen etwas von ihrer Last nehmen zu können.«

Ja, Raby Castle war ein fröhlicher Ort, voller Musik, Gesang und Gäste, denn die Großzügigkeit des Earls galt jedermann. Stets wimmelte es in der Halle von Rittern und Knappen, und keiner, der um Unterkunft bat, wurde abgewiesen. Der Earl genoss überdies neue und ausgefallene Gerichte, aber nicht etwa für sich. Wurden sie ihm serviert, schickte er sie sofort zu den Tischen mit seinen Rittern, Knappen und Gästen.

Ich hatte einmal gelesen, dass die Art, wie ein Mann die behandelt, die unter seinem Stand sind, mehr über ihn verrät als sein Benehmen vor Höhergestellten. Demnach besaß Johns Vater einen untadeligen Charakter, und ich war überglücklich, in solch eine wunderbare Familie einzuheiraten. Während der drei Wochen, die ich vor unserer Vermählung auf Raby Castle verbrachte, erlebte ich nicht ein Mal, dass der Earl ein harsches Wort äußerte oder einen Diener schlecht behandelte, und kein Gast verließ ihn ohne ein Geschenk. In seinen Worten und Taten folgte der Earl dem Familienmotto *»Ne Vile Velis«* – »Wünsche nichts Böses« – und Raby war, wie ich fand, ein ehrenwertes Haus.

Falls der Earl of Salisbury überhaupt einen Fehler hatte, dann lag er in der Sorgfalt, mit der er seine Bücher führte und sicherstellte, dass jeder Pence, der ihm zustand, gezahlt und seinen Empfängern nichts unterschlagen wurde. Doch ich konnte ihm nicht verdenken, dass er seine Finanzen streng überwachte. Der König schuldete ihm zehntausende Pfund an Löhnen für sein Heer, das er während der französischen Kriege bezahlt hatte, und die Krone hatte diese Schuld nie beglichen. Daher stand es nicht zum Besten um das Vermögen des Earls.

In diesem Haus der Fröhlichkeit, des Lachens und der Wohltätigkeit war es der trotz seiner reifen siebenundzwanzig Jahre stets scherzende Thomas, der zweite Sohn des Earls, der für den meisten Spaß sorgte. Thomas war überdies der Bruder, der John am nächsten war, und mit seinem heiteren Naturell war er der leuchtende Stern in der Burg. Gleich am ersten Abend lernte ich, dass er niemals ein Lied beim Essen verklingen ließ, ohne den Krug auf den Tisch zu knallen und zu rufen, dass dieses Lied nach Trank verlange, und damit verlässlich allgemeines Gelächter entzündete. Auch ließ er keine Gelegenheit aus, uns mit seinem Witz zu bezaubern. Eines Abends erzählte ein älterer fahrender Ritter, der auf der Durchreise war, von einem Fest bei Herzog Albert in Rottenburg-am-Neckar, dem er mit Somerset beigewohnt hatte.

»Herzog Albert war äußerst gütig«, berichtete der alte Ritter. »Er verlieh dem Duke of Somerset den fürstlichen Salamander-Orden.«

Thomas lehnte sich zu mir und flüsterte: »Der fürstliche Floh-Orden wäre passender gewesen, denn der Mann ist die Pest!« Dabei tat er, als müsste er sich überall kratzen, und ich senkte rasch den Kopf, um mein Kichern zu bändigen.

Im Umgang mit Kindern war Thomas wunderbar, obgleich er keine eigenen hatte. Jedes Mal, wenn er nach einigen Tagen Abwesenheit zurückkehrte, stürmten sie aus allen Winkeln der Burg herbei, um ihn zu begrüßen. Dabei war es unbedeutend, ob sie von adliger oder einfacher Geburt waren, Thomas wirbelte sie alle herum. Einmal traf ich ihn inmitten einer giggelnden Kinderschar hockend an. Er hatte eine Hand hinter dem Kopf nach oben gestreckt und schrie laut wie ein Esel: »Iaah!« Andere Male unterhielt er die Kinder mit kleinen Taschenspielertricks, »fand« Münzen hinter ihren Ohren oder Rosen in ihren Ärmeln. Und oft bettelten sie im Chor: »Eine Geschichte, eine Geschichte!«, bis er eines der Kleineren auf sein Knie setzte und ihnen aufregende Sagen von Rittern und Schlachten erzählte. Bei einer jener Gelegenheiten lauschte ich hinter der Kammertür, als er die Kinder mit einem Vers über einen Milchsee beglückte:

»Bei einem süßen Schläfchen
war's uns, als sähen wir Schäfchen,
doch war's ein See aus weißer Milch,
und unter uns kein feiger Knilch,
stiegen kühn wir mittenrein,
schlugen Wellen hoch gar fein,
bis vom Seegrund Honig floss.«

»Mehr, mehr!«, riefen die Kinder, und weiter ging es mit einer Burg, deren Festungswall aus Vanillepudding bestand, die Zugbrücke aus Butter, die Böden aus Brot und die Türen aus Dörrfleisch. Jene Burg hatte Säulen aus Käse, ein Dach aus Quark und ein Gebälk aus Sahne.

»Mehr!«, beharrten die Kleinen, und ohne zu zögern, reimte er weiter:

»In den Brunnen funkelte Wein,
Bier quoll aus dem Bächelein,
und Malz stieg auf vom Wiesengrund,
zu ergötzen jeden Schlund.«

»Sehr gut, Thomas!«, rief ich applaudierend und zeigte mich.

Erschrocken, dass ich ihm heimlich zugehört hatte, wurde er rot bis zu den Haarwurzeln.

»Und der Dichter, der's ersann, zu erröten gleich begann«, dichtete ich im Scherz, worauf Tom mir einen Luftkuss zuwarf.

In meinem ganzen Leben hatte ich nicht so viel gelacht wie in diesen frühen Tagen auf Raby Castle.

Thomas und sein jüngerer Bruder, George Neville, hätten unterschiedlicher nicht sein können. George war belesen und zog das Studium der Bücher der Gesellschaft anderer Menschen vor. Mit dreiundzwanzig Jahren war er schon zum Bischof ernannt worden, und er war auf die Burg gekommen, um an den drei Samstagen vor unserer Vermählung das Aufgebot zu bestellen. Eines Abends, der Earl und seine Familie waren in dringenden Angelegenheit zur Burg in Sheriff Hutton gereist und Warwick in Calais, saß ich stickend in einem der Zimmer und hörte John und seinen Brüdern zu, die sich über Tugenden und Laster unterhielten. Zu ihren Füßen kullerten leere Weinflaschen, und von den bunten Wandgemälden blickten die heilige Margaret und die vier Evangelisten herab. Irgendwann wurde Thomas müde, hob eine Flasche in die Höhe und prostete der Wand zu. »Auf die Tugenden und die heilige Margaret, meine lieben Brüder!«, rief er und trank die letzten Tropfen.

»Nüchternheit ist eine Tugend, Bruder«, ermahnte Bischof George ihn ernst. »Sieh dir an, wie viele tote Soldaten hier liegen, vor allem dank dir.«

»Und keiner von ihnen starb ohne Priester, nicht wahr, Bruder?«, erwiderte John lachend, allerdings lallte er schon ein bisschen.

Thomas klopfte ihm zustimmend auf den Rücken, und George zuckte resigniert mit den Schultern.

Über Johns Mutter wusste ich wenig, nur dass sie dem Adelsgeschlecht der Montagu Earls of Salisbury entstammte und als einziges Kind ihres Vaters dessen Titel geerbt hatte, der bei der Heirat auf ihren Gemahl übergegangen war. Wenngleich sie ausnahmslos höflich war, wechselte sie kaum mehr als die üblichen Nettigkeiten mit mir und hatte auch wenig Zeit für harmlose Plaudereien oder Handarbeiten. Einen Großteil ihres Tages nahm die Haushaltsführung in Anspruch, und beim Abendessen widmete sie ihre Aufmerksamkeit ganz ihrem Lord. Da wir in der großen Halle auf entgegengesetzten Seiten des Earls saßen, ergaben sich keine längeren Gespräche, und mit John neben mir war ich ohnedies abgelenkt. Nach der Vesper war es üblich, dass sich der Haushalt in der Kapelle zum Nachtgesang mit Psalterbegleitung sowie Gebeten an die Jungfrau Maria und den Heiligen Geist einfand, bevor das Komplet den Tag ausläutete.

Dergestalt war mein Leben in jenen ersten wundervollen Tagen meiner Verlobung.

Am zweiundzwanzigsten April, dem Vorabend des St.-Georgs-Festes, traf Warwick mit seiner Familie und Sir Thomas Malory ein. Außer sich vor Freude, stürmte Ursula ihrem Vater entgegen und warf sich in seine Arme; Malory selbst konnte den ganzen Tag nicht mehr aufhören zu strahlen.

»Was für ein Ritter Mylord Warwick ist, Mylady!«, schwärmte Ursula mit glänzenden Augen, als sie mich später am Abend fürs Bett umkleidete. »Solch eine imposante Erscheinung, solch eine fürstliche Haltung! Man sagt, er allein habe Calais zu einer Streitmacht aufgebaut, die niemand unterschätzen sollte, einzig durch Mut, harte Arbeit und die Kraft seiner Persönlichkeit …« Mein Schweigen musste sie irritiert haben, denn sie brach mitten im Satz ab und sah mich fragend an. »Pflichtet Ihr mir nicht bei, dass er der großartigste Ritter unserer Zeit ist?«

Die Frage war leicht zu beantworten. »Nein, keinesfalls, Ursula. Der ist John.« Wir beide lachten.

Zwei Nächte nach dem Fest des heiligen Georgs konnte ich vor lauter Glück nicht schlafen. So lauschte ich den Glockenschlägen zu Mitternacht, mit denen der Tag meiner Vermählung, der fünfundzwanzigste April, begann.

Ich saß mit angezogenen Knien an meinem Fenster und blickte hinaus auf den See. Es war eine laue Frühlingsnacht, schwanger vom süßen Duft der Rosen, Lilien, Narzissen, Heidenelken und Kirschblüten, der mich geradezu berauschte. Mit dem Hahnenschrei endete die Nacht, und der Morgen erstrahlte in einer Farbenpracht von Rubinrot und Gold.

Es klopfte an die schwere Eichentür, und Ursula trat begeistert ein. »Ach, teuerste Isobel! Oh, ich kann nicht glauben, dass es endlich so weit ist! Was für eine Freude, was für ein Glück, wie wundervoll!« Seit unserer Ankunft auf Raby Castle schliefen wir nicht mehr im selben Zimmer, sondern Ursula in meinem Vorzimmer. Das würde sich kommende Nacht abermals ändern, wenn ich in Johns geräumigere Gemächer einzog und Ursula eine eigene Kammer bekam.

Ich stand von der Fensterbank auf und umarmte die Freundin.

»Was ist das?«, fragte sie. »Weint Ihr etwa an diesem Freudentag?«

»Ich werde dich vermissen.«

»Aber, meine Liebe, deshalb solltet Ihr doch nicht weinen! Ich bin gleich am anderen Ende des Korridors. Und Ihr werdet von diesem Tag an immer bei Eurem Gemahl sein.«

Nun weinte ich richtig.

»Was ist denn?«, wollte Ursula streng wissen.

»Ich ... ich bin so glücklich, Ursula«, stammelte ich und umarmte sie noch einmal. »Warum sollte mir der Himmel solch einen Segen schenken?«

»Ihr seid ja von Sinnen!«, sagte sie lachend. »Nur der Himmel weiß, warum er Euch Euren Herzenswunsch gewährt. Vielleicht werden Eure Nachkommen dereinst die Welt retten, wer weiß? Und nun genug von dem Unsinn! Ihr habt viel vorzubereiten! Alsdann, beginnen wir mit dem Bad!« Sie holte Handtücher aus einer Truhe, ein frisches Leinenhemd aus einer anderen und einen Kamm aus meinem Korb mit Rouges und Salben. Dann bugsierte sie mich nach unten zur niedrigen, dampfenden Badekammer, die vom Küchenflur abging.

Ich stieg in die Holzwanne, nachdem Ursula sie mit Leinentüchern ausgelegt und mit warmem Wasser befüllt hatte, und setzte mich auf den Hocker. Während ich dort einweichte, schrubbte Ursula mich mit einem kräutergetränkten Schwamm und spülte mich danach gründlich ab. Dann rubbelte sie mir das Haar mit mehreren Leinentüchern trocken und wickelte mich in einen Kamelhaarumhang. So lag ich im ummauerten Garten der Badekammer, das Gesicht von der Sonne beschienen, und wäre beinahe eingenickt. Doch Ursula hatte jede Minute genauestens geplant. Bald erschien sie wieder und verkündete, dass mein Haar hinreichend trocken sei, um zur nächsten Aufgabe zu schreiten.

Auf dem Weg zurück in meine Kammer bemerkten wir, dass es in der ganzen Burg noch geschäftiger zuging als sonst. Die schrille Stimme des Kranzbinders, der seine jungen Helfer anschrie, war im gesamten unteren Stockwerk zu hören. Die Jungen brachten Girlanden aus Kirschblüten und weißen Rosen herbei, konnten es ihm aber offenbar nicht recht machen. »Gotterbarmen, du kleiner Narr, so brichst du doch alle Blüten ab! Oliver, du machst es richtig, doch wir haben nicht den ganzen Tag Zeit, schneller, schneller!«

In der Küche hievten die Mägde dampfende Töpfe hin und her. Küchenjungen schnippelten in beängstigender Eile Gemüse. Ihre Messer hackten auf die langen Holztische ein, und eimerweise wurden Bohnen und Zwiebeln beim Chefkoch abgeliefert, der umherlief und seinen Untergebenen Befehle zubrüllte. »Mehr Salz, nein, weniger! Stell's dorthin, nein, da! Kleinere Scheiben, so, nicht so! Haben die mir denn alle Dorftrottel aus der Gegend hergeschickt?«

Auf den drei Treppen zu unserem Flur hinauf kamen wir an atemlosen Dienstmädchen vorbei, die Stapel von Leinenwäsche trugen, und an keuchenden Dienern, die Feuerholz und andere Vorräte herbeischleppten. Wir schlängelten uns zwischen Pagen hindurch, die Böden fegten, und Knappen, die Fenster polierten oder Ecken und Nischen entstaubten. Draußen herrschte ein unvorstellbarer Lärm und Betrieb, denn Zimmerleute bauten Tische und Bänke für die Prozession auf. Ihr Gehämmer vermischte sich mit dem schrillen Kratzen der

Tontöpfe, die Gärtner über den Boden schleiften. »Vorsicht!«, rief jemand, dicht gefolgt von einem lauten Klirren und wildem Fluchen.

In der Ferne meldeten Fanfaren die Ankunft der Hochzeitsgäste, und das Wiehern und Stimmengewirr im Hof kündeten von bereits angekommenen. Stallburschen eilten herbei, führten Pferde weg, während sich die Gäste untereinander freudig begrüßten.

Einige erkannte ich wieder, denn in den letzten drei Wochen hatte ich viele von Johns Verwandten und engsten Freunden kennengelernt. Allmählich erreichte meine Vorfreude einen fiebrigen Höhepunkt. »Sieh nur, Ursula, der Duke of York mit seiner Duchess, und dort ist ihr Sohn Edward, den ich in Westminster kennenlernte, und der schlaksige Blonde ist ihr Zweitältester, Edmund ... und, oh, diese Kleinen bei ihnen sind so niedlich! Guck nur, wie der Kleinste sich hinter seiner Schwester versteckt! Das muss Dickon sein ... Und da ist Lord Bolton mit seiner Gemahlin ... und das sind die Conyers' ... Ich mag Conyers so gern, Ursula!«

»Schweigt still, Isobel. Wie soll ich Euer Gesicht anmalen, wenn Ihr so wild herumzappelt?«

Ich versuchte ja, ruhig zu sitzen, aber meine Augen und leider auch mein Kopf huschten immer wieder zum äußeren Burghof. Ich fragte mich, ob die Königin kommen würde. Sie hatte gesagt, vielleicht, doch ich bezweifelte es. Selbst nach der inszenierten Versöhnung wagte sie sich gewiss nicht so weit in Yorkisten-Gebiet.

»Isobel«, unterbrach Ursula meine Gedanken. »Ihr seid jetzt für Euer Hemd bereit.«

Das feine Leinenhemd fühlte sich wie Seide an, als ich hineinschlüpfte. Meine Schuhe, aus weichem Leder und mit Gold geprägt, umfingen meine Fesseln so leicht wie Schwanenfedern. Dann widmete Ursula sich meinem Haar. Sie wand die Bänder auf, mit denen sie die vorderen Strähnen zu Kringeln aufgewickelt hatte, und arrangierte die Ringellocken um mein Gesicht, ehe sie Kristalle und winzige weiße Rosenknospen in die längeren Strähnen flocht. Derweil blickte ich verträumt zu meinem Hochzeitskleid, das auf dem Bett ausgelegt war. Es war aus schimmernder weißer Seide und mit Feh gesäumt und Goldfaden bestickt. Daneben lag mein Schleier, den ein Reif aus Kirschblüten und weißen Rosen halten sollte. Er war mit goldener Spitze, Kristallen und glitzernden Perlen verziert.

»Nun kommt Euer Kleid, meine Liebe«, sagte Ursula in dem Moment, in dem wir draußen die Stimme von Johns Mutter, Countess Alice Montagu, hörten; sie kam mit ihren Töchtern, um mir mit der Robe zu helfen und die letzten Schritte zu beaufsichtigen. Allerdings betrat die Countess meine Kammer allein, während Johns Schwestern und die Hofdamen im Vorzimmer blieben. Ursula warf mir hastig den Kamelhaarumhang über, damit ich nicht bloß im Hemdchen dastand.

»Madam«, sagte ich und machte einen Knicks, wie es unserem förmlichen Umgang miteinander entsprach. Ich kannte sie bisher nicht besonders gut und konnte nicht sagen, was sie von mir hielt. Missfiel ihr, dass ihr Gemahl eine solch große Summe für meine Hand zahlte? Lehnte sie mich ab, weil ich aus dem Lager der Lancastrianer stammte? War ich ihr nicht gut genug für ihre illustre Familie, deren Stammbaum sich bis zu den europäischen Königen der Charlemagne-Linie zurückverfolgen ließ? Vor den Antworten auf diese Fragen graute mir, hatte ich doch insgeheim gehofft, die Countess könnte jene schmerzliche Lücke füllen, die der frühe Verlust meiner eigenen Mutter gerissen hatte. Nur brauchte sie mit einem halben Dutzend Mädchen gewiss keine weitere Tochter.

»Perfekt«, sagte sie zu Ursula, nachdem sie am offenen Fenster mein Gesicht geprüft hatte. Mit einer Handbewegung bedeutete sie mir, mich umzudrehen. »Auch das Haar hast du hübsch hergerichtet. Ich kann daran nichts auszusetzen finden.«

»Ich danke Euch, Mylady«, sagte Ursula und trat mit einem Knicks zurück.

»Lass uns jetzt allein!«

Prompt verkrampfte ich mich.

»Setz dich, meine Liebe!«, sagte die Countess und wies auf die Bank. »Du bist schon recht lange Zeit auf den Beinen und musst gewiss ausruhen, ehe du dein Brautkleid anziehst.« Sie blickte mich mit einem Ausdruck an, den ich nicht deuten konnte. »Und wir haben Gelegenheit, ein wenig zu reden.« Sie setzte sich auf einen Stuhl und strich ihre Röcke glatt. »Wir konnten uns bisher nie länger unterhalten, und ich möchte damit beginnen, dir etwas von mir zu erzählen. Wie du vielleicht weißt, wurde meine Heirat seinerzeit arrangiert. Ich war das einzige Kind meines Vaters, Thomas Montagu, mein Gemahl, Richard, war ein jüngerer Sohn. Natürlich erbte er einiges Vermögen von seiner Mutter Joan, der Enkelin König Edwards III. und Tochter des großen Duke of Lancaster und seiner geliebten Katherine Swynford. Dennoch dürfte es Mylords Vater, Ralph Neville, dem Earl of Westmoreland, zugesagt haben, dass ich eine reiche Erbin war und dem Mann, der mich heiratete, einen Earl-Titel einbrachte.«

Es war, wie ich vermutet hatte: Ihr gefiel nicht, dass ich John wenig geben konnte und ihn viel kostete.

»Ich kann nicht behaupten, dass ich meinen Ehemann liebte, als ich ihn heiratete«, fuhr sie fort, und ich blickte erschrocken auf.

Die meisten Ehen wurden aus geschäftlichen Gründen geschlossen, nicht aus Liebe; das wusste ich, trotzdem hatte ich noch nie ein solch freimütiges Geständnis gehört.

»Ich war achtzehn«, erzählte sie leise und mit einer verträumten Note. »Ich bildete mir ein, zu begreifen und zu akzeptieren, wie es in dieser Welt zuging. Ich hatte eine gute Partie gemacht, und das genügte vollends.«

Ich spürte, wie ich mich versteifte. Auch wenn ich meinem Gemahl keinen Adelstitel schenke, hat sie kein Recht, mich so offen zu erniedrigen!, durchfuhr es mich. Trotzig reckte ich das Kinn und sagte frostig: »Mylady, ich weiß, worauf Ihr hinauswollt …«

Sie nahm meine Hand. »Nein, weißt du nicht. Lass mich ausreden! Ich heiratete nicht aus Liebe, doch Gott war gütig und schickte sie mir dennoch. Mir war ein guter Gemahl geschenkt, vor allem aber ein ehrenwerter und wundervoller Mann, den ich von ganzem Herzen zu lieben lernte. In den Jahren meiner Ehe habe ich eines erkannt, nämlich dass Liebe wichtiger ist als Besitz, Titel oder Macht.«

Für einen Moment war ich sprachlos. »Ja, Madam, und ich liebe John«, sagte ich schließlich.

»Zweifellos, Isobel, und ich freue mich, dass euch von Beginn an Liebe beschieden ist und ihr nicht Jahre verschwenden müsst, um sie zu finden. Mir sind alle meine Söhne lieb, doch John bringt eine besondere Eigenschaft mit. Er ist ein Romantiker. Männer wie er lieben nicht leichthin, und haben sie einmal ihr Herz verschenkt, gilt es für immer. Er mag stark erscheinen, aber sein Herz ist verwundbar. Deshalb wird er in Zeiten großen Kummers deinen Beistand brauchen. Mag Gott verhüten, dass es jemals nötig sein wird, doch wir leben in einer ungewissen Welt, und wer kann sagen, was das Leben uns bringt? Du siehst also, Isobel, dass es eine große Bürde für dich ist, aber auch ein immenser Segen, so geliebt zu werden.«

»Ich werde immer an seiner Seite sein, und ich bete, dass ich mich seiner würdig erweise.«

Sie drückte meine Hand. »Ich gestehe, dass ich mir Sorgen machte, als John deinetwegen zu uns kam. Doch zweifle nicht! Du bist seiner Hingabe sehr wohl würdig.«

Aufs Neue drohten mich meine Gefühle zu überwältigen. Die Countess zog ein Seidentaschentuch aus dem Ärmel. »Kind, ruiniere die Arbeit deiner Kammerdienerin nicht!«, sagte sie und tupfte behutsam meine Tränen weg. »Und jetzt ist es Zeit, dass du mein Geschenk bekommst.« Sie wandte sich zur Tür und rief: »Jane!« Eine junge Frau kam mit einem kleinen Korb herein, den sie vor der Countess auf den Tisch stellte. Erst als sie wieder gegangen war, sprach Countess Alice weiter.

»Mein Sohn Richard war acht Jahre, als man ihn mit Nan Beauchamp verheiratete, also gab ich ihr dieses Geschenk nicht. Mein Sohn Thomas vermählte sich mit einer Witwe, deshalb erhielt auch sie dies nicht, und mein jüngster Sohn, George, ist ein Mann der Kirche und hat folglich keine Verwendung hierfür.« Sie öffnete den Korb und drehte ihn zu mir. »Jetzt kenne ich den Grund, aus dem ich mich nicht früher hiervon trennte. Sie war für dich bestimmt.«

Funkelnd im hellen Sonnenschein, lag dort eine Kette, die wie aus Spitze gewundene Rosen aussah, die Blütenblätter aus Rubinen, die Stempel aus Diamanten. Ich hielt den Atem an und sah staunend zur Countess auf.

Sie lächelte. »Ja, für dich. Wer wäre besser geeignet? Ich bekam sie von der Mutter meines Gemahls, Joan Beaufort, daher die roten Rosen Lancasters. Mir scheint es sehr passend, da du von Lancaster zu uns gekommen bist.«

Ich verneigte mich tief vor ihr, doch sie zog mich gleich wieder nach oben. »Tochter, sei glücklich, liebe ihn, und alles wird gut sein, noch in der größten Finsternis! Wir, die mit Liebe gesegnet sind, haben alles.«

Wir erhoben uns beide, und sie legte mir die Kette um.

Ich befühlte sie ehrfürchtig. »Euer Geschenk wird mich stets an den rubinroten Sonnenaufgang meines Vermählungstages erinnern«, flüsterte ich. »Und an Euch.«

Die Countess of Salisbury nahm mich in die Arme und hielt mich. »An diesem wunderschönen Tag heiratest du in großer Freude. Möge dich auf deinen Wegen Frieden begleiten.« Dann drehte sie sich um, öffnete die Tür, und ein ganzer Schwarm von Damen stürmte auf mich zu: Johns hübsche Schwestern Alice, Eleanor, Katherine, Joan und Margaret. In einem bunten Durcheinander von Rosa, Violett und Scharlachrot flatterten sie durch mein Gemach und priesen untereinander, was sie sahen. Zwei von ihnen halfen mir in mein Kleid, zwei weitere arrangierten meinen Schleier, und noch eine andere assistierte Ursula beim Aufsticken frischer Rosen- und Kirschblüten am Saum meines Gewands. Sowie sie fertig waren, führten sie mich zum großen Standspiegel in der Zimmerecke.

Ich sah mein Spiegelbild an und war stumm vor Staunen. Kann diese prächtige Kreatur wahrhaftig ich sein?, dachte ich ungläubig. Tüll und schimmernde Seide, Kirschblüten und Feh, Kristall und glitzernde Rubine hatten eine verblüffende Wandlung bewirkt. Im Spiegel glänzte und funkelte eine Vision aus einem verzauberten Land. Als ich die Countess und Ursula ansah, nickten beide, traten vor und umarmten mich.

»Es ist Zeit«, sagte die Countess und ließ mich los.

Johns Schwestern hoben meine Röcke und die üppige Schleppe an, und wir gingen hinunter zum Burghof.

Auf meiner schönen weißen Zelterstute Rose wartete ich im Sonnenschein. In der leichten Brise streichelte der Schleier meine Wangen, und ich fühlte mich wie in einem Traum.

Vor mir standen Musikanten in kleinen Gruppen beisammen. Aus dem Burgturm war das Kichern von Warwicks kleinen Töchtern zu hören, Bella und Anne, bevor sie beide zu mir hinausgelaufen kamen und dabei vor Aufregung kreischten. Mit Girlanden behängt, kleinen Sträußen in den Händen und den strahlenden Augen waren sie entzückend anzuschauen. Die Countess stellte beide hinter den Musikanten auf. Warwick erschien aus demselben Eingang, in majestätisches Scharlachrot und Violett gewandet und mit Edelsteinen geschmückt, die in der Sonne blitzten. Ihn begleitete der allzeit vergnügte Thomas in Schwarz und Gold. Thomas zog seine federgeschmückte Kappe und verneigte sich formvollendet vor mir, was ich ihm mit einem Lächeln dankte. Dann fiel mein Blick auf den Torbogen mir gegenüber, durch den es zur Kapelle ging. Dort erwartete John mich, und bei seinem Anblick wollte mir das Herz aus der Brust springen.

Die Countess arrangierte die Falten meines Gewands auf dem rubinverzierten Sattel, den ich von John zur Vermählung bekommen hatte. Rose, deren geflochtene Mähne mit Kirschblüten und goldenen Troddeln geschmückt war, erduldete das Warten eine ganze Weile ruhig, ehe sie einmal schnaubte, um mir zu bedeuten, dass sie nun gern lostölteln würde.

»Du siehst aus wie eine Prinzessin, meine Liebe«, sagte die Countess lächelnd.

»Eine äußerst liebreizende Prinzessin«, korrigierte der Earl, der einen Schritt vortrat. Auf sein Nicken hin spielten die Musikanten die ersten Akkorde der heiteren Melodie, die die Ankunft der Braut verkündete. Der Earl nahm Rose' Zügel und führte mich durch den Torbogen zum Kapellenturm.

Seit der Prim standen Pforten und Tore offen, damit jeder kommen konnte, ob arm oder reich, alt oder jung, von nah oder fern, um mir an meinem Vermählungstag Glück zu wünschen. Aus allen Richtungen blickten mich strahlende Gesichter an, jubelte man mir zu. Die weißen Rosenblüten auf dem Weg schienen mir wie gesegneter Regen, und das lobende, ehrfürchtige Murmeln der Leute begleitete mich gleich sanftem Wellenrauschen. Vor Dankbarkeit wollte mir das Herz überquellen.

Ganz in Smaragdgrün mit sandfarbenen Säumen stand John auf den Stufen der Kapelle, die mit Narzissen, Vanilleblumen und Lilien geschmückt waren. Sein hellbraunes Haar wehte im Wind, ein Lächeln umspielte seinen wundervollen Mund, und seine blauen Augen strahlten vor Glück, als er mich ansah.

Thomas und Warwick halfen mir aus dem Sattel, dann nahm der Earl meine Hand und führte mich zu John. »Geh hin in Frieden und Freude, mein Sohn, und mag euch ein langes Leben beschieden sein«, sagte der Earl, der mich feierlich an meinen Bräutigam übergab. Der Blick, mit dem John seinen Vater ansah, sagte alles, was er empfand und nicht in Worte fassen konnte: Zuneigung, Dankbarkeit und unsterbliche Ergebenheit dem Mann, dem wir beide so vieles verdankten.

Die Kapellentür kreischte in den Eisenangeln, als sie aufging und Bischof George aus dem dämmrigen Gebäude kam, um sich im Portal vor uns aufzustellen.

Der schwindelerregende Duft der Blumen betörte mich. Ich sah zu John auf und wusste, es könnte eine Ewigkeit verstreichen, ohne dass ich diesen Moment vergessen würde. Hand in Hand stellten wir uns Georges zeremoniellen Fragen.

»Wurde das Aufgebot dem Gesetz gemäß bestellt?«

»Seid ihr einander im verbotenen Grade verwandt?«

»Habt ihr die Zustimmung eurer Vormunde?«

Seine Worte purzelten an mir vorbei, und wenngleich ich alles richtig beantwortete, hörte ich ihn kaum, bis er fragte:

»Stimmt ihr beide dieser Vermählung aufrichtig zu?«

Erstmals blickten wir nicht einander, sondern den Priester an und antworteten im Chor: »Wir stimmen zu.« Und wie wir zustimmen!, dachte ich.

George nahm den Ring von Warwicks blumenbekränzter kleiner Tochter Bella und segnete ihn. Dann gab er ihn John, der ihn auf drei Finger meiner linken Hand schob mit den Worten: »Im Namen des Vaters, des Sohnes und des Heiligen Geistes«, bevor er ihn an meinen dritten Finger steckte. John sah mir in die Augen, verstummte kurz und sprach laut: »Mit diesem Ring bin ich dir vermählt.«

Jubel brach um uns herum aus, und es gab ein lautes Klatschen, als Tausende Tauben aufflogen. Uns wurde eine Schale mit Münzen gereicht, Almosen für die Armen. Lachend warfen wir sie in die Luft, sodass sie einem Goldregen gleich auf die Menge niedergingen; sie erinnerten mich an die Feuerblüten, die ich mir in jener unvergessenen Nacht des Tanzes auf Tattershall Castle vorgestellt hatte. Umfangen von strahlendstem Glück und gefolgt von der Hochzeitsgesellschaft, betrat ich die Kapelle zum Gottesdienst.

Der Earl hatte keine Kosten für unser Fest gescheut. Die große Halle war über und über mit Blumen geschmückt und von unzähligen Kerzen hell erleuchtet. Ich fühlte gar nicht mehr, dass meine Füße mich trugen, sondern schwebte auf einer duftenden Wolke, als John mich zur Haupttafel führte.

Dort hatte man zwei hohe Stühle für uns aufgestellt, hinter denen ein goldener Taftvorhang mit silbernen Sternen angebracht worden war.

Nachdem die Gäste Platz genommen hatten und der Wein ausgeschenkt war, stand John auf. Er hob mir seinen goldenen Kelch entgegen und sah mich voller Zärtlichkeit an. »Mein edles Weib, möge Gott dir Gesundheit, Ehre und Freude schenken!«

»Und tausend Söhne!«, rief Thomas, worauf Gelächter ausbrach.

Ich stand ebenfalls auf und hob meinen Kelch. »Und möge Gott dir Vergnügen, Frieden und Gesundheit schenken, mein edler Gemahl!« Es war das erste Mal, dass ich ihn »Gemahl« nannte, und das Wort hinterließ eine unsagbar süße Honignote auf meiner Zunge.

Alle murmelten: *»Amen.«* Stoff raschelte, und Silber klimperte, als die Gäste auf unser Wohl anstießen. Dann gab der Earl ein Zeichen, und die Bediensteten servierten das Hochzeitsmahl aus Rindfleisch, Kalb, geräucherter Meeräsche, allen Arten von Wildbret, Enten, Kapaunen, Kaninchen, Wildschweinpastete mit Fenchel, Oliven und gehaltvollen Saucen. Von Fanfarenklang und Fackeln begleitet, trugen sie im Ganzen geröstete Wildscheine und Schwäne auf einem Bett aus ihrem Gefieder herein. Bier, aromatischer Met und Wein in allen erdenklichen Variationen – süß, dunkel und würzig – flossen endlos aus riesigen Fässern. Zwischen den Gängen führten uns Gaukler ihre Kunststücke vor, und Maskierte stolzierten auf hohen Stelzen zwischen uns umher. Troubadoure erzählten die Geschichten von Samson und Delilah, Priam, Helena und Odysseus und von Artus und Guinevere und spielten auf ihren birnenförmigen Lauten und Violen zu den Liebesliedern. Bevor die Süßspeisen serviert wurden, bat John einen Troubadour, mir ein Ständchen zu bringen, dessen Worte von ihm selbst kamen:

Meiner Schönsten Liebreiz ist so klar und rein,
dass die bebende Zung' mir versagt.
Ihre Anmut betöret mich immerdar.
Ein himmlisch' Geschöpf muss sie sein.

Am Ende des Liedes klatschten alle, und wir blickten einander liebevoll an. Unter dem großen Applaus warf John dem Troubadour einen Gold-Noble zu. Die Gäste erhoben sich und wetteiferten darin, uns in den höchsten Tönen zu preisen. Danach fassten sich alle bei den Händen und tanzten zu den Klängen von Laute, Viola und Tabor, während die Diener Marzipan, Reispudding, Ingwerbrot, Äpfel und kandierte Rosenblüten auftrugen. Gewiss war es in einer Burghalle nie munterer zugegangen.

Als die Glocken zur Vesper riefen, standen John und ich von der Tafel auf, um unser Brautgemach aufzusuchen. Man hatte es uns in einem kleinen Cottage, das zur Burganlage gehörte, nahe einem hohen Wasserfall vorbereitet. Überall wurde gelacht, fiel es den stark angetrunkenen Gästen doch recht schwer, sich auf den Beinen zu halten. Trotzdem wollten alle mitgehen. Der Betrunkenste von allen war Thomas, der Größte Yorks Sohn Edward und der Nüchternste Bischof George.

Schwankend warf Thomas einen Arm um Edwards Schultern. »Wo steckt ihr jetzt, ihr mutigen Percys?«, brüllte er und schaute sich in der Halle um. »Hier kommt die Hochzeitsgesellschaft, wie geschaffen für einen Hinterhalt! Kommt, spielt mit! Edward und ich sind bereit, euch abzuschlachten wie die Schweine, die ihr seid ...« Er schnappte sich eine Flasche, die er hinter seinen Gürtel gesteckt hatte, schwang sie wie ein Schwert und grunzte dazu.

Edward nahm ihm die Flasche weg. »Zu gut für Percys«, lallte er und trank einen Schluck. »Schlachten wir sie lieber mit saurerem Zeug!« Grölend vor Lachen, torkelten die beiden Cousins nach draußen.

Weitere Süßspeisen, mehr Wein und mehr Musik folgten uns hinaus in den Hof, wo sich uns eine Menge feiernder Bauern zugesellte. Violett versank die Sonne am Horizont, und Vögel jubilierten. Während sich einige der Feiernden Fackeln griffen, bugsierten uns andere zu zwei Stühlen, unter denen vorn und hinten lange Stangen herausragten. Auf ihnen hievten sie uns hoch auf ihre Schultern und trugen uns in einer langen Prozession durch die erleuchteten Gärten, schmale, gewundene Pfade entlang über Wiesen im Dämmerlicht, auf denen Grillen zirpten, vorbei an dunklen Lärchen- und Kiefernwäldchen zum Braut-Cottage. Die Feiernden sangen und tanzten so ausgelassen, dass sie uns häufiger umzukippen drohten, doch wir waren viel zu glücklich und beschwipst, als dass wir uns deshalb sorgten. Wir lachten nur umso lauter.

Am Brautgemach angekommen, segnete Bischof George das Cottage vom Strohdach bis zum Holzfußboden, vom Kamin bis zum Ehebett mit Seidenlaken, Daunenkissen und Daunendecken. Nach einem letzten Segen ließ er uns beim offenen Fenster des Schlafgemachs stehen, wo wir den davonziehenden Feiernden nachwinkten. Sie hatten ihre Fackeln in die Erde gesteckt und verschwanden in der Dunkelheit. In der Ferne verklang ihr Gelächter, sodass nichts als das Rauschen des Wasserfalls und dessen Glitzern im Fackelschein blieb.

Wir waren allein.

John nahm behutsam den Goldreif meines Schleiers ab und legte ihn beiseite. Aus meinem Haar, das mir nun offen über die Schultern fiel, regneten weiße Rosenblüten. John wand sich eine Locke um seine Finger und presste sie an die Lippen. Zaghaft lehnte ich mich in seine Arme und hob ihm meinen Mund zum Kuss entgegen. Doch plötzlich drückte er mich an sich und fing meine Lippen zu einem solch leidenschaftlichen Kuss ein, dass mich ein Verlangen so heiß wie die tänzelnden Flammen im Kamin durchfuhr. Ohne mich loszulassen, öffnete er die Schnalle des schmalen Goldreifs, der mein Gewand hielt. Er zupfte an meinen Ärmeln, und das Kleid glitt von meinem Körper. Dann löste er unsere Umarmung, zog sein Wams und das Hemd aus und warf beides zur Seite. Ich beobachtete, wie er Stiefel und Hose abstreifte.

Schließlich legte ich mein Leinenhemd ab. Beschienen vom Feuerschein und dem hellen Mondlicht, das durchs Fenster ins Cottage fiel, standen wir am Fußende des Bettes und betrachteten einander ohne jede Scham. Johns Augen waren dunkler, als ich sie jemals gesehen hatte. Seine Küsse streiften meine Wange, meinen Hals, meine Schultern, und ich erwiderte jeden mit gleicher Begierde. Das Herz hämmerte mir in der Brust. Ich schlang die Arme um John, und er trug mich zum Bett, als wöge ich nichts. Ich fühlte seinen unregelmäßigen Atem an meiner Wange, sein hartes Glied an mir. Es schien mir, als gäbe es auf der Welt nur noch Feuer und Innigkeit, sowie sich unsere Körper in Liebe vereinten – für immer.

»Mein Weib«, murmelte er, als er von Leidenschaft ermattet war.

»Liebster Gemahl ... liebster, liebster ...«

»Nichts soll uns je trennen, Isobel, mein Engel«, flüsterte er mit belegter Stimme.

»Nichts«, pflichtete ich ihm bei, schwindlig vor Verzücken. »Nichts, John.«

11

Juli 1457

Drei berauschende Monate verbrachten John und ich zusammen. Die Welt um uns herum nahmen wir kaum wahr, bis die Ereignisse im Juli unseren Kokon des süßen Glücks zerrissen.

John war seit über einer Woche mit seinem Vater und seinem Bruder Thomas in der Küstenstadt Whitby, um Warwick zu treffen, der von Calais herübergesegelt kam. Ich erwartete John sehnsüchtig zurück, und als der Salisbury-Herold in der Ferne ins Horn stieß, verließ ich sofort die Spinner, die ich beaufsichtigt hatte, und lief hinauf zum Erkerturm. Maude und die Countess kamen ebenfalls nach oben, und zahlreiche Bedienstete des Haushalts folgten ihnen. Wir standen zusammen, reckten den Hals und blickten zu den grünen Wiesen, die sich bis zum Horizont erstreckten, ob wir die Männer schon entdeckten. Wir alle freuten uns, sie wiederzusehen, doch unser Lächeln erstarb, als die Kolonne näher kam.

Maude war die Erste, die etwas sagte. »Warum ist da so viel Staub? Ich kann gar nicht …«

Ich drehte mich zur Countess, und ein kalter Klumpen bildete sich in meinem Bauch, als ich ihren Gesichtsausdruck sah. Mit brutaler Wucht begriff ich, dass sie die Anzeichen von Ärger allzu gut kannte. »Sie galoppieren zu schnell, und sie haben Wagen dabei.« Ihre Stimme zitterte. »Das heißt, sie bringen Verwundete. Schnell, holt Tücher und Wasser, ruft die Ärzte und die Priester her!«

Die ersten Reiter donnerten durch die Burgtore herein und sprangen aus dem Sattel, die Gesichter schmutzig, die Kleider zerrissen und fleckig. Mittendrin ertönte ein Hundebellen.

»John!«, schrie ich vor Erleichterung und stürmte in seine Arme, um ihn festzuhalten. Ich schloss die Augen, denn vor Freude kamen mir die Tränen. Der Earl und Thomas galoppierten als Nächste herbei und zogen die Zügel an. Ich hörte, wie die Countess aufatmete.

»Es gab einen Kampf bei Castleton. Wir haben Verwundete«, begann der Earl, der von seinem Pferd stieg. Maude lief schon auf Thomas zu.

Die Countess eilte zu ihrem Gemahl. »Ja, wissen wir, mein guter Lord, und wir sind vorbereitet.« Sie zögerte, ehe sie hinzufügte: »Gibt es Tote?«

»Gott sei Dank nein«, antwortete er und hinkte ein Stück vorwärts.

Die Countess erschrak. »Du bist verletzt!«

»Es ist nichts.«

Sie legte seinen Arm über ihre Schultern. »Hier, lehn dich auf mich! Hast du Schmerzen?«

Hinter ihr lachte Thomas, ehe der Earl antworten konnte. »Nein, Frau Mutter! Diesen Schmerz trägt Vater gern, denn seht, welche Gaben wir mitbringen.« Grinsend drehte er sich zu zwei Gefangenen um, die in den Hof gebracht wurden.

Vor Staunen weiteten sich die Augen der Countess, und sie erstarrte. Diese Männer waren die Aufrührer unter den Percys: Thomas, der Lord Egremont, und sein Bruder Richard Percy. Egremont guckte kein bisschen anzüglich, nur zornig und angewidert; und mit seinem schmutzigen Haar und der ramponierten Kleidung war er noch hässlicher, als ich ihn in Erinnerung hatte.

»Haben wir angemessene Unterkunft für diese charmanten

Ritter?«, fragte Thomas mit einem schiefen Grinsen. »Vielleicht einen Schweinekoben, in dem sie helfen können, die Luft zu parfümieren, oder einen Stall voller Ziegen?« Er schlug Egremont kräftig auf den Rücken. »Ah, ich hab's! Wie wäre es mit einem hübschen Kerker, Tom? Dort könnt Ihr bequem schlafen und müsst nicht weit laufen, um Euren Kot abzuwerfen.«

Als er weggeführt wurde, spuckte Egremont auf Thomas, der sich lachend den Speichel abwischte.

Nach und nach erfuhren wir Einzelheiten, und die ganze Burg war begeistert, dass die Percys vernichtend geschlagen worden waren. »Zum Glück für uns sind sie so blöd«, erklärte Thomas belustigt.

Die folgenden Tage verbrachten wir viele Stunden mit Dankgebeten in der Kapelle, der Pflege der Verwundeten und dem Feiern eines weiteren Sieges der Nevilles über die Percys. Innerhalb einer Woche traf der Duke of York höchstselbst ein, um mit dem Earl zu beraten, was mit den Gefangenen geschehen sollte. Bis dahin wurden Egremont und sein Bruder sicher in der Festung des Earls in Middleham verwahrt. Nach längerer Diskussion wurde eine Entscheidung gefällt.

»Wir werden die Richter bestimmen lassen, was mit ihnen passiert«, erzählte John mir eines Abends im Bett.

»Aber wäre es nicht besser, sie einfach in Middleham eingesperrt zu lassen? Dann machen sie euch keine Schwierigkeiten mehr. Ein Gericht könnte ihnen die Freiheit schenken.«

»York steht für Recht und Ordnung, und es ist gegen das Gesetz, sie einfach festzuhalten. Wir müssen sie vor ein Gericht bringen. Überall im Land nehmen Männer das Gesetz selbst in die Hand. Vielleicht können wir das durch unser Beispiel ändern.«

Ich schmiegte mich an ihn, legte die Wange an seinen

Rücken und meinen Arm über ihn. »Das hoffe ich«, murmelte ich schläfrig. In Johns Nähe war alles Übel der Welt weit entfernt.

Einen guten Monat später, Anfang September, unterrichtete ich Bella und Anne gerade im Zählen, als Ursula an der Tür der Schulkammer erschien. Sie war die Woche zuvor von ihrem Familiensitz in Newbold Revel in Warwickshire zurückgekehrt. Mir entging nicht, dass sie außer Atem und besorgt war, also bat ich ein Kindermädchen, auf die beiden Kinder zu achten, und ging mit Ursula hinaus auf den Korridor.

»Es ist etwas Schreckliches geschehen«, flüsterte sie.

»John?«, fragte ich. Er war vor Tagen zur Burg seines Vaters in Sheriff Hutton geritten, um sich dort einiger Angelegenheiten anzunehmen.

»Nein, nein, es geht um die Königin. Yorks Bote brachte die Nachricht.«

Ich erschauderte. Nachrichten, die von durchreisenden Mönchen oder Hausierern kamen, konnte man gemeinhin abtun, handelte es sich doch oft nur um wilde Gerüchte. Kamen sie hingegen von einem Boten aus Yorks Diensten, war es etwas gänzlich anderes. Es blieb nur zu hoffen, dass Ursula die Nachricht missverstanden hatte.

Schnell lief ich zu den Gemächern der Countess, wo sie mit dem Earl am Erkerfenster stand. Er hielt einen Brief in der Hand, und meine Hoffnung, die Nachricht könnte doch gut sein, starb in dem Moment, in dem ich ihre Gesichter sah.

Der Earl wartete nicht, bis ich fragte, sondern sagte gleich: »Am achtundzwanzigsten August hat Pierre de Brézé den Hafen von Sandwich vom Meer aus angegriffen, die Häuser geplündert und die Stadt niedergebrannt.«

Ich erinnerte mich an Marguerites glühenden Verehrer, den galanten Franzosen, der mir bei meiner Audienz die Hand geküsst und mich mit Schmeicheleien überschüttet hatte. »Ich verstehe nicht«, hauchte ich verwirrt. War ein solch charmanter Mann fähig, derart furchtbare Taten zu begehen?

Als hätte der Earl meine Gedanken erraten, erklärte er: »Die Königin stiftete ihn dazu an. In Kent wächst die Unterstützung für York. Exeter, unser nobler Hüter der Meere, hatte Sandwich ungeschützt gelassen, zweifellos auf Befehl der Königin, und Brézé entkam so gut wie ungeschoren.«

»Kann es nicht ein Irrtum sein? England ist doch jetzt ihre Heimat. Ich glaube nicht, dass sie ihren eigenen Leuten …« Meine Stimme verlor sich.

»Ihre Leute sind französisch, nicht englisch.«

»Aber der König würde es niemals zulassen!«, rief ich ungläubig.

»Ich würde schwören, dass der König nicht eingeweiht war und von nichts weiß.« Der Earl knüllte den Brief in der Faust zusammen und drehte sich zum Fenster, wo er die Hände aufstützte und den Kopf neigte.

Mir wurde auf einmal flau, sodass ich auf einen Stuhl sank.

Woche um Woche brachten uns Durchreisende und Gäste Neuigkeiten, und ausnahmsweise wichen sie nicht voneinander ab: Ganz England brodelte vor Wut und Empörung über Brézés Angriff und Exeters Untätigkeit. Gegen Ende September reiste der Duke of York mit Johns Vater an den Hof, um Exeter zur Rede zu stellen. Bei seiner Rückkehr erfuhren wir aus erster Hand, wie ihr Treffen verlaufen war.

»Nachdem wir ihn daran erinnert hatten, dass er der Lord Admiral ist, stach Henry Holland, der Duke of Exeter, letzte Woche endlich in See, um Brézé zu suchen!«, sagte der Earl voller Abscheu. Mit auf dem Rücken verschränkten Händen schritt er im Sonnenzimmer auf und ab. »Er segelte bis La Rochelle, erreichte jedoch nichts. Allerdings gibt es auch Gutes zu berichten.« Er blieb stehen und drehte sich zu uns. »Wie euch bekannt ist, verklagten wir die Percys vor dem Schwurgericht von Yorkshire auf Entschädigung. Nun, das Urteil wurde soeben gefällt und uns die Summe von sechzehntausend und achthundert Mark zugesprochen!«

Ich starrte ihn mit offenem Mund an. Es war eine gewaltige Summe.

»Und die Percy-Brüder sollen in Haft bleiben, bis sie bezahlt haben«, ergänzte John grinsend.

Also drohte John keine Gefahr mehr von dem widerlichen Percy, dem Lord Egremont. Maude klatschte vor Freude in die Hände und umarmte Thomas.

»Ist das der karge Dank, Mylady, für alles, was ich getan habe?«, fragte Thomas. Als sie ihn verwundert ansah, lachte er. »Ich war es, der Egremont und seinen Bruder festnahm – allein, wie ich hinzufügen darf. Vater und John hatten nichts damit zu tun, stimmt's?«

»Nimm dir ruhig den ganzen Dank, Bruder«, antwortete John schmunzelnd. »Ich will nur Frieden, und den beschert mir das Wissen, dass diese beide Schurken eingekerkert bleiben, bis sie alt und grau sind, so Gott will.«

»Nein, die Wahrheit ist, dass Vater, ich und unsere Männer John Dank schulden«, sagte Thomas ernster. »Und nicht bloß für dieses eine Mal, sondern für zahlreiche Gelegenheiten. Er ist der beste Kommandeur, den es gibt, stimmt Ihr mir zu, Vater?«

»Ja, er macht sich gut«, bestätigte der Earl, dessen Augen vor Stolz funkelten.

Thomas wandte sich zu seinem Bruder; seine Stimme war heiser vor Gefühlen. »Solange du bei mir bist, bin ich sicher, John. Danke, guter Bruder.« Er legte eine Hand auf Johns Schulter und ließ sie eine ganze Weile dort.

Zwar hatte ich gewusst, welch große Liebe die Nevilles verband, doch nun sah ich ein weiteres Mal, wie stark das Band zwischen ihnen war.

Noch mehr Freude folgte, denn als die Blätter begannen, sich rot und golden zu färben und der September in den Oktober überging, stellte ich fest, dass ich guter Hoffnung war.

Unser Kind sollte im März 1458 geboren werden. In der Nacht und während der raren Momente bei Tage, die ich allein war, strich ich über die kleine Wölbung meines Bauches und flüsterte dem ungeborenen Kind alberne Nichtigkeiten zu. Um Johns willen hoffte ich, dass es ein Junge würde, denn Männer brauchten Söhne; ich hingegen wünschte mir sehnlichst ein so niedliches kleines Mädchen wie Warwicks Tochter Anne mit den wunderschönen blauvioletten Augen, die unser aller Herzen mit ihrem Charme und ihrer Sanftmut im Sturm erobert hatte.

In der goldenen Dämmerung eines späten Oktobernachmittags wurde auf Middleham Alarm geschlagen, weil Anne nirgends zu finden war. Die letzte Stunde hatte sie niemand gesehen. Während die Burgbediensteten drinnen suchten, waren John und ich bei jenen, die auf dem Hügel nach ihr sehen wollten. Rufus lief vor uns her, erst in die eine Richtung, dann in die andere, bis er vor einem Blätterhaufen unter einer Fichte im Wald hinter der Burg stehen blieb und laut bellte. Wir fanden Anne zusammengekrümmt inmitten der Blätter: Sie hielt ihr Kaninchen im Arm und weinte bitterlich. Ich nahm ihr Tierchen, und John hob das Kind in seine starken Arme.

»Aber, Kleines, warum so traurig? War es denn kein schöner Tag, und ist das Zwielicht nicht hübsch? Heute Abend haben wir Vollmond.«

Die Kleine nickte, rieb sich die Augen, schniefte aber unter den Schluchzern.

»Was hast du denn nur, meine Süße?«, fragte John sanft und ging vorsichtig mit ihr auf dem Arm den Hügel hinunter. Er liebte Kinder, ganz besonders Anne, und ich wusste, dass er unser eigenes ebenso ungeduldig erwartete wie ich.

Schniefend verbarg Anne das Gesicht an Johns Schulter. Nach reichlich Zureden vertraute sie ihm schließlich den Grund für ihren Kummer an: »Ich bin schon vier, und ich kann immer noch nicht an den Mond reichen!«, sagte sie und streckte eine kleine Hand zum leuchtenden Silberkreis am Himmel.

John sah zu mir, strich Anne übers Haar und drückte sie an sich. »Ach, kleine Anne, das ist fürwahr ein weit verbreitetes Problem. Ich kann dir allerdings versprechen, dass es besser wird, wenn du älter bist.«

Zum Weihnachtsfest 1457 zog der Salisbury-Haushalt auf die Burg nach Middleham, deren Pracht dem Rang der Familie angemessen war. Eine breite Außentreppe aus cremeweißem Marmor führte hinauf zur großen Halle, die die Burg dominierte. Überall waren bunte Fenster, durch die das Licht in Regenbogenfarben in Gänge und Zimmer fiel. Zwischen zwei Engelsstatuen am Eingang hindurch folgte ich der Familie in die prächtigste Halle, die ich jemals gesehen hatte. Ehrfürchtig schaute ich mich um. Der Saal, der sich vor mir erstreckte, war von vergoldeten Steinsäulen unterteilt, in die Rosen, Kreuze, Greife und Kronen gemeißelt waren. Die Wände schmückten große Gobelins, bunte Wandgemälde und dunkle Vertäfelungen mit feinsten Schnitzereien. Der Boden war in einem Mosaik aus rosafarbenem, himmelblauem und honiggelbem

Marmor und hier und da Halbedelsteinen ausgelegt. Das Erstaunlichste jedoch war die Decke, die man so bemalt hatte, dass der Betrachter glaubte, in ein hohes Gewölbe aufzusehen.

Warwick selbst traf einen Tag später ein. Seine Brüder und sein Vater eilten ihm entgegen in den Burghof. Schulter an Schulter gingen die vier ins Ratszimmer des Earls. Was für eine eindrucksvolle Familie!, dachte ich, als ich sie durch eines der hohen Fenster beobachtete. Sie alle sind groß, gut aussehend und von beeindruckender Statur, sogar der Earl, der sich trotz seines Silberhaars und seiner siebenundfünfzig Jahre genauso aufrecht hält wie seine Söhne. Und zu meiner Beruhigung hatten sie ein Lächeln auf dem Gesicht.

Abends beim Essen gab Warwick die Nachricht bekannt. »Wie sich zu unserer Zufriedenheit herausstellte, steckte unsere französische Königin wahrlich hinter den schändlichen Übergriffen und Bränden in der Stadt Sandwich. Die Empörung des Volkes zwang sie, ihren unfähigen Günstling Exeter aus der Admiralität zu entfernen und mich an seiner statt zu berufen. Also stehe ich hier vor euch als euer Captain von Calais und euer neuer Hüter der Meere.«

Die vollbesetzte Halle brach in Jubel aus, und viele stampften mit den Füßen.

»Wie ihr wisst, wurde ich nach St Albans zum Captain von Calais ernannt, übernahm mein Kommando jedoch erst ein Jahr später, weil der Lieutenant des inzwischen toten Duke of Somerset, Sir Richard Woodville, mir auf Geheiß der Königin Calais nicht übergeben wollte.«

Bei dem Namen Woodville merkte ich auf. »Ist er ein Verwandter von Elizabeth Woodville, Countess Maude?«, fragte ich meine Schwägerin.

»Ihr Vater«, antwortete sie flüsternd. »Ein Ritter ohne

Landbesitz, der die Witwe des Duke of Bedford heiratete, Jacquetta Prinzessin von Luxemburg.«

Obwohl mich ein leises Unbehagen überkam, nickte ich und lauschte weiter Warwicks Ansprache.

»... seit Monaten keine Löhne an die Soldaten bezahlt, und die Festungsanlagen von Calais waren in einem schrecklichen Zustand«, sagte Warwick. »Zu jener Zeit bot ich an, diese Missstände mit meinen privaten Mitteln zu beheben. Und das tat ich! Ich versprach, die Disziplin unter den Männern wiederherzustellen, und so geschah es! Calais ist wieder Englands wichtigste und uneinnehmbarste Garnison.« Er wartete, bis sich der Beifall gelegt hatte. »Als euer Hüter der Meere verspreche ich euch, mit Gottes Hilfe unsere nationale Schande zu rächen und Englands Ehre wiederherzustellen. Nun lade ich euch ein – ob Diener oder Ritter –, an Wein, Trunk und Geselligkeit teilzuhaben, deren Kosten ich meinem gütigen Lord Vater selbstverständlich erstatten werde!« Er wandte sich an den Earl, und alle lachten. »Heute Abend feiern wir diesen großen Triumph für York, für Kent und für England und alle Siege, die noch kommen!«

Warwick erfüllte sein Versprechen bald. Unser verwegener Soldaten-Pirat machte dem Namen Neville Ehre und eroberte die Herzen der Engländer mit seinen Heldentaten auf hoher See. Obwohl er mit zwölf Schiffen gegen achtundzwanzig antrat, konnte er die Spanier vor der Küste von Calais schlagen und sechs feindliche Schiffe voller Waren und Schätze einnehmen. In London kam es vor lauter Freude beinahe zu einem Aufruhr, denn den wütenden Protesten der verbündeten Tuchhändler zum Trotz hatten die Günstlinge der Königin Lizenzen an ihre Anhänger ausgegeben, mit denen sie das Monopol der Tuchhändler auf Wolle umgingen. Durch sein Handeln bewies Warwick seine Sympathie mit ihnen und anderen Londoner Händlern, die von den Günstlingen der Königin seit Jahren betrogen wurden.

In ganz England, in den Tavernen, den Schlössern, den Abteien und den Kontoren, verglich man Warwicks Sieg mit dem König Edwards III. bei der Seeschlacht von Sluys hundert Jahre früher, und überall wurde von Warwick gesprochen, den die Leuten nun »Englands Helden« nannten. Sogar jene, die bisher weder für noch gegen Lancaster Stellung bezogen hatten, fingen an, sich für die Sache Yorks auszusprechen. Doch mit dem wachsenden Zuspruch im Volk nahm auch der Neid auf die Nevilles und das Haus York bei Hofe zu.

»Sie nennen seine Siege ›Piraterie‹«, sagte Ursula eines Tages entsetzt.

»Nur bei Hofe, sonst nirgends«, erwiderte ich, setzte die Spindel in Bewegung und fütterte sie mit einer Hand voll Wollfasern. »London ist dem Hof gegenüber so feindselig, dass die Königin ihren Hofstaat nun dauerhaft nach Coventry und Kenilworth verlegt hat, wo man für Lancaster ist.«

»Aber wie kann es Piraterie sein, wenn Spanien mit Frankreich verbündet ist und wir noch im Krieg mit Frankreich sind? Was ist mit der Piraterie der Königinnen-Günstlinge, die seit Jahren Händler ausrauben?«

»Die Lancastrianer nennen es, wie sie wollen … und tun, was sie wollen.«

»Ein unverfrorener Haufen sind die!«, murmelte Ursula erbost.

Ich hielt mein Spinnrad an. »Ich fürchte, die Königin wird Warwicks Erfolge nicht stillschweigend hinnehmen.«

Ich sollte recht behalten. Bald hörten wir, dass Egremont und sein Bruder, Richard Percy, aus dem Newgate-Gefängnis entkommen waren und die Königin ihnen bei Hof Zuflucht gewährte. Gleich darauf erreichten uns beunruhigende Berichte über die Maßnahmen, die Marguerite gegen das Haus York zu ergreifen plante. Im ganzen Lande wurden Ämter, ob hohe oder niedere, vom Oberkammerherrn bis hin zu Sheriffs oder Richtern, jenen genommen, deren Loyalität zu Lancaster infrage stand, und mit Anhängern der Königin besetzt. Wo ich auch hinkam, auf der Burganlage, in den Schankwirtschaften des nahen Dorfes Staindrop, in den Läden und auf den Straßen von York, wohin ich mit der Countess reiste, um Kleiderstoffe und andere Vorräte zu kaufen, hörte ich die Neuigkeiten, die wie ein Lauffeuer durchs Land gingen.

»Die Königin hat Shrewsbury entlassen und ihn durch den Earl of Wiltshire als obersten Schatzmeister ersetzt«, erzählte eine Frau beim Metzger, wo sie ein Pfund Würste kaufte.

»Der Feigling, der bei St Albans vom Schlachtfeld floh, weil er Angst um sein hübsches Gesicht hatte?«, fragte der Metzger.

»Ebender. Die Königin mag hübsche Gesichter.«

»Und Wiltshire findet nix hübscher als ein Stück Gold, wette ich!«, mischte sich eine andere Kundin ein. »Jetzt bewacht der Fuchs den Hühnerstall, was?«

»Und haben sie den erst geleert, er und die Königin, finden sie andere Wege, uns zu bestehlen«, sagte der Metzger. »Die Gier von diesem Haufen kennt kein Ende.«

Wie wir befürchtet hatten, folgten den Lancastrianer-Berufungen bald Verfolgung und Verarmung jener, die dem Haus York treu waren. Ländereien der Yorkisten-Gutsherren, Pächter, Verwalter und Bauern wurden konfisziert, ihre Häuser und ihr Besitz geplündert. Für uns wurde Geld zu einem ernsten Problem, und wir mussten unsere Ausgaben beschränken, so gut wir konnten, gaben den Luxus von Gewürzen auf, kauften weniger Felle und Wolle für den Haushalt und aßen mehr Fische aus dem Teich und weniger Fleisch. Countess Alice gab Weisung an den Haushalt, dass bis auf Weiteres keine Kleidung mehr ersetzt werde. Was wir noch an Mitteln hatten, bekamen die Waffenschmiede, denn wir wagten nicht, an Waffen und Schutz zu sparen.

Eines kühlen Tages Mitte Oktober kam Lady Marjorie Malory, Ursulas Mutter, nach Middleham und bat um Zuflucht, weil man sie aus dem Malory-Herrenhaus in Warwickshire geworfen hatte.

»Die Marodeure haben das Haus geplündert und all die orientalischen Stoffe mitgenommen, die wir hatten«, jammerte sie. »Wir hatten sie von Sir Malorys Onkel, Gott hab ihn selig, geerbt! Und sie nahmen den rhodischen Wein mit, den wir seit fast zwanzig Jahren im Keller lagerten! Und die Sarazenerteppiche, die mein geliebter Sir Thomas erbte!« Sie brach erneut in Tränen aus, und so sehr Ursula sich auch bemühte, sie zu trösten, konnte sie nicht aufhören zu weinen. »Wir haben nichts mehr, Ursula! Jetzt sind wir Bettler. Wer nimmt sich unserer an? Wo sollen wir hin?«

»Ihr dürft gern so lange bei uns bleiben, wie es dauert, bis Euer Besitz Euch zurückgegeben wurde, Lady Malory«, versicherte Countess Alice.

Ich blickte zu den verzweifelten Gesichtern all derer, die ihres Heimes beraubt worden waren und von denen sich mit jedem Tag mehr in der großen Halle einfanden, und fragte mich, wie lange es so noch weitergehen konnte. Denn selbst wenn wir uns beschränkten, wo wir nur konnten, kamen mit jedem Tag mehr Münder, die es zu füttern galt, weil sie von Marguerite enteignet worden waren und Schutz bei ihrem Herrn, dem Earl of Salisbury, suchten. Doch in Middleham sollte ich das volle Ausmaß des Zusammenbruchs von Recht und Ordnung im ganzen Land erfahren, als Warwicks Countess Nan von Warwick Castle zu Besuch kam. Sie wurde begleitet von Cecily, der Schwester des Earls und Duchess of York.

»Armer Radford«, klagte Nan fast gleich nach der Begrüßung. »Armer lieber Radford … Was sie ihm angetan haben, ist entsetzlich … entsetzlich …«

Ich wusste nicht, wer Radford war, sollte es aber kurz darauf erfahren. Die Duchess of York erzählte uns die Geschichte bei Wein und Konfekt im seidenverkleideten Damengemach.

»Wir kannten Nicholas Radford sehr gut. Er war ein Mann von hohem Alter und ein angesehener Anwalt, der unseren Freund Lord Bonville gegen den Anhänger der Königin, den Earl of Devon, vertrat. Mylord bot ihm während seines Protektorats ein hohes Amt an, und Radford hätte in London reich werden können, aber er lehnte ab. ›Wenn ich gehe, wer vertritt dann jene, die unter dem Earl of Devon leiden?‹, fragte er. Mein Gemahl war sehr bewegt von seinen Worten.«

Sie verstummte einen Moment und fuhr fort: »Radford lebte in Upcott, nahe Exeter. Eines Abends bekam er spät Besuch von Sir Thomas Courtenay, einem von Devons Söhnen, der die Gegend in Angst und Schrecken versetzt hatte. Er kam mit hundert Mannen seines Vaters. Sie umzingelten Radfords Haus und steckten die Pforten in Brand …«

Duchess Cecily stockte. Durch die offenen Fenster wehte Kinderlachen herein. Ich wartete gespannt, halb in Furcht vor dem, was ich hören sollte. Und es war fürwahr furchtbar. Während die Duchess fortfuhr, sah ich die Ereignisse jener Nacht beinahe vor mir.

Der alte Mann war ans Fenster getreten und hatte die vielen Männer gesehen, deren Gesichter von Flammen erhellt worden waren. »Wer ist da?«, hatte er gerufen.

»Radford!«, brüllte Courtenay. »Kommt runter und redet mit mir! Ich schwöre bei Gott und bei meiner Ehre als Ritter und Ehrenmann, dass Euch oder Eurem Besitz nichts geschieht.«

Im Vertrauen auf diesen Schwur öffnete Radford ihnen das Haupttor, und Courtenay kam mit all seinen Schergen herein.

»So viele, Mylord?«, fragte Radford.

»Habt keine Angst«, versicherte Courtenay ihm. »Bringt mich zu Eurem Privatzimmer, damit wir reden können.«

Dort tat sich Devons Sohn an Radfords Wein gütlich und verwickelte ihn ins Gespräch. Seine Schurken nutzten die Zeit, um das gesamte Haus zu plündern; sie trugen ganze Betten, Tischwäsche, Bücher, Geld, Kapellenschmuck und andere Haushaltsgüter im Wert von eintausend Pfund hinaus.

»Die Grobiane warfen sogar Radfords gebrechliches Weib aus dem Bett, um die Laken zu stehlen«, fügte die Duchess nach einer kurzen Pause hinzu. »Dann sagte Courtenay: ›Beeilt Euch, Radford, denn Ihr müsst mit mir zu meinem Vater kommen!‹ Radford schickte einen Diener nach einem Pferd, doch der Mann kam zurück und erzählte schlotternd, dass alle Pferde fortgebracht worden seien, beladen mit den gestohlenen Sachen. Radford wandte sich zu Courtenay und sagte verbittert: ›Ach, Sir Thomas Courtenay, Ihr habt Euer Versprechen gebrochen. Ich bin alt und schwach und kann kaum zu Fuß gehen, also muss ich Euch bitten, mich reiten zu lassen.‹ Darauf erwiderte Courtenay: ›Habt keine Angst, Radford, Ihr werdet bald reiten. Kommt mit mir!‹ Sie verließen das Haus, und kaum einen Steinwurf entfernt sprach Courtenay mit mehreren seiner Männer, bevor er von dannen galoppierte und rief: ›Lebt wohl, Radford!‹ Dann fielen seine Mannen mit Schwertern und Dolchen über Radford her und schlachteten ihn grausam ab.«

Nach dem Bericht von Duchess Cecily sagte niemand ein Wort.

»Ich fürchte, dass Schlimmeres folgt«, schloss Duchess Cecily leise und bekreuzigte sich.

Wir mussten nicht lange warten, bis sich ihre Prophezeiung erfüllte.

12

1458

Das neue Jahr brach mit einem Hagelsturm an. Am Dreikönigstag blieb John über Nacht bei mir. Mein Bauch war schon sehr gerundet, und ich genoss es, in der warmen Behaglichkeit zu sticken, die Leier zu spielen und in der Bibliothek des Earls zu lesen. In unserem Winkel des Königreichs, fernab vom Hof, war alles still und friedlich, und dafür sprach ich manches Dankgebet. So verging der Januar.

Mein Kind sollte im März geboren werden, aber einen Monat früher begannen die Schmerzen, und an Mariä Lichtmess, dem zweiten Februar, brachte ich zwei Mädchen zur Welt. Wir nannten die Erstgeborene Anne und das zweite Kind Isabelle, zu Ehren von Johns kleinen Nichten. In der Nacht meiner Niederkunft war es kalt gewesen, und leichter Schnee war gefallen, der den Fenstern einen frostigen Rahmen verlieh. Doch mit dem Morgen kam die Sonne. Benommen wie ich nach den Anstrengungen der Geburt war, erschien mir das Licht auf den vereisten Glasscheiben ungewöhnlich grell. Ich wusste nicht, ob ich es als gutes Omen nehmen sollte, aber ich hoffte, dass es eines war. Die Hebamme legte mir die jammernden Neugeborenen in die Arme.

»Anne hat deine Grübchen, mein Liebster«, flüsterte ich John zu.

»Und Izzie hat dein kastanienbraunes Haar, mein Engel«, sagte er voller Stolz. Sanft strich er über den zarten Flaum.

»Engel haben goldenes Haar, John, kein braunes.« Ich lachte. »So benommen und erschöpft bin ich wahrlich nicht, das nicht zu wissen.«

Er küsste meine schweißbenetzte Stirn. »Meine Engel haben kastanienfarbenes Haar«, erwiderte er wie immer.

Feierlich begingen wir den ersten Jahrestag unserer Vermählung, umgeben von unseren Säuglingen, lachten und vergnügten uns.

Im Juni erreichten uns weitere gute Neuigkeiten von Warwicks großen Erfolgen auf See. Nach einer zweitägigen Verfolgungsjagd hatte er mehrere Genueser und spanische Schiffe eingenommen. Drei der feindlichen Schiffe wurden nach Calais gebracht, und abermals erstrahlte England vor Stolz auf Warwicks Sieg.

Die lieblichen Sommermonate wichen rotem Herbstlaub. Als die Oktobersonne schwand und kühler Regen einsetzte, entdeckte ich, dass ich wieder guter Hoffnung war. An Allerseelen, dem zweiten November, war ich im vierten Monat, und John verkündete mir, dass er fortmüsse.

»Ich reite nach Sheriff Hutton«, erzählte er mir, »und von dort nach Westminster.«

Erschrocken gab ich Izzie der Amme und sah ihn an. »An den Hof?«, fragte ich ängstlich, denn mir kam sogleich der rachsüchtige Somerset in den Sinn. »Aber warum? Was ist so dringlich, dass du an den Hof musst?«

»Die Königin hat Warwick einbestellt, damit er von Calais berichtet und seinen Angriff auf die Easterling-Salzflotte erklärt, den sie einen ›Akt von Piraterie‹ nennt. Sie hat Lord Rivers zum obersten Richter bei der Befragung berufen. Wir wissen, dass sie planen, Warwick das Kommando über Calais zu nehmen und es Somerset zu geben. Deshalb muss ich für meinen Bruder dort sein, falls es Ärger gibt.«

»Wer ist Lord Rivers?«

»Du kennst ihn als Sir Richard Woodville, den Günstling der Königin. Er ist der landlose Ritter, der die Duchess of Bedford heiratete. Marguerite hat ihn unlängst zum Baron erhoben.«

Elizabeth Woodville steigt noch weiter auf, dachte ich mit einem Anflug von Bitterkeit.

In jenen Tagen schlief ich unruhig und wurde von schlechten Träumen geplagt, die zweifellos meiner Sorge wegen Johns bevorstehender Reise nach Westminster geschuldet waren. In der Nacht nach seiner Abreise saß ich am Fenster, blickte hinaus in die Dunkelheit und lauschte den Mönchen, die in der Kapelle ihre Morgengebete sangen. Plötzlich kam mir eine Idee: Ich würde nach London reiten! Es musste natürlich im Geheimen sein, sodass mich niemand aufhalten konnte, was sie gewiss versuchen würden, zumal ob meines Zustandes.

Sobald es hell wurde, begab ich mich auf die Suche nach dem neuen Mann, den John für mich in seine Dienste genommen hatte, und fand ihn im Zeughaus, wo er dem Schmied half, der Rose' Hufeisen erneuerte.

»Geoffrey«, rief ich. Trotz seiner beinahe fünfzig Jahre war er stark und sehnig, hatte noch dichtes Haar und recht gute Zähne. Er wischte sich die Hände an der Lederschürze ab und kam lächelnd auf mich zu. Überhaupt lächelte er viel und war ein ausgesprochen freundlicher Mann. Den Großteil seines Lebens war er Soldat gewesen. Von einer alten Kampfverletzung war ihm ein Humpeln geblieben, deshalb hatte John ihn bewegt, eine leichtere Arbeit zu übernehmen. So war er Mitglied meiner kleinen Bedienstetenschar geworden; er stammte aus dem Dorf Sawston, in dem wir ein Gutshaus bewohnten.

»Mylady?«, fragte er.

»Ich reite nach London. Du und Ursula kommen mit mir. Sattel mir eine braune Stute! Ich nehme Rose nicht mit«, erklärte ich ihm. »Sie ist zu auffällig, und es soll niemand erfahren. Also erwähne es nicht vor anderen. Wir brechen in einer Stunde auf.«

Zwar zog er verwundert die Brauen hoch, ließ sich jedoch sonst nichts anmerken. »Ich werde alles bereithaben, Mylady.«

Die große Glocke im Steinturm von Westminster schlug fünf, als ich mit Ursula und Geoffrey London erreichte. Wir hörten sie sogar in Bishopsgate, da sich viele Bürger zum Abendessen in ihre Häuser zurückgezogen hatten und es still in der Stadt war.

Schwere Novemberwolken hingen über Westminster, als wir uns näherten, und erschienen mir wie Sinnbilder der Spannungen allerorten. Die Wachen betrachteten uns länger als gewöhnlich, ehe sie uns Zutritt gewährten. Drinnen nahmen uns Stallburschen wortlos die Pferde ab. Ein Diener half Geoffrey, meine Truhe vom kleinen Karren zu heben, wobei er den Blick abgewandt hatte und kaum einen Laut von sich gab. Im großen Burghof mit dem hübschen Springbrunnen herrschte das übliche Gewusel an Kaufleuten, Mönchen und Priestern, Rittern, Damen und hoffnungsvollen Bittstellern. Nur war nirgends Lachen oder munteres Geplauder zu hören, nicht einmal unter den Bediensteten. Mir bereitete Sorge, dass sie beim Entladen von wuchtigen Mehlsäcken oder Brennholz nicht wie früher derb untereinander scherzten.

Ich ging auf einen königlichen Offizier zu, von dem ich wusste, dass er dem Kammerherrn diente. Nachdem ich ihm meinen Ring mit Prinz Edwards Schwanenemblem gezeigt hatte, gab ich ihm eine Silbermünze und bat um die kleine Kammer, die ich im Vorjahr bewohnt hatte.

»Die kann ich nicht einfach für irgendwen richten lassen, wie Ihr versteht, nicht, Mistress Haute?«, sagte er und steckte rasch die Münze ein. Ich hatte ihm einen falschen Namen genannt. »Nicht in diesen Zeiten. Aber Euer Gesicht kommt mir bekannt vor, und es wird wohl nichts schaden.«

Wir warteten eine ganze Weile, bis er wiederkam und uns zu unserer Kammer führte. »Den Schrank haben sie für Vorräte genommen, und die mussten erst mal rausgeräumt werden und ein Bett wieder rein«, erklärte er.

Als er uns über den Hof und den Turm hinaufführte, achtete ich darauf, den Kopf gesenkt zu halten, und behielt die Kapuze auf, sodass mich niemand erkannte. Ich betete, dass wir nicht Somerset begegneten. Viele der Lords, an denen wir vorbeikamen, standen in kleinen Gruppen beisammen und unterhielten sich leise. Alle wirkten wachsam, blickten sich immer wieder um und hatten eine Hand an ihrem Dolch. Draußen am Brunnen und entlang der Gartenwege spazierten Damen, die ängstlich aussahen und zum Reden die Köpfe zusammensteckten. Selbst die Hunde, die auf den Burgstufen und in den Korridoren lagen, beäugten uns misstrauisch.

Wir folgten dem Mann durch den Hauptkorridor an der großen Halle vorbei und bogen nach links in den engen Durchgang, in dem mich der angetrunkene Somerset bedrängt hatte. Dahinter ging es nach rechts in einen noch schmaleren und noch dunkleren Gang, in dem meine frühere Kammer lag. Der Mann warf mir einen fragenden Blick zu, als er die Schlüssel hervorholte.

»Diese Kammer ist nahe an der lauten Halle und weit ab von den Gemächern der anderen Damen, aber wenn Ihr meint, Ihr wollt sie …«

»Ja, ich bin mir sicher«, sagte ich lächelnd.

Er öffnete die Tür zu dem niedrigen, dunklen Zimmer mit dem hohen Fenster, verneigte sich und ging. Seufzend sank ich auf das Bett.

»Ach, Ursula, John ist hier, um seinem Bruder zu helfen, falls Warwick ihn braucht, und ich bin hier, um John zu helfen, falls er mich braucht«, sagte ich. »Hoffen wir, dass keiner von uns gebraucht wird.«

Ursula schwieg. Sie hatte auf dem Weg hierher schon hinlänglich dargelegt, dass sie es für vollkommen unmöglich hielt, solch eine Reise in meinem Zustand zu unternehmen.

Es klopfte an der Tür, und Geoffrey trug mit einem anderen Mann meine Truhe herein. Zwar war sie nicht besonders groß, aber tief und schwer, denn neben Kleidung hatte ich vorsichtshalber auch einige Waffen mitgebracht. Sie stellten die Truhe an die Wand und zogen sich zurück. Sorgenvoll sah ich nach oben zum Fenster. Längst war es dunkel geworden und der Himmel schwarz. Geschirrklappern war zu hören. Bald würde es zum Abendessen läuten.

Ich wollte nicht in der großen Halle essen, wo Somerset mich sehen könnte, und Appetit hatte ich ohnedies keinen. »Du kannst in der Halle speisen, Ursula. Niemand wird dich ansprechen, wenn du dich an einen der Bedienstetentische setzt, aber halt die Ohren offen!«

Sie half mir aus meiner Reisekleidung, zog mir ein Wollhemd über und legte mir eine Decke um die Schultern. Erschöpft von Sorgen und der Anstrengung, legte ich mich hin und fiel bald in einen unruhigen Schlummer. Als ich die Augen wieder öffnete, graute der Morgen. Die Waschschüssel stand bereit, und neben ihr lag ein Handtuch. Ich war sofort hellwach, stützte mich auf einen Ellbogen auf und sah, dass Ursula mich ängstlich beobachtete.

»Was hast du gehört? Weißt du, wann und wo sie zusammenkommen?«

Sie neigte sich zu mir und flüsterte: »Ich fürchte, es geschieht Schreckliches, liebe Isobel. Gestern Abend hörte ich, wie ein Diener der Königin meinte, die ›Sache‹ würde heute beendet, und ich hatte das Gefühl, es wäre Warwick gemeint.«

Nachdem sie mein Kleid verschnürt und zugeknöpft hatte, schickte ich Ursula mit dem Auftrag zum Frühstück, den Ort der Ratssitzung in Erfahrung zu bringen. Während ich im Geiste alle denkbaren Gefahren und Pläne durchging, lief ich nervös auf und ab. Nach nicht einmal einer Stunde war Ursula wieder da und brachte Brot und Käse. Ich knabberte nachdenklich daran und hörte mir an, was sie zu berichten hatte. Wie sich herausstellte, war meine Sorge berechtigt.

»Sie haben keine Zeit verschwendet. Vom Frühstück sind sie gleich zu ihrer Versammlung. Sie sind in einem Ratszimmer neben Westminster Hall ...«

Das war nicht weit von uns.

»Aber es verläuft nicht gut. Ich hörte, wie der Earl of Warwick Somerset anschrie, als ich ging, und Männer kamen in die Halle, kaum dass die Tische weggeräumt wurden. Sie stellten sich in zwei Reihen an den Wänden auf, Lancastrianer auf der einen Seite, Yorkisten auf der anderen. Der Earl of Warwick ist mit einem recht großen Gefolge angereist, doch ich fürchte, die Männer der Königin sind weit in der Überzahl.« Ursula schwieg einen Moment, ehe sie fortfuhr: »So, wie sie Warwicks Männer ansahen, wurde mir ganz bang, Isobel ... als warteten sie auf ein Zeichen.«

Im selben Moment vernahmen wir Schreie. Ich warf meinen Brotkanten weg und griff nach dem Dolch unter meinem Kissen. Der Lärm kam aus der großen Halle. Ursula war dicht hinter mir, als ich die Kammertür öffnete und zwei Mal nach links zum Korridor vor der großen Halle schlich. Bis wir dort ankamen, war das Rufen zu einem wilden Gezeter angeschwollen, das von verzweifelten Schreien durchbrochen wurde: *»Ein Warwick! Ein Warwick!«* Das Scheppern von Eisen hallte mir in den Ohren, denn nun hieben die Männer mit Schwertern aufeinander ein. Mein Herz pochte wild, und ich drückte mich an die Wand, um in die Halle zu sehen. Ein Furcht einflößendes Bild bot sich mir. Ich stieß einen stummen Schrei aus und drehte mich zu Ursula. »Warwick ist umzingelt! Er kämpft um sein Leben!«

Am Eingang der Halle, inmitten seines Gefolges, war Warwick von den Männern der Königin umringt, die ihnen zahlenmäßig weit überlegen waren. Ich blickte suchend in das Durcheinander von Lanzen und Schwertern, und Panik regte sich in mir.

»Dort ist John!«, rief ich. Er war etwa zehn Schritte entfernt und hatte mir den Rücken zugewandt. »Oh, mein Gott, man hat ihn von Warwick getrennt, und er hat nur wenige an seiner Seite!«

Entsetzt sah ich zu, wie aus allen Richtungen mehr Männer herbeikamen und sich ins Getümmel stürzten. Sie kamen von der Treppe, die in die Küchen und Vorratskammern führte, schwangen Messer und Hackbeile, Mörserkeulen und Knüppel. John, der die Schwerthiebe dreier Schurken parierte, verschwand in einer kleinen Kammer auf meiner Seite des Korridors, nur Meter entfernt. Das Knallen von Eisen auf Eisen wurde ohrenbetäubend. Plötzlich rannte eine Truppe vom großen Korridor herbei. Sie schlugen die Männer der Königin einen nach dem anderen und bewegten sich auf Warwick zu.

Freudig wandte ich mich zu Ursula um. »Das sind die Lords aus der Ratsversammlung, angeführt von Duke Humphrey! Er kämpft sich zu Warwick durch. Oh, Ursula, ich glaube, er will ihn retten!«

Duke Humphrey und die anderen hieben Warwick einen Weg zur hinteren Treppe frei, über die er zum Fluss gelangen konnte, wo ihn sein Kahn gleich vor dem Tor erwartete. Die Männer der Königin erkannten, dass er ihnen zu entkommen drohte. Ich drückte mich abermals flach an die Wand und lugte um die Ecke. Warwick schien wirklich entwischen zu können. Gott segne den guten Duke Humphrey!, dachte ich voller Dankbarkeit. Wie oft schon hatte Duke Humphrey versucht, Frieden zwischen den verfeindeten Lancastrianern und den Yorkisten zu stiften!

»Aber, heilige Mutter Gottes, wo ist John?« Wieder sah ich um die Ecke. Alle kehrten mir den Rücken zu, während sie auf Warwick einschlugen. Mir blieb das Herz stehen, als mein Ehemann auf einmal erschien. Er sah blass aus und hielt sich wacklig; sein linker Arm hing schlaff herunter, während er mit dem rechten einen Angreifer abwehrte. Ich hielt mir den Mund zu, um nicht laut zu schreien, doch John bemerkte mich. Er sah mich verwundert an, und ich wies auf den Dolch in meiner Hand, woraufhin er kaum merklich nickte. Ich zog mich zurück in den Korridor und wartete. Mit raschen, festen Schwerthieben trieb John den Schurken auf mich zu. Der rechte Moment kam schnell. Mit beiden Händen und aller Kraft rammte ich den Dolch in den Rücken des Angreifers und beobachtete, wie der Mann zusammensackte. Dann packte ich Johns gesunde Hand und zog ihn mit mir über die engen Flure zu meiner Kammer. Hinter uns wischte Ursula die verräterischen Blutspuren mit einem Leinenstreifen weg, den sie von ihrem Hemd gerissen hatte.

John wollte aufs Bett sinken, doch ich rief: »Nein! Du machst das Laken fleckig!« Gedämpfte Stimmen und pochende

Schritte drangen aus dem Flur zu uns herein. John blickte unters Bett. »Nein, nicht darunter«, flüsterte ich. »Hier rein!« Hastig zerrte ich alle Kleider aus meiner Truhe.

»Da passe ich nicht rein, Isobel«, sagte John.

»Du musst. Steig hinein, los!« Sowie er in der Truhe war, türmte ich meine Kleider auf ihn. »Schnell, Ursula, zieh mich aus!«

Geschwind entkleidete sie mich, bis ich vollkommen nackt war. Ich schüttelte mein Haar und entdeckte einen Blutfleck auf dem Boden neben meiner Truhe. Eilig deckte ich ihn mit einem Fuß zu, da flog auch schon die Tür auf. Ich schrie auf und bedeckte meine Brüste und den geschwollenen Bauch mit den Händen.

Ursula stellte sich vor mich und rief empört: »Wie könnt Ihr es wagen? Kennt Ihr keinen Anstand?«

Der Mann wandte den Blick ab. »Wir dachten, hier versteckt sich ein Yorkist.«

»Wie Ihr seht, ist hier niemand außer uns. Wo sollte der sich wohl verstecken? Im Bett? In der Truhe? Wenn er so klein ist, habt Ihr von ihm gewiss nichts zu befürchten, was? Jetzt schert Euch raus und zeigt Respekt vor meiner Lady, oder, bei den Hörnern des Teufels, Ihr werdet Euch vor der Königin verantworten müssen!«

Der Mann zögerte einen Moment, und ich glaube, dass mein Herz in der Zeit zu schlagen aufhörte.

»Na gut«, murmelte er schließlich und drehte sich um.

Aber Ursula genoss dies zu sehr. »Und wo bleibt Eure Entschuldigung, wenn ich bitten darf?«, fragte sie streng.

Gesenkten Hauptes zog er die Tür zu. »Die habt Ihr, Mistress«, sagte er zerknirscht.

Geoffrey, der bei einem Cousin übernachtet hatte, kam am nächsten Tag mit einem kleinen Karren, um uns zu holen. Ursula und ich ritten mit ihm fort. Die Truhe rumpelte auf dem Wagen, der am Pferdesattel vertäut war. Mit etwas Abstand folgte uns ein großer Franziskanermönch in grauem Habit mit Holzkreuz und einer verknoteten Geißel am Tau um die Mitte. Gegen die Kälte hatte er sich die grobe Kapuze tief ins Gesicht gezogen und hielt ein Taschentuch vor die Nase, das er hin und wieder wegnahm, um die einfachen Leute zu segnen, an denen er vorbeikam. Auf dem Burghof beachtete ihn niemand, abgesehen von einigen wenigen, die ihm ihren Dank zumurmelten, und so gelangte er unbemerkt durch das große Steintor hinaus auf die Straßen Londons.

Die nachfolgenden Wochen waren von Heiterkeit und Vergnügen beherrscht. John war sicher, und sein Arm heilte, auch Warwick hatte den Tower erreicht und sich von dort auf den Weg nach Calais gemacht. Es war Weihnachtszeit, und unser Baby wuchs schneller. John hatte an den Tritten, die man fühlte, genauso viel Freude wie ich, und gelegentlich legte er ein Ohr an meinen Bauch und hoffte auf ein Gurgeln oder Glucksen.

Als sich der Dezember näherte, wurde die Burg erfüllt von Gesang und Fröhlichkeit. Diener huschten umher, streuten frische Binsen aus, klopften die Gobelins, putzten die Fenster, schrubbten die Wandgemälde und bereiteten Festmahle für die Gäste, die zu uns kamen. Obwohl uns die Ausgaben für den Haushalt nach wie vor Sorge bereiteten, weil unsere verarmten Pächter nicht zahlen konnten, war entschieden worden, nicht an den Weihnachtsfeierlichkeiten zu sparen.

Vergnügt half ich Countess Alice und Countess Nan, alles

mit Bändern, Ilex und immergrünen Zweigen zu schmücken. Viele Gäste trafen ein, die Gewürze, Dörrfleisch und Marzipan mitbrachten: die Scropes aus Masham und Bolton, die Conyers' – Sir John, sein Sohn William und ihre Gemahlinnen – und viele andere Ritter aus dem Gefolge des Earls mit ihren Damen und Kindern.

Und so läuteten wir voller Hoffnung das neue Jahr 1459 ein.

Mein Kind wurde am ersten Tag des Aprils geboren, noch ein wunderschönes kleines Mädchen, dem wir den Namen Elizabeth gaben. Doch unsere Freude war von kurzer Dauer, denn mit dem zarten Frühling, der auf meine Niederkunft folgte, kamen finstere Neuigkeiten. Wir alle wussten, dass die Königin befohlen hatte, Warwick in Westminster zu töten, und dennoch hofften wir insgeheim weiter auf eine Versöhnung. Kurz vor dem St.-Georgstag, wenige Tage vor dem zweiten Jahrestag unserer Vermählung, erfuhren wir, dass die Königin, die mit ihrem Sohn in Cheshire weilte, eine Armee zusammenstellte und sie mit dem Schwanenwappen ihres Sohnes ausstattete.

Im Sonnenzimmer von Middleham schritt der Earl ähnlich bedrohlich wie der schwarze Stier auf seinem Emblem auf und ab. Bei ihm waren John, Thomas und Warwick, der aus Calais gekommen war, sowie Yorks prächtiger Sohn Edward Earl of March, der von Sandal Castle kam, um seinen Vater zu vertreten. Ich saß mit Countess Alice, Nan und Maude neben dem Feuer, gab mich vertieft in meine Näharbeit und beobachtete alles aufmerksam aus dem Augenwinkel.

»Sie hat dreitausend Bogen für die königliche Waffenkammer bestellt und den königstreuen Truppen befohlen, sich in Leicester zu versammeln«, sagte der Earl. »Der Befehl lautet: ›In Anbetracht der Feinde auf allen Seiten, die von Land und von See nahen . . .‹« Der Earl schlug mit der flachen Hand auf das Schreiben. »Unsere Namen werden absichtlich nicht genannt! Indem sie keine nennt, macht Marguerite recht deutlich, wen sie für ›Feinde des Königs‹ hält.« Er warf das Pergament auf den Schreibtisch. »Reicht es ihr nicht, die Schatzkammer auszurauben, uns mit allen Mitteln in die Armut zu treiben und das Land seit drei Jahren ohne Parlament zu regieren? Ist es immer noch nicht genug für die Giftschlange, die unseren wahnsinnigen König beherrscht? Jetzt will sie uns auch noch zwingen, uns selbst zu bekriegen?«

»Sie will uns tot sehen, damit ihrem Sohn der Thron sicher ist«, sagte John ruhig. »Sie weiß ebenso gut wie die Leute, dass der Duke of York nach dem Erbrecht Englands wahrer König ist. Und sie wird keinen Frieden finden, solange er und seine Anhänger leben.«

»Ja, sie sieht in meinem Vater nichts als einen Anwärter auf den Thron – eine Bedrohung für ihren Gemahl, ihren Sohn, sie selbst und die herrschende Dynastie von Lancaster«, sagte Edward of March. »Für meinen Vater hingegen ist unser wahnsinniger, impotenter König, der fromme Harry, der von Gott Auserwählte! Vater hätte nach St Albans die Krone an sich reißen sollen, dann wäre uns dies erspart geblieben. Doch obwohl er es heute selbst so sieht, bleibt er zurückhaltend. Egal, wie die Königin ihn provoziert, macht er keinerlei Anstalten, den frommen Harry ablösen zu wollen, und beweist durch sein Reden wie sein Handeln, dass er lediglich einen Wechsel der Minister wünscht. Und trotz alldem will sie Krieg?«

»Schlampe!«, knurrte Warwick und knallte die Faust auf den Schreibtisch. »Wenn die Kuh von Anjou Krieg will, soll sie ihn haben, Vater! Wir werden sie genauso vernichtend schlagen wie in St Albans, und dann ist es ein für alle Mal gut.«

»Weißt du, was ein Bürgerkrieg heißt?«, fragte der Earl entsetzt, dessen Zorn sich gelegt hatte. Überhaupt war er ein Mann, der nie lange wütend sein konnte. »Er bedeutet, dass das Land in zwei Teile gespalten wird, Familien zerrissen werden, Bruder gegen Bruder kämpft. Es ist das Schlimmste, was einem Land widerfahren kann. Deshalb dürfen wir nichts übereilen und müssen uns nach Kräften bemühen, um einen solchen Krieg abzuwenden. Krieg ist das letzte Mittel. Nur ein Narr entscheidet sich für ihn, solange er sich mit Vernunft Gehör verschaffen kann.«

»Aber wie? Jeder weiß, dass Marguerite nur an das Schwert glaubt«, sagte Thomas.

»Wir werden unsere eigene Streitmacht zusammenstellen, zum König gehen und mit ihm sprechen, wie wir es Vierzehnhundertzweiundfünfzig und -fünfundfünfzig getan haben.«

»Diesmal ist es anders. Wir sind viel stärker, und ich denke, das ist die einzige Sprache, die Marguerite versteht. Bring uns Kräfte aus Calais, die besten Leute aus deiner Garnison, und wir kommen mit einer großen Armee. Falls es uns nicht gelingt, eine Entschädigung von Henry zu bekommen, nehmen wir die Herausforderung an und kämpfen. Auf die Weise geben wir ihm die Möglichkeit, die Sache vernünftig zu regeln.« Der Earl seufzte und wandte sich an Edward. »Was für eine traurige, erbärmliche Lage! In Irland steht Euer Vater für Gerechtigkeit, in England für eine gute Regierung. Aber für Marguerite d'Anjou ...«

Er brach ab, unfähig, den Gedanken zu Ende zu führen. Für die Königin war der Duke of York der Feind, der große Teufel, der vernichtet werden musste, bevor sie wieder ruhig schlafen konnte.

Meine Hand zitterte, als ich meine Nadel durch das Tuch stach und einen roten Wollfaden hindurchzog.

»Ich bin zu der Überzeugung gelangt«, sagte Edward of March ruhig, »dass Marguerite d'Anjou von Anfang an eine Einigung ohne Blutvergießen ausschloss. Sie giert schon nach einem Krieg, seit der fromme Harry zum ersten Mal dem Wahn verfiel.«

Auf einmal fühlte sich die Luft im Raum zu heiß an, sodass mir unwohl wurde. Ich legte meinen Teil vom Gobelin ab, entschuldigte mich und verließ das Zimmer.

Warwick kehrte nach Calais zurück, John brach zur schottischen Grenze auf, wo Marodeure englische Dörfer abbrannten und Schafe und anderes Vieh stahlen, und Thomas ritt mit Edward of March zurück nach Sandal Castle, um dem Duke of York zu berichten und ihn zu bewegen, einen Kriegsrat einzuberufen und eine Strategie zu planen.

Und so verstrich der Frühling. Ich spielte so oft wie möglich mit meinen Kindern und half Countess Alice bei der Organisation des Haushalts – Streitereien beilegen, Bittsteller empfangen und die Arbeit der Kammerzofen, der Küchenhilfen, der Spinner, Weber und Sticker zu beaufsichtigen sowie die Kinder zu unterrichten. Außerdem versuchte ich, Ausgaben zu kürzen, indem ich prüfte, wie viel Geld für die Pferdehaltung und den Kauf von Vorräten ausgegeben wurde. Ich rechnete sogar nach, was uns die Priester kosteten, die wir dafür bezahlten, dass sie uns die Messe lasen oder mit uns beteten. Wenn John zu Hause und bei mir war, klammerte ich mich umso inniger an ihn, als die Lage im Land so unsicher war und ich schreckliche Angst hatte, ich könnte ihn verlieren.

»Mein Vater ist der berühmteste Ritter auf der ganzen Welt!«, verkündete Warwicks Anne eines Abends auf Raby, als sie auf meinem Schoß hockte und mit ihrer Wollpuppe spielte. »Das hat die Amme gesagt. Sie sagte, England hat Papa genauso doll lieb wie ich.«

»Da hat sie recht. Wir sind alle sehr stolz auf ihn, kleine Anne.«

»Guck mal, jetzt hat Jane wieder ihren Kopf.« Sie hielt mir die Puppe hin.

»Hatte sie den denn verloren?«, fragte ich.

Anne nickte. »Cousin Edward of March hat ihn kaputt gemacht, als er sie geküsst hat.«

Yorks siebzehnjähriger Sohn hatte sich unter den Damen bereits einen gewissen Ruf erworben, jedoch einen kläglichen Eindruck bei Anne hinterlassen.

Angesichts ihrer missbilligenden Miene musste ich lachen. »Und wie hat Jane ihren Kopf wiederbekommen?«, erkundigte ich mich.

»Onkel John hat sie heil gemacht, als er zu Weihnachten hier war.«

Das überraschte mich. Die Schulterwunde, die er sich in Westminster zugezogen hatte, hatte ihm über Wochen große Schmerzen bereitet. Sogar die einfachsten Bewegungen waren ihm schwergefallen.

»Mit einer Hand oder mit beiden?«, fragte ich.

»Mit einer. Er hatte ja den Verband an der Schulter, da konnte er nicht beide Hände nehmen. Er hat gesagt, dass er deshalb auch so lange gebraucht hat, aber das finde ich nicht schlimm. Kommt Cousin Edward wieder zu Besuch?«

»Nicht so bald.«

»Das ist gut!«, seufzte Anne sehr ernst.

Wieder musste ich lachen. Es bestand wohl wenig Gefahr, dass diese junge Dame ihr Herz oder ihre Tugend an den hübschen, charmanten Earl of March verlor. Am nächsten Tag reiste sie mit Nan nach Middleham ab, und ich hauchte ihr einen Kuss zu.

»Keine Sorge, ich komme wieder!«, rief sie mit ihrer niedlichen Stimme aus der Sänfte, als sie durchs Tor getragen wurde, womit sie alle zum Lachen brachte.

Über die Sommermonate trafen sich der Earl und der Duke of York zu vielen Unterredungen, entweder in Middleham oder auf der Burg des Earls in Sheriff Hutton. Männer kamen auf ihren Ruf herbei, unterschrieben Kontrakte, holten sich ihren Lohn und meldeten sich in Middleham, wo sie mit Waffen sowie den rot-violetten und blauen Wämsern von York ausgerüstet wurden. Warwick erhielt Nachricht nach Calais, dass er sich auf der York-Festung in Ludlow, Wales, den Truppen seines Vaters anschließen sollte. Von dort würden sie nach Kenilworth weiterreiten, um dem König ihre Beschwerden vorzutragen. Dabei würden sie ihn ihrer Loyalität versichern. Vorsichtshalber aber wollten sie bewaffnet und in großer Zahl hinreiten.

Am einundzwanzigsten September 1459, kurz vor dem Michaelistag, brach der Earl von der Burg in Middleham gen Süden auf. Schweren Herzens nahm ich Abschied von John und blickte ihnen nach, wie sie den Hügel hinunterritten und im dichten Nebel verschwanden. Nicht viele Stunden später galoppierte ein Bote zum Hof hinein; er war atemlos und offenbar in großer Verzweiflung. Maude, Countess Alice und ich beteten gerade in der Kapelle für unsere Ehemänner.

»Der Earl ist fort? Bei Christi Blut, ich komme, um ihn zu warnen! Die Königin weiß von seinem Plan, sich mit Yorks Mannen in Ludlow zusammenzutun! Sie will es verhindern und ist nach Norden gereist. Mit einer großen Royalistenarmee will sie ihm den Weg abschneiden, zu viele, als dass es der Earl mit ihnen aufnehmen kann!«

Die Countess wurde beinahe ohnmächtig. Halb von Sinnen vor Angst, suchte ich einen vertrauenswürdigen jungen Burschen, half ihm, ein frisches Pferd zu satteln, und versetzte dem Tier einen kräftigen Klaps auf den Hintern, als ich den Boten dem Earl nachjagte, damit er ihn warnte. Danach zog ich mich ins Kinderzimmer zurück, außer mir vor Sorge. Während ich meine Kinder wiegte, flüsterte ich Gebete und zündete Kerzen an. So hielt ich es die ganze Nacht, bis es schließlich Morgen wurde und mir die Amme die schlafenden Mädchen abnahm. Dann fiel ich in einen unruhigen Schlummer.

13

Blore Heath, 1459

Die Stunden lasteten wie eine schwarze Wolke auf Middleham, als wir auf Nachricht warteten. Wir wussten nicht, ob unsere Warnung den Earl beizeiten erreichte. Minütlich hielten wir bei unserem Tun inne, um in die Ferne zu sehen. Ein Tag verging, ein zweiter und noch einer. In der Kapelle wurden unablässig Gebete gesprochen, ansonsten herrschte eine angespannte, angsterfüllte Stille.

Eines Nachmittags wurde ein riesiger Hahn in den Gewässern nahe Weymouth gesehen. Es hieß, er sei aus dem Meer aufgestiegen, habe einen gewaltigen Kamm auf dem Kopf gehabt, einen langen roten Bart und Beine von hundert Ellen Länge. Er habe auf dem Wasser gestanden, drei Mal gekräht und sich bei jedem Krähen gedreht, um den Kopf mal nach Norden, mal nach Süden und mal nach Westen zu strecken, ehe er wieder verschwunden sei.

Dieses Omen nahm ich mir sehr zu Herzen, was vielleicht daran lag, dass ich wieder guter Hoffnung war. Wie sehr es mich beschäftigt hatte, wurde ich allerdings erst gewahr, als Sir John Conyers eines regnerischen Nachmittags, fast eine Woche nach dem Aufbruch der Männer, angaloppiert kam. Wir hatten nichts von dem Boten gehört, den wir gesandt hatten, und gingen, bedrückt von finsteren Gedanken, unserer Arbeit nach. An jenem Nachmittag flickte ich einen Riss in einem von Johns Umhängen, als ich das laute Quietschen der Zugbrücke hörte, auf das einiger Lärm im Burghof folgte. Conyers ritt mit wenigen Yorkisten-Rittern. Aus allen Richtungen eilten wir herbei, als die Männer von ihren Pferden stiegen. Doch der alte Ritter wirkte erschöpft und sprach zunächst kein Wort. Mir wurde eiskalt.

Schließlich begrüßte er uns höflich, aber ernst. Ich wusste, dass die ängstlichen Mienen der anderen nur spiegelten, was in meinen Zügen zu sehen war, als ich hinter der Countess herging, die alle in ihre Privatgemächer führte. Wir setzten uns in das Sonnenzimmer, und Diener brachten Zuckerbrot und Ale.

Erst jetzt berichtete Sir John Conyers. »Myladys, ich habe sowohl gute als auch schlechte Neuigkeiten.«

Uns allen stockte der Atem. Ich klammerte mich an die Holzarmlehne meines Stuhls.

»Ich weiß nicht, wo ich anfangen soll, daher erzähle ich von Anfang an«, sagte Conyers. »Der Earl, der nicht wusste, dass die Königin ihn auf dem Weg durch Market Drayton abfangen wollte, ließ unser Nachtlager auf dem Salisbury Hill südlich des Flusses Trent aufschlagen. Dort erreichte uns Euer junger Bote und überbrachte dem Earl Eure Warnung ...«

Alle schrien auf vor Erleichterung, und Stoff raschelte, als wir wieder zu atmen begannen.

»Die Lancastrianer waren uns in der Zahl weit überlegen. Ihre Absicht war, uns von hinten anzugreifen, wenn wir gen Süden weiterzogen, doch der Earl wechselte sofort die Richtung, um ihnen auszuweichen.«

Countess Alice drückte meine Hand.

»Kundig führte er uns über Land, durch Wälder und Täler, fernab von neugierigen Blicken«, sagte Sir Conyers, der seinen rötlich grauen Schnauzbart befingerte. »Es ist ein Wunder, wie er es anstellte, und ich staune noch. Ein fürwahr beachtlicher

General ist mein Earl of Salisbury, der manch eine List parat hat. Er brachte uns alle sicher fort und nahm eine starke Verteidigungsstellung bei Blore Heath ein.«

Ich saß stocksteif da und hielt abermals den Atem an. Mir war, als wollte mir die Brust zerreißen. Sie haben gekämpft, durchfuhr es mich. Es gab Tote ...

»Es besteht kein Zweifel, dass die Königin die Lords Audley und Dudley schickte, um den Earl ermorden zu lassen.« Ein leiser Aufschrei entfuhr der Countess, doch sonst gab sie keinen Laut von sich und rührte sich nicht. »Mylord Salisbury hatte fünfmal weniger Männer, denn die Lancastrianer waren zur Schlacht gerüstet, er für eine Friedensverhandlung. Aber er wählte seine Stellung gut und wurde durch einen breiten Bach geschützt. In der Schlacht ist er ein gerissener Fuchs, Mylady, doch vor allem schützte ihn Gott, der Allmächtige«, sagte Conyers zur Countess of Salisbury und schüttelte staunend den Kopf. »Er täuschte Audley und Dudley einen Rückzug vor, worauf die Lancastrianer angriffen. Und nicht nur das, nein, sie stürmten hoch zu Ross hügelaufwärts!«

Da sich keine von uns regte, räusperte er sich und erklärte: »Nun, es ist eine große Narretei, auf Pferden hügelan zu stürmen, Myladys. Audley hätte es besser wissen müssen, denn er hat, wie der Earl, Erfahrungen aus den französischen Kriegen. Aber wie es scheint, versteht er nichts von Kriegsführung. Mylord Salisbury schoss einen ganzen Schwarm Pfeile auf sie. Männer und Pferde fielen, und diejenigen, die nicht stürzten, jagten zurück.« Nach einer Pause fügte Conyers hinzu: »Die Lancastrianer haben ein Monopol auf Dummheit, Myladys, und wie sich zeigte, lernten sie nichts aus ihren Fehlern. Audley befahl einen zweiten Kavalleriesturm!« Er lächelte matt, nur leider war mir so bang, dass ich es nicht erwidern konnte, und den anderen schien es ebenso zu gehen. Wir alle warteten auf die schlechte Nachricht.

»Die Schlacht dauerte vier Stunden«, fuhr Conyers fort. »Die Lancastrianer wurden geschlagen. Audley wurde getötet, Dudley gefangen genommen. Der Earl kämpfte unerbittlich bis zur Stunde des Morgengebets. Als es vorbei war, lagen zweitausend Tote da. Sie nennen Blore Heath nun ›den Totenacker‹. Und damit wären wir bei der schlechten Nachricht …«

Angsterfüllt sahen wir ihn alle an. Keine wagte, etwas zu sagen oder gar Fragen zu stellen. Mein Magen verkrampfte sich schmerzhaft. Maude griff nach meiner Hand, woraufhin mich ein eisiger Schauer durchfuhr. Ich fragte mich, ob sich meine Finger genauso kalt anfühlten wie ihre.

»Sir Thomas und Sir John …«

Ich sprang auf, eine Hand auf mein Herz gepresst, unfähig zu atmen, zu sehen oder zu fühlen. Gleichzeitig schrie die Countess auf, und Maude begann, laut das Ave Maria aufzusagen.

»Nein, nein, Myladys, nur Mut, sie leben!«, rief Conyers aus und betonte besonders das Wort *leben*. »Sie leben, aber sie wurden gefangen genommen. Sie verfolgten die Percys zu weit auf Lancastrianer-Boden, und am Morgen nach der Schlacht wurden sie ergriffen und nach Chester Castle gebracht. Wie wir hörten, behandelt man sie gut. Auch wir nahmen Gefangene, und die Lancastrianer wissen, dass sie leiden, sollte unseren Männern Schaden zugefügt werden.«

Ich schloss die Augen, schickte ein stummes Dankgebet zum Himmel und sank wieder auf meinen Stuhl.

»Lady Isobel«, sagte Conyers leise.

Mit klopfendem Herzen sah ich ihn an und rückte bis zur Stuhlkante vor. »Es gibt noch etwas, das Ihr mir nicht erzähltet«, flüsterte ich. »Ist John verwundet?«

»Ja, Mylady. Er wurde verwundet, aber am Schenkel. Es ist nicht tödlich ...« Seine Stimme versiegte, war ihm doch bewusst, welch schwacher Trost es war. Viele Männer waren schon an Wundbrand gestorben, und auch sie hatten zunächst bloß kleine Wunden gehabt.

Countess Alice nahm mich in die Arme. Ich biss mir auf die Unterlippe und wandte das Gesicht ab, doch im nächsten Moment lenkte mich eine plötzliche Unruhe an der Tür ab. Rufus kam herein, bellte aufgeregt, weil er mich sah, und drängte sich dicht an mich. Ich liebkoste ihn zur Begrüßung, denn ich freute mich über alle Maßen, ihn zu sehen.

Sir Conyers nickte dem Jungen zu, der ihn gebracht hatte. »Ich hielt den Hund zurück«, sagte er, »aus Furcht, Ihr könntet falsche Schlüsse ziehen, sähet Ihr ihn, bevor ich erklären konnte, warum er hier ist. Und ich glaube, Sir John würde wünschen, dass Ihr ihn bei Euch habt.«

»Das habt Ihr recht getan, Sir Conyers«, erwiderte ich, nur leider war meine Stimme tränenerstickt, weil ich den Gedanken nicht ertrug, dass John gefangen war.

»Der Earl of Salisbury«, fragte die Countess, »wo ist er?«

»Er ist weiter nach Ludlow, Mylady, zum Duke of York, wie geplant.«

»Und was geschieht jetzt?«, wollte Maude wissen.

»Jetzt warten wir auf die Ankunft von Mylord Warwick mit seinen Männern aus Calais«, antwortete Sir Conyers und seufzte. »Gebe Gott, dass in Bälde eine Einigung erreicht wird und sie zu Yorks Gunsten ausfällt!«

Vor meinem geistigen Auge sah ich Bilder vorbeihuschen: Egremonts hasserfüllte Miene, Cliffords kleine, verschlagene Augen in dem breiten, dickwangigen Gesicht. Und da war Somerset, der in dem dunklen Durchgang meinen Arm packte, und ich meinte, seinen nach Wein stinkenden Atem wieder zu riechen und seine vor Lust geweiteten Pupillen zu sehen. *Ihr weist mich also ab, ja? Niemand weist mich ab* … Mein Herz wurde von unausgesprochenen Worten zerrissen: Falls York verliert, wer schützt dann John vor ihrer Rache? Und mich vor einem Schicksal, das schlimmer ist als der Tod?

Die Countess entließ uns, damit wir uns wieder unseren Pflichten zuwandten, und ich nahm Ursula zur Seite. »Ich gehe zur Königin.«

»Das ist zu gefährlich, liebste Isobel! Ihr seid guter Hoffnung! Und was ist mit Somerset? Er könnte dort sein, und Ihr wärt ohne Schutz!«

»Ich kann nicht hier sitzen und warten, Ursula. Das Wenigste ist, dass ich versuche, meinen Einfluss bei der Königin – so ich denn je welchen hatte – geltend zu machen, um sie zu bewegen, dass sie John freilässt.«

»Es wäre unnütz, Gnade von ihr zu erbitten, Mylady. Wie es sich anhört, hat sich die Königin verändert. Sie ist nicht mehr so, wie Ihr Euch an sie erinnert. Ich flehe Euch an, Isobel, geht nicht zu ihr! Es kann damit kein Schaden abgewandt werden, höchstens Euch widerfahren.«

»Was ist mit dem Schaden, den John erleidet? Nein, ich muss hinreiten! Wir verlassen Coventry, gleich nachdem ich sie gesprochen habe.«

Ich erzählte es weder der Countess noch Maude. Ihnen sagte ich, ich müsste mich um dringende Reparaturen an meinem Gutshaus in Eversleigh kümmern – was John zu erledigen versprochen hatte.

Während der Reise nach Süden nahm ich kaum etwas um mich herum wahr. Meine Gedanken kreisten fast ausschließlich um unsere Ankunft und die Worte, die ich der Königin gegenüber äußern würde. Wir überquerten den breiten roten Burggraben und ritten in den Hof. Die Sonne schickte Scherbenausschnitte von Licht durch die bernsteinfarbenen Scheiben, und der Wind raschelte im goldenen Herbstlaub, als wir dem alten, vertrauten Pfad durch den Lustgarten zu den königlichen Gemächern im Kaiserturm folgten. Die Schönheit all dessen vermochte mich nicht zu trösten, war die Burg doch erfüllt von Betriebsamkeit, und die Mienen derjenigen, an denen wir vorbeikamen, wirkten finsterer denn je. Ursula bog zu den Küchen ab, wo sie hoffte, etwas Nützliches zu erfahren. Ich begab mich auf die Suche nach der Königin.

Ich fand Marguerite im niedrigen Vorzimmer, das ihr in Coventry immer schon das liebste gewesen war. Mit der kunstvoll verzierten Decke, den farbigen Fenstern und dem bunten Mosaikboden besaß der Raum neben dem Sonnenzimmer einen besonderen dunklen Glanz. Als ich kam, lief die Königin stürmisch im Zimmer umher und diktierte einen Brief. Ihr sechsjähriger Sohn, Prinz Edward, war bei ihr; er hockte auf einer großen Truhe in der Zimmerecke und säuberte sich die Fingernägel mit einem winzigen Dolch. Nahe bei ihm lag ein junger Hund, der ihn aufmerksam beobachtete, und in einem Silberkäfig, der in einer Ecke von der Decke baumelte, zwitscherten drei gelbe Finken.

Der Landsknecht meldete mich an. Sogleich brach die Königin ab und blickte mit einer solchen Feindseligkeit zu mir, dass ich erstarrte. Dann verneigte ich mich tief.

»Ah, Isabelle! Steh auf, meine Liebe!«, sagte sie mit jener freundlichen Stimme, an die ich mich erinnerte. »Für einen Moment hielt ich dich für jemand anderen. Manchmal denke ich, wir sind von Feinden umlagert, aber, ach was, sei willkommen! Edward, mein Prinz, erinnerst du dich an Lady Isabelle Ingoldesthorpe?«

Prinz Edward sah mich an und nahm den Dolch herunter, als ich einen Knicks machte. »Du bist fett«, sagte er.

Lächelnd sah ich zu Marguerite, die lachte und ihm durchs Haar wuschelte. »*Mais oui*, mein süßer Edward, sie sieht französisch aus, nicht?«

Er nickte. »Ich schneide ihr nicht den Kopf ab, Maman.«

Seine Worte schockierten mich, doch ich wahrte die Fassung.

Wieder lachte die Königin. »*Non*, natürlich nicht!« Sie betrachtete ihren Sohn voller Zärtlichkeit. »Lady Isabelle ist unsere Freundin, und wir schneiden unseren Freunden nicht den Kopf ab, nur unseren Feinden.«

Mich überlief ein kalter Schauer.

»Komm!«, sagte sie und ging voraus zu einem Sarazenerteppich mit großen blutroten Blumen. Dort setzte sie sich vor den Kamin und richtete sorgsam ihre Röcke. Als ich ihr gegenüber auf einem niedrigen Stuhl Platz nahm, bemerkte ich, dass sie in den zweieinhalb Jahren seit dem Versöhnungsfest sehr gealtert war. Ein Diener brachte uns gewürzten Wein und Konfekt, doch ich war zu nervös, um etwas zu essen. Ich nahm den angebotenen Kelch und hielt ihn mit beiden Händen, weil ich schrecklich zitterte.

»Isabelle, meine Teure, wie vieles ist geschehen, seit du fortgingst!«, sagte die Königin, trank einen Schluck Wein und stellte den goldenen Kelch auf den damastverhüllten Tisch zwischen uns. »Ich hatte furchtbar viele Schwierigkeiten. Dabei habe ich mich so bemüht, wie du weißt … Entsinnst du dich noch des Liebesfestes? Wie vielversprechend alles aussah?«

Ich sah das Bild der Königin vor mir, die Hand in Hand mit dem Duke of York ging, doch ihr Gang war steif und ihre Züge versteinert. An jenem Tag hatte ich gedacht, dass König Henry sie wohl zum ersten Mal in ihrer Ehe zu etwas hatte bewegen können, das sie nicht wollte. Sie indes schien sich gänzlich anders daran zu erinnern.

Ach, die Menschen sehen, was sie sehen wollen, musste ich denken. Jäh wurde ich aus meinen Gedanken gerissen.

»Als ich deiner Vermählung ins Haus Neville zustimmte«, sagte die Königin, »hatte ich auf einen Neuanfang zwischen den Yorkisten und unserer Regierung gehofft. Aber trotz all meiner Bemühungen und Opfer, all meiner Versuche, ihre Freundschaft zu gewinnen, all meiner Geduld, haben sie ihre Schwüre wiederholt gebrochen und die Waffen gegen uns erhoben! Erst vor einer Woche wollten sie den König in Kenilworth überfallen, und ich musste sie mit der Königsarmee abhalten!« Sichtlich verzweifelt hob sie den Kelch an und neigte das Gesicht nach unten.

Ihre Worte erschreckten mich genauso wie ihre tränenreiche Stimme. War es möglich, dass sie sich wahrhaftig für eine Friedensstifterin hielt? Falls ja, wie erklärte sie dann die vielen Hinterhalte und zahlreichen Mordkomplotte gegen den Duke of York und dessen Söhne, gegen Salisbury, Warwick, John und Thomas – vor anderen und auch vor sich selbst?

Diese Frage konnte ich ihr nicht stellen; also schwieg ich und antwortete im Geiste auf jede ihrer Schuldzuweisungen mit einer eigenen. Waren die Yorkisten nicht jedes Mal von einer großen Überzahl attackiert worden? Hatten sie nicht allein durch die geringe Mannstärke, mit der sie kamen, bewiesen, dass sie keine Gewalt gegen den König ausüben wollten? Hatten sie nicht wieder und wieder nur überleben können, weil sie schlicht Glück gehabt oder großen Mut gezeigt hatten oder die besseren Strategen gewesen waren? Hatten sie nicht die Schlacht gegen Lancaster gewonnen, die ihnen aufgezwungen worden war, und sich dennoch gleich hinterher vor Henry VI. verneigt und um Vergebung gebeten, obwohl sie mit Leichtigkeit die Macht hätten an sich reißen und den König absetzen können? Hatten sie nicht wiederholt durch ihre Taten wie ihre Worte gezeigt, dass sie nichts wünschten als eine gute Regierung und eine Entschädigung für erlittenes Unrecht?

Und zeugte dies alles nicht von einer bewundernswerten Selbstbeherrschung im Angesicht extremer Provokation?

»*Mort de ma vie*, ich bedaure, dass ich deine Heirat mit John Neville zuließ, mein armes Kind«, sagte sie. Ihre Worte schnitten durch meine Gedanken wie ein Dolch durch Seide.

»Oh, nein, meine Königin, ich danke Euch von ganzem Herzen für dieses Geschenk! An dem Tag, an dem Ihr uns Euren Segen gabt, begann für mich die Freude meines Lebens. Ich wünschte, Ihr würdet Mylord kennen, wie ich ihn kenne.«

»Dann hat er dich nicht geschlagen?«, fragte sie zu meiner Verwunderung.

Im ersten Moment war ich sprachlos. »Meine verehrte Königin, Sir John Neville ist einer Eurer edelsten Ritter. Er würde nie jemanden schlecht behandeln.«

»Und warum kämpft er dann so rücksichtslos gegen unsere treuen Lords?«

Ich musste meine Worte mit Bedacht wählen, denn die Königin sah nichts Verwerfliches an Somerset, Egremont oder ihren anderen Günstlingen. Sie war fürwahr eine gute Freundin – und eine üble Feindin. Ich senkte den Blick und sagte leise: »Meine Königin, Männer tragen Zwiste aus, die wir Frauen nicht verstehen können.«

Ihr stechender Blick ließ mich erröten.

»Ich verstehe«, sagte sie in einem Ton, der mir bedeutete, dass sie mich wirklich verstanden hatte. Sie sprang von ihrem Stuhl auf und begann erneut, wütend auf und ab zu laufen. »Im Gegensatz zu meinem Henry sind die meisten Männer wie Hähne, stolzieren aufgeplustert umher und wollen uns beeindrucken. Es liegt in ihrer Natur, nehme ich an, aber es ist dennoch ermüdend!«

»Und deshalb brauchen wir Eure Geduld und Anleitung mehr denn je, meine Königin, denn Ihr seid ihrer aller Mutter.«

»*Pardieu*, wie recht du hast!«, rief sie aus und rang die Hände. »Ich bin genötigt, um meines Henrys willen dieses Reich an seiner statt zu regieren, und meine Lords stellen mich mit ihren Zankereien auf die Probe wie Söhne eine Mutter. Am ärgsten treibt es jedoch York. Nichts ist ihm jemals genug! Er verbreitet Lügen über mein Kind und befleckt meine Ehre! Er will König sein, meinem Sohn den Thron stehlen, und das erlaube ich nicht, niemals, bei meiner Seele, beim Fleische Christi …«

»Wer will meinen Thron stehlen, Maman?«, unterbrach Edward sie, der gerade die hilflos kreischenden Vögel triezte.

»Der abscheuliche Duke of York, aber hab keine Angst, deine *Maman* lässt es nicht zu, *Bijou*, bei meiner Seele, niemals! *Sang Dieu*, zuerst fordere ich seinen Kopf.«

Es kostete mich einige Mühe, angesichts ihrer wutverzerrten Züge meine Gefühle im Zaum zu halten. Angst erfüllte mich, und ich wusste nicht, wie lange ich mich noch würde beherrschen können. »Meine Königin, gibt es keinen anderen Weg?«, fragte ich flehentlich.

Die Königin blieb stehen und schien sich wieder ein wenig zu fangen. »Ich hoffe inständig, dass wir eine friedliche Lösung finden, obgleich ich bezweifle, dass York an einer solchen gelegen ist. Wir in unserer unendlichen Geduld und Gnade wünschen uns nichts sehnlicher, als weitere Feindseligkeiten zu vermeiden. Wir sandten einen Boten nach Ludlow, der Amnestie anbot, falls die Yorkisten umgehend ihre Waffen niederlegen.«

Ich atmete wieder und nahm meinen Mut zusammen, um anzusprechen, was mir am schwersten auf dem Herzen lastete. »Meine Herrin, ich habe nicht die Sorge eines Königreichs zu tragen wie Ihr. Alles, was ich habe, ist die Liebe zu meinem Gemahl und die Sorge um sein Wohlergehen. Ohne ihn würde mir die Welt zu Eis gefrieren.« Ich sah zu dem Prinzen, der die Vögel nun mit Brotkrumen fütterte, als wollte er sie trösten, weil er eben ihren Käfig durchgeschüttelt hatte. »Wir lieben, ob wir wollen oder nicht, und unsere Welt dreht sich um den, dem unsere Liebe gehört.«

Die Königin blickte zu Edward, und ihre Augen nahmen die Farbe der süßen Trauben an, die in ihrer Heimat wuchsen.

Frischen Mutes redete ich weiter. »Ich bin gekommen, um Eure Gnade für den Mann zu erbitten, den ich liebe, Sir John Neville. Er wird in Chester Castle gefangen gehalten.«

Ihre Miene verhärtete sich. »Er kämpfte gegen uns. Ich kann ihn nicht freilassen.«

»Meine Königin, wir haben inzwischen Kinder, und ich weiß wohl, dass Ihr die Liebe einer Mutter …«

»Nicht einmal um deiner Kinder willen.«

Panik erfüllte mich. Ich warf mich vor ihr auf die Knie und ergriff ihre Hand, auf der Edelsteine glitzerten. Als ich meine tränenfeuchte Wange an die kalten Steine legte, fühlte ich ihre knochigen Finger deutlicher als die glatte Haut. »Madame, ich trage noch ein Kind in meinem Schoß! Ich bitte Euch, nehmt mir nicht alle Hoffnung, verdammt mich nicht zu einem Leben unter Tränen!« Ich verstummte und zog den Schwanenring von meinem Finger. »Ihr gabt mir einst diesen Ring als Unterpfand Eurer Freundschaft und sagtet, ich solle mich an Euch wenden, falls ich einmal Eure Hilfe nötig hätte. Ich brauche jetzt Eure Gnade, meine Königin.«

Sie starrte das goldene Schwanenwappen ihres Sohnes an. »Ich kann John Neville nicht freilassen«, sagte sie schließlich. »Aber es soll ihm kein Leid geschehen.«

Meine Erleichterung verschlug mir den Atem. »Er ist verwundet, meine Königin. Könnt Ihr einen Arzt zu ihm schicken?«

»Ja.«

Nun sah ich zu ihr auf. »Und zu seinem Bruder Thomas?«

Nach kurzem Zögern nickte sie.

»Ich danke Euch, meine Gebieterin, habt vielen Dank!«, rief ich.

»Aber komm nicht wieder«, sagte sie verärgert und streifte sich den Ring auf den Finger. »Dies ist die letzte Gefälligkeit, die ich dir erweise. Ich will nichts mehr mit York zu schaffen haben.«

Als ich Ursula sah, wusste ich sofort, dass sie wichtige Neuigkeiten hatte. Ungeduldig wartete ich im Hof, dass Geoffrey Rose brachte und die anderen Pferde sattelte, dann verließen wir Coventry schweigend. Auf der Hauptstraße herrschte reger Verkehr, und wir durften nicht riskieren, dass jemand mithörte, was wir redeten. Ein Stück von der Burg entfernt gabelte sich die Straße. Ich wollte nach Norden reiten, da lehnte Ursula sich herüber und legte eine Hand auf meinen Arm. »Nein, nach Süden«, sagte sie, »zum Erber.« Ich begriff auf Anhieb, dass sie etwas erfahren haben musste, was umgehend Warwick mitgeteilt werden musste. Er sollte in London ankommen und von dort nach Ludlow weiterreiten, um sich dem Duke of York und dem Earl of Salisbury anzuschließen. Mein Herz schlug schneller vor Sorge, doch ich fragte Ursula nicht, sondern nickte und führte Rose nach Süden.

Als wir auf dem Land und nur noch von Schafen umgeben waren, platzte Ursula mit ihrer Nachricht heraus. »Somerset will Mylord Warwick auf dem Weg nach Ludlow bei Coleshill abfangen!«

»Coleshill ... das ist ganz in der Nähe von Warwick Castle. Warwick muss dort entlangreiten. Aber woher weißt du, dass es stimmt?«

»Ich habe meiner Freundin Mavis gesagt, dass Ihr hofft, Lord Somerset zu sehen, und da hat sie mir erzählt, dass er fort sei und nicht so bald zurückerwartet werde. Mehr wusste ich nicht, bis ich zufällig mithörte, wie Mavis sich mit der Chefköchin unterhielt. Sie lachten zusammen, dass demnächst, dank der angenehmen Überraschung, die Somerset für Warwick bei Coleshill plane, das Kommando über Calais frei werde. Und sie haben gewettet, ob es an Somerset, Exeter oder Wiltshire geht.«

Ich schloss die Augen.

Beim Erber angekommen, saß ich am Flussufer, wartete auf Warwick und beobachtete das Treiben auf der Themse. Ich war sehr froh, jedoch auch äußerst besorgt. John war sicher, aber die Aussicht auf eine friedliche Lösung schwand zusehends. Edward of March hatte recht: Königin Marguerite glaubte entgegen aller anderslautender Beteuerung, dass sich die Probleme im Königreich einzig mit dem Schwert lösen ließen. Sie entstammte einer Linie sturköpfiger Frauen, die ihre schwachen Männer mit eiserner Faust beherrschten und absolute Macht als ihr königliches Recht erachteten. Während Marguerites Vater, der brave Duke René, seine Verse geschmiedet hatte, hatte ihre Mutter Krieg geführt – und nur Verträge unterzeichnet, wenn ihr nichts anderes übrig geblieben war.

Nein, Marguerite würde niemals die Macht mit einem

Mann teilen, der ihr nicht ebenbürtig war. Gründe wie eine gute Regierung, Gerechtigkeit oder Frieden überzeugten sie nicht, weil sie ihr wenig bedeuteten. Frieden war für sie der letzte Ausweg; ihn schlossen nur Besiegte. Einzig wenn sie durch eine Niederlage gezwungen waren, suchten die Frauen in ihrer Familie Frieden.

Solcherlei finstere Gedanken gingen mir durch den Kopf, als ich auf den Fluss blickte.

Ich sandte einen Brief an Maude und die Countess in Middleham, in dem ich meinen Besuch bei der Königin erklärte und ihnen erzählte, dass ich ihr das Versprechen hatte abringen können, für Johns und Thomas' Unversehrtheit zu sorgen. Danach ging ich zu Bett. Schließlich verlangte meine Schwangerschaft, dass ich ausreichend Ruhe bekam.

Zum ersten Mal seit Wochen schlief ich tief und fest in dem Wissen, dass John nichts geschehen würde. Als die Glocken zur Prim läuteten, weckte Ursula mich aufgeregt. Schläfrig öffnete ich die Augen. Ich war immer noch so müde, dass sich meine Glieder bleiern anfühlten. »Mylord Warwick ist in Kent angekommen und auf dem Weg nach London! Die ganze Stadt ist in hellem Aufruhr. Vielleicht können wir seiner Ankunft beiwohnen!«

Rasch kleidete ich mich an, trank ein wenig Wein und aß warmes Brot. Bald schon drängelten wir uns durch die jubelnde Menge auf den Straßen. Alle waren vergnügt wie an einem Festtag, schubsten sich gegenseitig, johlten und winkten mit ihren Kappen.

»Dort ist er, Mylady! Dort!«

Ursula zeigte hin. Wir hörten Fanfarenklänge, und ein großer Jubel hob an, der sich einer Riesenwelle gleich durch die wartende Menge fortsetzte. Ich stellte mich auf die Zehenspitzen, um über die Köpfe hinwegzublicken, und sah, wie der

Bürgermeister und die Ratsherren Warwick zur Begrüßung entgegenschritten. Er wurde willkommen geheißen, sie wechselten ein paar Worte, dann ritt Warwick mit seinem Gefolge zum Erber.

»Schau nur, der großartige Earl of Warwick!«, sagte eine Mutter zu dem Kleinkind in ihren Armen und hob es höher.

»Hurra für Englands Helden!«, brüllte ein Mann.

»Lange lebe der Captain of Calais!«, rief ein anderer.

Endlich konnte ich Warwick besser sehen. Er genoss den Empfang und ritt mit einer Hand an der Hüfte durch die Straßen. Lächelnd nickte er den Leuten zu, als drückte ihn keine Sorge der Welt. Hinter ihm marschierten zweihundert Landsknechte und vierhundert Bogenschützen, sämtlichst in scharlachroten Tuniken mit dem Wappen des Bären und des verzweigten Stammes.

»Welcher ist Trollope?«, fragte ein Junge, der vor mir stand. Ich hielt ihn für einen Fischhändler, weil er stark nach Meerwasser roch und eine blutbefleckte Lederschürze trug.

»Meinst du den Helden aus den französischen Kriegen?«, antwortete ein Bäcker, der sogar in den Wimpern Mehlstaub hängen hatte. »Er ist der mit der Augenklappe und dem Tuch um den Kopf, gleich hinter Warwick. Kannst ihn gar nicht übersehen.«

Ich sah ebenfalls hin und entdeckte den kräftigen, narbengesichtigen Mann, der grinsend hinter dem Earl herstolzierte. Er sah gefährlich aus. Deshalb war ich froh, dass er für York war, nicht für Lancaster.

Warwick war überrascht, mich im Erber zu sehen. Als Ursula ihren Vater begrüßen ging, der mit dem Earl aus Calais gekommen war, warf Warwick sich in einen Stuhl, die Knie gespreizt, und hörte sich an, was ich ihm zu berichten hatte. Ich erzählte ihm von Somersets Plan, ihn bei Coleshill anzugreifen, berichtete ihm von Blore Heath, der Gefangennahme seiner Brüder und dem Versprechen, das ich der Königin abgerungen hatte.

»Also sieht sie sich als diejenige, die den Frieden wünscht, und glaubt, wir wollen sie und ihre Dynastie zerstören?«, fragte Warwick ungläubig. Er schlug sich auf die Schenkel und stand auf. »Diesen Irrtum sollte ich korrigieren, und zwar in einer Sprache, die sogar sie versteht.« Er rief seinen Schreiber und diktierte eine Erklärung.

»Die Gesetze des Landes wurden mit Füßen getreten, und das Einkommen des Königs in einem Maße vergeudet, dass nunmehr das Volk ausgeraubt wird, um die Ausgaben des königlichen Haushalts zu decken. Es gibt keine Gerechtigkeit mehr in diesem Land, weil Verbrechen gefördert statt bestraft werden.« Nachdenklich trat er ans Fenster, von dem aus man auf die Themse sehen konnte; allerdings hatte er den Kopf gesenkt und überlegte, ehe er fortfuhr: »Indes liegt die Schuld hierfür nicht beim König, sondern bei gewissen Personen, die ihm die Wahrheit vorenthalten. Daher schlagen wir und unsere Freunde vor, zu König Henry zu gehen, ihm die Fakten darzulegen und ihn um Entschädigung für jene zu bitten, denen Unrecht geschah, sowie um Bestrafung der Verantwortlichen.« Wieder überlegte Warwick. »Ach ja, und schreibt Folgendes: Wir hegen keinerlei Interesse, den König zu entmachten, geschweige denn, uns zu bereichern oder Rache an irgendjemandem zu üben. Wir sind um unserer eigenen Sicherheit willen mit einer Armee hergekommen, weil schon zu viele Anschläge auf unser Leben verübt wurden.«

Er sah mich an. »Das sollte selbst für die Kuh von Anjou deutlich genug sein.«

Warwick verschwendete keine Zeit in London und brach auf, sowie seine Männer und die Pferde ausgeruht waren und seine Erklärung veröffentlicht war. Wir ritten mit ihm nach Norden. Auf dem ganzen Weg nach Warwick Castle kamen Menschenmengen herbeigelaufen, um ihn zu sehen; Männer jubelten ihm zu; Frauen hielten ihm ihre Kinder hin, damit er sie segnete. Doch niemand schloss sich ihm an. Vielleicht liebten die Leute ihren König mehr, als sie die Königin hassten, oder ihnen war noch nicht aufgegangen, dass nun die Schwerter entscheiden würden.

Aber vielleicht irre ich mich, und alles kann noch friedlich gelöst werden, dachte ich, während ich Warwicks farbenprächtige Prozession durch die belebten Straßen beobachtete. Meine trüben Gedanken waren zweifelsohne Johns Abwesenheit geschuldet. Ich war neunzehn Jahre alt, eine Mutter, die ein weiteres Kind erwartete und von dem Gemahl getrennt war, den ich liebte. Wie sollte ich da nicht verzweifelt sein? Dennoch verbarg ich meine Gefühle, lächelte anderen zu, lauschte ihrem Gerede und betete voller Inbrunst. Und ich wartete auf Neuigkeiten. Ein Leben in solcher Unsicherheit, bar jeder Ruhe und Regelmäßigkeit, würde seinen Tribut fordern, fürchtete ich. Dann aber schalt ich mich. Was war mit dem Glück, das mir beschert war? Ich hatte gegen alle Widrigkeiten den Mann heiraten dürfen, den ich liebte, hatte wundervolle Kinder, und mein Gemahl war zwar ein Gefangener, doch er war sicher. Was wollte ich denn noch verlangen? Entschlossen schob ich alle düsteren Gedanken fort, die mich plagten, und erinnerte mich daran, wie viel Schönes mir schon widerfahren war.

»Sie empfangen meinen Earl of Warwick wie einen König«, sagte Ursula voller Stolz.

»Und du bist eindeutig in ihn verliebt. Versuch, nicht in Ohnmacht zu fallen, Ursula!«, entgegnete ich schmunzelnd.

Sie wurde tiefrot und erwiderte ein bisschen beleidigt: »Ihr müsst zugeben, dass er königlich aussieht. Jedenfalls viel majestätischer als der fromme Harry.«

»Stimmt«, pflichtete ich ihr widerwillig bei. Ich wusste nicht, warum, aber etwas an Warwick störte mich zunehmend. Sein fürstliches Auftreten, die Großzügigkeit und der Charme ließen sich nicht leugnen; allerdings hätte ich gut auf seine Arroganz und das Streben nach Ruhm und Macht verzichten können. Er schien mir innerlich von einer gewissen Leere zu sein. Hingegen ist mein John fest wie ein Fels in der Brandung und braucht keine öffentliche Ehrerbietung, dachte ich. Er will nur das Beste für seinen König und das Land erreichen und seinem Motto getreu leben: Ehre, Treue, Liebe. John hatte stets im Schatten seines Bruders gestanden, und je höher Warwicks Sonne stieg, umso größer und dunkler wurde der Schatten, den er warf. John müsste sich wie der vergessene Sohn vorkommen, aber falls dem so war, behielt er es für sich.

Es gibt nach wie vor Dinge, die ich nicht von meinem Ehemann weiß, überlegte ich und seufzte.

Nach einem langen Tagesritt erblickten wir die Turmspitzen von Warwick Castle am Horizont: Ein willkommener Anblick nach unserer anstrengenden Reise. Leider schwand unser aller Lächeln, als wir uns der Burg näherten. Sie und auch Warwicks Land um die Burganlage herum waren geplündert und niedergebrannt worden. Überall auf den Feldern stiegen Rauchfäden auf.

Mit steinerner Miene sprach Warwick die verzweifelten Dorfbewohner an und versicherte ihnen, dass die Schuldigen bestraft würden und Entschädigungen zahlen müssten. Anschließend trennten wir uns. Der Earl eilte nach Ludlow, ich nach Bisham zu Nan und ihren kleinen Töchtern. Mit mir ritt ein Kontingent von Warwicks Männern, das seine Familie schützen sollte.

Die Hügellandschaft, durch die ich kam, war idyllisch. Schafe sprenkelten die Wiesen, und die Cottages hie und da wirkten friedlich und ruhig. In diesem Winkel konnte man fürwahr glauben, in der Welt stünde alles zum Besten – hätte man nicht, wie ich, schon ganz anderes gesehen. Gott sei Dank erwarteten uns bei unserer Ankunft in Bisham gute Neuigkeiten. Warwick war unbehelligt durch Coleshill gekommen, weil Somerset zu spät dort eingetroffen war. Kichernd malten wir uns Somersets Zorn ob seines erneuten Versagens aus. Leider währte unsere Freude nicht lange, denn noch in Bisham erreichte uns Nachricht aus Ludlow.

14

Ludlow, 1459

Als der einsame Bote am Tag der heiligen Ursula, dem einundzwanzigsten Oktober, angeritten kam, saß ich mit Nan in Bishams elegantem, holzvertäfeltem Ratszimmer, wo wir Ursulas Namenstag feierten. Der Minnesänger spielte heitere Melodien, während wir Wein tranken und Süßigkeiten, gewürzte Früchte und Marzipan aßen. Letzteres war Ursulas Leibspeise, und Feigen, die ich am liebsten mochte, gab es außerdem. Nans Mädchen lagen zu unseren Füßen, knabberten Kekse und spielten plappernd mit ihren Puppen. Auf der anderen Straßenseite spazierten die schwarz gewandeten Mönche der Bisham-Abtei in feierlichem Ernst über das hübsche Klostergelände an der Themse. Die herbstliche Farbenpracht gab uns ein Gefühl trügerischer Beschaulichkeit.

Schon vom Fenster aus erkannten wir, dass etwas Furchtbares geschehen sein musste. Ich legte Johns Umhang hin, den ich mit seinem Greif-Wappen bestickte, und stand auf. Wir alle liefen hinüber zum Kloster, das den hübschen Hof des Gutshauses von der anderen Seite einrahmte.

Staubig und müde fiel der Bote aus seinem Sattel, kniete sich vor uns und blickte ängstlich auf. Warwicks Töchter, die mit uns nach draußen gerannt waren, drängten sich dicht an die Röcke ihrer Mutter.

»Myladys«, sagte er, »ich fürchte, ich bringe schlechte Nachricht.«

Nan wurde aschfahl und zog ihre Kinder zu sich. Ich legte eine Hand auf meinen Bauch, als könnte ich so das Ungeborene schützen. Um uns herum versammelte sich der Haushalt, vom Küchenjungen bis zum Verwalter.

»Der König antwortete auf Warwicks Erklärung, indem er alle bis auf die Yorkisten-Anführer begnadigte. Die Yorkisten beteuerten abermals ihre Loyalität und ihren Wunsch, Gewalt zu vermeiden, doch der König weigerte sich, Warwick zu empfangen, und die königliche Armee bezog Stellung in Ludlow. Bei Einbruch der Nacht standen sich die beiden Lager gegenüber, zwischen ihnen die Brücke über den Teme. Die Yorkisten warteten hinter ihrem verstärkten Schützengraben.« Er musste verschnaufen. »Aber kein Graben konnte den Duke of York und seine Mannen vor der Gefahr schützen, die sie bedrohte … Verrat.«

Ich hörte, wie ich unterdrückt aufschrie.

»Bei Tagesanbruch erkannte man, dass Andrew Trollope, der Anführer des Calais-Regiments, der die Brücke bewachen sollte, sich auf die Seite der Königin geschlagen hatte. Und er brachte ihr die Schlachtenpläne des Duke of York.«

Ich erinnerte mich an den Furcht einflößenden einäugigen Soldaten mit dem geknoteten Kopftuch, der grinsend an der Spitze von Warwicks Gefolge stolziert war.

»Die Yorkisten-Anführer waren gezwungen zu fliehen, um ihr Leben zu rette. Mylord Warwick ist mit seinem Vater und Yorks ältestem Sohn, Edward of March, nach Calais.«

Neben mir rang Nan nach Luft. Ich legte einen Arm um ihre Schultern.

»Dank Gottes Gnade konnten der Duke of York und sein Sohn Edmund, der Earl of Rutland, entkommen. Sie flohen mit Lord Clinton nach Irland. Jedoch wurden die Duchess of York und ihre Söhne, der zehnjährige George und der siebenjährige Richard, gefangen genommen und mussten mitansehen, welche Rache die Königin an Ludlow übte ... Nachdem die Stadt geplündert war, wurden die Yorkisten-Soldaten, die sich ergaben, gehängt, gestreckt und gevierteilt, und die Königin gab der wilden Horde, die sie eine ›Armee‹ nennt – ein Haufen von Schotten und Unholden –, die Erlaubnis, das Dorf so brutal niederzumachen, als wäre es in einem fremden Land. Ihre Männer fielen im Rausch über Frauen her und steckten die Kirche in Brand, in der viele, auch Kinder und Vieh, Zuflucht gesucht hatten.«

Der Schrecken dieses Berichtes musste zu viel für mich gewesen sein, denn das Nächste, woran ich mich erinnere, war ein stechender Schmerz in meinem Leib. Danach nichts mehr. Als ich aufwachte, lag ich in meinem Schlafzimmer, und Ursula tupfte mir die Stirn ab.

»Mein Baby!«, rief ich ängstlich, fühlte nach meinem Bauch und stützte mich auf einen Ellbogen auf.

»Alles ist gut, Isobel, meine Liebe«, sagte Ursula. Sie drückte mich sanft wieder nach unten und zog mir die Decke bis zum Kinn hoch. »Ihr hattet nur einen furchtbaren Schrecken, sonst nichts.«

Doch meine Bedenken blieben, und in der darauffolgenden Nacht stand ich mehrfach auf, um an meinem Betpult für mein Ungeborenes zu beten.

Bald kam ein weiterer Bote mit Weisung von Warwick, seine Countess und die beiden Töchter sollten zur Sicherheit zu ihm nach Calais kommen. Bei heftigem Regen verabschiedete ich mich traurig von ihnen und erdrückte die liebe Anne beinahe, als ich vor ihr auf dem nassen, schneidenden Kies im Hof kniete.

»Keine Sorge, ich komme wieder!«, rief die Kleine in ihrer üblichen Art. Nur brachte sie mich diesmal nicht zum Lachen.

Stattdessen kamen mir die Tränen. Ich sah der Gruppe nach, die ins Zwielicht ritt, und fühlte mich entsetzlich elend. Marguerite zerriss das Land und spaltete jedes Dorf, jeden Haushalt, jedes Kloster, und ich stand hier allein, während mein Gemahl und sein Bruder Thomas eingekerkert waren und ihre Angehörigen aus dem Land getrieben wurden. Nie hatte ich mich hilfloser gefühlt. Wo soll ich hin?, fragte ich mich. Was soll ich unternehmen? Und was hat es noch für eine Bedeutung?

Ich ermahnte mich, nicht in Selbstmitleid zu verfallen, denn ich musste stark sein. Ich war Mutter, und selbst wenn die ganze Welt verloren war, musste ich um meiner Mädchen und des neuen Lebens willen, das ich in mir trug, überleben.

Am nächsten Morgen packte Ursula unsere wenigen Sachen, Geoffrey sattelte die Pferde, und wir machten uns gen Norden, nach Middleham auf. Viele der Bediensteten aus Bisham ritten mit uns, weil sie sich fürchteten, ohne den Schutz ihres Herrn in dem Haus zu bleiben. Auf dem Weg kamen wir an Kaufleuten, Wollhändlern und Farmern vorbei, die ihr Vieh zum Markt trieben. Allerorten hörte man lauter denn je Zweifel daran, dass Henry der Vater von Prinz Edward war, und immer häufiger wurde die Königin mit Warwicks Spitznamen für sie tituliert: »die Kuh von Anjou«. Viel von dem Gerede drehte sich um die Ballade, die man an die Kathedralentür von Canterbury genagelt gefunden hatte und laut der Prinz Edward die Ursache aller Probleme sei: der falsche Erbe, hervorgegangen aus der falschen Ehe. Der Duke of York sei der wahre König von England, hieß es in den Versen, denn sein Blut – er war der Nachfahre eines älteren Sohnes von Edward III. und Henry der eines jüngeren Sohnes – sei königlicher.

Die Sonne ging unter, als wir zwei Tage später nach einer

anstrengenden Reise Middleham erreichten. Maude und Countess Alice begrüßten mich mit der freudigen Mitteilung, dass Warwick sicher in Calais und der Duke unversehrt in Irland angekommen seien, womit ein Teil meiner Anspannung schwand. Nach dem Abendessen – ich hielt die schlafende Annie in meinen Armen, Ursula trug Izzie – setzten wir uns mit der Amme und der kleinen Lizzie sowie mehreren ranghöheren Bediensteten des Salisbury-Haushalts ans Feuer. Die Countess las uns Warwicks Brief vor.

Liebste Frau Mutter,

gewiss habt Ihr bereits von Yorks Boten erfahren, was in Ludlow vorfiel. Während der ersten Tage nach Trollopes Verrat waren wir nicht sicher, ob wir fliehen könnten, fehlten uns doch die Mittel. Aber mithilfe eines Gentlemans aus Devonshire, der uns ein Schiff kaufte, und seiner verwitweten Mutter, die Leib und Leben riskierte, indem sie uns schützte und den nötigen Proviant beschaffte, stachen wir in See.

Nach dem abscheulichen Verrat durch einen Mann, den ich wie einen Freund behandelte, stand zu befürchten, dass man uns in Calais nicht gut aufnehmen würde. Doch unser geliebter Cousin, Lord Thomas Fauconberg, schrieb uns aus Calais, dort sei alles zum Besten und wir sollten kommen. Die Garnison empfing uns mit großer Freude, und ich bin nun sicher mit meinem Herrn Vater, meiner Countess und unseren beiden Mädchen in der Festung. Also sorgt Euch nicht um uns! Wie Ihr vielleicht wisst, ist auch Edward of March bei uns.

Gleicher Art wurde der Duke of York in Irland empfangen, als wäre er der Messias. In Mengen strömten die Leute herbei und beteuerten, sie würden ihm bis in den Tod beistehen. Wie wir hörten, übertreffen sich die Earls of Desmond und Kildare gegenseitig, was die Bemühungen um ihn betrifft, und das iri-

sche Parlament ist gewillt – nein, überaus erpicht –, für ihn zu tun, was immer sie können. Ich werde ihn in Bälde aufsuchen, um Schlachtenpläne mit ihm durchzugehen, ist es doch zu gefährlich, diese mittels eines Boten zu schicken, der womöglich abgefangen und gefoltert wird. Eine traurige Begebenheit, von der Euch aus vorgenannten Gründen gewiss noch keine Kunde erreichte, ist der Tod unseres Verwandten Roger Neville. Sein Kopf ist an der London Bridge aufgespießt, und sein Torso wurde nach Warwick gesandt, wie ich hörte. Er war ein großer Rechtsgelehrter und tat niemandem ein Leid an; vielmehr war er allzeit bemüht, anderen ein gewisses Maß an Gerechtigkeit zu verschaffen. Wenn Ihr für seine Seele betet, schließt doch bitte auch mit ein, dass es uns gelingen möge, seinen Tod auf angemessene Weise zu rächen.

Denn Rache werden wir nehmen, mit der gnädigen Unterstützung Gottes, des allmächtigen Vaters.

Dies schrieb Euch am fünfundzwanzigsten Oktober 1459, dem St.-Crispinstag, zu Calais

Euer ergebener Sohn
Warwick

Am Vorabend von Allerheiligen wurde wie alljährlich »Schnapp den Apfel« gespielt: Mit auf dem Rücken verbundenen Händen mussten Äpfel aus einem mit Wasser befüllten Fass gefangen werden. Nur war es in diesem Jahr eine kurze, freudlose Angelegenheit, die einzig für die Kinder stattfand. Ebenso fielen das Festmahl an Allerseelen und das an Allerheiligen mager aus, da keinem der Sinn nach viel mehr als Beten stand. Mitte November erfuhren wir, dass die Königin in Coventry ein Parlament berufen hatte, das ausschließlich aus ihren Anhängern bestand und die Yorkisten-Anführer enteignete.

Countess Alice schenkte dem Boten, der uns die Nachricht brachte, Ale ein. Der Mann, ein Benediktinermönch, gab uns alle Einzelheiten ohne jedes Stottern oder Zögern wieder. Offenbar hatte er die Worte auf dem Weg hierher mehrfach aufgesagt.

»Enteignet: Sir John Conyers, Lord Clinton, Sir Thomas Neville, Sir John Neville …«

Mir drehte sich der Magen schmerzhaft um, und ich spürte feste Stiche in meinem Bauch.

»Enteignet: der Earl of Salisbury, der Earl of Warwick – der außerdem als Captain of Calais durch den Duke of Somerset abgelöst wird. Enteignet: der Duke of York, seine Söhne, der Earl of March und der Earl of Rutland, seine Duchess, Cecily …«

»Seine Duchess?«, rief die Countess aus und starrte den Mönch entsetzt an.

Er seufzte. »Ja, es ist unüblich, die Gemahlin zu enteignen, aber dieser Tage …«, sagte er schulterzuckend und fuhr fort: »Die Kuh von Anjou wollte die Enteignung der Duchess, weil sie behauptet, dass Duchess Cecily ihren Gemahl zur Rebellion angestiftet hat. Doch das ist noch nicht das Schlimmste, Mylady, nein, das ist es nicht … Die Kuh hat überdies die beiden kleinen Söhne der Duchess, George und Richard, enteignet.«

Gütiger Himmel, hat Marguerite den Verstand verloren?, fragte ich mich.

»George und Dickon?«, vergewisserte sich Countess Alice mit bebender Stimme. »Aber sie sind Kinder! Wie können sie in den Verrat ihres Vaters verstrickt sein?«

»Gar nicht, Mylady, wie jeder weiß. Es scheint, dass die Königin alle männlichen Kinder der York-Linie auslöschen will. Deshalb spricht man auch vom ›Teufelsparlament‹.«

Ich biss mir auf die Unterlippe, bis sie ebenso schmerzhaft pochte wie mein Herz.

»Aber … a-aber …«, stammelte die Countess und stemmte sich mühsam von ihrem Stuhl hoch. »Wenn sie davor nicht zurückschreckt, w-wovor dann?«

Der Mönch sah sie verwundert an. »Nun, sie ist Französin, also, wer kann es wissen? Ich für meinen Teil fürchte, es gibt nichts, was ihr nicht zuzutrauen wäre, Mylady.«

Kurze Zeit nach dem Besuch des Mönchs erhielten wir eine weitere Nachricht durch einen Boten, der sich als Pilger ausgab und um Unterschlupf für die Nacht bat. Der Brief kam vom Earl und war an die Countess gerichtet.

Meine geliebte Gemahlin,

wie du bereits weißt, wurden wir vom Parlament enteignet, sogar Yorks Duchess und seine zwei kleinen Jungen. Es ist zweifellos das Werk der ausländischen Frau des frommen Harry, die keine Ehre kennt und vor nichts zurückschreckt. Die Duchess Cecily und ihre Söhne wurden in die Obhut des Duke of Buckingham und seiner Duchess, unserer Schwester, gegeben, und allem Anschein nach werden sie dort gegenwärtig gut behandelt. Aber ihre Lage ist prekär, denn sie sind den Launen der Königin ausgeliefert. Aus diesem Grunde bitte ich dich, eine Flucht in Erwägung zu ziehen. In England bist du nicht mehr sicher. Zwar wüsste ich dich gern in Calais bei unserem Warwick, doch es wäre besser, wenn du nach Westen gingest, nach Irland, um keinen Verdacht zu erregen. Der Überbringer dieser Nachricht wird dir alle Einzelheiten nennen.

York ist sehr besorgt um seine Duchess und die Kinder. Deshalb sucht er nach einer Möglichkeit, sie aus Duke Humphreys

Obhut zu befreien und außer Landes zu bringen, auf dass sie nicht mehr von der Gnade der Königin abhängen. Isobels Sicherheit indes steht aufgrund ihrer langjährigen Verbundenheit mit der Königin nicht infrage. Daher würde ich vorerst und angesichts ihres Zustandes empfehlen, dass sie in Middleham bleibt.

Dies sind gefährliche Zeiten für uns, liebe Gemahlin. Möge der Herr dich beschützen, bis er es für richtig erachtet, uns wieder zu vereinen!

Geschrieben am fünfundzwanzigsten November, dem Tag der heiligen Katharina, in Calais von

deinem dich liebenden Herrn und Gemahl
Richard of Salisbury

Zitternd reichte die Countess erst Maude, dann mir den Brief, bevor sie ihn verbrannte. Beim Lesen überkamen mich eisige Angstschauer, und Furcht einflößende Bilder gingen mir durch den Kopf. Ich blickte voller Ehrfurcht zu dem »Pilger«, dessen Identität selbst uns nicht enthüllt wurde. Dass Männer um ihrer Überzeugung willen den Schrecken der Folterkammern riskierten, war etwas, über das ich nie nachgedacht hatte – bisher.

Bald erfuhren wir, dass der Bischof Dr. Morton besonders geschickt darin war, Gesetzesentwürfe durch das Teufelsparlament zu bekommen. Ich erinnerte mich an die Fischaugen des Bischofs. Wann immer sie sich auf mich gerichtet hatten, war mir eine Gänsehaut über den Rücken gelaufen. Dennoch glaubte ich nicht, dass Frauen sein Interesse erregten, hatte ich doch gesehen, wie er die Chorknaben betrachtete. Da hatten seine Augen geleuchtet, und es war offensichtlich nicht ihr engelsgleicher Gesang gewesen, den er bewundert hatte. Der

Gedanke, der in seiner Abscheulichkeit einzigartig war, verursachte mir Übelkeit. Ich fühlte, wie das Baby in mir trat. Mein armes Kleines!, dachte ich und strich mir über den Bauch. Ich werde nicht wieder daran denken.

Mehr Neuigkeiten trafen ein. Die Königin hatte Lord Rivers beauftragt, sämtliche Schiffe Warwicks, die an der englischen Küste lagen, zu konfiszieren, und Somerset, eine große Armee zusammenzustellen, die Andrew Trollope und andere aus dem Calais-Regiment einschloss sowie auch aufgebrachte junge Männer, deren Väter ihr Leben bei Blore Heath gelassen hatten. Dann segelte Somerset los, um Warwick Calais abzunehmen, nur verlief es nicht gut für ihn, wie sich zeigen sollte.

»Warum lächelst du?«, fragte Maude, als wir an unseren Stickrahmen im Damengemach saßen.

»Ich stelle mir Somersets Verwunderung vor, als er sich Calais näherte und sie mit ihren Kanonen auf ihn feuerten.«

Sie schmunzelte. »Er wird wütend gewesen sein.«

»Oh ja, musste er doch stattdessen in Guisnes anlegen.« Ich legte meine Nadel ab. »Wie beschämend, nicht wahr? Er glaubt, die Welt wäre sein, und nun erkennt er, dass sie es nicht ist.« Lächelnd stützte ich das Kinn in die Hand und blickte zum Fenster hinaus. »Stell dir seinen Neid und seine Betroffenheit vor, wann immer er hinüber zu den Marschen von Calais blickt! Er kann es sehen, aber nicht einnehmen, jenen Preis, den er sich so lange und so hartnäckig erkämpfte. Der gehört immer noch einem anderen.« Ich drehte mich zu meiner Schwägerin. »Ich finde das herrlich, Maude.«

Sie knuffte mich mit dem Ellbogen und lachte. »Du könntest Calais sein, Isobel, nicht wahr? Auch du bist der Preis, den er so lange wollte und nicht bekam.«

Im ersten Moment erschrak ich, dann lachte ich. »Oh, Maude, stell dir doch nur vor, in beidem zu scheitern, der Liebe und dem Krieg! Wie betrüblich! Beinahe tut er mir leid, der arme Wicht.« Wir beide schütteten uns aus vor Lachen.

Unsere Schadenfreude sollte nicht von Dauer sein, denn bald erreichten uns Nachrichten, die uns großen Kummer bereiteten. Während Warwick, der Earl of Salisbury und der Duke of York für ihre Feinde unerreichbar waren, waren es deren Freunde und Untergebenen nicht. Die Königin hatte ihre Bemühungen verschärft, die Yorkisten-Unterstützer auszurotten, und furchtbare Neuigkeiten erreichten uns aus Newbury. Dort führte der Earl of Wiltshire – der Feigling, der vom Schlachtfeld bei St Albans geflohen war – eine brutale gerichtliche Untersuchung durch. Nicht zufrieden damit, alles Land und allen Besitz der Leute zu konfiszieren, befahl er, dass viele der Männer gehängt, gestreckt und gevierteilt wurden.

Die Feinde des Dukes machten beim Niedergang von York reiche Ernte: die Einkommen aus den Ämtern, die Jahreserträge der beschlagnahmten Ländereien und die Strafen, die sie jenen abverlangten, die sie begnadigten, wurden unter den Günstlingen der Königin aufgeteilt. Immer mehr Köpfe erschienen an der London Bridge und gevierteilte Torsos zierten die Stadttore. Exeter, der Warwick seit dem Tag hasste, an dem ihm der Admiralitätstitel entzogen worden war, erhielt den Auftrag, in See zu stechen und Warwick zu vernichten.

Falls die Königin dachte, sie könnte Yorks Anhänger mit solch brutalen Methoden auslöschen, sollte sie bald feststellen, dass sie irrte. Ihre Grausamkeit brachte eher noch mehr Leute gegen sie auf und nahm sie für York ein. Zudem erschien eine neue Ballade an der Pforte in Canterbury. Sie pries Salisbury als den Inbegriff der Besonnenheit und Warwick als die Blüte der Menschheit und erklärte, das Volk wünsche die Rückkehr der Yorkisten mit bewaffneten Kräften, auf dass sie das Königreich übernahmen.

Ich half Countess Alice, den Haushalt zu organisieren, streng über die Ausgaben zu wachen, Bittsteller zu empfangen, Streitereien zu schlichten, Mahlzeiten zusammenzustellen, Reparaturen an der Burg und den Schutzmauern zu beaufsichtigen, Löhne auszuzahlen, Feste zu planen, die Pflege und den Unterricht der Kinder zu beaufsichtigen und die Kranken zu pflegen. Unterdes sah ich immer wieder zum Tor, ob Ankommende Nachricht brachten. Wandergesellen berichteten, was sie bei der Arbeitssuche in den Städten erfahren hatten, Kaufleute erzählten, was sie in den Klöstern und Gasthäusern gehört hatten, in denen sie Station gemacht hatten. Angespornt von ihrem Erfolg bei Ludlow, hatte die Königin weitere gerichtliche Untersuchungen in Kent und anderen Grafschaften in Auftrag gegeben, in denen die Yorkisten freundlich aufgenommen worden waren. Der verhasste Scharfrichter von Newbury, der Earl of Wiltshire, sollte diese Untersuchungen leiten, um jedem Furcht einzuflößen, der es wagte, einen Yorkisten aufzunehmen.

»Dabei ist Wiltshires eigenes Herz voller Furcht«, bemerkte die Countess eines kalten Wintertages. Es war der Tag nach Weihnachten, das wir betrübt verbracht hatten. »Unter dem Vorwand, gegen Warwick zu kämpfen, ist er nach Southampton und kaperte ein paar Genueser Schiffe. Dann floh er nach Holland. Anscheinend weiß er, wie sehr die einfachen Leute Warwick achten, und hat schreckliche Angst, sie würden sich für seine Gräueltaten in Newbury rächen.«

»Wie mutig er doch ist!«, sagte ich angewidert. Ich entsann mich des hübschen Dukes, den ich erstmals gesehen hatte, wie er aus dem Audienzzimmer der Königin in Westminster gekommen war.

»Ja, es scheint, als umgäbe sich die französische Königin mit den Kühnsten und Ehrbarsten unseres Landes«, entgegnete Countess Alice mit beißendem Sarkasmus.

Am Abend, dem letzten des alten Jahres 1459, gingen wir gemeinsam in die Kapelle, zündeten Kerzen an und beteten.

Countess Alice sagte: »Was auch kommen mag, wir dürfen nie das Wichtigste vergessen, nämlich dass unsere Männer leben. Solange sie wohlauf sind, bleibt uns die Hoffnung, dass am Ende alles gut wird.«

Ich stimmte ihr stumm, aber von ganzem Herzen zu. Jede von uns in ihre Gedanken versunken, gingen wir anschließend in das Sonnenzimmer, um einen Becher Wein zu trinken und das neue Jahr still willkommen zu heißen. Die Countess arbeitete an ihrem Gobelin, ich spielte die Leier, und Maude saß auf der Fensterbank, lauschte meinem Lied und blickte hinaus in die stürmische Dunkelheit. Es war eine beängstigende Nacht. Der Wind heulte um die Burgmauern, ich sang von Liebe und Tod, und mir kam es vor, als ritten die vier Reiter der Apokalypse durch die Dunkelheit, die mit Tod, Pest, Krieg und Hunger wüteten und versprachen, dass Schlimmeres kommen würde. Ich schaute zum Fenster und glaubte wahrhaftig, ihre schemenhaften Gestalten durch die Finsternis galoppieren zu sehen. Und eine der Schemen war eine Frau von der Gestalt Marguerite d'Anjous.

Ich beendete meinen Klagegesang und stimmte eine heitere Melodie an, von der ich mir erhoffte, dass sie meine Angst vertrieb.

Wenige Wochen später, an einem nebligen Januarabend, vertraute die Countess uns an, dass sie nach Irland gehen würde. Alles war vorbereitet und keine Zeit mehr zu verlieren. Heimlich packten Maude und ich ihre Truhe. Nach einem tränenreichen Abschied mitten in der Nacht sahen wir sie mit dem Pilger zusammen fortgehen. Als sie uns von ihrer sicheren Ankunft schrieb, teilte sie außerdem mit, dass Warwick in Bälde in Irland erwartet wurde, wo er mit dem Duke of York die Pläne für ihre Rückkehr nach England besprechen wollte. Sie schrieb:

Ich bedaure, nicht bei dir zu sein, liebe Isobel, und dir nicht bei der baldigen Niederkunft helfen zu können. Ich bete für dich und die kleine Seele, dass alles gut verlaufen und Gott dich und mein Enkelkind schützen möge.

Aber es verlief nicht gut. Im März, der Winter raffte sein schmutziges Kleid und die Felder machten sich für den Frühling bereit, war ich im Stall, wo ich Rose ein wenig Zucker gab, als die Wehen einsetzten. Ich stolperte nach draußen. Es war noch zu früh, denn das Kind sollte erst in einem Monat zur Welt kommen. Mehrere Jungen liefen herbei und trugen mich in meine Kammer. Die Hebamme wurde gerufen, und sie stand mir mit Ursula und Maude während der langen Stunden bei. Durch die Krämpfe hörte ich ihre Stimmen nur gedämpft, stöhnte die Nacht hindurch und nahm lediglich wahr, dass mir immer wieder die Stirn mit kaltem Wasser abgewischt wurde.

Als der Morgen anbrach, war nichts zu hören bis auf den Gesang der Vögel. Keine laufenden Schritte oder Kinderlachen, keine Befehle an Bedienstete, kein Klappern von Frühstücksgeschirr. Nur Stille. Ich bemerkte, dass meine Schmerzen aufgehört hatten. »Ist es ein Junge oder ein Mädchen?«, fragte ich.

Weder Ursula noch Maude antworteten.

Mühsam versuchte ich, mich aufzusetzen und selbst nachzusehen, doch mein Körper war wie von Bleigewichten beschwert. Keuchend sank ich auf das Laken zurück. »Junge oder Mädchen?«, wollte ich noch einmal wissen.

Nach einigem Zögern sagte die Hebamme: »Ein Junge.«

»Wo ist er? Geht es ihm gut? Ich will ihn sehen.«

»Später, Isobel. Ihr seid schwach und braucht Ruhe.« Das war Ursulas Stimme.

Mit einem erleichterten Seufzer ließ ich meine Augen zufallen. Ursula hatte recht: Ich war erschöpft.

»John wird sich sehr freuen«, flüsterte ich. »Ich werde ihn John nennen. *John*. Dann haben ich zwei Johns, die ich lieben kann.«

Danach musste ich eingeschlafen sein, denn als ich die Augen wieder öffnete, dämmerte es bereits, und der Himmel war fahl. Nun schaffte ich es, mich auf die Ellbogen aufzustützen. Ursula döste neben meinem Bett, wurde allerdings gleich wach, als ich mich regte. Im Zimmer war es sehr still. Wo war mein Baby?

»Ich möchte meinen kleinen John sehen …«, sagte ich. Ursula ergriff meine Hand und hielt sie fest, doch sie antwortete nicht. Was war los? Wo waren alle anderen? Warum weinte mein Kind nicht?

Ursula sah mich an. Ihre Mundwinkel bebten, und Tränen glänzten in ihren Augen. »Es tut mir leid, Isobel, so leid, meine gute Lady … Euer Kind …« Weiter konnte sie nicht sprechen.

Verwirrt starrte ich sie an. Durch das offene Fenster war der Abendgesang der Mönche zu hören. Die süßen Harmonien brachten mir meinen Verlustschmerz mit der Wucht eines Dolchstoßes. Tränen liefen mir über die Wangen, ich schaute Ursula fassungslos an.

»Er hat … nicht geatmet«, sagte sie stockend und umklammerte meine kalte Hand mit ihrer.

Mein Kleiner war mir genommen worden, bevor ich ihn in meinen Armen halten durfte. Mein winziges, wunderschönes Kind war tot geboren worden …

Ich schloss die Augen.

Die nächsten Wochen ertränkte ich meinen Kummer im fröhlichen Geplapper meiner Töchter und vergrub mich in der Arbeit, den Haushalt zu führen. Derweil trauerte ich um mein Neugeborenes und sehnte mich nach John. Der treue Rufus musste ihn ebenfalls vermissen, denn er blickte traurig drein und folgte mir auf Schritt und Tritt, als könnte ich ihn zu seinem Herrn führen.

Die Mädchen bemerkten Johns Fehlen auch. »Kommt mein Freund John bald nach Hause?«, fragte meine kleine Annie, worauf ich einen Stich in der Brust spürte.

John war zu wenig bei uns gewesen, als dass sie und Izzie begriffen hätten, dass er ihr Vater war. Aber Freundschaft kannten sie. »Bald«, antwortete ich. »Euer Freund John ist sehr bald wieder hier, so Gott will.« Dann drückte ich die beiden an mich.

Viele schlaflose Nächte verbrachte ich kniend in der Kapelle, betete für meinen lebenden John und für den kleinen, den Gott zu sich gerufen hatte. Der April brachte wundervolle Frühlingsblumen und blühende Bäume mit, genau wie an meinem Vermählungstag vor drei Jahren. Weil ich John nahe sein wollte, nahm ich seinen Umhang und begab mich mit Ursula und einer Gruppe von Reitern zum Schutz nach Raby. Dort verbrachte ich den Nachmittag unseres Hochzeitstages allein am Wasserfall, hielt den Umhang in den Armen und schwamm, wie ich mit John vor dem Frühstück an unserem ersten Morgen als Mann und Frau geschwommen war. Der Wasserfall rauschte und dröhnte wie damals, doch wie vieles hatte sich in den drei kurzen Jahren verändert!

Ich hatte vorgehabt, die Nacht im Cottage zu bleiben und mehr Greife auf den Umhang zu sticken, denn dieser Zeitvertreib spendete mir Trost. Doch die Leere im Haus spiegelte mein Elend, anstatt etwas von der Freude meiner Hochzeitsnacht wiederzubeleben. Mit dem Tageslicht schwanden auch meine Kräfte. Müde ließ ich den Wasserfall hinter mir und ging zurück zur Burg, ehe es vollständig dunkel war.

Am nächsten Tag hatte ich solch eine Sehnsucht nach meinen kleinen Mädchen, Annie, Izzie und Lizzie, dass ich auf die sichere Festung in Middleham zurückkehrte.

Im Mai schrieb Countess Alice aus Calais, und ihre Neuigkeiten machten uns Mut. Auf ihrer Reise von Irland nach Calais waren Warwick und sie am neuen »Hüter der Meere« vorbeigesegelt, dem Duke of Exeter, ohne ein einziges Schiff zu verlieren. Aus Geldmangel oder Furcht hatte Exeter keinerlei Anstalten gemacht, sie anzugreifen, sondern nur beobachtet, wie Warwick an ihm vorbeizog.

»Da kündigt sich noch ein großartiger Somerset an«, sagte ich spöttisch zu Maude.

Dann, Anfang Juli, traf Warwicks Bote ein. Wir empfingen ihn im offenen Hof, wo alle mithören konnten, welche Nachricht er brachte.

»Mylord Warwick lässt Euch mitteilen, dass er am ersten Tag des Juli in Kent angekommen ist. Viele Männer haben sich ihm angeschlossen, und er marschiert mit einem großen Heer nach London!«

Jubel brach aus. Der Bote reichte uns den Brief, den er mitgebracht hatte, und Maude und ich lasen ihn still, denn darin stand nichts, was für den Haushalt von Interesse war, nur herzliche Grüße an uns, einige Ratschläge zu Reparaturen an einer Burgmauer und die Versicherung, dass die Countess in Calais und wohlauf sei. Dann jedoch gelangten wir zum letzten Absatz. Maude und ich wechselten sorgenvolle Blicke, und mein Herz setzte aus. Ich holte tief Luft und las laut vor:

»Weil ich Blutvergießen vermeiden wollte, bat ich erneut um eine Audienz bei König Henry und gab zu verstehen, dass ich mit ihm sprechen oder sterben würde. Abermals wurde ich abgewiesen.«

Ich rang um Fassung, damit meine Stimme nicht zitterte, als ich Warwicks letzten Satz las:

»Eine Schlacht ist unausweichlich.«

Halb von Sinnen vor Angst, betete ich, während ich auf weitere Nachrichten wartete, und stickte noch mehr Greife auf Johns Umhang. Aber die finsteren Gedanken wollten sich einfach nicht aus meinem Kopf vertreiben lassen: Was war, wenn York verlor? Was war, wenn Warwick getötet wurde? Was würde dann mit John und Thomas geschehen? Würde die Königin Wort halten und sie am Leben lassen? Würde sie die Brüder freilassen oder auf immer im Kerker? Eines war gewiss: Falls die Königin die Schlacht gewann, würde sie Percys aussenden, um Middleham und Raby einzunehmen und uns auf die Straße zu jagen. Und weil wir wegen Hochverrats enteignet würden, dürften wir keine Gnade erwarten. Selbst im Falle einer Begnadigung wären wir obdachlos, genau wie all unsere Freunde und Angehörigen.

Zwei Wochen vergingen, ohne dass ein Bote eintraf. Nachts plagten mich schreckliche Träume, sofern ich überhaupt schlief. Dann, eines Tages, erklangen Fanfaren im Dorf. Ich ließ die Gänseblümchenkette fallen, die ich auf einem kleinen Rasenstück am Teich mit Annie und Izzie wand, und stand auf. Mein Herz klopfte schneller. Überall erstarrten die Bediensteten mitten in ihrer Arbeit, bevor sie schreiend in die Burg, die Küchen und die Stallungen rannten, wo immer sie glaubten, Zuflucht zu finden. Die Landsknechte hingegen packten ihre Waffen und eilten zu den Zinnen hinauf. Ich bemühte mich, meine entsetzliche Angst zu bändigen, nahm meine kleinen Mädchen und lief mit ihnen in die Kapelle. Dort sank ich vor dem Altar auf die Knie, schloss die Augen und sprach das Ave Maria.

»Ave Maria, gratia plena, Dominus tecum …«

Von draußen war ein Aufruhr zu hören. Ich kniff die Augen fester zu, murmelte das Ave lauter. Auf einmal kam Rufus wild bellend in die Kapelle gesprungen.

Nun sah ich doch hin und entdeckte John, der mich anlächelte. Im flackernden Kerzenschein sah er wie ein Erzengel aus. Ich blinzelte, wollte meinen Augen nicht trauen. *John?* Langsam richtete ich mich auf. Meine Hand zitterte, als ich sie zu seinem Gesicht hob, weil ich mich versichern musste, dass er keine Traumgestalt war, sondern wirklich vor mir stand. Seine Wange war rau vom Bartwuchs, aber ich konnte immer noch die Grübchen sehen, die ich so sehr liebte. Ich strich über sein Kinn und seine Nase, beides fest wie immer; auch sein Haar war so dicht, wie ich es in Erinnerung hatte. Seine blauen Augen betrachteten mich mit einer Dringlichkeit, dass ich weiche Knie bekam.

John war wohlauf.

Er ergriff meine Hand und küsste die offene Innenfläche. Die Berührung seiner Lippen war von einer fast unerträglichen Zärtlichkeit. Dann sah er mich wieder so an wie in Barnet, als ich alles riskiert hatte, um ihn vor Somersets Hinterhalt zu warnen.

»Mein Engel«, sagte er, »meine Liebste …«

Ich warf mich mit einem Aufschrei in seine Arme, vergrub

das Gesicht an seinem Hals. Während ich Freudentränen weinte, hielt er mich in den Armen. Wie oft hatte ich geträumt, von ihm umarmt zu werden? Nun endlich umfingen mich seine starken Arme wieder! Mein Puls rauschte mir in den Ohren, als ich lachte. Ich hatte beinahe vergessen, wie viel wahres Glück im Lachen lag. Meines hallte durch die Kapelle, und die Kerzen flackerten von meinem Atem. »John, John …« Meine Stimme zitterte genauso sehr wie meine Hand, und das Leuchten in Johns Augen blendete mich. »Mein Liebster, meine Liebe … Dank sei Gott, oh, mein Liebster!« Zwischen Schluchzen und Lachen küsste ich ihn; ich liebkoste seine Wangen, seine Nasenspitze und konnte gar nicht genug bekommen.

»Wer it dat, Mama?«, fragte eine zarte Stimme. Ein kleiner Troll mit blauen Augen und kastanienbraunem Haar trat hinter mir hervor und gleich darauf noch einer.

Ich löste mich aus Johns Armen und sah meine Kinder an. *»Dat«*, antwortete ich lachend, »ist euer Papa.« Tränen kullerten mir über die Wangen.

15

Intermezzo 1460

Dauerregen vernichtete das Obst an den Bäumen und das Korn auf den Feldern. Er unterspülte Häuser, Brücken und Mühlen. Für mich jedoch schien die Sonne in jenen gesegneten Sommertagen des Jahres 1460 heller denn je und erfüllte Middleham mit Glück. Wir stießen auf die Freiheit, auf uns und auf Yorks Sieg über Lancaster in der Schlacht von Northampton an und feierten ausgelassen. Tagelang wollte mein Blick nicht von Johns Gesicht weichen, so schön erschien er mir, so wohl tat es mir, dass er zu Hause war. Manchmal streckte ich die Hand aus und berührte ihn, nur um mich zu vergewissern, dass er wirklich hier war, hatte ich doch schon einen John verloren. Als ich ihm von unserem tot geborenen Baby erzählte, nahm er mich für einen langen Moment in die Arme, ehe er mich stumm wieder freigab. Sein Kummer war zu groß, um ihn in Worte zu fassen. Später ritt John allein aus.

In jener Nacht schlief ich nicht. Ich lag wach neben ihm, hauchte ihm zarte Küsse auf und hoffte, meine Liebe könnte irgendwie seinen Schmerz lindern. Im Stillen dankte ich dem Allmächtigen von Herzen dafür, dass er John beschützt hatte, zumal nachdem ich erfahren hatte, was in Northampton geschehen war. Danach kam es mir wie ein Wunder vor, dass John bei mir sein durfte.

Nahe London hatte Warwick am zehnten Tag des Juli die

Lancastrianer geschlagen und König Henry gefangen genommen. Bald darauf war John aus Chester Castle entlassen worden. Er war nach Hause galoppiert, um mir die Nachricht selbst zu überbringen.

»Kaum vernahmen sie, dass Warwick bis London vorgedrungen war, verließ die Anhänger des Königs der Mut, und sie kündigten ihm in Scharen den Dienst auf.« John grinste. »König Henry kam aus Leicester herbei, um Warwick zu treffen, und verschanzte sich mit seinen Leuten auf einer Wiese nahe Northampton. Da er nach wie vor kein Blutvergießen wollte, bat Warwick um eine Audienz, die ihm die Lords um Henry verweigerten.«

»Hat der gute Duke Humphrey nicht versucht, Henry zu Verhandlungen zu bewegen?«, fragte ich.

»Duke Humphrey war ebenso entschlossen wie die anderen, Warwick nicht in Henrys Nähe zu lassen.« John klang verbittert.

»Aber warum? Er war nie unbesonnen und nutzte seinen Einfluss stets, um zu vermitteln und den Frieden zu sichern.«

»Das änderte sich, als Marguerite die Vermählung seines Sohnes mit Margaret Beaufort arrangierte, der reichsten Erbin im Lande, und die seiner Tochter mit dem Sohn des Earl of Shrewsbury. Selbst der gute Duke Humphrey hatte seinen Preis.«

»Hatte?«

»Er starb in Northampton, zusammen mit unseren Todfeinden Shrewsbury und Egremont. Warwick fand ihre Leichen neben dem Zelt des Königs.«

»Wie ...?« Es war zu vieles, was ich begreifen musste. Dass Egremont tot war, kümmerte mich kein bisschen. Er war ein schlechter Mann gewesen, dessen unbegründeter Hass und Neid auf John und Thomas in großem Maße zum Zwist zwischen York und Lancaster beigetragen hatten. Was Shrewsbury betraf, hatte ich seinen Namen hin und wieder von den Lords um Marguerite gehört; ich kannte den Mann jedoch nicht. Mich erstaunte, dass so viele Lords auf einmal gestorben waren. Gewöhnlich starben sie nicht in Schlachten, es sei denn, das Gefecht wurde äußerst brutal. Sonst nahm man sie eher gefangen, um Lösegeld zu erpressen. »War es eine solch erbitterte Schlacht?«, fragte ich.

»Nein, insgesamt ließen nur dreihundert Mann ihr Leben.«

»Warum dann?«

»Entgegen der Sitte befahl Warwick seinen Soldaten, die Lords zu vernichten und die gemeinen Soldaten zu schonen. Er hatte sich ja nicht mit den Leuten überworfen, sondern mit Marguerites Günstlingen.«

»Aha.« Sogleich erwärmte sich mein Herz für Warwick. Es war überaus gütig von ihm, denn den gemeinen Soldaten blieb keine andere Wahl, als in Kriegen zu kämpfen und zu sterben, die ihre Lords angezettelt hatten. »Dennoch bedaure ich Duke Humphreys Tod. Er rettete dein und Yorks Leben viele Male, und er war nicht wie die anderen. Duke Humphrey besaß Integrität und verabscheute Blutvergießen genau wie ihr. Auch wenn er der Krone allzeit treu blieb, galt seine Loyalität weniger Marguerite als dem König.«

»Ja, seine Treue zu Henry war bewundernswert. Bis zuletzt stand er zu ihm. Vielleicht sah er keine Möglichkeit, Blutvergießen zu vermeiden, oder er wurde von Marguerites Eiferern überstimmt. Wir werden es nie erfahren. Jedenfalls erwies sich Northampton als leichter Sieg. Die Schlacht war nach einer halben Stunde vorbei.«

»So schnell?«

»Ja, aus zweierlei Gründen. Das Wetter war auf Warwicks Seite. Im dichten Regen waren Henrys Kanonen nutzlos, und seine Männer konnten sich auf der überfluteten Wiese kaum bewegen, auf der er sich verschanzt hatte.«

»Und der zweite Grund?«

»Verrat«, antwortete John.

Ich erschrak.

»Lord Grey of Ruthin reichte Warwick die Hand zur Versöhnung und kam auf unsere Seite.«

Ich wusste nicht, was ich sagen sollte. Natürlich war ich froh, dass York die Schlacht gewonnen hatte, aber Verrat? Verrat war abscheulich. »So wie Trollope in Ludlow«, murmelte ich.

»Stimmt, Verrat ist verabscheuungswürdig«, entgegnete John und schwieg eine Weile. »Übrigens kämpfte Edward of March, Yorks Sohn, mit herausragendem Mut. Er ist ein eindrucksvoller junger Mann.«

»Das überrascht mich. Warwick hat nie gut über ihn gesprochen.«

»Warwick hält Edward für zügellos, einzig dem Vergnügen ergeben.« Nach einer kurzen Pause fügte er hinzu: »Mein Bruder urteilt bisweilen vorschnell, und leider bleibt er bei seinem einmal gefällten Urteil.«

Seine Bemerkung bot mir einen raren Einblick in seine Gedanken, und erneut fragte ich mich, wie schwierig es für John war, im Schatten seines Bruders zu stehen, obwohl er doch fraglos der bessere Mann von ihnen beiden war. Es gab noch vieles, was ich über meinen Gemahl nicht wusste.

Wir kamen rechtzeitig in London an, um König Henrys Rückkehr in seine Hauptstadt mitzuerleben. Obgleich der König ein Gefangener war, gestattete Warwick ihm all den Pomp und die Feierlichkeiten eines Monarchen, der in sein Königreich heimkehrt, und trug barhäuptig Henrys Staatsschwert vor ihm her.

Der Bischof von London stellte seinen Palast als königliche Residenz zur Verfügung, und die Menge empfing Henry ehrerbietig.

Im Erber genossen wir ein freudiges Wiedersehen mit Johns Eltern und Warwicks Countess mit ihren Töchtern Bella und Anne, die von Calais gekommen waren, da ihnen hier keine Gefahr mehr drohte. Das Exil hatte deutliche Spuren hinterlassen: Nan wirkte nervöser und schreckhafter denn je; ihre Tochter Bella war verspielter und heiterer geworden, als wollte sie mit ihrem Lachen die Angst verscheuchen; und Anne war empfindsamer und nachdenklicher als zuvor. Sie weigerte sich, Fleisch jedweder Art zu essen, was zu manchem Streit mit ihren Eltern führte. Die sonst so sanfte und niedliche Anne ließ sich nicht erweichen. Sie presste schlicht die Lippen zusammen und verweigerte so das Essen, das sie ihr aufzuzwingen versuchten. Ich konnte nicht umhin zu bewundern, mit welcher Courage sie sich gegen die strengen Ermahnungen durchsetzte. Und ich bezweifelte, dass ich dieselbe Stärke bewiesen hätte, hätten mir Warwicks ärgerlich gerunzelte buschige Brauen und Nans tägliche Schelte gegolten, zumal mit nicht einmal sieben Jahren.

Eines Tages fragte ich Anne, warum sie Tierfleisch so vehement ablehne. Sie sah mich mit ihren strahlenden, violettblauen Augen an und antwortete mit einer Gegenfrage:

»Würdet Ihr Eure Freunde essen, Tante Isobel?«

Auch wenn ich nicht wagte, ihren Eltern zu widersprechen, zeigte ich Anne fortan auf vielerlei andere Weise, dass ich ihre Meuterei befürwortete – und wir wechselten heimlich manch triumphierenden Blick, wenn Anne wieder einen ihrer kleinen Siege errungen hatte.

Alles in allem waren es glückliche Tage, und wir hatten viel Freude. John wurde zum Kämmerer des Königs ernannt und vom Parlament in den adligen Stand des Lord Montagu erhoben. Es war viel zu tun, bis die Regierung ihre eigentliche Arbeit wiederaufnehmen konnte, folglich sah ich John in jener Zeit nicht allzu oft. All unsere Männer hatten Versammlungen abzuhalten, Bittsteller zu empfangen, Leute für Ämter zu bestimmen, die Lancastrianer freigemacht hatten – entweder durch den Tod oder durch Flucht –, und sich um solche zu kümmern, die in einigen Grafschaften für Unruhe sorgten. König James II. von Schottland nutzte die Turbulenzen in England, um Roxburgh Castle anzugreifen, und Johns Vater wurde umgehend dorthin berufen, damit er ein Heer aufstellte und die schottische Bedrohung aus dem Weg räumte. Währenddessen sollte Henry in Johns Obhut bleiben. Die göttliche Vorsehung wollte es, dass König James durch eine seiner eigenen schadhaften Kanonen starb, und danach wurde Frieden mit Schottland geschlossen.

Gleichzeitig, im August, hörte Warwick, dass Somerset bereit war, über eine Aufgabe Guisnes' zu verhandeln, und reiste nach Calais. Ich hingegen konnte durch die Nähe zwischen John und König Henry eine neue Seite an beiden Männern entdecken. Nicht bloß verbrachte ich selbst viel Zeit mit dem König, er schien überdies entzückt von unseren beiden Annes und Isabelles zu sein. Er spielte mit ihnen, warf ihnen Bälle und unterhielt sich geduldig mit ihnen, als wären sie erwachsene Damen, was den Kleinen sehr gefiel.

Henry zeigte auch Verständnis für Warwicks Anne und deren Weigerung, Fleisch zu essen. »Ah, meine teure kleine Dame, du bist viel weiser und gütiger als ich, denn ich genieße ein gutes Stück Hammel, obwohl ich Lämmer liebe. Es ist ein Fehler, den zu korrigieren ich leider zu schwach bin. Könntest du für mich beten?«

Die kleine Anne nickte sofort und erklärte: »Ich werde immer für Euch beten, König Henry«, worauf Henry lachte und sie auf den blonden Schopf küsste.

Dass er seinen siebenjährigen Sohn, Prinz Edward, vermisste, war offensichtlich. Einmal legte er seinen Arm um die kleine Anne und sagte wehmütig: »Mein Edward würde dich mögen.«

»Ist Anne nicht zu sanftmütig für den Prinzen?«, fragte ich, unfähig, meine Neugier im Zaum zu halten.

»Sanftmütig wie der winzige Rotfink, der den harschen Winter nicht flieht«, antwortete Henry lächelnd.

Anne, der winzige Rotfink, stemmte sich immerhin auch gegen ihren strengen, mächtigen Vater, indem sie kein Fleisch aß.

Nur ein einziges Mal in all den Monaten wagte Henry, Marguerite zu erwähnen.

»Habt Ihr irgendwelche Neuigkeiten von meiner Königin?«, fragte er John scheu. »Ich kann mich meiner Sorge um ihr Wohl nicht erwehren.« Er sprach sehr leise und verhalten, als fürchtete er, seine Besorgnis könnte als Beleidigung aufgefasst werden.

John erzählte ihm so behutsam wie möglich von Marguerites Abenteuern. »Die Königin und Prinz Edward sind sicher in Wales, mein König. Sie verließ Coventry, als sie von der Niederlage bei Northampton erfuhr. Auf dem Weg wurde sie überfallen und ihres Schmuckes beraubt, doch weder sie noch der Prinz kamen zu Schaden.« Was Marguerite bei dem Überfall hatte erleiden müssen, sparte John ebenso aus. Auch sagte er nichts darüber, dass sie Himmel und Hölle in Bewegung setzte, um eine Armee gegen die Yorkisten aufzustellen und ihren Gemahl zu retten.

»Ich habe für meine teure Königin gebetet«, sagte Henry traurig.

Doch Henrys Lieblingsthema blieb Gott. Die Mönche waren seine besten Freunde. Mit ihnen konnte er stundenlang über die Mysterien des Geistes und der Welt nachdenken. Ich hatte ihn mir abgestumpft, wahrer Gefühle oder tiefer Gedanken unfähig vorgestellt und musste nun erkennen, wie falsch ich ihn beurteilt hatte – und wie ungerecht! Ich lernte, ihn für seine Güte zu bewundern. Henry mochte als Herrscher versagen, als Mensch versagte er nicht; er war rein im Tun und Denken, ein wahrer Mann Gottes. Henry hat etwas von einem Heiligen, dachte ich. Sogar Warwick, der schroff und arrogant gegenüber jenen sein konnte, die er verachtete, zollte Henry Achtung und Respekt, denn nur ein herzloser Mensch könnte dem sanften Henry schroff begegnen.

Was seinen Verstand betraf, war König Henry in Dingen, die ihn interessierten, außerordentlich hell und gelehrt. Er stellte den Mönchen Fragen, die selbst ihnen Rätsel aufgaben, sodass sie ihre alten Schriften konsultieren mussten.

Und so vergingen die letzten ruhigen, schönen Sommertage des Jahres 1460.

Während die Unruhen beigelegt wurden und eine gute Regierung ihre Arbeit aufnahm, kam Nachricht, dass der Duke of York auf dem Weg von Irland nach England war. Am zehnten Tag des Oktobers, als sich das Laub rot färbte, erreichte er London, wo man ihn jubelnd und mit einem Meer weißer Rosen empfing. Das York-Wappen wurde von Kinderhänden geschwenkt, schmückte das Haar junger Mädchen und steckte an Kappen und Kragen der Männer. Alle wollten einen Platz ergattern, von dem sie York sehen konnten; wendige Jungen kletterten auf Dächer und hohe Mauern, und Väter setzten sich ihre Kinder auf die Schultern.

Vom Balkon der Residenz an der Themse konnten wir den Duke of York bereits sehen, als er die London Bridge passierte. Auf halbem Weg aber hielt die Prozession an.

»Was ist?«, fragte Maude, die ihren Hals reckte. »Warum halten sie inne?«

Keiner antwortete. Dann sahen wir, dass Männer die Spieße abnahmen, auf denen die Köpfe von Verrätern verwesten.

»Oh, mein Gott!«, hauchte die Countess und schluckte. »Roger …«

»Heilige Maria, Mutter Gottes«, murmelte ich. Mein Magen revoltierte gegen das, was ich sah. Sie mussten Roger Neville unter den Köpfen entdeckt haben, und nahmen sie alle ab, damit sie ein christliches Begräbnis bekamen. Doch immer noch ging es nicht weiter.

Die Sonne brannte heißer auf den Balkon, was mein Unwohlsein noch steigerte. Schließlich rührte sich die Menge auf der Brücke wieder, und die Prozession bewegte sich weiter, mit Fanfarenklang und Taborschlägen. Und jetzt erst war der Duke deutlich zu erkennen. Wir alle verstummten. Er war prachtvoll gewandet, in Maulbeer und Azurblau, den Farben des Hauses York. Aber er trug sein Schwert aufrecht vor sich her wie ein König. Der Duke hatte mindestens fünfhundert Mann mitgebracht, alle in seinen Farben, und bei ihm waren sein Sohn Edmund, Earl of Rutland, sein guter Freund Lord Clinton sowie mehrere andere Lords in Azur und Weiß mit aufgestickter Fessel, dem persönlichen Erkennungszeichen des Duke of York. Über ihm wehte eine Fahne mit Lilien und Leoparden, den Waffen Englands.

Der Bürgermeister und die Stadträte von London hießen ihn feierlich willkommen, und wenngleich wir nicht hören konnten, was gesagt wurde, wehte uns mehrfach zustimmendes Rufen aus der Menge zu.

Es verschlug mir die Sprache. Nach einem Moment hatte ich mich hinreichend erholt, um mich zu Maude zu beugen und zu fragen: »Was hat das zu bedeuten?«

Meine Schwägerin war kreidebleich. »Er kommt als König zu uns, nicht als Duke.«

»Schweig still, Maude!«, sagte Countess Alice streng. »Solche Worte dürfen nicht einmal gedacht werden!«

Ein Page gab uns Bescheid, dass unser Kahn bereit sei, und wir brachen nach Westminster auf. Unsere Stimmung war alles andere als feierlich, auch wenn unsere bunten Banner im Wind einen anderen Eindruck vermittelten. Die Duchess Cecily saß bereits auf einer vergoldeten Galerie im Gemalten Gelass, und nach den Begrüßungen nahmen wir neben ihr Platz. Kurz darauf erschien der Duke selbst. Er präsentierte sich den Lords, dann warf er einen Blick nach oben zur Duchess, und ich bemerkte, dass sie sehr verhalten nickte. Während ich mich noch fragte, was das heißen sollte, schritt der Duke of York zum Podest und stieg die Stufen hinauf zum leeren Thron.

Er legte die Hand auf das blaue Kissen.

Ich erschrak. Ohne es wahrzunehmen, stand ich auf wie alle anderen. Unten im Saal herrschte beängstigende Stille. Ich blickte zu John, Warwick und dem Earl. Die drei wichen angewidert und unglücklich zurück und standen so stocksteif da wie die gemalten Gestalten, die von den Wänden auf sie hinunterschauten. Doch niemand wirkte erstaunter als Johns Vater, dem der Mund offen stand. Dass der Duke of York sich nehmen wollte, was er für sein angestammtes Eigentum hielt, löste bei allen Entsetzen und Fassungslosigkeit aus, auch bei seinen Verbündeten.

Verärgert zog York die Hand zurück und drehte sich zu den Lords. Linkisch stand er unter dem Staatsbaldachin, als erwartete er immer noch einen Willkommensgruß. Die angespannte Stille war beinahe nicht mehr auszuhalten. Schließlich fragte der Erzbischof von Canterbury betont ruhig: »Wünscht der Duke of York den König zu sehen?«

»Ich bin es nicht, der zu Henry gehen sollte. Henry sollte zu mir kommen«, entgegnete York.

Der Erzbischof blickte sich unter den Lords um und rang die Hände. Dann wandte er sich ab und verließ den Saal. Nach einer weiteren Weile stieg York verdrossen vom Podest und schritt hinaus.

Draußen, auf dem Gang hinter der Galerie, der zu den königlichen Gemächern führte, war Unruhe zu hören. Wir verließen unsere Plätze und liefen hinaus, wo wir den Duke sahen, der die Treppe hinaufkam. Ich konnte ihn nur von hinten sehen, als er hinter dem Erzbischof her zum Königsgemach lief, sein Gefolge dicht auf den Fersen.

»Aus dem Weg!«, herrschte York den Erzbischof an. Der Geistliche blieb stehen und trat ängstlich beiseite. »Öffnet die Tür!«, befahl der Duke lautstark vor dem königlichen Gemach.

Seine Männer zerrten am Riegel, aber die schwere Eichentür blieb verschlossen. »Sie ist von innen verriegelt«, sagte jemand.

»Dann brecht sie auf«, forderte der Duke.

Niemand rührte sich.

»Brecht sie auf!«, wiederholte er zischend.

Seine Männer gehorchten. Nach einigen festen Tritten und Schulterstößen flog die Tür auf. Henry erhob sich von seinem Stuhl, er hielt ein Buch in den Händen. Ein Mönch stand an seiner Seite.

»Ihr räumt diese Gemächer«, sagte der Duke. »Sie gehören dem König, nicht Euch.«

»Wo soll ich denn hin?«, fragte Henry zaghaft.

»In die Gemächer Eures Weibes. Sie werden vorerst ausreichen.«

Inzwischen waren der Earl, John, Warwick und der älteste Sohn des Dukes, Edward of March, bei ihm.

»Mein Gott, was tust du, Richard?«, wollte Salisbury wissen und sah von Henry zum Duke.

»Was ich schon vor fünf Jahren hätte tun sollen! Ich nehme mir den Thron, der mir rechtmäßig zusteht. Dieser Mann und seine ausländische Gemahlin haben kein Recht, über uns zu herrschen, und es wird Zeit, dass wir von ihnen befreit werden. Sie haben uns genug Elend gebracht!«

Ich sah, wie John erbleichte.

»Gütiger Onkel«, sagte Warwick, »dies ist nicht weise. Das Volk liebt Henry. Ihr werdet das Land spalten und einen Krieg im Innern hervorrufen. Wart Ihr nicht stets gegen Blutvergießen?«

»Wo warst du? Wo wart ihr alle?«, fragte der Duke erbost. »Was haben wir denn jetzt, außer Blutvergießen und Krieg? Seinetwegen!« Er wies mit dem Finger auf Henry. »Wegen dieses Thronräubers!«

Alle auf dem Gang hielten hörbar den Atem an.

Johns Vater mahnte: »Du darfst den Thron nicht einnehmen, Richard! Das Volk wird es nicht dulden.«

»Und ich sage dir, die Menschen sind die Raubwirtschaft, die Morde, die Ungerechtigkeit leid – wie ich – und wollen uns zurück! Du hast doch gesehen, wie sie mir auf den Straßen zujubelten.«

»Du verkennst das Volk. Die Leute werden dich nicht akzeptieren. Sie haben dir freudig zugejubelt, jedoch nicht, weil du Henry vom Thron stößt, sondern weil du sie von Marguerite, dem Earl of Wiltshire und ihren habgierigen Günstlingen befreit hast«, sagte Salisbury. »Das Volk liebt seinen kranken, milden, frommen König trotz aller Erniedrigungen, die es unter ihm erleiden musste.«

»Verstehst du es nicht?«, fragte der Duke und sah jeden Einzelnen wütend an. »Wir können die Kuh nicht vertreiben, ohne diesen Idioten fortzujagen! Nur noch das Schwert kann die Sache regeln. Das wusste Marguerite von Anfang an, weil sie klüger ist als wir alle. Wie oft hat sie versucht, mich ermorden zu lassen? Wie oft hat sie uns in Hinterhalte gelockt, sie und ihre Günstlinge? Es ging immer um das Schwert, nur waren wir zu dumm, es zu erkennen!«

»Ja, die Leute verabscheuen Marguerite und ihre skrupellosen Günstlinge«, antwortete der Earl. »Aber sie verehren ihren armen, fragilen König. Es ist nicht Henry, den sie für schuldig halten.«

»Und dennoch ist er es! Dieser Mann und die fremde Frau, die ihn wie eine Krone trägt, haben uns bluten lassen. Es wird nicht aufhören, bis er fort ist. Bei Christi Blut, sein Kopf ist es, der Hydras Schlangenarme möglich macht! Nur wenn er fort ist, sind wir die Kuh von Anjou los, die unser Land ausgeplündert hat, die Franzosen und Schotten einlud, unseren Frauen Gewalt anzutun, zu morden und uns zu berauben, wie es ihnen beliebte – dank dieser erbärmlichen Kreatur, die du einen König nennst!«

Stille antwortete ihm.

Der Duke sagte die Wahrheit. Aber die Wahrheit war Verrat, und Verrat zählte zu den schlimmsten Taten, die ein Mann gegen Gott begehen konnte. Henry war ein von Gott erwählter König. Wir alle hatten auf ihn geschworen. Gegen unsere Schwüre zu handeln, wäre nicht bloß eine Entehrung unserer selbst, sondern würde auch unsere unsterblichen Seelen in Gefahr bringen. Ich hatte die ganze Zeit Henry beobachtet und mich gefragt, was er wohl denken mochte. Er stand halb verborgen auf der Türschwelle, hinter sich einige Männer. Zweifellos hatte er den Wortwechsel mit den Augen verfolgt, doch seine Züge waren vollkommen ruhig, und ein freundliches Lächeln umspielte seine Lippen. Hatte er nicht begriffen, was hier geschah?

Yorks Sohn brach die Stille, die uns alle in ihrem Bann hielt. Er drängte sich hinter Warwick vor und sagte sanft: »Vater, eine bessere Regierung ist dringend vonnöten, aber es sind die eigensinnige Marguerite und ihre Günstlinge, nicht dieser arme, ahnungslose Henry, dem das Volk die Schuld gibt. Wir alle haben erkannt, dass er ohne Schuld ist. Ihr habt gesehen, was dort unten geschah. Sie wollen uns nicht unterstützen. Doch ich denke, sie brauchen nur Zeit, sich an den Gedanken zu gewöhnen. Lasst uns unseren Anspruch den Lords vortragen, damit sie ihn besprechen können! Sie werden beizeiten einsehen, welche Vorzüge mit ihm verbunden sind.«

»Richtig«, pflichtete Warwick ihm bei, »lass uns deinen Thronanspruch vortragen und die Unrechtmäßigkeit Henrys beweisen! Dann können wir ihn absetzen, ohne das Land zu zerreißen.«

Der Duke of York überlegte einige Zeit, dann nickte er.

Einen Monat lang debattierte das House of Lords die Thronfolge. Danach waren sich alle einig, dass die Krone rechtmäßig York zustand, doch da Henry den Thron als König von Gottes Gnaden innehatte, kamen sie zu einem Kompromiss, der sowohl die Ehre des Königs wahrte als auch den Duke zufriedenstellte. Henry würde auf Lebenszeit herrschen, und nach seinem Tod sollten ihm York und dessen Erben auf den Thron folgen.

»Aber der Duke of York ist zehn Jahre älter als Henry. Sorgt er sich nicht, dass er niemals König werden könnte?«, fragte ich John eines Abends, als wir ins Bett gingen.

John seufzte. »Trotz allem, was in Westminster vorfiel, ist York ein vernünftiger Mann. Als ihm das House of Lords den Kompromiss vorschlug, sagte er: ›Ich brauche den Titel des Königs nicht, nur das Wissen, dass meine Hand zum Wohl aller das Staatsschiff lenkt.‹ Es war Rogers aufgespießter Kopf, der ihn aufgebracht und zu dem übereilten Entschluss trieb, uns bliebe keine andere Wahl, als Henry abzusetzen. Aber er ist nicht unbesonnen, deshalb nahm er das Angebot an.«

Der Erzbischof von Canterbury legte König Henry den Kompromiss vor.

»Ich möchte kein Christenblut vergießen«, sagte Henry zum Bischof, »also werde ich diesem Abkommen zustimmen.« Dann schickte er Marguerite Nachricht, sie möge nach London zurückkehren. Ihre zornige Antwort ließ nicht lange auf sich warten:

Anders als Ihr, teurer König, bin ich nicht aus Butter, dass ich mich nach Belieben formen ließe von Schurken, die uns rauben wollen, was rechtmäßig unser ist. Eher gefriert die Hölle, als dass ich solch einer Abscheulichkeit zustimme und das Geburtsrecht meines Sohnes an York abtrete. Diese Teufel sollen an ihren Worten ersticken, mitsamt dem Siegel, und mit Gottes Gnade werde ich sie schon bald zur Hölle jagen, wo sie hingehören.

Dennoch wurde York am neunten Tag des Novembers 1460 zum Thronerben erklärt. Fortan lag die Macht bei York, deren Schatten bei Henry. Wir wussten nicht, wie oder wann Marguerite zurückkommen würde, aber dass sie Himmel und Hölle in Bewegung setzen würde, um ein Heer aufzustellen und erneut eine Schlacht gegen York zu führen, stand für uns alle außer Frage.

Und es dauerte nicht lange, bis Marguerite einmarschierte. Sie hatte eine große Armee von Franzosen, Walisern und Schotten zusammengestellt. Indem sie jedem Mann zwischen sechzehn und sechzig Jahren mit Verlust von Leib und Leben gedroht hatte, hatte sie Soldaten in den nördlichen Regionen Englands rekrutieren können, wo York wenige Anhänger hatte, und sie unter Andrew Trollopes Kommando gestellt, dem Verräter von Ludlow. Den Schotten versprach sie die große Burg von Berwick als Lohn für ihre Hilfe, die über Jahrhunderte als Trutzburg gegen sie gedient hatte. Dann ließ sie Clifford, den Earl of Northumberland, und Somerset auf Pontefract Castle zurück, von wo aus sie die Ländereien der Yorkisten plündern und die Pächter ermorden sollten, während sie selbst gen Süden zog – eine rachsüchtige, fremde Königin an der Spitze einer wilden, grausamen Horde.

»Mylord Warwick erzählte mir, niemand zweifle mehr an, dass sie Englands Feindin ist. Kein Mann, der bei Sinnen sei, erkenne sie jetzt noch als die rechtmäßige Königin an, nicht nachdem sie Englands Bollwerk gegen eine Invasion aus dem Norden verschenkt hat«, sagte Nan seufzend.

Und fürwahr: Als die bunt zusammengewürfelte, unzivilisierte Streitmacht den Trent überquerte, fegte sie mit ihren Untaten König Henrys letzten Halt in der Nation hinweg. Uns erreichten Nachrichten, dass brutale Überfälle südlich des Trent auf Marguerites Geheiß stattfanden, waren sie doch Teil ihrer Bezahlung an die Schotten und Nordengländer. Nichts blieb von ihren Plündereien verschont, nicht einmal Bücher und Altarschmuck.

»Henrys Regierung galt schon länger als unfähig, aber Marguerites Wüten hat das Land auf immer in Norden und Süden gespalten«, sagte Countess Alice betrübt. »Wo war Gott an dem Tag, als Suffolk und Somerset uns im Austausch gegen die Hand dieser mittellosen Teufelin Marguerite d'Anjou an die Franzosen verkauften?«

Ich wusste nicht, ob die Countess von mir oder von Gott eine Antwort erwartete.

Während Marguerite das Land südlich des Trent plünderte, führten ihre Günstlinge rücksichtslos ihren Befehl aus, die Anwesen der Yorkisten im Norden niederzubrennen. Hilferufe wurden an den Duke of York in Baynard's Castle gesandt, die zusehends verzweifelter klangen. Daraufhin erhielt York den offiziellen Auftrag, die Rebellion einzudämmen. Er löste das Parlament am neunten Tag des Dezembers auf und begab sich nach Wakefield und seiner nördlichen Burg Sandal. Der Duke nahm seinen Sohn Rutland, den Earl of Salisbury und Thomas mit. Warwick und John blieben in der Stadt, und Edward of March wurde ausgesandt, Männer in den Waliser Marschen in Stellung zu bringen. In der Zwischenzeit wurde ein Waffenstillstand mit den Lancastrianern vereinbart, sodass die heilige Woche eingehalten werden konnte, denn Weihnachten 1460 nahte.

Unter einem wolkenlosen, winterblauen Himmel sagten wir dem Earl und Thomas im Erber Lebewohl. Es war ein wunderschöner Tag: Frischer Schnee war gefallen, hatte die Welt in keusches Weiß gehüllt, und Eiszapfen glitzerten wie Diamanten an den Bäumen. Vögel zwitscherten laut, als feierten sie die weiße Pracht. Maude umarmte Thomas inniglich, und ich hatte Mitleid mit ihr, weil sie über Weihnachten von ihrem Gemahl getrennt sein würde. Stumm dankte ich der heiligen Mutter Maria, dass John bei mir blieb. Eine ähnliche

Szene spielte sich auch in einem anderen Haus ab, denn Duchess Cecily musste sich von ihrem Gemahl, dem Duke, und ihrem siebzehnjährigen Sohn Edmund verabschieden. Gewiss winkten sie und ihre Familie ihnen genauso still nach wie wir, nicht ahnend, was das Schicksal uns bescheren würde – welches entsetzliche Übel, welche unaussprechlichen Schrecken …

16

Wakefield, Weihnachten 1460

Für mich war Weihnachten 1460 ein glückliches Fest im Erber. John war so aufmerksam und liebevoll, wie ich es mir nur wünschen konnte. Drei Wochen lang war ich von jenen umgeben, die ich liebte, erlebte überwältigende Freude und feierte ausgelassen. Ich spielte Blindekuh und Verstecken mit den Kindern, naschte Zuckerzeug und getrocknete Feigen, die ich so gern aß, musizierte auf meiner Leier und sang und tanzte vergnügt. Mein Glaube, mit der Welt stünde alles zum Besten, ließ sich nicht durch die Berichte über böse Omen erschüttern, die uns erreichten. So wurde in Norfolk angeblich ein seltsames, zweischneidiges Schwert am Himmel gesehen, das zur Erde zeigte und das man als Ankündigung göttlicher Vergeltung für die Entmachtung Henrys deutete. In Bedfordshire fiel blutiger Regen, und daraus folgerten die Leute, dass bald Blut wie Wasser fließen würde. Doch in meinem Glück beachtete ich all diese Omen nicht.

An dem Tag, als sie sich bewahrheiten sollten, dem ersten Tag des neuen Jahres 1461, heulte ein schneidender Wind über das Land, der alle Leute in die Häuser trieb und die Straßen gespenstisch still erscheinen ließ. Ich spielte »Hot Cockles« mit den Kindern: Einem von ihnen wurden die Augen verbunden, und die anderen versetzten ihm leichte Klapse, wobei das »blinde« Kind erraten musste, wer es war. So beschäftigt, sah ich die Männer zunächst nicht, die auf den Hof des Erber geritten kamen. Aber ich hörte durch das Fenster die Schreie und Flüche der Bediensteten sowie das Rufen der Männer. Ich vernahm auch das Poltern und Krachen von Tischen und Eimern, die fallen gelassen wurden, als Leute herbeieilten. Dazu krähten Raben auf den Dächern, Hunde kläfften wild. Der Lärm lockte mich ans Fenster, von wo aus ich einen Verwundeten erblickte, der aus seinem Sattel in den Schnee fiel. Andere liefen hin, um ihm zu helfen, und aus dem Schatten des Torbogens kamen noch mehr Verletzte. Einige von ihnen verschwanden im Treppenaufgang zur großen Halle, andere in der Küche oder den Stallungen. Sie alle hinterließen leuchtend rote Blutspuren im Schnee. Maude und die Countess kamen leichenblass aus ihren Zimmern gerannt. Wir alle eilten hastig nach unten in die Halle.

Auch wenn ich tausend Jahre lebte, würde ich nie vergessen, was als Nächstes geschah.

Umgeben vom gesamten Salisbury-Haushalt und jenen Verwundeten, die sich noch auf den Beinen halten konnten, kniete sich ein Mann mit blutverschmiertem weißen Haar vor die Countess. Sein einer Arm hing schlaff an seiner Seite. Countess Alice bedeutete ihm, sich zu erheben, und er gehorchte. Der Ausdruck in seinen Augen brach mir das Herz, und Panik ergriff mich. Ich hielt den Atem an.

»Ich bringe die traurigsten Nachrichten, die ein Mann einer Mutter, einer Schwester, einer Gemahlin, einer Tochter, einem Sohn, einem Vater oder einem Bruder bringen kann. Mylady ...« Ihm versagte die Stimme, und er räusperte sich. »Richard Neville, Earl of Salisbury, unser hochverehrter und gütigster Lord, Euer Gemahl, sowie Euer Sohn Sir Thomas Neville ... sind tot. Tot sind auch zweitausend Mann unseres Yorkisten-Heeres ... Möge Gott in seiner Gnade ihren Seelen Frieden schenken.«

Mir gefror der Atem in der Kehle, während um mich herum Schreie, Weinen und fürchterlichste Klagelaute ausbrachen. Arme streckten sich nach der bedenklich schwankenden Countess aus und stützten Maude, die in Ohnmacht fiel. Nachdem sich die Schreie beruhigt hatten, fuhr der Mann stockend fort: »Der Verwandte des Earls, Richard Plantagenet, Duke of York, starb mit ihnen, wie auch sein zweiter Sohn Edmund, Earl of Rutland, und viele andere, die uns vertraut und teuer waren und deren Verlust uns auf immer schmerzen wird.« Wieder brach dem Alten die Stimme, und abermals durchschnitten Schreie die Luft, die in ein schreckliches, unwirkliches Klagen mündeten. Der Mann sprach weiter: »Der Duke, die Earls und Sir Thomas Neville gaben ihr Leben ... für Recht und Ehre und für das Wohl des Volkes ... und sie starben mit ihren Mannen im Kampf um ebendieses Recht und diese Ehre ...«

Es kostete mich einige Mühe, in die Gesichter um mich herum zu schauen, die ausnahmslos tränenüberströmt und schmerzverzerrt waren. Die Klagerufe wichen einer Stille, die uns wie ein leerer, kalter Wind durchfuhr, alles veränderte und ein unsichtbares Band zwischen uns wob. Dieses Band, das aus Trauer gewunden war, war fester als Eisen und hielt uns auf immer unverbrüchlich in seinen schwarzen Klauen.

Über die nächsten Tage erfuhren wir die schmerzlichen, entsetzlichen Einzelheiten, von denen manche so schrecklich waren, dass wir sie der Countess und Maude vorenthielten.

Die Lancastrianer hatten den vereinbarten Waffenstillstand am dreißigsten Tag des Dezembers gebrochen und die Männer des Dukes angegriffen, als sie im Wald zwischen der Wakefield-Brücke und Sandal Castle nach Pferdefutter gesucht hatten. York hatte die Kämpfe von der Burg aus gesehen und sofort nach seinem Harnisch gerufen. Seine Berater beschworen ihn, nicht die Burg zu verlassen, weil er zu wenige Männer hatte, waren doch viele über Weihnachten bei ihren Familien. Aber York wies ihren Rat ab.

»Ich kann diese Männer nicht opfern«, sagte er. »Lieber sterbe ich, als dass ich mich auf solche Weise entehre.« Er befahl, dass die Zugbrücke heruntergelassen wurde, führte seine Männer über den Burggraben und galoppierte in den Wald. Sie traten gegen die dreifache Schar von Gegnern an, doch York kämpfte erbittert und fiel an der Spitze seiner Männer. Yorks siebzehnjähriger Sohn Edmund, der Earl of Rutland, entkam dem Gemetzel und versuchte, sich in Sicherheit zu bringen. Er hatte es beinahe geschafft, war schon kurz vor der Wakefield-Brücke, als Lord Clifford ihn einholte. Rutland war unbewaffnet und flehte um sein Leben, doch Clifford schrie:

»Bei Christi Blut, Euer Vater ermordete meinen, und das werde ich mit Euch und allen Eurigen tun!« Mit diesen Worten rammte er sein Schwert in die Brust des Jungen.

Der Earl of Salisbury starb am nächsten Tag, doch wie, wusste niemand.

»Mein Vater entkam dem Blutbad, wurde aber in der Nacht von einem von Trollopes Männern gefangen genommen. Man brachte ihn nach Pontefract Castle. Wir wissen nur, dass er um sein Leben bettelte und ein hohes Lösegeld anbot, dennoch starb er dort. Ob man ihn köpfte oder ...« John schluckte, »oder ermordete, können wir nicht sagen.«

Zitternd rang ich nach Atem und sah zu meinem Gemahl.

Er saß auf der Bettkante, den Kopf hatte er in die Hände gestützt. Nach einer Weile blickte er voller Kummer zu mir auf. »Und das ist nicht alles.«

Ich war sprachlos. Was konnte noch kommen? Heimtücke, Verrat, Kämpfe während der heiligen Tage, Tod durch Hinterhalt, der Mord an einem unbewaffneten Jungen ...

»Guter Gott«, flüsterte ich, »was noch?«

Plötzlich sprang John auf und sah mich mit einem so glühenden Zorn an, dass ich zurückwich. »Clifford schnitt ihnen die Köpfe ab und brachte sie Marguerite, die sie an die Tore von York nageln ließ. Marguerite verlangte lachend, dass man dem Duke eine Papierkrone aufsetzte, weil er König sein wollte.«

Entsetzt schlug ich eine Hand auf meinen Mund, um nicht zu schreien. Gefallene zu entehren, Männer, die im Kampf gestorben waren, eine solche Barbarei war mir unbegreiflich! Marguerites Handeln verstieß gegen alle Regeln der Kriegsführung. Nie, niemals, nicht einmal in meinen finstersten Albträumen, hätte ich sie eines solchen Frevels, solch unvorstellbarer Grausamkeit für fähig gehalten. Nun hieß es Krieg *à outrance* – Kampf bis aufs Messer, und das Messer bis ans Heft. Auf einmal fühlte ich mich schwach, griff nach dem Bettpfosten und sank auf die Matratze. Ängstlich sah ich John an, wollte etwas sagen, doch kam mir kein Laut über die Lippen. Über Nacht hatte sich die Welt verändert, und nichts würde jemals wieder wie zuvor sein.

Ich nahm kaum wahr, dass John sich umdrehte und hinausging. Viele Stunden blieb er fort, und später erfuhr ich, dass er übers Moor geritten war, das ebenso leer und trostlos war wie seine Seele. Mir kamen Thomas' Worte in den Sinn: »Solange du bei mir bist, bin ich sicher, John.« Ich schloss die Augen. John war nicht bei ihm gewesen, und Thomas war gestorben. Ich fürchtete, die Worte seines Bruders würden John bis ans Ende seiner Tage verfolgen.

Schließlich zwang ich mich aus meiner schrecklichen Lethargie und ging, um nach Countess Alice zu sehen. Gedankenversunken machte ich mich auf den Weg zu ihr, als ich leise Stimmen hörte. Ich blieb stehen, drehte mich um und folgte dem Geräusch auf Zehenspitzen zurück zu einer kleinen Kammer hinter mir. Sie hockten alle beisammen auf dem Boden nahe einem Kohlenbecken: Warwicks kleine Anne und Bella, nun sieben und neun Jahre alt, und unsere Zwillinge Annie und Izzie, die fast drei waren. Die Amme war nicht zu entdecken, auch wenn ich gewiss war, dass sie die Kinder nicht länger allein lassen würde. Sie redeten so leise, dass ich mich anstrengen musste, sie zu verstehen.

»Sie sind im Paradies«, sagte Bella.

»Was ist das, Paradies?«, fragte unsere kleine Annie.

Ich drückte mich dicht an die Steinmauer. Tränen stiegen mir in die Augen, und ein scheußliches Gewicht beschwerte mein Herz.

»Das ist im Himmel«, antwortete Warwicks Anne mit einem Anflug von Stolz, weil sie die Antwort kannte.

»Was machen die da?«, fragte Izzie neugierig.

Hierüber hatte Bella offenbar nie nachgedacht, denn sie musste einige Zeit überlegen, ehe sie sagte: »Die sitzen da nur.«

»Auf Stühlen?«, fragte unsere Annie.

Bella runzelte grübelnd die Stirn, wie ich bei einem raschen Blick ins Zimmer sah. »Ich glaube schon. Vielleicht auch auf einem Thron.«

»Kommt Onkel Tom wieder und ist lustig?«, wollte Warwicks Anne wissen. Sie liebte Thomas besonders, und im Geiste sah ich ihn vor mir, wie er sie im sonnendurchfluteten Zimmer durch die Luft wirbelte und sie vor Vergnügen kreischte.

Leichte Schritte eilten über den Flur herbei. Die Amme kann auf mich zu, murmelte unglücklich etwas von »Abort«, doch ich bedeutete ihr, still zu sein, und legte beruhigend eine Hand auf ihren Arm.

»Wir haben die Kinder ganz vergessen«, flüsterte ich, wobei

ich meine Tränen wegblinzelte. Dann schluckte ich meinen Kummer herunter, rang mir ein Lächeln ab und trat mit der Amme zusammen ins Zimmer.

»Onkel Thomas wartet im Himmel auf dich, kleine Anne«, sagte ich und nahm das Kind in die Arme. »Eines Tages wird er dich wieder zum Lachen bringen. Wenn du selbst ins Paradies kommst, wird er so lustig mit dir sein, wie du dir nur wünschst. Dann werdet ihr immerzu fröhlich und heiter sein, versprochen.«

Die Königin marschierte nach Süden. Ihre Truppen plünderten, verwüsteten und mordeten, wo immer sie hinkamen. Wir hörten von Nordmännern, die Monstranzen aufbrachen und das heilige Sakrament herausrissen, Bücher, Kelche, Messgewänder und Kirchenschmuck jeder Art entwendeten und Priester ermordeten, die es wagten aufzubegehren. Denn Marguerite hatte ihren Soldaten versprochen, dass ihnen gehörte, was sie südlich des Flusses Trent erbeuten konnten.

Ängstliche, verzweifelte Menschen flohen aus ihren Heimen und suchten Zuflucht in London. Es war furchtbar, ihr Elend mitanzusehen. Sie drängten sich in den überquellenden Kirchen und auf den winterlichen Straßen, wo sie ihre Babys in den Armen hielten, um Almosen bettelten und den Verlust von Heim und Herd jedem Londoner klagten, der sie anhörte. Wo ich auch hinging, war ich umgeben von Tränen und Jammer. Es war, als weinten sogar die Stadtmauern vor Kummer. Ich fühlte mit den Armen, von denen viele ihre Söhne verloren hatten, weil sie gezwungen worden waren, für Lancaster zu kämpfen. Wie wir trauerten sie um ihre Lieben, nur war es um sie noch schlimmer bestellt, denn sie hatten außer ihren Ernährern auch ihr Heim verloren und mussten als Bettler leben.

Ihr Leid quälte mich Tag und Nacht, bis mir einfiel, wie man ihnen helfen konnte.

Nan und ich sprachen mit den Priestern von St. Mary's und arrangierten, dass Essen an die Notleidenden in den Straßen von Dowgate verteilt wurde. Unsere Bemühungen waren so erfolgreich, dass wir uns auch an andere Priester in Kirchen überall in der Stadt wandten. Gleichzeitig baten wir die Londoner Bürger, Strohballen zu spenden, und sie brachten sie karrenweise herbei. Die Ballen lieferten wir an die Kirchen und baten als Nächstes, dass man grobes Brot aus Hafer und Roggen spenden möge. Wieder kamen die Leute zu Fuß, zu Ross oder mit Karren, um uns ihre Gaben zu bringen. Da wir wenig Gold besaßen, bestellten wir Leichtbier in allen Londoner Schank- und Gasthäusern und heuerten Köche aus den Londoner Herrenhäusern an, große Mengen dicke Suppe zu kochen. Wir versprachen ihnen, sie bald zu bezahlen, und alle gewährten uns Kredit.

Die Hilfsbereitschaft der Menschen rührte mich. Männer und Frauen, Jung und Alt, in Lumpen, mit fehlenden Zähnen oder Gliedmaßen, übersäten unsere Hände und Kleidersäume mit Küssen und riefen uns ganze Litaneien von Segenswünschen nach:

»Gott segne die Nevilles!«

»Möge der Herr den Earl of Warwick und seine Familie schützen, den Retter Englands!«

»Gott segne das Haus York, denn ohne York sind wir verloren, verloren!«

Die Kinder und John, von dem ich dieser Tage wenig sah, waren mein einziger Trost. Das Erber erinnerte überall an den Earl, den ich wie einen Vater geliebt hatte, und an Thomas, der mir ein teurer Bruder gewesen war. Meine Arbeit für die Armen tat mir wohl, indem sie meinen Geist beschäftigte und mich tagsüber fern vom Erber hielt. Abends kehrte ich erschöpft zurück und fiel meist früh ins Bett. Die Countess und Maude hingegen schliefen so gut wie gar nicht, sondern saßen da und starrten blind aus dem Fenster, als erwarteten sie, dass ihre Ehemänner aus dem Grab nach Hause kämen. Countess Alice dauerte mich am meisten, denn Maude hatte ihre Jugend und eine Zukunft, die Countess hingegen nur ihre Erinnerungen.

Mich schmerzte es zu sehen, wie sehr Johns Mutter in ihrem Kummer alterte. Sie war beinahe nicht wiederzuerkennen. Ihre einst rosigen Wangen hingen schlaff und blass herunter, und sie war sehr abgemagert. Mit ihren lose schlackernden Kleidern und den dünnen zittrigen Händen ähnelte sie einem Skelett.

Obgleich ich müde war, fand ich in diesen Tagen selten Schlaf. Jede Nacht lag ich neben John und malte sehr sacht, um ihn nicht zu wecken, die Linien seines schönen Gesichtes nach. Oft legte ich vorsichtig meine Hand auf sein Herz, in dem Wunsch, das rhythmische Schlagen zu spüren. Dass John ruhen konnte, war gut, denn er würde seine Kraft brauchen, wenn es zur Schlacht kam. Wann immer mich dieser finstere Gedanke plagte, nahm ich eine Kerze und leuchtete mir den Weg zur Kapelle. Bisweilen tröstete es mich, dort zu sein, doch es geschah auch, dass mir sie zu winzig für meine großen Bitten an Gott erschien. Dann verließ ich das Haus im Morgengrauen und ging zur geräumigeren Kirche St. Mary's, um noch mehr Kerzen zu entzünden und weitere Gebete zu sprechen.

In einer der schlaflosen Nächte nach Wakefield überkam mich der Wunsch nach frischer Luft, also stand ich auf und schlich die Turmstufen hinab zum Fluss. Hin und wieder half es, in die sternenglitzernde Weite aufzublicken, wo Gott wohnte, und mir wurde ein bisschen leichter ums Herz. Zu meiner Verwunderung entdeckte ich eines Nachts die Countess unten an der Treppe, die aus der Burg herausführte.

»Ich suche hier ... nach etwas ... das ich verloren habe«, sagte sie mit einer seltsamen Stimme und einem merkwürdig ausdruckslosen Lächeln. »Aber ich ... ich weiß nicht mehr, was es war ... nur, dass ich ohne es nicht leben kann ... Es ist etwas Kostbares ... doch ... doch ich weiß nicht, was ...«

Ich begriff, dass sie schlafwandelte; was sie suchte, würde sie nicht finden. Mir kam eine Zeile von Aischylos in den Sinn: »Noch im Schlaf fällt uns der Schmerz, der nicht vergessen kann, Tropfen für Tropfen auf das Herz.« Heiße Tränen rannen mir über die Wangen und tropften auf meine Hände, als ich die Countess behutsam zu ihrem Schlafgemach führte und der Obhut ihrer Dienerin übergab.

Die arme Maude war ebenfalls untröstlich. »Das Leben ist ein Krieg, warum kann ich nicht einfach sterben?«, hauchte sie eines Tages, als sie die Brühe wegschob, die ich ihr gebracht hatte. Ich nahm sie in die Arme, strich ihr über das helle Haar und küsste ihre blasse Stirn. Ihre Verzweiflung war nur zu verständlich, denn Thomas war bereits der zweite Gemahl, den sie verloren hatte, und sie hatte keine Kinder, deren Lachen ihre Trauer linderte. Ohne den allzeit lustigen Thomas kam selbst mir das Erber unerträglich still vor, wie musste es da erst für Maude sein? Doch bald sollte sie nach Tattershall Castle gehen, um bei ihrem jovialen Onkel zu leben. Und ich war gewiss, dass ihr der Abstand zu den Erinnerungen hier helfen würde.

Unterdes hatten Warwick und John alle Hände voll zu tun, London unter dem Lancastrianer-Bürgermeister unter Kontrolle zu behalten, während sie eine neue Armee zusammenstellten, um die gefallene in Wakefield zu ersetzen. Den ganzen Tag galoppierten Männer mit Nachrichten auf den Hof und wieder fort. Unter dem Vorsitz von John und Warwick wurden in den Ratskammern von Erber und Westminster lautstark Politik und Strategien diskutiert. Während dieser düsteren Tage für York war es eine der wichtigsten Aufgaben Warwicks, seinen ausländischen Verbündeten zu versichern, dass die Yorkisten weiterhin für ihre Sache kämpfen würden. Er schrieb Briefe an seine Freunde Philip von Burgund, den Herzog von Mailand und auch an den Papst, zu Händen meines Onkels in Rom, den er zum päpstlichen Botschafter ernannt hatte. Dass ihn seine Freunde nach dem Tod Yorks und der Niederlage des Yorkisten-Heeres nicht im Stich ließen, bewies, welches Ansehen und Prestige Warwick in Europa genoss. Überall um uns herum waren Verlust und Gefahr, und niemand konnte voraussagen, was die Zukunft bringen würde, aber solange wir Warwick hatten, hofften wir.

Inmitten dieser katastrophalen Zeit jedoch lernte ich eine Seite an ihm kennen, die mir nicht gefiel. Ich kam an seiner Ratskammer vorbei, als er ein Schreiben an den Papst diktierte. Und da vernahm ich deutlich, wie er den Tod seines Vaters und den seines Bruders als »Mord an meinen Angehörigen« bezeichnete. Vor Schreck blieb ich stehen. Wie konnte Warwick in Bezug auf den Earl und Thomas nur von »Angehörigen« sprechen? Sie waren sein Vater und sein Bruder gewesen!

Ich rang um Fassung und ging weiter, doch ich würde es nie vergessen.

Nichts von dem, was Marguerite in den vorherigen zehn Jahren getan hatte, entfremdete sie dem Volk so sehr wie das Verbrechen von Wakefield. Es war kein Pöbel gewesen, der dort gestorben war, sondern das nobelste Geblüt Englands – das ehrbarste und patriotischste. Der Anstand verlangte, dass die Leichen dieser Männer mit Respekt behandelt wurden. York hatte gegen Marguerite verloren, ja, aber nicht, weil er ihr nicht gewachsen gewesen oder sie klüger wäre. Er war der Unterlegene, weil er nicht so skrupellos war wie sie. Er war ein weißer Ritter, der gegen eine schwarze Königin kämpfte, ein Sohn Englands gegen eine fremde Bedrohung. Und die Leute schlugen sich in Scharen auf Yorks Seite.

Selbst jetzt, nach den grauenhaften Taten der Königin in Wakefield, drängte John Warwick, ein Friedensabkommen mit den Lancastrianern anzustreben und dem Kämpfen ein Ende zu machen. »Um der armen Teufel willen, die für uns kämpfen und sterben müssen. Wir schulden es ihnen, unsere eigenen Empfindungen hintanzustellen und ihnen Frieden zu schenken, sofern er irgend erreichbar ist«, sagte John eines Abends zu mir und ergänzte nach einer kurzen Pause: »Und auch um des armen Königs Henry willen und der Eide, die wir ihm vor Gott leisteten.«

Doch Marguerites Ohren waren taub. Sie plante bereits ihren triumphalen Marsch auf London, wo sie mit Warwick ebenso zu verfahren gedachte wie mit dem Duke of York. Henry sollte gerettet werden, und dann würden sie und ihre Günstlinge – Somerset, Clifford und die Percys von Northumberland – sich die Kriegsbeute teilen und herrschen, wie es ihnen beliebte. Die Aussicht auf eine weitere Schlacht schwebte so beklemmend finster über uns, dass ich, als John eines Tages mit einem Lächeln in unser Gemach trat, ausrief: »Mein Liebster, gibt es gute Neuigkeiten? Ich bitte dich, sag sie mir!«

»Es kam zu einer Schlacht bei Mortimer's Cross. Edward of March hat gesiegt! Er hat den Vorstoß der Lancastrianer

Jasper Tudor und Wiltshire geschlagen – und das ohne Warwicks Hilfe! Mit diesem Sieg hat Edward bewiesen, dass er der Mann ist, für den ich ihn hielt.«

Oh, wie gut es tat, dieses Lächeln zu sehen! Ich warf mich in Johns Arme und bedeckte sein Gesicht, seinen Hals und sein Haar mit wilden Küssen und Freudentränen. Wir feierten mit gewürztem Wein, Roggenbrot und Wurstringen, die John so gern aß. Während wir auf großen Kissen am Feuer saßen, erzählte er mir die Einzelheiten. Und was für eine prächtige Geschichte es war!

»Am Sonntag, dem Lichtmesstag, wurden angeblich drei Sonnen am Himmel gesehen.«

Erschrocken setzte ich mich auf. »Drei Sonnen? Von solch einer Erscheinung habe ich noch nie gehört. Bekamen die Leute keine Angst?«

»Oh, doch, die bekamen sie. Verwirrung und Furcht regten sich unter den Yorkisten. Die Männer hielten die drei Sonnen für ein böses Omen und glaubten, es stünde für den schrecklichen Konflikt zwischen dem König, der Königin und dem Duke of York, der zur Gefangennahme des Königs, der Flucht der Königin und dem Tod des Dukes führte. Sie glaubten, das Zeichen kündigte ihre endgültige Niederlage an. Aber March erklärte ihnen, es sei ein gutes Zeichen. ›Habt keine Angst‹, sagte er den Männern. ›Die drei Sonnen stehen für die Heilige Dreifaltigkeit und unseren Sieg! Also, fasst Mut und lasst uns im Namen des Allmächtigen gegen unsere Feinde ins Feld ziehe!‹«

»Wie alt ist er jetzt?«, fragte ich, denn eine derartige Geistesgegenwart erstaunte mich bei einem jungen Mann.

»Achtzehn«, antwortete John. »Marguerites Armee war weit mannstärker als seine, dennoch gewann er die Schlacht. Es heißt, Edward führt nun die Sonne neben der Rose in seinem Wappen.«

»Die drei Sonnen können ein gutes Omen für Edward of March gewesen sein«, sagte ich froh. »Und Edward of March ist ein gutes Omen für England.«

»Ich glaube, er wird ein würdiger König, so Gott will«, ergänzte John.

»Was ist mit Wiltshire und König Henrys Bruder, Jasper Tudor? Leben sie?«

»Tudor entkam ... Wiltshire floh schon vor Beginn der Schlacht.« John musste grinsen, und ich kicherte kopfschüttelnd, dankbar für diesen Moment der Leichtigkeit, den uns Englands größter Hasenfuß bescherte.

Dann wurde John wieder ernst. »Was den Rest betrifft, ist Edward mit den Mördern seines Vaters so verfahren wie sie mit seinem Vater.« Er schwieg, und an seiner Miene erkannte ich, dass er an den Earl und Thomas dachte. Ich wandte den Blick ab, bis er wieder sprechen konnte.

»Dreitausend Lancastrianer starben bei Mortimer's Cross. Jaspers Vater, Owen Tudor, wurde auf dem Marktplatz von Hereford enthauptet und sein Kopf auf einen Speer gesteckt. Eine Wahnsinnige kämmte ihm das Haar und wusch ihm das Blut aus dem Gesicht.«

Mir kam der Gedanke, dass jene Frau Tudor vielleicht geliebt hatte und vor Kummer wahnsinnig geworden war. Denn ich hatte erlebt, was Trauer anrichten kann. Und ich empfand Mitleid mit der fremden Frau.

Johns Stimme riss mich aus den trüben Gedanken. »Tudor hatte nicht geglaubt, dass er sterben würde, nicht einmal als er den Scharfrichter sah oder sie ihn bis auf das Wams auszogen. Selbst da noch erwartete er Begnadigung, weil er keine größere Rolle in dem Konflikt gespielt hatte. Erst als der rote Samtkragen seines Wamses abgerissen wurde, begriff er und sagte: ›Nun wird dieser Kopf, der früher auf Königin Catherines Schoß lag, auf einem Spieß enden.‹ Und dann stellte er sich furchtlos dem Tod.«

»Das ist das Ende des hübschesten Mannes in England, der vom Kammerdiener zum Gemahl einer Königin aufstieg … und vieler andere, die nicht willentlich an diesem Zwist beteiligt waren.«

Wir sahen einander in die Augen und stießen mit unseren Kelchen an. »Auf alle Gefallenen, Lancastrianer und Yorkisten. Mögen sie ewigen Frieden finden!«, sagte John leise.

An einem stürmischen Februartag, eine Woche vor dem Fest des heiligen Valentin, kamen Kundschafter angaloppiert und berichteten Warwick, dass Marguerite sich London näherte. Warwick übertrug John alle städtischen Angelegenheiten und führte sein Heer umgehend nach Norden, der Königin entgegen.

Eines Morgens fand ich John allein in der großen Ratskammer im Westminster-Palast, wo er nachdenklich über ein Schreiben gebeugt war.

»Von Warwick?«, fragte ich besorgt.

Seufzend legte er den Brief ab. »Ich fürchte, ich muss zu ihm, Isobel. Er braucht mich, ob er es weiß oder nicht.« Er stand vom Tisch auf, trat ans Fenster und blickte auf den Fluss hinaus. Stumm beobachtete ich, wie er sich mit der Hand durchs Haar fuhr. Es war eine Geste, die von Erschöpfung und Unsicherheit zeugte, und wieder einmal fragte ich mich, wie mein Gemahl wirklich über seinen legendären Bruder dachte, den man allenthalben wie einen neuen Cäsar feierte. Ich ging zu ihm und berührte seinen Arm.

»Warum denkst du, dass Warwick dich braucht, wenn er dich nicht um Hilfe bittet?«

»Auf dem Weg nach St Albans erreichten ihn Späher mit anderen Berichten zu Marguerites Aufenthalt, also weiß er nicht, wo sie ist.« John holte tief Luft. »Ich kann nicht sagen, warum, aber ich spüre, dass da etwas nicht stimmt ... Warwick ist unsicher. Er mag auf See bewundernswert sein, doch ganz gleich, wie sehr er von sich überzeugt ist, ist er an Land kein großartiger Soldat.«

»Aber was wird aus London, wenn du fort bist? Die Stadt darf nicht unbewacht bleiben.«

»Sir John Wenlock kann das Kommando übernehmen. Er ist ein Warwick-Protégé, ihm absolut ergeben, ein guter Mann und vertrauenswürdig ... Er wird alles regeln können, bis ich zurück bin.«

»Dann geh zu Warwick, und sei versichert, dass er froh sein wird, dich an seiner Seite zu haben. Obgleich er es nicht laut zugeben würde, legt er großen Wert auf deinen Rat, mein Liebster. Nan hat es mir erzählt.«

Er drehte sich zu mir um, beugte sich vor und küsste mich auf die Stirn. »Ich werde beim ersten Hahnenschrei aufbrechen.«

»John, kannst du Sir Thomas Malory schicken, um mir zu berichten, wenn ...« Es fiel mir schwer, die Worte auszusprechen. »Falls ... nachdem ihr gekämpft habt?«

Er sah mich prüfend an, erkannte meine große Furcht und schloss mich in die Arme. »Ja, mein Engel.«

Den nächsten Morgen verabschiedete ich mich in der grauen Dämmerung beim Steigblock von John. Es war der sechzehnte Februar, zwei Tage nach St. Valentin. Ich richtete den Blick nach oben zum verhangenen Himmel und betete für Johns sichere Heimkehr, dann sah ich ihm nach, wie er davonritt, neben ihm Rufus auf seiner eigene Mähre. Leider konnte mich dieser Anblick, der mich schon so oft zum Lachen gebracht hatte, nicht mehr erheitern.

Wie versprochen schickte John Sir Thomas Malory, um mir zu berichten. Malory traf am achtzehnten Februar ein und brachte schlechte Neuigkeiten.

»Die zweite Schlacht von St Albans, die gestern Morgen ausgetragen wurde, endete mit einer Niederlage für York, Mylady.« Er zögerte. »Der Earl of Warwick ist nach Calais geflohen.«

Ich senkte den Kopf und sprach ein stummes Dankgebet für Warwicks Entkommen. Doch Malory hatte nichts von John gesagt. »Und ... und mein Gemahl?«

Malory antwortete nicht gleich. »M'lady, ich habe diese Nachricht bis zum Schluss aufgespart, weil ich sie Euch am liebsten nicht brächte. Mylord Montagu wurde gefangen genommen.«

Ich biss mir auf die Lippe, um den Schrei zu unterdrücken, der in meiner Brust aufstieg. Sir Thomas reichte mir die Hand und führte mich zu einem Stuhl. Mein Denken war ein heilloses Durcheinander, als er mir den Rest berichtete.

»Der Earl of Warwick hat auf seinem Weg nach Sandwich, von wo aus er nach Calais übersetzt, in London haltgemacht und Duchess Cecily von seiner Niederlage berichtet. In ihrer Furcht vor Marguerite wirkte sie auf ihn ein, dass er ihre Kinder, die Lords Richard und George, gleich mit nach Calais nahm.«

»Was ist mit Nan und den Kindern?«

»Sir John Wenlock soll sie möglichst bald nach Calais bringen. Warwick denkt, Ihr habt von Marguerite nichts zu befürchten, weshalb er keine Arrangements für Eure Abreise mit der übrigen Familie traf.« Er betrachtete mich ernst.

Ich nickte. »Ja, ich stimme Mylord Warwick zu.«

»Das ist gut, denn er überträgt Euch eine Aufgabe bezüglich Mylord Montagu.«

In meinem Kopf vermengten sich Hoffnung und Furcht, als der alte Ritter einen Brief aus der Tunika zog und ihn mir reichte. »Mylady, der Earl of Warwick gab mir dies, ehe er floh, und bat mich, es Euch mit der dringenden Bitte zu bringen, keine Zeit zu verlieren. Überbringt dies der Königin, denn es birgt die einzige Hoffnung für Lord Montagu, nun, da Yorks Lage finsterer denn je ist.«

Mit steifen Fingern nahm ich den Brief entgegen. Er war an Marguerite adressiert, trug Warwicks Siegel, und bevor er ging, erklärte Malory mir, welchen Inhalts er war.

»Geoffrey möge Rose satteln!«, rief ich dem Wachmann an der Tür zu. »Und holt Ursula und die Kinder! Wir reiten sofort nach St Albans!« Ich lief aus dem Zimmer.

17

Towton, 1461

Lizzie ließ ich in der Obhut der Amme, nahm die Zwillinge mit und galoppierte nach St Albans. Ursula sowie ein Dutzend Landsknechte begleiteten mich. Leider schien Malorys Bericht unvollständig gewesen zu sein, ließ er doch eine Vielzahl von Fragen offen, die mir nicht aus dem Kopf wollten. Wie hatte York die Schlacht verlieren können, nachdem sie andere so glorreich gewonnen hatten, selbst unter den widrigsten Umständen? Was war schiefgegangen?

»Ich verstehe das nicht!«, sagte ich zu Ursula, die neben mir ritt.

Sie schwieg. Erst als ich zu ihr sah, bemerkte ich, dass sie mir etwas vorenthielt. »Du weißt, was geschehen ist, nicht? Dir hat es dein Vater erzählt.«

Stille.

»Ursula, ich muss es wissen!«

»Ich sollte nicht ... darf nicht ... Ich habe versprochen, es für mich zu behalten!«

Aber sie sagte es doch, denn wir standen uns längst näher als Schwestern, und es gab nichts, was wir einander verschweigen könnten. Entsprechend hatte ich schon vor einiger Zeit darauf bestanden, dass sie mich wie eine Schwester ansprach statt wie eine Herrin.

Sie weihte mich in alle Einzelheiten ein, die ihr Vater mir gegenüber ausgespart hatte, und schilderte mir das ganze Ausmaß der Katastrophe. »Du darfst keinem weitersagen, was ich dir jetzt erzähle! Mein Vater verdankt Mylord Warwick die Freiheit und würde ihn nie brüskieren wollen.«

»Alles, was du mir gesagt hast, nehme ich mit ins Grab. Das schwöre ich bei der Seele meines Vaters.«

Wie Ursula erzählte, hatten Warwick und John gestritten. Warwick war entschlossen gewesen, bei St Albans auf Marguerite zu warten, und hatte sein Lager dort auf einem Feld namens »Niemandsland« aufgeschlagen, mit vielen Kanonen und sogenannten »Krähenfüßen« nebst Netzen und nägelbewehrten Schilden, die er in der Erde versteckt hatte.

John hatte auf ihn eingeredet, die Stellung zu wechseln. »Du hast keinen Schutz von hinten, Bruder!«, hatte er entsetzt ausgerufen.

Doch Warwick, der Kritik nie gut aufnahm, konterte erbost: »Keiner greift von hinten an.«

»Du hast dir solche Mühe gegeben, dich nach vorn zu schützen, dass du Marguerite zwingst, dich von hinten zu attackieren!«, entgegnete John.

»Wer bist du, mein Handeln anzuzweifeln? Ich bin der Held von England!« Warwick plusterte sich empört auf.

»Bei Gott, Dick! Vater hörte stets auf meinen Rat, und das nicht, weil er dir weniger zugetan war, sondern weil er wusste, dass es einige wenige Dinge gibt, in denen ich besser bin als andere, und eines davon ist die Kriegsführung.«

Warwick gab nach. »Na schön, wenn du darauf bestehst, ändern wir morgen unsere Stellung.«

»Aber du darfst keine Zeit verlieren! Wir sind heute Nacht ungeschützt.«

»Niemand greift nachts an«, erwiderte Warwick überheblich. »Das ist unehrenhaft.«

John sah ihn an, als hätte sein Bruder den Verstand verloren.

»Hat sie mit dem Kopf unseres Vaters nicht hinlänglich bewiesen, dass sie sich einen Teufel um Ehre schert? Du darfst das Risiko nicht eingehen!«

Warwick zuckte nur mit den breiten Schultern. »Wie auch immer, fehlt uns dafür womöglich die Zeit.«

»Wie nahe ist Marguerite?«, fragte John.

»Ich weiß es nicht ... genau. Die Späher sind noch nicht zurück.«

John starrte seinen Bruder ungläubig an. »Um Gottes willen, Mann, schick andere aus! Du musst herausfinden, wo sie ist! Aber vor allem musst du deine Stellung ändern, jetzt sofort! Falls Marguerite uns hier erwischt, vernichtet sie uns!«

Warwick weigerte sich. Es wurde ein Kompromiss geschlossen: Wenn die Kundschafter zurückkamen, würde das Lager, sofern Zeit blieb, verlegt.

Später am Abend kehrte einer der Späher zurück und berichtete, dass die Königin elf Meilen entfernt war.

»Wenn wir gleich anfangen, können wir bis Tagesanbruch bereit sein«, sagte John.

Warwick nickte.

»Ich wünschte, du hättest früher begonnen, Bruder«, bemerkte John, als er sich aufmachte, die Berichtigung ihrer Stellung zu beaufsichtigen. Er sorgte sich immer noch wegen Warwicks ungeschützter Flanke.

Nur war Marguerite nicht so weit entfernt, wie der Späher berichtet hatte. Als sie erfuhr, dass Warwick in St Albans wartete, marschierte sie im Schutz der Dunkelheit dorthin weiter und kam um drei Uhr am nächsten Morgen an. Warwick wurde inmitten seiner Vorbereitungen für eine bessere Stellung überfallen. Im Yorkisten-Lager brach Verwirrung aus, und in der Dunkelheit erwiesen sich Warwicks Kanonen als gefährlicher für seine eigenen Männer denn für die Feinde, sodass viele von Warwicks Leuten getötet wurden. Nach Marguerites Sieg wurden die Stadt und die Abtei von siegestrunkenen Truppen geplündert. Sie verschonten nicht einmal die Bettler. Dreitausend Mann starben in der Nacht, zumeist Yorkisten, aber nur zwei Lancastrianer-Anführer fielen. Einer war Lord Ferrers of Groby, der Lord, den Elizabeth Woodville sich zum Gemahl erwählt hatte.

Diesmal bescherten mir die schlechten Nachrichten für diese Frau nicht den Hauch von Schadenfreude. Vielmehr war es noch ein Kummer, zusätzlich zu allen anderen. Lieber Gott, lass mich nicht Elizabeth Woodvilles Schicksal erleiden!, flehte ich zum Himmel. Unwillkürlich wanderte meine Hand zu Warwicks Schreiben, das ich an meinem Busen verwahrte. »Ich danke dir, Ursula. Nun verstehe ich endlich alles. Aber ich will nicht über das Unglück nachdenken, solange noch Hoffnung besteht.«

In einigem Abstand von Marguerites Lager hieß ich Geoffrey und die anderen zu ihrer Sicherheit nach London zurückkehren. Er widersprach mir so vehement, wie er es wagte, doch ich ließ mich nicht erweichen. Mir lagen er und die anderen zu sehr am Herzen, als dass ich sie Marguerite ausliefern wollte. Dann wappnete ich mich gegen das, was kommen würde, und ließ Rose weitergehen.

Es war Abend, und die Lagerfeuer sahen wir schon von Weitem. Sie funkelten so hell wie die Sterne am Firmament. Männer standen um die Feuer herum, manche wärmten sich die Hände, andere rösteten Fleisch am Spieß darüber oder tranken und vergnügten sich mit Frauen. Der Duft von Gebratenem lag schwer in der Luft, als ich auf einen Wachmann zuritt und ihn bat, zum Zelt der Königin geführt zu werden.

Ein Mann, der sich die Zähne mit einem Holzsplitter reinigte, wies nur mit dem Daumen auf einen breitschultrigen Landsknecht ein Stück weiter, der offenbar sein Kommandant war.

Dieser Mann richtete sich zu seiner vollen Größe auf und schritt mir entgegen. »Wer seid Ihr?«, fragte er streng und mit einem starken nordischen Akzent.

»Meinen Namen nenne ich nicht«, antwortete ich betont hochnäsig, um ihm Respekt einzuflößen.

»Dann Euer Begehr?«

»Ich komme in dringender Angelegenheit, um die Königin zu sprechen. Was ich zu sagen habe, ist nicht für Eure Ohren bestimmt.«

Er betrachtete mich mit kleinen Schweinsaugen, sah zu Ursula, den Kindern und wieder zu mir. Nach einer Weile fragte ich ihn patzig:

»Was? Fürchtet Ihr Euch vor Frauen und Kindern?«

Der Mann gab nach. »Nun gut, das königliche Zelt ist gleich da vorn. Ihr könnt es nicht übersehen.«

Wir ritten weiter, begleitet von anzüglichen Bemerkungen dreister Grobiane und unverhohlenen Blicken auf meine Gestalt. Dann rief plötzlich jemand aus der Ferne meinen Namen.

»Lady Montagu!«

Ein Mann mit lockigem braunen Haar lief aus den flackernden Schatten der Lagerfeuer auf mich zu. Ich hielt meine Zelterstute an und wartete verwundert. Wer könnte mich hier, inmitten der Feinde, freundlich ansprechen wollen?, überlegte ich. Der Mann erreichte mich und blickte zu mir auf. Mit freudiger Überraschung stellte ich fest, dass es William Norris war.

»Mylady, wie gut, Euch wiederzusehen!«, sagte er atemlos.

»Und mich freut es, Euch zu sehen, William. Ich fragte

mich schon, wie es Euch in den Jahren ergangen sein mochte, seit wir uns zuletzt begegneten.«

»Eure Sorge ehrt mich, Mylady. Seid Ihr gekommen, die Königin zu sehen?«

»Bin ich.«

»Ja, ich hörte, dass Lord Montagu gefangen genommen wurde.«

Ich musste schlucken.

»Ich hoffe, die Königin gewährt Euch Eure Bitte um Gnade. Er ist ein wackerer Ritter. Ihr habt eine gute Wahl getroffen … Isobel.«

Er sprach meinen Namen sehr leise, dennoch entging mir die Note von Zärtlichkeit in seinem Tonfall nicht. Dies also waren die Männer, die in den Schlachten zwischen York und Lancaster starben: Männer, die liebten, die gütig waren, die kämpften, weil es die Ehre und ihre Befehlshaber geboten. Tränen brannten in meinen Augen, und ich biss mir auf die Lippe, um meine Gefühle einzudämmen. »Es sind jammernswerte Zeiten für uns alle, William. Ich bedaure den Tod Eures Herrn.«

»Duke Humphrey war ein vornehmer Mann«, sagte er.

Wir beide schwiegen. Irgendein Grobian rief betrunken: »Ey, Norris, gib sie mir, wenn du sie nich' willst! Ich weiß schon, was ich mit ihr mache.« Gelächter folgte.

William blickte mich ernst an. »Darf ich Euch zur Königin eskortieren?«

»Das wäre überaus freundlich«, antwortete ich.

Er nahm die Zügel meiner Stute und führte Rose vorwärts.

Bei Marguerites Zelt versperrte mir ein weiterer Landsknecht den Weg. Während William auf ihn einwirkte, mich einzulassen, wurde die Plane beiseitegezogen, und ein Mann trat heraus. Ich schluckte, als ich dem Schlächter von England ins Gesicht blickte, Lord Clifford.

Seine grausamen braunen Augen sahen mich hasserfüllt an. »Ihr habt hier nichts zu suchen!«, fuhr er mich an und wandte sich zu William. »Ihr auch nicht! Verschwindet!«

William Norris warf mir einen unglücklichen Blick zu, verneigte sich und ging.

»Ihr irrt«, erwiderte ich. »Ich bringe dringende Nachricht für die Königin.«

»Dringend für Euch, zweifellos. Seid versichert, dass die Königin Euch nicht zu sehen wünscht. Ihr könnt gehen.« Er wies in die Richtung, aus der ich gekommen war.

Aus dem Zelt war eine andere Stimme zu hören, und ein Mann trat heraus. Es war Somerset. Sobald er mich erblickte, erstarrte er und wurde rot. Doch er hatte sich bald wieder gefangen. »Lady Montagu?«

Mich wunderte, dass er mich mit Johns neuem Titel ansprach, der ihm von Yorks Parlament verliehen worden war, und es versöhnte mich ein wenig mit Somerset, zumal er verändert wirkte. Mit Clifford hatte er ohnedies nichts gemein, doch es dauerte einen Moment, ehe mir das Wort einfiel, das Somersets Wandel am treffendsten beschrieb. Dann wusste ich es: demütig. Ja, die Zeit schien Somerset demütig gemacht zu haben.

»Ich kümmere mich darum, Clifford.« Er wartete, bis Lord Clifford wieder im Zelt war. »Erlaubt mir, Euch von Eurem Zelter zu helfen«, sagte er dann und reichte mir galant wie ein wahrer Ritter die Hand.

Ich nahm sie und stieg ab. »Ich danke Euch, Mylord Somerset.« Doch kaum sah ich zu ihm auf und in seine Augen, bemerkte ich dort eine Unruhe, die mich ängstigte, sodass ich den Blick rasch abwandte. Er brachte mich ins Zelt und meldete mich Marguerite, die gerade einem Schreiber diktierte.

Die prachtvolle Einrichtung des geräumigen Zeltinneren erstaunte mich. Eine riesige silberne Truhe stand an einer Seite, zahlreiche Kerzen brannten, und in der Mitte war ein mit weißem Damast verhüllter Tisch, auf dem sich ein Krug mit Wein und ein Teller mit Äpfeln befanden. Außerdem gab es ein großes Bett, dessen blaue Satindecken mit den Schwanen- und Federemblemen des Prinzen bestickt waren, mehrere vergoldete Stühle und sogar ein Kanapee. Marguerite war von einer Reihe von Lords umgeben, und in einem edlen Stuhl neben dem Schreiber saß Henry.

Sie drehte sich um, als sie meinen Namen hörte, und Henry bemerkte lächelnd: »Ah, willkommen, meine liebe ...«

Marguerite ließ ihn nicht ausreden. »Sie ist nicht willkommen!«, fiel sie ihm wütend ins Wort, dann wandte sie sich an mich. »Ich sagte dir beim letzten Mal, dass du nie wieder zu mir kommen und mich um einen Gefallen bitten sollst! Es ist eine Dreistigkeit sondergleichen, dass du es wagst, dich hier zu zeigen, nach allem, was du und die Deinigen mir an Leid zufügten – diese verdammten und verachtenswürdigen Nevilles, die sich mit dem Teufel selbst, York, verbündeten!«

Sie hatte einen unruhigen Ausdruck in den Augen und zitterte von Kopf bis Fuß.

»Hast du vergessen, wie übel er mich täuschte und welche falschen Schwüre dieser Verräter gegenüber meinem Gemahl, König Henry, leistete, der ihn wieder und wieder begnadigte? Dieser bösartige Verräter, der – wider alle Eide, die er leistete – zu Unrecht den Thron forderte und Lügen über uns verbreitete, damit unsere Untertanen sich gegen uns erheben? Und, *mort Dieu*, all dies, während er behauptete, er wolle uns keinen Schaden zufügen, sondern lediglich das Wohl des Königreiches. Dieser Lügner und Verleumder! Doch nun sind all seine üblen Absichten enthüllt, dass alle Welt sie erkennt! York wollte von Anfang an nichts als den Thron – für ihn log und mordete er! Wie Gott gezeigt hat, sind wir die wahren Monarchen. Gott selbst hat York und jene bestraft, die mit ihm ihre Schwüre brachen! Und nun kommst du her und erwartest, dass ich deinen Gemahl begnadige, einen Verräter, der mit seinem elenden Bruder Warwick gemeinsam meinen Namen verleumdete, meine Ehre beschmutzte, mich eine Hure schimpfte und unseren königlichen Prinzen einen Bastard? Der mich und mein Kind in den Wald von Northampton jagte, in die Hände von Räubern? Hast du eine Ahnung, was ich dort erleiden musste? Gott allein weiß es! Ja, Gott«, sie wies mit dem Finger gen Himmel, »Gott half mir, ihnen zu entkommen. Diese Schurken fielen in einen Streit über ihre Beute, und Er sandte mir einen vierzehnjährigen Jungen, der mir half fortzureiten, wir drei auf einem Pferd!

Wir flohen durch den Wald. Weißt du, wie es ist, ohne Freunde und allein im Wald zu sein, der Gnade von Räubern und allen Übeltätern ausgeliefert, die dort lauern? Einer von ihnen – *très hideux et horrible en l'aspect* – wollte mich missbrauchen. Aber ich wusste Rat! Mit Gottes Hilfe fand ich die Rettung. Ich vertraute jenem *hideux* Mann unseren Rang an, gab mein Kind in seine Hände und sagte: ›Rette den Sohn deines Königs!‹ Er erwies sich als loyal, und wir erreichten Wales. *Oui*, Gott half mir, all das zu überleben, und schenkte mir heute den Sieg über meine Todfeinde! Niemals werde ich vergeben und vergessen, was diese abscheulichen Nevilles und Yorkisten mich erleiden ließen. Also, hier hast du meine Antwort. Dein Gemahl stirbt!«

Sie verstummte und sah mich mit einem zornigen, triumphierenden Blick an, der ihren eigenen Wahnsinn verriet. Dann jedoch brach eine sanftere Stimme die Stille.

»Nein, teure Königin, John Neville ist ein braver Mann. Er war mein Kämmerer, und ich begnadige ihn.«

Marguerite wirbelte zu Henry herum. »Du begnadigst jeden! Genau das trägt uns all diese Schwierigkeiten ein! Du schweigst still, Mylord, denn sie alle sterben, alle! Nicht nur der Neville, sondern auch alle anderen, denen du Begnadigung versprachst, die dich gefangen hielten, während wir kämpften – Lord Bonville, Lord Berners und Sir Thomas Kyriell.«

»Sie hielten mich nicht gefangen. Sie schützten mich.«

Marguerite ignorierte Henry und drehte sich wieder zu mir. »Diesmal sind sie zu weit gegangen. Wir werden sie alle vernichten – all die Stimmen gegen uns sterben. Und danach herrschen wir wie vorher.«

»Nein, Marguerite, teures Weib.« Henry erhob sich von seinem Stuhl. »So wird es nicht geschehen. Ich versprach ihnen Begnadigung, und wir hatten eine schöne Zeit, haben gesungen und gelacht unter dem Apfelbaum.«

»Henri, setz dich hin und sei still, sonst schicke ich dich in ein Kloster!«

»Ich mag Klöster. Es ist friedlich in ...« Vor ihrem zornigen Blick verstummte er und sank auf den Stuhl, wo er leise vor sich hin murmelte.

Dann richteten sich Marguerites unruhige Augen wieder auf mich. »Geh jetzt!«, zischte sie und wies zum Ausgang.

»Meine Königin, ich fürchte, Ihr habt den Grund meines Kommens missverstanden. Ich bin nicht hier, um einen Gefallen zu erbitten, sondern um einen Tausch zu verhandeln. Ein kostbares Leben gegen ein anderes.«

Marguerite zögerte. »Was meinst du?«

»Das Schreiben, das ich Euch bringe, legt es Euch eloquenter dar, als ich es könnte, meine Herrin.« Ich hielt ihr den Brief hin.

Marguerite nickte Somerset zu, dem ich es reichte. Er las die Nachricht, und als er wieder aufsah, war seine Miene angsterfüllt. Er kniete sich vor Marguerite, die verwundert auf ihn herabblickte.

»Meine Königin, sie halten meinen Bruder Edmund in Calais gefangen. Falls Ihr Neville exekutiert, droht Warwick, Edmund zu ermorden. Ich flehe Euch an, zeigt Gnade und lasst John Neville am Leben, auf dass mein Bruder ebenfalls am Leben bleiben darf!«

Der Königin war anzusehen, dass in ihr Wut, Zärtlichkeit und Angst miteinander rangen. Nach einer ganzen Weile sagte sie: »Steht auf, treuer Henri of Somerset. Sollte sich als wahr erweisen, dass Edmund ein Gefangener ist, wird John Neville nicht mit den anderen hingerichtet.«

Ich verneigte mich tief und zog mich zurück. Somerset begleitete mich aus dem Zelt. Draußen sahen wir uns zunächst schweigend an.

»Wohin wollt Ihr jetzt?«, fragte er.

»Ich weiß es nicht. Vielleicht nach Eversleigh oder nach Bisham.«

»Ihr dürft nicht allein reiten. Ihr braucht Schutz.« Er winkte den Landsknecht herbei, raunte ein paar Anweisungen, und der Mann eilte fort. Ich hörte, wie er nach Ursula und den Pferden rief.

»Isobel«, hob Somerset in einem seltsamen, aber sanften Ton an und nahm meine Hand, »es gibt etwas, das ich Euch sagen möchte, ehe Ihr geht.«

Verwundert blickte ich zu ihm auf.

»Ich habe mich in Euch getäuscht. Jener ungezähmte Zug an Euch, der mich betörte, war kein Ungestüm, sondern Courage. Ihr seid die mutigste Frau, die ich kenne, Isobel, und ich muss mich bei Euch entschuldigen für mein unhöfliches – nein, mein unverschämtes – Verhalten Euch gegenüber. Ich bedaure es.«

Der gänzlich veränderte Somerset machte mich sprachlos. »Ich weiß nicht, was ich sagen soll.«

»Sagt, dass Ihr mir vergebt.«

Es kostete mich einige Mühe zu begreifen, was ich hörte. Dann erkannte ich, dass vor mir ein Mann stand, der sich der brutalen Realität des Krieges stellen musste. »Ich vergebe Euch«, erklärte ich leise.

Somerset küsste meine Hand und betrachtete mich mit einem merkwürdigen Blick. »Gott schütze Euch, Isobel!«

Der Landsknecht kehrte mit Ursula und den Pferden zurück. Annie und Izzie plapperten aufgeregt über irgendetwas, aber ich wusste nicht, was es war. Dann jedoch hörte ich Bellen, und Rufus kam aus der Dunkelheit auf mich zugelaufen. Freudig hüpfte er um mich herum. Ich neigte mich hinunter und begrüßte ihn. Der Hund musste während des Gefechts in den Wald geflohen und zurückgekommen sein, um John zu suchen. Als ich wieder aufsah, erschien William Norris mit einigen Männern und meinem Pferd.

Somerset nahm Rose' Zügel und half mir auf die Zelterstute. Dann übergab er mir die Zügel, ließ seine Hand allerdings noch eine Weile über meiner. »Habt keine Angst«, flüsterte er mir zu. »John Neville wird nichts geschehen. Ihr habt mein Wort darauf.« Er sah zu Norris. »Gebt gut acht auf sie!« Damit versetzte er Rose einen Klaps, und sie lief los.

Als ich mich umdrehte, war Somerset fort.

Der Weg nach Bisham erschien mir beschwerlich, denn neben Erschöpfung und Verzweiflung peinigten mich fürchterliche Gedanken. Fror oder hungerte John? Litt er Schmerzen? Würde er überleben? William Norris war ein wahrhaft ritterlicher Begleiter: höflich und aufmerksam, ohne zudringlich zu sein. Er ließ sich durch nichts anmerken, wie er für mich empfand. Ursula und ich sprachen wenig und wählten unsere Worte mit Bedacht. Das einzige Lachen war das der Kinder, die munter mit Norris plauderten oder den anderen Männern – und sogar Rufus, der neben uns hertrottete – Fragen über Fragen stellten. Auf unserem Weg nach Norden kamen wir durch viele kleine Ortschaften, und ich fand die Reise so mühsam wie jene zum Hofe mit Sœur Madeleine, denn damals wie heute war mir das Herz schwer.

Ich war beruhigt, dass John nichts geschehen würde, doch das war mein einziger Trost. Immer wieder sah ich das sanfte Gesicht König Henrys vor mir. Armer Henry! Die Ereignisse der letzten Monate hatten seinem Verstand arg zugesetzt. Ein gütiger, schlichter, liebenswerter Mann, der durch einen perfiden Scherz des Schicksals zum König ernannt worden war, obgleich er kein Herrscher war. Vielmehr war er der Schatten eines Königs, der sich widerstandslos von Feinden wie Rettern hin und her schieben ließ. Er zog Gnade der Gerechtigkeit vor, konnte dem Land nur leider keines von beidem geben, weil sein Handeln von seiner Gemahlin diktiert wurde.

Meine Hände verkrampften sich an den Zügeln. Das wahnsinnige Lächeln Marguerites bei deren Gezeter über den Duke of York hatte mir mehr verraten, als ich jemals hatte wissen wollen. Ich dachte an die wunderschöne und gelehrte junge Frau, die ich einst kennengelernt hatte. Mit Marguerite hatte das Schicksal England einen weiteren üblen Streich gespielt. Es paarte einen mönchsgleichen König, dem es an jedwedem

Ehrgeiz mangelte, mit einer stolzen, maßlos ambitionierten Gefährtin, die ihre Macht skrupellos und arrogant ausübte. Ihr Streben nach absoluter Herrschaft hatte England zerrissen und sie in eine irrsinnige Wölfin verwandelt, deren blutige Fänge einzig mit immer mehr Blut zu beschwichtigen waren. Die Geschehnisse hatten ihren Verstand, wie den ihres Gemahls, verwirrt, doch war ihr Wahn, anders als Henrys, ein finsterer.

Und ich dachte an Somerset, wobei mich eine befremdliche Traurigkeit überkam. Er war nicht mehr derselbe Mann, der mich in dem engen Gang in Westminster bedrängt hatte, aber ich wollte nicht einmal darüber nachdenken, was diesen Wandel herbeigeführt hatte. Wie mich Marguerites Beispiel lehrte, hatte das Leben seine ganz eigenen Möglichkeiten, Menschen zu verändern.

Falls die Landschaft, durch die wir ritten, schön war, bemerkte ich es nicht. Wir kamen an einer Frau vorbei, die sich mit einem Laken gegen den kalten Wind schützte, und an einem Bauern in grober Kleidung, dessen Zehen aus den Lumpen lugten, die er sich um die Füße gewickelt hatte. Andere arbeiteten auf den Feldern, die Hände mehr schlecht als recht von löchrigen, schlammverkrusteten Fäustlingen geschützt. Wir passierten Bettler, die um Almosen flehten: einbeinige, einarmige, einäugige Männer und solche mit schrecklichen, eiternden Wunden. Die Kriege hatten eine Vielzahl von Bettlern hervorgebracht.

Zum Mittag hielten wir an einer Taverne gleich hinter dem Kirchhof von Little King's Hill am Marktplatz, damit die Pferde rasten konnten. Eine nahe gelegene Gerberei schüttete ihre Fässer mit dem giftigen Wasser auf der Straße aus. Nur wenige Leute aßen in dem Gasthaus. Mit ihren Blicken zu meinem Lancastrianer-Beschützer mit König Henrys weißem

Schwanenemblem bedeuteten sie, dass sie die jüngsten Nachrichten gehört hatten. Sie unterhielten sich mit gedämpften Stimmen, nur leider verstand ich trotzdem, was sie sagten. Ganz in purpurnen Samt und Gold gehüllt, hatte Marguerites kleiner Prinz Edward dem Prozess gegen Bonville, Berners und Kyriell vorgesessen, jenen Lords, die sich angeboten hatten, als Leibwächter bei Henry zu bleiben, solange die Schlacht getobt hatte, und denen Henry Begnadigung versprochen hatte. Des Königs Gnadenerlass wurde kurzerhand aufgehoben, und der siebenjährige Prinz verurteilte die Männer zum Tode. Dann sah er bei ihrer Enthauptung zu.

Gegenüber der Taverne kam ein Schlachter mit einem Käfig voller Hühner aus seinem Laden. Er holte eines der Tiere heraus, schlug ihm sehr geschickt mit einer Axt den Kopf ab und warf den kopflosen Körper in die Luft. Der Rumpf flatterte ein Stück weit, ehe er leblos zu Boden fiel. Hinter dem Schlachter segelten aufgestobene Federn herab und klebten an einem Fleischstreifen, der zum Trocknen aushing. Mein Magen zog sich zusammen.

In Bisham begrüßte uns der Verwalter hocherfreut, verstummte jedoch, als er hörte, dass unsere Eskorte lancastrianisch war. Dennoch servierte er meinen Begleitern auf meine Bitte hin Ale, Wurst und dunkles Roggenbrot. Am nächsten Morgen indes, als ich William Norris Lebewohl sagen wollte, fand ich ihn und seine Lancastrianer umringt vom Vogt und einigen der jungen Dienerinnen, die mit ihnen scherzten und lachten. Der Vogt bot sogar an, mit ihnen durch die Stadt zu reiten, damit sie sicher aus dem Warwick-treuen Bisham gelangten. »Gut, dass Ihr nach Einbruch der Dunkelheit durchkamt!«, sagte er und stieg auf sein Pferd, »sonst hätte Euch das Schwanenwappen da mächtig Ärger eingehandelt.«

Ich trat zu William Norris. Eigentlich wollte ich ihm eine

sichere Reise, Frieden und ein gutes, langes Leben wünschen, schwieg jedoch. Unser beider Schicksal lag in den Händen einer launischen Fortuna, und war es ihm wohlgesonnen, bedeutete das womöglich, dass es John nicht gut ging. Deshalb dankte ich ihm nur und wünschte ihm Gottes Segen.

Berkshire war beinahe vollständig zu York übergewechselt, und ohne die Bedrohung durch Lancastrianer fand ich ein wenig Ruhe in Bisham, vor allem seit ich mit meiner kleinen Lizzie wiedervereint war. Von dort aus ritt ich die folgende Woche weiter nach Norden, nach Burrough Green in Cambridgeshire, wo ich zur Welt gekommen war. Ich brauchte den Trost meines Elternhauses. Die kleine Burg stammte noch aus sächsischer Zeit, und obwohl sie kein ganzes Heer abhalten könnte, schützte sie uns allemal vor den Plündererhorden, die hier die größte Bedrohung darstellten.

Kurz nach unserer Ankunft begab ich mich allein in den leeren Ostflügel, in dem ich als Kind oft gewesen war. Ich hatte es geliebt, durch die langen Korridore zu laufen und mich in den zahlreichen Nischen und Winkeln vor meiner Amme zu verstecken. Nun folgte ich den vertrauten schmalen Gängen mit den vielen roten Ziegelsteinbögen. Ich kam an einer ganzen Reihe von Zimmern vorbei, ehe ich in einer Nische stehen blieb, in der früher eine Truhe gestanden hatte. Mit beiden Händen drückte ich sanft gegen die rote Steinmauer. Die falsche Wand gab nach, und ich stand in einem kleinen Raum. Durch ein schmales Fenster und die Bodenritzen über mir fiel fahles Licht herein. Vor mir hing ein Seil von einem großen runden Eisenhaken in der Decke. Ich schloss die Tür hinter mir. Als Kind hatte ich hochspringen müssen, um das Seilende zu erreichen; jetzt konnte ich es einfach in die Hände nehmen. Ich legte mein Gewand ab, ergriff das Seil und begann zu schaukeln. Wie hatte ich das in Kindertagen geliebt! Ich beugte und streckte die Beine und gewann so an Schwung, und mir war, als flöge ich frei wie ein Vogel durch die Luft. Ich war wieder ein Kind und lief, gejagt von meiner Amme und juchzend vor Vergnügen, durch langes Gras. Die Welt drehte sich um mich, die Zeit nahm Gestalt an und wurde zu etwas Festem, dessen seidige Berührung ich spürte, während die Jahre dahinschmolzen. Wieder hörte ich, wie sich die Amme bei meinem Vater beklagte: »Sie lief weg und wäre um ein Haar in den Brunnen gefallen. Das Kind ist zu ungestüm, und es tut ihm nicht gut. Erlaubt mir, es mit der Rute zu bändigen.«

Und mein Vater antwortete: »Nein, es verläuft eine schmale Grenze zwischen Ungestüm und Courage, und Isobel wird all ihre Courage brauchen, um durchs Leben zu kommen.«

Dann geschah etwas Magisches. Ich sah mich selbst neben mir, ein lachendes Kind von sechs Jahren, das sich ebenso an dem Seil drehte und schwang wie ich, und während ich in das lachende Kindergesicht blickte, veränderte es sich. Die Unschuld wich aus ihm, und es verschwand.

In den nächsten Wochen brütete ich über den Haushaltsbüchern und ging meinen Pflichten nach. Ich zählte die Kerzen, sparte an Binsen und flickte unsere Wollkleidung, um die Ausgaben möglichst gering zu halten, denn es war nie genug Geld da. Abends stickte ich an Johns Umhang, dessen Kragen mittlerweile von einem Kranz aus Greifen verziert war, und wenn ich endlich müde wurde, drückte ich ihn an mich und schlief ein.

»Sind wir arm?«, fragte die kleine Izzie mich eines Tages, als Annie und Lizzie sich an mich schmiegten. Ich zog die Kinder in meine Arme und erklärte ihnen, so gut ich konnte, dass wir sorgsam sein müssten, bis Papa wieder nach Hause kommen würde. »Aber macht euch keine Sorgen, meine Mäuschen. Mama wird euch nie Hunger leiden lassen.«

In jenen Tagen lauschte ich aufmerksam allem, was von Durchreisenden nach Burrough Green getragen wurde. Nach Warwicks Niederlage und Sir John Wenlocks Flucht nach Calais sowie der Abreise der Duchess of York und Warwicks Familie war niemand mehr in London, der die Leute für Yorks Sache werben konnte.

»Und trotzdem«, erzählte mir ein Kaufmann aus Kent, »und trotz der Gerüchte, die ohne Zweifel von der Königin gestreut werden, dass der Earl of Warwick gefangen genommen wurde und die Yorkisten unter Edward of March sich plündernd und mordend London näherten, steht die Stadt fest hinter York. Der Königin aber bleiben die Tore verschlossen, und wenn der Bürgermeister und die Stadträte, die ja Lancastrianer sind, noch so betteln.« Er schüttelte den Kopf vor Staunen, und ich schenkte ihm mehr Wein ein. Nach einem ausgiebigen Schluck lehnte er sich näher und ergänzte: »Das Land würde sich lieber von Henry trennen, den alle mögen, als sich mit seiner Königin abzugeben, die sie hassen!«

Als Nächstes kam ein Mönch aus London. »Am siebenundzwanzigsten Februar öffnete die Stadt ihre Tore weit für Edward of March!«, verkündete er. »Am ersten März wurde er mit dem Segen des Erzbischofs von Canterbury zum König erklärt!«

Frohen Herzens hörte ich mir an, was der Mönch noch zu erzählen hatte.

»Sie sangen und tanzten um ihn herum.« Der alte Mann stand auf, lüpfte die Kutte und führte mir einen kleinen Jig vor, einen schnellen Tanz im Sechsachteltakt. Dazu sang er mit hoher Stimme nach, was er gehört hatte: »Auf geht es nun zu neuen Reben, zu fröhlich' Trank und munt'rem Leben, mit dieser weißen Rose rein, dem Earl of March woll'n treu wir sein – la-di-hi, la-di-hi!«

Lachend schenkte ich ihm nach.

Eines Tages machte ein Zimmermann aus York auf seinem Weg nach Süden bei uns halt, der sich Arbeit in St Albans suchen wollte, und bat um Unterkunft für die Nacht. »Die Königin ist in York und wartet darauf, in die Schlacht zu ziehen«, berichtete er, als er sich hinsetzte, um sich Abendessen bringen zu lassen. Ängstlich fragte ich ihn, ob er etwas über meinen Gemahl wisse.

»Es heißt, sie hält Lord Montagu im Kerker in York gefangen.«

Zwar sollte ich dankbar sein, dass John lebte, aber ein Kerker? »Nimm dir gern mehr Wein, wenn du willst«, sagte ich betrübt und ging.

Tage später kam ein Minnesänger, der uns Musik im Tausch gegen eine Nacht Unterkunft anbot. »Mylord of Warwick ist mit Männern und Verstärkung für Edward of March nach London zurückgekehrt. Sie ziehen nach Norden, um gegen die restlichen Truppen der Königin zu kämpfen.«

Ich gab ihm einen Teller mit Hammel und gekochtem Gemüse und ließ ihm von den Dienern Wein bringen. Obgleich er schön auf seiner Flöte spielte, machte es mir Johns ungewisses Schicksal schwer, mich an der Musik zu erfreuen. Die letzte Schlacht stand bevor, in der das Schwert entscheiden sollte, wer die Krone trug. Und York konnte es sich nicht leisten zu verlieren.

Am sonnigen ersten Aprilmorgen, als die Narzissen ihren gelben Mantel über die Wiesen breiteten, erklangen plötzlich Fanfaren im Dorf. Mir stockte der Atem, und ich lief ans Fenster, konnte jedoch nicht weit sehen, da die Bäume bereits austrieben, sodass der Blick in die Ferne versperrt war. Dann stand Rufus auf und bellte aufgeregt – und im selben Moment sah ich ein Banner zwischen dem Grün aufblitzen. Mehr brauchte es nicht, denn ich hatte das Smaragdgrün und Silber von Johns Greifenwappen sofort erkannt. Ich schrie auf und rannte nach draußen, womit ich die Bediensteten erschreckte, riss die verwunderte Annie und ihre Schwester Izzie aus der Nische, in der sie spielten, und eilte mit wehendem Haar und den Mädchen unter den Armen zur Tür hinaus und den gepflasterten Weg entlang.

John, der an der Spitze seiner Männer ritt, sah mich, löste sich von den anderen und galoppierte zu mir. Ohne auf die anderen zu achten, sprang er aus dem Sattel und wirbelte uns drei freudig herum, bevor er mir einen innigen Kuss gab.

Beim Abendessen erfuhr ich, dass es außer Johns Freiheit noch manches mehr zu feiern gab.

Edward of March war den Truppen der Königin unverzüglich entgegenmarschiert. Am Palmsonntag, dem neunzehnten März, kam es bei Towton zur Schlacht zwischen Lancaster und York. Wieder einmal hatte Warwick, entgegen der Tradition, befohlen, dass seine Männer die Lords angriffen und nicht die gemeinen Soldaten. Vierzehn Stunden lang dauerte das Gefecht, ein Blutbad, wie es England noch nicht erlebt hatte – und, so Gott will, auch nie wieder erleben würde! Zehntausende starben im Kampf, und es sah aus, als würde Lancaster die Schlacht für sich entscheiden, als aus dem Schneetreiben der Duke of Norfolk mit seinem Heer erschien. York errang einen triumphalen Sieg. Somerset entkam, doch fast alle anderen Lancastrianer-Lords wurden getötet, und der gefrorene Boden, auf dem ihre niedergemetzelten Leiber lagen, wurde zu einem Feld aus Eis und Blut. Die Königin und ihr Sohn flohen außer Landes, König Henry versteckte sich an einem unbekannten Ort. Die Yorkisten triumphierten, und Edward of March, der ruhmreiche und gut aussehende Sohn des Duke of York, war nun König von England.

Gleich nach seinem Sieg überließ Edward es Warwick, die zahlreichen Gefallenen zu begraben, und machte sich auf den Weg nach York. Dort wollte er die Köpfe seines Vaters, Bruders, Onkels und Cousins Thomas von den Spießen der Stadttore nehmen und die Leute in York bestrafen, die nichts unternommen hatten, um Königin Marguerite aufzuhalten, ebenso wie Lancaster die Stadt Ludlow bestraft hatte, weil sie sich nicht gegen den Duke of York erhoben hatte. Edward fand John unversehrt im Burgkerker und befreite ihn. Danach befahl er seinen Männern, die Stadt zu vernichten, als handelte es sich um Feindesland: sie vollständig und mit solcher Erbarmungslosigkeit zu zerstören, dass niemand es je wieder vergessen würde.

»Edward bebte vor Zorn, als er erklärte, dass es keiner wagen sollte, um Gnade für die hilflosen Bürger zu bitten«, berichtete John leise. »Also bat ich ihn darum.« Dann schwieg er.

»Was hat er gesagt?«, fragte ich.

Zunächst blieb er stumm, dann antwortete er: »Er gewährte mir die Bitte.«

Ich ahnte, dass John mir nicht alles erzählt hatte, doch was immer er verschwieg, konnte er mir offensichtlich jetzt nicht sagen, daher bedrängte ich ihn nicht weiter.

Er erhob den Kelch. »Auf den Frieden«, sagte er.

Ich nahm meinen Weinkelch auf und sah John an. »Auf den Frieden«, wiederholte ich, schwindlig vor Glück. Meine Hand auf seiner, ergänzte ich flüsternd: »Und auf die Liebe.«

18

Die Krönung, 1461

Doch der Friede musste noch kommen. Somerset hatte Towton überlebt, fand auf mehreren Burgen in Northumbria Zuflucht, wo man dem Haus Lancaster nach wie vor treu war, und sorgte für Unruhe, während Marguerite nach Schottland ritt, wo sie um Unterstützung gegen das Haus York bitten wollte. Meinem tapferen Ritter und brillanten Strategen John fiel die Aufgabe zu, die Lancastrianer auf immer zu vertreiben. Am Steigblock in Burrough Green verabschiedete ich mich von ihm. Es war der sechsundzwanzigste April, der Tag nachdem sich unsere Vermählung wieder einmal gejährt hatte, als er mich und unsere Kinder zum Abschied küsste und sich zur schottischen Grenze aufmachte. John schenkte mir ein zärtliches Lächeln, ehe er Saladin umdrehen ließ und zum Tor führte. Ihm folgte Rufus auf »seiner« Mähre. Ich blickte ihnen nach, bis sie am Horizont verschwunden waren.

Bald erreichte mich Nachricht, dass John die Belagerung Carlisles durch die Lancastrianer beendet hatte und seine Vorstöße nach Schottland von solch einem Erfolg gekrönt gewesen waren, dass das Land einen Waffenstillstand mit dem Haus York geschlossen hatte.

Obwohl ich weiterhin in Sorge um John war, erleichterten mich die vielen gute Nachrichten doch sehr. Unser Besitz, den Marguerite d'Anjou konfisziert hatte, wurde uns zurückgegeben, und überdies bestätigte Edward den Baronstitel von

Montagu, den das Parlament des Duke of York John verliehen hatte. Und er übertrug meinem Gemahl eine Schürferlaubnis an der Goldmine in Devon für einhundertzehn Pfund im Jahr, die unsere Geldnot erheblich linderte. Außerdem bewies der König sein Vertrauen in die Nevilles, indem er seinen achtjährigen Bruder Richard nach Middleham gab, wo er auf Warwicks Burg leben sollte.

Mich rührte – und kränkte ein wenig –, wie sehr John dem vaterlosen Jungen zugetan war und wie oft er Middleham besuchte, um Richards Erziehung zum Ritter zu überwachen.

»Allein diesen Monat warst du schon viermal dort, John«, sagte ich, als ich ihm half, sich fürs Bad auszuziehen. »Warum mutest du dir diese Anstrengungen zu? Andere können Dickon ebenso gut die Fertigkeiten lehren, die er für den Krieg braucht, und du solltest ausruhen, solange du die Gelegenheit dazu hast, anstatt so oft die strapaziöse Reise nach Middleham zu unternehmen, mein lieber Lord.«

John sah mich prüfend an. »Nimmst du mir meine Besuche bei dem Jungen übel?«

Ich konnte es nicht leugnen, denn es war ja die Wahrheit. Deshalb beschloss ich auszusprechen, was mir auf dem Herzen lag. »Warum kommst du stattdessen nicht zu mir? Ist es, weil ich dir keinen Sohn schenken konnte?«, fragte ich bang.

Sogleich wurden seine Züge weicher, und er nahm mich in die Arme. »Isobel, Isobel, das ist nicht der Grund, aus dem ich so oft bei Dickon bin. Gott gibt uns allen unsere Aufgaben, seien es große oder kleine. Es mag die sein, einem Seiner Kinder einen Becher Wasser zu reichen, oder etwas noch Geringeres! Ein guter Rat, etwas, das wir einem anderen leihen. Ein Ärgernis, das wir stumm erdulden, oder eine Gedankenlosigkeit, die wir stillschweigend korrigieren ... Dickon hat eine Menge durchlitten. Als er geboren wurde, begannen unsere

Schwierigkeiten mit Lancaster, und er hat in seinem kurzen Leben mehr Gewalt und Kummer erlebt als mancher, der ein Vielfaches seiner Jahre zählt. Er hat keinen Vater, der ihn führt, keine Mutter, die ihn tröstet …« John brach ab, weil er gewahr wurde, wie treulos diese Worte klangen, auch wenn er recht hatte. Johns Tante Cecily hatte eine ganze Horde Kinder geboren, doch eine Mutter war sie nicht. Seit dem Tod ihres Gemahls hatte sie sich ganz auf ihre Burg in Berkhamsted zurückgezogen, wo sie wie eine Nonne betete und fastete, als wäre sie einzig für sich selbst verantwortlich.

»Der Junge braucht dringend jemanden, der ihn stärkt«, fuhr John fort. »Ihm fehlt das Vertrauen in sich, und seine Linkshändigkeit macht ihm die Kampfkunst besonders schwer.« Er legte zwei Finger unter mein Kinn und hob es sanft an. »Gott wird alles tausendfach vergelten, meine Süße. Das weißt du doch, nicht?«

Beschämt wegen meiner Eifersucht und meiner Unzulänglichkeit als Frau, nickte ich, denn es stimmte, was er sagte. Wie konnte ich einem Jungen Liebe missgönnen, der im zarten Alter von acht Jahren schon so vieles hatte erleiden müssen und die Schrecken von Ludlow, Gefangenschaft, Exil und Tod miterlebt hatte? Johns Worte öffneten mir die Augen und das Herz. Von diesem Moment an liebte auch ich Dickon wie einen eigenen Sohn, der die Stelle unseres verlorenen Kleinen einnahm.

Die Erlebnisse des Jungen hatten ihre Spuren hinterlassen, und jedes Mal, wenn ich Dickon sah, erinnerte mich die Traurigkeit in seinen Augen an Ludlow; dann wollte ich ihn an mich drücken und seinen Schmerz fortküssen. Vor allem aber rührte es einen empfindsamen Nerv in mir, wie sehr er seinen Bruder Edward bewunderte. Sein Leben lang, egal, wie sehr er sich anstrengt oder was er erreicht, wird Dickon im Schatten seines Bruders stehen, so wie mein John in Warwicks Schatten wandelt, ging es mir durch den Sinn. Ich war mir dessen absolut gewiss, und deshalb bemühte ich mich, wann immer ich konnte, Dickon die Zärtlichkeit einer Mutter zu schenken.

Eines Abends, als Ursulas Vater, Sir Thomas Malory, in Burrough Green zu Besuch war, tranken wir im Sonnenzimmer Wein.

»Wie geht es der Countess of Salisbury?«, fragte er.

»Nicht gut«, erwiderte ich. Im Geiste sah ich Countess Alice vor mir, wie ich sie zuletzt in Middleham angetroffen hatte. Körperlich und geistig angegriffen, war sie bettlägerig, konnte nicht mehr sprechen und erkannte niemanden. »Ich fürchte, die Countess wird uns in Bälde verlassen.«

Der alte Ritter murmelte einige freundliche Worte über Johns Mutter und verstummte. Ich schenkte ihm Wein nach und sprach ihn auf weniger Schmerzliches an. »Ihr wart dabei, als mein Gemahl in York aus dem Kerker befreit wurde. Wie genau kam es, dass Edward sich entschied, die Bürger von York zu begnadigen?«

Sir Thomas antwortete in bester Geschichtenerzähler-Manier, wie ich es nicht anders von ihm erwartet hatte.

»Ein prächtiger Ritter ist er, Mylord Montagu, der beste. Wir alle waren dort, Bürger wie Ritter, und scharten uns um König Edward, der auf seinem schwarzen Ross saß. Sein liebreizendes Gesicht war bleich wie der Mond, als er auf die vermodernden Häupter seines tapferen Vaters, seines geliebten Bruders Edmund, des freundlichen Earl of Salisburys und seines fröhlichen Cousins, Sir Thomas Neville, sowie aller anderen blickte, die an die Tore genagelt, von Fliegen umschwirrt und madenbefallen waren. ›Nehmt sie herunter!‹, befahl er. ›Und sendet sie nach Pontefract, dass sie, mit ihren Leibern vereint, ein anständiges Christenbegräbnis bekommen.‹ Eine

Weile schwieg er, saß still wie der Tod da und starrte auf Micklegate Bar, und wir glaubten bereits, damit wäre die Sache beendet. Dann aber blickte er sich mit funkelnden Augen um und sagte: ›Brennt diese Stadt nieder, plündert sie bis auf die kahlen Mauern, tut den Frauen Gewalt an und knüpft die Männer auf, auf dass niemand mehr lebe, der in diesen drei Monaten seit dem dreißigsten Dezember nichts unternahm, den Kopf meines Vaters herunterzunehmen!‹ Seine Stimme glich dem Zischen einer Schlange, und jeder, der bei ihm stand, ob Freund oder Feind, erblasste zitternd, sodass die Mienen weiß wie die Wolken über unseren Köpfen wirkten. Niemand wagte, den König um Gnade für die Stadt zu bitten, wollte doch keiner seinen Groll auf sich ziehen – keiner bis auf Mylord Montagu. Er trat vor, neigte sich auf ein Knie, blickte zu König Edward auf und sagte: ›Edler König, gütiger Cousin und tapferer Eroberer, ich flehe Euch an, die Unfreundlichkeit der Bürger Yorks zu vergeben. Sie besaßen weder die Kraft noch die Macht, sich der Kuh von Anjou und ihren bösen Horden zu widersetzen, und sie waren nicht beteiligt an diesen scheußlichen Taten, wurden sie doch von einer Frau ohne Ehrgefühl oder Gnade vor Gott und Menschen begangen. Dies sind gute Leute, Euer Volk, die sich ohne Fehl als Eure ergebensten Untertanen erweisen werden, wenn Ihr ihnen die Chance gebt, Euch zu dienen.‹

Der König blickte hinab zu Lord Montagu, der gesenkten Hauptes vor ihm kniete, und wir alle zitterten um Mylord, ein jeder, der es mitansah, waren wir doch gewiss, dass der König ihn in seinem Zorn erschlagen würde. Dann sah König Edward auf, und alle Rage war aus seinen Augen gewichen, als er sagte: ›Lord Montagu, wenn Ihr dies von mir erbitten könnt, nachdem Ihr die Köpfe Eures eigenen Vaters und Bruders an den Toren dieser verfluchten Stadt verrotten saht, seid Ihr ein besserer Mann als ich, mein teurer Cousin. Eure Bitte sei Euch gewährt.‹ Und so blieb York erspart, was Ludlow erleiden musste.«

Stille legte sich über das Zimmer. Ursula und ihre Mutter wischten sich Tränen von den Wangen. Ich konnte nicht sprechen, denn mein Herz quoll über vor Stolz.

Weiterhin gingen viele gute Nachrichten von John ein. Er befreite Burg um Burg für York, unterwarf wilde Diebesbanden wie Halsabschneider an der Grenze und jagte Lancastrianer in die Flucht. Der jahrelange Zwist und die Gesetzlosigkeit nährten leider Aufruhr allerorten, der wiederum die Lancastrianer hoffen ließ, und so hatte John selten Gelegenheit, zu mir zurückzukehren und die süßen Dinge des Lebens zu genießen. Sein hartes Los, immerfort kämpfen zu müssen, war mir ein steter Quell des Jammers.

Eines warmen Sommertages, Johns Geburtstag nahte, kam ein Händler auf dem Weg nach Norwich vorbei, um uns seine Waren zu zeigen. Als ich in seinen Sack sah, fiel mir etwas Glitzerndes inmitten von Stoffballen und Tand auf. Der Händler fischte es heraus.

»Eine verschleierte Tänzerin«, sagte er und beobachtete mich aufmerksam mit seinen dunklen Augen, »aus Alexandria, in Bronze gegossen von einem griechischen Bildhauer, dreihundert Jahre vor Christi Geburt …«

Ich malte die Linien der vollkommenen Figur und den eleganten Fall der Schleier mit den Fingern nach. Ein Unterkleid fiel in tiefen Falten um sie herum, und darüber trug sie einen schimmernden Umhang, der über ihrem Kopf gerafft war und sich über ihren Wangen spannte, sodass nur ihre Augen und der Haaransatz zu sehen waren. Der Bildhauer hatte sie inmitten einer Drehung eingefangen, und beim Betrachten war mir, als erwachte sie vor meinen Augen zum Leben.

Ich zahlte dem Händler die exorbitante Summe, die er verlangte, obgleich sie meine Mittel für einen vollen Monat verschlang. Falls der Händler nicht log, waren Jahrhunderte ins Land gegangen, seit der antike Künstler in hellenischer Zeit ihr wundervolles Bild in goldenes Metall gebannt hatte. Die Vergangenheit schien durch meine Berührung lebendig zu werden.

»Ich frage mich, wer sie war«, sagte ich zu Ursula. »Hat sie jemanden geliebt? Tanzte sie für ihn?«

»Sie war wunderschön, so viel steht fest«, antwortete Ursula. »Man erkennt es sogar durch die Falten ihres Schleiers ... Und sie war eine anmutige Tänzerin ... wie du, M'lady.«

»Ich wünschte, ich dürfte für den Mann tanzen, den ich liebe ... und sei es verschleiert.«

Einer jener raren Zufälle des Lebens, die wir nie erklären können, wollte es, dass am nächsten Tag eine Gruppe von Zigeunertänzerinnen nach Burrough Green kam, um uns zu zerstreuen. Da meine Börse nach dem Kauf der Figur leer war, einigten wir uns auf eine Bezahlung, die ich mir erlauben konnte, und sie schoben ihre Karren und Esel in den Burghof. Ich lud den gesamten Haushalt ein, ihnen zuzuschauen, und unsere kleine Halle erbebte unter dem Klatschen, mit dem wir die Musik ihrer Ghiterna, Zimbeln und Handtrommeln begleiteten. Und während ich ihnen zusah, wie sie sich drehten und die Tamburine schlugen, kam mir eine Idee.

Als die Unterhaltung endete, bat ich die Tänzerinnen ins Sonnenzimmer. »Ich würde meinen Gemahl gern überraschen. Er hat mit seinem Heer an der schottischen Grenze sein Lager aufgeschlagen«, sagte ich ihnen und schilderte meinen Plan.

Die nächsten Tage brachten sie mir ihre raffinierten Tanzschritte bei, und ich übte sie zu den Melodien unserer Musiker, denen beim Spiel die Augen verbunden waren. Ich wollte nicht, dass sie mich auf diese Weise tanzen sahen, bevor ich es John vorführte. Einen vollen Tag dauerte es, bis ich das Hantieren des Schleiers zur Zufriedenheit beherrschte; danach verkündeten die Tänzerinnen, dass ich bereit sei. Als Kleidung wählte ich ein rotes Leibchen und einen weiten Rock aus mehreren Lagen roten Stoffes mit aufgenähten lila Schleiern, auf die ich winzige bunte Glasperlen stickte, sowie einen lila Umhang, bestickt mit silbernen Blumen. Nun konnten wir auf die Reise gehen.

Der Tag brach kühl und sonnig an. Ich war schrecklich aufgeregt, und sogar die Pferde spürten, dass etwas Besonderes in der Luft lag. Sie schnaubten und wieherten, stampften mit den Hufen, als wollten sie uns zur Eile antreiben. Wie es uns gelang, die Karren zu beladen und nichts Wesentliches zu vergessen, das den ganzen Plan ruiniert hätte, weiß ich bis heute nicht. Ich jedenfalls war nur halb bei der Sache, gab den Dienern vor lauter Erregung wirre Anweisungen, und all das zu dem unausgesetzten Kichern und Plappern der Tänzerinnen. Schließlich stieg ich in meine Sänfte und zog die Vorhänge zu, um mich zu verbergen. So machten wir uns auf nach Doncaster.

Kaum war ich unterwegs, wurde ich mir der Kühnheit meines Plans bewusst, und Zweifel überkamen mich. Überall waren Lancastrianer. Was wäre, wenn sie mich entführten und mich als Pfand gegen John benutzten? Ich könnte am Ende zu einem Instrument werden, mit dem sie ihn vernichteten! Mein Plan war irrwitzig, vollkommen närrisch! Selbst wenn es mir gelang, ihn zu überraschen, könnte er alles andere als erfreut sein, wie ich es mir gedacht hatte, sondern wütend, dass ich ein solches Wagnis eingegangen war. Sollte ich umkehren? Dann aber sah ich sein Gesicht vor mir, seine Neville-blauen Augen, die einzig auf mich gerichtet waren an jenem Abend beim Tanz, an dem wir uns erstmals begegnet waren, und ich erglühte vor Leidenschaft. Was wäre, wenn ich nicht zu ihm reiste ... und Gott wollte, dass er mir in der nächsten Schlacht für immer genommen wurde? Könnte ich mir meine Feigheit jemals vergeben? Durfte ich uns die Ekstase einer letzten Vereinigung nehmen?

Meine Courage wurde gleichsam zu einer Ritterrüstung, und meine Zweifel verflogen.

Die Reise verlief ereignislos. Ich verbrachte zwei unbequeme Nächte in Gasthäusern, wo ich mit Ursula zusammen auf wanzendurchsetzten Strohmatratzen schlief, aber das Ale half uns, sie zu ertragen. Spät am dritten Abend kündeten die Glocken der Stadtkirche von unserer Ankunft in Doncaster. Ganz in der Nähe war Johns Lager ... und das der Lancastrianer. Von nun an mussten wir größte Vorsicht walten lassen.

»Halt! Was ist Euer Begehr?«, fragte der Landsknecht streng. Um ihn stand eine Gruppe Soldaten, und hinter ihm erstreckte sich Johns Lager als Zeltmeer in der untergehenden Sonne.

Geoffrey zog das Schreiben hervor, das ich eigenhändig verfasst hatte, und zeigte es der Wache. Unterdes zupfte ich den Umhang fester in mein Gesicht und beobachtete sie. Da ich keine unnötige Aufmerksamkeit erregen wollte, hatte ich die Sänfte verlassen und mir kurz vor Erreichen des Lagers einen Schleier übergeworfen. Ich ritt nun auf einer alten Mähre, deren Sattel ich mit einer der acht Tänzerinnen teilte. Es durfte nicht mehr als eine von uns verschleiert sein, sonst wäre den Wachen der Verdacht gekommen, dass wir verkleidete Männer waren, die sich Zutritt zum Lager erschwindelten, um es zu sabotieren. Folglich hatte Ursula eine graue Perücke aufgesetzt bekommen und war angewiesen worden, gebeugt zu gehen, damit sie nicht erkannt wurde.

Der Sergeant nahm meinen Brief, brach jedoch nicht das Siegel, sodass ich mich fragte, ob er nicht lesen konnte.

»Dies ist eine Tanztruppe«, erklärte Geoffrey. »Wie Ihr am Siegel seht, hat Lady Montagu uns hergeschickt, damit wir ihren Gemahl und sein Lager ein wenig zerstreuen. Ich selbst bin wohlbekannt unter Mylords Gefolge. Schickt jemanden, der Lord Montagu nahesteht, und er wird für mich bürgen, so wie ich für diese Zigeunerinnen bürge.«

Der Mann schritt zur Sänfte, zog den Vorhang beiseite und wühlte in den Kostümen, die darin lagen. Dann wanderte sein Blick über unsere Gruppe und verharrte bei mir, obgleich ich mitten in der Reiterschar saß. Nur konnte er wenig sehen, denn ich senkte den Kopf und zurrte den Sarazenenschleier vor mein Gesicht.

»Wieso ist die da verhüllt?«, fragte der Landsknecht.

Geoffrey lachte. »Das ist ihr Kostüm! Sie tanzt verschleiert. Aus Keuschheit gewiss nicht, versichere ich Euch, denn die ist ein keckes kleines Ding – na ja, nicht so klein, immerhin ist sie beinahe so groß wie ich. Wie dem auch sei, Ihr seht es heute Abend selbst, und ich verspreche Euch, sie wird Eure Wangen zum Glühen bringen!«

Geoffrey blickte zu mir, und ich hatte meine liebe Not, nicht laut zu lachen. Er war wahrhaftig ein Komödiant, wie mir erst jetzt aufging. Und er genoss dieses Schauspiel mit einer Ungeniertheit, die er nie wieder erleben sollte. Das zumindest sollten ihm meine hochgezogenen Brauen bedeuten.

»Das werden wir ja sehen«, sagte der Landsknecht stirnrunzelnd. »Wartet hier.«

Geduldig harrten wir unter den misstrauischen Blicken der Wachen aus. Der Zigeunerbaron hielt die Zügel des Leitpferdes sehr fest, fürchtete er doch, die Wachen würden ihre Schwerter ziehen, sollte sich das Tier regen. Schließlich kam der Landsknecht zurück. Er wurde von Conyers begleitet, der mein Schreiben mit erbrochenem Siegel in der Hand hielt. Ich krümmte mich tiefer in den Sattel, was nicht nötig gewesen wäre, denn Conyers schritt geradewegs auf Geoffrey zu und grinste breit.

»Geoffrey, du Unhold«, begrüßte er ihn und gab ihm einen Klaps auf den Rücken, der Geoffrey beinahe umgeworfen hätte, »wo hast du denn diese verwegenen Schönheiten aufgegabelt? Ich hatte schon befürchtet, dass du heute Abend für uns tanzen willst! Meiner Treu, nie hätte ich gedacht, dass das Betören des schönen Geschlechts zu deinen vielen Talenten zählt!«

»Tut mir leid, dass ich dich enttäusche, Mylord«, erwiderte Geoffrey grienend.

Auf einmal begriff ich, wie sehr mir diese beiden Männer, treue Freunde und loyale Diener, die sie waren, am Herzen lagen.

Conyers wandte sich wieder an seinen Sergeanten: »Lass sie durch und biete ihnen alles, was wir an Bequemlichkeiten haben! Wir hätten hier einige wenige, Myladys«, sagte er mit einem Lächeln zu uns allen, »wie Ihr sehen werdet. Und wir sind erfreut, dass Ihr gekommen seid. Ich wage zu behaupten, dass einige von uns noch erfreuter sein werden als andere.«

Geoffrey grinste begeistert, als er uns mit unseren Vorratskarren ins Lager führte.

Im Speisezelt drängten sich die Männer an den langen Tischen und füllten den Raum mit derben Wortwechseln und Gelächter, während sie Ale tranken und auf ihren Kommandeur warteten. Ein Blick durch den Raum verriet mir, dass John noch nicht da war. Meine Tänzerinnentruppe kleidete sich um und machte sich für den kleinen Vorführraum im Zelt bereit, ich jedoch verbarg mich hinter dem Vorhang und hielt Ausschau nach meinem Gemahl. Mein unruhiger Blick ging immer wieder zu dem Tisch mit den hochlehnigen Stühlen, wo John mit seinen Offizieren sitzen sollte.

Auf einer Seite des großen Zeltes war eine Plane beiseitegezogen worden und bot freien Blick über Felder im rosigen Abendlicht. Als ich in die Richtung sah, setzte eine allgemeine Unruhe ein, denn alle Männer erhoben sich, um ihren Kommandeur zu empfangen. John kam mit Sir John Conyers und seinen Rittern herein. Rasch zog ich den Vorhang zu und schöpfte Atem. Dann sah ich wieder hin. John machte die Runde, begrüßte einen Mann hier, einen anderen dort, blieb stehen, um jemandem die Hand auf die Schulter zu legen, und bahnte sich so seinen Weg zur großen Tafel. Diese Seite an ihm hatte ich noch nie zuvor gesehen. Unter den Männern strahlte er eine Gelassenheit und Kameradschaft aus, wie sie nur zwischen jenen existierte, die gemeinsam gekämpft und Gefahren bezwungen hatten, die einander ihr Leben anvertrauten und sich ein ums andere Mal gegenseitige Treue bewiesen. Hier war John in seiner eigenen Welt, von der ich niemals ein Teil würde sein können. Eine seltsame Traurigkeit überkam mich, und ich wich zurück.

Als alle saßen und der erste Gang serviert war, gab der Zigeuner den Musikanten ein Zeichen, und die heiteren Noten der ersten Melodie erklangen und wetteiferten mit dem Lärm der redenden Männer. Ich nickte den vier Tänzerinnen zu und hielt ihnen den Vorhang auf. Mit wehenden leuchtenden Röcken wirbelten sie ins Hauptzelt; sie waren in ihren Kostümen wunderschön anzusehen. Ihre Bäuche waren unverhüllt, ihre Hüften schwangen, ihr offenes schwarzes Haar flog, und durch die Schlitze in ihren Röcken waren die nackten Beine zu sehen. Die Männer johlten und pfiffen; die Mädchen lächelten und hauchten ihnen Luftküsse zu. Sie genossen die bewundernden Rufe der Soldaten, von denen einer aufsprang, die Hand aufs Herz legte und rief:

»Seid mir gnädig und heiratet mich oder tötet mich jetzt!«

Ich lugte hinter dem Vorhang hervor zu John. Er war in ein Gespräch mit Conyers vertieft und beachtete die Tänzerinnen gar nicht. Dass er offenbar in Gedanken woanders war, beunruhigte mich. Was, wenn er mich nicht bemerkt? Oder wenn er das Zelt verlässt, bevor ich tanze?

Tosender Applaus riss mich aus meiner Grübelei. Der erste Tanz war vorbei. Nun bewegten sich die Mädchen zu den schnelleren und wilderen Klängen der nächsten Melodie. John ignorierte sie immer noch, und obgleich er aufsah, als auch dieser Tanz endete, lag ein abwesender Ausdruck in seinen Augen. Stille trat ein. Ich wartete auf das Schlagen der Zimbeln, die meinen Auftritt ankündigten, und vergewisserte mich, dass mein Schleier fest saß. Die Musik wurde langsamer und schwülstiger. Klopfenden Herzens glitt ich hinaus auf den Tanzboden, umgeben von Tänzerinnen, die mich mit blauen und grünen Straußenfedern abschirmten. Ich nahm meine Pose ein: Den Kopf scheu zur Seite gedreht, die Augen gesenkt, hielt ich mit einer Hand den Schleier und streckte einen nackten Fuß mit glitzernden Ringen an den Zehen leicht vor. Die Mädchen nahmen die Federn herunter, und alle Männer hielten hörbar den Atem an. Eine solch vollständig verschleierte Tänzerin sahen sie gewiss zum ersten Mal.

Mit einer Hand hielt ich mir den Schleier vor das Gesicht, mit der anderen bewegte ich den dünnen Stoff vor meinen Hüften hin und her, während ich mit gemessenen Schritten erst zur einen, dann zur anderen Seite ging, das Gesicht von John abgewandt. Die Musikanten beschleunigten ihren Takt, und ich vollführte eine lange, sinnliche Drehung. Ich wirbelte über den Boden, dass der Schleier um mich aufflog, sich an mich schmiegte, hier einen geschmückten Knöchel enthüllte, dort ein wenig Schenkel. Viele der Männer stellten ihre Ale-Krüge ab, weil sie genauer hinsehen wollten; sie hatten ja keine Ahnung, was als Nächstes geschehen würde, und wollten es auf keinen Fall versäumen. Ich drehte mich auf der freien Fläche, näherte mich mal einem der Tische, streifte eine Schulter oder Wange mit dem Schleier oder sah jemandem direkt in die Augen. Derweil behielt ich den Schleier vor meinem Gesicht. Schließlich wagte ich es, in Johns Richtung zu schauen. Er achtete nach wie vor nicht auf den Tanz, sondern hatte den Stuhl nach hinten gerückt, um mit seinem Freund Marmaduke Constable zu reden, der hinter Conyers saß. Mich erinnerte es an das Bankett auf Lord Cromwells Burg, und mir wurde das Herz schwer.

Gütiger Himmel, erkennt John mich denn nicht?, dachte ich. Rechts und links von ihm saßen Lord Clinton und Conyers, die sich zurückgelehnt hatten und mir ihre volle Aufmerksamkeit schenkten. Sie lächelten, gaben jedoch durch nichts zu verstehen, dass sie wussten, wer hier tanzte. Habe ich mich zu gut kostümiert?, fragte ich mich. Mein Herz rief John zu: Ich bin es, mein Liebster, sieh mich an, begehre mich!

Die Rufe und Pfiffe der Soldaten wie auch die gebannte Aufmerksamkeit Clintons und Conyers fielen John endlich auf. Er rückte den Stuhl wieder an den Tisch und sah zu mir, wenn auch immer noch halb in Gedanken. Dies war meine

Chance. Drehend tanzte ich zu seinem Tisch, reckte mich auf die Zehenspitzen und schwang ein Bein kühn über die Tischfläche, ehe ich mich wieder zurückzog. Die Musikanten stimmten die Melodie unseres ersten Tanzes auf Lord Cromwells Burg an, und ich ließ meinen oberen Schleier zu Boden fallen. Die Tänzerinnen wichen zur Seite. Nun verhüllte mich nur noch ein hauchdünnes Stoffgespinst, wie es die Sarazeninnen in Harems trugen, wenn sie für ihren Herrn und Meister tanzten. Während mir einige der Tänzerinnen mit den Straußenfedern zufächelten und andere im Takt klatschten, bewegte ich mich sinnlich vor John und ließ für einen winzigen Moment den Schleier von meinen Wangen rutschten. Dann, als er seinen Weinkelch an die Lippen hob, zeigte ich ein Bein, nackt bis zu dem Muttermal an meinem Schenkel.

John erstarrte, lehnte sich staunend vor und ließ den Blick von meinem Bein über meinen Bauch, meinen Busen zu meinem Gesicht hinaufwandern. Unsere Blicke begegneten sich. Er stellte den Kelch ab und sah mich an. Dann bog sich sein schöner Mund sehr langsam zu einem Lächeln, bei dem sich die wunderbaren Grübchen auf seinen Wangen zeigten.

Ich lächelte ebenfalls und zwinkerte ihm zu.

Freudetrunken kehrte ich nach Burrough Green zurück. Meine Mission war erfolgreich gewesen, und beim Abschied hatte John mir versichert, dass er meinen Zigeunertanz nicht so bald vergessen würde. »Die Erinnerung wird mich an manchem kalten Winterabend warm halten«, versprach er mir beim Abschiedskuss. Als hätte uns die Wiedervereinigung Glück gebracht, erreichten uns bald mehr gute Nachrichten von John.

Er hatte die Belagerung Carlisles beendet und sechstausend

Schotten niedergeschlagen. Sein Triumph bedeutete, dass König Edward nicht mehr nach Norden eilen und seine Krönung aufschieben musste. Sie wurde auf den achtundzwanzigsten Juni festgesetzt, vier Tage nach Johns Geburtstag und dem Johannistag. John kam nach Hause, um seinen Namenstag zu feiern, und am nächsten Morgen brachen wir nach London auf, wo wir Edwards Krönung miterleben wollten.

Auf dem Weg zeigten sich die Leute allerorten ängstlich wegen der Datumswahl. »Sonntag?«, raunten sie. »Aber heuer bringen Sonntage Unglück!« Dann bekreuzigten sie sich zum Schutz vor dem Teufel. Genauso hatte ich es gehalten, als John mir das Datum genannt hatte, und auch er war besorgt gewesen. Der Wochentag nämlich, an dem sich der Bethlehemitische Kindermord jährte, galt für das ganze Jahr als Unglückstag. Und in diesem Jahr fiel er auf einen Sonntag. König Edward hingegen gab nichts auf Aberglauben. Ihm war das Datum recht, also hatte er es für seine Krönung zu Englands Yorkisten-König gewählt.

Bei unserer Ankunft herrschte in ganz London Jubelstimmung. Die Menschen schwenkten weiße Rosen, die karrenweise an den Straßenecken und von Händlerinnen verkauft wurden. »Frische weiße Rosen!«, riefen sie und griffen immer wieder in ihre Schürzen, die prallvoll mit den Blumen waren. »Kauft eine schöne weiße Rose für unseren schönen Weiße-Rose-König!« Im Westminster-Palast, wo wir König Edward und Johns Bruder George, den jetzigen Kanzler, begrüßten, herrschte ein einziges Kommen und Gehen, unzählige Bedienstete wuselten umher. Köche und Küchenhilfen bereiteten alle erdenklichen Köstlichkeiten vor, Zimmerleute hämmerten und sägten eifrig, nahmen notwendige Reparaturen am Palast und dem königlichen Kahn vor und bauten Tische und Stühle. Käfige mit Schwänen und Pfauen wurden gebracht, Säcke voll mit Obst, Gemüse, Zucker und Gewürzen wurden auf Karren, Pferden und Eseln angeliefert. Auf den Korridoren wimmelte es von Höflingen und Adligen sowie deren Entourage und Damen, und wir mussten uns durch die Menge drängeln. Auf dem Weg zum königlichen Gemach entfuhr mir eine Freudenschrei, als ich eine liebe, vertraute Gestalt entdeckte.

»Maude!«

Sie war mit ihrem Onkel, Lord Cromwell, gekommen. Wir umarmten einander freudig.

»Wie geht es dir, Maude?«, fragte ich. »Du scheinst froher zu sein. Bist du es?«

»Ja, ich bin es fürwahr. Die Niederlage der Kuh von Anjou hat meinem Herzen gutgetan.«

Nachdem wir ausgemacht hatten, dass wir uns die nächsten Tage sehen wollten, gingen John und ich weiter. In seinem Gelass plauderte der König angeregt mit einem Goldschmied, der seine funkelnden Waren auf einem Tisch ausgebreitet hatte.

»Dies ist der Goldschmied Master Shore. Er hat uns ein feines Schwert gearbeitet, das unsere Opfergabe sein soll, sobald die Krone auf unserem Haupt sitzt«, sagte Edward lachend, legte einen Arm um den Mann und zeigte auf ein goldenes, mit Rubinen besetztes Schwert. Der Goldschmied, dem Vertraulichkeiten mit Majestäten offenbar nicht geläufig waren, errötete und versuchte linkisch, sich zu verneigen. Edward ließ ihn los und kam uns umarmen. Zuvor klopfte er Master Shore noch auf den Rücken. »Er ist der beste Goldschmied in London«, sagte er. »Fast so gut als Goldschmied wie du als Kommandeur, Cousin John! Dir verdanke ich meine Krönung, denn hättest du die Belagerung von Carlisle nicht beendet, wäre ich genötigt gewesen, nach Norden zu reiten, aber nun …«

Er sah mich voller Bewunderung an und wandte sich dann wieder an John. »Wahrlich, du opferst dich für deinen König. Und das, obwohl du stattdessen bei deiner wunderschönen Gemahlin daheim sein könntest. Lasst uns ein wenig spazieren gehen! Der Garten ist prachtvoll.« Er legte eine Hand auf Johns Schulter, und wir schlenderten hinaus ins Freie. Edward sprach über Finanzen, Staatsprobleme und Kriegsführung, dabei huschte sein Blick zu jeder Dame, der wir auf den rosengesäumten Wegen begegneten. Offenbar bezog sich sein »prachtvoll« weniger auf die Blumen als auf die Schönheiten, die zwischen ihnen wandelten.

Trotz der Geldnöte, die den jungen König plagten – er hatte die letzten drei Monate große Summen leihen müssen, um sein Heer zu bezahlen und Staatskosten zu decken –, sollte König Edwards Krönung ein opulentes Fest werden.

Am nächsten Tag fand der Staatsempfang in London statt; der Bürgermeister und die Stadträte, die Edward empfingen, waren in Scharlachrot gewandet, die vierhundert ausgewählten Bürger in Grün. Sie geleiteten ihn vom Lambeth Palace über die Brücke zum Tower. Bei einem festlichen Bankett am Abend schlug er zweiunddreißig Männer zum Ritter von Bath, unter ihnen seine beiden jüngeren Brüder, der achtjährige Dickon und der elfjährige George. Jeder Ritter erhielt ein großzügiges Geschenk. Am darauffolgenden Nachmittag ritt der König in einer Prozession vom Tower nach Westminster, ihm voraus die Ritter von Bath in ihren blauen Umhängen mit weißen Seidenkapuzen.

Seine Krönung wurde am Sonntagmorgen in Westminster Abbey abgehalten. Der Erzbischof von Canterbury salbte ihn zum König und setzte ihm die kostbare Krone von König Edward dem Bekenner auf. So schritt Edward unter einem Baldachin aus Goldstoff nach Westminster Hall. Dort nahm er seinen Platz auf dem Podest ein, neben ihm seine Brüder und andere Familienmitglieder. Wir setzten uns an einen Bankett-Tisch in der Nähe. Zu meiner Überraschung brannten nur einige Fackeln an den Wänden, aber keine Kerzen, was ein gedämpftes Licht ergab. Anfangs dachte ich, es wäre aus Gründen der Sparsamkeit auf Kerzen verzichtet worden, doch kaum hatten wir uns gesetzt, tauchten Fackeln aus den dunklen Nischen der Halle auf und kamen auf uns zu; leiser Gesang ertönte. Als sie näher waren, erkannten wir, dass die Fackeln von Mönchen mit Kapuzen getragen wurden. Sie teilten sich in zwei lange Reihen, schritten singend um das Podest herum und zu beiden Seiten der Halle entlang, bis sie schließlich von der Dunkelheit verschluckt wurden.

Eilig liefen Diener herbei und entzündeten Kerzen auf den Tischen, woraufhin sich der Saal mit Licht füllte. Im Flackern der Flammen erwachten die bunten hohen Fenster wie auch die Banner und Gobelins an den Wänden zum Leben, und die Edelsteine an Hüten und Gewändern der Gäste glitzerten. Plötzlich hörten wir Flügelschlagen über uns. Wir blickten nach oben und sahen verzückt Falken und Habichte über uns hinweggleiten. Hie und da tauchte einer der Vögel herab, um einen Apfel oder eine Pflaume aus den Silberschalen auf den Tischen zu greifen. Tamburine erklangen, und eine bunt gewandete Zigeunerschar kam mitsamt spielenden Musikanten hereingetanzt. Sie waren nach Sarazeninnenart gewandet und trugen kurze Leibchen, die ihre Mitte entblößten, über schmuckbestickten Röcken. Als sie unseren Tisch passierten, erkannte ich den Anführer meiner Tänzertruppe. Er verneigte sich tief vor mir, und ich warf ihm eine weiße Rose zu.

John lehnte sich zu mir und flüsterte mir zu: »Warwick hat sie auf meinen Vorschlag hin herbestellt.« Dann zwinkerte er mir zu, dass ich lachen musste.

So ging es den ganzen Abend: Akrobaten führten atemberaubende Kunststücke vor, die besten Troubadoure des Landes sangen für uns, und Zwergenzwillinge vollführten die gefährlichsten Tricks mit einem riesigen Bären, dass wir alle die Luft anhielten.

Der große Saal von William Rufus war zum Bersten gefüllt mit illustren Gästen und hallte vor Jubel und allgemeiner Fröhlichkeit derer, die das Ende des Krieges und den Neubeginn feierten. Wir taten uns an Gans, Schwan und Tauben in Pastetenteig mit aromatischen Saucen gütlich, genossen gebratene Forelle und Rebhuhnschwänze sowie blumenverzierten Reiskuchen. Und wir tranken die edelsten, köstlichsten Weine, gewürzten Hypocras, Madeira und andere würzige Getränke und stießen bei jeder Gelegenheit auf die Gesundheit unseres hübschen Königs an. Am Ende des Abends entfuhren allen ehrfürchtige Laute, als ein Engel ganz in weißer Seide und Silber von der reich verzierten Stichbalkendecke schwebte, um König Edward IV. zu segnen und uns eine gute Nacht zu wünschen.

Am nächsten Morgen gingen die Feierlichkeiten weiter, und später am selben Tag ernannte König Edward seinen Bruder George zum Duke of Clarence und seinen kleinen Bruder Dickon zum Duke of Gloucester. Bevor wir wieder nach Norden aufbrachen, hörte ich, wie Edward Dickon ein goldenes Hosenband versprach. »Du sollst es bekommen, Dickon«, flüsterte er ihm zu, »sobald ich es mir leisten kann.«

Wir genossen die allgemeine Ausgelassenheit und Fröhlichkeit, bis wir schließlich, erschöpft von lauter Vergnügen, die Heimreise antraten. Das böse Omen der Bethlehemischen Kindermorde war längst vergessen.

Während der restlichen Monate des Krönungsjahres kehrte eine gewisse Ruhe und angenehme Eintönigkeit in mein Leben ein, wie ich sie in meiner Ehe bisher nicht gekannt hatte. Die beste Neuigkeit in dieser Zeit war die, dass Marguerite d'Anjous Cousin, König Charles VII., gestorben war. Mit ihm verlor sie ihre französische Unterstützung – zumindest vorerst. Charles' Sohn, der neue König Louis XI., hatte seinen Vater gehasst und sich stets auf die Seite seiner Feinde geschlagen. Louis XI. verhaftete nicht nur Marguerites Gesandte, sondern schickte auch ihren Freund Brézé in den finsteren Kerker. Allerdings liebte König Louis sein Königreich sehr und konnte möglicherweise für eine veränderte Politik gewonnen werden. Aus diesem Grunde war Warwick entschlossen, Edward mit einer französischen Prinzessin zu verheiraten. Doch wie uns aus verschiedenen Richtungen zu Ohren kam, zog König Edward, der auf die Gunst der englischen Kaufleute angewiesen war, ein Handelsabkommen mit Burgund einem Ehevertrag vor. Was mir Sorge bereitete, denn ich wusste, dass es für John nicht gut wäre, sollten sich sein Bruder und der König wegen Frankreich überwerfen.

Im November traf ein Bote von Nan ein, die sich auf ihrer Burg in Middleham eingerichtet hatte. Sie schrieb, dass die Lebenskräfte der gebrechlichen Countess rapide schwanden. Daraufhin nahm ich die Kinder und reiste zu ihr.

Zwar linderten Warwicks Töchter Anne und Bella meinen Kummer ein wenig, als sie freudig kreischend herausgelaufen kamen, um mich zu umarmen, doch beim Anblick der Countess wurde ich tieftraurig. Maude hatte wieder geheiratet und mit ihrem dritten Gemahl, Sir Gervase Clifton, ein neues Leben begonnen; die Countess hingegen blieb in jenem Moment gefangen, in dem die Nachricht aus Wakefield sie erreicht hatte.

»Wie lange ist sie schon so?«, fragte ich Nan.

»Seit Monaten … ich weiß nicht mehr genau, seit wie vielen.«

Da die Countess nichts essen wollte, war sie schrecklich abgemagert. Ihre Haut spannte sich über den Knochen, und hatte sie in den ersten Wochen nach der Todesnachricht nicht schlafen können, lag sie nun in einem permanenten Schlummer. Sie öffnete nicht einmal mehr die Augen. Ich ging hinüber an ihr Bett. Steif und still wie ein Leichnam lag sie dort. Ihr mattgraues Haar fächerte sich auf dem Kissen, und ihre Züge waren von unsagbarem Schmerz verzerrt. Ob er körperlicher und geistiger Natur war, konnte ich nicht sagen. Ich berührte ihre eiskalte Hand, neigte mich hinunter und küsste die Countess auf die Stirn. Countess Alice regte sich nicht, doch ich vernahm ein Stöhnen, das aus ihrem Mund kam und sich mit jedem ihrer Atemzüge hob und senkte, leise wie eine sanfte Sommerbrise auf dem Feld.

»Fast ein Jahr ist vergangen, seit der Earl und Thomas starben«, sagte ich und streichelte ihre Wange. »Sie hat sich nie davon erholt, nicht wahr?«

In Nans Augen spiegelte sich die Trauer, die ich empfand. »Nein. Auch sie starb in Wakefield«, flüsterte sie und betrachtete die leblose Gestalt.

Ich küsste Johns Mutter ein letztes Mal und lauschte dem Seufzen in ihrem Atem. »Eure Güte und Freundlichkeit werden in meinem Herzen weiterleben«, hauchte ich.

An jenem Abend kam Warwick so unerwartet durch Middleham wie eine Sternschnuppe, die vom Himmel fiel, und blendete alle mit dem Licht seines Ruhmes. Nan lief aufgeregt umher und erfüllte ihm jeden seiner Wünsche; Wein floss, und uns wurde ein fürstliches Mahl aus Wildschwein, Pfau und Schwan aufgetischt. Sogar die Bettler am Tor erhielten reichlich, denn Warwick vertrat die Meinung, dass jeder Mann so viel Fleisch mitnehmen sollte, wie er auf einen Dolch spießen konnte, und jene, die zu arm waren, einen solchen zu besitzen, durften sich den Wanst vollschlagen, bis sie nicht mehr konnten. Solchermaßen gestärkt, zogen sie wieder hinaus in die kalte Welt, trugen ihren Lobpreis auf Warwick durchs Land und sorgten dafür, dass man selbst im fernen Böhmen von ihm hörte. Man nannte ihn »den Königsmacher«, weil er Henry entthront und Edward zum König gemacht hatte.

Der Abend in Middleham war in jeder Hinsicht bis auf eine herrlich: John war nicht bei mir. Er war im Norden aufgehalten worden. Warwick brachte mir Grüße und eine Nachricht von ihm.

»Er ist losgeritten, um eine Gruppe schottischer Adliger an der Grenze abzuholen und nach York zu eskortieren. Sie sollen mit Edwards Vertretern einen Friedensvertrag aushandeln. Aber er lässt dir ausrichten, dass er dich schon sehr bald besuchen will.«

»Papa, wieso musst du wieder weg?«, fragte seine kleine Anne unter Tränen.

»Ich muss nach London, um mit dem französischen Gesandten zu sprechen, mein Kind«, sagte Warwick, zog sie auf sein Knie und strich ihr übers Haar. »Ich plane eine Hochzeit für unseren tapferen König Edward.«

»Ach ja?«, fragte ich. »Wen möchte König Edward heiraten?«

»Edward? Der ist viel zu sehr mit dem Unzuchttreiben beschäftigt, um darüber nachzudenken, deshalb entscheide ich für ihn«, antwortete Warwick. »Ich habe vor, einen Vertrag mit Louis XI. zu schließen und ihn mit einer Hochzeit zwischen Edward und einer französischen Prinzessin zu besiegeln, auf dass Frankreich der Kuh von Anjou keine Hilfe mehr leistet.«

Mich schockierte, wie Warwick über den König sprach, und ich konnte nicht umhin, mich zu fragen, was König Edward zu den Heiratsplänen sagen würde. Ein Schauer lief mir über den Rücken. Die Sonne mochte strahlend aufgegangen sein, doch auf einmal schien die Zukunft unsicher und überschattet.

England unter dem Haus York

1462–1471

19

1463

Hochzufrieden blickte ich mich in unserem Gutshaus in Seaton Delaval um. Zarter Schnee wehte an den Fenstern vorbei. Durch die geschlossenen Läden fiel Sonnenlicht in die große Halle, die mit Bändern, Immergrün und Beeren für die Weihnachtszeit und den Jahreswechsel geschmückt war. Auf dem Podest knackten Scheite im großen Kamin und wärmten den Raum. In einer Ecke spielten Männer mit Würfeln, in einer anderen hielten sich Damen bei den Händen und tanzten einen Reigen, und in der Mitte spielten Kinder »Hot Cockles« und kreischten vor Vergnügen. Es duftete nach gewürztem Wein und Ingwerkuchen, die von Dienern auf großen Tabletts hereingebracht wurden. Wie vieles gibt es, für das wir dankbar sein können!, dachte ich. So viel Gutes war uns in den annähernd zwei Jahren seit König Edwards Sieg bei Towton widerfahren.

Nur eine Sache gab es, die ich ändern würde, wenn ich könnte. Unsere Familie war um eine weitere Tochter angewachsen, Margaret, sodass wir nun vier Mädchen hatten; und obgleich ich sie alle inniglich liebte, schmerzte mich, dass ich John noch keinen Sohn hatte schenken können. Meine Hand hatte gezittert, als ich die Feder ergriffen hatte, um ihm von der Geburt unseres Mädchens zu schreiben, denn ich wusste, dass er enttäuscht sein würde. Ein Mann brauchte Söhne, die ihm halfen, seine Schlachten zu schlagen, sei es vor Gericht, auf dem Feld oder auf dem Gut. In Johns Antwort war jedoch kein Hauch von Enttäuschung auszumachen gewesen. Er hatte geschrieben, wie froh ihn die Nachricht gestimmt habe, wie sehr er sich darauf freue, seine schöne kleine Tochter zu sehen, und wie inständig er hoffe, dass sich die Lage an der Grenze beruhigen und ihm einen Besuch in Burrough Green erlauben würde. Ich hatte seinen Brief an meine Lippen gedrückt, innerlich indes geseufzt. Nach all diesen Jahren stand er immer noch allein da, ohne einen Sohn an seiner Seite, der ihn stärkte.

Es ist noch Zeit, mehr Kinder zu bekommen, nun, da wir uns näher sind und er häufiger heimkommt, sagte ich mir.

Im Jahr zuvor, 1462, hatte ich beschlossen, nach Northumbria zu ziehen, weil wir John in Cambridgeshire so selten sahen. Er war immerzu im Norden, sicherte die schottische Grenze und kämpfte gegen die letzten Lancastrianer, die nach wie vor für Unruhe sorgten. Um dieses eitrige Geschwür auszutreiben und das Königreich von der Bedrohung zu befreien, hatte John die drei von Lancastrianern gehaltenen Burgen Alnwick, Dunstanburgh und Bamburgh unter Belagerung genommen. Die Aussicht auf monatelange Trennung von John hatte mich bewegt, unseren Haushalt von Burrough Green auf das Wehrgut in Seaton Delaval zu verlegen, weit nördlich in Northumberland. Das Anwesen, das einst der Familie Delaval gehört hatte, war konfisziert worden und von König Edward an uns übertragen worden.

Sobald ich nach Margarets Geburt im September wieder bei Kräften war, hatten wir uns in den Norden aufgemacht. Unterwegs erreichte mich die Nachricht, dass Countess Alice gestorben war. Obwohl ich dankbar war, dass sie endlich Ruhe gefunden hatte, empfand ich ihren Verlust als schmerzlich, und ich fragte mich, wie es John ergehen würde, wenn er die traurige Kunde erhielt. Wie gern wäre ich bei ihm gewesen, um ihn zu trösten!

Als wir fortzogen, trugen die Midlands noch Herbstfarben, während die Winde in Northumberland bereits alles Laub von den Bäumen gefegt hatten und eine frostige Moderschicht die Erde bedeckte. Kein Vieh graste draußen, und wir begegneten wenigen Reisenden, denn die Tiere wurden in geschützten Ställen untergebracht, und kein weiser Mensch würde bei solch einem Wetter hinausgehen wollen. Mit unseren Pferden und Karren zogen wir durch die raue, einsame Landschaft von Northumbria, über Hügel und durch Täler, vorbei an endlosen Scheunen, kleinen Behausungen und hin und wieder einem bibbernden Reisenden, den irgendwelche dringenden Gründe nach draußen zwangen. Auf dem letzten Abschnitt unserer Reise ging der Weg vor uns so steil bergan, dass es schien, als würde er uns geradewegs in den Himmel führen. Ich nahm es als gutes Omen.

Schließlich trotteten unsere Pferde durch das verschlafene Dorf Seaton Delaval und hinaus durch urbares Land, das das Wehrgut umgab. Der Glockenturm einer alten sächsischen Kirche ragte in den Himmel. Der Torwächter ließ die rostige Zugbrücke herunter, die ohrenbetäubend kreischte, sodass die Schwäne und Reiher im Burggraben erschrocken aufflogen. Als wir unsere Pferde zum Torhaus führten, nahm ich mir vor, gleich als Erstes die Zugbrücke ölen zu lassen.

Der Vogt empfing uns mit ängstlicher Miene, fragte er sich doch gewiss, wie es ihm unter einem Yorkisten-Herrn ergehen würde. Zwei Stallburschen kamen herbeigelaufen, um uns die Pferde abzunehmen, und der Vogt zeigte mir mein neues Heim.

Nahe der Küche floss ein Bach durch den Garten zu einem Brunnen, und eine Windmühle drehte ihre stoffbespannten

Flügel, die sich wie Segel blähten. Tauben flatterten um den Taubenschlag herum, und die Luft vibrierte von ihrem Gurren. Gänse, Hühner und Rebhühner liefen gackernd und schreiend auf dem Hof herum. Ich bekam die geräumige Küche, das Waschhaus, das Brauereihaus und das Backhaus gezeigt, aus dem mir der Duft frischen Brotes entgegenwehte. Prompt knurrte mir der Magen, und mich dürstete nach Wein und Ale, das zum Mittagessen serviert werden würde. Dennoch seufzte ich im Geiste. Es würde harte Arbeit und einiges Geld kosten, das Wehrgut herzurichten, denn mit seinem heruntergekommenen Taubenschlag, dem wuchernden Unkraut überall, den halb verfallenen Ställen und den rissigen Windmühlenflügeln machte es einen recht erbärmlichen Eindruck. Vieles war zu erledigen, und wir müssten Wandergesellen einstellen, die Gebäude und Anlagen instand setzten.

Anschließend betraten wir das Haupthaus und stiegen die knarrende Treppe hinauf zu den Wohnräumen. Ich bemerkte zahlreiche Eimer, die Wasser auffangen sollten, das durch das schadhafte Dach eindrang, aber die große Halle war mit Holz ausgekleidet und hatte eine hübsche Musikantengalerie, und die wundervolle alte Kapelle mit dem hohen Turm, den ich schon von Weitem gesehen hatte, strahlte Wärme aus. In Vorbereitung unserer Ankunft herrschte reges Treiben in der großen Halle. Die Tische waren mit frischem Leinen und Zinnbechern gedeckt, und Diener brachten Salznäpfe und Löffel, die sie verteilten.

Zum Schluss der Führung bekam ich unser Schlafzimmer zu sehen. Zu meinem Entzücken hatte man von dort einen herrlichen Ausblick auf die Gärten und Felder, und es gab einen Abort mit Wandleuchten zu beiden Seiten des spitz zulaufenden Fensters. Ich zog die Reisekleidung aus, machte mich frisch und begab mich anschließend zum Mittagessen hinunter in die Halle. Die meisten der Bediensteten hatten sich dort bereits eingefunden und erwarteten mich. Ich lud sie ein, sich zu setzen, und auf mein Nicken hin bekamen sie Wasser gereicht, mit dem sie sich vor dem Dankgebet die Hände wuschen.

In den nächsten zwei Monaten stürzte ich mich mit ganzer Kraft auf die Renovierung des Hauses und kontrollierte die Ausgaben, damit wir zusätzliche Reparaturen bezahlen konnten. Mit dem Vogt ging ich die Haushaltsbücher durch, machte Vorschläge, wie sich Ausgaben für Kleidung, Wachs, Wein, Gewürze und Almosen verringern ließen, wie man weniger Geld für den Kauf von Vieh und Vorräten brauchte und wie man an den Priestern sparte, die man zum Lesen der Messe oder für Gebete bestellte, ebenso wie an den Knappen, die man anheuerte, um Fenster und Böden zu putzen und die Feuer, Kerzen und Binsenlichter am Brennen zu halten; sogar an der Zahl der Kinderbetreuer ließ sich sparen. Das Geld, das wir auf diese Weise gewannen, reichte nicht bloß für zusätzliche Reparaturen, sondern sogar für Einrichtungsgegenstände wie Wandbehänge. Und zur Weihnachtszeit zahlten sich meine Bemühungen aus, denn nun wirkte das Gutshaus einladend und gemütlich.

Die Entscheidung, nach Seaton Delaval zu ziehen, war richtig gewesen. John nutzte jede Gelegenheit, nach Hause zu kommen, und auch wenn seine Besuche gewöhnlich kurz waren, erfüllten sie das Haus wie mein Herz mit großer Freude.

Während wir uns bereit machten, das neue Jahr 1463 zu empfangen, erwiesen sich die Belagerungen von Alnwick und Dunstanburgh als so erfolgreich, dass Somerset beide am Weihnachtstag John übergab. Nun war nur noch Bamburgh in Lancastrianer-Hand.

Am Dreikönigstag traf John mit einem ganz besonderen

Gast in Seaton Delaval ein. »Sieh mal, wen ich dir mitgebracht habe«, sagte er mit einem schelmischen Funkeln in den Augen.

»Onkel!«, rief ich und warf mich sehr wenig damenhaft in seine Arme. »Ach, Onkel, es ist so schön, Euch zu sehen!« Ich hakte ihn unter und wollte ihn herumführen, als ich eine vertraute Stimme hinter mir hörte. Verwundert drehte ich mich um und erblickte Somerset, der mithilfe eines Landsknechts von seinem Hengst stieg. Die Hände hatte er vorn zusammengebunden. Er stand da und blickte mich an, und für einen Moment war ich sprachlos. Erst jetzt begriff ich, dass Somerset mit der Übergabe der Burgen auch sich selbst ausgeliefert hatte.

»Mylady Montagu, ich grüße Euch herzlich«, sagte er höflich.

»Mylord Somerset ...« Mir fehlten die Worte. Ich neigte den Kopf und spürte, dass John mich seltsam ansah. Dann nickte er dem Landsknecht zu, der Somerset abführte. Ihm folgte ein Strom weiterer Gefangener.

»Was geschieht mit ihnen?«, fragte ich.

»Sie sind Verräter«, antwortete mein Onkel. »Was denkst du wohl, das mit ihnen geschieht, gutes Kind? Nun lass uns essen!« Er rieb seine Hände. »Ich bin fürwahr bereit für ein Abendessen.«

Beim Essen erzählte mein Onkel von seinen wunderbaren Abenteuern in Jerusalem, Padua, Florenz, Rom und Rhodos. Wir tranken gewürzten Wein und Hypocras und ließen uns genüsslich ein Dutzend Gänge schmecken. Doch währenddessen dachte ich immerfort an Somerset.

»Also herrscht York nun endlich über Lancaster«, resümierte mein Onkel, der seinen Kelch schwenkte. »›Welcher Glanz ist dem vergleichbar, die Hand siegreich über jene zu erheben, die wir hassen?‹ Euripides, ihr wisst schon ... Eine

Zeit lang wagte ich kaum mehr, darauf zu hoffen. Die Umstände, unter denen der Duke of York starb, haben viele umdenken lassen, würde ich meinen.«

»Ja, haben sie«, murmelte John nachdenklich, blickte in seinen Wein und stürzte ihn dann in einem Zug herunter. Trauer überkam mich, wusste ich doch, dass er an seinen Vater und an Thomas dachte.

»Ja. ›Es ist ein harter Weg, der zu wahrer Größe führt‹«, zitierte mein Onkel den Dichter Seneca.

»Ein Weg, der uns von Marguerite aufgezwungen wurde«, entgegnete John.

»›Und bracht' als Mitgift Ilion den Untergang‹, sagte Aischylos einst über Helena von Troja, und in unseren Tagen bewahrheitet es sich aufs Neue. Ach, die Geschichte hat ihre eigene Art, sich stets zu wiederholen, nicht wahr?«

John stimmte ihm höflich zu und sprach ein anderes Thema an. »Was die Gefangenen betrifft, Mylord Worcester, darf ich vorschlagen, dass wir bei König Edward um Gnade für sie ersuchen?«

»Nein, statuiert ein Exempel an ihnen!«, erwiderte mein Onkel. »Den Tod sollen sie erleiden, und einen langsamen obendrein!« Er wollte eben ein Stück Wild mit seinem Dolch aufspießen, besann sich jedoch anders und fuchtelte stattdessen mit der Klinge herum. »Pfählen wäre das Richtige! Ich beobachtete diese Form der Hinrichtung in Transsylvanien. Sie ist langsam und qualvoll und erwies sich bei den Türken als äußerst wirksam. So konnte Vlad Dracul seine Herrschaft im unruhigen Transsylvanien sichern. Die Opfer werden entweder durch den Anus gepfählt oder, im Falle von Frauen, durch ihr Geschlecht. Seine Leute leben in solcher Furcht, dass niemand es wagt, die Gesetze seines Landes zu brechen. Er ließ einen goldenen Kelch unbewacht auf dem Marktplatz von

Targoviste aufstellen, und keiner rührte ihn an, nicht einmal bei Nacht. Man sagt, er habe Frauen dazu gebracht, das Fleisch ihrer eigenen Säuglinge zu essen, indem er ihnen mit Pfählung drohte.«

Ein Knappe servierte meinem Onkel Spießbraten vom Wildschwein, und er nickte und aß mit großem Appetit davon. Ein anderer Diener häufte ihm gekochten Kohl auf den Teller und wollte mir ebenfalls servieren. Doch mir wurde übel, und ich winkte ab. Ich konnte nicht glauben, was ich hörte. John erging es offenbar ähnlich, denn er war ganz blass geworden.

»Sie sind keine Sarazenen«, sagte er mit belegter Stimme, »sondern unsere eigenen Leute, von denen manche gegen ihren Willen genötigt wurden, für Lancaster zu kämpfen.« Zwar bemühte er sich hörbar, höflich zu bleiben, aber er klang wütend. Seine Züge hatten sich beim Zuhören verhärtet, und ein Muskel an seiner Wange zuckte.

»Dennoch dient ihr Leiden als ein Exempel wider die Sache der Lancastrianer«, entgegnete mein Onkel. »Wollt Ihr Frieden? Wollt Ihr, dass wieder Recht und Ordnung herrschen? Angst ist die wirksamste aller Waffen! Vlad Dracul ließ seine Gemahlin ausweiden, weil sie ihn anlog, sie wäre guter Hoffnung mit seinem Kind. Nun traut sich in Transsylvanien niemand mehr, zu lügen oder zu betrügen, aus Furcht, Vlad Dracul könnte es entdecken.«

Ich stellte meinen Kelch ab, denn mir war speiübel.

»England ist nicht Transsylvanien, und Ihr selbst wart einst Lancastrianer«, erinnerte John ihn.

»Meine Situation war eine gänzlich andere. Ich habe nie für Lancaster gekämpft. Ich verdankte meinen Earl-Titel Henry, war jedoch durch Geburt dem Duke of York verbunden und durch Ehe und Freundschaft Eurer Familie. Wie konnte ich mich für eine Seite entscheiden? Deshalb verließ ich das Land.«

»Diese Männer waren verpflichtet, für ihre Lords zu kämpfen, egal, welche Seite die wählten oder ob sie ihnen zustimmten oder nicht. Und sie waren zu arm, um England zu verlassen«, sagte John.

»Das ist nicht Eure oder meine Sorge, John«, erwiderte mein Onkel und seufzte. »Sie kämpften für Lancaster! Was jetzt zählt, ist unsere Pflicht dem König gegenüber, und diese Pflicht verlangt, dass wir ihn mit allen uns zur Verfügung stehenden Mitteln stützen, Furcht eingeschlossen. Und verschont keinen wegen seines Ranges! Das einzige Zugeständnis, das Dracul dem Rang machte, war, dass er Adlige auf längere Spieße pfählte, und was er mit den Türken machte ...«

Mehr konnte ich nicht aushalten und sprang auf. »Bitte, mein Onkel, ein andermal, vielleicht? Ich fürchte, ich bin solchen Reden nicht gewachsen.« Ich rang mir ein Lachen ab und legte eine Hand auf meinen Bauch, um meine Unhöflichkeit zu entschuldigen.

John sah mich erschrocken an.

»Beim Kreuze, du bist guter Hoffnung!«, rief mein Onkel aus, schob den Stuhl zurück und stand auf, um meine Hand zu ergreifen. »Es muss die Liebe sein, die dich so schön und strahlend vor Glück erhält, denn man sieht dir nicht an, in welch zarter Verfassung du bist, meine Teure.«

So sehr ich meinen Onkel liebte, konnte ich sein Gerede über Folter nicht ertragen und hatte die einzige Ausflucht bemüht, die mich nicht verpflichtete, für die gesamte Dauer seines Besuchs Übelkeit vorzutäuschen. Eigentlich hatte ich nicht einmal gelogen, denn mir drehte sich wahrhaftig der Magen um. »Und dieses Glück verdanke ich Euch, lieber Onkel«, sagte ich leichthin, auf dass er nicht wieder zum Thema zurückkehrte. »Ohne Eure Intervention und Eure Kunst, die richtigen Worte zu schmieden, hätte die Königin meiner Vermählung mit Mylord niemals zugestimmt.«

Er tätschelte meine Hand. »Es tut meinem Herzen wohl zu wissen, dass du mit solch einem prächtigen Ritter vermählt bist. ›Ein Wort befreit uns von allem Schmerz und aller Bürde des Lebens, und dieses Wort ist Liebe‹, nicht wahr?«

»Ja, ist es, und der weise Sophokles wusste es«, antwortete ich und wünschte meinem Onkel eine gute Nacht.

John stand auf, verwundert ob meiner Enthüllung. Lächelnd schüttelte ich kaum merklich den Kopf in seine Richtung und flüsterte: »Nein!«, als ich ihm die Wange küsste. Zu meiner Erleichterung änderte sich der Ausdruck in seinen Augen, und ich erkannte, dass er mich verstand. Er verneigte sich und setzte sich wieder.

Doch statt mich in unser Schlafgemach zurückzuziehen, schlich ich hinunter in den Keller, wo Somerset gefangen gehalten wurde. Er war in einer kleinen Vorratskammer zwischen Weinfässern eingepfercht, und der sichtlich überraschte Wachmann ließ mich nur ein, weil ich es sehr beharrlich forderte, denn er hatte Befehl, niemanden vorzulassen.

Kaum war ich in der Kammer, wurde hinter mir abgeschlossen. Zuerst konnte ich nichts sehen, aber meine Augen gewöhnten sich bald an die Dunkelheit, und ich entdeckte Somerset. Den Kopf in die Hände gestützt, saß er da und sah nicht einmal auf.

»Mylord Somerset …«

Ruckartig blickte er auf. Zunächst rührte er sich nicht; dann blinzelte er und erhob sich. »Isobel«, sagte er beinahe ehrfürchtig, »täuschen mich meine Sinne? Ihr könnt nicht real sein, nein, Ihr seid eine Vision, die mir der Himmel schickte …«

»Nein, ich bin durchaus real«, entgegnete ich und bereute, dass ich gekommen war.

Er streckte die Hand aus, und nach kurzem Zögern reichte ich ihm meine. Somerset küsste sie, bevor er sie mit beiden Händen umklammerte.

»Mylord Somerset, ich kam, um Euch zu danken für das Versprechen, das Ihr mir in St Albans gabt und hieltet.«

»Dafür bedarf es Eures Dankes nicht, Isobel.«

»Es war eine Freundlichkeit, die meine Seele sehr erleichterte«, widersprach ich.

»Ich tat es für Euch. Wie ich alles für Euch tun würde.«

Da ich spürte, wie meine Wangen glühten, senkte ich rasch die Lider. Ich war froh über die Dunkelheit in der Kammer und zog meine Hand aus seiner. »Durchlaucht, ich wollte Euch lediglich wissen lassen, dass ich Euch immer dankbar sein werde.«

»Beweist es!«

Erschrocken blickte ich auf. »Wie bitte?«

»Küsst mich!«

Ich wich zurück. »Ihr seid von Sinnen!«

»Ich bin so gut wie tot, und ich will Eure Gebete nicht. Wenn Ihr mir danken wollt, tut es jetzt … mit Euren Lippen.«

Ehe ich mich's versah, war er bei mir und riss mich in seine Arme. »Isobel, habt Ihr Euch nie gefragt, warum ich niemals heiratete? Es ist Euretwegen!«, raunte er heiser. »Solange der Krieg wütete, hatte ich Hoffnung, doch nun ist sie dahin!« Sein Mund fing meinen ein, und ich fühlte seinen brennenden Körper an meinem. Mit aller Kraft wehrte ich mich gegen seinen Kuss, der mich erstickte, sodass ich nicht schreien konnte. Verzweifelt hieb ich mit den Fäusten gegen Somersets Brust. Aber er war zu stark für mich, und ich zappelte in seinen Armen wie eine Taube in den Fängen eines Adlers.

Mit einem lauten Klicken drehte sich der Schlüssel im Türschloss. Aufgeschreckt durch das Geräusch, lockerte Somerset seine Umklammerung, und ich entwand mich ihm so eilig, dass ich meinen Ärmel einriss. John stand in der Tür und starrte mich an. Ängstlich zupfte ich an meinem Haar und dem eingerissenen Ärmel. Johns Blick, der so verletzt und voller Schmerz und Unglauben war, fuhr mir wie ein Dolchstoß ins Herz. Im nächsten Augenblick trat purer Zorn in seine Augen. Als er mit einer Faust ausholte, um Somerset zu schlagen, stürzte ich mich auf Johns Arm und fing ihn ab.

»Nein, John, nicht! Es ist unter deiner Würde, einen Gefangenen zu schlagen – noch dazu einen, der dir Güte zukommen ließ!«

»Güte!« Hasserfüllt sah John mich an. »Ist dies Güte – dass du dich hier herunterstiehlst, um dich von meinem Todfeind küssen zu lassen – dem Mann, der meinen Vater und meinen Bruder ermordete?«

»An ihrer Ermordung war ich nicht beteiligt«, widersprach Somerset. »Ich habe versucht, sie von dieser Untat abzuhalten.«

»Das behauptet Ihr jetzt, da niemand mehr da ist, der Euch widersprechen kann«, zischte John. »Ich habe nicht übel Lust, Euch ihrem Onkel zu überlassen. Wisst Ihr, was er gern mit Euch täte?«

»John, ich bitte dich, sprich nicht weiter! Lass es gut sein! Ich kam her, um ihm zu danken, dass dir nichts zugestoßen ist! Er versprach mir in St Albans, dass dir kein Schaden zugefügt würde, und er hielt sein Versprechen! Oh, John, vergib ihm! Ich wollte ihm nur danken, sonst nichts.«

Mit einem Armschwenk schüttelte John mich ab, warf Somerset einen wütenden Blick zu und ging. Ich lief John nach, konnte jedoch nichts ausrichten. Sein Gesicht war wie versteinert, und er weigerte sich, mich anzuhören oder mit mir zu sprechen.

Zum ersten Mal in unserer Ehe kam er nicht in unser Bett.

Am nächsten Morgen winkte ich meinem Onkel sorgenvoll zum Abschied nach. Kaum dass er fort war, ließ John Somerset nach Middleham bringen, wo er im Gefängnis bis zur Ankunft des Königs bleiben sollte. Während der nächsten drei Tage hielt John einen Kriegsprozess auf dem Marktplatz ab, wo er die meisten Gefangenen begnadigte und den Rest hängen ließ. Ich wusste, dass er so schnell handelte, weil mein Onkel keine Gelegenheit bekommen sollte, seine Pläne mit diesen wehrlosen Kreaturen zu verwirklichen. Dennoch schien mir diese Eile unnötig, denn ich entsann mich einer Begebenheit, von der ich John unmöglich erzählen konnte. Das Gerede meines Onkels über das Pfählen war nichts als Aufschneiderei gewesen, und seine harte Haltung verbarg ein weiches Herz, das niemals grausam sein könnte. Ich wusste es, weil er mir als Kind die Geschichte der unglücklichen Liebenden Tristan und Isolde vorgelesen hatte, und noch ehe wir das Ende erreicht hatten, war er zusammengebrochen und hatte ihr Leid beweint.

Selbst im zarten Alter von sechs Jahren hatte ich begriffen, dass mein Onkel ein stolzer Mann war, der anderen seine Schwäche nicht zeigen wollte. Deshalb sprach ich nie über das, was ich erlebt hatte, und vergaß es mit den Jahren beinahe.

Am letzten Tag der Hinrichtungen sah ich John nicht, und in der Nacht, bevor er wieder aufbrach, blieb er zum dritten Mal unserem Bett fern. Rastlos lief ich im Schlafgemach auf und ab, als könnte die Bewegung meine Seelenqualen lindern.

Die traurigen Kirchenglocken schlugen die Stunde der Matutin, und die nächtlichen Gesänge der Mönche schwebten durch die Nacht bis zu mir. Ich hielt es nicht länger aus. Nachdem ich mir den Morgenmantel übergezogen hatte, ging ich zu Johns Zimmer am Ende des Flurs.

Er hatte die Augen geschlossen. »John«, flüsterte ich, »bist du wach?«

Im Mondlicht erkannte ich, dass er die Augen öffnete, aber er sagte kein Wort.

»Was geschehen ist ... Du weißt doch gewiss, dass ich nichts dergleichen beabsichtigte, als ich Somerset dankte.«

Er antwortete nicht. Wenigstens drehte er sich nicht weg.

»John, ich gab dir niemals Grund, an meiner Treue zu zweifeln. Somerset packte mich. Hast du nicht gesehen, dass ich mich ihm entwinden wollte, als du hereinkamst? Du bist meine erste und einzige Liebe. Wenn wir getrennt sind, sehne ich mich nach dir, und nur mit dir an meiner Seite fühle ich mich wahrhaft lebendig. Uns ist so wenig gemeinsame Zeit vergönnt, mein Liebster, und es ist furchtbar, diese Momente zu vergeuden. Morgen musst du wieder fort«, ängstlich sah ich zum schwarzen Fenster, »und ich werde wieder allein sein, Gott weiß, wie lange ...« Unglücklich brach ich ab.

Sein beharrliches Schweigen vernichtete meine Hoffnung auf Vergebung. Trotzdem wollte ich noch einen Versuch wagen. »Das Leben ist unsicher, mein liebster Lord, und Verlust ist uns nur zu vertraut, dir und mir. Obgleich du jede Schlacht gewonnen hast, die du kämpftest, bin ich in steter Angst, die nächste könnte dich mir rauben. Manchmal ist es, als folgte mir der Schatten des Todes auf Schritt und Tritt.« Meine Stimme versagte, doch ich redete weiter. »Wenn du nun wütend und verbittert gehst, wie soll ich das ertragen? Was, wenn wir uns auf diese Weise trennen und uns Unglück zustößt? Somerset hat uns so vieles gekostet. Lass ihn nicht noch mehr nehmen!«

John rührte sich nicht. Ich schluckte, weil ich einen Kloß im Hals hatte, und wandte mich zum Gehen; da hörte ich sein Seufzen und spürte, wie er meine Hand nahm. Er zog mich hinunter zu sich, und schluchzend sank ich neben ihm auf das Bett.

»Du hast recht, Isobel«, sagte er leise. »Wir sollten unsere Zeit nicht mit solchem Unsinn verschwenden, denn sie könnte am Ende alles sein, was wir haben.« Ich küsste seine Halsbeuge, wo sein Pulsschlag pochte. »Es ist nur, dass dein Onkel mich mit seinen Erzählungen beim Essen schrecklich aufgebracht hatte, und als ich zu dir kam, um mich trösten zu lassen, und du nicht da warst …« Er holte Atem. »Dich in den Armen eines anderen zu sehen – so etwas möchte ich nie wieder erleben. Es raubte mir beinahe den Verstand, und ich hatte nur den einen Wunsch: Somerset zu töten.«

»Mein Liebster, wir wollen nicht mehr darüber sprechen und es vergessen. Das Einzige, was zählt, ist, dass wir zusammen sind.«

20

Hexham, 1464

»Danke, Geoffrey«, sagte ich lächelnd, nahm den Brief, den mein Onkel vom Hof schickte, und öffnete ihn.

Geoffrey war mir mittlerweile sehr ans Herz gewachsen und zu meiner rechten Hand geworden. War John fort, half er mir bei unseren Verwaltern, Pachteintreibern, Mähern, Bauern, Fuhrmännern, Schmieden, Pflügern, Schaf- und Viehhirten sowie anderen Arbeitern auf unseren breit gestreuten Ländereien, und ich stellte fest, dass er ein veritabler Quell des Wissens war. Mit seinem sonnigen Gemüt erinnerte er mich an König Edward. Geoffrey war nicht bloß ein angenehmer Gefährte, sondern er arbeitete auch hart und erreichte viel. Und, bei Gott, wir hatten seine Hilfe bitter nötig. Unsere Geldsorgen schienen trotz der Einkünfte aus der Goldmine kein Ende zu nehmen; deshalb konnten wir kaum Helfer einstellen. Aber dieser alte Mann schaffte an einem Tag mehr als die meisten jungen in einer Woche.

Ich brach das Briefsiegel und begann zu lesen.

Meine liebe Nichte Isobel,

Vieles geschah, seit ich dich verließ. In London bereitete mir unser gütiger König Edward IV. – lang möge er über uns herrschen! – einen wunderbaren Empfang, und ich muss gestehen, dass ich höchst beeindruckt von ihm bin. Er ist der bestaussehende Mann und Prinz, den ich je erblickt habe, größer als alle anderen, die ich kenne, und breitschultriger, überdies noch äußerst liebenswürdig. Doch weist er keinerlei Gemeinsamkeit mit unserem scheuen Henry auf. Mit seinen Fähigkeiten und seinem Scharfsinn sowie seinem großen Talent als mutiger Kriegsführer ist König Edward ein formidabler Staatsmann. Meine eigenen Talente erkannte er sofort und pflichtete meinen Argumenten gegen Nachsicht bei. Meine teure Nichte, du wirst mit Stolz erfüllt sein zu hören, dass dein Onkel, der bereits ein hoher Adliger ist und als einer der weltweit höchsten Gelehrten gilt, von unserem König Edward IV. gebührend gewürdigt worden ist. In Anbetracht meines fundierten Rates und meiner fehllosen Hingabe an die Sache Yorks ernannte mich Ihre Gnaden zum Lord Constable von England und verlieh mir die Macht, an meinem Gericht ohne Geschworene und ohne Widerspruchsrecht zu urteilen.

Ich ließ den Brief sinken. Meine Gedanken überschlugen sich. Die Macht, die meinem Onkel übertragen worden war, kam einer Bewährungsprobe für sein wahres Naturell gleich. Er war schon vorher ein stolzer Mann gewesen, und nun fürchtete ich, dass ihn ebendieser Stolz blind für sein wahres Wesen machen könnte. Wie Marguerite d'Anjou, die sich als Friedensstifterin gesehenen hatte, während sie Männer in die Schlacht getrieben hatte, hatte mein Onkel sich für einen treuen Lancastrianer gehalten, als er vor dem Krieg nach Italien geflohen war.

Was mir jedoch den größeren Kummer bereitete, war diese feste Überzeugung von seiner eigenen Rechtschaffenheit. Mein Onkel war bekannt für seine Frömmigkeit, und dennoch hatte er voller Bewunderung mitangesehen, wie Sarazenen grausam durch Pfählen getötet worden waren – derselbe Mann, der über die erfundene Geschichte von Tristan und Isolde geweint hatte.

Welcher ist der wahrhafte John Tiptoft, Earl of Worcester?, fragte ich mich.

Ich bekreuzigte mich und las weiter.

Bedauerlicherweise ist unser neuer König zu gnädig, und trotz meiner energischen Einlassungen und meiner größeren, über viele Jahre erworbenen Weisheit reichte König Edward Somerset den Ölzweig. Er umarmte ihn als seinen Cousin und Freund mit den Worten: »Wir wollen die Vergangenheit hinter uns lassen, wo sie hingehört, Henry«, und begnadigte ihn. Und Somerset kniete vor ihm.

Ich legte den Brief ab. Mein Onkel irrte: Weder Lehre noch Alter brachten Weisheit, sondern sie wohnte im Herzen eines Mannes. Und ich war beruhigt, dass König Edwards Herz am rechten Fleck saß.

Schäme dich! So vergiltst du es deinem Onkel, dem du dein Glück verdankst?, schalt ich mich voller Schuldgefühle. Leider trafen wenige Tage nach seiner Ernennung zum Lord Constable von England Nachrichten ein, die meine Bedenken schürten. John brachte sie mir.

»Der Earl of Oxford und sein ältester Sohn wurden in Arrest genommen. Ihnen wird Verrat vorgeworfen.«

»Sind sie schuldig?«

»Die meisten Leute meinen, dass sie es nicht sind. Aber dein Onkel wird entscheiden.«

Mehr sagte John nicht, und ich beließ es dabei. Mein Onkel war für uns beide zu einem heiklen Thema geworden. Wenig später hörten wir, dass mein Onkel den Earl und dessen Sohn für schuldig befunden hatte und der Earl auf einem Schafott enthauptet worden war, das noch nass vom Blut seines Sohnes gewesen war. Mir lastete diese Geschichte so schwer auf der Seele, dass ich zwei Tage nicht essen konnte.

John, der bei Eintreffen der Nachricht zu Hause gewesen war, holte sich sein Pferd und kehrte erst in der Abenddämmerung zurück, als das Essen längst weggeräumt worden war. Ich saß bei ihm, als er schweigend in die Ferne blickte. Zweifellos dachte er an seinen eigenen Vater und seinen Bruder und ihre brutale Hinrichtung durch Clifford in Wakefield. Ob das Urteil meines Onkel gerecht war oder nicht, es gab keinen Grund für die zusätzliche Grausamkeit, den Sohn vor dem Vater zu exekutieren und Oxford zu nötigen, sein Haupt auf einen Block zu legen, der von seines Sohnes Blut benetzt war.

In einem Anflug von Gnade hatte Edward darauf verzichtet, den Earl of Oxford zu enteignen, sodass sein zweiter Sohn, der siebzehnjährige John de Vere, den Titel geerbt hatte. Aber wie sollte diese Freundlichkeit meines Onkels Unbarmherzigkeit aufwiegen? Nicht lange danach hörten wir, dass John de Vere mit einem anderen jungen Mann in heftigen Streit geraten war, was auch ihn vor das Gericht meines Onkels gebracht hatte. Das Urteil lautete, dass ihm beide Arme am Ellbogen abgeschlagen werden sollten. Diesmal jedoch widersprach König Edward dem von jedermann als unverhältnismäßig hart angesehenen Richterspruch. Mein Onkel, dieser Mann, den ich über eine Liebesgeschichte hatte weinen sehen, erwarb sich den Ruf, besonders grausam zu sein.

Die Wochen vergingen, und meine Sorge um meinen Onkel verblasste im Angesicht besserer Nachrichten. Marguerite, die nun keine Hilfe mehr von Schottland bekam, war nach Frankreich gereist, um sich dort Unterstützung zu erbitten, und einzig die Festung von Bamburgh, wo König Henry residierte, blieb in Lancastrianer-Händen. Sir Thomas Malory, der in königlichen Angelegenheiten zur Grenze ritt, machte in Seaton Delaval halt, um Ursula zu besuchen. Er brachte uns interessante Neuigkeiten.

»Schockiert vom Anblick ihres jungen Königs, der barhäuptig und unbewaffnet neben Somerset ritt, glaubten die Leute in Grantham ihn in größter Gefahr und versuchten, Somerset vom Pferd zu zerren und niederzuschlagen!«, erzählte er. »Aber Edward lachte und sagte ihnen, dass er und sein einstiger Feind nun die besten Freunde seien. Die Leute kratzten sich verwundert den Kopf ... Bei meiner Seel', König Edward ist der liebenswerteste, gutmütigste und mutigste Monarch, der je auf Englands Thron saß!«

»König Edward ist nicht bloß gutmütig, er hat auch recht«, sagte ich nachdenklich. »Wir müssen mit der Vergangenheit abschließen und nach vorn blicken. Aber, Sir Thomas, ist Somerset nicht in einer schwierigen Lage? Nicht jeder vergibt so bereitwillig wie Edward, und Somerset muss die Anerkennung von Männern gewinnen, deren Angehörigen er niedermetzelte.« Ich dachte an die vielen Hinterhalte und Mordanschläge gegen die Nevilles. Wie muss John empfinden?, überlegte ich. Auch wenn Somerset in Wakefield nicht dabei gewesen war, traf ihn eine Mitschuld am Tod des Earl of Salisbury und Thomas', und er war ohne Frage an zahlreichen anderen Komplotten gegen sie beteiligt gewesen.

»Ja«, bestätigte Sir Thomas Malory seufzend. »Seine Lage ist in vielerlei Hinsicht unmöglich. Viele werden ihm nie vergeben können. Ich habe miterlebt, wie er beschimpft wurde, wie sich Männer abwandten, wenn er vorbeiging. Sie tuscheln offen und höhnen hinter vorgehaltener Hand. Ich weiß die Antwort auf Eure Frage nicht, Mylady. Die Zeit wird sie uns verraten.«

Und so war es. Bevor ein Jahr vergangen war, hatte sich

Somerset wieder auf die Seite der Lancastrianer geschlagen und war zu König Henry nach Bamburgh gegangen. Von jener Festung aus hielten sie John in Atem, indem Somerset und seine Lancastrianer-Freunde die Umgebung der Burg in Angst und Schrecken versetzten. Johns Aufenthalte zu Hause wurden immer seltener und kürzer.

Obwohl er versprochen hatte, zum siebten Jahrestag unserer Vermählung nach Seaton Delaval zu kommen, traf er erst am späten Abend des sechsundzwanzigsten Aprils ein, und seine Heimkehr war anders, als ich erwartet hatte. Er ritt müde in den Hof, und seine Augen hatten einen Ausdruck, wie ich ihn seit Marguerites Herrschaft nicht mehr gesehen hatte. An seiner Seite ritten der treue Rufus und Johns neuer Knappe, Thomas Gower, den ich einst inmitten der Kriegswirren als »Pilger« kennengelernt hatte.

»Was ist geschehen?«, fragte ich.

»Bei Hedgeley Moor kam es zu einem Gefecht«, sagte John und stieg vom Pferd. Ich hakte ihn unter. »Einer unserer Neville-Verwandten – du kennst doch diesen tollwütigen Lancastrianer Humphrey ...«

Ich nickte. Humphrey Neville entstammte der ersten Ehe von Johns Großvater Ralph Neville, dem Earl of Westmoreland, mit Margaret Stafford, Johns Linie hingegen Earl Ralphs zweiter Ehe mit Joan Beaufort, der Tochter des Duke of Lancaster. Humphrey hatte sich mit Johns Vater wegen bestimmter Ländereien überworfen, von denen er gemeint hatte, sie wären sein rechtmäßiges Erbe.

»Ich fand heraus, dass er mit Egremonts Bruder zusammen einen Hinterhalt gegen mich plante.«

Ich stieß einen stummen Schrei aus. Egremont war seit Langem tot, doch sein Vermächtnis lebte weiter, und die Percys bereiteten John nach wie vor große Schwierigkeiten. Mit den

Jahren hatte ich einen veritablen Hass auf ihren Namen entwickelt, der allzu oft in einem Atemzug mit dem Wort »Hinterhalt« gefallen war. Es erinnerte mich immer wieder an jene Tage, die zu dem Grauen von Wakefield geführt hatten.

»Nein, keine Angst, es ist vorbei«, beschwichtigte John mich rasch. »Der Percy ist tot, aber Humphrey entkam nach Bamburgh.« Mit einem Seufzer sank er in unserem Schlafgemach auf einen Stuhl. »Es kann keinen Frieden im Land geben, solange ich den Lancastrianern nicht diese uneinnehmbare Festung am Meer abgerungen habe.«

Rufus legte sich vor das Feuer, von wo aus er traurig und mit einem trägen, mitfühlenden Schwanzwedeln zu John sah. Ich schickte Tom Gower weg und entkleidete John selbst: zog ihm die hohen Stiefel, das Wams und die Hose aus und wand die Bänder seines Hemdes auf. Nachdem ich ihn in eine Decke eingehüllt und ans Feuer gesetzt hatte, ging ich zur Tür und schickte einen Diener Wein und Konfekt holen.

»Darüber wollen wir uns später sorgen.« Ich kehrte zu John zurück. »Jetzt wollen wir essen, trinken, fröhlich sein ... und uns lieben.« Ich küsste seinen Nacken und tauchte die Hände unter die Decke, um seine breite Brust zu streicheln. John wandte sich um und zog mich in die Arme.

Nach seiner Abreise schrieb John mir täglich. Eine nach der anderen ergaben sich ihm die Burgen im Norden und Westen, bis nur noch Harlech in Wales blieb. Gutes wurde auch von König Edward berichtet. Mit seinem Charme hatte er die Herzen der Menschen erobert, sodass ihn das Volk nun beinahe so sehr bewunderte wie Warwick. Die Ehefrauen der Kaufleute beschwatzten ihre Männer, ihm Geld zu leihen, und auch viele Männer gaben ihm großzügig, obgleich sie nicht sicher sein konnten, ihr Gold jemals wiederzusehen. Aber jedes Mal, wenn ich König Edward sah, hörte ich dasselbe Gejammer von ihm: »Geld, Geld, wieso ist nie genug Geld da?«

Ich verstand seine Sorge gut, denn uns plagte die Geldnot nicht minder. Dann jedoch blickte er nachdenklich zu Warwick, der reicher als jeder König war, und ich fühlte, wie mir ein kalter Schauer über den Rücken lief.

Zu jener Zeit beschloss Warwick, seine Mutter im Grab wieder mit dem Vater und Bruder zu vereinen, und zwar in Bisham, wie es der Earl gewünscht hatte, der bei seinen Neville-Vorfahren zur letzten Ruhe hatte gebettet werden wollen. Begleitet von John und Warwick, die beide barhäuptig ritten, und im kalten Wind wehenden Bannern, wurden die sterblichen Überreste des Earls und Thomas' von Pontefract nach Middleham gebracht, wo man die Leiche von Countess Alice abholte und alle drei nach Bisham überführte. Auf dem ganzen Weg versammelten sich Leute an den Straßen, um ihnen die letzte Ehre zu erweisen, zogen die Kappen ab und standen still da, während die mit schwarzer Seide verhüllten und von Rappen gezogenen Wagen an ihnen vorbeirumpelten.

In der Abtei empfingen uns Johns Bruder George, der Bischof von Exeter und jetziger Kanzler Edwards, sowie Edwards jüngerer Bruder, der vierzehnjährige George Duke of Clarence. Der König jedoch war nicht gekommen. Meine Vorahnung, dass etwas nicht stimmte, ließ mich abermals frösteln.

Ganz in Schwarz und mit einem Schleier vor dem Gesicht, hing ich meinen Erinnerungen nach, als ich hinter den Särgen der drei Menschen herritt, die mir so lieb und teuer gewesen waren wie meine eigene Familie. Ich sah den fröhlichen Thomas in Raby vor mir, umringt von Kindern. »In den Brunnen funkelte Wein«, reimte er, »Bier quoll aus dem Bächelein, und Malz stieg auf vom Wiesengrund, zu ergötzen jeden Schlund.«

Ich wischte mir eine Träne von der Wange.

An der Tür der Abteikirche verteilte John vierzig Pfund in Goldmünzen an arme Mädchen im heiratsfähigen Alter, wie es sein Vater bestimmt hatte. Ich beobachtete den letzten Akt der Großzügigkeit des Earls, der so bezeichnend für sein Leben gewesen war. Zum Abschied erklangen Fanfaren, Trommeln und Mönchsgesänge, als die Särge in die Erde gelassen wurden. Einem nach dem anderen hauchte ich im Geiste einen letzten Kuss zu.

Gleich nach dem Begräbnis schwang John sich aufs Pferd und blieb stundenlang fort. Ich blickte ihm betrübt nach, weil er nicht bei mir Trost suchte. Doch er war von Natur aus stark und schweigsam; deshalb gab es vieles, was er nicht mit mir teilte, vieles, was ich nicht von ihm wusste. Er ist wie der Wind, und den Wind kann man nicht einfangen, ging es mir durch den Sinn.

Am nächsten Tag kehrte ich nach Seaton Delaval zurück. Ehe mich Nachricht von John erreichte, erschien eines Maiabends ein Pilger vor unserem Tor, der um Unterkunft bat.

Ursula kam atemlos zu mir in die Küche gelaufen. »Der Pilger bringt Neuigkeiten, gute Lady! Komm!« Sie packte meine Hand und zog mich mit sich in die Halle, wo der Mann an einem aufgebockten Tisch saß.

»Ihr müsst wissen«, erklärte er, während er vor mir wiederholte, was er Ursula erzählt hatte, »dass Mylord Montagu die schottischen Adligen wohlbehalten nach York brachte und auf dem Weg zu seinem Hauptquartier in Newcastle war, um dort Mylord Warwick und König Edward zu erwarten, als er hörte, dass Lord Somerset und König Henry nahe der Stadt Wexham ihr Lager aufgeschlagen hatten.« Der Mann sprach zwischen kräftigen Schlucken von Ale und großen Bissen brühegetränkten Brotes. »Mylord Montagu brauchte keine weitere Einladung, M'lady! Ich kam selbst vorbei, sah den Kampf und redete hinterher mit einem der Soldaten …«

»Geht es Lord Montagu gut?«, fragte ich bang.

»So gut wie einer Wanze in einer dreckigen Gasthofmatratze, M'lady. Habt keine Sorge!«

Mit einem strahlenden Lächeln wies ich die Diener an, dem Mann einen Kapaun und Wein zu bringen. Während wir auf das Geflügel warteten, erzählte er alles, was er über Hexham wusste.

»Wie gesagt, dieser Landsknecht, der mitgekämpft hatte, hat es mir genau so erzählt, wie ich es Euch berichte, also ist es, bei meiner Seel', als hätte der Herrgott selbst es mitangesehen.« Hier unterbrach er sich, um himmelwärts zu schauen und sich zu bekreuzigen. »›Mylord Montagu‹, erzählte er mir, also der Sergeant, wie gesagt, ›Mylord Montagu ist der tapferste Ritter und beste Kommandeur, den sich ein Mann wünschen kann! Hier lagerte der Verräter Somerset auf einer Wiese nahe Hexham an den Ufern des Devil's Water, und ohne auf Verstärkung zu harren, galoppierte M'lord Montagu hin, den verräterischen Somerset zu stellen, dessen Leben auf Befehl König Edwards bei Gefangennahme verwirkt war …‹« Der Pilger machte eine Pause, um sein Ale auszutrinken. »Er schlug sie einfach so nieder.« Er schnippte mit den Fingern. »Das sind jetzt meine Worte, Gottes Wahrheit, M'lady, denn ich sah es mit eigenen Augen – möge der Allmächtige mich niederschlagen, wenn ich lüge! M'lord Montagu griff mit solcher Plötzlichkeit und Wucht an, dass die ganze Schlacht nur Minuten dauerte, obwohl Somersets Heer um zweihundert Mannen stärker war als Montagus … Ja, England kennt keinen feineren General oder männlicheren Ritter als den guten Lord Montagu – möge Gott ihn segnen und belohnen, sage ich!«

Wein und Kapaun wurden gebracht, und der Pilger machte

sich über das Essen her. Auch wenn die letzte Bemerkung zweifelsohne in der Hoffnung auf mehr Wein geäußert worden war, musste sie belohnt werden, also schenkte ich ihm nach.

»König Henry entkam«, sagte er und leckte sich die Lippen, als er mich einschenken sah. »Aber Somerset wurde gefangen und hat seinen elenden Schädel auf dem Marktplatz von Hexham verloren – ein Glück für uns alle, sage ich!«

Ich erstarrte mitten in der Bewegung.

»M'lady!«, rief der Mann besorgt, legte das Messer ab und sprang auf. »M'lady, Ihr seid so blass! Kann ich Euch irgendwie helfen?«

Ich rang nach Atem. »Nein, es ist bloß eine vorübergehende Schwäche«, antwortete ich und stellte den Krug ab.

Dann entschuldigte ich mich, zog mich zu meinem Betpult zurück, wo ich vor meinem Gebetsbuch und einer Vase mit Lilien kniete und ein Gebet für Somersets Seele sprach. Warum mir Tränen in die Augen stiegen, verstand ich nicht.

Zwei Tage nach der Schlacht von Hexham erfuhr ich von meiner Magd Agnes, dass einer von Johns Soldaten verwundet zu ihr gekommen sei, damit sie ihn gesund pflegte. Er war ein Cousin von Agnes' Ehemann, einem Gerber, unverheiratet und ohne Familie, die sich seiner annehmen könnte. Ich packte ein paar Gläser Kompott und Marmelade, Wein, Trockenfleisch und die wenigen Münzen, die ich entbehren konnte, zusammen und eilte, begleitet von Geoffrey, zu ihrem Haus.

Weit mussten wir nicht reiten, denn Agnes wohnte gleich hinter der Dorfkirche. Trotzdem war es ein unangenehmer Weg durch kalten Regen. Als wir vor dem sehr einfachen Haus aus Flechtwerk mit Lehm von den Pferden stiegen, wehte ein beißender Gestank aus der Gerberei nebenan zu uns herüber, wo Agnes' Ehemann mit seinen Söhnen arbeitete. Das Haus stand mitten in einem kleinen Feld. Hennen flatterten gackernd beiseite, und eine Kuh kam zu uns getrottet, um an uns zu schnüffeln, als wir den schlammverkrusteten Weg entlanggingen, der von tiefen Karrenrillen zerfurcht war. Unter dem niedrigen Reetdach klopfte Geoffrey an die Tür. Eine junge Frau ließ uns ein. Ich war in der Dunkelheit zunächst blind und blieb einen Moment stehen, bis ich etwas erkennen konnte. Die beiden kleinen Zimmer des Hauses hatten nur ein winziges Fenster ohne Glas, dessen Läden halb verschlossen waren, und die Luft war noch rußig und verqualmt vom Feuer am Vorabend. Ein Tontopf mit harzgetränkten Binsen auf einem Tisch in der Ecke spendete das einzige Licht. Neben dem aufgebockten Tisch lag ein Mann auf einer Strohmatte; seine Brust war verbunden. Er hatte an die Decke gestarrt, wandte nun aber den Kopf zu mir. Ich ging über den geklopften, mit Stroh bestreuten Boden zu ihm.

»M'lady Montagu!«, rief er bei meinem Anblick aufgeregt und wollte sich hinknien. Ein Poltern und ein Stöhnen ertönten, als der alte Soldat umfiel. Geoffrey lief zu ihm und bettete ihn wieder auf das Lager, doch der Mann bemühte sich gleich aufs Neue, sich aufzurichten.

»Nein, bleib liegen, guter Mann!«, sagte ich und beugte mich zu ihm.

Mit feuchten Augen und zitternder Stimme ergriff er meine Hand und küsste sie. »M'lady, ich bin nicht würdig ...«

»Oh, doch, das bist du«, unterbrach ich ihn. »Du hast für meinen Gemahl gekämpft und wurdest im Dienste unseres Königs verwundet. Du bist allemal würdig.« Ich strich meine Röcke glatt und setzte mich auf einen Schemel. Geoffrey brachte mir den Korb mit unseren Gaben, den er an der Tür abgestellt hatte. »Hier sind einige Dinge, von denen ich bete, dass sie dir helfen, wieder gesund zu werden.« Ich zeigte ihm das Fleisch, den Wein und das Kompott, dann die Münzen. »Und hiervon kannst du hoffentlich kaufen, was immer du sonst noch brauchst.«

Der Mann starrte die Münzen an und blickte mit Tränen in den Augen zu mir auf. »Die kann ich nicht annehmen.«

»Warum nicht?«, fragte ich.

»M'lord Montagu gab mir bereits Geld. Er gab uns allen Geld, sogar den Toten.«

Für einen Moment fehlten mir die Worte. »Wie meinst du das?«

Der Mann erklärte es. Kurz nach der Schlacht von Hexham hatte John einen Lancastrianer-Gesandten mit einer Wagenladung von Gold und Silber im Wert von dreitausend Mark abgefangen. Von dem Geld sollten Waffen und Vorräte für König Henrys Heer in Bamburgh gekauft und vor allem die Löhne der Soldaten bezahlt werden. Die Männer hatten seit Monaten keinen Lohn mehr erhalten und weigerten sich zu kämpfen, sollten sie nicht bald bekommen, was ihnen zustand.

»Das Gold gehört rechtmäßig Mylord Montagu als Kommandeur, doch er wollte es nicht behalten ... wie jeder andere es gehalten hätte ... Nein ... er ließ es gerecht unter seinen Männern aufteilen, sodass jeder von uns etwas kriegte, sogar die Gefallenen, deren Anteil den Witwen überbracht werden sollte ... Für viele, besonders die Verwundeten und Kranken, war es eine Gottesgabe, M'lady. Es rettete sie und ihre Familien vor dem Hunger.« Er schwieg eine ganze Weile, und als er wieder sprach, bebte seine Stimme. »Wir würden für ihn bis ans Ende der Welt marschieren, M'lady, jeder Einzelne von uns.«

Keine zwei Wochen später kam ein Brief von John. Er war zu Trinitatis, dem siebenundzwanzigsten Mai, nach York beordert, wo er König Edward auf dessen Weg nach Norden treffen sollte. Sogleich bereitete ich alles vor, um mit den Mädchen zu ihm in die Stadt zu reisen, denn sie hatten ihn seit einem Monat nicht gesehen. Die Kinder und eine Reisetruhe in unserem Karren, kamen wir bei der Abtei St. Mary's in York an, wo wir Unterkunft erbaten. John traf am nächsten Morgen ein, doch da König Edward York früher als erwartet erreicht hatte, blieb John wenig Zeit mit uns.

»Ich hoffe, ich kann abends mit dir speisen«, sagte er, als er wieder auf Saladin stieg. Wir waren von Nonnen umgeben, die uns aufmerksam beäugten. Deshalb umarmte John mich nur mit seinem Blick.

Nach dem Mittagessen in der Halle setzte ich mich ans Ufer des Flusses Ouse. Meine Mädchen tollten im sattgrünen Gras herum, spielten Fangen und juchzten vor Freude, wenn sie einander entwischt waren. Ich konnte kaum glauben, dass die Zwillinge bereits ihren sechsten Geburtstag feierten, Lizzie fünf geworden war und Maggie beinahe zwei Jahre zählte. Ich beobachtete einen Schwarm Elstern über mir, deren Krähen sich mit dem Läuten der Kirchenglocken und dem Kinderlachen vermengte, und ein herrlicher Friede legte sich über mein Gemüt. Was könnte ich mehr vom Leben verlangen, als hier mit meinen Kindern zu sein, während der Mann, den ich liebe, wohlauf ist?, überlegte ich. Die letzte Zeit war ich so geschäftig gewesen, dass ich gar nicht dazu gekommen war, über meine zahlreichen Segnungen nachzudenken, doch nun schloss ich die Augen und schickte ein Dankgebet gen Himmel.

Das Abendessen kam und ging ohne John. Nach den Hymnen brachte Ursula die Kinder ins Bett, die Nonnen zogen sich in ihre Zellen zurück, und Stille kehrte in der Abtei ein. In meiner Kammer ließ ich mich widerwillig von Ursula zum Schlafen umkleiden. Ich hatte gerade mein Kleid ausgezogen und stand in meinem Hemd da, als laut donnerndes Klopfen vom Tor ertönte, dem das aufgeregte Rufen einer Nonne folgte. Ich lief zu dem vergitterten Fenster in meinem Zimmer und warf die Läden auf. Mithilfe mehrerer Schwestern, die zu ihr geeilt waren, öffnete die Nonne das schwere Tor. Ich stellte mich auf die Zehenspitzen und lugte durch das hohe Fenster. Vier Reiter kamen in den Hof galoppiert, manche von ihnen hatten Fackeln in der Hand. Unter Pferdegewieher stiegen sie ab, doch ich konnte sie nicht erkennen, denn sie hatten die Gesichter gegen den kalten Wind geschützt. Allerdings konnte ich trotz der Dunkelheit Saladin ausmachen. Strahlend drehte ich mich zu Ursula um. »Es ist John!«

»Ist Geoffrey bei ihm?«, fragte sie leise und kam zu mir gelaufen. Ich warf ihr einen Blick zu und bemerkte, dass sie errötete. Ah, so ist es also!, dachte ich. Ich lächelte. »Geh zu ihm, Ursula«, flüsterte ich. Als ich wieder nach draußen sah, kam John auf meine Kammer zugeschritten. Ich warf die Tür auf und fragte mich, was mich wohl erwartete – Gutes oder Schlechtes. Etwas musste geschehen sein.

John stand mit einem solch breiten Grinsen vor mir, dass er den Laubengang erhellte. Ich zog ihn in die Kammer.

»Was ist?«, rief ich.

Er schloss mich fest in seine Arme. »Isobel«, sagte er mit tiefer, frohlockender Stimme, »ich komme nicht mehr als Lord Montagu zu dir, sondern als *Earl of Northumberland!*«

21

1464

Am nächsten Morgen schliefen wir lange. Mein Kopf war in Johns Armbeuge geschmiegt, und ich drängte mich dicht an ihn, denn es war kalt, und der Wind heulte um die Mauern.

»Und wie geht es dem Earl of Northumberland an diesem herrlichen Morgen?«, fragte ich.

»Bestens, teure Lady, denn der Earl of Northumberland ist ein reicher Mann und wird sich nie wieder Geld von seinem Bruder borgen müssen«, antwortete John mit einem Kuss auf meine Stirn.

»Wie reich mag er nur sein?«, fragte ich und blickte verstohlen zu ihm.

»Oh, ungefähr tausend Pfund im Jahr.«

Ich hielt die Luft an.

John lachte. »Wenn dich das beeindruckt, höre erst einmal, wie mächtig er ist.«

»Wie mächtig ist er denn?«

»Dieser Earl of Northumberland hat einen Bruder, und mit ihm gemeinsam herrscht er über weite Teile Nordenglands – bis zu den Midlands im Süden und Wales im Westen. Der Earl und sein Bruder sind die höchsten Adligen im Königreich und die mächtigste Streitmacht des Landes.«

»Und wo wohnt dieser erhabene Earl of Northumberland? Doch gewiss nicht in einem zugigen Gutshaus mit löchrigem Dach.«

»Natürlich nicht. Ihm gehören Burgen ... Alnwick, Warkworth ...«

»Warkworth? Warkworth ist wundervoll und bietet jede erdenkliche Bequemlichkeit!«

»Fürwahr. Ich hörte, dass der Earl of Northumberland sein Essen dort dampfend heiß serviert bekommt, weil die Diener jeden beliebigen Raum der Burg binnen Minuten von der Küche aus erreichen. So klug wurde der Bau geplant.«

»Wenn dem so ist, denke ich, dass ich den Earl of Northumberland heiraten möchte, denn ich wünsche mir sehr, in Warkworth zu leben und köstlich heiße Speisen zu mir zu nehmen, noch dazu mächtig zu sein und hübsche Kleider und Schmuck zu tragen. Außerdem hörte ich, der Earl soll ein sehr hübscher Mann von großem Wagemut sein.«

»Das ist er, wie ich selbst sehen durfte«, lachte John. »Und wann würde Mylady ihn zu heiraten wünschen?«

»Je eher, desto besser«, antwortete ich und stieg auf ihn.

Ich konnte gar nicht recht begreifen, dass die beiden Kronjuwelen der Grafschaften von Northumberland, die Burgen Warkworth und Alnwick, unser waren! Während John Alnwick zu seiner Lieblingsburg erwählte, war meine Warkworth.

Alnwick Castle lag am Fluss Aln, im hohen Norden Englands und so nahe bei Schottland, dass John über Nacht nach Hause kommen konnte, wenn er die Grenze bewachte. In ihrer Stattlichkeit und mit den lebensgroßen Wächterstatuen auf den Zinnen sah die Burg nach dem aus, was sie war: eine mächtige Festung, die Feinde abschreckte. Aber Warkworth, einige Meilen südlich am Fluss Coquet gelegen, war kleiner und fühlte sich für mich mehr wie ein Heim an. Beide Burgen standen hoch oben auf bewaldeten Hügeln und boten eine herrliche Aussicht auf den jeweiligen Fluss und die hügelige Landschaft. Wir wechselten zwischen beiden Wohnorten, manchmal bis zu dreimal jährlich, sodass zwischen unseren Aufenthalten Reparaturen ausgeführt und Reinigungen vorgenommen werden konnten, ohne unsere Ruhe zu stören.

Leider war John zwar von der Armut erlöst, doch gingen mit dem Titel des Earl of Northumberland weitere Pflichten einher. Wie ich bald erfahren sollte, forderten sie noch mehr von seiner Zeit und seiner Kraft. Zugleich stellte ich zwei Monate nach Johns Titelverleihung fest, dass ich erneut guter Hoffnung war. Diesmal war ich sicher, dass es ein Junge werden würde. John widmete sich wieder seinen Aufgaben an der Grenze und bei Bamburgh Castle, wo Henry Zuflucht gesucht hatte, und ich bereitete unseren Umzug von Seaton Delaval nach Warkworth sowie meine Niederkunft vor.

Um Johns Erhebung in den Grafenstand zu feiern, gab ich für ihn ein großes Fest in Warkworth, zu dem ich alle einlud, die uns teuer waren – die Lords Clinton, Scrope of Bolton, Scrope of Masham, Marmaduke Constable und deren Frauen und Kinder. Der Duke of Clarence, der Bruder des Königs, kam, weil er sehr in Bella verliebt war, und Dickon of Gloucester ebenfalls, der ein Auge auf ihre süße Schwester Anne geworfen hatte. Beide Prinzen hofften, Warwicks Töchter zu heiraten, und Warwick hatte Edward diese Vermählungen ans Herz gelegt. Doch bisher hatte der König sich noch nicht geäußert.

Sogar Maude kam von Tattershall Castle, wo sie mit ihrem neuen Gemahl, Sir Gervase Clifton, lebte, den sie kurz vor Lord Cromwells Tod im Jahr 1462 geehelicht hatte. Und welche Freude war es, sie zu sehen! Seit der Krönung hatte sie ein wenig an Gewicht zugelegt, war ansonsten aber unverändert.

»Was für eine prächtige Burg!«, rief sie aus, als sie in die große achteckige Halle trat. »Guck sich einer diese riesigen Fenster an ... und diesen Bogengang ... und diese eingelassenen Steintische an den Wänden! So etwas Prachtvolles habe ich noch nie gesehen!«

»Und die kleine Treppe dorthinten hinter der Säule«, ich zog sie mit mir zum Podest, »verbindet die Halle mit dem Weinkeller und der Küche, sodass Wein und Speisen im Nu gebracht werden können.«

»Dies ist keine Festung, sondern ein wahres Zuhause«, sagte Maude mit wehmütigem Blick, in dem sich Erinnerungen und Hoffnungen für die Zukunft mischten. »Und nun wird ein weiteres Kind diese herrlichen Mauern mit Lachen erfüllen! Ich freue mich so für dich, Isobel!« Als sie mich umarmte, empfand ich einen Anflug von Traurigkeit, hatte Maude doch immer noch keine Kinder bekommen.

Bischof George las die Dankesmesse in der Kirche, wo zwanzig Chorjungen mit engelsgleichen Stimmen für uns sangen, und hinterher begaben wir uns zum Bankett nach draußen ans Flussufer. Es war ein wunderbarer Sommerabend. Eine leichte Brise raschelte in den Pappeln und Trauerweiden, trug uns den süßen Duft der Blumen herbei, und Zwielicht tauchte die Burgmauern in rosigen Schein. Während wir aßen – Leberpasteten, gerösteten Fasan, Turteltauben, Kapernkuchen, Trüffel mit Rosinen und heiße Kapaunstückchen in Backteig mit Zucker –, blickte ich zu John, und mir wurde warm ums Herz. Er trug einen Silberreif im Haar und das edle Gewand des Earls aus leuchtend blauem Samt mit Feh-Besatz und Goldstickerei. Nie hatte er schöner ausgesehen. Und nie glücklicher.

In jenen Tagen kam John oft nach Hause, aber Bamburgh Castle lastete schwer auf ihm, denn die Burg blieb in Henrys Gewalt, und die Lancastrianer sorgten weiterhin für Unfrieden, indem sie das Land um sich herum plünderten. Sie stellten eine ernste Bedrohung für die Yorkisten-Herrschaft dar, denn die Burg befand sich am Meer und könnte von Marguerite für eine Invasion Englands genutzt werden. Im August 1464, die Sonne schien über den Obstgärten und den grünen und goldenen Feldern, wurde John trotz der prekären Lage zur königlichen Ratsversammlung in Reading Abbey bestellt.

»Wie kann die wichtiger sein als die Sicherung Bamburghs? Was hat das zu bedeuten?«, fragte John sich laut, als er auf dem Weg nach Süden über Nacht in Warkworth Station machte.

»Weiß Warwick etwas?«

»Nein. Keiner ahnt, was los ist.«

Ich machte mir Sorgen und wusste, dass ich keine Ruhe finden könnte, bis ich nicht von John gehört hatte. Als jedoch eine Woche später seine Nachricht eintraf, musste ich feststellen, dass meine Sorgen alles andere als beruhigt waren. Vielmehr begannen sie eben erst. Schon nach dem ersten Absatz fingen meine Hände zu zittern an.

»Ursula!«, rief ich und lief ins Kinderzimmer. Sie war nicht dort. »Ursula!« Ich rannte durch den Bogengang. Heilige Mutter Gottes, wie kann das wahr sein?, dachte ich. »Ursula!«

Sie stand mit Geoffrey am Brunnen, drehte sich um und erblasste bei meinem Anblick. Im nächsten Moment war sie bei mir und legte einen Arm um meine Schultern. Ich zeigte ihr den Brief, weil ich die Worte nicht über die Lippen brachte. Sie las, schrie auf und musste sich ihrerseits auf Geoffrey stützen.

König Edward IV., Englands zweiundzwanzigjähriger, goldener Kriegerkönig, hatte die Parlamentssitzung abgesagt und seine Lords nach Reading bestellt, um sie über eine Angelegenheit zu informieren, die von weit größerer Bedeutung als eine drohende Invasion Marguerites war. Obwohl es sich hier gleichfalls um eine ernste Bedrohung für das Königreich handelte, sah der König sie nicht als solche, weil sie ihm so am Herzen lag und der Mann blind vor Liebe war. Am Maifeiertag, dem ersten Mai 1464, hatte Edward sich heimlich auf dem Gut Grafton Regis vermählt. Seine Frau war die Tochter von Jacquetta, vormals Duchess of Bedford, und einem niederen Ritter, außerdem Mutter zweier Söhne und Witwe von Sir John Grey, dem Sohn eines Lancastrianers, der in Towton gefallen war: Elizabeth Woodwille, Marguerite d'Anjous frühere Hofdame.

Erschüttert von dem Gedanken an die Frau, der ich sieben Jahre zuvor freudig Lebewohl gesagt hatte – eine große Schönheit, ohne Frage, aber kaltherzig, rachsüchtig, arrogant, neidisch und habgierig –, lehnte ich mich an Ursula, während ich den Rest von Johns Brief las. Die Königshäuser Europas waren entsetzt von der Neuigkeit, die in ihren Augen ein noch größerer Skandal war als jene andere Vermählung vor siebzig Jahren: Damals hatte John of Gaunt, Duke of Lancaster und Onkel des englischen Königs, die bürgerliche Katherine Swynford geheiratet. Diese Ehe nun war aber um ein Vielfaches skandalöser, handelte es sich doch um den König selbst. Und während John of Gaunt seinerzeit die Einwilligung des Königs erhalten hatte, hatte König Edward sich heimlich vermählt. Indem er hinter dem Rücken Warwicks geheiratet und dies über vier Monate geheim gehalten hatte, wollte Edward beweisen, dass er für sich selbst entschied und auf niemanden hören musste, nicht einmal auf den, der ihn zum König gemacht hatte. Wie John schrieb, hatte Edward daran gegenüber Warwick in Reading keinen Zweifel gelassen. »Sei gewarnt,

Cousin. Ich mag jung sein«, hatte er gesagt, »aber ich bin kein ausgestopfter Wollsack, den man umherschubst wie Henry, keine Krone, die de facto ein anderer trägt – du.«

Aber Elizabeth Woodville – Königin von England?

Mir fielen Duke Humphreys letzte Worte wieder ein. Als er vor der Schlacht von Northampton, in der er den Tod gefunden hatte, auf sein Pferd gestiegen war, hatte er angeblich gesagt: »Hier sind wir, eingeholt von allem, was wir zu vermeiden bemüht waren. Gott stehe uns bei!«

In jener Nacht hatte ich einen bösen Traum, der dem ähnelte, den ich bei meiner Ankunft in Westminster mit Sœur Madeleine gehabt hatte. Ich war im Regen überrascht worden, nass und bibbernd. Doch als ich die Hände um meinen Körper schlang, um mich zu wärmen, erkannte ich, dass es nicht Regen war, der mich durchnässte, sondern Blut. Ich sah auf, und John lächelte mich an. Er gab mir eine Blume: Es war eine weiße Rose, und ich fühlte mich glücklich. Dann ließ ich sie fallen. Er hob sie für mich auf, doch es war jetzt nicht mehr John, der vor mir stand, sondern ein Fremder, dessen Gesicht ich nicht sehen konnte. Er reichte mir eine rote Rose, die, wie ich entsetzt erkannte, eigentlich eine weiße war, nur blutgetränkt.

Ich schrak schweißgebadet auf.

Ein Albtraum, sonst nichts, dachte ich erleichtert. Oh, Gott sei Dank! Wieder hatte sich der Traum vollkommen wirklich angefühlt. Von nun an würde ich jeden Gedanken an Elizabeth Woodville weit von mir weisen und an die schönen Dinge in unserem Leben denken. Ich hatte Elizabeth lange nicht gesehen; vielleicht hatte sie sich verändert, war milder geworden, so wie Somerset …

Es ließ sich jedoch schwerlich umgehen, über Edwards Heirat zu reden, denn überall wurde von nichts anderem gesprochen. Die Nachricht hatte sich wie ein Lauffeuer im ganzen Land verbreitet.

Als John und ich zwei Monate später Warwick in Middleham besuchten, kochte er vor Wut.

»Rivers?«, schimpfte er. »Pah! Er ist ein mittelloser Junker, ein Niemand, der von jedermann verachtet wird. Ganz England lacht über ihn, und jetzt ist seine Tochter Königin!« Er blieb stehen. Sein Gesicht war tiefrot, und eine Ader pochte an seiner Stirn. »Meine großartigen Pläne für das Königreich wurden durch die Verführungskünste einer Frau und die Schwärmereien eines Jungen zunichtegemacht.«

»Du tust Edward unrecht, ihn auf solche Weise kleinzureden«, sagte John ruhig. »Er ist kein Junge, sondern ein guter Kommandeur, der größten Widrigkeiten zum Trotz zwei bedeutende Siege erringen konnte.«

»Und seit Towton hat er nichts mehr geleistet«, erwiderte Warwick zornig. »*Nichts* mehr zu seinem Erfolg beigetragen! Wer bist du, ihn zu verteidigen? Weißt du nicht, was er über dich sagte? Er sagte: ›Ich bleibe dort, wo es warm und bequem ist. Soll Montagu sich um die Belagerungen und die Lancastrianer kümmern. Er kann besser mit groben Feldbetten und schlechtem Wetter umgehen, denn er ist der geborene Soldat.‹ Derweil war Edward damit befasst, in Leicester herumzuhuren. Deshalb musstest du in Hexham allein gegen Somerset antreten!« Warwick knallte die Faust auf den Tisch.

Mir war das Herz bei seinen Worten schwer geworden. Offenbar ahnte der König nicht, was John bereits alles aufgegeben hatte, um seine Pflicht ihm gegenüber zu erfüllen und ihm jene Siege zu erkämpfen, die nötig gewesen waren, um Edwards Thron zu sichern. Und fraglos hatte Warwick guten Grund, erbost zu sein. König Edward hatte ihn zum Narren gehalten und vor ganz Europa lächerlich gemacht, indem er ihn nach Frankreich gesandt hatte, wo Warwick über eine Eheschließung mit einer französischen Prinzessin hatte verhandeln sollen. Zu diesem Zeitpunkt aber war der König längst verheiratet gewesen.

Unsere Sorgen verflogen, als zehn Tage nach St. Valentin und neun Monate nach Johns Ernennung zum Earl am vierundzwanzigsten Februar 1465 unser wundervoller Sohn geboren wurde, den wir George tauften.

Umso bedauernswerter war, dass unsere große Freude nicht lange währen sollte. Elizabeth nämlich verlor keine Zeit, Unruhe zu stiften, und schockierende Nachrichten erreichten uns, die uns persönlich trafen. Ehrgeizig und rachsüchtig stürzten sie und ihre zwölfköpfige Sippe sich auf die Macht, rafften die Reichtümer anderer an sich und zerstörten jene, die ihnen im Weg waren. Ein besonders perfider Hieb in unsere Richtung war, dass Johns fünfundsechzigjährige Tante, die verwitwete Duchess of Norfolk, deren Gemahl maßgeblich zu Edwards Triumph in Towton beigetragen hatte, gezwungen wurde, Elizabeths achtzehnjährigen Bruder zu heiraten, John Woodville.

»Ich schwöre, für diese teuflische Heirat schlage ich der Woodville eines Tages den Kopf ab«, zürnte Warwick vor uns in Middleham. »Wo Geld oder Titel zu haben sind, drängen sie sich in die höchsten Familien des Königreiches, setzen sich über Gesetze und Konventionen hinweg und heiraten Erben gegen deren Willen, ganz gleich, wie jung oder alt diese sind! Schlimmer noch, die Woodvilles untergraben das Erbrecht, sodass Vermögen und Titel, sind sie einmal in ihren Fängen, nicht an die nächsten Angehörigen ihrer Ehepartner fallen, falls diese sterben, bevor sie alt genug sind, eigene Kinder zu haben! Und Edward, der Narr, blind vor Liebe, bemerkt es gar nicht.«

Und weil er sie einfach schalten und walten lässt, wird seine Königin zusehends dreister, dachte ich.

»Am besten sucht ihr jetzt gleich nach einer Erbin für euren Säugling«, warnte Warwick John, »sonst wird keine mehr übrig sein, bis er ins heiratsfähige Alter kommt. Diese Woodvilles vermehren sich wie die Maden!«

Nachdem er gegangen war, begab ich mich ins Kinderzimmer. Ich verscheuchte alle Gedanken an Elizabeth, wiegte meinen Sohn in den Armen und sang ihm vor. Dabei blickte er mit Neville-blauen Augen, die so dunkel und klar wie die seines Vaters waren, zu mir auf.

»Schlaf, lieber Georgie, die Vögelein
singen dir: ›Schlaf ein, schlaf ein!‹
Schau die Blümelein so fein
erstrahlen im Mai für dich allein.
Winde wehen,
Mühlen drehen,
Frieden herrscht im ganzen Land.
Frieden durch der Freundschaft Band.
So schlaf, mein Georgie, und im Traum
wird der Herr vom Himmel auf dich schau'n.«

John befolgte den Rat seines Bruders und verlobte unseren kleinen Georgie mit der neunjährigen Anne, seiner Nichte und Erbin des Lancastrianers Duke of Exeter, der im Exil lebte.

»Diese Verlobung kostet uns eine gewaltige Summe, also wird in diesem Jahr kein Geld für die Reparaturen am Turm in Warkworth übrig sein. Aber es ist eine großartige Verbindung, und nichts ist zu gut für unseren Sohn«, sagte John leise, als er das schlafende Baby in meinen Armen betrachtete. Er beugte sich hinab und küsste George. Das Herz ging mir über vor Liebe zu ihnen beiden.

Elizabeth Woodville wurde im Mai 1465 zur Königin von England gekrönt, am ersten Jahrestag ihrer heimlichen Vermählung mit Edward. Bei den Feierlichkeiten sparte Edward an nichts. In dem Bemühen, ihr adliges Geblüt zu betonen, schickte er eine hochoffizielle Einladung an den Verwandten ihrer Mutter, Johann Herzog von Luxemburg. Letzterer kam mit schillernder Entourage nach England gereist, in einem mit Blumen, Bändern und Seidentuch verzierten Schiff. Kein Neville war bei der Krönung anwesend. Warwick war in Boulogne, um einen Vertrag mit Burgund auszuhandeln, und John hatte alle Hände voll zu tun, den Grenzfrieden zu erhalten, Bamburgh zu belagern und mit den Schotten zu verhandeln. Edwards Kanzler, Erzbischof George, half John.

Zweifellos wären auch viele andere der Zeremonie lieber ferngeblieben, wagten es aber nicht, denn keinen außer den Woodvilles freute diese Vermählung – mit Ausnahme meines Onkels vielleicht, des Earl of Worcester, der anscheinend die Gunst der Königin genoss. Sein Brief an mich war voller Lobpreis auf ihre Schönheit und ihren Liebreiz, und unweigerlich fragte ich mich, wie ein solch intelligenter Mann die Falschheit dieser Frau nicht erkennen konnte. Andererseits war mein Onkel stets ein unbelehrbarer Romantiker gewesen, der weibliche Schönheit mit derselben Inbrunst anhimmelte wie die Ritter in seinen Schriften. War eine Frau schön, so seine Überzeugung, musste sie auch gut sein, und die Liebe lohnte jeden Preis, den ein Mann für sie zahlen musste. Gewiss hatte er die

Schönheit der Woodville und die Liebesheirat mit dem König gepriesen, und Elizabeth Woodville hatte sich geschmeichelt gefühlt, zumal mein Onkel all ihre Wünsche erfüllte und ihre Befehle ausführte. Dafür belohnte sie ihn mit ihrem Wohlwollen. Natürlich glaubte ich, die ich ihren Charakter leider zu gut kannte, keinen Moment, dass sie Edward liebte. Aber der König liebte sie.

Etwa zwei Monate später verriet ein Mönch in Abingdon König Henry. Man brachte ihn zu Warwick, der ihn mit an die Steigbügel gefesselten Beinen durch London führte und schließlich in den Tower sperrte. König Edward sorgte wenigstens dafür, dass er dort ein geräumiges Quartier erhielt und es nicht allzu unbequem hatte; er erlaubte ihm sogar hin und wieder Besuch. Ich selbst suchte König Henry in seinem Gefängnis auf und brachte ihm einen Korb mit Konfekt und kandierten Rosenblüten.

»Ich erinnere mich gern an Eure Freundlichkeit, die Ihr mir und meinem Gemahl über die Jahre oft bewiesen habt, Majestät, und ich bete täglich für Euch, dass Ihr zufrieden und wohlauf bleiben möget«, erklärte ich. Mehr wagte ich nicht zu sagen.

»Ihr habt meinen aufrichtigen Dank, Mylady Isobel«, antwortete Henry sanft.

Doch bevor ich ihm meinen Korb geben konnte, ging die Tür auf, und einer von Elizabeth Woodvilles drei Brüdern, Bischof Lionel Woodville, kam in Begleitung ihrer beiden Söhne, dem knapp achtjährigen Thomas und dem sechsjährigen Richard Grey herein. Ich wollte gehen, doch Henry erlaubte es nicht.

»Bleibt, meine Liebe!«, sagte er und wies auf meinen Stuhl. »Ihr seid eben erst angekommen.«

Bischof Lionel sprach einen Aspekt des Kirchenrechtes

an, während die beiden Jungen einander in einem gespielten Schwertkampf durch den Raum jagten. Plötzlich rief der Ältere zu meinem Entsetzen: »Ha, ich habe gewonnen! Und ich, König Edward, werde dich, Henry den Thronräuber, töten!« Ich drehte mich um und sah, dass er seinem Bruder das Holzschwert an die Brust hielt.

Der kleinere Junge wandte sich ratlos an König Henry: »Was sage ich jetzt?«

Henry erhob sich, ging zu dem Jungen und legte eine Hand auf dessen Kopf. Dann erwiderte er: »Du sagst Folgendes, gutes Kind: ›Mein Vater war König von England, trug seine Krone im Frieden. Mein Großvater war König desselben Reiches. Und ich wurde als Kind in der Wiege gekrönt und vom ganzen Reich als König bestätigt. Vierzig Jahre lang war ich auf dem Thron. Jeder Lord schwor mir Ehre und Treue, wie sie es auch bei meinen Vorvätern getan hatten. Meine Hilfe kommt von Gott, der jene schützt, die wahrhaft treu sind.‹ Das sagst du, mein Kind.« Mit einem milden Lächeln auf dem Gesicht nahm er wieder Platz.

Die Jungen sahen einander verwirrt an, und Thomas nahm das Schwert herunter. »Und wer gewinnt?«

Henry lächelte schweigend und wandte sich wieder dem Kirchengesetz zu, auf das Bischof Woodville ihn angesprochen hatte. Bald jagten die Jungen einander aufs Neue durch den Raum, diesmal als Saladin und Richard Löwenherz.

Der gute Henry! Hätte er eine andere Frau als die geheiratet, die die Dukes of Somerset und Suffolk für ihn ausgewählt hatten, wäre das Schicksal des sanftmütigen Königs und Englands ein ganz anderes gewesen.

Das nächste Mal sah ich Warwick bei einem großen Fest, das er für George gab, der von König Edward zum Erzbischof von York ernannt worden war. Ein prunkvolleres Fest hatte ich noch nicht erlebt. Alle Adligen des Landes waren dort, einschließlich des engsten Freundes unseres Königs, Lord William Hastings. Einzig der König und die Königin fehlten, weil Warwick ihrer Krönung ferngeblieben war.

Dreihundert Fässer Wein wurden ausgeschenkt, und Hypocras floss die ganze Nacht. Es waren so viele Schweine, Schwäne und sonstiges Geflügel geschlachtet worden, dass zweiundsechzig Köche nötig gewesen waren, alles zuzubereiten. Zu den extravaganten Köstlichkeiten gehörte unter anderem ein lebensgroßer Samson aus Marzipan, nicht zu vergessen die vielen Gänge mit kunstvoll arrangierten Süßspeisen, Gelees, Tartes und Cremepuddings. Zur Unterhaltung brachte Warwick einen Nubier herein, der unglaubliche Kunststücke mit Schmetterlingen vorführte. Sie flatterten durch die Halle, gruppierten sich nach Farben, bildeten Kreise, Spiralen und Achten. Danach verschwanden sie wieder in einer großen bunten Urne. Dieses legendäre Ereignis sprach sich im gesamten Land herum. Wie ich später erfuhr, redete man sogar auf dem Kontinent darüber, was Warwick gefreut haben dürfte. Selbst sein Freund, König Ludwig von Frankreich, soll beeindruckt gewesen sein.

Als ich jedoch an Elizabeth Woodville und die üblen Dinge dachte, die Menschen widerfuhren, die es wagten, ihren Groll auf sich zu ziehen, wurde mir eiskalt.

»Eine Frau wie sie kann niemals zufrieden sein«, sagte ich John eines Abends. »Ihr Glück besteht darin, andere so unglücklich zu machen, wie sie sich fühlt. Und gelingt es ihr nicht, schlägt sie um sich, bis sie triumphiert. Sieh dir den armen Cooke an …«

Thomas Cooke war ein reicher Kaufmann und ehedem

Bürgermeister von London gewesen, der sich geweigert hatte, Elizabeths Mutter einen Gobelin für die lachhafte Summe zu verkaufen, die sie ihm angeboten hatte. Es hieß sogar, er hätte ihn ihr überhaupt nicht verkaufen wollen, egal, zu welchem Preis. Aber nachdem er Jacquetta, Duchess of Bedford, auf diese Weise brüskiert hatte, wurde er plötzlich des Hochverrats beschuldigt und in den Tower geworfen. Bei seinem Prozess wurde er von einem unparteiischen, angesehenen Richter für unschuldig befunden. Hierauf geriet Elizabeth Woodville erst recht in Rage und forderte vom König, dass man Cooke erneut anklagte. Gewahr, dass seine Königin maßgeblich an den Verratsvorwürfen mitwirkte, hatte der König einen Rat von Berufungsrichtern ernannt, zu denen unter anderem sein Bruder Clarence und Warwick zählten – zwei ihrer vielen Feinde. Sie sprachen Cooke von sämtlichen Vorwürfen frei. Daraufhin verlangte Elizabeth einen dritten Prozess, dessen Urteil noch ausstand. Unterdes plünderte ihr Vater das Haus des alten Kaufmanns unter dem Vorwand, nach Beweisen für dessen Schuld zu suchen, und nahm alles mit, was von Wert war, unter anderem auch den besagten Gobelin.

An jenem Abend saß John mit Warwick bei einer Flasche Wein in unserem Sonnenzimmer in Alnwick und sprach ebendieses Thema an. »Die Königin ist verschlagen, keine Frage, doch die offensichtliche Verachtung, die du ihr entgegenbringst, kann gefährlich werden, Bruder. Warum verbirgst du deine Gefühle nicht wie jeder andere?«

»Ich und der Bruder des Königs, Clarence, haben beschlossen, dass wir keinen Hehl daraus machen, wie wir über Edwards Auserwählte denken, und das aus einem simplen Grund: Wir sind die Einzigen, die es können. Wir hoffen, dass wir Edward so auf das wahre Wesen der abscheulichen Frau aufmerksam machen können, die er so überstürzt geheiratet hat, und auf den Schaden, den sie seiner Reputation zufügt. Sie ist eine zweite Marguerite, und wie diese wird Elizabeth Woodville ihn und seine Erben am Ende den Thron kosten.«

»Edward ist von Liebe geblendet. Ihr könnt ihn nicht dazu bringen, die Dinge so zu sehen, wie sie sind. Behalte deine Verachtung für dich, Bruder! Sie kann nichts Gutes einbringen, und ich fürchte um deine wie um unsere Sicherheit. Vergiss nicht, dass du unser Schicksal in Händen hältst. Ich bitte dich, dein Vorgehen zu überdenken, solange wir uns noch retten können.«

»Ich weiß, was das Beste für uns und für England ist!«, erwiderte Warwick mit vor Zorn gerötetem Gesicht und verließ uns.

John bemühte sich in der Folge umso eifriger, dem König zu gefallen, indem er die Friedensbemühungen an der Grenze verstärkte, doch Bamburgh blieb uneinnehmbar. Trotzdem gelang es uns, ein wenig Trost zu finden, denn nach einem Jahr kündigte sich immer noch kein Königskind an.

»Vielleicht haben wir nichts zu befürchten«, sagte ich hoffnungsvoll zu Ursula.

»Bleibt sie weiterhin unfruchtbar«, flüsterte Ursula, »sind wir sicher.« Mit diesen Worten nahm sie eine Opferkerze und ging in die Kapelle, um zu beten.

Als sich Weihnachten 1465 näherte, stellte ich fest, dass ich wieder einmal guter Hoffnung war. Heiter summend schmückte ich die Burg für die Feiertage und träumte von einem weiteren Sohn für John.

Derweil verwandte mein Gemahl seine gesamten Kräfte darauf, Bamburgh von den Lancastrianern zu erobern. Mit einer von Warwicks Kanonen sprengte er ein Loch in die Mauern und stürmte die Festung. Die Lancastrianer ergaben sich, als sie ihren Captain, Sir Ralph Grey, tot auffanden. Am nächsten Tag jedoch kam Grey wieder zu sich. Offenbar hatte ihn lediglich eine einstürzende Decke ohnmächtig geschlagen. Obwohl er so schlimm verwundet war, dass er sich nicht auf den Beinen halten konnte, wurde er vor meinen Onkel gezerrt, der dem Prozess in Doncaster vorsaß. Mein Onkel ließ ihn von Kissen stützen, als er das Urteil verlas, und zeigte keine Gnade. Grey wurde aufs Schafott getragen und enthauptet. Mir bereitete die Unbarmherzigkeit meines Onkels großen Kummer. Dennoch wollte ich die Weihnachtszeit genießen und vorerst nicht darüber nachdenken.

Am Heiligabend kam John endlich nach Warkworth, erschöpft, schrecklich erkältet und mit hohem Fieber. Ich brachte ihn zu Bett und sorgte wie immer zuallererst für die bestmögliche Pflege, auf dass er bald wieder wohlauf sein würde – körperlich und geistig. Zu diesem Zweck engagierte ich die besten Musikanten und Schauspieler, die ich finden konnte, und lud viele Freunde zu den Feierlichkeiten in unserer prächtigen Burg ein. Wir verbrachten einige schöne Abende in der Gesellschaft von Lord Clinton, Lord Scrope of Bolton, Sir John Conyers und ihren Damen und Gefolgen. Warwick konnte zwar nicht kommen, sandte uns aber seinen Troubadour zu einem der Feste.

Auf Warwicks Weisung hin trug John seinen Goldreif und die Earls-Robe, und der Sänger widmete ein Lied John, um anschließend zu der Legende von Guy of Warwick überzuleiten, der erst eine riesige Kuh in Dunsmore Heath niedergeschlagen hatte und dann den Drachen in Northumberland.

»Euer edler Bruder Warwick der Königsmacher«, verkündete der Troubadour mit Blick auf John, »bat mich, vor Euch allen hier zu sagen, dass Ihr, Mylord, den Drachen von Northumberland mit der gleichen Kühnheit und Leichtigkeit niederschlugt wie Guy of Warwick, unser legendärer Held!« Der Mann stieß die Faust in die Luft und rief laut: »Nieder mit den Percys! Lang lebe Neville!« Sogleich brach lautes Jubeln und Stampfen aus.

Bis zum Dreikönigstag, an dem er wieder fortmusste, war John vollständig genesen. Zu dieser Zeit erreichten uns höchst erfreuliche Neuigkeiten. Sie betrafen den Lord Lieutenant von Irland, den Earl of Desmond. Er war ein beliebter, tapferer und nobler Freund des Duke of York gewesen und hatte ein großes Risiko auf sich genommen, als er sich für die Sache Yorks starkgemacht und dem Duke nach dem Desaster von Ludlow Zuflucht in Irland geboten hatte. Nun erfuhren wir, dass er im August nach England kommen wollte, um irische Angelegenheiten mit seinem guten Freund König Edward zu besprechen. Und wir waren eingeladen, dem königlichen Bankett ihm zu Ehren in Westminster beizuwohnen.

22

Das Bankett, 1466

Am elften Tag des Februar 1466 gebar Elizabeth Woodville eine Tochter, die sie Elizabeth nannte. Das Kind wurde vom Erzbischof von Canterbury und von Erzbischof George getauft; die Patinnen waren die Großmütter, Duchess Cecily und Duchess Jacquetta. Edward wandte sich abermals versöhnlich an Warwick und bot ihm an, Taufpate zu sein. Eine Ehre, die Warwick um des Friedens willen annahm.

Die Feier zur Aussalbung Elizabeths im Westminster-Palast ließ selbst die Fanfaren zur königlichen Geburt verblassen. Warwick berichtete detailliert, als er uns das nächste Mal in Alnwick besuchte. Demnach hatte die machtgierige Königin, deren Schönheit das königliche Herz wie auch die königliche Hand zu gewinnen vermocht hatte, ganz allein am Tisch in der prachtvoll geschmückten Halle auf einem goldenen Stuhl gesessen, und vor ihr hatten die Damen des englischen Hochadels gekniet.

»Mehrere böhmische Würdenträger waren zufällig in Westminster zu Gast und wollten nicht glauben, welchen Prunk und welche Ehrerbietung die Woodville für sich verlangte. Drei geschlagene Stunden ließ sie Meg, die Schwester des Königs, und ihre eigene Mutter Jacquetta vor sich knien, während sie speiste und kein Wort mit ihnen wechselte!«

»Solche Aussalbungen wurden doch auch schon früher abgehalten«, entgegnete John.

»Ja, gelegentlich schon, jedoch niemals über drei Stunden – und jene Königinnen entstammten dem Hochadel, waren nicht von niederer Geburt wie sie!«, brüllte Warwick. »Ab und zu bat ihre Mutter um Erlaubnis, die müden Muskeln strecken zu dürfen, was ihr gestattet wurde. Aber als der Tanz begann, saß die Woodville da und beobachtete alles, und sogar die Schwester des Königs musste immer wieder zu ihr kommen und sich vor ihr verbeugen!« Warwicks Miene hätte seine Verachtung kaum deutlicher spiegeln können. Als müsste er deren bitteren Geschmack hinunterspülen, leerte er sein Weinglas in einem Zug.

Bei Hofe wurde Warwick in jenen Tagen zusehends durch Woodvilles ersetzt. Bald nach Elizabeths Aussalbung wurde eine weitere Vermählung zu einem Problem, durch das das ohnedies strapazierte Band zwischen Warwick und dem König fast zum Zerreißen gespannt wurde.

Die Heirat von Edwards Schwester Meg, seiner einzigen unverheirateten Schwester, war von großer nationaler Bedeutung. Würde sie nach Burgund heiraten, wie es die Königin wollte, oder nach Frankreich, wie Warwick empfahl? Hierum war längst ein erbitterter Kampf zwischen beiden entbrannt.

Ich stimmte wahrlich nicht immer mit Warwicks Ansichten und Fehden überein, auch wenn er unser Familienschicksal in Händen hielt, denn er konnte bisweilen unerträglich arrogant sein. Doch in dieser Angelegenheit fühlte ich mit ihm. Keiner hatte härter gearbeitet, einen höheren Preis gezahlt oder mehr riskiert als Warwick, um Edward auf den Thron zu bringen und seine Feinde abzuwehren. Und nun, da Edward sich sicher wähnte, drängte er Warwick beiseite – und das nicht zugunsten eines anderen Yorkisten-Anhängers, sondern für die Woodville-Emporkömmlinge, die bis zum allerletzten Moment für Lancaster gekämpft hatten.

Wir wussten, dass Elizabeths Neid auf die Nevilles der Grund für Edwards wachsende Feindseligkeit gegen Warwick war, und davon waren auch die Vermählungspläne für Meg betroffen. Für den Beweis, dass ihr Stern heller strahlte als Warwicks, war Elizabeth bereit, jeden Preis zu zahlen. Und das Gift, das in ihren Adern floss, machte sie blind für alle Folgen ihrer Taten. Hierin, wie auch in vielem anderen, ähnelte sie Marguerite, die den armen Henry während seiner Anfälle von Wahnsinn zu Entscheidungen verleitet hatte, die er niemals getroffen hätte, wäre er bei Sinnen gewesen. Die gleiche Macht hatte Elizabeth über König Edward, allerdings aus einem offensichtlichen und recht anderen Grunde.

Warwick seinerseits hätte die Beziehung zu Edward verbessern können, hätte er einen versöhnlicheren Ton angeschlagen, doch stattdessen stritt er mit ihm bei jeder Gelegenheit. John sorgte sich sehr wegen der Haltung seines Bruders gegenüber dem König und sprach sie abermals an, als Warwick Alnwick Castle besuchte.

»Du bist reicher als Edward, beliebter beim Volk und wirst im ganzen Land mehr bewundert. Du darfst ihn nicht weiter in den Schatten stellen, indem du Feste veranstaltest, bei denen deine illustren Gäste vierundsechzig Gänge serviert bekommen, nachdem sie bei König Edward zuvor fünfzig hatten! Das ist gefährlich, denn Edward wird uns so nur noch verbissener ablehnen.«

»Edward muss daran erinnert werden, welche Macht wir besitzen! Nur so können wir Nevilles vor Schaden bewahrt werden.«

»Der König regiert England, Dick, und er zieht Burgund aus Handelsgründen Frankreich vor, nicht bloß weil seine

Königin es will. Es kommt dir nicht zu, ihm vorzuschreiben, wie zu verfahren ist.«

»Ich weiß am besten, was richtig für England ist. Dieser Lustknabe eignet sich einzig fürs Unzuchttreiben! Seine Geilheit hat uns diese verderbte Königin beschert. Sie gab vor, keusch zu sein, und weigerte sich, ihn in ihr Bett zu lassen. So gelang es dieser Woodville-Hexe, den närrischen Edward dazu zu bringen, dass er ihr die Krone aufsetzte!«

John wurde blass und legte seinem Bruder beschwichtigend eine Hand auf den Arm. »Hüte deine Zunge, Dick, sonst bringst du uns allen den Untergang.«

Warwick schüttelte die Hand seines Bruders mit einem ärgerlichen Schulterzucken ab und schritt zur Tür.

»Sei auf der Hut!«, rief John ihm nach. »Zwinge mich nicht, mich von dir loszusagen! Du irrst, falls du glaubst, dass ich dir blind folge.«

Warwick drehte sich um und funkelte John wütend an, bevor er hinausstapfte. Mir wurde das Herz schwer, als ich diese Szene beobachtete.

Mein Kind war ein weiteres Mädchen. Es wurde am fünfzehnten Juni geboren, als der Sommer die Felder mit Wildblumen verzierte. Wir nannten sie Lucy.

Zwei Monate nach meiner Niederkunft brachen wir gen Süden auf. Wir ließen die Kinder in Warkworth, weil die Pest in London umging, und ritten mit einer großen Eskorte von Landsknechten und Gepäckkarren. Sogar Duchess Cecily, die sich nach dem Tod ihres Gemahls auf ein Leben im stillen Gebet in Berkhamsted zurückgezogen hatte und kaum mehr gesehen wurde, kam zu Ehren des charmanten, verehrten und allenthalben beliebten Thomas Fitzgerald herbeigereist. Der

Earl of Desmond war den Yorkisten immer ein treuer Freund gewesen.

Ich war ein wenig nervös, Elizabeth Woodville nach so langer Zeit wiederzusehen, und fragte mich, wie sie mich empfangen würde. Dabei hätte ich es mir denken können. Als ich mich vor ihr im tiefen Knicks verneigte, trat ein böses Lächeln auf ihre Lippen, und ein eisiger Wind schien vom Podest zu wehen. Der König hieß uns warmherzig willkommen, sie jedoch sagte nichts, aber ich merkte, wie sich ihre Blicke in meinen Rücken bohrten, als wir gingen. Ich gestehe, dass mir ihr Gemüt ein Rätsel war. Sie hatte nicht bloß erreicht, was sie sich vorgenommen hatte, sondern hatte es noch übertroffen, indem sie an die absolute Spitze der Macht gelangt war; und dennoch keimte in ihrem von Gier begrenzten Geist kein Körnchen Großzügigkeit.

Der König hatte sich redlich Mühe gegeben, dem teuren Freund seines Vaters ein gebührendes Fest auszurichten. Wir genossen drei herrliche Tage voller Köstlichkeiten und Frohsinn vor dem letzten Bankett. An diesem unvergesslichen Abend glitzerte das große Gelass wie nie zuvor von tausend Kerzen und Fackeln und den funkelnden Edelsteinen der Gäste. Der König selbst strahlte wie die Sonne auf seinem Wappen; er trug ein gelbes Samtgewand, das üppig mit Gold bestickt war, und Elizabeth glitzterte in dem schwarzen Tuch, das von Gold und Diamanten erhellt wurde, angefangen bei ihrem königlichen Haarreif bis hin zu den Spitzen ihrer königlichen Zehen.

Wie alle anwesenden Lords und Ladys hatten auch John und ich uns neu eingekleidet. Ich hatte herrlichen dunkelroten Samt gewählt, der in Falten genäht und mit sandfarbenen Paspeln abgesetzt war und zu dem ich die wunderschöne Kette von Johns Mutter trug; und mein Gemahl erschien in einem himmelblauen Wams mit Goldborten und sandfarbenen und smaragdgrünen Paspeln sowie einem pelzbesetzten Umhang über der Schulter und einer schweren Goldkette mit Saphiren um den Kragen. Obwohl er während der Krankheit, die ihm der harsche Winter in Northumberland eingetragen hatte, an Gewicht verloren hatte, sah er umwerfend gut aus. Und falls ich Johns Komplimenten zu meiner Erscheinung glauben durfte, verblasste auch ich nicht neben den anderen adligen Damen.

»Du siehst wunderschön aus, mein Engel. Wie ein schwarzer Schwan, der über glitzerndes Wasser gleitet. Dein Haar schimmert wie Rabenschwingen, deine Haut ist elfenbeinblass, und keiner kann die Augen von dir lassen. Du wirst die Königin in den Schatten stellen.«

»Schh!«, schalt ich ihn halb im Scherz. »Es haben schon Männer ihren Kopf für weniger verloren!« Aber ich lächelte. Ich fühlte mich an diesem Abend wirklich schön. Noch nie hatte ich ein solch edles Kleid besessen, und Ursula hatte mir das Haar auf eine neue Weise gerichtet, die sehr gewinnend war. Statt es offen über den Rücken fließen zu lassen, hatte sie es unter einem kegelförmigen Kopfputz mit Schleier verborgen, sodass es sich im Nacken hinten in einem Silbernetz fing, in das unzählige Diamanten und Kristalle gewoben waren.

Kaum wich John von meiner Seite, bemüßigte Elizabeth Woodville sich, mir ein paar Worte zuzuwerfen, als sie am Arm ihres Sohnes an mir vorbeischritt. »Ich höre, Ihr habt neuerdings einen Sohn?«, sagte sie und beobachtete mich mit Adleraugen. Ich verneigte mich tief. »Einen Erben, den Ihr mit Anne Holland verlobtet, der Tochter der Duchess of Exeter?«

Wieder neigte ich den Kopf. »Ja, Euer Gnaden«, sagte ich so ehrfürchtig, wie ich konnte, und hoffte inständig, sie nicht versehentlich zu beleidigen, war sie doch berüchtigt dafür, Beleidigungen wahrzunehmen, wo gar keine beabsichtigt waren. Ihr Sohn Thomas Grey beäugte mich mit einem hochnäsigen, geistesabwesenden Blick. Elizabeth Woodville senkte die Lider, reckte das Kinn und schritt weiter. Ich wunderte mich, dass sie mich überhaupt beachtet hatte. War sie eifersüchtig, dass ich einen Sohn hatte und sie König Edward bislang nichts als ein Mädchen hatte schenken können?

Kurz darauf sollte ich den Grund für ihre Frage nach Georgie erfahren. Die Königin hatte die Wunde für den Stich vorbereitet: Die kleine Anne Holland, Tochter und Erbin des Duke of Exeter, die unserem George als Gemahlin versprochen war, war von Elizabeth Woodville für ihren Sohn Thomas Grey gegen Zahlung von viertausend Mark abgeworben worden. Als wir die Duchess of Exeter Monate später in Middleham wiedersahen, entschuldigte sie sich bei uns, so gut sie es wagte. »Heiratsangelegenheiten werden dieser Tage nicht mehr notwendig von uns selbst entschieden«, sagte sie.

John kam und ging an diesem Abend des Banketts, während ich mit der Countess of Desmond plauderte, deren Gesellschaft ich in jenen Tagen sehr genoss. Schließlich ging John, um nach ihrem Gemahl, dem illustren Earl of Desmond, zu suchen. Mich hatten beide auf Anhieb bezaubert, der Earl und seine Countess, denn der wackere, gelehrte Desmond war ein beachtlicher, gut aussehender und freundlicher Mann, frei von jedweder Arroganz und dafür mit einem wundervollen Witz gesegnet, der mich an Thomas Neville erinnerte. In Desmonds Gesellschaft war ich immerfort heiter. Wie mein Onkel war auch er ein Gelehrter, der die Klassiker studiert hatte und Dichtung wie Philosophie liebte; in Irland aber wurde er nicht bloß wegen seiner großen Beherrschung der Künste bewundert. Überdies schätzte man ihn für seine Großzügigkeit, Menschlichkeit und Wohltätigkeit gegenüber den Armen. Wohingegen mein Onkel einen etwas anderen Ruf genießt, dachte ich, verdammte mich aber sogleich dafür. Verstohlen sah ich zu Desmond, der mit John, Warwick und dem Erzbischof George ins Gespräch vertieft war. Er war so groß wie die Nevilles und genauso breitschultrig und kräftig von Statur. Der junge Dickon of Gloucester gesellte sich zu ihnen; Desmond blickte zu ihm hinunter, zwinkerte ihm zu und band den Jungen mühelos in die Unterhaltung ein.

»Der Duke of York war sehr angetan von Eurem Gemahl und sprach in den höchsten Tönen von ihm«, sagte ich. »Nun erkenne ich, warum. Euer Gemahl ist überaus charmant, Countess.«

»Was mit dem Duke of York geschah, brach uns allen das Herz. Er war ein so nobler Mann. Gott möge seiner Seele Frieden schenken. Wir mochten ihn sehr.« Sie schwieg einen Moment und bekam einen traurigen, gedankenverlorenen Gesichtsausdruck. »Der junge Richard of Gloucester erinnert mich an seinen Vater«, bemerkte sie plötzlich.

»Ja, mein Gemahl ist Dickon sehr zugetan. Zwischen seinen Aufgaben an der Grenze nimmt er sich immer wieder Zeit, den jungen Duke persönlich in der Kunst der Kriegsführung zu unterweisen. Er meint, er hätte noch nie solch einen entschlossenen und zielstrebigen jungen Mann gesehen.«

»Diesen guten Eigenschaften möchte ich noch eine weitere hinzufügen, liebe Countess Isobel. Er ist beinahe so schön wie sein Bruder, König Edward.«

»Ich werde es ihm ausrichten, denn es wird ihn gewiss freuen. Der junge Duke hat nämlich keine allzu hohe Meinung von sich.«

»Bescheidenheit ist ebenfalls eine Tugend. Mir scheint, Gloucester hat viele vorzuweisen, genau wie sein Vater vor ihm, möge er in Frieden ruhen.« Seufzend bekreuzigte sie sich und fügte leise hinzu: »Falls Yorks Söhne sich in diesem Leben gut machen, wird der Vater nicht vergebens gestorben sein. Wir alle wünschen unseren Kindern ein besseres Leben als das, das wir kennen. Vielleicht können sich die Menschen in England und Irland mit dieser Sonne von York auf dem englischen Thron auf Frieden und Wohlergehen freuen.«

»Ja«, sagte ich und malte mir ein Leben frei von Sorgen und Kriegen aus. »Ich wünschte, wir würden nicht so weit voneinander entfernt leben. Wir wären sicher gute Freundinnen.«

»Die wären wir, Countess Isobel.« Sie ergriff meine Hand. »Vielleicht ist das Schicksal gütig und gibt uns bald die Chance, uns wiederzusehen.«

Ohne Vorwarnung verstummte die Musik, und ein erschrockenes Raunen ging durch die Halle. Alle blickten zum Eingang. Ein Mann mit langem weißen Bart und einer kurzen Lederhose über knorrigen Knien humpelte an einem Stock herein. Ich sah zu König Edward, dessen Hand mit dem Weinkelch auf halbem Weg zu seinen Lippen erstarrt war.

»Ho!«, rief er. »Was soll das?«

Der Mann humpelte weiter.

»Potzblitz, es ist Clarence' Narr«, murmelte Edward.

»Ein Narr mag ich sein«, erwiderte der Narr, »doch heute Abend, Sire, bin ich der König der Narren!«

»Eine zweifelhafte Ehre, versichere ich dir, denn Narren sind bekannt dafür, bisweilen ihren Kopf zu verlieren«, erwiderte Edward, dessen Augen sich verengten. »Sagt mir, närrische Hoheit, warum seid Ihr so bizarr gewandet?«

»Sire, meine Reise war mindestens so gefährlich wie die eines Ritters. Mehrmals kam ich fast zu Tode.«

»Wie das?«, fragte Edward.

»Ich wurde beinahe von der Strömung fortgerissen, so hoch standen *die Flüsse*.«

Seine Anspielung auf Richard Woodville, den Earl of Rivers, bewirkte tödliche Stille in der Halle. Alle sahen zur Königin, die stocksteif auf ihrem Stuhl saß. Dann brüllte Edward vor Lachen, und ich war erleichtert. Gütiger Himmel, Clarence hatte seinen Narren in ein waghalsiges Spiel geschickt!

Verstohlen blickte ich zu Elizabeth Woodville und fürchtete, dass sie diesen Zwischenfall nicht vergessen würde.

Zu Beginn des neuen Jahres kam ein beunruhigender Brief von meinem Onkel.

Meine liebe Nichte,

du sollst als Erste erfahren, dass ich zum Lord Lieutenant von Irland ernannt wurde, an Desmonds Stelle. Ich werde England in Bälde verlassen, gar möglich ehe du diesen Brief erhältst. Unsere schöne Königin regte es an, und unser edler Herrscher, König Edward, pflichtete ihr bei, war Desmond doch in manchen Belangen zunehmend laxer geworden. Irland bedarf meiner dringend.

Dies schrieb dir am zehnten Tag des Januar 1467 im Palast von Westminster

John Tiptoft

Earl of Worcester, Lord Constable of England, Lord Lieutenant of Ireland

»Was hat das zu bedeuten?«, fragte ich John. Mein Gemahl wusste keine Antwort, bevor er nach Pontefract Castle ritt, wo er Constable war und sich um pressierende Angelegenheiten kümmern musste.

Wenig später erfuhren wir es alle. Desmond, der charmante, beliebte irische Lord, der alles riskiert hatte, um den Duke of York in Zeiten gegen Marguerite d'Anjou zu unterstützen, in denen es nur wenige gewagt hatten, war von meinem Onkel des Verrats angeklagt worden. Als Desmond mutig vor Gericht erschienen war, um die falschen Beschuldigungen zu entkräften, war er ins Gefängnis geworfen und sein Todesurteil zur Unterschrift an den König gesandt worden. Sir John Conyers brachte uns die Nachricht.

»Beim Bankett in Westminster bedrängte König Edward Desmond, ihm zu verraten, was er von seiner Königin hielt, und Desmond sagte die Wahrheit: dass die Königin wunderschön sei, es aber vielleicht klüger gewesen wäre, die Freundschaft Englands mit Frankreich oder auch Burgund mittels einer Heirat mit einer königlichen Prinzessin zu festigen. Und Edward erzählte es Elizabeth Woodville.«

Ich wandte mich ab, denn mir wurde schwindlig. Reicht das aus, einen Mann hinzurichten?, fragte ich mich. Gütiger Gott, was geschieht nur? Da John fort war, suchte ich Trost bei Nan in Middleham.

»Dies ist eine Intrige von Elizabeth Woodville, doch der König wird den Freund seines Vaters begnadigen«, versicherte Nan. »Wie könnte er nicht? Der Earl of Desmond stand ihm während all der Probleme mit Lancaster bei, und er weiß so gut wie wir, dass die Vorwürfe unbegründet sind.«

»Ja, so muss es sein«, sagte ich. »Ein Monat liegt Desmonds Verurteilung zurück, also hätte Edward längst unterschreiben können, hat es aber nicht. Das muss bedeuten, dass Edward ihn begnadigen will.«

Am folgenden Sonntag im Februar, wenige Tage nach St.

Valentin, las Erzbischof George die Messe in der Kapelle, als von draußen Rufe und Hufklappern zu hören waren. Wir eilten hinaus. Zwei Boten sprangen von ihren Pferden und fielen vor Warwick auf die Knie. Ihre Kleider waren schmutzig von der Reise und ihre Mienen so traurig, dass die Männer nur schlechte Neuigkeiten bringen konnten.

»Mylord, der Earl of Desmond ist tot! Er wurde am fünfzehnten Februar vom Earl of Worcester geköpft.«

Mit offenem Mund stand ich da, konnte nicht glauben, was ich vernahm.

»Der König unterzeichnete das Todesurteil?«, fragte Warwick nicht minder ungläubig. Seine Lippen waren aschfahl.

»Nein, nein! Der König ließ das Urteil in einer Schublade in seinem Schlafgemach, ohne es zu unterschreiben, doch die Königin wollte nicht länger warten. Sie stahl den Siegelring des Königs und fälschte König Edwards Unterschrift. Dann schickte sie das versiegelte Papier an den Earl of Worcester, der den Earl of Desmond ohne Wissen des Königs hinrichtete«, sagte der Bote.

Während wir noch mit dieser furchtbaren Nachricht rangen, überbrachte uns der andere Bote eine weitere.

»Seine beiden Jungen, noch Kinder von acht und zehn Jahren, wurden mit ihm aufs Schafott geschickt. Einer hatte einen Furunkel am Hals und bat, man möge vorsichtig sein, weil es wehtun könnte.«

Warwick stöhnte; Nan stieß einen unterdrückten Schrei aus. Der Erzbischof bekreuzigte sich und bewegte die Lippen im stillen Gebet. Ich erschauderte. Die Countess of Desmond hatte nicht bloß ihren Ehemann verloren, sondern auch zwei ihrer Kinder. Mir fiel ein, wie sie Edward gepriesen hatte: *Vielleicht können sich die Menschen in England und Irland mit dieser Sonne von York auf dem englischen Thron auf Frieden und Wohlergehen freuen.* Stattdessen wurde die Sonne von einer schwarzen Wolke verdunkelt, aus der Abscheulichkeiten auf uns herabregneten.

Ich schlang die Arme um den Oberkörper, weil ich fröstelte. Wieder einmal hatte Elizabeth grausam Rache genommen, weil sie sich beleidigt fühlte. Ich hatte nie, wie andere, geglaubt, dass sie Edward mit Hexerei gewonnen hatte, und tief im Innern hatte ich stets gehofft, sie wäre nicht so böse, wie es schien, doch nun erkannte ich die brutale Wahrheit: Ihre große Schönheit verbarg das Böse wie eine vergoldete Grabstätte den Verfall und Gestank von Verwesung. Diese Kreatur, die den König in ihren Fängen hielt, war ein Dämon, ausgespien von der Hölle.

»König Edward war wütend, als er erfuhr, was seine Königin getan hatte«, sagte einer der Boten.

Zu spät, zu spät!, dachte ich. Schweren Herzens kehrte ich mit Nan und den anderen in die Kapelle zurück, wo wir für Desmond beteten und um ihn weinten. Unsere Gebete galten auch der armen Countess, die nun einen Gemahl und zwei Söhne betrauerte, die auf Elizabeths Opferaltar hingemetzelt worden waren.

Da nicht nur aller guten, sondern auch aller schlechten Dinge drei sind, erreichte uns die nächste furchtbare Nachricht an einem Vormittag nach unserer Rückkehr nach Warkworth. Ich hatte schon eine Weile nach Ursula gesucht, ehe ich schließlich ihren roten Schopf in einer weit abgelegenen und selten benutzten Kammer entdeckte, wo sie weinend in der Ecke kauerte.

»Was ist dir, liebe Ursula?«, fragte ich.

»Mein V-Vater ...«, schluchzte sie.

»Was ist mit ihm?«

»Er wurde verhaftet … mit T-Thomas C-Cooke.« Sie brach erneut in Tränen aus.

Mir stockte der Atem. Ich setzte mich neben sie auf den Boden. Endet das Leid, das die Woodville verursacht, denn nie?, durchfuhr es mich. Das Urteil in Thomas Cookes drittem Prozess war gefällt worden. Diesmal war er schuldig gesprochen und zu einer solch hohen Buße verurteilt worden, dass sie ihn alles kostete, was er besaß. Obendrein hatte Elizabeth Woodville ein archaisches Gesetz wiederbelebt, das seit Langem nicht mehr angewandt wurde, und verlangte die ruinöse Zahlung von »Königinnengold.« Cooke floh außer Landes.

»Aber dein Vater – was hat er mit Cookes Fall zu tun?«

Ursula schüttelte den Kopf. »Nichts. Er wurde wegen seiner Verbindung zu Mylord Warwick festgenommen.«

Ich blickte sie verständnislos an.

»Mylady Isobel«, schniefte Ursula, »es heißt, dass der König Mylord Warwick des Verrats verdächtigt, und weil er zu mächtig ist, als dass er ihn einkerkern kann, hat die Königin andere ausgewählt, die sie an Mylords statt einsperren will.«

Zunächst brachte ich kein Wort heraus. Schließlich sagte ich zuversichtlicher, als ich mich fühlte: »Liebe Ursula, Warwick wird einen Weg finden, deinen Vater aus dem Gefängnis zu holen.«

Doch ein böser Wind wehte durch das Land. Warwick war in königlichen Angelegenheiten den Sommer 1467 in Frankreich, und wir beide wussten, dass die Sache bis zu seiner Rückkehr warten musste. Dann trafen in rascher Folge mehr schlechte Nachrichten ein. Edward nutzte Warwicks Abwesenheit, um ein prunkvolles Turnier für den Bastard von Burgund auszurichten, und Ende September, vor Warwicks Rückkehr, wurde die Verlobung Megs mit Karl dem Kühnen bekannt gegeben.

König Edward hatte Burgund Frankreich vorgezogen, was bedeutete, dass Elizabeth über Warwick gesiegt hatte. Erzbischof George, Edwards Kanzler, sollte das Parlament eröffnen, entschuldigte sich jedoch wegen Krankheit. Erbost ritt Edward zu Georges Residenz, forderte die Rückgabe des großen Siegels und ernannte einen neuen Kanzler.

Als Warwick wiederkam und erfuhr, was in der Zwischenzeit geschehen war, geriet er außer sich vor Zorn, zertrümmerte im Erber Vasen und Möbel, riss Gobelins herunter und schleuderte Kelche und Bücher durch die Räume. Er kannte Megs künftigen Ehemann und verachtete ihn zutiefst.

»Er ist halb wahnsinnig. Das sieht jeder in seinen Augen«, sagte er bei einem Besuch in Warkworth. »Sein Vater, Philip der Gute, hasste ihn und war in großer Sorge, weil er ihm Burgund hinterlassen musste. Edward wird den Tag bereuen, an dem er den Pakt mit Karl schloss, denn nun steht es Louis von Frankreich frei, Marguerite gegen ihn zu unterstützen – und das wird er!«

Warwick zog sich nach Middleham zurück, um sich zu beruhigen, und König Edward, der sich vor einem Aufstand gegen seine Herrschaft fürchtete, umgab sich mit zweihundert Bogenschützen, als er zum Weihnachtsfest von Windsor nach Coventry ritt.

»Seit dem verhassten Monarchen Richard dem Zweiten hat es kein König mehr für nötig befunden, sich mit einer solchen Leibwache zu schützen!«, höhnte Warwick uns gegenüber.

1468

Um des Scheins willen und zur Beruhigung des Volkes schloss Warwick trotzdem Frieden mit Edward, als das Neue Jahr

1468 von einem mächtigen Schneesturm eingeläutet wurde. Und im Frühjahr eskortierte er Meg von Blackfriars nach Margate, wo die *New Ellen* und dreizehn andere Schiffe warteten, die die Braut und ihre Gesellschaft nach Burgund bringen sollten. Doch sobald er nach Middleham zurückkam, rief er John zu sich.

An einem sonnigen Julimorgen verließen wir Warkworth in Richtung Middleham. Allerdings brauten sich in der Ferne dunkle Gewitterwolken zusammen, die tief über dem Land hingen, als wir uns Warwicks Festung näherten. Begleitet von unserem Gefolge, ritten wir durch die idyllische Landschaft und ließen unsere Pferde über hügelige Wiesen, an grünen Schafweiden vorbei, an grasbewachsenen Flussufern entlang und steile Waldhänge hinunter trotten. Wildblumen nickten im Wind, Lämmer blökten leise, und die Welt wirkte friedlich. Dennoch waren wir alle still, denn unsere Herzen wogen schwer, ahnten wir doch, dass Warwick uns nichts Gutes mitzuteilen hatte.

Northumberlands Herold kündigte unsere Ankunft auf dem Marktplatz von Middleham mit Fanfaren an, und die Leute kamen herbeigeeilt, um uns mit besorgten Mienen zuzusehen, wie wir zur Burg hinaufritten. Warwick, Nan und Erzbischof George erwarteten uns ernst und ungeduldig im Burghof. Als wir die Stufen zum Burgfried hinaufstiegen, bemerkte ich, dass es seltsam still war. Die Priester in der Kapelle flüsterten ihre Gebete, Schreiber vergruben den Kopf in ihren Papieren, und die Diener gingen schweigend ihrer Arbeit nach. Die Ritter, Knappen und Landsknechte aus Warwicks Gefolge saßen auf den Korridoren und Treppen, polierten ihre Rüstungen und wetzten ihre Waffen. Obwohl sie ausnahmslos aufstanden und sich zum Gruß verneigten, spiegelten sich finstere Gedanken in ihren Gesichtern.

Nan und ich eilten in eine Kammer neben Warwicks Gemächern am Ende des Flügels, von wo wir freien Blick auf seine Fenster hatten und vielleicht etwas von der Besprechung mitbekamen. Leise schoben wir den Riegel vor. Zu beiden Seiten dicht an die Wand gedrückt, lauschten wir angestrengt.

Warwick stand vor dem Fenster, sodass sein breiter Rücken die Sicht ins Innere des Zimmers versperrte und ich John nicht sehen konnte, der ihm offenbar gegenüberstand. Was sie redeten, war nicht zu hören, bis Warwick rief: »Elizabeth ist mindestens so verhasst, wie es Marguerite jemals war!«

Eine sanfte Brise trug uns Wortfetzen durchs offene Fenster zu: »Malory ist noch in Haft ... unserem Bruder das Kanzleramt genommen ... französische Gesandte abgereist mit ... Lederflasche ... leeren Versprechungen ... Die Gesandten aus Burgund ... beladen wie Maulesel mit Gold ... kostbaren Geschenken ...«

Nan und ich wechselten ängstliche Blicke und wagten nicht, uns zu rühren. Warwick empörte sich darüber, wie Edward ihn bei seiner Rückkehr aus Frankreich beschämt hatte. Warwick hatte mehrere französische Gesandte und ein großzügiges Angebot Louis' für Megs Hand mitgebracht – aber Edward hatte sich geweigert, sie zu empfangen, und die Botschafter mit wenigen mickrigen Gaben zu Louis zurückgeschickt.

Warwick redete wieder, doch leider war es viel zu leise, sodass wir nichts verstanden. Dann brüllte er plötzlich: »Woodville-Hexe!«, gefolgt von: »John! Hast du mich verstanden, John?«

Warwick trat vom Fenster weg, sodass ich erstmals meinen Gemahl sah, der an dem großen Tisch stand und entsetzt wirkte.

»Was ist passiert?«, flüsterte Nan.

Ich schüttelte den Kopf und legte einen Finger an die Lippen, weil ich es nicht wusste und fürchtete, etwas zu versäumen. Wir beide drängten uns näher an das offene Fenster.

»Du bist ja von Sinnen!«, hörte ich John sagen.

Warwick knallte die Faust auf den Tisch. »Nein, das ist Edward – von Sinnen vor Lust nach seiner gierigen Hexe! Hierfür habe ich ihn nicht auf den Thron gesetzt.«

Was ich als Nächstes vernahm, jagte mir eine schreckliche Angst ein. »Ich habe ihn nach oben gebracht, und ich kann ihn wieder runterholen!«, schrie Warwick.

Ich sah, wie John sich mit beiden Händen auf den Tisch stützte, als müsste er sich festhalten. Den Schmerz, den ich in seinem Gesicht erkannte, empfand ich mit ihm, und Tränen stiegen mir in die Augen. John sprach so leise, dass ich kein Wort hörte. Mir brach das Herz, und ich sehnte mich danach, ihn in die Arme zu schließen und seinen Kummer zu lindern. Unwillkürlich musste ich gefährlich nahe an das Fenster gegangen sein, denn Nan ermahnte mich mit einem sanften Stupsen, mich nicht sehen zu lassen.

Wieder sprach John, doch ich verstand nicht, was er sagte.

Warwick erwiderte: »Ich nicht ... Edwards eigener Bruder Clarence, der ...«

Nan nickte, wandte sich zu mir und hielt sich eine imaginäre Krone über den Kopf.

Warwick hat vor, Clarence zum König zu machen!, erkannte ich. Denn Clarence, Edwards ehrgeiziger Bruder, behauptete seit Langem, dass er der wahre König Englands wäre und Edward nur ein Kegel von einem Bogenschützen. Es war eine lächerliche Geschichte, die fraglos nur in Clarence' seichtem, umwölktem Verstand einen Sinn ergab. Die Männer bewegten sich weg vom Fenster, und nun hörten wir nichts als Gemurmel.

Dann trat Erzbischof George ans Fenster. »Ja«, sagte er,

»Dick hat recht. Die Woodvilles nagen wie Ratten am Staatsschiff! Sie werden unser Untergang sein, wenn wir sie nicht zuerst zerstören.«

Er verschwand, und John war wieder zu sehen. Diesmal hörte ich ihn klar und deutlich. »Du hast leicht reden! Du besitzt gar keine eigenen Überzeugungen, George, einzig Ambitionen!« Stille folgte, dann: »Doch ich lasse das nicht zu.«

Ich begann zu zittern.

Warwick starrte John an. »Aber du bist ein Neville«, sagte er.

»Und ich habe mich stets deinem Willen gefügt, Dick«, entgegnete John. Seine Mundwinkel zuckten, so sehr rang er mit seinen Gefühlen. »Bis auf dieses eine Mal. Ich kann es nicht, und ich will es nicht. Ich stehe in der Pflicht des Königs.«

»Was ist mit deiner Pflicht gegenüber der Familie?«, donnerte Warwick.

Der Erzbischof blockierte das Fenster mit seinem Rücken. »Du darfst dich nicht gegen uns stellen, John«, sagte er deutlich vernehmbar. »Du würdest gegen dein eigen Fleisch und Blut kämpfen.«

John murmelte etwas, was ich nicht hörte und auch nicht hören musste, denn ich begriff, was hier geschah: Warwick wollte eine Rebellion gegen Edward anfachen, und John weigerte sich, dabei mitzumachen. Ich bekam kaum noch Luft. Die Kammer fühlte sich so warm an, zu warm …

Ich legte eine Hand auf mein Herz, das wild pochte, wie in letzter Zeit sehr oft. Als John seine Panzerhandschuhe vom Tisch nahm, schnürte sich mir die Brust zusammen, und meine Knie gaben nach. Ich sank an der Wand herab, bis ich auf dem Fußboden saß, und neigte meinen Kopf in den Schoß.

23

1469

An dem Tag, an dem John mit seinen Brüdern brach, gab es ein heftiges Gewitter. Während der Sommer des Jahres 1468 in den Winter überging, wurden die Woodvilles noch verhasster, und die Spannungen zwischen dem König und Warwick eskalierten. In diesem Streit schlug sich der Bruder des Königs, George of Clarence, angetrieben von seiner Gier nach der Krone, auf Warwicks Seite. Der Hass war im gesamten Königreich zu spüren. In Kent wurde Earl Rivers' Anwesen geplündert, und Gerüchte von einer Rebellion drangen bis zum König. Mit der Lage in England verschlimmerte sich auch die in Irland. Dort erwies sich mein Onkel als Desaster für König Edward. Seine harschen Maßnahmen hatten keineswegs zur Folge, dass sich das Land beruhigte; vielmehr stand das Volk kurz vor einem Aufstand. Erst als mein Onkel, der verachtete »Saxon Earl«, zurückberufen und Earl of Desmonds guter Freund, der Earl of Kildare, zum stellvertretenden Gouverneur ernannt wurde, kehrte wieder Frieden ein.

Leider bot sich in England keine so einfache Lösung. Die Woodvilles konnten nicht zum Verschwinden gebracht werden, und ihre rachsüchtigen Taten erschütterten das Königreich weiterhin. Bald brachen Rebellionen im Norden aus.

Das neue Jahr 1469 begann mit vielen finsteren Omen, die eine Katastrophe erahnen ließen. Ein Blutregen ging über den Wiesen in Bedfordshire nieder; andernorts wurden angeblich ein Reiter und Bewaffnete gesehen, die durch die Luft rauschten. In der Grafschaft Huntingdon fühlte eine Frau kurz vor der Niederkunft, wie das Ungeborene in ihrem Schoß weinte und schluchzte. Und im Frühjahr hörte England von ersten Schwierigkeiten, einem Aufstand in Yorkshire, der von einem gewissen Robin of Redesdale angeführt wurde. Seine Leute erhoben sich gegen die hohen Steuern, die Ungerechtigkeit der Gerichte und die habgierigen Woodvilles, deren Gier und Unverfrorenheit ehrliche Leute erzürnten, hieß es. Kaum hatte John diesen Aufruhr niedergeschlagen, kam es in East Riding zum nächsten, angeführt von einem Robin of Holderness, der eine Wiedereinsetzung Henry Percys als Earl of Northumberland forderte. An den Toren Yorks traf John auf die Unruhestifter, erstickte den Aufruhr prompt und exekutierte den Anführer.

»Ich habe meinen Earls-Titel verdient, Isobel, und ich war ihnen ein guter Lord«, sagte John. »Warum schreien sie nach Percy? Was haben die Percys jemals für sie getan?«

Von meinem Fenstersitz in unserem privaten Sonnenzimmer auf Warwick Castle aus betrachtete ich meinen Gemahl. In der pelzgesäumten smaragdgrünen Samttunika, deren Farbe ich so sehr liebte, saß er am Eichentisch, seinen treuen, inzwischen sehr betagten Hund zu seinen Füßen, und schrieb einen Brief an den König, den er nicht seinem Schreiber diktieren wollte, weil der Inhalt zu persönlich war. Mich schmerzte es, John so zu sehen. Ich wusste, dass ihm die Hinrichtungen zusetzten und er sich fragte, ob sie gerechtfertigt waren.

Ja, er verdiente diese Undankbarkeit nicht. Obwohl er nicht über die Mittel seines Bruders Warwick verfügte, wies seine Küche niemals einen Hungrigen ab; seine Tür war den Bedürftigen nie verschlossen. In Wahrheit hatte John viele gute Taten vollbracht. Welcher Percy hatte je Feuerholz in die Gefängnisse oder Wein an die Gefangenen geschickt? Welcher Lord hatte daran gedacht, diesen Auftrag im Sommer zu erteilen, damit die Männer die schweren Ladungen nicht durch die bittere Kälte schleppen mussten? Solche Freundlichkeit war rar, doch John sorgte für jeden: für seine Soldaten, seine Diener, seine Familie. Und für seinen König.

Ich streckte die Hand aus, und er kam zu mir. Gütiger Gott, wie viel hat sich verändert!, dachte ich, als ich zu ihm aufblickte. Seine Entscheidung, den König gegen dessen Brüder zu unterstützen, forderte einen beängstigenden Preis. John schlief nachts nicht mehr, fand nicht länger Gefallen an Vergnügungen. Wie sehr unterschied sich dieses sorgenvolle Gesicht von jenem, in das ich mich beim Tanz auf Tattershall Castle verliebt hatte! Sein braunes Haar war an den Schläfen ergraut, und tiefe Falten hatten sich in seine Stirn gegraben. Seine vollen Lippen waren deutlich schmaler, die Mundwinkel nach unten gebogen, und eine frische Narbe teilte seine linke Augenbraue. Ich entsann mich des hoffnungsfrohen, unerschrockenen jungen Mannes, der er einst gewesen war, und mein Herz krampfte sich vor Angst zusammen.

»Mach dir keine Vorwürfe, mein liebster Lord! Robin of Holderness hatte kein Recht, nach einem Percy zu rufen … Und Robin of Redesdale, ist er ebenfalls gegen dich?«

John wandte sich ab. Mit einer Geste bedeutete er den Dienern zu gehen. Der Minnesänger in der Ecke brachte die Harfe zum Verstummen und erhob sich von seinem Schemel. Meine Magd Agnes, die leise ihrer Arbeit nachgegangen war, Truhen ausgepackt und Kleider aufgehängt hatte, stellte eine Handschale mit parfümiertem Wasser auf einen Nachttisch und zog sich zurück.

Johns Augen nahmen einen gequälten Ausdruck an, als er wieder zu mir sah. »Ich fürchte, Robin von Redesdale ist niemand anders als unser Cousin John Conyers, Isobel.«

Erschrocken stand ich auf. »Oh, John, mein lieber Lord …« Also hatte der Albtraum bereits begonnen. So bald! Ich umfing Johns starke, schöne Hand mit meiner und drückte tränenreiche Küsse auf die langen Finger.

John nahm mich in die Arme.

»Liebste Isobel, welch ein Trost du mir bist … Welch Trost du immer warst!«, sagte er leise. »Ich erinnere mich an den Tag, als du mich vor Percys Hinterhalt auf der St Albans Road warntest. Du kamst damals als Nonne verkleidet … Und später, bevor Edward mich zum Earl machte, als ich an der Grenze gegen Schotten und Lancastrianer kämpfte, umgeben von Tod und Leid, erschienst du in der Verkleidung einer Tänzerin in meinem Lager. Ich erkannte dich nicht und achtete anfangs gar nicht weiter auf dich, bis ich bemerkte, dass meine Männer wieder lachen konnten. Das linderte meine finsteren Gedanken, Isobel … Und dann wurde mir klar, wer du warst; ich wollte meinen Augen nicht trauen, als du mir zuzwinkertest. Du ahnst nicht, wie sehr du mir mit deiner Courage und deiner Lebensfreude das Herz leicht machst. Ach, Isobel, wie sehr habe ich dich in diesen zwölf Jahren geliebt!«

Er zog mich dicht an sich. Seine Wange an meiner, beobachteten wir die Schwäne, die auf dem blauen Fluss Aln dahinglitten, und die Schafe, die auf den grünen Hügeln weideten.

»Die Sonne scheint heller, wenn ich bei dir bin, die Vögel singen lieblicher, Isobel. Ich vergesse alles andere … die Stürme, die Nebel, die frierenden, erschöpften Männer, die über Eis und Schnee stapfen, die Schlachtfelder …«

Ich schmiegte mich in seine Umarmung. »Mir geht es nicht anders, John. Unser Tanz auf Tattershall Castle kommt mir vor, als wäre er gestern gewesen. Du warst jung und so schön, mein Liebster, und ich war so verliebt in dich … Doch die schrecklichen Tage, als du von den Percys in Blore Heath gefangen genommen wurdest und ich fürchtete, dich zu verlieren, möchte ich für keinen Adelstitel Englands noch einmal durchleben müssen.« Ich blickte zu ihm auf. »Überdies war es so unnötig! Du wurdest nur nach der gewonnenen Schlacht gefangen genommen, weil du so unbesonnen warst, den Männern aus Cheshire bis auf ihr Gebiet nachzustellen.« Vor meinem geistigen Auge sah ich John vor mir, einen strahlenden Neville, der einen verhassten Percy mit dem Ungestüm der Jugend verfolgt, und musste lächeln. »Was hast du dir bloß gedacht, mein Liebster?«

Plötzlich grinste John. »Ich habe gar nicht nachgedacht. Das war das Problem.«

Wie gut es tat, ihn wieder lächeln zu sehen! Wie lange war es her, seit ich zuletzt jene Grübchen hatte bewundern dürfen? Ich sah, wie er, immer noch lächelnd, zum Fenster blickte, drehte mich in seinen Armen um und folgte seinem Blick zum ummauerten Garten unten, wo unser dreijähriger George erschienen war. Er kreischte vor Vergnügen, als seine Schwestern ihn um die Hecken jagten. George war neun Monate nach Johns Ernennung zum Earl geboren worden, und ich fühlte, wie ich bei der Erinnerung an jene Nacht in York errötete.

»Du hast mir alles gegeben, was ich auf dieser Erde liebe«, flüsterte ich.

John umarmte mich fester und küsste mich sacht auf die Stirn. »Eines Tages wird George meinen Titel erben. Ich bin dankbar, dass ich ihn ihm vermachen kann, Isobel.«

Ja, der Titel mit dem jährlichen Einkommen von tausend Pfund würde George den Weg durchs Leben erheblich leichter machen. Wäre seine geplante Heirat mit der Tochter der Duchess of Exeter nicht von der Woodville-Königin zugunsten ihres Sohnes sabotiert worden, wäre unser kleiner Georgie eines Tages einer der reichsten Männer des Landes gewesen.

Diesen bitteren Gedanken vertrieb ich gleich wieder. Wie John zu sagen pflegte: »Im Nest vom letzten Jahr findet man keine Eier.« Zurückzuschauen brachte niemandem etwas; wir mussten den Blick in die Zukunft richten. Nach wie vor gab es vieles, für das wir dankbar sein konnten. Anders als wir, würde Georgie keine Schulden aufnehmen müssen, um über das Jahr zu kommen, oder, schlimmer noch, seinen Lebensunterhalt auf blutigen Schlachtfeldern verdienen müssen wie sein Vater. John hatte vieles für seinen Titel geopfert und sein Leben dem König gewidmet. Ob durch das Kämpfen oder das Aushandeln von Waffenstillständen, der Earls-Titel von Northumberland war hart erarbeitet worden. Keiner hatte das Recht, John den zu nehmen.

»Du bist ein guter Lord und dem König der treueste Untertan, John. Er weiß es – wie sollte er es nicht wissen? Und ich bin die glücklichste Frau, weil ich dich meinen Gemahl nennen darf, mein Liebster.«

»Und ich, Mylady, bin der glücklichste aller Männer, weil ich eine Nonne zur Gemahlin habe.«

Ich sah ihn streng an. »Eine Nonne?«

»Oder eine Tänzerin. Welches von beidem bist du, Isobel?«

»Ein wenig von beidem, nehme ich an.« Ich lächelte.

»Falsch, du bist weder noch, sondern ein Engel. Und das wusste ich schon immer. Ich habe gesehen, wie du erhobenen Hauptes und mit einem Lächeln auf den Lippen durch die Stürme unseres Lebens gewandert bist, und nie in all den Jahren, trotz allem, was geschehen ist, habe ich eine einzige Klage von dir gehört. Ich habe einen Engel zum Weib.« Er sah mich an, und mir ging das Herz über angesichts der zarten Falten in seinen Mundwinkeln. »Habe ich dir jemals gesagt, Isobel, dass du das wunderschönste Lächeln hast, das ich kenne? Ich erinnere mich, wie ich es zum ersten Mal sah, auf Tattershall Castle, als ich im Hof stand. Ja, ich fühle fast noch die sanfte Brise ...«

»Weil das Fenster offen ist, Mylord.«

Er lachte. »Und wenn ich dir sage, dass ich fast Lord Cromwells Burg vor mir sehe?«

Ich schüttelte den Kopf. »Dann bist du der Einzige, denn dies ist das raue Northumberland, nicht das liebliche Lincolnshire.«

»Stimmt, aber ich kann sie beinah sehen ... genau dort ... Die untergehende Sonne verleiht den westlichen Zinnen einen rosigen Schein, als ich mit meiner kleinen Gruppe über die Zugbrücke in den Burghof reite ... Ich bin müde von der langen, staubigen Reise von Raby und habe meine Zügel einem der Stallburschen zugeworfen. Das Spiel einer Leier und lieblicher Gesang klingen zu mir herunter. Ich frage mich, warum mein Bruder Thomas, der früher auf Tattershall Castle eingetroffen ist als ich, nicht gleich herauskommt, um uns zu begrüßen, haben wir doch genug Lärm gemacht ... Und in dem Augenblick höre ich ein Lachen hell wie Silberglocken ... ein Klang, der aus dem Himmel zu fallen scheint wie das Schlagen von Engelsflügeln, und ich blicke nach oben.« Er sah auf.

»Was geschieht als Nächstes?«, flüsterte ich und tippte an sein Kinn, damit er mich wieder ansah.

»Ich erblicke ein Gesicht, umrahmt vom violetten Himmel. Es schaut aus einem hohen Fenster zu mir herunter. Es ist das Antlitz eines Engels, heiter, wunderschön, weiß wie Lilien und von Haaren dunkel wie Kastanien umkränzt ... ein strahlendes Lächeln und Augen wie Juwelen ...«

Seine Beschreibung rührte mich zu Tränen. Dass er sich nach all diesen Jahren so genau daran erinnerte, wie er mich zum ersten Mal sah! Sein Gesicht nahm einen verträumten

Ausdruck an, als stünde er in Gedanken wieder in jenem Burghof, blickte zum Fenster auf und entdeckte mich.

»Ich konnte den Blick nicht abwenden«, sagte er und kehrte in die Gegenwart zurück. »Deine leuchtenden Topaz-Augen bannten mich. Ich hörte weder das Rasseln von Eisen noch die Rufe der Männer oder das Wiehern der Pferde, als Thomas mit Cromwell und einigen Landsknechten in die Burg geritten kam. Ich hörte nur dieses silberhelle Lachen, das Lachen eines Engels, süß wie Kapellenglocken über den Tälern.«

Ich wartete, dass er fortfuhr, denn ich wollte jeden Moment des wundervollen Abends nacherleben. Doch John sagte: »Und Thomas rief mich mit seiner munteren Stimme: ›John!‹ Er sprang vom Pferd und lief auf mich zu. Sein dunkles Haar war zerzaust, sein Gesicht schmutzverschmiert, doch seine Augen leuchteten vor Freude, mich zu sehen. Ich weiß noch, wie er mich an seine Brust drückte und sagte: ›Mein schöner Bruder, was für eine Erleichterung, dass du wohlauf bist! Du kommst so spät, dass wir ausritten, um nach dir zu suchen. Bei diesen verdammten Percys weiß man nie …‹«

Johns Stimme war zu einem Flüstern geworden, und ich begriff, dass ich seine Erinnerungen unterbrechen musste, bevor er zu den schrecklichsten von allen kam. Also rang ich mir ein Lachen ab.

»Die ganzen Jahre hast du mich einen Engel genannt«, erwiderte ich, »und jedes Mal sagte ich dir, Engel haben kein dunkelbraunes Haar. Sie haben güldene Locken, was dir jeder Maler und Fensterglaser bestätigen wird.«

Er grinste. »Meine Engel haben kastanienbraunes Haar.«

Ich nahm seine Hand und hielt sie an meine Wange. »Ich liebe dich, John, und habe dich vom ersten Moment an geliebt.«

John wiegte mich in seinen Armen. »Jener gesegnete Zwielichtabend auf Lord Cromwells Burg …«

Ich sah ihn an. »Nein, es war nicht Lord Cromwells Burg, wo ich dich zum ersten Mal sah. Es war, als ich vierzehn war und mit meinen Freundinnen am Fluss Ure entlangfuhr. Wir überraschten dich, als du aus dem Wasser stiegst.«

John wurde rot. »Du meinst, du gehörtest zu jener Gruppe kichernder Mädchen auf dem Wagen, die mich gesehen hat ...?«

Ich lachte. »Ja, nackt wie Adam standest du am Ufer! Thomas besaß die Geistesgegenwart, sich zu bedecken, aber du wurdest tiefrot und hieltest die Hände vor die falschen Teile.«

»Mein Gesicht.«

»Deshalb lachten wir alle, mein süßer Lord.«

John schmunzelte und neigte den Kopf zu mir. »Meine Liebste, das hast du mir nie erzählt.«

24

1469

Unser Unglück dauerte an, und Megs Heirat zog weiteres Ungemach nach sich. Unsicher, wem er noch trauen konnte, wandte sich König Edward zunehmend an die Verwandten seiner Königin. Mein Onkel, der in Irland um ein Haar eine Katastrophe heraufbeschworen hätte und in England wegen seiner Grausamkeit verhasst war, wurde durch Elizabeths Vater, den Earl of Rivers, als Constable abgelöst. In der Folge fanden in London täglich Hinrichtungen statt, denn Rivers ließ jeden, den er des Verrats verdächtigte, festnehmen und exekutieren. Der junge Earl of Oxford, dessen Vater und Bruder durch meinen Onkel zu Tode gekommen waren, wurde in den Tower geworfen, konnte sich jedoch die Freiheit erkaufen, indem er gegen seine Freunde aussagte. Andere hatten weniger Glück. Henry Courtenay, der Erbe des Earl of Devon und gemeinhin als unschuldig angesehen, landete auf dem Schafott, weil ein Freund des Königs seinen Titel begehrte.

In diesen Tagen sahen wir Warwick nicht, denn er hatte ein Seekommando übernommen, das ihm einen Vorwand gab, in Calais zu residieren. Wir ahnten, dass er lediglich Zeit schinden wollte, bis er sich Edward vornahm. Und jener Tag nahte mit Neuigkeiten, die uns alle schockierten. König Edward zum Trotz, der sich weigerte, der Vermählung Bellas mit Clarence zuzustimmen, hatte Warwick die beiden Liebenden in Calais verheiratet, am Dienstag, dem elften Juli 1469. Erzbischof George hatte die Trauung vollzogen, und der Earl of Oxford sowie die Ritter des Hosenbandordens waren Trauzeugen gewesen.

»Was ist in Mylord Warwick gefahren, König Edward mit dieser Heirat vor den Kopf zu stoßen?«, flüsterte Ursula, die von Warwicks Akt der Meuterei gegen den König genauso entsetzt war wie der Rest von England.

»Warwick nimmt Rache, weil König Edward ihm mit Megs Vermählung zuwiderhandelte«, antwortete ich. »Und er will ihm zeigen, dass er dem König ebenbürtig ist.«

Seufzend legte ich meine Stickarbeit ab und blickte durchs Fenster auf den friedlichen Aln, der unter den großen Stabkreuzfenstern vorbeifloss. Unmittelbar nach Bellas Vermählung gab Warwick in einer öffentlichen Erklärung bekannt, dass er beabsichtigte, nach London zu kommen, um dem König eine Beschwerde-Petition vorzulegen, so wie der Duke of York es in den Fünfzigerjahren bei Henry getan hatte. König Edward brach sofort zu einer Pilgerreise nach Walsingham im Norden auf.

»Es ist ein Kräftemessen zweier sehr willensstarker Männer, und keiner kann sagen, wie es ausgeht«, ergänzte ich. »Aber eines ist gewiss ... Es gibt kein Zurück.«

Ich drehte mich vom Fenster weg und entdeckte John, der in der Tür stand. Mit großen Schritten kam er herein und warf auf dem Weg seine Panzerhandschuhe auf einen Tisch.

»Eine interessante Beobachtung«, bemerkte er und sank auf einen Stuhl. Keine Fanfaren waren erklungen, und ich war so erstaunt, ihn unerwartet zu Hause zu sehen, dass ich mich zwar erhob, mich jedoch zunächst nicht rühren konnte. Irgendetwas muss geschehen sein, dachte ich.

Ich eilte zu ihm. »Oh, John, mein lieber Lord, du siehst müde aus! Kann ich dir etwas bringen?«

»Du kannst mir einen Schreiber rufen lassen«, sagte er und legte eine Hand an seine Stirn.

Diese Geste war mir allzu vertraut. »Was ist geschehen?«, fragte ich leise.

»Der König wurde von Warwick gefangen genommen. Earl Rivers, der Vater der Königin, und ihr Bruder John wurden exekutiert, wie auch ihr Freund, der neue Earl of Devon.«

Ich schluckte und rang um Fassung. »Wie …?«, murmelte ich verwirrt und sank ebenfalls auf einen Stuhl. Das ist zu viel, zu viel!

»Es gab eine Schlacht bei Edgecote. Durch einen seltsamen Zufall trafen die Königsheere unter Devon und Pembroke auf ihrem Weg nach Norden auf Warwicks Truppen, die nach Süden Richtung London marschierten. Devon und Pembroke sollten in Nottingham zum König stoßen, hatten sich aber am Abend zuvor in einem Streit um eine Dame überworfen und sich getrennt. Warwick erwischte sie einzeln und schlug sie nieder. Dann zog er nach Norden und nahm den König gefangen.«

»Wie Henry«, stellte ich ungläubig fest. »Zwei Könige, zwei Gefangene?«

John stand auf und trat ans Fenster.

Es bedrückte mich zu sehen, wie er sich auf die Steinbrüstung lehnte. Seine Schultern waren eingesunken, und mit einer Hand rieb er sich die alte Schenkelwunde von Blore Heath, die bei feuchtem Wetter immer schmerzte. »Ich schicke nach einem Schreiber«, sagte ich leise. Ob John mich hörte, wusste ich nicht.

Bald erfuhr ich, dass die Geschehnisse nichts an Johns Entschlossenheit änderten, zum König zu halten. Als im Norden eine von seinem tollwütigen Lancastrianer-Verwandten Sir Humphrey Neville angeführte Rebellion ausbrach, erhielt

John Order von Warwick, sie niederzuschlagen, antwortete aber: »Nicht, solange der König dein Gefangener ist.« In der Hoffnung, dass sich die Beziehung von König und Bruder wieder richten ließe, verlagerte John seine gesamten Anstrengungen auf die Schotten und den Frieden an der Grenze.

Eines sonnigen Herbsttages im Oktober, als ich gerade einen neuen Diener zum Gespräch gebeten hatte, trafen zwei Boten ein, die in Warwicks scharlachroten Wämsern mit dem Bären und dem verzweigten Stab gewandet waren. Mir wurde sogleich wohler, als ich bemerkte, dass sie lächelten, und ich lief ihnen entgegen. Wir gaben ihnen Ale und Nüsse in der großen Halle und hörten uns die Neuigkeiten an, die sie brachten.

»Mylord Warwick hat Frieden mit König Edward geschlossen, und um das Ende der Feindseligkeiten zu feiern, befahl der König einen zeremoniellen Liebestag!«

Es war, als fiele ein dunkler Vorhang über meine Hoffnungen. Oh, wie sehr ich wünschte, ich könnte mich mit ihnen über diese Nachricht freuen, die scheinbar die Antwort auf all unsere Gebete war! Aber eben nur scheinbar, denn ich erinnerte mich zu gut an Henrys Liebestag nach der Schlacht von St Albans.

Auf Rose ritt ich mit John gemeinsam nach London. Unterwegs kämpfte ich die ganze Zeit mit meinen finsteren Gedanken, täuschte jedoch Heiterkeit vor. Die Sonne strahlte, und Musikanten spielten ihre munteren Melodien. Was leider nicht verhinderte, dass meine dunklen Vorahnungen beinahe zu einem körperlichen Schmerz wurden. Ich beugte mich vor und klopfte Rose' seidigen Hals, als wir durch Bishopsgate kamen. Es war ungefähr zur Zeit von Henrys Liebestag gewesen, dass Warwick mir die Stute geschenkt hatte. Beim Blick hinauf zu den Vögeln, die über den Himmel huschten, dachte ich an jenen anderen strahlenden Tag, an die Hoffnungen, die wir damals gehegt hatten. Heute wie damals hatte es Tote gegeben. Diesmal waren der Vater und Bruder der Königin gestorben. Würde Elizabeth Woodville das vergeben?

Die Geschichte schien sich zu wiederholen, als ich von meinem Platz auf einer der Holzbühnen aus zuschaute, wie Warwick und König Edward Hand in Hand nach St. Paul's gingen. Die Königin folgte dem König und hielt Clarence' Hand. Feinde, die sich gegenseitig Treue und ewige Freundschaft schworen. Den gleichen Schwur hatten seinerzeit der Duke of York und der Earl of Salisbury sowie Henry und Marguerite geleistet ...

Jener Tag überlagerte diesen, bis ich nicht mehr recht wusste, wo ich war. Dann blinzelte ich, und vor mir lag die Gegenwart. Obwohl er so hoffnungsvoll begangen worden war, hatte sich jener erste Liebestag als so hohl wie ein vertrocknetes Ei erwiesen. Würde dieser hier seinem Beispiel folgen?

Wir saßen am königlichen Tisch, speisten köstlich und scherzten mit König Edward in Westminster. Unterdes entging mir das Funkeln in Elizabeth Woodvilles Augen nicht, als sie beim Bankett zu Warwick sah, und die Zweifel, die mich beim Gedanken an Henrys Fest erfüllt hatten, holten mich prompt wieder ein. Ich blickte zu John, der tief in Gedanken versunken war. Für ihn musste dieser Tag noch weit schlimmere Erinnerungen wachrufen – Erinnerungen an die Zeit, als sein Vater und sein Bruder noch gelebt und gehofft hatten, an eine Zeit, die Frieden versprochen hatte, und an einen Frieden, der sich in den darauffolgenden Jahren als überaus flüchtig herausgestellt hatte. Manchmal kam es mir vor, als wären wir auf einem Schiff in einem endlosen Sturm, in dem sich um uns herum beständig neue Wellen auftürmten, die uns an Felsen zu zerschmettern drohten. Wir bemühten uns, den Klippen auszuweichen, doch würde uns dies immer gelingen?

Binnen dreier Monate sollte sich Edwards Liebesfest als genauso fadenscheinig wie Henrys erweisen. Wie in St Albans waren wenige Tote zu beklagen, doch das Blutvergießen blieb auch ebenso unvergessen und unvergeben. Die allzeit rachsüchtige Woodville-Königin, die Männer schon wegen geringfügiger Beleidigungen hatte köpfen lassen, war nicht gewillt, die Hinrichtung ihres Vaters und ihres Bruders zu vergeben. Im Hintergrund arbeitete sie an ihrer Vergeltung, befeuerte Edwards Eifersucht und Warwicks Zorn, bis sie schließlich Letzteren zum Handeln zwang.

Es hieß, dass sie versucht hatte, Warwick und Clarence beim Weihnachtsfest in Westminster zu vergiften, diese aber im letzten Moment gewarnt worden waren. König Edward verteidigte seine Königin, als ihm die Sache vorgelegt wurde, und tat sie als Hirngespinst der beiden ab. Nach Elizabeth Woodvilles Anschlag auf ihr Leben zogen sich Warwick und Clarence auf ihre Güter zurück.

John kam nach Warkworth, wo wir das neue Jahr 1470 begrüßen wollten, doch war uns beiden nicht nach einer Feier. Deshalb saßen wir still beisammen, als die Kirchenglocken zur zwölften Stunde schlugen. Ich lauschte, bis der letzte Glockenschlag verklungen war. Obgleich ich ahnte, dass uns in diesem Jahr kein Jubel beschert sein würde, schickte ich ein stummes Gebet um frohere Kunde gen Himmel. Denn das Herz ist stur und närrisch, und die Hoffnung triumphiert allenthalben, selbst inmitten von Desaster.

Nach Johns Fortgang suchte ich zum ersten Mal in meinem Leben eine Wahrsagerin auf. Aber die alte, zahnlose Frau, die braun wie eine Nuss war und deren schrumpelige Haut an eine getrocknete Rosine erinnerte, bot mir keinen Trost. »Hütet

Euch vor den Iden des März!«, sagte sie zu mir wie schon eine andere ihrer Zunft fünfzehnhundert Jahre zuvor zu Cäsar. Ihre Worte katapultierten mich in eine finstere Stimmung, und ich konnte nichts gegen die dunklen Ahnungen ausrichten, die mich heimsuchten.

Bald schon wurden Boten abgefangen, die Papiere bei sich trugen, in denen von Warwicks Absicht stand, Edward durch dessen Bruder Clarence zu ersetzen. Hierauf folgten Berichte, dass Warwick Anfang März eine Schlacht nahe Stamford verloren hatte, die »Schlacht von Losecoat-Field«, weil seine fliehenden Männer ihre Wämser mit seinem Wappen abgeworfen hatten. Mit seinen Töchtern, Nan und seinem Schwiegersohn Clarence – dessen Frau Bella einen Monat vor der Niederkunft stand – floh Warwick nach Calais.

Als ich Johns Brief las, schrie ich auf und fasste mir an die Brust. Ein entsetzlicher Schmerz ergriff mein Herz.

Ursula kam zu mir geeilt. »Isobel, liebe Lady, ist dir nicht wohl? Hier, setz dich!« Sie half mir auf einen Stuhl.

Der Krampf in meiner Brust ließ bald nach, und ich holte tief Luft. »Mir … geht … es gut«, log ich, denn seit Monaten benahm sich mein Herz seltsam. »Es ist nur der Brief …«

Ursula nahm mir das Schreiben ab, stieß Laute des Entsetzens und aufgeregtes Murmeln beim Lesen aus und legte es schließlich seufzend ab. »Ein Gutes hat es«, sagte sie. »Schlimmer kann es nicht mehr werden.«

Doch es konnte. Noch grässlichere Nachrichten erreichten uns. Auf Befehl König Edwards verweigerte Calais seinem Captain die Aufnahme in der Festung. Zweifellos von der rauen See ausgelöst, setzten bei Bella verfrüht die Wehen ein, und sie gebar einen toten Sohn an Bord des Schiffes, wo ihr nur der geschenkte Wein von Calais als Trost diente.

Ich war in Warkworth und John mit seinen Pflichten an der

Grenze beschäftigt, als der Herold von Northumberland eintraf, um mir noch schlechtere Nachrichten aus Westminster zu bringen.

»König Edward hat Warwick und Clarence zu Verrätern erklärt und ein Kopfgeld auf sie ausgesetzt. Euer werter Onkel, der Earl of Worcester, wurde wieder zum Constable von England ernannt, um Earl Rivers, den Vater der Königin, zu ersetzen, der in Edgecote hingerichtet wurde.«

Da ich meiner Stimme nicht traute, nickte ich nur, um den Herold zu entlassen, und er zog sich zurück.

Ich sehnte mich nach den tröstlichen Armen Johns, aber er kam nicht nach Hause. Ich schrieb ihm und erhielt keine Antwort. Es sorgte mich mehr, als ich zugeben mochte, denn wann hatte er mich je ohne Nachricht gelassen? Wüsste ich es nicht besser, würde ich annehmen, dass er mich mied, doch diesen närrischen Gedanken gestattete ich mir nicht. Ich wusste, dass John mit zahllosen Schwierigkeiten kämpfte, während er den Frieden im Königreich gegen seinen eigenen Bruder zu erhalten bemüht war, und dass die Zwiste in seiner Familie schwer auf seiner Seele lasteten. Dennoch konnte ich in meiner Einsamkeit nicht einmal Trost in der Gesellschaft meiner Kinder finden, und ich verzehrte mich nach John. Immer wieder, so plötzlich wie ein Blitz aus heiterem Sommerhimmel, kam mir der Gedanke, dass die Dreizehn eine Unglückszahl war. Womöglich hatte sich etwas geändert, und John mied mich doch. Aber das ergab keinen Sinn; seit Somerset hatten wir keinen ernsthaften Streit mehr gehabt.

Unterdes brachen neue Unruhen im Norden aus. Robin von Redesdale war einmal niedergeschlagen worden, entfachte nun jedoch eine neue Rebellion. Und zu meinem Erstaunen erfuhr ich diese Neuigkeit nicht von John, der weiterhin keine Nachricht schickte, und auch nicht von Wandergesellen, die nicht mehr zu uns kamen, um Unterkunft zu erbitten, sondern von Ursula. Sie hatte es beim Schankwirt im Dorf gehört, bevor sie nach York geritten war, um Mandeln, Zucker und sonstige Vorräte zu kaufen.

Mir wurde es nun unmöglich, meine schlimmen Vorahnungen zu verdrängen.

»Agnes, wie geht es der Familie?«

Sie machte einen Knicks, sah mich aber nicht an. »Gut, danke, Mylady.«

Ich betrachtete sie sorgenvoll. Ihr Benehmen mir gegenüber hatte sich während der letzten vierzehn Tage vollkommen verändert. Sie behandelte mich mit der gleichen Kälte wie die Händler im Dorf, in York und überall sonst, wo ich hinging. »Wie geht es dem Cousin deines Mannes, der bei Hexham verwundet wurde?«

Sie schluckte und antwortete zunächst nicht. Dann sagte sie: »Ich weiß nicht, wo er ist, Mylady, doch ich bete für ihn. Wenn Ihr gestattet, Mylady, möchte ich jetzt den Abort aufsuchen.«

Ich nickte, und sie verschwand in der Zimmerecke. Die ganze Zeit hatte sie mich nicht ein Mal angesehen. Und es war nicht bloß Agnes: Alle Bediensteten benahmen sich mir gegenüber anders, flüsterten untereinander und verstummten, sobald sie mich sahen. Sie erfüllten meine Wünsche ohne ein Lächeln und verschwanden gleich wieder. Ich konnte den Grund nicht erahnen, hatte ich sie doch immer gut behandelt und war mir sicher, dass sie wussten, wie sehr sie mir am Herzen lagen.

Ohne einen weiteren Versuch zu unternehmen, mit Agnes zu reden, ging ich hinaus auf den Hof und begab mich zu den

Stallungen. Die Zimmermädchen und Diener, an denen ich vorbeikam, verneigten sich mit einem gemurmelten »M'lady« und wirkten mal ängstlich, mal mürrisch.

»Wo ist Geoffrey?«, fragte ich einen jungen Stallburschen, der die Pferde striegelte.

Er wich erschrocken einen Schritt zurück, fing sich aber wieder und neigte den Kopf. »M'lady Countess of Northumberland, ich weiß es nicht, doch wenn Ihr wünscht, kann ich ihn für Euch suchen gehen.«

Der Stallbursche wirkte ängstlich, deshalb schüttelte ich den Kopf. »Schon gut, danke.«

Ich fand Geoffrey in ein Gespräch mit dem Sattler vertieft.

Beide Männer sprangen bei meinem Erscheinen auf. Geoffrey verneigte sich förmlich bis zur Taille, was ich befremdlich fand. Er war stets höflich, aber nie unterwürfig. Ich sah den Sattler an, der vor meinen Augen zu schrumpfen schien, nickte ihm zu, und er eilte von dannen, als wäre eine Wildschweinrotte hinter ihm her.

»Geoffrey, was geht hier vor?«

»M'lady, ich fürchte, ich weiß nicht, was Ihr meint«, sagte er errötend.

»Ich fürchte, du weißt es sehr wohl«, entgegnete ich.

Er wurde noch röter. »M'lady ...« Grübelnd trat er von einem Fuß auf den anderen, als müsste er sich seine Worte gut überlegen. »Vielleicht sprecht Ihr lieber mit ...« Er verstummte.

Mit wem?, dachte ich. Mit Nan, mit Maude? Mit Lady Conyers, Lady Scrope of Bolton, Lady Scrope of Masham oder Lady Clinton, deren Ehemänner jetzt für Warwick kämpften, im feindlichen Lager?

»Mit dem Earl of Northumberland«, sagte er schließlich.

»Wie du sehr wohl weißt, bewacht mein Gemahl das Meer

bei Bamburgh vor seinem Bruder Warwick«, schleuderte ich ihm entgegen. »Mit wem soll ich sprechen, Geoffrey?«

Er schluckte. »Ursula wird bald aus York zurück sein.«

»Warum kannst du es mir nicht sagen?«

Unglücklich schüttelte er den Kopf.

»Dann schick sofort nach ihr«, trug ich ihm widerwillig auf. Ursula hatte eine lange Einkaufsliste mitbekommen, zu der unter anderem Stoffe für Kinderkleidung gehörten, und es war möglich, dass sie eine volle Woche fort sein würde, wenn ich sie nicht zurückbeorderte.

Am nächsten Tag war Ursula wieder da. Sie wirkte sehr niedergeschlagen. Kurz bevor sie von mir zurückgerufen worden war, hatte sie erfahren, dass der Prozess ihres Vaters abermals aufgeschoben worden war.

»Der Woodville-Königin ist es durch irgendeine List gelungen, dass mein Vater ohne Prozess drei Jahre im Gefängnis bleiben muss, so wie Marguerite in den Fünfzigern, als er sich mit dem Duke of York verbündete«, erzählte Ursula betrübt.

»Unter welchem Vorwand konnten sie einen solchen Aufschub erwirken?«

»Sie behaupten, es gibt keine Geschworenen für seinen Prozess.«

Leider konnte das der Wahrheit entsprechen. Ganze Dörfer waren ohne Männer, weil sie alle sich für eine Seite entschieden und auf die Schlacht vorbereiteten.

»Ursula, irgendetwas geht vor«, sprach ich an, was mir auf der Seele lag, »etwas, das fraglos übel ist. Keiner will mir sagen, was es ist. Weißt du es?«

Ursula wurde blass. »Nein, liebe Lady Isobel, ich weiß es nicht.«

»Lüg mich nicht an!«, fuhr ich sie an. »Alle lügen mich an!« Ich sprang auf und lief vor ihr auf und ab. »Keiner kann schnell genug verschwinden, wenn ich erscheine. Wenn ich sie bitte zu bleiben, beobachten sie mich wie die Maus die Schlange. Ich bin in den Häusern der Frauen, denen ich bei der Niederkunft beistehen will, nicht mehr willkommen! Ich habe keine Freunde. Mein Gemahl ist seit einem Monat nicht mehr nach Hause gekommen, hat nicht einmal geschrieben! Etwas ist geschehen, und ich muss wissen, was!« Ich packte sie an den Schultern. »Du musst es mir sagen, Ursula, oder ich werde wahnsinnig! Was habe ich mir zuschulden kommen lassen?«

Ursula wandte den Blick ab und wurde noch bleicher, und ich bemerkte, dass sie zitterte.

»Was ist es? Was ist so schrecklich, Ursula?«

Pures Elend sprach aus dem Blick, mit dem sie mich ansah. »Können wir an den Fluss gehen?«

Ich hatte eine entsetzliche Angst, als ich mich umdrehte und vorausging. Wir schritten den Korridor mit den zarten Deckenbalken entlang, die Treppe hinunter, durch das Tor und über die gefrorene, schneefleckige Erde zum Ufer, wo wir so viele vergnügte Stunden im Spiel mit den Kindern verbracht hatten. Ich setzte mich auf eine der Steinbänke und zurrte meine Röcke fester um mich, um Platz für Ursula zu schaffen. Vom anderen Ufer, das von einer langen Reihe Lärchen gesäumt wurde, die im Wind seufzten, beobachteten uns Schafe; die Kirchenglocken im Dorf läuteten.

Endlich sprach Ursula. »Du fragtest mich, was du dir hast zuschulden kommen lassen, liebe Isobel. Du hast dir nichts vorzuwerfen, gar nichts, denn du bist die freundlichste, gütigste Herrin, die man sich wünschen kann.« Sie schwieg, und ich wartete. »Es geht vielmehr um deinen Onkel, den Earl of Worcester ...«

Ich biss mir auf die Lippe, bis sie im Takt mit meinem Puls pochte.

»Ich erfuhr es in York. Ich hatte gehofft, es dir ersparen zu können. Du solltest es niemals erfahren, denn du kannst nichts daran ändern.«

»Dennoch muss ich es wissen.«

»Ja, das begreife ich jetzt.« Sie rang nach Atem. »Es gab eine Seeschlacht. Mylord Warwick entkam nach Calais, aber Anthony Woodville nahm dreiundzwanzig seiner Männer gefangen, die er deinem Onkel übergab. Der Earl of Worcester ...« Ihre Stimme versagte.

Meine Hand zitterte, als ich über mein Kleid strich.

»Sie waren von höherem Stand, daher nahm man an, dass mit ihnen weniger grob verfahren würde.«

Ich schloss die Augen.

»Der Earl of Worcester richtete sie hin, indem er ihnen Pfähle in die Hintern treiben ließ, bis sie zu den Mündern herauskamen. Sie nennen ihn den ›Schlächter von England‹, weil er sie ...«

Der Magen drehte sich mir um, und mir wurde speiübel. Mit beiden Händen bedeckte ich meinen Mund und sank von der Bank ans Flussufer. Dort übergab ich mich so heftig, dass die Enten quakend wegflatterten.

Ursula kam an meine Seite, kniete sich zu mir und umfing sanft meine Schultern. Sie half mir auf und zurück auf die Bank. Dort saß ich und rang nach Atem. »Agnes ... der Cousin ihres Mannes ... wurde er ...?«

»Sie glaubte, dass er unter ihnen gewesen sein könnte ... aber, bei Gott, dem Allmächtigen, er war es nicht. Er ist wohlbehalten bei dem Earl of Northumberland. Sie erhielt heute Morgen Nachricht von ihm.«

Wieder schloss ich die Augen. Dank sei Gott für kleine Gnaden!, betete ich stumm. Dann wurde mir wieder übel. Aber was ist mit den anderen?, dachte ich. Was hatten sie jemals verbrochen, einen so qualvollen Tod zu verdienen? Und im nächsten Moment wollte mir ein Gedanke nicht aus dem Kopf weichen, der schrill wie Zimbeln schrie. Ich bin die Nichte desjenigen, den sie den »Schlächter von England« nennen, die Nichte des »Schlächters von England« …

Ich krümmte mich und hielt mir die Hände über die Ohren, um die entsetzlichen Klänge auszusperren, doch es half nichts. Ich bin die Nichte des Pfählers …

»Du hättest mich nicht zwingen dürfen, es dir zu erzählen, denn was kann es nützen, das zu wissen?«, flüsterte Ursula. »Ich fürchte, du wirst keinen Schlaf mehr finden.«

Sie hatte recht. Der Schlaf wollte mich bestenfalls in einer von vierundzwanzig Stunden übermannen, und essen konnte ich erst recht nicht. Mein Herz benahm sich seltsamer denn je, schlug mal wild in meiner Brust, mal wollte es sich kaum regen. Zum Glück krampfte es nicht mehr wie zuvor, denn das hatte sehr geschmerzt. Nur leider schmerzte mich nichts mehr als das Wissen, dass sogar John mir die Schuld gab, mich mied und nichts mit mir zu schaffen haben wollte. Aber wie konnte ich es ihm vorhalten? Die Nichte des Mannes, den sie *»ille trux carnifex et hominum decollator horridus«* nannten: den »wilden Schlächter und entsetzlichen Köpfer der Menschheit«.

Den ganzen nächsten Tag blieb ich in meinem Gemach, saß auf einem Stuhl und starrte auf den Fluss. Bis Ursula anklopfte, um nach mir zu sehen, hatte ich eine Entscheidung gefällt.

»Ruf den Haushalt in der großen Halle zusammen, Ursula«, sagte ich mit matter Stimme. Nie hatte ich geahnt, wie mühsam Sprechen sein konnte. »In einer Stunde sollen alle dort sein, ausnahmslos, denn ich habe ihnen etwas mitzuteilen. Bis dahin möchte ich nicht gestört werden.«

Sie nickte und ging. Die Tür fiel ins Schloss, und ich sank tiefer auf meinen Stuhl und hielt die müden Augen geschlossen.

Vor mir waren die Mitglieder des Haushalts versammelt. Sie waren alle da – Geoffrey, Agnes, die Wachmänner, die Landsknechte, die Knappen, die Stallburschen, die Sattler, die Waffenschmiede und ihre Helfer, die Küchenmägde und Köche, die Küchenjungen, die Schlachter, die Sticker- und die Näherinnen, die Ammen und die Spinnerinnen, die Weber und die Rosenkranzbinder, sogar der Vogt, der Verwalter, der Kassenwart, die Mönche und die Ordensbrüder. Sie beobachteten mich vorsichtig, senkten aber sofort den Blick, wenn ich sie direkt ansah. Ihre Haltung sagte deutlich, dass sie nicht hier sein wollten und jederzeit weglaufen würden, wenn ich es erlaubte. Ein bisschen waren sie wie das Wild im Wald, wenn es menschliche Stimmen hörte.

Ich wappnete mich für das, was kommen würde, indem ich einmal tief Luft holte.

»Den letzten Monat hat sich euer aller Benehmen verändert, was mir nicht entgangen ist. Zunächst wunderte ich mich, weil ich den Grund nicht kannte. Manche von euch sind seit vielen Jahren bei mir, andere recht neu im Haushalt, doch ich glaube, ihr alle wisst, dass mir jeder Einzelne von euch am Herzen liegt. Als eure Herrin war ich stets bestrebt, euch gut zu behandeln, eure Zwiste auf besonnene Weise beizulegen und die Arbeit gerecht unter euch aufzuteilen, auf dass keiner mit mehr Aufgaben belastet sei als andere. Wenn ihr krank seid, verbiete ich euch weiterzuarbeiten, und wenn ihr niederkommt, stehe ich euch bei.«

Ich machte eine Pause, bevor ich weitersprach.

»Nun erfuhr ich den Grund, weshalb viele von euch neuerdings unglücklich mit ihrer Stellung bei mir sind. Ich möchte euch erklären, dass ich keinerlei Anteil an der Entscheidung meines Onkel hatte, zu … zu tun, was er getan hat. Wie ihr trauere ich von ganzem Herzen um jene armen, unglücklichen Seelen und ihre Familien. Möge Gott in seiner unendlichen Güte ihr Leid erkennen und ihre Sünden vergeben! Gottesmänner sagen uns, dass wir uns vor Gott nur für unsere eigenen Taten verantworten müssen, aber vor den Menschen tragen wir eine Mitschuld an den Taten unserer Angehörigen. Jedem, der meine Dienste verlassen möchte, steht es frei zu gehen. Ich zahle denjenigen einen zusätzlichen Monatslohn, und sollten sie jemals meiner Hilfe bedürfen, steht ihnen meine Tür allzeit offen.«

Ich wartete, erschöpft von meiner kurzen Ansprache, denn sie hatte mich an die Grenzen meiner Kraft gebracht. »Das ist alles. Ihr dürft euch wieder zurückziehen.«

Nur einer meiner Diener, der erst seit Kurzem bei mir war, verließ den Haushalt.

Am nächsten Morgen, als Agnes mein Bett richtete, tröstete sie mich: »Er ist zu jung, um viel über das Leben zu wissen, aber er wird bald dazulernen. Wir anderen, wir waren Narren, Euch die Mitverantwortung zu geben, Mylady. Ihr habt nicht mehr Anteil an diesen furchtbaren Ereignissen als wir.«

In stummer Dankbarkeit legte ich eine Hand auf ihren Arm. Dann ging ich Ursula suchen. »Ich reite nach Bamburgh, Ursula«, teilte ich ihr in einem kraftlosen Flüstern mit. »Sag Geoffrey, er möge die Pferde bereit machen.«

Ursula bedachte mich mit einem wissenden, mitfühlenden Blick, erwiderte aber nichts, sondern bejahte stumm.

Vor dem geschlossenen, von hohen Mauern eingefassten Tor von Bamburgh Castle rief Geoffrey dem Wächter zu, wer wir waren. Das Fallgitter wurde unter lautem Kettengeklirr und Knarren nach oben gezogen, und wir ritten hinein. Die Soldaten, an denen wir vorbeikamen, grüßten mich höflich, aber kühl, was ich indes kaum wahrnahm, weil ich in Gedanken ganz bei dem war, was ich John sagen wollte. Da es bitterkalt und ich in Eile war, wartete ich nicht, bis mich Johns Captain, Sir Marmaduke Constable, empfing; stattdessen bat ich einen Landsknecht, mich zu ihm zu führen.

Er verneigte sich knapp. »Mylord of Northumberland ist nicht hier, Mylady. Ihr könnt es Euch im Vorzimmer bequem machen, falls Ihr es wünscht.«

»Wo ist er hin?«, fragte ich, war ich doch nicht den weiten Weg hergeeilt, um nun zu warten.

»Er ritt allein zum Strand aus, ungefähr vor einer Stunde. Mylord sagte nicht, wie lange er fort sein würde.«

»In dem Fall seid so gut und gebt meiner Begleitung Platz am Feuer, warmen Wein und Essen, denn wir sind weit geritten, und uns ist kalt. Mir bringt bitte eine Decke und erklärt mir, in welche Richtung Mylord ritt, damit ich nach ihm suchen kann!«

Es war nach der Vesper, und die Sonne begann unterzugehen. Die raue Nordsee sah wie geschmolzenes Silber aus, als sie in langen Wellen auf den breiten, leeren Strand schlug. Stolpernd stieg ich einen steilen Hang hinunter, ging zwischen hohen Gräsern hindurch, die den Sand begrenzten, und wanderte den verlassenen Strand entlang auf der Suche nach John. Dann trug mir der Wind ein Hundebellen und Gewieher zu. Vor dem sich verdunkelnden Horizont, an dem sich Gewitterwolken blähten, erkannte ich Saladin und die Umrisse einer großen, einsamen Gestalt, deren hellbraunes Haar vom Wind gepeitscht wurde. Sie stand auf einer hohen Klippe, die hinaus auf das verlassene Meer blickte.

John.

Ich lief über den Sand und stieg zu ihm auf die Klippe. Rufus, der inzwischen alt und arthritisch war, mühte sich schwanzwedelnd auf, während John mich nicht begrüßte. Er drehte sich nicht einmal zu mir um. Ein Stich fuhr mir durch die Brust. Ich verschwendete keine Worte an eine Begrüßung.

»John, bei dem barmherzigen Gott, du gibst doch gewiss nicht mir die Schuld?«, rief ich.

Er antwortete nicht, würdigte mich keines Blickes. Als wäre ich gar nicht da, starrte er weiter auf die See hinaus.

»John, wenn du noch ein Herz besitzt, antworte mir!«

Dann sprach er, ohne mich anzusehen. »Jene Männer, die dein Onkel aufspießte, hatten Familien, die sie liebten. Sie waren Menschen.« Seine Stimme klang kälter als der Wind, der an meiner umgehängten Decke zurrte und zerrte.

»Denkst du, das weiß ich nicht? Denkst du, sie sind mir gleich? Ich habe dich nie, niemals für etwas verurteilt, das Warwick tat! Warum hältst du mich für die Untaten meines Onkels verantwortlich?«

Nun drehte er sich zu mir um, und angesichts der Wut in seinen Augen wich ich zurück. »Du hast immer gewusst, wie ich zu Warwicks Taten stand. Die ganze Welt weiß es. Aber nicht ein einziges Mal hast du dich gegen deinen Onkel geäußert, nicht einmal jetzt. Um Gottes willen, Isobel, jene Männer waren Söhne, Ehemänner und Väter! Woraus ist dein Blut, dass du es ignorieren kannst? Oder vergeben?«

Ich wollte meinen Ohren nicht trauen. Stumm vor Entsetzen blickte ich ihn an. Es dauerte einen Moment, ehe ich die Worte fand, ihm zu entgegnen: »Ich habe die Grausamkeiten meines Onkels stets gehasst! Ich dachte, du würdest mich kennen und wüsstest, wie ich empfinde. Loyalität hinderte mich, meine Verachtung laut auszusprechen, denn wir verdanken ihm unsere Vermählung. Aber wenn ich meinen Onkel von seinem abscheulichen Handeln abbringen könnte... oder wäre ich fähig, die Zeit zurückzudrehen und mein Leben zu geben, um zu verhindern, was nun geschehen ist, ich würde keine Sekunde zögern! Mir bricht das Herz, wenn ich an diese Männer und Jungen denken. Doch wie kann ich es dir beweisen? Oh, John, mein Liebster, wie kannst du glauben, ich würde solch eine Brutalität, solch entsetzliche Taten gutheißen? Ich dulde sie nicht stillschweigend, und ich vergebe sie nicht, aber er ist mein Onkel. Trotzdem kann ich nichts an seinen Untaten ändern. Ich muss einen Weg finden, damit zu leben, doch ich werde es niemals verstehen und nie verzeihen! Oh, John, warum leben wir in dieser Hölle? Warum muss es so sein?«

Weiter kam ich nicht, denn mir liefen Tränen über die Wangen, und ein Schluchzen stieg in mir auf. Einen Gedanken allerdings musste ich noch aussprechen, denn er trieb mich seit Jahren um. »Wäre Wakefield nur nie geschehen! Wie anders hätte alles sein können!«

»Aber Wakefield geschah«, erwiderte John kalt. »Alles andere folgte, und es ist, wie es ist.«

»John, mein geliebter Gemahl, du sagtest einmal, dass ich dein Trost sei. Kannst du nun nicht meiner sein?«

Ich erhielt keine Antwort. Mit harter Miene sah er abermals auf das Meer – nicht zu mir –, und zu meinem Entsetzen wandte er sich zum Gehen. Er erträgt meinen Anblick nicht!, durchfuhr es mich.

Der Boden schien unter meinen Füßen zu erbeben, und die Welt, wie ich sie kannte, geriet aus den Fugen. Im Fall suchte ich nach einem Halt und fing Johns Hand ein, während ich schon auf dem harten Fels auf die Knie sackte. Dreizehn Jahre lang hatte mich mein Glaube an die Liebe durch alle Stürme und Schicksalsschläge des Lebens getragen. Nun war die Liebe fort; sie löste sich unter meinem Griff auf, obwohl ich mich bemühte, sie festzuhalten. Ich ließ Johns Hand los. Überwältigt von Kummer und Verzweiflung, bedeckte ich mein Gesicht mit beiden Händen und kämpfte gegen mein Schluchzen. Der Wind heulte um mich herum, und ich fühlte Regentropfen, die sich mit meinen salzigen Tränen vermengten. Da kniete ich mit taubem Geist, außerstande, diese schreckliche neue Welt zu begreifen, die plötzlich meine geworden war.

Aber John war nicht gegangen. Ich spürte, wie er neben mir in die Knie sank. »Isobel ...«

Behutsam zog er mir die Hände vom Gesicht, umfing mein Kinn und hob es an, sodass ich ihn ansehen musste. Im Dämmerlicht schimmerten seine Augen feucht, und seine Lippen bewegten sich stumm vor lauter Gefühlen. Er schlang die Arme um mich.

»Verzeih mir, Isobel ... Verzeih mir ... Meine Liebste, es ist nicht deine Schuld. Es ist allein meine ...« In seiner Stimme schwang ein Ton mit, den ich noch nie bei ihm gehört hatte. Er drehte das Gesicht zum Meer und starrte weit hinaus.

Erschrocken hielt ich den Atem an.

»Ich habe mit einem Geheimnis gelebt, das ich nicht länger mit mir herumtragen kann. Du musst es erfahren, denn es hilft dir vielleicht zu verstehen ...« Er schien sich wappnen zu müssen, ehe er fortfahren konnte, und ich bekam schreckliche Angst. »Ich bin ein Soldat, und Töten ist die Arbeit eines Soldaten, doch ich hasse es aus tiefstem Herzen. All diese Jahre tötete ich nur, weil ich musste. Um zu überleben, um Ruhm zu ernten ... Ich sagte mir immerfort, dass es eines Tages vorbei sein würde. Doch es endete nie. Als dein Onkel diese Männer abschlachtete, wurde ich gewahr, wie sehr ich das Töten verabscheue. Wie sehr ich mich selbst dafür hasse, dass ich töte …« Er blickte mich gequält an. »Vergib mir, Isobel! Ich war gedankenlos und selbstsüchtig. All meine Sorge galt mir selbst.«

Ich schloss die Augen und atmete tief ein. All diese Jahre hatte ich es nie gewusst … Dies also war es, was er vor mir verbarg, so lange schon.

»Ich hatte gedacht, dass ich deine Liebe verloren habe«, flüsterte ich.

»Dir gehört meine Liebe, Isobel, und so wird es bis zu meinem letzten Atemzug sein. Es gibt Grausamkeit, und es gibt Verderbtheit, aber es gibt auch Liebe. Wir sind gesegnet, sie zu besitzen, nicht wahr?«

»Sind wir, mein liebster Lord.« Ein Windstoß riss an mir, hob die Wolldecke an und löste mein geflochtenes Haar. Ich erschauderte.

»Ja, es ist bitterkalt, sogar für einen Märzabend, Isobel.« Er zog die Wolldecke fester um mich. »Suchen wir lieber Schutz. Und lass uns hoffen, dass morgen ein besserer Tag wird.«

Gemeinsam ritten wir zu der Festung am Meer, und obgleich uns der Wind Sand in die Augen wehte und blind machte und uns immer wieder zurückblies, fühlte ich mich sicher und geborgen, denn Liebe umgab mich, als ich hinter meinem Gemahl auf Saladin saß, die Arme um Johns starke Brust gelegt und den Kopf an seinen Rücken geschmiegt.

Was die Zukunft auch bringen mag, dachte ich. Ich habe dies hier gehabt.

25

1470

»Hütet Euch vor den Iden des März«, hatte die Wahrsagerin gesagt.

Die Iden, der fünfzehnte März, waren gekommen und gegangen, aber sie waren noch nicht fertig mit uns, wie ich feststellte, als ich Johns Brief las.

Robin of Redesdale hat eine weitere Rebellion angefacht, schrieb er, *und ich muss entscheiden, wie zu verfahren ist. Doch ich fürchte, mir bleibt keine andere Wahl, als gegen ihn zu kämpfen.*

Gegen Robin of Holderness war John rasch und energisch vorgegangen, aber Holderness war nicht mit ihm verwandt gewesen. Die Rebellion, die unser Cousin Robin of Redesdale anführte, war etwas gänzlich anderes. John hatte mit Schuldgefühlen gerungen, als er Angehörige und Freunde verloren hatte, die im Kampf gegen ihn gestorben waren, doch so hart, wie es für ihn bei der ersten Rebellion gewesen war – diesmal war es schlimmer. Dieser Aufstand Robin of Redesdales war sehr viel ernster und größer, womit auch mehr Leben auf dem Spiel standen.

Der Brief zitterte in meiner Hand, so fest hielt ich ihn beim Lesen. Edward macht sich keine Vorstellung, zu welchem

Preis John seine Siege erlangt!, dachte ich. Ich sank auf einen Stuhl am Fenster und sah hinauf in den trüben Himmel. Wie könnte John seine eigene Familie töten? Er war kein Mann, der freimütig aussprach, was ihm auf dem Herzen lastete, aber ich las zwischen den Zeilen und spürte sein Zaudern und die Tiefe seines Elends angesichts des Zwiespalts, in dem er sich befand. Ich konnte seinen inneren Kampf fühlen. Er hasste es zu töten; und nun war er – wieder einmal – genötigt, die umzubringen, die ihm teuer waren.

Ich stand auf und ging ins Kinderzimmer, weil ich dringend das Lachen meiner Kleinen hören wollte. Als ich an der großen Halle mit ihren vielen prächtigen Säulen vorbeiging und durch die Bogentür trat, kam Agnes mir von den Turmstufen entgegengelaufen. Sie war außer Atem, lächelte jedoch strahlend. Sie hat Neuigkeiten! Gute Neuigkeiten!, dachte ich. Ich eilte mit ihr in ein kleines leeres Vorzimmer.

»Es gibt Nachricht aus York, Mylady! Der Cousin meines Ehemannes kam eben an, als ich heute hergehen wollte. Er war bis gestern Abend bei Mylord of Northumberland in York. Mylord hat Robin von Redesdale überredet, sich zu stellen! Er brachte Lord Scrope of Bolton, Robin of Redesdale selbst und viele andere nach Pontefract zu König Edward, um Gnade für sie zu erbitten. Und der König, großherzig wie immer, hat sie alle begnadigt!«

Ich war außer mir vor Freude! Den ganzen Tag lächelte ich überglücklich, tanzte mit den Kindern, spielte alberne Spiele mit ihnen und lachte genauso ausgelassen wie die dreijährige Lucy. Abends aß ich mit großem Appetit und ging so glücklich ins Bett wie seit Wochen nicht mehr. In dieser Nacht weckte mein Herz mich nicht mit seinem rastlosen, unregelmäßigen Schlagen. Am Ende hatte John seine Pflicht getan – und so gut, dass weiteres Blutvergießen hatte vermieden werden können.

Spät in jener Nacht, weit nach dem Abendgeläut des fünfundzwanzigsten Tages im März, als die Burg noch im tiefen Schlummer lag, gab es gewaltigen Lärm auf dem Burghof. Ich schrak auf, eilte ans Fenster und musste mir die Augen reiben, ehe ich John im Fackelschein erkannte. Er hatte nur Tom Gower und Rufus bei sich. Stumm schaute ich zu, wie er Tom Saladins Zügel gab.

Dann griff ich nach dem Morgenmantel und einer Kerze, schlüpfte in meine Pantinen und lief die Turmtreppe hinunter, angespornt von finsteren Vorahnungen. Warum kam John unangekündigt heim? Was veranlasste ihn, solch eine riskante Reise mitten in der Nacht zu unternehmen?

Mit gesenktem Kopf stieg er die Stufen zum Burgfried hinauf. Es nieselte und war bitterkalt, doch nicht die Nässe machte mich frösteln, sondern Johns Haltung, als wäre er in einer schrecklichen Schlacht schwer verwundet worden. Erschrocken blieb ich vor ihm stehen und stützte mich an der feuchten Mauer des Türbogens ab. John erstarrte und blickte mich an. Die Kerze in meiner Hand flackerte im Nieselregen, dennoch konnte ich den Ausdruck in Johns Augen sehen, der mir einen stummen Schrei entlockte. Es war der gleiche desorientierte, ungläubige Blick wie an jenem furchtbaren Tag, als uns die Nachricht aus Wakefield erreicht hatte. Gütiger Gott, was ist geschehen?, überlegte ich voller Angst. John öffnete den Mund, sagte jedoch nichts. Stumm nahm ich seinen Arm, legte ihn mir um die Schultern und half John die Stufen nach oben und in unser Schlafgemach. Dort sank er auf den Stuhl am Fenster und stützte den Kopf in beide Hände. Es brach mir das Herz, ihn so zu sehen, doch ich stellte keine Fragen. Stattdessen kniete ich mich vor ihn und lehnte meine Wange an sein Bein.

Die Kerze brannte aus, und Dunkelheit legte sich über uns.

Die Kirchenglocken schlugen erst zwölf, dann eins, zwei ... vier. Eine Eule schrie. Auf dem Kaminsims zählten die rieselnden Sandkörner die unaufhaltsam verrinnende Zeit. Der Mond überquerte den dunklen Himmel und verblasste; ein Hahn krähte, dem andere Hähne antworteten; fahles Morgenlicht fiel ins Zimmer, und immer noch saß John schweigend da. Ich wollte schreien, ließ es aber. Mit bangem Herzen wartete ich. Wartete, wie ich mein ganzes Leben gewartet hatte ... als wartete ich auf den Tod selbst.

Schließlich hörte ich, wie John nach Atem rang. Ich hob den Kopf und sah, dass er die Hände vom Gesicht genommen hatte.

Bevor ich etwas sagen konnte, musste ich schlucken. »Mein Liebster«, hauchte ich, »was quält dich?«

Seine Lippen bewegten sich, doch es kam kein Laut über sie. Er stand auf, kehrte mir den Rücken zu und blickte hinaus in die Winterlandschaft. Als er endlich etwas sagte, klang es wie ein gedehntes Seufzen. »Der Fluss Aln ist wunderschön. Immer, wenn ich an ihm entlangritt und die drei alten Brücken überquerte, musste ich daran denken, wie wunderschön es hier ist, ob Frühling, Sommer, Herbst oder Winter. Wie viel mir das alles bedeutet hat ... die Wiesen, der Fluss, die Burg ... der Titel ...«

Ich erschrak. *»Der Titel?«*

Nun wandte er sich zu mir, umfasste meine Schultern und zog mich an sich. »Ich fürchte, wir werden diesem Ort, der sechs Jahre lang unser Heim war, Lebewohl sagen müssen, Isobel.«

»Der Titel?«, flüsterte ich verwirrt und ein wenig hysterisch. Ich wusste, was er John bedeutete. Er hatte sich seinen Titel mit Blut, Schweiß und Tränen in vielen langen, brutalen Schlachten erkämpft. Und er hatte weitergefochten, wo andere längst aufgegeben hätten; er war standhaft geblieben, egal, welche grausamen Winde Fortuna ihm entgegengeblasen hatte.

»Der Titel ist fort. Edward nahm ihn mir am Tag, nachdem ich Conyers' Begnadigung erbat. Er gab ihn Percy, der aus dem Tower entlassen wurde.«

Ich hielt mir mit beiden Händen den Mund zu, um meine Schreie zu ersticken, doch es half nichts. Meine Gedanken überschlugen sich, und ich erbebte unter meinen Schluchzern. Es kann nicht sein! Das kann nicht sein ...

Dann vergrub ich das Gesicht an Johns Schulter und ließ meinen Tränen freien Lauf. Ich weinte nicht um mich, sondern um John, um all die Hoffnungen, die ihm genommen worden waren, und um die Zukunft, die man ihm geraubt hatte. Jeder Schritt auf seinem steinigen Lebensweg war von Loyalität und Mut getragen gewesen. Er war ein ehrbarer Ritter, der nie nachzählte, was ihn seine Treue kostete, war seinem König gegenüber unerschütterlich loyal geblieben, als die Versuchung, ihn zu verraten, für jeden anderen Mann unwiderstehlich gewesen war.

Sein ganzes Leben lang hat er für York gelitten, dachte ich, er opferte sich für York, tötete für York. Und nun, am Ende dieses langen, beschwerlichen Weges, bekommt er dies: Edward opfert ihn wie einen Hirschbock vor einem Festmahl und wirft ihn beiseite.

»John, oh, John!«, rief ich und vergoss die Tränen, die er nicht weinen konnte.

König Edward hatte John viele Male gesagt, er liebe ihn vollkommen. Gott stehe jenen bei, die Edward »vollkommen liebt«!, dachte ich mit einem bislang ungekannten Abscheu. Er hatte John den Titel entzogen und ihn zum Marquess of

Montagu gemacht, einem nichtigen Rang, der mit der lachhaften Summe von vierzig Pfund jährlich aus der Grafschaft Southampton einherging. Überdies versprach Edward, unseren Sohn Georgie mit seiner Erstgeborenen, Elizabeth, zu vermählen, und ernannte Georgie zum Duke of Bedford. Doch jener Titel war genauso unbedeutend, denn an ihn war keinerlei Landbesitz gebunden. Zudem klang das Versprechen leer, denn keiner von uns glaubte, dass Edward es mit der Vermählung ernst meinte – oder dass Elizabeth Woodville sie zulassen würde.

Mit unseren begrenzten Mitteln konnten wir uns nur noch eine Hand voll Bediensteter leisten, die wir aus der bisherigen Schar auswählten. Ursula würde natürlich mit uns gehen, ebenso Geoffrey. Johns Knappe, Tom Gower, sollte ebenfalls in unseren Diensten bleiben, genau wie Agnes. Von den übrigen verabschiedeten wir uns tränenreich an einem kalten, nebligen Morgen und verließen Warkworth mit unseren Kindern und den wenigen Dingen, die wir besaßen, auf zwei Karren, um nach Seaton Delaval zu ziehen.

Während wir den Hügel hinabritten, drehte ich mich um. Dunst wirbelte um die prachtvolle Burg und verlieh ihr etwas Unwirkliches, als sähe man sie in einem Traum. Und in diesem Traum winkten mir die Zinnen traurig zum Abschied, als wüssten sie, wie sehr sie geliebt wurden. Eine Nebelschwade waberte über das Haupttor und gab die Mauer und den vordersten Turm frei. Mir fiel ein, wie John in den glücklichen ersten Jahren seiner Grafenschaft aus Kostengründen beschlossen hatte, den Turm eckig statt rund wie die anderen zu bauen. Geld war stets ein heikles Thema gewesen, selbst mit dem Titel, und am Ende hatten die guten Jahre nicht lange genug angedauert, als dass wir uns von den hohen Reparaturkosten erholen konnten.

Ich sah zur Seite, wo mein Gemahl auf Saladin ritt. John blickte fest geradeaus und erlaubte sich nicht, noch einmal zurückzusehen. »Im Nest vom letzten Jahr findet man keine Eier.« Hatte er mir nicht wieder und wieder gesagt, dass es falsch war zurückzuschauen? Also würde ich nun auch nach vorn blicken und nicht noch einmal zu dem Ort zurück, an dem ich so viele glückliche Erinnerungen zurückließ.

Das Leben in Seaton Delaval war schwieriger denn je, kummergeplagt wie wir waren. Wir lebten als Feinde unter Feinden, hatten keine Verwandten, die uns beistanden, und keine Freunde, denn sie alle hatten böse Winde vertrieben. Die Percys freuten sich und feierten ausschweifende Feste, wir hingegen zählten unsere mageren Einkünfte und stürzten uns in die Arbeit, so gut wir konnten. Für die Bediensteten war es nicht minder hart, mussten sie doch vieles neu lernen. Eines Tages ertappte ich Agnes dabei, wie sie die Binsen austauschte, und musste ihr sagen, dass sie sie niemals ohne meine ausdrückliche Weisung auswechseln durfte. Ich wachte darüber, wie viele Kerzen verbraucht wurden, und gab acht, dass nie welche unnötig brannten. Mit der Näherin zusammen flickte ich Kleider und nähte neue für unsere Mädchen, die, mit Ausnahme der noch kleinen Lucy, binnen Monaten aus den alten herauswuchsen. Trotzdem waren die Ausgaben hoch und die Einkünfte niedrig, und John musste sich überlegen, wo er sich Mittel leihen konnte. Jeden Abend ging ich erschöpft ins Bett, jedoch nie ohne zuvor für Johns Wohlergehen gebetet zu haben. Denn so beschwerlich diese Umstände für mich sein mochten, für ihn waren sie schlimmer: Gedemütigt und verhöhnt, musste er das karge Leben eines Soldaten fristen, ohne Wärme oder Trost, mit Leib und Seele abhängig davon, wie das nächste Scharmützel ausging.

Als wären unsere Verluste noch nicht hinreichend groß,

verregnete ein nasses Frühjahr die Felder, sodass uns eine schlechte Ernte drohte – und vielen der Hungertod im kommenden Winter. Ohne die Einnahmen aus den Goldminen von Devon konnten wir wenig helfen, und ich schlug meine eigene Schlacht mit den Haushaltsbüchern. Quasi minütlich ging ich sie mit dem Verwalter durch, prüfte sorgsam die täglichen Einkäufe von Lebensmitteln, die Zahl der Mahlzeiten, die bereitet wurden, und die Kosten für die jungen Helfer, die wir als Boten beschäftigten. Ich fand Wege, die Anzahl der Schreiber zu begrenzen, die die Bücher führten und die Korrespondenz erledigten. Die Löhne zahlte ich selbst aus und nahm mir einen Moment, um mit jedem Bediensteten zu reden, zum Namenstag oder der Geburt eines Kindes zu gratulieren, sie für ihre gute Arbeit zu loben oder um Vorschläge zu machen, wo Verbesserungen möglich wären.

John sah ich selten. Er war genötigt gewesen, sich von seinem guten Freund Lord Scrope of Masham Geld zu borgen, jetzt, da er sich nicht mehr an Warwick wenden konnte. Und Scrope hatte ihm sehr großzügig ausgeholfen, ohne eine Gegenleistung zu fordern. Lord Scrope, der sich mit Robin of Redesdale und Warwick gegen Edward aufgelehnt hatte. Diesmal verstand ich, dass John allein sein wollte, denn mir ging es nicht anders.

Es gibt so vieles zu betrauern, dachte ich, während ich dem Kerzenmacher half, heißes Wachs in die Kerzenformen zu gießen. Schweißperlen traten mir auf die Stirn; ich wischte sie mit dem Ärmel ab, weil ich keine Hand frei hatte. Nach wie vor gaben wir den Armen und den Wandergesellen Unterkunft, jedoch nie länger als eine Nacht, denn mehr Großzügigkeit erlaubten unsere Mittel nicht. Mit wachsender Besorgnis lauschte ich den Nachrichten, die man mir brachte. Was ich indes noch mehr fürchtete als die Pilger und Händler, die bei uns haltmachten, waren Johns Briefe. Die meisten von ihnen enthielten traurige Nachrichten.

Im Juni holte Edward zu einem weiteren brutalen Schlag aus, indem er John die Bewachung der East Marshes entzog und sie an Percy übertrug, sodass John nur noch das Kommando über die West Marshes an der schottischen Grenze blieb. Johns Besuche wurden noch seltener, weil Seaton Delaval zu weit entfernt war. Aber wenn er nun nach Hause kam und das Bedürfnis hatte, übers Moor zu reiten, begleitete ich ihn. Manchmal liebten wir uns in einem alten verlassenen Schafunterstand, wo der Wind um uns herum heulte. Allein und umgeben von weitem Land, schienen uns die heilsame Berührung der Natur und die alten römischen Festungen und Grabstätten für einen Moment aus den brutalen Fängen der Zeit zu befreien und uns einen Platz in Gottes großem Plan zuzuweisen. Jedes Mal kehrten wir müde, aber zugleich gestärkt nach Seaton Delaval zurück.

In jenem Herbst kam John endlich wieder nach Hause zu Besuch. Rufus war nicht mehr an seiner Seite, denn er war an meinem Geburtstag, Petri Kettenfeier am ersten August, im hohen Alter von fünfzehn Jahren gestorben. John hatte nun einen Welpen namens Roland. Meine Freude, meinen Gemahl zu sehen, schwand beim Anblick seiner Miene, in die das raue Wetter, Schlaflosigkeit und Sorge tiefe Furchen gegraben hatten. Ich musste mich für einen kurzen Augenblick abwenden und meine Fingernägel in die Handflächen bohren, um die Fassung wiederzufinden und ihn willkommen zu heißen. In diesem Sommer war er schrecklich gealtert.

In unserem Schlafgemach badete ich ihn in einem Holzzuber mit warmem Wasser. Der junge Hund beobachtete uns still vom Feuer aus.

Noch behutsamer als sonst wusch ich Johns Narben, weil er

mir so zerbrechlich vorkam. Dieser starke Mann, den ich von ganzem Herzen liebte, war mir kostbarer denn je. Ich spürte, dass er mir entglitt, und so kämpfte ich noch verbissener darum, ihn bei mir zu behalten.

Ich bot ihm einen Laib von dem frischen, warmen Roggenbrot an, das er gern mochte, und vom besten Käse, den unsere magere Speisekammer bot.

Doch John schüttelte den Kopf, nahm meine Hand, die auf seiner Schulter lag, und küsste sie sanft. Ich stand hinter ihm und biss mir auf die Unterlippe, um nicht zu weinen. Der Welpe wedelte mit dem Schwanz, als ich zu ihm sah, als wollte er mir Mut zusprechen. Ich rang mir ein Lächeln ab, bückte mich und schlang die Arme um Johns nackte Brust. Zärtlich schmiegte ich meine Wange an seine und sog die Wärme seiner Nähe ein. »Ich liebe dich«, flüsterte ich.

»Und ich dich, Isobel«, antwortete er murmelnd. »Bis ans Ende meiner Tage …«

Nachdem ich ihn mit Tüchern und einem kräutergetränkten Schwamm abgerieben hatte, half ich ihm in den Morgenmantel. Dann stellte ich eine Flasche Wein vor das Feuer, setzte mich mit ihm auf die Kissen und lehnte mich in seine Arme.

Eine lange Weile schwieg er nachdenklich und trank von seinem Wein. Schließlich sagte er: »Ich bringe Neuigkeiten, Isobel.«

Mir wurde die Kehle eng. »Nicht jetzt, mein Liebster«, erwiderte ich hastig und erstickte seine Worte mit einem Kuss. »Dazu ist später noch Zeit. Dieser Moment gehört uns … uns und der Liebe …«

Er drückte mich an sich und küsste mich inniglich. Meine müde Seele schmolz unter seiner Liebkosung, und in der Sinnlichkeit unseres Liebesaktes stellte sich jene köstliche Harmonie ein, die uns jedes Mal verband, wenn wir einander so nahe waren. Die Welt verschwand, während wir höher und höher in den Himmel aufstiegen, wo Millionen Sterne um uns funkelten und uns Zufriedenheit und Glück schenkten.

Die Nachrichten, die John brachte, waren fürwahr finster. Manches hatte ich bereits von den Wandergesellen erfahren, aber es war schlimmer, die Worte aus Johns Mund zu hören. Warwick, der nicht hatte glauben wollen, dass man ihn in Calais abwies, war einen Monat lag umhergesegelt, bis er schließlich im Mai seinen Stolz beiseitegeschoben und in Frankreich um Zuflucht gebeten hatte. In dieser Zeit gelangte er zu der Einsicht, dass England lieber Edward auf dem Thron behielt, als dessen unbesonnenen, närrischen Bruder Clarence zu akzeptieren. Warwick und der französische König hatten die Köpfe zusammengesteckt und Pläne geschmiedet. Was von ihnen bekannt wurde, erschütterte die Welt.

Es ist zu schrecklich, um wahr zu sein, dachte ich. Aber das war es leider, und wir mussten uns damit abfinden. Der Spinnenkönig hatte sowohl Warwick als auch Marguerite in sein Netz gelockt und sie zu Verbündeten gegen Edward gemacht. Gemeinsam wollten sie nach England einmarschieren und Henry VI. wieder auf den Thron hieven. Ihre Versöhnung bewies, welch große Überzeugungskraft Louis besaß, denn größere Feinde hatte es nie gegeben: Marguerite hasste keinen Mann erbitterter als Warwick, und er verabscheute sie inbrünstiger noch als Elizabeth Woodville, denn die Woodville hatte ihm nicht angetan, was Marguerite ihm zugefügt hatte. Trotzdem kroch Warwick vor der Mörderin seines Vaters und seines Bruders zu Kreuze und bat sie um Vergebung.

Zu furchtbar, dachte ich, während ich durch den Wald ging,

dessen Bäume der Herbstwind kahl geblasen hatte. John war nach Pontefract Castle geritten, wo er nach wie vor Constable war. Voller Bitterkeit fragte ich mich, warum Edward ihm diesen Posten gelassen hatte, nachdem seinen brutalen Erniedrigungen vom März und Juni ein weiterer Schlag gefolgt war: Er hatte John das Wachkommando an der schottischen Grenze entzogen und es seinem knapp achtzehnjährigen Bruder Dickon übergeben.

Trockene Zweige knackten unter meinen Füßen, als ich mich zum Verschnaufen an einen Baum lehnte. Ebensogut hätte Edward ein Messer in Johns Herz rammen können. »Warum? Was habe ich getan?«, hatte John mich gefragt.

Nichts, außer, dich für deinen König zu opfern, der dich verraten hat und auch künftig verraten wird, hatte ich gedacht. Was ich laut aussprach, war: »Du warst deinem König treu, aber dein König ist es dir nicht, mein Liebster. Loyalität ist eine Tugend, die auf Gegenseitigkeit fußen sollte.« Mittlerweile hatte ich den treulosen und tadelnswerten Edward verachten gelernt, doch ich ging nicht so weit, John zu raten, sich von ihm abzuwenden. Zu diesem Entschluss musste John selbst kommen.

Rastlos lief ich weiter über trockenes Laub und knackende Zweige und schob Dornenranken zur Seite, die mir den Weg versperrten. Aus Gründen, die ich nicht kannte, fiel mir Somerset ein. »Seine Lage ist in vielerlei Hinsicht unmöglich«, hatte Malory gesagt, nachdem Somerset von Edward begnadigt worden war. »Die Zeit wird uns die Antworten verraten, die wir heute nicht haben.« Und die Zeit hatte Somerset in Lancasters Arme zurückgetrieben, wo er gestorben war.

Tiere huschten vor mir über den Pfad, andere erstarrten und beäugten mich misstrauisch. An einem kleinen Bach kniete ich mich hin, tauchte mein Gesicht ins Wasser und trank gierig.

Meine Zunge war trocken und geschwollen, und mein Herz pochte so unregelmäßig, dass ich fürchtete, meine letzten Atemzüge wären gekommen. Der Bach murmelte leise, während ich hinabsah auf mein flirrendes Spiegelbild mit dem Himmel dahinter. Alles wirkte so friedlich, und doch blieb der Friede eine Illusion. Umgeben von sterbendem Laub, sah ich hinauf zum Himmelszelt. Um ihren Pakt zu besiegeln, war Marguerites sechzehnjähriger Sohn, Prinz Edward, mit Warwicks Tochter Anne verlobt worden, die ihrerseits in Dickon verliebt war. Vor meinem geistigen Auge sah ich Prinz Edward in Coventry; damals war er sechs Jahre alt gewesen und hatte genüsslich von Enthauptungen gesprochen.

Die Verlobung sollte im Dezember in Amboise stattfinden. Dickon hatte die Nachricht nicht gut aufgenommen. Gefangen am Hof unter Woodvilles, die er nicht minder hasste als John, blieb er meist für sich. Die Loyalität Edward gegenüber war Dickons stärkster Charakterzug, allerdings war sein Los auch ein leichteres als Johns. Dickon hatte noch einen Bruder an seiner Seite, wohingegen Johns Brüder beide Verräter waren. John war ein verhasster Neville auf feindlichem Territorium, der vom König fallen gelassen worden war, von jedem verachtet wurde und gezwungen war, die fortgesetzten Erniedrigungen durch Percy zu erdulden. Henry Percy sorgte auf die ihm eigene Art dafür, dass die Wunde, die John mit dem Verlust seines Titels und seiner Kommandos zugefügt worden war, durch stets neue Beleidigungen offen blieb.

Johns Lage quälte mich Tag und Nacht, sie raubte mir den Schlaf und verursachte mir eine Pein, wie ich sie nie gekannt hatte. Johns Bruder George ging es ungleich besser; als Erzbischof blieb er vor Edwards Zorn geschützt und könnte sich eines Tages wieder mit ihm aussöhnen. Warwick jedoch war ein Aufrührer, der sich zwei Mal gegen den König erhoben hatte, und Edward blieb keine anderen Wahl, als ihn zu jagen und zu töten. Wie konnte John das ertragen? Wie konnte er König Edward helfen, seinen Bruder in der Schlacht niederzumetzeln, oder ihn Edward ausliefern, auf dass der ihn enthauptete? John hatte Verrat immer gehasst; er war ausnahmslos seinem Motto treu geblieben – *Ehre, Treue, Liebe.* Lange Zeit hatte er sich geweigert, seine Brüder als Verräter anzusehen. Nun war er selbst einer, ob er seinen Bruder oder den König unterstützte, für einen von ihnen blieb er ein Verräter.

Gütiger Gott!, rief ich zum Himmel. Bist du da? Kannst du mich hören? Kannst du uns nicht helfen?

Wen würde John wählen – wie konnte er wählen? Ich warf den Kopf in den Nacken und schrie gen Himmel. Gott verfluche dich, Edward! Gott verfluche dich, Elizabeth Woodville! Mögen sich die Teufel der Hölle an euren fauligen Seelen nähren!

In stummer Scham ob meines Ausbruchs im Wald ging ich meinen Pflichten nach. Ich hätte sie nicht verfluchen dürfen, doch ich hatte mich dazu hinreißen lassen, und der Fluch, einmal geäußert, ließ sich nicht zurücknehmen. Ich würde für ihn bezahlen – daran hegte ich nicht den geringsten Zweifel –, aber das minderte meine Schuld nicht. Ich verbrachte noch mehr Stunden an meinem Betpult, flehte um Gnade und betete für John, dass Gott ihm in den finsteren Tiefen seiner Verzweiflung Kraft geben möge, wie auch immer er sich entschied. Dann, eines Tages, kam John wieder nach Hause.

Er war magerer denn je. Mit seinem Titel hatte er alles verloren, was er zu geben gehabt hatte. Nun war er nur noch eine leere Hülle, kaum fähig, sich durch die Mühen des Lebens zu schleppen. Ich legte den Kopf an seine Schulter, und wir schritten gemeinsam zum Haus. Am Abend saßen wir in unserem Schlafgemach vor dem Feuer und hielten einander in den Armen.

»Warwick hat aus Frankreich geschrieben«, erzählte John. »Er kehrt mit Marguerite nach England zurück, um Henry die Krone zu erkämpfen.« Er sah mich ängstlich an. »Er bittet mich, mich auf seine Seite zu schlagen, wo ich hingehöre, wie er sagt, und mit ihm zu kämpfen.«

Ich atmete tief ein und verbot mir zu zittern. Halb freudig, halb furchtsam fragte ich: »Du hast dich entschieden, nicht wahr?«

»Ich habe keine Wahl. Ich war nicht bei Thomas, und er starb ... Ich muss für Warwick da sein.« Johns Züge verfinsterten sich, so sehr rang er mit seinen Gefühlen, nur konnte ich nicht erkennen, welche es waren.

Also hatte ich recht. Thomas' Worte verfolgten ihn seit Wakefield, und er gab sich die Schuld am Tod seines Bruders.

»Mein ganzes Leben habe ich für den Frieden gekämpft und mich bemüht, ein ehrbares Leben zu führen. Aber Friede ist ein Traum, Isobel, und Ehre ein flüchtiges Gut. Wohin ich mich auch wende, ich sehe keine Hoffnung auf Frieden und keinen ehrbaren Ausweg. Sei es richtig oder falsch, ich muss jetzt zu meinem Bruder stehen. Gegen Freunde und Angehörigen zu kämpfen, ist, wie allein gegen einen Sturm anzutreten. Ich kann das nicht mehr.«

Diese Entscheidung hatte ich mir für ihn gewünscht, und sie war das einzig Richtige für ihn. Nachdem sie gefallen war, fühlte ich nichts – weder Freude noch Verzweiflung oder Zweifel. Nichts.

Ich legte meine Hand auf seine. »Du hast stets das Richtige getan, John, was nicht viele von sich behaupten dürfen. So sei es, mein Liebster.«

An dem Abend, als John fortritt, war ich müde und ging beizeiten zu Bett. Ich erwachte aus einem unruhigen Schlummer und fand mich auf einer Decke aus Rosenblüten im Burghof von Warkworth wieder. Fremde wimmelten um mich herum, von denen mich keiner beachtete. Musik spielte. Ich erkannte die keltische Melodie wieder, zu der ich in Tattershall getanzt hatte, und blickte mich nach den Musikanten um, die ich jedoch nicht entdecken konnte. Als ich aufstand, regneten rote und weiße Blütenblätter von mir herab. Ich sah zum Himmel auf, doch dort war niemand zu sehen, nur Zinnen. Dann, rasch wie ein Blitz, erschien John am Burgtor. Er trug seine schimmernde Rüstung und war umgeben von einem Gefolge prächtig gewandeter Ritter. Sein Greifenbanner flatterte im Wind. Mein Herz pochte wild, und ich versteckte mich hinter einer Säule, ehe er mich sehen konnte, denn er ritt nicht auf Saladin, sondern auf König Edwards schwarzem Schlachtross, und er wirkte irgendwie verändert. Als er in den Hof kam, stieg um seine Füße ein Nebel auf, und sein Schlachtross scheute und wieherte vor Furcht. Ich fand es seltsam, dass John darüber lächelte. Er beschwichtigte das unruhige Pferd, doch seine Bewegungen waren dabei so sanft und elegant, als tanzte er mit dem Tier. Dann schaute er in meine Richtung, als wüsste er, dass ich ihn beobachtete, und warf mir eine rote Rose zu. Mein Puls raste, und ich wich weiter hinter die Säule zurück. Nach einem Moment sah ich wieder hin, doch es war niemand mehr da, nur undurchdringlicher Nebel, und im Dunst erblickte ich die rote Rose zu meinen Füßen. Der Burghof war leer. Einzig die Musik spielte …

Ich riss die Augen auf und stellte fest, dass ich im Bett lag. Draußen war es dunkel. Bloß ein böser Traum, sagte ich mir, holte langsam Luft und starrte in die Nacht. Ich fragte mich, was der Morgen bringen würde.

Noch bevor der September endete, brach ein neuer Aufstand im Norden aus. König Edwards neuer Earl of Northumberland, Henry Percy, tat nichts, um ihn niederzuschlagen. Als Edward keine Antwort von John erhielt, marschierte er selbst nach Norden. Warwick nutzte die Gelegenheit und landete in Plymouth, und Männer strömten herbei, um sich ihm anzuschließen. Die Nachricht seiner Ankunft erreichte Edward in York. Sofort schickte er John Befehl, ihn mit den Männern unter seinem Kommando in Doncaster zu treffen.

Ich war im Obstgarten und pflückte Äpfel, als der Bote angeritten kam, ließ die Kinder bei den Bediensteten und lief ihm entgegen. Vor mir sank er auf ein Knie.

»Marchioness Montagu, ich bringe Euch Nachricht von Eurem Gemahl, dem Marquess.« Der Mann mied meinen Blick.

Ich nahm, was er mir reichte, bereit, alles hinzunehmen, was kommen mochte. »Sag der Köchin, dass sie dir ein gutes Mahl bereiten soll. Und mach es dir vor dem Küchenfeuer bequem. Es scheint ein kühler Abend zu werden.«

Ich sah ihm nach und war befremdet, wie ruhig ich blieb, obwohl ich ahnte, dass er schreckliche Neuigkeiten brachte. Und ich irrte nicht.

Nahe der Stadt Doncaster hatte John haltgemacht und sich an seine Männer gewandt. Sie alle wüssten, sagte er, dass er Edward stets treu gewesen sei, sogar gegen seine eigenen Brüder und Angehörigen. Aber der König habe ihm seinen Titel genommen und ihn Percy gegeben, dessen Vater und Brüder im Kampf für Lancaster gestorben waren. Dabei habe König Edward gewusst, dass er ihn, John Neville, zum Bettler machen würde, dem nur noch kärgste Mittel blieben, seinen Besitz zu erhalten.

Ich überließ ihnen die Entscheidung, ob sie mir folgen oder gehen wollten, schrieb John. *Die Männer zögerten nicht. Fast alle riefen aus: »A Warwick!« Und: »A Montagu!«*

Die Armee würde also ihrem Kommandeur folgen, was mich nicht überraschte. Ich erinnerte mich an die beinahe ehrfürchtige Art, in der Agnes' Verwandter über John gesprochen hatte. »Wir würden für ihn bis ans Ende der Welt marschieren, M'lady, jeder Einzelne von uns«, hatte der alte Soldat gesagt.

Der Wind bauschte meine Röcke, während ich den Brief zusammenfaltete und mich auf die Suche nach dem Boten machte. Er saß bei der Köchin, aß Apple-Pie und umgarnte die gute Frau. Als ich hereinkam, sprang er auf, schluckte und kniete sich wieder halb hin.

Ich bedeutete ihm, sich zu erheben. »Wann hast du meinen Gemahl verlassen?«, fragte ich.

»Vor zwei Tagen in Doncaster, M'lady.«

»Hat mein Gemahl den König gefangen genommen?«

Er errötete und senkte den Kopf. »Nein, M'lady ...«

Da war etwas, das er mir verschwieg, aber ich würde es herausfinden. »Was ist dann geschehen?«

»Der König entkam, M'lady. Mit Richard of Gloucester und seinem Freund Lord Hastings und ...«

»Wie viele Männer hatte er bei sich?«

»Nur eine kleine Truppe, nicht viele ... Nicht mehr als hundert, würde ich meinen, M'lady.«

»Und wie konnte er entkommen?«

»Er wurde gewarnt, M'lady, und verschwand in der Nacht.«

»Gewarnt?«

»Ja, M'lady.«

Ich wartete. Der Mann trat unruhig von einem Fuß auf den anderen.

»Wo war er, als man ihn warnte?«

»In einem Cottage, im Bett. Aber er ist zum Fenster raus und geflohen.« Meine Fragen bescherten dem Mann eindeutig Unbehagen.

»Komm mit mir!«, befahl ich ihm.

Er eilte mir nach nach draußen, ein gutes Stück vom Haus entfernt, wo uns niemand hören konnte. »Woher weißt du das?«

Selbst im Zwielicht sah ich, dass er tiefrot wurde. »Ich w-weiß gar nichts, M'lady«, stammelte er.

Ich trat einen Schritt näher. »Du kannst es mir erzählen. Dein Geheimnis ist bei mir sicher, wie du gewiss weißt, nicht?«

Nach einem Moment murmelte er: »Aber der Marquess hat gesagt, ich darf es keiner Seele ...«

»Du hast König Edward gewarnt, stimmt's?«

Der Mann rang hörbar nach Atem und nickte. »Ich ... und Carlisle, der Minnesänger ... Der Marquess schickte uns hin, den König zu warnen.«

»Seid ihr ihm nach?«

Wieder senkte er den Blick. »Nein, Mylady ... sind wir nicht.«

Das war es also. Edward war ins Exil geflohen, wie so viele andere in diesen elenden Kriegen. Groß und auffallend wie er war, wäre er ein leichtes Ziel gewesen, und John hätte ihn mühelos gefangen nehmen können. Aber er hatte es nicht getan.

Ich schloss die Augen. So sei es.

Weitere Gerüchte erreichten uns, von denen die meisten durch Boten und Briefe von John bestätigt wurden. Elizabeth Woodville hatte in Westminster einen Sohn zur Welt gebracht, den sie nach seinem Vater Edward genannt hatte. Marguerite war noch in Frankreich, wo sie auf günstigere Winde wartete, um nach England zu segeln. Warwick hatte London eingenommen, den gütigen Henry wieder als König eingesetzt und sicherte die Stadt für Lancaster. Die Leute schienen dies alles widerstandslos zu akzeptieren, und wie sollten sie auch nicht? Zuerst hatten sie Henry gehabt, der schwach war und das Land von seinen gierigen, machthungrigen Günstlingen hatte plündern lassen. Dann hatten sie Edward gehabt, der stark war und ihnen versprochen hatte, alles würde besser, nur um das Land aufs Neue von seinen Günstlingen ausplündern zu lassen. Wo war der Unterschied? Sämtliche Versprechungen von Frieden und Wohlergehen waren nichts wert gewesen.

Nun war John wieder in London und half ein weiteres Mal, einen König zu ersetzen. Ich hielt seinen Brief fest in beiden Händen.

Und Warwick entschied, dass keine Vergeltung gegen irgendjemanden geübt werden sollte. Er möchte, dass Recht und Ordnung herrschen und Blutvergießen vermieden wird«, schrieb er. *»Mit einer Ausnahme. Dein Onkel Worcester wurde in einem Versteck in Weybridge Forest entdeckt und soll vor einem eigens ernannten Richter angeklagt werden – John de Vere, Earl of Osmond, dessen Vater und Bruder dein Onkel zum Tode verurteilte. Sein Prozess ist auf den fünfzehnten Tag des Oktobers festgesetzt, und es bestehen keine Zweifel, wie das Urteil lauten wird.*

»Geoffrey!«, rief ich und lief aus dem Alkoven, wo ich Johns Brief gelesen hatte. »Ursula! Schnell! Ich muss sofort nach London!«

26

Die Exekution, 1470

Die Reise nach London war beschwerlich. Wir ritten durch eisigen Wind, strömenden Regen und dichten Nebel und machten nur halt, solange es nötig war, um unsere Pferde ausruhen zu lassen, denn ich fürchtete, dass ich zu spät kommen könnte, um mich von meinem Onkel zu verabschieden. Wäre John im Erber gewesen, hätte ich dort meine Reisekleidung gewechselt und ihn einen Moment sprechen wollen. Doch er war zum West Country befohlen worden, und so ritt ich direkt zum Westminster-Palast, wo mein Onkel in Haft saß. Es war der sechzehnte Oktober, der Tag nach seinem Prozess. Man hatte ihn für schuldig befunden. Die Hinrichtung sollte am nächsten Tag sein.

Es war Warwick zugutezuhalten, dass er meinen Onkel nicht in einen Kerker sperrte; stattdessen hatte er ihm eine recht gut ausgestattete Kammer zugewiesen. Zwar war das Fenster vergittert, doch es ging zu den Gärten im Innenhof. Mein Onkel hatte in einer Handschrift gelesen. Er blickte auf, als der Wächter mit lautem Schlüsselgeklimper aufschloss und den schweren Riegel beiseiteschob, um mich einzulassen.

»Mein gutes Kind«, begrüßte er mich und stand auf. Seinem verzückten Tonfall nach sollte man glauben, ich wäre gekommen, um mit ihm Wein zu trinken und über lateinische Dichtung zu plaudern. Er legte die Handschrift auf den Tisch. »Ovid«, sagte er und wischte sich eine Träne aus dem Augenwinkel. »*Tristia* … wunderschön, lyrisch … Er schrieb es während seiner Zeit im Exil, und es veranschaulicht aufs Rührendste seine Trauer und sein Unglück. Er sehnte sich schmerzlich nach Rom und seiner dritte Gemahlin, musst du wissen.« Der Blick meines Onkels verharrte auf dem Manuskript, als wäre es ein lebendiges Ding. Ich wartete, doch er blieb tief in Gedanken versunken. Vielleicht dachte er an seine tote Ehefrau, die er von Herzen geliebt hatte und um die er nach wie vor trauerte. Nun schien er beinahe zu vergessen, dass ich hier war.

»Ich danke Euch, mein lieber Onkel«, begann ich, »für die Güte und Zuneigung, die Ihr mir stets erwiesen habt … dafür, dass Ihr mir vorlast, als ich ein Kind war … mich vieles über die großen Meister lehrtet … mich getröstet habt, als meine Mutter starb. Aber vor allem danke ich Euch, dass ihr mir halft, John zu heiraten. Ohne Eure Fürsprache hätte Marguerite niemals ihre Zustimmung gegeben.«

»Gutes Kind, die Liebe ist alles, was zählt«, sagte er und breitete die Arme aus, und ich ließ mich von ihm halten. »Deine Tante Elizabeth schenkte mir Liebe. Ich hatte sie nur ein Jahr lang bei mir, und sie starb bei der Niederkunft mit unserem tot geborenen Kind. Aber in meinem Herzen lebt sie bis heute.«

Mit großem Schmerz wurde mir klar, dass dieser Mann der Einzige war, der mir aus der Kindheit geblieben war. Weinend klammerte ich mich an ihn und vergrub mein Gesicht in seinem Samtärmel.

»Aber, aber, was sollen die Tränen? Es gibt keinen Anlass dafür, süße Isobel«, beruhigte er mich und tupfte mir die Augen mit seinem Taschentuch. »Ich trete mit reinem Gewissen vor meinen Schöpfer.«

Ich schluckte, wich einen Schritt zurück und sah ihn an.

»Aber, Onkel ... die Männer, die Ihr verurteiltet ... zu diesem entsetzlichen Tod. Lasten sie nicht auf Eurem Herzen?«, fragte ich. Diesen Albtraum würde ich für immer mit mir herumtragen.

»Meine Liebe, du verstehst nichts von der Welt. Es ist das höhere Gut, auf das es ankommt, und um es zu erreichen, darf kein Mittel ausgespart werden. Selbst Grausamkeit hat ihren Zweck. Das lernte ich in Transsylvanien. Dracul pfählte Hunderte türkischer Gefangener bei lebendigem Leib und hieb andere in kleine Stücke. Mohammed der Zweite, dieser furchtbare Eroberer von Byzanz, soll erblasst sein, als er es hörte. Danach hat er Dracul nie wieder Schwierigkeiten gemacht. Nachsicht führt nur zu Anarchie. Das Leid jener Männer war nötig, um England Frieden zu bringen.«

»Aber wir haben keinen Frieden, Onkel.«

»Er wird kommen, Kind. Vertrau auf Gott ... Darf ich dich bitten, für meine Seele zu beten?«

»Ich werde bis ans Ende meiner Tage für Euch beten, Onkel.«

»Gott segne dich, teure Isobel, einziges Kind meiner Schwester! Wie stolz sie auf dich wäre! Lebe wohl, mein geliebtes Mädchen!«

Der Wächter klimperte mit den Schlüsseln. Schluchzend umarmte ich meinen Onkel und drückte ihn an mich. Von der Tür aus sah ich ein letztes Mal zu ihm. Lächelnd hob er die Hand zum Abschied, als würde er lediglich zu einer kurzen Reise aufbrechen, dann wandte er sich wieder seinem Manuskript zu.

Mir stockte der Atem. Nicht einmal seine Feinde könnten leugnen, dass mein Onkel ein tapferer Mann war.

Der Tag seiner Exekution, der siebzehnte Oktober, brach grau und regnerisch an. Hunderte von Kirchenglocken läuteten zur Terz, als ich mit Geoffrey im Außenhof von Westminster wartete, dass mein Onkel herausgeführt wurde. Er sollte zu Fuß vom Palast zum Schafott am Tower gebracht werden, und ich musste bei ihm sein. Ich wollte ihn wissen lassen, dass er nicht allein inmitten von Feinden war, dass ich bis zum Schluss bei ihm sein würde.

Mit vor dem Körper zusammengebundenen Händen trat er aus dem Burgfried.

»Onkel!«, rief ich und lief zu ihm. Seine Augen strahlten, als er mich sah, und er wollte stehen bleiben, doch seine Wachen schoben ihn weiter. Er war von mindestens fünfzig Landsknechten umgeben, also folgte ich ihm, so nahe ich konnte. Die Palasttore öffneten sich, und ich hörte Lärm, konnte jedoch nicht an den Wachen vorbeisehen. Sobald ich durch das Tor kam, sah ich es.

Menschenmassen säumten die Straßen. Unsicher blickte ich zu Geoffrey.

»Die haben sich schon mit dem ersten Hahnenschrei hier eingefunden!«, rief er und neigte sich dicht zu mir, damit ich ihn hören konnte, denn ein gewaltiges Brüllen hob an, als die Leute meinen Onkel sahen. Auf einmal wurde ich hin und her gestoßen.

Die Menge stürmte auf uns zu. Sie johlten und schrien wie an einem Festtag, nur war ihre Freude eine böse. »Schlächter von England!«, brüllten sie. »Schlächter von England!«

Mit dunklen, wütenden Mienen drängten sie näher. Mein Onkel verschwand inmitten der wogenden Menge, sodass ich ihn nicht mehr ausmachen konnte. Alle riefen lauter, schoben fester und stießen mich so wild an, dass mein Haar unter der Kapuze herausquoll und um mich herumflog. In dem Gewühl wurde ich von Geoffrey getrennt.

»Lady!«, rief er. »Lady!«

»Geoffrey!«, schrie ich und griff nach der Hand, die er mir über die Köpfe hinweg zustreckte. Leider tauchte sie gleich wieder in der Masse ein wie die eines ertrinkenden Matrosen in rauer See. Eine endlose Strecke wurde ich mit dem Strom abgetrieben; immer mehr Leute liefen aus Seitenstraßen und Gassen herbei. Ich hörte eine schrille Frauenstimme:

»Köpfen ist zu gut für den! Lasst ihn von wilden Hunden zerreißen!«

Jemand anderes antwortete laut: »Ja! Keine Gnade für den! Er war den armen Seelen auch nicht gnädig, oder? Lasst ihn schreien wie sie! Lasst ihn in Stücke reißen!«

Die Menge verfiel in einen grausamen Refrain. »Reißt ihn in Stücke! Reißt ihn in Stücke!«, brüllten sie. Und: »Keine Gnade! Keine Gnade!« Dann stimmten sie einen grotesken Singsang an, der über meinen Kopf hinwegdonnerte: »Verfüttert sein schwarzes Herz an die Hunde! Verfüttert sein schwarzes …«

Ich wollte mir die Ohren zuhalten, konnte es aber nicht. Die Landsknechte um meinen Onkel scheuchten die Leute zurück und zückten die Schwerter, um ihn zu schützen.

Entsetzt schaute ich mich um. Ich war allein inmitten dieser Wahnsinnigen, die mich mit sich rissen.

»Gebt ihn uns!«, schrien sie.

Benommen vor Angst, konnte ich nicht mehr atmen. Es war keine Luft da, und sie drückten immer erbarmungsloser auf mich ein. Jeden Moment würde ich hinfallen und von ihnen zertrampelt werden. Mich zertrampelt ihr, und meinem Onkel reißt ihr das Herz heraus! Inzwischen waren wir am Fleet-Gefängnis. Wie durch einen Nebel bemerkte ich einen neuen Chor, der von Rufen und Schmerzensschreien durchbrochen wurde. Die Menge wich zurück; manche liefen weg. Verwirrt sah ich mich um, dann erblickte ich die Landsknechte.

Die tobende Meute war durch eine Truppe von Gefängniswachen von ihrer Beute getrennt worden. Die Leute heulten Flüche und schwenkten die Fäuste, doch nach und nach wurde das schreckliche Gedränge lichter, und die Menge löste sich auf. Ich rang nach Luft, bahnte mir einen Weg durch die Menschen und stolperte zu einer Schankwirtschaft. Dort lehnte ich mich an die rote Ziegelwand und sah hilflos zu, wie die letzten Männer im sicheren Gefängnis verschwanden. Die großen Türen fielen scheppernd zu.

Mein Onkel war in Sicherheit. Zumindest für eine Nacht. Ich atmete tief ein und schloss die Augen.

Im Erber saß ich in meinem Schlafgemach und schaute auf den Fluss. Kleine Schiffe glitten hin und her, brachten Passagiere und Ladung die Themse hinauf und herunter. Eine Hochzeitsgesellschaft trieb auf einem mit Bändern geschmückten Schiff vorbei, und die Musik wehte bis zu mir. Ich sah die junge Braut und ihren Bräutigam, die dicht nebeneinandersaßen und mit ihren Gästen lachten, und unweigerlich musste ich lächeln, weil ich an meinen eigenen Hochzeitstag dachte, mein großes Glück.

Ja, das Leben geht weiter, dachte ich.

Sogar für meinen Onkel. In seiner Jugend hatte er Liebe gekannt. Nachdem er die verloren hatte, hatte er sein Vergnügen und seine Anerkennung im Streben nach Wissen gefunden. Mit den Reichen und Mächtigen hatte er ebenso Umgang gepflegt wie mit den einfachen Leuten; Könige, Päpste und Mönche hatten ihn einen Freund genannt und Achtung vor seinem Verstand und seinen Errungenschaften als Gelehrter gehabt. Viele Bücher hatte er geschrieben und antike Dichtung aus dem schwierigen Griechischen ins zugänglichere Latein übertragen. Er hatte die Welt gesehen: die grauen Festungen Europas, die Kreuzritterburgen Jerusalems, die glitzernde weiße Marmorstadt Venedig, die ihn bezaubert hatte. Er hatte all die großen Schreine besucht, mit dem Daumen von Konstantin, dem Leichnam von Helena, einem Teil des echten Kreuzes Jesu.

Ja, mein Onkel hatte die Mächtigen kennengelernt, Großes miterlebt, aber vor allem war er stets ein zutiefst frommer Mann gewesen. Gewiss würde Gott ihm gnädig sein.

Mit diesem Trost ging ich am letzten Abend im Leben meines Onkels ins Bett. Ich schlief unruhig und zitterte beim Ankleiden am nächsten Morgen. Dann schaute ich ängstlich zur Tür. Ich fürchtete mich vor dem, was mich erwartete, und wäre am liebsten nicht gegangen.

»Meine Liebe, heute wird es anders«, sagte Ursula sanft und legte eine Hand auf meine Schulter. »Mylord Warwick hat selbst alles arrangiert. Du … und Mylord Worcester seid … geschützt.«

Ich biss mir auf die Unterlippe und nickte. Ihre Worte ergaben auf eine befremdliche Art Sinn, denn sie wusste, dass mein Onkel in einer verhängten Sänfte zum Tower gebracht werden sollte. Weder würde man ihn beleidigen, noch würde ihn eine wütende Meute bedrohen, weil Warwick ein Ausgehverbot verhängt hatte. Niemand durfte sich ohne Erlaubnis auf den Straßen von London sehen lassen, und auf einen Verstoß stand die Todesstrafe.

Von zwölf Wachen eskortiert, ritt ich durch die leeren Straßen, um am Tower auf meinen Onkel zu warten. Das Klappern von Rose' Hufen auf dem Kopfsteinpflaster hallte laut. Es war ein recht warmer, sonniger Tag, doch die verlassenen Straßen fühlten sich bedrohlich an. In sämtlichen Häusern drückten sich Gesichter an die Fenster, und auf den Dächern und Balkonen drängelten sich die Leute. Tausende Augen beobachteten mich. Wir erreichten den Tower und stiegen im Hof von unseren Pferden. Ein Landsknecht brachte mich zu einem Rasenplatz. Erst als ich das Holzgestell erblickte, packte mich die volle Wucht des Geschehens.

Nur zwei Bänke waren vor dem Schafott aufgestellt worden, und noch war niemand sonst dort. Als Constable von England würde der Earl of Oxford den ersten Platz einnehmen, daneben Warwick. Mir wurde der dritte Platz zugeteilt, und ich sank auf das Samtkissen, dankbar, dass ich allein war. Ich brauchte eine Weile, um mich zu fangen, ehe die übrigen Zeugen eintrafen. Seitlich an der Mauer standen Mönche aus der Canterbury-Kathedrale und sangen die Choräle, die mein Onkel liebte. Diese Mönche waren seine Freunde, Nutznießer seiner überbordenden Großzügigkeit, mit denen er viele Stunden im Diskurs über die Heilige Schrift verbracht hatte.

Der Himmel war eisblau und wolkenlos. Entlang der Mauern und schmalen Vorsprünge hockten Raben und krähten laut, als wollten sie uns ermahnen, rasch zu machen, damit sie fressen konnten. Ich konzentrierte mich auf den Mönchsgesang, um sie nicht zu hören. Wie konnte nur alles so weit kommen?, fragte ich den Himmel, der vor meinen tränennassen Augen verschwamm.

Langsam erschienen die übrigen Zeugen. Es handelte sich um eine kleine Gruppe von adligen Yorkisten und Lancastrianern, die entweder durch Heirat entfernt verwandt mit meinem Onkel waren oder deren Familien durch ihn Verlust erlitten hatten. Die Angehörigen nickten mir im Vorübergehen zu, die anderen würdigten mich keines Blickes. Der Earl of Oxford indes verneigte sich höflich, bevor er sich setzte. Warwick kam, verbeugte sich lächelnd in meine Richtung und sank auf das ihm zugedachte Samtkissen. Die Mönche beendeten den Gesang, alles war still.

Der Henker erschien. Er war ganz in Schwarz gewandet und mit einer schwarzen Kapuze verhüllt. Das Wummern seiner schweren Schritte auf den Holzstufen erfüllte mich mit Panik.

Ich musste einen Laut von mir gegeben haben, denn Warwick flüsterte: »Nur Mut, Isobel!«

Der Henker stellte sich seitlich auf das Podest, die Beine leicht ausgestellt und beide Hände auf dem Beil, dessen Klinge im Stroh stand. Zwei Landsknechte brachten meinen Onkel, und mein Herz machte einen Sprung. In stiller Würde stieg er die Stufen hinauf, lächelte dem Henker zu und streckte ihm die gefesselten Hände hin. Der Mann durchtrennte die Taue mit einem Dolch. Niemand rührte sich oder gab einen Mucks von sich, als mein Onkel vortrat, um ein letztes Mal zu uns zu sprechen. Mir wurde flau, so sehr überwältigten mich meine Gefühle. Aber ich zwang mich, ruhig zu bleiben und nicht zu weinen. Mein Onkel stand am Rand des Schafotts und lächelte zu mir herab, und ich erwiderte sein Lächeln zittrig.

Was er sagte, hörte ich kaum, denn ein Nebel hatte sich über mein Denken gelegt, und ich war wie taub. Ich sah, wie sich sein Mund bewegte, nahm jedoch nur Wortfetzen auf.

»... angeklagt, weil ich nach dem Recht von Padua urteilte, nicht nach dem Englands, aber ... Nachsicht ist Schwäche ... stets Frieden gewollt, keinen Krieg ... bestrebt, meine Pflicht gegenüber England, meinem König, Gott ...«

Durch die Wolke, die mich umgab, wurde ich gewahr, dass alles abermals verstummte. Ich zwang mich aus meiner Benommenheit und blickte nach oben. Mein Onkel trat auf den Henkersblock zu, zog die Jacke aus und reichte sie dem Henker, der sie hinter sich ins Stroh legte. Dann nahm er den Kragen ab und gab ihn ebenfalls dem Mann. Mir wurde eiskalt, und bis mein Onkel einen Gold-Noble aus seiner Hemdentasche nahm und ihn dem Henker überreichte, zitterte ich hilflos. Der Henker murmelte ein Dankeschön. Nun hätte sich mein Onkel hinknien sollen, stattdessen sprach er mit klarer, ruhiger Stimme zu dem Henker:

»Eines noch. Seid so gut, schlagt mir den Kopf mit drei Axthieben ab, zu Ehren der Dreifaltigkeit.«

Ein Raunen ging durch die kleine Zuschauermenge. Ich schluckte, weil mir die Kehle eng wurde, und grub die Fingernägel in meine Handflächen. Der Henker, der sichtlich verblüfft war ob dieser Bitte, zögerte einen Moment, ehe er stumm bejahte, und ich bemerkte, dass er die Augen weit aufgerissen hatte.

Mit einem Blick gen Himmel bekreuzigte mein Onkel sich und sagte: *»In nomine Patris et Filii et Spiritus Sancti, in manus tuas, Domine, commendo spiritum meum.«* Im Namen des Vaters, des Sohnes und des Heiligen Geistes, in Deine Hände, Herr, gebe ich meinen Geist. Er kniete sich vor den Henkersblock und legte den Kopf auf das Holz. Dann streckte er die Arme fließend vor und zur Seite als Zeichen, dass er sein Schicksal annahm.

Die Mönche stimmten einen lateinischen Gesang an, der den hellen Morgen mit der Finsternis des Todes erfüllte. *»Sancta Maria, Mater Die, ora pro nobis peccatoribus, nunc et in hora morti nostrae ...«*

Ich neigte den Kopf, um nicht zu sehen, was folgte, und wiederholte ihre Worte tonlos: Heilige Maria, Mutter Gottes, bitte für uns Sünder, jetzt und in der Stunde unseres Todes ...

Das Beil fiel. Obwohl ich mich auf den Schlag gefasst gemacht hatte, wusste ich, dass ich nie vergessen würde, wie sich das letzte Wort anhörte, das mein Onkel auf dieser Erde sprach.

»Jesu», seufzte er beim ersten Hieb.

John kehrte in der Woche darauf nach London zurück. Unser Wiedersehen war bittersüß. Seine Stimme zu hören, seine Arme um mich zu fühlen und ihn zu berühren, wenn er neben mir im Bett schlief, brachte mir eine tiefe Freude; zugleich aber war ich noch erschüttert von jenem Morgen auf dem Tower Hill, und das Bild von meines Onkels Tod warf einen Schatten auf mein Glück. Bevor wir abreisten, nahm John mich mit nach St. Paul's, wo wir eine Opfergabe darbrachten und für die Seele meines Onkels beteten.

Auf dem Weg zum Altar hielt ich mich an Johns Arm fest. Mein Blick fiel auf die Bank mit Kerzen neben der Seitenkapelle, wo uns vor Jahren Somerset überrascht hatte. Aus Angst vor ihm hatte ich noch am selben Tag an meinen Onkel in Irland geschrieben und ihn verzweifelt um Hilfe angefleht. Die er uns gewährt hatte. Nun war Somerset tot und mein Onkel ebenfalls. Wie vieles hatte sich verändert! Wie vieles war gleich geblieben ...

Voller Kummer kniete ich mich vor den Altar und betete für meinen Onkel – und ich betete auch für Somerset.

Ein wahrhaft Gutes brachte Warwicks Machtergreifung mit sich. Er leerte die Gefängnisse, und Ursulas Vater, Sir Thomas Malory, wurde aus seiner Zelle in Southwark befreit, wo er die letzten Jahre verbracht hatte. Wiederholt hatte Elizabeth Woodville, seine Feindin, den Prozess verschoben, weil sie fürchtete, dass Warwick die Geschworenen und Zeugen zu Malorys Gunsten beeinflussen könnte oder es Malory gelang, seine Unschuld zu beweisen.

Während die Kirchenglocken zur Vesper läuteten und sich die Nacht über den Fluss senkte, versammelten wir uns auf einen Becher Malvasier im Sonnenzimmer des Erber. Der alte Malory, inzwischen siebzig und gebeugt vom Alter, weißhaarig und gebrechlich, war überglücklich, in Freiheit zu sein.

»Zehn Jahre verbrachte ich im Gefängnis, unter zwei Königinnen. Dessen können sich nicht viele rühmen!« Er stieß einen Seufzer aus, nippte am Wein und leckte sich nach jedem Schluck die Lippen, um auch noch den kleinsten Tropfen genüsslich auszukosten. »Keiner ahnt, wie schön die Freiheit ist, der nicht jahrelang von drei Steinmauern und einem Gitter eingesperrt war ... Dennoch hat sogar das Gefängnis seinen Nutzen, ist man, wie ich, ein Geschichtenerfinder.«

»Wie das?«, fragte ich neugierig.

»Nun ja, jedes Mal, wenn ich zum Prozess erscheinen sollte, wurde ich mit einem Kahn die Themse entlang von Southwark zum Gericht in Westminster gebracht. Meine Reisen waren hinreichend häufig, dass sich mir einige Dinge auf dem Weg einprägten.« Er tippte sich an den Kopf. »Und als ich später die Geschichte von Königin Guineveres Entführung erzählte, erfand ich hinzu, dass Sir Lancelot, in seiner Eile, die Königin zu befreien, an jener Brücke, an der ich den Kahn bestieg, mit seinem Pferd in die Themse ritt und es zum Südufer schwimmen ließ, von wo aus er in den Weiten Surreys verschwand.«

»Das war in den guten alten Zeiten, als Ritter ihre Damen retteten.« John legte grinsend einen Arm um mich. »In unseren Tagen retten die Damen ihre Ritter, nicht wahr, Isobel?« Er prostete mir zu, bevor er trank. »Wie sehr sich die Zeiten doch ändern!«

Sir Thomas betrachtete uns nachdenklich. »Vielleicht erzähle ich eines Tages die Geschichte Eurer Liebe, denn sie ist eine von großer Courage – das heißt, falls ich wieder von einer französischen oder halb französischen Königin ins Gefängnis geworfen werde, Gott behüte! Aber zuerst möchte ich ein wenig leben und mich um einige Angelegenheiten kümmern. Meine Gemahlin schrieb mir, dass der verkommene Brauer ihr nicht das Geld zahlte, das er uns schuldig ist, und sich das Gesetz zunutze machte, um der Begleichung zu entgehen. Zu König Artus' Zeiten wurde das Gesetz für das Recht eingesetzt, doch heute ...« Seine Stimme verlor sich, dann fügte er nach einer Weile hinzu: »Ah, das Gesetz! Wie vieles wäre uns erspart geblieben, würde es wie von König Artus vorgesehen angewandt! Wie viel Kummer vermieden, wie viel Unrecht – wie viel besser erginge es den Menschen, und wie wirksam es der Sache des Friedens dienen könnte!«

John schwenkte seinen Weinbecher und sagte: »Ähnliche Worte hörte ich vom jungen Dickon of Gloucester. Als er ein Junge war, verehrte er seinen Bruder Edward. Er war überzeugt, dass Edward dem Land Gerechtigkeit bringen und alles richten würde, was falsch war, genau wie Artus vor tausend Jahren.«

»Tja, er hätte es gekonnt. Doch er vermählte sich mit dieser Hexe, geriet in Viviens Fänge.« Malory zitierte aus seinen Erzählungen von Artus und seiner Tafelrunde, wobei seine Stimme so melodisch wie die eines Troubadours klang: »›Sie hielt inne, wandte sich ab, senkte das Haupt, und die Goldschlange glitt aus ihrem Haar, der Zopf löste sich. Sie weinte aufs Neue, und der dunkle Wald wurde dunkler als der Sturm.‹«

»Elizabeth Woodville«, sagte ich. »Ja, so sind sie einander begegnet, sie und Edward ... Elizabeth lauerte dem König in einem Wald auf, kniete sich vor ihn und flehte ihn tränenreich an, ihr ihre Ländereien wiederzugeben, und dabei ließ sie das Goldband aus ihren Haaren fallen, sodass ihr Haar offen um ihren Leib fiel und den jungen König verzauberte.«

»Daraus schöpfte ich die Inspiration für meine Worte«, antwortete Malory und wandte sich an John. »Es gibt auch ein oder zwei Zeilen für Euch, Mylord.« Wieder bekam seine Stimme einen vollen, melodischen Klang. »›Um meinen Titel schändlich wurd' ich betrogen …‹« Alle verstummten, und Malory sagte rasch: »Ebenso wenig vergaß ich seine Hoheit, König Edward, und die Hexe, die er zum Weib nahm …

›Geblendet ließ er fahren allen Sinn …
Und rief: 'Dieser Triumph sei mein Gewinn!'
Da kreischt es: 'Oh, Narr!', die Hexe springt fort,
tief in des Waldes Dickicht, ohn' weiteres Wort.
Und 'Narr' schallt es hinter ihr durch den Wald.‹«

Finsteres Schweigen legte sich über die Runde. Wir alle schienen dasselbe zu denken: Und hier sind wir nun, gefangen in dem Sturm, den sie heraufbeschwor.

John riss uns aus unseren trüben Gedanken, indem er sich auf die Knie schlug und aufstand. »Lasst uns zu Bett gehen. Morgen erwartet uns eine beschwerliche Tagesreise, Euch, Malory, nach Warwickshire, wo Ihr endlich mit Eurer Gemahlin wiedervereint werdet, uns nach Seaton Delaval.«

Wir anderen erhoben uns und wünschten einander eine gute Nacht.

Obwohl der Winter seinen grauen Mantel über die Welt gebreitet hatte, fühlte ich die Wärme der Sonnenstrahlen, denn John war bei mir. Auf unserem gemeinsamen Ritt sah er immer wieder zu mir oder ergriff meine Hand, und ich musste an unsere erste Reise gen Norden denken, nach Raby, wo wir vermählt werden sollten. Auch nach all den Jahren strahlten seine Augen noch vor Liebe, und das machte mich überglücklich.

Wir feierten Weihnachten 1470 mit ausgelassenen Festen, denn Warwick hatte dafür gesorgt, dass wir keine Geldnot mehr leiden mussten, und uns viele Truhen voller Gold gesandt. Ganz Middleham, wo wir die Feiertage verbrachten, war von Gesang und Fröhlichkeit erfüllt. Wir alle feierten umso ausschweifender, als wir die Erinnerungen und Ängste vertreiben wollten, die auf unseren Seelen lasteten. Warwick, der sowohl für das Wohl des Königreiches verantwortlich war als auch für die Sicherheit der Meere, machte sich große Sorgen, weil Marguerite bisher noch nicht nach England gekommen war. Offenbar traute sie ihm nicht. Zwar hatte sie Frieden mit ihm geschlossen, doch es gab keine Vergebung zwischen ihnen. Warwicks starke Faust und Wachsamkeit verhüteten, dass es zu einer offenen Rebellion kam, doch wurde das Regieren durch den fehlenden Souverän erschwert. Zweimal reiste Warwick nach Coventry, um Marguerite zu empfangen, und beide Male blieben ihre Schiffe aus.

John war an die Nordküste geritten und verbrachte viel Zeit auf Bamburgh Castle. Dann und wann holte mich die Erinnerung an jenen Abend auf der Klippe dort ein, und es bedurfte großer Willenskraft, die Bilder von seinem Zorn zu verbannen, als er mir die Taten meines Onkels vorgehalten hatte. Im Nest vom letzten Jahr findet man keine Eier, ermahnte ich mich mit Johns Worten und verschloss die Erinnerungen in mir. Denn die Zeit war ein kostbares Gut, und wir konnten nicht ahnen, wie viel uns noch blieb. Wozu gegenwärtige Freuden mit vergangenem Kummer vergiften? Wir mussten weitermachen. Ja, John war in Bamburgh, und, ja, er war seit zwei Monaten nicht zu Hause gewesen, aber nicht wegen irgendetwas, das er mir anlastete. Jene Tage waren vorbei. Er konnte uns nicht besuchen, weil es im Land brodelte wie in einem Topf mit Porridge, und John verhindern musste, dass alles überkochte.

Dann, eines regnerischen Tages im März 1471, hörte ich das Galoppieren von Pferden in der Ferne. Von meinem Schlafzimmer aus blickte ich zum diesigen Horizont und glaubte, Johns Greifwappen unter den Reitern zu erkennen. Ich eilte die ausgetretenen Stufen hinunter auf den Hof, wo ich im Nieselregen auf sie wartete.

John kam auf Saladin durch das Tor geritten und stieg ab. Hinter ihm half Tom dem jungen Hund Roland von dem Karren, auf dem er fuhr. Ich lief zu John und nahm seinen Arm, sah aber sofort, dass er nicht reden wollte. Während Geoffrey sich Johns Eskorte annahm, führte ich meinen Gemahl hinauf zu unserem Schlafgemach. Dort setzte er sich auf die Kissen vor dem Feuer und warf mir einen müden Blick zu. Ich hockte mich zu ihm.

»Was ist, mein Liebster?«, fragte ich. »Was ist geschehen?«

Er seufzte. »Ich komme von Pontefract und kann nur eine Nacht bleiben, Isobel ... Edward ist in Ravenspur gelandet und marschiert nach York, um ein Heer zusammenzustellen ... Ich reite morgen weiter, um mich Warwicks Truppen anzuschließen, der aus London kommt. Wir ziehen gegen Edward in die Schlacht.«

»Pontefract?«, flüsterte ich verwirrt. Wenn John in Pontefract gewesen war, als Edward in Ravenspur gelandet war, warum hatte er ihn nicht gleich dort zurückgeschlagen? Ravenspur war nur einen Katzensprung entfernt. »Ein Heer zusammenstellen? Dann ist er ohne eines gekommen?«

»Er landete mit weniger als tausend Mann.«

Aber, schrie es in mir, du hattest sechstausend Männer in Pontefract, John! Warum hast du ihn nicht bekämpft, nachdem er landete? Warum hast du nicht verhindert, dass er nach York marschiert?

Meine Gedanken mussten mir ins Gesicht geschrieben stehen, denn John las sie mühelos.

»Dickon war bei ihm, Isobel. Und selbst wäre er es nicht gewesen, hätte ich nicht über ihre kleine Truppe herfallen können. Wir waren dreimal mehr als sie.« Er sah mich gequält an. »Mein Vater und Thomas waren um dieselbe Zahl unterlegen, als Clifford von Pontefract auszog, um sie abzuschlachten. Ich wäre nicht besser gewesen als er.« Er neigte den Kopf.

Ich nahm seine Hände. »Schh, schh, mein Liebster. Du hast richtig gehandelt, wie immer, John. Du konntest nicht anders entscheiden.« Ich beugte mich vor und küsste sein braunes Haar, das von Silbersträhnen durchwirkt war, denn im Juni würde er vierzig. »Komm, lass uns keine Zeit vergeuden und alles vergessen bis auf die Liebe.« Ich zog ihn in meine Arme und zum Bett.

Es war dunkel, als wir erwachten, und bald ertönte das Horn zum Abendessen. Wein floss, und das Lachen in der Halle reichte bis zum Himmel. John blickte mich unentwegt an, als wollte er sich jede Linie, jeden Zug und jede Geste von mir einprägen. Es brach mir das Herz, ihn so traurig zu sehen.

»Ich wünschte, ich könnte jetzt für dich tanzen, wie ich in Doncaster für dich getanzt habe, mein Liebster«, sagte ich.

»Ein Tanz, ja.« Er drehte sich um, rief einen Knappen herbei und raunte ihm etwas zu. Der Mann verschwand und tauchte gleich darauf auf der Musikantengalerie auf. Die Musiker verstummten einen kurzen Moment, dann nahmen sie ihre Instrumente wieder auf und schlugen die ersten Akkorde an. Es war die Melodie unseres ersten Tanzes auf Tattershall Castle, ein wildes, bewegtes Lied, bei dem ich stets an die weiten, verlassenen Moore denken musste.

John stand auf und verneigte sich vor mir. »Lady Isobel, gewährt Ihr mir die Ehre dieses Tanzes?«, forderte er mich mit denselben Worten auf wie an jenem Abend, an dem wir einander kennengelernt hatten. Von dem Moment an hatte ich Johns Stimme geliebt, in der ein wenig Nordakzent mitschwang.

Mir verschlug es den Atem. Ich stand auf und reichte ihm die Hand. Auf der Tanzfläche nahmen wir unsere Positionen ein. Andere Tänzer gesellten sich zu uns, bildeten eine Reihe hinter uns. Wir bewegten uns einen kleinen Schritt zur Seite, dann drei Schritte vor und zwei zurück und machten einen Hüpfer; doch ich nahm kaum wahr, wie ich mich bewegte. John blickte mir in die Augen, und ich konnte den Blick nicht von ihm wenden. Wir wiederholten die Schrittfolge andersherum, trennten uns mit einem Schritt, um im nächsten wieder zusammenzufinden, und ich spürte, wie unser beider Atem im vollkommenen Einklang ging.

Die Wände der Halle wie auch die anderen Tanzenden verblassten, bis nur noch er und ich blieben. Die Musik hüllte uns ein, und meine Füße schwebten. John kniete sich hin, dass ich ihn langsam umkreisen konnte, meine Hand lag in seiner, seine Augen ruhten auf mir. Ich drehte mich um, beschrieb einen Kreis zurück um ihn und war gefangen in der Erinnerung an unsere Jugend, unsere Zeit der Rosen und der Hoffnung. In meinem Herzen wurde die Vergangenheit lebendig, und wieder spürte ich die innigen Küsse, die Zartheit der Kinder, die ich gebar, die süßen Momente mit meinem Gemahl, der meine Wonne auf Erden war.

Die Musik wurde schneller, und in Gedanken galoppierte ich mit John über das Moor und kehrte in die Burg zurück, in der es nach Zimtlaiben duftete. Ich lachte in den Umarmungen derer, die wir geliebt hatten, die lange tot waren, deren Strahlen ich jedoch nie vergessen würde. John richtete sich wieder auf, und ich stand still und sah ihm zu, wie er im Kreis um mich herumtanzte. Wir bewegten uns zwei Schritte vor, einen zurück ... Ich entsann mich der Zeit, die ich ungeduldig und sehnsüchtig gewartet hatte ... der Zeit von Liebe und Schmerz in Bamburgh und der Zeit der Vergebung ...

Wir tanzten Hand in Hand, von Angesicht zu Angesicht, in ruhiger, vollkommener Harmonie, erst in die eine, dann in die andere Richtung, zwei Hälften eines Kreises, der sich unendlich drehte. Die Melodie füllte alles um uns aus, und ich schaute John in die Augen und hielt seine Hand. Ein wirbelnder Wind trug mich von der Erde fort an jenen magischen Ort, an dem Rosenblätter wie flammende Blumen auf mich herabregneten und den ich nie, niemals wieder verlassen wollte. Ich wollte nie den Tanz beenden, niemals in die Welt zurückkehren, die ich zu gut kannte.

Dennoch endete die Musik mit einem abrupten Schlag der Zimbeln. Die Töne verklangen zitternd, und wir atmeten im Gleichtakt. Der Tanz war zu Ende. Die Welt hatte aufgehört, sich zu drehen, und für uns war die Zeit gekommen, wieder getrennter Wege zu gehen. Genau wie damals ...

Aber noch blieb uns die Nacht. In unserem Gemach saßen wir nach dem Liebesakt auf dem Bett, und John schnitt mir mit seinem Dolch eine Haarlocke ab. »Weich wie Engelshaar«, flüsterte er und hielt sie an seine Lippen.

»Woher willst du das wissen?«, fragte ich lachend. »Und wie ich dir schon oft genug gesagt habe, mein süßer Lord, haben Engel goldenes Haar, kein kastanienbraunes.«

»Woher willst du das wissen?«, entgegnete er grinsend. »Ich habe noch nie einen Engel mit goldenem Haar gesehen, nur mit kastanienbraunem.«

Ich küsste ihn, und wir liebten uns aufs Neue. Mein Leib war erfüllt von Freude, mein Herz voller Angst.

Zu bald brach der Morgen an. Die Kinder standen neben mir, als wir John Lebewohl sagten. Er trug seine Rüstung und hatte lediglich das Visier offen, denn auf der Reise nach London lauerten unzählige Gefahren. Tief im Innern ahnte ich, warum er den weiten Umweg geritten war, um mich zu besuchen. Als er zu Saladin ging, konnte ich nicht mehr an mich halten. Schluchzend lief ich zu John und schlang die Arme um seinen Hals, um ihn zurückzuhalten. Der Wind peitschte mein Haar gegen seine Rüstung, und ich klammerte mich an ihn, denn ich war nicht gewillt, ihn wieder freizugeben. Beim Anblick seiner Augen durch das offene Visier stieß mein Herz einen stummen Schrei aus.

»Nein!«, rief ich und hämmerte mit beiden Fäusten gegen seinen Brustpanzer. »Nein, nein … nein!« Zwei Landsknechte kamen herbei, um mich sanft von John wegzuziehen. Er drehte sich wieder zu Saladin, und Tom Gower half ihm, auf das Schlachtross zu steigen. Aus dem Sattel blickte John zu mir herunter, während ich mit meinen Schluchzern rang. Dann nickte er mir ein letztes zärtliches Lebewohl zu und wandte den Hengst nach Süden. Seine Männer folgten ihm still und ernst.

»Lebe wohl, mein Liebster!«, rief ich und eilte hinter ihm her. »Bis bald, wenn wir uns wiedersehen!« *Wiedersehen, wiedersehen …*

Ich sah ihnen nach und begann zu zittern, bis mein ganzer Körper schlotterte, und das Letzte, was ich fühlte, waren Ursulas Arme an meinen Schultern. Das Letzte, was ich hörte, war das jammervolle Weinen der Kinder, und das Letzte, was ich sah, waren Streifen von Sonnenlicht, die Schwertklingen gleich über Johns schimmernde Rüstung huschten, ehe alles vor meinen Augen dunkel wurde.

27

Barnet, 1471

Warwick war zunächst erstaunt, dann erzürnt gewesen, als er gehört hatte, dass John Edward und Dickon in Pontefract hatte entkommen lassen. Im Lancastrianer-Lager wurde von Verrat gemunkelt. Ich hingegen verstand John. Er hätte nicht anders handeln können. Und mir blieb wieder einmal nichts, als zu warten. Mir schien, als wartete ich schon mein ganzes Leben auf Nachrichten, die unweigerlich eintreffen würden. Die Angst vor der bevorstehenden Schlacht zwischen Lancaster und York ließ meine Tage endlos erscheinen wie die stürmische See, und ich stürzte mich in die Arbeit, denn einzig die stupide Einförmigkeit konnte meine quälenden Gedanken eindämmen.

Zwar mussten wir erstmals weniger sparen denn je, doch aus Gewohnheit prüfte ich unsere Haushaltsbücher weiterhin sorgfältig und überwachte die täglichen Ausgaben, die Mahlzeiten und die Kosten für die Helfer, die wir außer der Reihe anheuerten. Es war, als könnte ich auf diese Weise jene Tage zurückholen, in denen es neben steter Sorge auch Hoffnung gegeben hatte. Genau wie in den Zeiten großer Armut stellte ich unsere Ausgaben infrage und überlegte, wo gespart werden konnte. Mit Einsetzen der Dämmerung zog ich mich an mein Betpult zurück und betete für John. Und wenn mich die Müdigkeit einholte oder die Verzweiflung übermannte, erinnerte ich mich an alles Schöne, das mir vergönnt war, und dankte Gott für die kostbaren Momente. So verstrichen die Tage.

Eines kalten Apriltages, eine Woche vor unserem Hochzeitstag, als der Schnee erst zur Hälfte geschmolzen war, sah ich einen einsamen Reiter den Weg heraufgaloppiert kommen.

»Bring ihn doch bitte zu mir ins Sonnenzimmer!«, bat ich Agnes, die in meinem Zimmer Staub wischte.

»Sehr wohl, Mylady.«

Ich bekreuzigte mich, murmelte ein Gebet und wappnete mich für das, was kommen würde. Nachdem ich Johns alten Umhang vom Haken genommen hatte, lief ich hinunter ins Sonnenzimmer. Dort setzte ich mich hin, nahm den Umhang in den Schoß und ermahnte meine Finger, nicht zu zittern, während ich die Sticknadel durch den Stoff stach wie schon unzählige Male zuvor.

»Mylady.«

Ich blickte auf. Tom Gower stand in der offenen Tür. Ich merkte, wie mir der Umhang aus den Fingern glitt, als ich mühsam aufstand und eine Hand auf die Armlehne stützte, weil meine Knie schwach wurden. Tom trat vor, und ich sah, dass er mir einen Brief hinhielt. Ich hatte mich geirrt! Er ist nicht gekommen, um mir eine Todesnachricht zu überbringen, dachte ich. Er bringt mir Nachricht von John! Ich lächelte strahlend.

»Tom, mein lieber Tom, ich bitte dich, erhebe dich! Für einen Moment dachte ich … Ach, wen kümmert, was ich dachte!« Ich nahm den Brief und drückte ihn an meinen Busen. Dann erst bemerkte ich, dass Tom mein Lächeln nicht erwiderte und seine Miene so ernst und blass war wie in jenem eisigen Augenblick, als ich seine Stimme gehört hatte. »Tom, wie steht es im Krieg für die Lancastrianer?«

Er zögerte, bevor er antwortete: »Ich weiß es nicht, Mylady. Nachdem ich Mylord half, die Rüstung anzulegen, bat er mich zu gehen und Euch diese Nachricht und ... diesen Ring zu bringen. Da hatte die Schlacht noch nicht begonnen.«

Warum? Die Frage traf mich wie ein Dolchstoß. Gower hätte an Johns Seite kämpfen müssen.

Ich schrak aus meinen Gedanken und sah, wie Gower mit steifen Fingern in sein Wams griff. Er hatte sichtlich Mühe, seine Hand zu bewegen. Als ich in sein Gesicht blickte, erkannte ich, dass er mir etwas verschwieg. Er holte einen Samtbeutel hervor und reichte ihn mir. Darin lag der Ring, den John Jahre zuvor von Dickon of Gloucester erhalten hatte, als er erstmals nach Middleham gekommen war. Ein bohrender Schmerz fuhr mir durch die Brust. Es war John gewesen, der Dickon gelehrt hatte, wie er ein Schwert führen musste. Nun standen die beiden Cousins sich als Feinde gegenüber, denn ein jeder kämpfte auf der Seite seines Bruders.

Ich starrte auf den Stein, wusste ich doch zu gut, was John mir hiermit mitteilen wollte. *Falls ein Unglück geschieht, bring dies zu Dickon!* Mit der Rückgabe des Ringes an seinen Besitzer wäre die Schuld Dickons gegenüber John beglichen. Mir war, als stünde ich außerhalb meiner selbst und betrachtete die Szene gleichsam von oben. Im schwindenden Tageslicht funkelte der Stein dunkelblau wie Johns Augen; er blinkte mit demselben Licht, wie ich es in ihnen so oft gesehen hatte.

Mein Herz hämmerte, ich rang um Fassung und wandte mich ab. Die Zeit ist gekommen, meine eigene Schuld zu begleichen, dachte ich – eine Schuld an den Himmel, der vor Jahren meine Gebete erhörte. Damals war ich fünfzehn gewesen, Waise und allein auf der Welt und hatte vor der Wahl gestanden, mein Gelübde abzulegen oder mir einen Gemahl zu suchen. Mit Sœur Madeleine hatte ich das Kloster verlassen, um einen Ehemann bei Hofe zu finden. Doch schon in jungen Jahren hatte ich genug über die Welt gewusst, um mir wenig Hoffnung auf Liebe in einer arrangierten Ehe zu machen. An jenem Abend auf Tattershall Castle hatte ich, elend vor Einsamkeit, zum Himmel hinaufgeblickt, ein Gebet gesprochen und einen Eid geschworen:

Schick mir Liebe, und wenn du sie mir schickst, darfst du mir großen Kummer bescheren. Trotzdem wird mein Herz voll Dankbarkeit sein … Erlaube mir Liebe, und du darfst mir quälenden Schmerz bereiten, ohne mich jemals klagen zu hören, was auch geschieht, gleich welchen Verlust, welches Leid und welche Angst ich ertragen muss. Ich werde alles hinnehmen … wenn du mir Liebe schickst.

In jener Nacht hatte der Himmel geantwortet, indem er mir John sandte. Der Himmel hatte alle Hindernisse fortgewischt, die uns getrennt hatten, und allen Widrigkeiten zum Trotz hatten wir unsere Liebe leben dürfen.

Ich hob den Kopf und sah Gower an. »Du hattest einen weiten Weg, Tom. Bitte die Köchin, dir das beste Mahl zu bereiten, das wir anbieten können, und ruh dich aus!«

Leider brannten doch Tränen in meinen Augen, und meine Lippen bebten. Ich wandte mich wieder ab und hörte, wie Tom über den Flur fortging. Mit Johns Brief in Händen lief ich hinaus zu einer kleinen Bank am Waldrand, fernab von neugierigen Blicken. Nur vage bekam ich mit, dass mir Johns junger Hund folgte.

Meine geliebte Isobel,

morgen werden wir in die Schlacht ziehen. Falls ich nicht wieder schreiben kann, sende ich dir diesen Brief für die Zeit, wenn ich nicht mehr bin.

Isobel, du bist die größte Liebe in meinem Herzen. Ich habe so viele Erinnerungen an gemeinsam erlebte Freuden, dass ich mich vom Allmächtigen gesegnet fühle, weil er mir ein solches Glück schenkte. Ich weiß nicht, warum, aber in diesem Moment fühle ich dich sehr nahe, als könntest du gleich aus dem Schatten treten und mich so anlächeln, wie ich es seit dem Augenblick liebe, als ich dich erstmals auf Tattershall Castle sah.

Es mag seltsam anmuten, doch während ich dies schreibe, kann ich beinahe die Musik hören, zu der wir an dem Abend tanzten, und ich sehe deine Augen, die im Kerzenschein wie Edelsteine funkeln und mich blenden – oh, Isobel, wie habe ich diese vierzehn Jahre geliebt! Welchen Trost hast du mir inmitten aller Sorgnisse gespendet! Bald jährt sich unsere Vermählung zum vierzehnten Mal, und falls ich dich nun verlassen muss, gehe ich voller Dankbarkeit für die Liebe und Freude, die mir vergönnt waren. Und dennoch erscheinen diese kostbaren Momente so flüchtig und rar, wenn ich zurückblicke, wie eine Hand voll Goldstaub, der in der Dunkelheit auffliegt, eine winzige Weile zu sehen und dann fort ist. Hätte sich unser Stundenglas doch nicht gar so schnell geleert und wir noch gemeinsam erleben dürfen, wie unser George zu einem ehrbaren Ritter heranwächst!

Ach, Isobel, ich fürchte, die letzte Nachtkerze ist angezündet. Sollte mir der morgige Tag recht geben, sag den Kindern, wie sehr ich sie liebe, und vergiss nie, wie sehr ich dich liebe! Wisse, dass ich mit meinem letzten Atemzug auf dem Schlachtfeld deinen Namen spreche!

Vergib mir meine vielen Fehler und den vielen Schmerz, den ich dir bereitet habe! Wie gedankenlos und närrisch ich bisweilen war! Aber, Isobel, Liebste, falls ein Toter zurückkehren und die besuchen darf, die er liebt, werde ich stets bei dir sein, immer! Und wenn die sanfte Brise deine Wange streichelt, wird es mein Atem sein, oder wenn die kühle Luft deine pochende Schläfe streift, wird es mein Geist sein, der vorbeihuscht.

Isobel, mein Engel, weine nicht um meinen Tod! Denke einfach, ich wäre fort, und warte auf mich, denn wir werden uns wiedersehen.

Dies schrieb dir in der Nacht des vierzehnten April, Ostersonntag, im Jahre des Herrn 1471 zu Barnet

John

Als wäre es ihm zu spät eingefallen, hatte John unter seiner Unterschrift noch ein Postskriptum angefügt, bei dem seine Hand augenscheinlich gezittert hatte:

Gott schütze dich, mein Engel! Bis wir uns wiedersehen.

Auf einmal wurde die Welt sehr still. Ich hatte dem Schicksal einen Handel angeboten, und es hatte mich erhört und ihn angenommen. So finster die Schatten nun auch sein mochten, durfte ich nie vergessen, welches Glück ich gehabt hatte, eine Liebe zu erleben, wie sie den Wenigsten je beschieden ist: eine Liebe, die mein Leben mit Licht gewärmt hatte, wie die Sonne die Erde wärmt. Der Glanz dieser Liebe würde die Tränen trocknen, wie er es immer vermocht hatte, denn Liebe überwindet alles, sogar die Zeit, sogar den Tod. Ich bereue nichts.

Nichts.

Trotzdem konnte ich die Hoffnung auf einen guten Ausgang nicht lassen. Eine Schlacht bedeutet nicht zwangsläufig das Ende. So Gott will, können wir noch eine gemeinsame Zeit haben …

Dies waren meine Gedanken, während ich auf der Bank saß, Johns Brief wieder und wieder las, Roland zu meinen Füßen spürte und den Wind über mir, der in den Pappeln seufzte, das junge Laub von Ulmen und Buchen rascheln ließ und Fichten und Lärchen sanft rüttelte. Die Sonne ging unter, die Vögel verstummten, und die Abendhymnen wehten über die Hügel. Worte und Sätze gingen mir in alter Vertrautheit durch den Kopf, und auf einmal bemerkte ich, dass John in meinen Gedanken sprach, fast als hätte er von meinem geheimen Pakt mit dem Himmel gewusst … *Ich bin Gott dankbar … solches Glück erlebt zu haben … danke dem Himmel für die Liebe und die Freude, die er schenkte …*

War es Zufall oder mehr? Ich sah zum sich verdunkelnden Himmel empor. *John, wo immer du bist, ich höre dich … Ich höre dich, mein Liebster … Möge Gott dich rasch wieder in meine Arme bringen …*

Drei Tage später arbeitete ich mit den Kindern im Garten, wo ich das Einsammeln von Zweigen für die Feuer zu einem Spiel machte. Roland tollte fröhlich kläffend und mit fliegenden Ohren um uns herum. Ich machte eine kleine Pause und streckte den Rücken, als ich drei Reiter entdeckte, die im Galopp auf unser Haus zukamen. Sofort ließ ich den Korb mit Zweigen fallen und rannte ihnen entgegen.

Als ich mich näherte, verlangsamten sich meine Schritte von allein. Ich konnte an ihren Mienen sehen, dass sie schlechte Nachricht brachten. Wie sehr wir auch glauben mögen, uns auf Verlust vorbereitet zu haben, sind wir doch niemals wirklich bereit.

Zwei der Männer waren verwundet und konnten nur mit Mühe von ihren Pferden steigen. Ich hielt mich starr aufrecht, während ich ihre Berichte anhörte, aber die Worte schienen seltsam verweht und gedämpft zu sein.

»Schlacht ... Barnet ... des Königs Bruder Clarence ... Verrat ... ließ Warwicks Seite im Stich ... schlug sich zu Edward ... grausame Schlacht ... dichter Nebel ... Verwirrung ... Freunde töteten Freunde ... York gewann ... Warwick ... floh ... getötet ... Der Marquess of Montagu fiel im schlimmsten Angriff ... er kämpfte tapfer bis zum Ende.«

Die Worte hallten um mich wie heulender Wind. *Der Marquess of Montagu fiel im schlimmsten Angriff ... er kämpfte tapfer bis zum Ende ...*

Hinter mir hörte ich die Kinder vor Vergnügen kreischen; sie jagten einander mit ihren Zweigen.

Ich öffnete die Augen und fand mich im Bett wieder. Ursula war bei mir. Tränen schwammen in ihren Augen. Ich packte ihren Ärmel, wollte aufstehen und etwas fragen, doch sie drückte mich sacht zurück.

»Nein, Isobel, meine Liebe, ganz ruhig«, flüsterte sie. »Schh, liebe Isobel.«

Ich sah zu dem Fetzen Himmel am Fenster. Nachdem ich die Nachricht aus Barnet erhalten hatte, musste ich ohnmächtig geworden sein. Doch ich besann mich meines Schwurs, blinzelte die Tränen fort und rang mir ein mattes Lächeln ab.

Ich bin die glücklichste aller Frauen ... Dem Himmel sei Dank! John sei Dank!

Sobald ich wieder bei Kräften war, reiste ich mit Tom Gower an die schottische Grenze nahe Bamburgh, um den jungen Dickon zu sehen, der nun neben dem König zum wichtigsten

Mann im Königreich aufgestiegen war. Ich hatte eine Bitte, die keinen Aufschub duldete. Gower kniete im Zelt von Duke Richard of Gloucester, und ich gab den Ring zurück, den Dickon als Junge John geschenkt hatte. Da ich meiner Stimme nicht traute, überließ ich Gower das Reden.

»Mylord Duke«, sagte Tom, »am Vorabend der Schlacht von Barnet gab Mylord mir diesen Ring und bat mich, ihn zu Mylady zu bringen, falls etwas ... falls ihm etwas zustoßen sollte. Er sagte mir, Mylady solle Euch den Ring überbringen, dann würdet Ihr verstehen.«

Der junge Duke nahm den Ring und blickte lange nachdenklich auf den Stein. Als er wieder aufsah, glänzten seine Augen feucht. »Wisst Ihr, wie ich zu diesem Ring kam, Lady Isobel?«, fragte er leise.

Ich schüttelte den Kopf. »Er ... hat nie darüber gesprochen, Durchlaucht, obwohl er ihn trug ... bis zum Schluss.«

»Es war auf Barnard's Castle. Ich war neun Jahre alt. Ich hatte bei einem Turnier verloren und schämte mich, weil John den weiten Weg gekommen war, um mir zuzusehen, und ich versteckte mich vor ihm – vor Lancelot, dem tapfersten Ritter, den die Christenheit je gekannt hat. Aber er wollte nicht gehen, ehe er mich gefunden hatte. Wir saßen zusammen auf einer Klippe am Fluss Tees, und er sagte mir etwas, das ich nie vergessen werde: ›Im Nest des letzten Jahres findet man keine Eier.‹ Mein Cousin John hatte recht, Mylady. Wir dürfen nicht zurückblicken, nur nach vorn. Und er sagte noch etwas. Etwas, das mir nun ungleich wichtiger erscheint als damals. Er sagte, dass wir unserem Schöpfer am Ende ohne Scham entgegentreten, so wir uns im Leben von Ehre und unserem Gewissen leiten lassen, und das ist das Beste, was ein Mann leisten kann.«

Meine Kehle wurde unangenehm eng, und ich senkte den

Blick, denn Tränen brannten in meinen Augen. Ich fühlte, wie der junge Duke meine zitternde Hand nahm. Und dann erfuhr ich, was Gower mir an dem Tag verschwiegen hatte, an dem er mir Johns Brief gebracht hatte.

»Lady Isobel, diejenigen, die John einen Verräter schimpfen, verstehen ihn nicht wie ich. Es ist wahr, dass er unter seiner Rüstung die Farben des Königs trug, doch er tat es nicht, weil er seinen Bruder Warwick oder Lancaster verraten wollte. Er kämpfte unter dem Banner seines Bruders und starb in den Farben des Königs, weil er als Mann von Ehre und Integrität nicht mit seiner gespaltenen Loyalität leben konnte. John stellte sich dem Tod, entschlossen, bis zum Ende beiden treu zu sein, die ihm teuer waren, so gut, wie er es irgend konnte. Ich bin fest überzeugt, dass John heute ohne Scham vor Gott steht, Marchioness Montagu.«

Tränenblind und außerstande zu sprechen, ließ ich meinen Kopf gesenkt. Gower hatte John für die Schlacht angekleidet. Er hatte gewusst, dass es keine Hoffnung gab, als er mir Johns Brief überreicht hatte.

»Teure Lady«, sagte Dickon, »was immer es ist, das Ihr erbitten wollt, sofern es in meiner Macht steht, ist es schon gewährt.«

Ich rang um Fassung. »Durchlaucht, ich bitte … um die Vormundschaft für meinen Sohn George. Er ist fortan die Sonne meines Herzens, und es fiele mir schwer, sehr schwer, ihn nun aufzugeben.«

Ich sah, wie der junge Duke schluckte. Dann erwiderte er: »Marchioness, ich werde sogleich alle Papiere vorbereiten lassen und unterzeichnen. Binnen einer Woche sende ich sie Euch nach Seaton Delaval.«

»Ich danke Euch, Mylord.« Auf dem Weg aus dem Zelt blieb ich noch einmal stehen und drehte mich um. »Vieles an

Euch erinnert mich an meinen John, Durchlaucht. Er liebte Euch aufrichtig.«

Der junge Duke antwortete mit einem stummen Nicken. Aber ich sah, wie seine Mundwinkel zuckten, so sehr kämpfte er mit seinen Gefühlen. Er liebte Warwicks Tochter Anne seit Kindertagen und hatte bisher die Hindernisse nicht überwinden können, die sie trennten, obwohl Annes Gemahl, Edward of Lancaster, tot auf dem Schlachtfeld von Tewkesbury lag. Im Geiste hauchte ich Dickon einen Kuss zu und wünschte ihm Liebe.

Denn Liebe ist das Einzige, was zählt.

Epilog

1476

Am dritten Tage des Mai, zwei Tage nach dem Maifeiertag und dem vierten Jahrestag meiner Vermählung mit William Norris, brach ich mit Ursula, Geoffrey und Gower nach Bisham auf.

»Bist du sicher, dass du die Reise auf dich nehmen willst, Isobel?« William blickte mich mit herzerweichender Zärtlichkeit und Sorge an. Von meinem Pferd aus lächelte ich meinem Ehemann zu.

»Ja, bin ich, William. Mir geht es gut.« Ich beugte mich nach unten und legte eine Hand an seine Wange. »Du sorgst dich zu viel. Ich sende dir Nachricht, wenn ich in Bisham bin.«

Er nickte und trat widerwillig einen Schritt zurück. Ich ließ Rose lostölteln, und Ursula, Tom und Geoffrey fielen neben mir in einen leichten Trab. William winkte ich, bis er nicht mehr zu sehen war; und als ich nichts mehr vortäuschen musste, sank ich auf meinem Sattel zusammen und presste eine Hand an meine Stirn, um den Schwindel, der mich wieder einmal ergriffen hatte, zu beruhigen. Seit der Totgeburt meines Kindes im Vorjahr war ich nicht mehr wohlauf. Ich ahnte, dass mein Herz endgültig versagen wollte. Vor wenigen Wochen hatte ich kaum noch stehen können, und bald würde ich auch nicht mehr aufrecht sitzen können. Es hatte mit schrecklicher Müdigkeit begonnen, die mich nach Barnet überkommen hatte und beständig schlimmer geworden war. Nun hatte ich blaue Flecken, die nicht verschwinden wollten. Mein Körper sagte mir, dass ich nicht mehr lange zu leben hatte, und ich wollte in Bisham sterben.

John lag dort begraben.

Seit Jahrhunderten war die Abtei von Bisham die Begräbnisstätte der Nevilles, und dorthin war John nach der Schlacht von Barnet gebracht worden, um neben seinem Bruder Thomas, seinen Eltern und Warwick begraben zu werden, der mit ihm gestorben war. Sein Bruder, Erzbischof George, der vor der Schlacht auf Edwards Seite gewechselt war, hatte sich nach Barnet des Verrats an König Edward schuldig gemacht und Jahre im Kerker der Festung von Hammes in Calais verbracht. Seine Gefangenschaft unter solch harschen Bedingungen hatte an seiner Gesundheit gezehrt. Dickon of Gloucester hatte sich schließlich für seine Freilassung eingesetzt, doch George war letzten Monat, nach nur zwei Jahren in Freiheit, gestorben. Er war in der Kathedrale von York begraben worden, der einzige Neville, der nicht in der Abtei von Bisham seine letzte Ruhestätte gefunden hatte.

»Bist du sicher, dass es dir gut geht, liebe Lady Isobel?«, fragte Ursula.

Ich sah zu der geliebten Freundin, und unzählige Erinnerungen wurden wach. Ihr Vater, Sir Thomas Malory, war noch einer von jenen, die in Barnet gestorben waren. In den ersten Tagen nach der furchtbaren Schlacht im Nebel hatte Ursula mich in meinem Kummer über Johns Tod getröstet, ohne mit einem Wort zu erwähnen, welchen Verlust sie selbst erlitten hatte.

So viele Tote, so viel Trauer ... Wie vielen würde es jemals vergönnt sein, ein langes Leben zu genießen und in ihrem eigenen Bett zu sterben, unberührt von Krieg? Keiner wusste es. Vielleicht würden eines Tages meine Kindeskinder mit solch einer Welt gesegnet sein, doch jene Zeit war nicht unsere.

Bald nach Barnet war die Schlacht von Tewkesbury gefolgt. York hatte auch dort triumphiert, und der gute König Henry war in der Nacht darauf im Tower gestorben. Ermordet, hieß es, von König Edward.

»Ach, Ursula, lass es bleiben!«, schalt ich sie sanft. »Mir geht es gut. Es ist ein schöner Maitag. Die Sonne scheint, die Vögel singen, und der Wald ist wunderschön. Was kann ich mehr verlangen? Sieh nur die Blüten!« Ich griff nach oben und pflückte eine Wildkirschenblüte von einem tief hängenden Ast, der vor Blüten leuchtete. An solch einem Tag vor neunzehn Jahren waren John und ich auf Raby Castle vermählt worden, und ich hatte Kirschblüten im Haar getragen. Kummer, ja, aber auch Glück, so viel Glück hatte ich erfahren dürfen … Mein Weg mochte dornig gewesen sein, doch er war auch voller Rosenblüten gewesen.

Nach Barnet war ich entschlossen gewesen, nicht dem Kummer nachzuhängen, sondern an die Freude zu denken, die mir beschert gewesen war, denn mich hatte die Aussicht geschreckt, wie Countess Alice zu enden. Mit meinem schwachen Herzen wäre es ein Leichtes gewesen, der Trauer nachzugeben, nur waren meine Kinder noch so jung. Sie brauchten mich, und ich hatte dem Himmel etwas geschworen.

Es war eine gute Entscheidung. Die Liebe, die ich gekannt hatte, gab mir Kraft, selbst als sie allmählich zu einer Erinnerung verblasste. Ich strich über meinen rubinverzierten Sattel. Die Goldschicht war längst abgerieben, das Leder dünn und rissig, doch der Rubin funkelte genauso glänzend wie an dem Tag, als ich John beim Sattler getroffen hatte.

»Mylady, bitte, sei ehrlich!«, sagte Ursula streng.

Ich sah sie wieder an. Nein, Ursula konnte ich nichts vormachen; dafür kannte sie mich viel zu gut. Ich stand tief in ihrer Schuld. Durch meine Mädchenjahre, bei meiner Heirat und während der Mutterschaft und Witwenschaft hatte sie mir beigestanden, diese treue Freundin; sie hatte meine Hand gehalten, mit mir getrauert und mit mir gefeiert.

»Ich muss nach Bisham«, flüsterte ich, sodass Geoffrey und Tom es nicht hörten. »Es wird Zeit, Ursula.«

Sie antwortete nicht gleich, und als sie sprach, schimmerten Tränen in ihren Augen. Dieser Tage ertappte ich sie häufiger dabei, wie sie mit den Tränen kämpfte, und ich konnte nicht umhin, innerlich zu seufzen. Für die, die zurückbleiben, ist es immer schwerer.

»Ja, meine liebe Isobel«, sagte sie sehr leise. »Ich weiß von deinem Herzen. Doch es geht schon seit Jahren so. Ich hatte gehofft, dass ich mich irre.«

Ich streckte eine Hand nach ihrer aus und tätschelte ihre Finger. »Sei nicht traurig, Ursula, liebe Freundin! Ich habe meinen Frieden gemacht.«

Genüsslich sog ich den Frühlingsduft ein, bewunderte die sich stetig verändernde Landschaft, die in frischem Grün leuchtete. Sogar die Tiere freuten sich. Sonnenlicht punktete den Waldboden, die Welt war erfüllt von Vogelgezwitscher und die Wälder vom Getrappel der Füchse und Rehe. Auf den Weiden staksten unsichere Lämmer und Kälber umher. Schweigend trotteten wir die gewundenen Pfade entlang und hörten Zweige und Äste unter den munter spielenden Eichhörnchen knacken.

Auf einmal kam es mir so vor, als wäre die Zeit zurückgedreht worden. Mit fünfzehn war ich den gleichen Weg nach Süden gereist, meiner Zukunft entgegen, und nach Johns Tod war ich abermals vor die Wahl gestellt gewesen, in ein Kloster zu gehen oder wieder zu heiraten. Ich dachte an Sœur Madeleine. Sie war kurz nach unserem letzten Besuch bei ihr in London gestorben, als John und ich frisch verlobt gewesen waren, aber mir war so viel mehr im Leben beschieden gewesen als ihr. Ich hatte Kinder, die lebten. Auch mir hatte das Leben manches genommen, doch so vieles gegeben!

Ich sah Marguerite vor mir, wie sie gewesen war, als ich sie in Gefangenschaft besucht hatte. Gern hätte ich das Bild beiseitegedrängt, denn es beschwor Kummer um alles herauf, was hätte sein können. Nach dem Tod ihres Sohnes bei Tewkesbury hatten sie alle Lebensgeister verlassen. Erdrückt von Unglück und Trauer, saß sie den ganzen Tag da und starrte mit leerem Blick vor sich hin. So fand ich sie bei meinem Besuch auf Wallingford Castle vor. Obwohl sie mich erkannte und sprechen konnte, war sie nur noch eine Hülle ihrer selbst, gefangen in Erinnerungen. Ganz ähnlich wie Countess Alice. Was Marguerite anderen zugefügt hatte, war auf sie zurückgefallen, aber konnte das ein Trost sein? Mehr als jede andere von uns hatte sie ihre Geschichte selbst geschrieben, und ihre Tränen konnten keine ihrer Gräueltaten fortwaschen oder ihren Opfern wiederbringen, was sie ihnen geraubt hatte, und Marguerite auf diese Weise retten.

Nach Johns Tod war ich versucht gewesen, den Frieden eines Klosters zu suchen, wo ich in der Vergangenheit hätte verharren und bei ihm sein können, sei es nur in Gedanken. Doch was wäre aus den Kindern geworden? Man hätte sie einem Vormund übergeben, der sie eines Tages mit dem Höchstbietenden vermählt hätte – und wenn dieser Vormund die Woodville-Königin gewesen wäre? Ich konnte meine kostbaren Mädchen nicht einem solchen Schicksal ausliefern. Denn auf vielerlei Weise hatte sich Elizabeth Woodville als noch böser und hassenswerter erwiesen als Marguerite, so sehr, dass Warwicks letzte Worte zu Edward eine Warnung vor ihr gewesen waren: »Deine Königin ist im ganzen Land so verhasst, dass man niemals ein Kind von ihrem Blut auf Englands Thron lassen wird.« Eine schaurige Prophezeiung, denn Könige zu berufen, forderte immer wieder einen hohen Blutzoll, wie unser Leben bestätigt hatte.

Nach Barnet kam William Norris nach Seaton Delaval, um mir sein Beileid auszudrücken. Er sagte mir, dass er mich liebte – deshalb hatte er nie geheiratet. Zwar wusste er, dass ich seine Liebe nicht erwiderte, aber er behauptete, es machte ihm nichts aus, und schwor, dass ich es nicht bereuen würde, wenn ich ihn heiratete. Und es reute mich auch niemals. William war ein guter Gemahl, und aus den Tagen nach Tattershall kannte ich den Schmerz allzu gut, wenn einem die Liebe verwehrt wurde.

Wir wurden ein Jahr später vermählt, am Maifeiertag nach Johns erstem Todestag. Möge der Herr mir vergeben, doch während meines und Williams Traugottesdienstes erneuerte ich im Stillen den Schwur, den ich John geleistet hatte, und erklärte ihm, wo immer er war, warum ich mich erneut vermählte. Ich endete mit den Worten, die er so oft gesagt hatte, als er noch unter uns gewesen war: »Im Nest vom letzten Jahr findet man keine Eier.«

Wir müssen nach vorn blicken, meine Liebste, und unser Bestes für jene geben, die uns brauchen, flüsterte ich in meinem Herzen. Und im Andenken an seine letzten Worte ergänzte ich: Wir werden uns wiedersehen.

Auf unserem Ritt über herrliche Wiesen und Felder, die mit Wildblumen übersät waren, dachte ich an William. Mich dauerte, ihn ohne ein richtiges Lebewohl verlassen zu haben, wusste ich doch, dass ich nicht zurückkommen würde, aber ich hatte dabei an ihn gedacht. Es hätte ihn zu unglücklich gemacht zu wissen, wie krank ich wirklich war ... so krank, dass ich nicht einmal sicher war, ob ich lebend bis Bisham kommen würde. Ich wurde täglich schwächer.

Mich tröstete die Gewissheit, das Beste für William getan zu haben, denn ich mochte ihn sehr. Auch wenn er niemals den Mann hätte ersetzen können, dem ich auf Tattershall Castle mein Herz geschenkt hatte, hatte ich sorgsam darauf geachtet, dass William sich nie ungeliebt fühlte, weder durch Taten noch durch Worte. Und ich war beruhigt, dass dieser gute und ehrbare Mann sich meiner Töchter annehmen und aufpassen würde, dass sie angemessen – vielleicht sogar glücklich – heirateten. Doch er war nicht mächtig genug, meinen elfjährigen George vor jenen zu schützen, die seine Vormundschaft an sich reißen würden, um die wenigen Pfund zu bekommen, die er erben würde. Um meinen teuren Sohn vor den Woodvilles zu bewahren, musste ich mich an die höchstmöglichen Stellen wenden. Zum Glück war ich nicht ohne Freunde. Johns Nichte, Warwicks Tochter Anne, hatte letztlich ihre Liebe aus Kindertagen, Richard Duke of Gloucester, geheiratet, und ich wollte in dem beruhigten Wissen sterben, dass George in ihrer liebevollen, sicheren Obhut groß wurde. Bei dem Gedanken an meinen wunderschönen Sohn musste ich lächeln. Gewiss tollte er gerade irgendwo mit Roland umher. Die beiden waren so unzertrennlich wie einst John und Rufus.

Sobald ich Bisham erreichte, schrieb ich William wie versprochen. Danach verfasste ich einen Brief an Nan. Sie lebte nun bei ihrer Tochter Anne in Middleham, da sie kein eigenes Heim mehr besaß und quasi eine Bettlerin war. Ihr nämlich war jedweder weltlicher Besitz von ihrem schrecklichen Schwiegersohn genommen worden – von dem Verräter Clarence, Dickons gierigem Bruder, der vor der Schlacht von Barnet auf Edwards Seite gewechselt war. Mit ihm würde es kein gutes Ende nehmen, daran hegte ich keinen Zweifel.

Als mein Brief auf dem Weg zu Anne und ihrer Mutter war, legte ich mich ins Bett. Ich brauchte dringend Schlaf, Nahrung hingegen nicht. Was sehr ungewöhnlich war, denn ich hatte immer einen gesegneten Appetit gehabt. Doch ich musste bei Kräften bleiben, deshalb zwang ich mich, jeden Tag etwas Brühe zu trinken. So wartete ich, erkundigte mich täglich, ob meine Anne und ihre Mutter schon eingetroffen seien, und erhielt eine abschlägige Antwort. Ich nippte an meiner Brühe und schlief wieder ein bis zum nächsten Tag.

Endlich, am zwanzigsten Mai, kamen Anne und Nan in Bisham an. Ich war dankbar, dass ich sie noch einmal sehen durfte, denn die kleine Anne weckte stets wundervolle Erinnerungen. Kaum vernahm ich ihre Stimme, dachte ich an die vergnügte Dreijährige, die mir verlässlich nachgerufen hatte, wann immer ich von ihrer Burg fortgeritten war.

Doch ich hatte mit entsetzlicher Müdigkeit zu kämpfen, und es gelang mir nicht, die Augen zu öffnen und die beiden zu begrüßen. Neben meinem Bett hörte ich den Arzt, der seine Stimme nicht dämpfte, weil er mich im tiefen Schlummer wähnte. »Es ist ihr Herz. Es ist sehr schwach. Mit fünfunddreißig ist sie wahrlich noch nicht alt und allemal kräftig genug, sich zu erholen, aber es scheint, als hätte sie jeden Lebenswillen verloren.«

»Weiß Norris Bescheid?«, fragte die Countess leise.

»Wir haben ihm nach London geschrieben. Er ist unterwegs, Mylady«, antwortete Ursula.

Liebste Ursula, wie froh bin ich, dass sie die Liebe gefunden hat!

»Sie ist so liebreizend … und sie sieht so jung aus, Mutter«, ertönte eine sanfte Stimme, die ich nicht recht erkannte. Dann aber begriff ich, dass es Anne war. Mit größter Anstrengung öffnete ich die Augen.

»Liebe Anne ... du bist ... groß geworden, Kind ... « Vollkommen erschöpft fielen mir die Lider wieder zu. Ich hörte Murmeln, und plötzlich wurde ich gewahr, welchen Fehler ich begangen hatte. Ich zwang mich, noch einmal die Augen zu öffnen. »Verzeiht ... Durchlaucht ... ich vergaß ... Ihr seid jetzt eine Duchess ...«

Eine Hand strich mir zart übers Haar.

»Tante Isobel, ich bin es bloß, Eure kleine Anne«, flüsterte sie. »Ja, ich bin groß und habe jetzt einen Sohn, wie Ihr ...«

Wie konnte ich vergessen haben, weshalb ich sie unbedingt hatte sehen wollen – warum ich ihr geschrieben hatte, dass ich sie hier in Bisham brauchte? Wie sollte meine Seele je Ruhe finden, wenn ich starb, bevor ich mit ihr über George gesprochen hatte? Meine Lider fühlten sich wie Steine an, und meine Arme lagen wie Felsen neben mir, aber ich schaffte es, den Kopf ein wenig zu heben, Anne anzusehen und nach ihrer Hand zu greifen. »George – lass sie nicht meinen George bekommen!«, keuchte ich. Mir stockte der Atem, doch die Furcht gab mir Kraft. Ich rang nach Luft und drückte Annes Hand, denn sie musste verstehen, wie wichtig es war und was auf dem Spiel stand! »Nimm ihn zu euch – zieh ihn als Neville groß!«, flehte ich sie an. »Überlass meinen George nicht ihrer Gnade, ich bitte dich!« Nun verließen mich die Kräfte. Ich sank schwer auf das Kissen, schloss die Augen und konnte nur mit größter Mühe atmen.

»Habt keine Angst, Tante Isobel! Wir werden seine Vormundschaft übernehmen und George bei uns in Middleham aufziehen. Er soll alle Vorzüge genießen, die wir ihm bieten können. Und er soll erfahren, was für ein nobler und ehrbarer Ritter sein Vater war.«

Im Hintergrund hörte ich leises Schluchzen und wusste, dass sie um mich weinte. Dabei hatte ich bekommen, was ich mir inständig gewünscht hatte. Am Beginn meiner Reise mit fünfzehn Jahren wie jetzt an ihrem Ende war mein Herz zufrieden. Ich lächelte.

Eine vertraute Stimme drang an mein Ohr. »John?«, murmelte ich. Wie kann das sein?, dachte ich. Ich drehte mich um und öffnete wieder die Augen.

John stand in der Zimmerecke, nahe der Kammertür, und sah mich an. Er trug denselben grünen Wams und die hohen Stiefel wie in Tattershall Castle und sah so jung und schön aus wie an dem Abend unseres Tanzes ... Plötzlich empfand ich einen Kraftschub, der mein Herz und meine Lunge belebte, und ich rief freudig aus: »Oh, John, mein Liebster, bist du es wirklich?«

John lächelte. »Ich bin es, mein Engel.«

Unter Freudentränen musste ich lachen. »Wie oft soll ich dir noch sagen, dass Engel goldenes Haar haben? Das wird dir jeder Maler und jeder Glaser bestätigen.«

»Meine Engel haben kastanienbraunes Haar, weißt du das immer noch nicht, Isobel?«

»Ich weiß nur, dass ich die glücklichste Frau von allen bin, mein Liebster.«

»Ich habe auf dich gewartet. Komm, meine Liebe, es ist Zeit, dass wir wieder vereint sind!«

»Oh, John, mit Freuden, mein Liebster ... oh, so gern!«

Die Steine, die meinen Leib beschwert hatten, waren fort, und leichtfüßig stieg ich aus dem Bett, um zu John zu gleiten. Beschienen von einem Licht, wie ich es noch nie gesehen hatte, legte ich die Hand in seine, und wir lächelten einander an. Hinter mir hörte ich lauteres Schluchzen, und ich sah mich um.

Tränen liefen über ihre Wangen, als die junge Duchess mir die Hände auf der Brust faltete, und Ursula und die Countess schluchzten hemmungslos. Ich wollte ihnen sagen, dass es gut war, dass ich glücklich war, aber ich wusste, sie würden mich nicht hören.

Also hauchte ich ihnen einen sanften Abschiedskuss zu und drehte mich wieder zu John.

Anmerkungen der Autorin

Dieser Roman ist meine erste fiktionale Erkundung der sorgenvollen Periode in der englischen Geschichte, die zu einem Wechsel der Dynastie in den Rosenkriegen führte. Von Isobel ist so gut wie nichts überliefert, wohingegen der Bruder des »Königsmachers«, Sir John Neville, mehrfach in den Chroniken und historischen Texten auftaucht. So weiß man zwar, dass er die Geschichte mitgeschrieben hat, doch ist von seinen Gedanken wenig bekannt. In seinen *Memoires* beschreibt ihn der große Staatsmann Philippe de Commines, der Sir John Neville persönlich kannte, als *»un très vaillant chevalier.«* Leider existiert keine Biografie von ihm, aber seine Taten sind gut dokumentiert und vermitteln uns einen Eindruck, was für ein Mann er war. Auch Handschriftenanalysen boten kostbare Einblicke in seinen Charakter.

Isobels und Johns Liebesgeschichte stützt sich auf bekannte Fakten. Sir John Neville zahlte die unglaubliche Summe von eintausend Pfund, um die sechzehnjährige Lady Isobel Ingoldesthorpe aus dem Lancastrianer-Lager zu heiraten. Was die Hinterhalte der Lancastrianer gegen die Yorkisten-Führer betrifft, sind diese in mehreren zeitgenössischen Quellen aufgeführt. Und jedes Mal wurden die Yorkisten von unbekannter Seite gewarnt. Hier habe ich meine eigenen Deutungen in die Geschichte einfließen lassen, aber ich glaube, dass sie legitim sind und es so hätte sein können, wie ich es schildere. Bezüglich des Datums von König Henry VI. »Liebestages«, der am 25. Mai 1458 stattfand, bitte ich um dichterische Freiheit.

Die Identität von Sir Thomas Malory bleibt umstritten, und alles, was man mit Sicherheit weiß, ist, was er selbst in diesem Buch sagt: dass er ein Ritter und ein Gefangener war, der seine Erzählung von König Artus zwischen März 1469 und März 1470 fertigstellte. Wie P.J. Fields bin ich der Ansicht, dass Sir Thomas Malory of Newbold Revel, der zehn oder mehr Jahre ohne Prozess in Gefangenschaft war, der Urheber der Artus-Erzählung ist. Malorys Zuordnung zu den Yorkisten indes wie auch sein Tod für Warwicks Sache sind einzig meiner Fantasie entsprungen. Um den modernen Leser zu beruhigen: Die Zitate, die Sir Thomas Malorys *Morte d'Arthur* zugeschrieben wurden, entstammen Alfred Lord Tennysons *Idylls of the King*.

Die Grabstätten von John und Isobel in Bisham existieren nicht mehr. Die Abtei wurde während der Klosterplünderungen unter Henry VIII. zerstört. Dass Isobel bei John begraben werden wollte, zeigt, wie sehr sie ihren ersten Mann liebte und achtete.

Zu den Nachfahren von John und Isobels Tochter Lucy zählen sowohl Präsident Franklin Delano Roosevelt als auch Sir Winston Churchill, die fünfhundert Jahre später die finstere Nazi-Diktatur niederschlugen und halfen, Europa im Zweiten Weltkrieg von Adolf Hitler zu befreien.

Das Gedicht, das im zehnten Kapitel Sir Thomas Neville zugeschrieben wird, stammt in Wahrheit von Aniar MacConglinne und trägt den Titel *The Visions of Viands*, Irland, zwölftes Jahrhundert, (Übersetzung frei aus dem Englischen).

Sir John Nevilles Abschiedsbrief an Isobel orientiert sich stark an einem Brief, den Major Sullivan Ballou während des amerikanischen Bürgerkrieges, am 14. Juli 1861, an seine Frau Sarah schrieb.

Die Nennungen der Percy-Familie in dem Roman stützen sich auf die zahlreichen historischen Texte und Artikel über die Familie in der betreffenden Zeit, zum Beispiel auf Ralph A. Griffiths *Local Rivalries and National Politics: The Percies, the Nevilles and the Duke of Exeter*, 1452–1455«, *Speculum* 43, 4. Oktober 1968.

Historische Figuren

Henry VI.: Englands geisteskranker, keuscher, gutherziger Lancastrianer-König, der sich einem mönchischen Leben der Enthaltsamkeit und des Gebetes verschrieb. Seine Heirat mit Marguerite d'Anjou besiegelte sein Schicksal.

Marguerite d'Anjou: Englands gestrenge französische Königin. Mit fünfzehn Jahren an König Henry VI. von Lancaster vermählt, einsam in einem fremden Land. All ihre Liebe und ihre Hoffnungen für die Zukunft ruhen auf Edward, ihrem einzigen Kind. Für ihn kämpft sie bis zum Letzten.

Somerset: Der Cousin des Königs aus dem Hause Lancaster. Jung, ungestüm und gewalttätig. Mit seinem Charme erobert er das Herz der Königin, nicht aber das Herz derjenigen, die er liebt.

York: Der Cousin des Königs aus dem Hause York. Klug, fähig und beim Volk beliebt wegen seines Mitgefühls und seines Gerechtigkeitssinns. Die Feindseligkeit der Königin und die Misswirtschaft nötigen ihn, sie daran zu erinnern, dass er einen höheren Anspruch auf den Thron hat als ihr Gemahl, König Henry, oder ihr Sohn Edward.

Salisbury: Cousin von König Henry und Schwager von York. Er steht zu York, als es niemand sonst wagt.

Warwick: Salisburys Sohn. Ehrgeizig, großspurig, mutig und gut aussehend, wird er vom Volk bewundert und von zwei Königinnen gehasst.

Edward of March: Yorks goldener Kriegersohn, der dem Haus Lancaster den Thron abringt. Unwiderstehlich charmant, brillant und höflich. Englands Zukunft scheint rosig unter König Edward IV., bis er seine heimliche Heirat mit der Schönheit Elizabeth Woodville aus niederem Stand enthüllt.

Elizabeth Woodville: Edwards ehrgeizige und verhasste Yorkisten-Königin. Güldenhaarig, verschlagen und rachsüchtig, hat sie ein Herz so finster, wie ihr Gesicht hell ist.

John Tiptoft, Earl of Worcester: Isobels Onkel. Ein angesehener Gelehrter und frommer Mann, der England verlässt, um sich nicht für eine der beiden Seiten entscheiden zu müssen, und als erbarmungsloser Bewunderer von Vlad Dracul zurückkehrt, dem Prinzen von Transsylvanien.

Sir Thomas Malory: ein Ritter. Seine Erfahrungen fließen in die Geschichte von König Artus' Tafelrunde ein, die er schreibt, während er zuerst unter Lancasters und dann unter Yorks Königin im Gefängnis darbt.

Ursula: Malorys Tochter, Isobels Freundin.

John: Warwicks jüngerer Bruder. Ein tapferer, treuer und ehrbarer Yorkisten-Ritter, der sich in Isobel verliebt, das Mündel der Erzfeindin seines Vaters, Marguerite d'Anjou.

Isobel: Mündel der Lancastrianer-Königin Marguerite d'Anjou. Verliebt in John, einen Yorkistenritter.

»Ein großartiger Mittelalter-Roman, in dem Rebecca Gablé Fakten und Fiktion zu einer mitreißenden Geschichte fügt.« BRIGITTE

Rebecca Gablé
HIOBS BRÜDER
Historischer Roman
912 Seiten
ISBN 978-3-404-16069-3

Er weiß nicht, wer er ist, und so nennen sie ihn Losian. Mit einer Handvoll anderer Jungen und Männer lebt er eingesperrt in einer verfallenen Inselfestung vor der Küste Yorkshires. Als eine Laune der Natur ihnen den Weg in die Freiheit öffnet, wagen sie die Flucht zurück aufs Festland. Ein Abenteuer beginnt und eine Suche – und Losian muss fürchten, dass er den grauenvollen Krieg verschuldet hat, unter dem ganz England leidet …

Bastei Lübbe Taschenbuch